SHALOM SEFARAD

G. H. Guarch

SHALOM SEFARAD

𝄞

ALMUZARA

2006

Colección Narrativa
Editorial Almuzara
Director editorial: Antonio E. Cuesta López
www.editorialalmuzara.com
pedidos@editorialalmuzara.com - info@editorialalmuzara.com

Diseño y preimpresión: Talenbook
Imprime: Taller de libros, s.l. (www.tallerdelibros.com)

I.S.B.N: 84-96710-13-0
Depósito Legal: CO-1257-06
Hecho e impreso en España - *Made and printed in Spain*

Realidad y ficción
penden del mismo hilo.

Dicho sefardí

A bordo de *La Otomana*,
galera real del Sultán Suleyman I *El Magnífico*.

Veintidós de octubre de mil quinientos cincuenta y ocho.

Entrando en el Mar de Creta hemos dejado atrás Malta y la escolta real. Estambul queda justo frente a nosotros, y la galera navega lanzada como una enorme flecha hacia su destino.

Siento crujir todas sus maderas, su arboladura. Noto batir todos sus remos. Ningún navío cristiano podría alcanzarnos, ni aunque le fuese la vida en ello. He cumplido mi misión.

Ahora únicamente me resta esperar. Un día, un mes, un año. No mucho más. Al Jindak me dijo una vez que cuando termina la capacidad de sorprender, comienza la muerte su faena.

No ha estado mal. Ha sido una vida completa en la que se me ha otorgado la amistad de hombres sabios, conocer su mundo interesante, aprender la Ciencia de Esculapio, sanar a los enfermos y realizar mis sueños.

Sólo me resta cumplir la promesa que hice a Salomón Benassar: terminar de escribir mis memorias. Lo voy a hacer, porque hasta ahora siempre he cumplido mis promesas. Quizás sean de utilidad a alguien. A fin de cuentas, las historias se repiten una y otra vez, y al final, en este extraño y a veces absurdo camino que es la vida, lo único que puede ayudarnos son las experiencias de otros.

Del manuscrito encontrado en el antiguo archivo de la Biblioteca del Palacio de Topkapi (Estambul).

PRIMERA PARTE

EL CONOCIMIENTO

I

EL CABALLERO

Creo que la historia de mi vida comenzó el día en que encontré al caballero. Hasta entonces estaba convencido de que los días eran todos iguales y que seguirían siéndolo para siempre. Aquel día descubrí cómo mi mundo, al que creía sólido y eterno, se derrumbaba como un castillo de naipes.

Cuando aún era un niño, sin más responsabilidades que amar a los míos, jugar y aprender lo que mi maestro me enseñaba, pensaba que la tierra era algo firme bajo mis pies y que nada podría moverla, porque la fortaleza de mi padre y el amor de mi madre, además del cariño de mis hermanas, lo impedirían.

Aunque mi madre le decía a la gente que era un niño travieso, yo sabía que tanto ella como padre estaban orgullosos de mí. Hacía poco tiempo de mi *Bar Mitzvah* y se suponía que desde entonces debía comportarme como un adulto, pero eso me parecía algo imposible, porque a pesar de la ceremonia, de la celebración y de lo que me dijo mi padre, todavía me interesaban más otras cosas que el aburrido mundo de los adultos.

Aquellos fueron, sin embargo, años muy felices para mí. Todos los días veía entrar y salir a mi padre, muchas veces tan serio y reconcentrado en sus asuntos que pasaba junto a mí sin verme, aunque alguna que otra vez sonreía levemente como queriendo decirme que a pesar de mis travesuras, yo era su hijo y me amaba.

Vivíamos con dificultades, como casi todo el mundo, pero gracias al esfuerzo de mi padre y a la voluntad de mi madre no nos faltaba nada. Sólo mucho más tarde comprendí que hicieron grandes equilibrios y sacrificios para poder salir adelante, aunque a pesar de mi edad, me daba cuenta de que a nuestro alrededor las cosas eran a veces más difíciles para los vecinos. Mi padre después de muchos años como escribiente había conseguido llegar a ser secretario de uno de los jueces de los tribunales de Castilla, don Luis de Ponce, al que recuerdo como un hombre austero, envarado, seco como un sarmiento, vestido siempre de negro de pies a cabeza, aunque con el paso del tiempo se habían tornado sus ropajes de un color grisáceo «ala de mosca». La única vez que lo vi en su despacho, un día que mi padre quiso que lo acompañase, pude ver cómo aquel hombre se quedaba dormido, protegido por su enorme mesa de roble llena de legajos, y tuve entonces la certeza de que de un momento a otro iba a comenzar a transformarse, igual que las crisálidas que encontraba a veces en las ramas de algún arbusto del sotobosque cercano a mi casa. También escuchaba con frecuencia a mi padre quejarse amargamente de que el juez no mostraba su humanidad a nadie, ocultándola como si se avergonzase de ella.

Sabía bien cuándo aquel hombre había tomado una decisión injusta, porque ese día mi padre se encerraba en sus pensamientos y no hablaba en casa, como si aquel hecho le hubiese sujetado las palabras, y el no atreverse a replicar a su señor cuando le dictaba una sentencia arbitraria, le imposibilitara para volver a hablar durante un tiempo, protestando en su silencio al sentir la vergüenza de convertirse en sicario de una injusticia más que hacía escarnio de aquel tribunal, al que también pertenecía.

En cuanto a mi madre, debo decir sin faltar a la verdad que era, en su sencillez, un ser notable. Su padre, mi abuelo, dom Mosés Revah, era conocido como el mejor cirujano de Toledo. Nadie amputaba una pierna gangrenada como él, ni cosía una herida o realizaba un trépano con su habilidad.

De él aprendió también mi madre a preparar emplastes y remedios, las proporciones exactas de las drogas y los antídotos, las virtudes de cada una de las plantas, los sublimados, los cordiales, los purgantes y los vomitivos. También ejercía mi madre de comadrona, y ello le hacía ser conocida y estimada, pues venían a buscarla de los más alejados barrios. Mi padre, cuando la solicitaban por la noche, la acompañaba sin decir palabra, paciente y servicial, por muy fatigado que hubiera vuelto a casa, resignado a que las criaturas tuvieran muchas veces el extraño capricho de llegar a este mundo a las más intempestivas horas y cuando peor estaba el tiempo. Mosés le transmitió a su hija muchos de sus vastos conocimientos, aunque siempre tuvo el pesar de no tener un hijo varón.

Yo no llegué a conocerlo, pues mi abuelo engendró a mi madre con casi sesenta años, y para muchos aquello fue casi un milagro. Otros murmuraron durante un tiempo de mi abuela, pero al final todos tuvieron que reconocer que aquella niña era la viva imagen de Mosés Revah. Fue mi madre la que quiso que yo aprendiera su arte, y en verdad, aquello me gustaba más que ir a la escuela y mucho más que asistir a la sinagoga.

Habitábamos desde siempre en Toledo, en una sobria casa con fachada de piedra y muros de adobe, similar a las otras del barrio. Allí vivían muchos de los nuestros, pero no podía considerarse una judería, pues éramos vecinos cercanos de moros y también de cristianos, que a pesar de todo, nos permitían vivir, o como decía mi madre, malvivir. Al menos no nos incordiaban a cada instante, como bien sabíamos que les ocurría a otros parientes, unos primos de mi padre que teníamos en Utrera, que de tanto en tanto nos hacían llegar sus lamentaciones y quejas. Éramos, pues, gente de Sefarad. Sefardíes nos llamaban, y ese título nos honraba, porque si nos sentíamos distintos, era debido a nuestra Ley, a nuestras costumbres y tradiciones, y quizás, también a nuestra particular forma de entender la vida, en la que lo más importante era el sentido de hogar y la familia. Y así la entendíamos, ya que las fiestas y celebraciones nos reunían frecuentemente en la sinagoga con vecinos y conocidos. También el trabajo, pues nosotros sólo podíamos concebir la vida con voluntad y esfuerzo cotidiano.

Me sentía orgulloso de los míos. Eran casi todos ellos leídos y escribidos, y la mayoría en varias lenguas. Mi padre, Abravanel Meziel, hablaba el castellano, el hebreo, el árabe, el latín y entendía el italiano y el portugués. Aunque escribirlos bien sólo lo hacía con los cuatro primeros, y ese fue el motivo y causa por el que hacía ya muchos años fue llamado por el juez para que hiciera de escribiente y después de secretario. Los numerosos pleitos entre las tres comunidades principales hacían imprescindible poder traducir y levantar actas sin equivocación ni malas interpretaciones.

De eso se sentía mi padre orgulloso. Él a su vez lo había aprendido de su padre, y se empeñó en que nosotros, mis hermanas y yo, también lo pudiéramos aprender, aun mejor que él si cabía.

Yo me sentía torpe. Raquel y Sara hablaban y escribían el latín, el hebreo y el castellano, cuando yo apenas era capaz de chapurrearlos con gran disgusto de mi padre. A veces alzaba la mano dispuesto a golpearme en la cabeza, aunque al sentir en él la mirada de mi madre, que reprobaba la más mínima violencia, se quedaba con ella levantada y la mirada perdida en el techo, pensando quizás que no tenía nada que hacer conmigo y que yo debía ser gentil en lugar de judío por lo torpe que me mostraba en todos los estudios y aprendizajes a los que quería someterme.

A pesar de ello y por el cariño que les tenía a ambos, me apliqué en aquellas disciplinas sin terminar de entender los extraños deseos de mi padre, y más que nada para agradar a mi madre, que se había negado a llevarme con ella al monte a recoger hierbas y a enseñarme sus nombres, cosa a la que me había aficionado desde que apenas pude andar, hasta que no supiera contestar a mi padre en la lengua en que me preguntase. Sin saber por qué, un día me di cuenta de que aquello de conocer el nombre de las cosas en varias lenguas en realidad me gustaba, y a partir de aquel momento, lo aprendí con gran facilidad.

Sin embargo, a pesar de aquellas disciplinas que me imponía, quería entrañablemente a aquel hombre. Era bondadoso, tierno y comprensivo, en un mundo difícil y hostil en el que lo más difícil, según comprendí mucho más tarde, era sobrevivir y salir adelante.

A veces, sólo de tarde en tarde y como recompensa, me permitía acompañarlo hasta la plaza donde se hallaba el tribunal y allí me despedía casi sin mirarme con un leve gesto de su mano con el que quería indicarme que él debía cruzarla solo, mostrando su otra imagen en la que la gravedad de su porte y el envaramiento reflejasen bien su posición. Yo me daba cuenta de ello, y apenas nos acercábamos, me apartaba de él refugiándome en uno de los soportales y me escondía entre los mercaderes, mendigos y tratantes que por allí merodeaban, los unos intentando ganarse la vida y los otros, a duras penas, mantenerla.

Han pasado ya muchos años, quizás demasiados, pero recuerdo bien aquella época. Aún hoy me ocurre con frecuencia que en mis sueños aparece mi familia, todos ellos absortos en sus faenas: mi madre clasificando sus hierbas recogidas en los montes cercanos, preparando con ellas sabios ungüentos y tisanas curativas; mi padre estudiando el Talmud, pues según él, en aquel libro se escondía la sabiduría, y para encontrarla, no había otro medio que leerlo lentamente, pronunciando lo que leía en voz muy queda. Ese murmullo a veces aún lo oigo, casi siempre cercano ya el amanecer, y con él me despierto como si Abravanel Meziel, mi padre, aún estuviera como en aquellos días junto a mi cama, llamándome insistente para que despertara de mis profundos sueños.

Fueron con seguridad plena los de mi infancia los mejores años de mi vida, pues no la he conocido después mejor, salvo en los raros momentos en que me he sentido de nuevo un hombre cabal, y al verme reflejado en un azogue, he vuelto a ver transfigurado a mi padre.

Era entonces Toledo un lugar perfecto, al menos para mí. Cierto que en invierno el viento gélido nos helaba las mejillas y las manos se nos llenaban de sabañones. Por el contrario, en verano los fuertes calores nos impedían casi movernos, obligándonos a vivir más bien al atardecer y a primeras horas de la noche, intentando respirar algo después de otro día de plomo fundido. Pero a pesar de ello, no podía imaginar nada mejor, y me sentía bien, a salvo de los azares de la vida, en aquella casa de piedra y adobe con los techos construidos de gruesas vigas de roble, que no me cansaba de observar a la luz temblorosa del candil hasta que mi madre antes de acostarse lo apagaba.

Fue en aquellas sombras que se movían de un lado a otro en las que vi por primera vez al Diablo. Sabía de él por el maestro Salomón Benassar, un hombre todavía joven al que la gente miraba con cierto respeto y algo de recelo por sabio y también por loco. Así parecía estarlo desde que su mujer había muerto entre horrorosos espasmos y contracciones, después de hacerse un pequeño corte en el pajar, apenas una rozadura en el brazo, que en pocos días se le llenó de pústulas y la llevó a la tumba. Aquello, aseveraban los vecinos, por lo absurdo y misterioso, pudo con el razonamiento de Salomón. A partir de entonces, desde el día en que murió la mujer y sin que nada pareciese ocasionarlo, de tanto en tanto se caía hacia atrás en la escuela o en plena calle, comenzando a agitarse, echando espumarajos sanguinolentos por la boca, quedando al final tieso como una tabla, mordiéndose la lengua e infiriéndose lastimaduras en la cara y las manos al golpearse en sus convulsiones con las piedras del suelo.

Una vez pude observarlo de cerca, pues le ocurrió al lado de casa, y vi cómo al volver en sí, aquel hombre se aterrorizaba. Yo creo que estaba convencido de que el Diablo se lo quería llevar también, pues si su mujer había muerto a causa de una pequeña herida, él con mayor certeza moriría, ya que terminaba lleno de golpes y mataduras.

Fue el día de la fiesta de *Purim*, que coincidía con mi cumpleaños, pues hacía exactamente catorce que mi madre me había traído a este mundo. Con aquella ceremonia los judíos celebrábamos el milagro que nos había permitido escapar al exterminio de Babilonia. Harto de ceremonias e interminables rituales, salí disimulando de la sinagoga y me fui corriendo al arroyo que corría cercano a nuestra casa. Otras ocupaciones, como el intentar pescar cangrejos de río o buscar moras entre las zarzas, me parecían entonces mucho más interesantes que permanecer inmóvil, viendo a los rabinos moverse lentamente entre las velas encendidas, mientras cantaban sus penas y alabanzas en un arcaico hebreo que se me hacía incomprensible. En esos momentos, yo abría y cerraba los ojos para ver cómo las pequeñas llamitas se transformaban en rayos de luz que parecían danzar, produciendo increíbles efectos que me mantenían absorto y distraído.

Mi padre parecía pesaroso de esas inclinaciones mías, pues según él, había que seguir estrictamente la *halakha*, es decir, el camino recto, para poder llegar a ser algún día un hombre de provecho. Pero al igual que había hecho un esfuerzo por aprender latín y escribir árabe, me resistía todo lo que podía cuando se trataba de estudiar la Massorah o descifrar el Talmud. Aquellas actividades me parecían tediosas y aburridas costumbres de viejos rabinos.

Iba, pues, aquella tarde ensimismado, intentando de paso reconocer alguna hierba de interés que se hubiese escapado a los certeros ojos de mi madre, dado que sabía que apenas hacía dos o tres días había estado recolectándolas en aquel mismo paraje, y era muy difícil que se hubiese dejado alguna.

De pronto, caí en la cuenta de que era ya última hora. Estaba oscureciendo con rapidez, y mientras reflexionaba sobre todo lo que mi padre iba a amonestarme por haber abandonado la ceremonia, vi algo que se me antojó extraño en una zona arenosa junto al arroyo.

Al principio no supe bien de lo que se trataba, pero sentí tanta curiosidad que me acerqué un poco más y lo observé escondido entre unos matorrales. Entonces me di cuenta de que parecía el cuerpo de un hombre, pero como se encontraba boca abajo, hecho un guiñapo, cubierto de barro, estiércol y sangre, no lograba saber si estaba muerto o vivo.

Aunque sentí un gran recelo, me fui acercando hasta que estuve junto a él, notando cómo el corazón quería salirse de mi pecho. Me agaché y pude ver su rostro pálido enmarcado en una costra de barro. El hombre parecía haber expirado, y al darme cuenta de ello, fui corriendo aterrorizado hasta mi casa, que se divisaba apenas a cien varas, para avisar del misterioso hallazgo.

Aquella noche comprendí que mis padres eran realmente seres diferentes. Nadie en sus circunstancias habría movido un dedo por recoger a otro ser humano lleno de inmundicias y lodo, cuyo destino aparentemente había sido ser atropellado por un carro para después, con toda certeza, ser devorado vivo por las manadas de perros que por las noches entraban a buscar desperdicios por las calles, penetrando silenciosos como fantasmas entre las murallas semiderruidas.

Para cuando llegué, gritando, espantado, mis padres ya habían vuelto a casa, y sin rechistar, pues mi rostro debía decirles mucho más que lo que en aquellos momentos yo era capaz de expresar, me acompañaron sin saber bien lo que ocurría hasta donde se hallaba el cuerpo. A la luz del candil que llevaba mi madre, y refugiado tras de ella, pude ver cómo mi padre comprobaba que aquel hombre aún vivía y cómo lo recogían entre los dos para, a duras penas, arrastrarlo hasta el camino e introducirlo con grandes dificultades hasta el interior de la casa.

Apenas llegamos, mi madre me expulsó de la cocina, en cuya mesa había depositado mi padre el cuerpo. De nada valieron mis protestas en las que razonaba que, a fin de cuentas, era yo y sólo yo quien lo había encontrado. Tuve finalmente que abandonar la estancia a regañadientes, pero me quedé agazapado en la escalera, resistiéndome a marcharme de allí. Sentía dentro de mí un extraño estado de ánimo. No quería alejarme de aquel hombre al que de alguna manera había salvado la vida, por lo que consideraba que me pertenecía.

Mi padre trajo otra lámpara del dormitorio, y después, comenzó a despojarlo de los harapos en que se habían transformado sus vestimentas, hasta que sólo dejó un mínimo paño que escasamente cubría sus vergüenzas. Luego, ayudado por mi madre, que entretanto había calentado agua en la chimenea, lo lavaron con muchas precauciones, limpiándole las heridas y magulladuras en las que pusieron bálsamo, vendándolas lo mejor que pudieron.

Yo desde mi atalaya en la escalera, me debía encontrar como hipnotizado. Nunca hubiese pensado que un hombre pudiese tener la piel tan blanca, pues era con total precisión del mismo tono que una jarra de leche que se encontraba sobre la chimenea. También los rasgos de su cara me parecieron correctos y agradables. No sabía bien si estaba muerto, desmayado o incluso, además de todo, borracho, porque permanecía inmóvil como una estatua. Luego lo vistieron con una camisa usada de mi padre, aunque limpia y fragante como siempre las mantenía mi madre colocando hierbas aromáticas o membrillos entre ellas.

Habían transcurrido apenas unas horas desde que por puro azar había encontrado a aquel hombre hecho una piltrafa, y que la caridad y bondad de mis padres lo habían transformado en lo que en realidad era, un caballero, pues a pesar de encontrarse desmayado, transmitía una sensación de fuerza y nobleza como nunca había visto antes en persona alguna.

Apenas habían terminado de arreglarlo, cuando el hombre volvió en sí. Empezó a manotear y gesticular, sin saber bien lo que le estaba ocurriendo, ni dónde se hallaba. Intentó incorporarse con mucha dificultad, y mi padre lo sujetó como pudo, mientras hacía por explicarle lo que había sucedido. Comprendí que no me había equivocado en mis suposiciones y que verdaderamente se trataba de un caballero y no de un mendigo, pues su porte era noble y su apariencia, aristocrática. Sin embargo, eran tantas sus heridas y tan débil se encontraba que al poco volvió a quedarse semi-inconsciente.

Entre ambos lo llevaron entonces hasta una pequeña pieza en la planta baja que no ocupaba nadie. Vivíamos en una casa aislada, casi en las afueras, cercana a la sinagoga que existía junto al Monasterio de San Juan, es decir, ya en las mismas murallas de la ciudad. A pesar de tener que cruzarla para ir al trabajo, mi padre había decidido que era el lugar adecuado para que viviésemos. No es que fuese hombre desconfiado, pero anteriormente había habido persecuciones y matanzas de judíos, y tenía un miedo cerval de que aquello pudiese llegar a repetirse y que a su familia le ocurriese algo, por lo que se negó a vivir en la misma judería. Estaba convencido de que así, llegado el momento, tendríamos tiempo de reaccionar. Sin embargo, él mismo, a lo largo de los años, creyó haberse equivocado en su criterio, porque nada hacía prever que eso pudiera llegar a suceder nunca.

Decía eso porque uno de los caminos de acceso a la ciudad pasaba cerca de donde vivíamos, y no eran raros los asaltos a los comerciantes que venían al mercado, a pesar de las duras represalias contra los bandoleros, que eran ahorcados sin más juicios ni demoras.

Eso era también lo que sospechaba mi padre y lo que le estuvo explicando a mi madre con el semblante preocupado. Yo seguía acurrucado en la escalera, escondido tras el antepecho, sin que supiesen que me encontraba aún despierto, y con la astucia y agilidad propia de mi edad subí de puntillas el resto de la escalera y me introduje en el jergón donde dormía, al pie del lecho de mis hermanas.

Aquella noche tardé en dormirme, porque sentía dentro de mí un extraño temor. Me preocupaba que aquel hombre pudiese llegar a morir en nuestra casa, como si ello pudiese significar algo muy negativo para todos nosotros. Era, como luego amargamente pude comprobar, una intuición que se había apoderado de mí y que me impedía conciliar el sueño, convencido de que en el mismo momento en que cerrase los ojos aquel hombre se pondría en pie y subiría lentamente las escaleras para llegar hasta mi lecho. Pero como es natural, pudo más el cansancio que mis temores, y terminé durmiéndome, aunque sufrí una larga pesadilla que me asedió toda la noche.

Al día siguiente, apenas hubo amanecido, me vestí y salí a explorar. Quería saber qué había ocurrido en realidad el día anterior. Fui directamente hasta el lugar donde había encontrado al hombre y anduve buscando entre la hierba empapada de rocío. Había señales de lucha en el suelo, como si varios caballos hubiesen estado pisoteando de un lugar a otro. Ya me iba a dar por vencido cuando, con gran sorpresa mía, encontré una espada. Era en verdad la mayor espada que nunca había visto y se me antojó inmanejable y muy pesada, pues no podía casi ni arrastrarla. Sin embargo, me entusiasmó mi hallazgo, y pensé en ocultarla hasta que aquel hombre se recuperara. Mientras, podría tocarla y admirarla, porque me pareció, a pesar de mi total ignorancia en el tema, un arma singular. Era de bella factura y el acero de la hoja estaba grabado con una frase escrita en una lengua que no pude descifrar. Aquello confirmó mis sospechas de que se trataba de un caballero y debía ser de linaje por el arma que portaba, pues sabía bien que sólo los grandes señores tenían derecho a llevarlas.

Con grandes dificultades la arrastré hasta mi escondrijo, el tronco de un enorme y viejo roble, con seguridad desgajado por un rayo; y en su cruz, apenas a mi altura, tenía un hueco en el que cabía yo holgadamente. Debía de haber sido utilizado por algún animal salvaje, porque estaba lleno de pelos y pequeños huesecillos. Sin embargo, la luz del día permitía ver dentro de él a la perfección.

Allí, desde hacía años, escondía mis más preciados tesoros: un pequeño cuchillo que también había encontrado en el camino cerca de las murallas, un rollo de cordel, una vela, un trozo de pedernal. Comparados con mi increíble hallazgo, comprendí en aquel instante que todo aquello no eran más que miserias. Finalmente, después de un gran esfuerzo, pude introducir la espada en mi escondite. En aquel estrecho lugar que sólo me pertenecía a mí, me sentía protegido, y pude observarla con detenimiento. Tenía casi mi altura y en su empuñadura tenía incrustaciones de plata y bronce que por algún motivo me recordaron a los candelabros de la sinagoga. Intenté descifrar el enigmático grabado de la hoja, pero no conseguí entender ni un solo signo, aunque no me cabía la menor duda de que contenía un mensaje. Pasé el dedo por el agudo filo, mientras pensaba en los hombres que habrían muerto por su causa. Luego salí de allí, observando los alrededores con precaución para que nadie pudiese localizar mi escondite, y corrí hacia la casa todo lo que pude. Mi padre se había ido a trabajar y mi madre estaba ocupada dando de comer a las gallinas, por lo que aproveché la oportunidad para asomarme a ver al herido. Se encontraba inmóvil, tan pálido que al pronto creí que estaba muerto. Al observarlo con detenimiento, pude ver que sus cabellos no eran rubios, sino más bien tirando a rojizos, y su piel tan blanca como la nieve en la que se marcaban como arroyos sus venas azuladas. Tenía un aire de serenidad que lo hacía casi hermoso, pero me imponía su estado, porque no las tenía todas conmigo de que no estuviese en realidad muerto.

Me acerqué hasta casi tocarlo, intentando comprobar si respiraba, pero fui yo el que se quedó sin aliento al ver cómo de improviso abría un ojo con el que se quedó observándome, vigilándome atentamente. Era un ojo especial. Tenía el color azul del cielo, pero al tiempo parecía casi transparente. Asustado y sorprendido me eché hacia atrás mientras dejaba escapar un grito, pero a la vez el ojo se cerró de nuevo y la inexpresividad volvió a aquel rostro en el momento en que mi madre entraba en la estancia, alarmada por el alarido que yo había dado. Señalé el cuerpo sin poder articular palabra, y ella no hizo más que empujarme fuera de allí, lo que en realidad agradecí, porque en el fondo de mi alma me hallaba más asustado que otra cosa.

Fue mi padre el que volvió, también temeroso y preocupado, trayendo las noticias que había escuchado en el mismo tribunal. El hombre que habíamos acogido en nuestra casa podía muy bien ser un mensajero de la reina Isabel, al que se estaba esperando desde hacía días en el Consejo de la Mesta.

No puedo dejar de recordar que nos hallábamos a principios de mil cuatrocientos noventa y dos, y las noticias de la inminente toma de Granada tenían sobre ascuas a los castellanos, a los pocos musulmanes que aún vivían en Toledo y a la comunidad judía a la que nosotros pertenecíamos. Aquel caballero debía traer un mensaje importante para el Consejo, cuando debió de ser asaltado por alguna banda de maleantes y saqueadores que lo habían dejado por muerto después de la refriega.

Mi padre había oído aquellas nuevas en el juzgado y por lo que podía deducir, el hombre herido que teníamos en casa era un gentil hombre, pariente cercano de doña Beatriz Galindo, conocida como *La Latina*, mujer cultivada y extremadamente astuta que además pertenecía a la cámara de la Reina, a la que daba no sólo clases de latín, sino a la que aconsejaba en todo, por lo que su influencia en ella era grande.

Eso nos explicó mi padre atropelladamente con el ánimo asustado por lo que pudiese suceder. Mi madre lo escuchó con gran serenidad y dijo sin dudarlo que había de dar parte a la mayor brevedad, pero mi padre por alguna razón no estaba demasiado convencido de ello, y estuvo titubeando largo rato sobre lo que debía hacerse. De hecho, ambos entraron varias veces en la estancia donde se hallaba el herido, sin saber muy bien qué partido tomar. El caballero seguía postrado e inerte, y salvo por la manifestación que yo había presenciado, no parecía dar la más leve señal de vida.

No fue sino hasta la caída de la tarde cuando mi padre se decidió a volver al juzgado. Pero para entonces ya era tarde. Apenas había salido por la puerta y caminado unos pasos, cuando un tropel de jinetes le rodeó de improviso, como si hubiesen estado esperándole. Todos eran soldados, menos uno de ellos que vestía los hábitos de los dominicos. Al oír el estruendo de los cascos, mi madre, demudada, salió al exterior y yo, tras ella, y allí pudimos observar aterrorizados como prendían a mi padre.

En apenas unos instantes, como en un mal sueño, la casa fue invadida por los soldados, que también apresaron a mi madre. En un santiamén, colocaron al moribundo en una especie de angarillas y se lo llevaron. Sólo quedamos en la casa Raquel, Sara y yo, estupefactos por lo que acababa de ocurrir, sin saber qué hacer ni a quién acudir, asustados, temblando, mientras yo, sin mucha convicción, intentaba consolar a mis hermanas que lloraban desconsoladamente.

Ese fue, pues, el último día en que vi a mis padres con vida. Un rabino, del que no recuerdo el nombre, amigo personal de mi padre, vino a casa al día siguiente. El hombre tenía los ojos llorosos y temblaba como una hoja. Creo que no sabía cómo decirnos lo que había sucedido. Finalmente, tapándose los ojos con las manos y entre exclamaciones de pesar, nos contó sollozando que el caballero al que habíamos socorrido había muerto sin decir palabra y que, aunque mis padres intentaron explicar su inocencia, no consiguieron nada, pues habían sido sometidos de inmediato a tormento para que confesaran, y con tanta saña se lo aplicaron que ambos murieron aquella misma noche.

Muchas veces he dudado de si el rabino debía haber sido más prudente o quizás más misericordioso. Lo sentí sobre todo por mis hermanas, pues estaban desconsoladas, y aunque yo no tenía capacidad ni discernimiento para darme verdadera cuenta de los hechos, algo me decía que las cosas se habían torcido definitivamente para nosotros y que ya no volvería a acompañar nunca a mi padre, ni jamás volvería a ver las manos de mi madre arropándome dulcemente por la noche.

El rabino añadió suspirando que deberíamos irnos de allí mientras todo se calmaba. Murmuraba entre dientes que no venían buenos tiempos para los judíos de Sefarad. El caballero asesinado portaba un Decreto de la Reina por el que se había acordado la expulsión de todos los miembros de la comunidad judía, salvo aquellos que renunciasen a la Ley y costumbres mosaicas y abrazasen sin dudar el cristianismo.

Pude notar que aquel hombre estaba desesperado. Se había corrido la voz de que a fin de ganar tiempo, los judíos habían hecho asesinar al enviado. Aquello, a pesar de mi corta edad, me pareció una terrible injusticia, porque muy al contrario, lo único que habíamos intentado era socorrerlo. Mi indignación, el pavor de mis hermanas y su tremendo dolor me impedían comprender lo que había ocurrido, y no quería pensar en lo que aquel rabino nos había dicho. Mis padres no podían haber muerto. Eso para mí era algo imposible de aceptar.

El rabino susurró con voz temblorosa que en aquellos momentos todos los judíos de Toledo se hallaban en gran peligro. De hecho, él había podido ver cómo los más principales ya estaban siendo llevados a las mazmorras situadas en los sótanos de los juzgados.

Intenté tranquilizarme, pensando que al igual que otras veces todo aquello no sería más que una pesadilla y que en cualquier momento despertaría en los brazos de mi madre, y todo volvería a la normalidad. Pero para nuestra desgracia, pronto comprendí que, muy al contrario, era la más dura realidad la que llamaba a la puerta y que teníamos que hacer algo prontamente si queríamos salvar la vida.

El rabino se fue muy aprisa, después de recomendarnos que cogiésemos lo imprescindible y que nos refugiásemos en casa de algún pariente o amigo, afirmando que él poco podía hacer más que esconder a los suyos donde pudiera. No teníamos en Toledo nadie a quien acudir, y Raquel y Sara parecieron atacadas de pronto por una especie de melancolía, porque de ninguna manera pude hacerlas salir de allí. De hecho, ambas se sentaron en la cama donde dormían nuestros padres y se negaron a moverse.

Entonces reflexioné que si alguien nos podía ayudar era el juez con el que trabajaba mi padre. A fin de cuentas representaba la justicia, y además debía conocer bien la bondad y la incapacidad de mi padre para hacer nada que pudiese dañar a otros.

Cuando vi que mis hermanas no atendían a razones y que parecían ajenas a todas mis súplicas e insistencias, salí de casa, después de cerrar la puerta con llave, temeroso de que alguien pudiera llegar hasta allí en mi ausencia.

Luego corrí todo lo que pude y atajé por un vericueto de calles que conducían directamente a los juzgados. Apenas pude llegar hasta allí. Había en las calles una gran cantidad de soldados, muchos cristianos que daban grandes voces y también algunos dominicos que corrían de un lugar a otro. Estaban apresando a multitud de personas a las que conducían a golpes y empujones hacia los juzgados. Al prestar más atención, pude darme cuenta de que todos los detenidos eran miembros de nuestra comunidad. Frente a la sinagoga, unos mercaderes habían apilado lo que me parecieron eran rollos de la Torá y manuscritos, y de pronto, sin previo aviso, un fraile dominico les prendió fuego, mientras los vecinos saltaban alborozados y satisfechos por todo lo que estaba sucediendo. Entonces, como si alguien me lo hubiese hecho entender, en un instante vi claro que no tenía nada que hacer allí, salvo temer por mi vida, y aún más asustado volví corriendo a casa. De repente había comprendido algo tan claro como que no éramos iguales a los demás. Mientras corría, medité que no sólo era la religión lo que nos hacía diferentes, porque una familia de conversos que vivía cerca de las murallas y que parecía haberse integrado entre los cristianos como otros más entre ellos comerciando con trigo, estaba siendo apaleada por una horda, entre los que reconocí también a algunos de sus vecinos más próximos. No me detuve ante aquel atropello, porque no podía dejar de pensar en mis hermanas, solas en la casa de un judío, que hasta aquel infausto día había sido secretario del tribunal de justicia.

Volví, pues, llorando no sólo de miedo, sino sobre todo de rabia y de impotencia. Presentí que algo malo ocurría cuando vi el caballo atado a la puerta de mi casa. Se trataba de un animal enorme, o al menos a mí me lo pareció entonces. Llevaba una gran inicial, una «Y» cosida a una fina cota de malla que protegía sus ijares. Lo reconocí como el anagrama de la Reina, que de la noche a la mañana había pasado de ser nuestra señora a transformarse en un ser monstruoso que parecía ávido de sangre judía, como si de pronto fuésemos sus peores enemigos.

Al acercarme, vi que la puerta estaba abierta y astillada, reventada a golpes. Entré en la casa con una mezcla de miedo y cólera, que era una sensación hasta entonces desconocida para mí y que notaba cómo se apoderaba violentamente de mi espíritu, transformándome en otro, un ser distinto que no tenía nada que ver conmigo mismo. Subí la escalera llorando de rabia, intuyendo lo que estaba sucediendo.

No me equivoqué. Un soldado estaba echado encima de mi hermana Raquel, y junto a ellos vi a Sara tendida e inerte en el suelo con las vestiduras rotas llenas de sangre. Entonces la cabeza comenzó a darme vueltas, y sin saber muy bien lo que iba a hacer, bajé de nuevo la escalera, salí al exterior y corrí hacia el árbol donde se hallaba oculta la espada del caballero, que indirectamente había sido el causante de todo aquello. La saqué haciendo un gran esfuerzo, y más aún, me costó volver corriendo con ella hacia la casa. Sentía una extraña sensación dentro de mí, pero no tenía otro remedio que hacer lo que hice, y cuando me encontré detrás del soldado, que parecía querer incorporarse del cuerpo exánime de Raquel, le embestí desde atrás todas mis fuerzas y atravesé su cuello con la espada.

El hombre cayó como fulminado hacia delante, desplomándose sobre mi hermana sin decir palabra, y yo me quedé de rodillas tras el enorme esfuerzo y la tensión, temblando de odio y de venganza. Tuve entonces la certeza de que en apenas unos segundos había pasado de la niñez a convertirme en adulto. Recuerdo con nitidez aquel instante, porque prácticamente casi toda mi vida anterior se borró de mi mente, como si nunca hubiese sido un niño.

Permanecí largo rato en aquel estado. No era capaz de reaccionar ni ante lo que estaba sucediendo a mi alrededor, ni por lo que había sido capaz de hacer.

Preso de una terrible angustia y de las náuseas que subían a borbotones a mi garganta, vomité, exhausto, mientras dejaba caer la ensangrentada espada al tiempo que me encogía escondiendo la cabeza entre los brazos, asustado de mi propia reacción.

Luego pasaron las horas, y dentro de la extraña sensación que sentía me fui tranquilizando, y me atreví a enfrentarme con la realidad. Entonces comprobé, como si no se tratase de mis hermanas, que ambas estaban muertas. Lo hice sin llorar, quizás el odio que sentía ya como mi única fuerza me impedía tener ningún otro sentimiento. También me cercioré de que el soldado había muerto degollado y desangrado, pues nunca hubiese creído que el cuerpo de un hombre pudiese albergar tal cantidad de sangre. Entonces me llevé la espada manchada hacia el agujero dentro del roble, porque no quería perderla. Ya me había servido una vez y había comprobado su eficacia. De nuevo tuve que hacer un gran esfuerzo para volver a colocarla en su lugar, pero aquella vez casi no pude conseguirlo, porque me sentía desfallecido, sin poder prácticamente moverme. Era algo así como si yo también estuviese moribundo. De hecho, tenía en aquellos momentos la certeza de que iba a morir de un momento a otro.

Subí a la planta superior y me senté en la escalera. Desde allí podía ver las piernas torcidas del soldado y parte del brazo de Sara. No podía llorar, quería hacerlo, pero era como si mis lágrimas se hubiesen extinguido para siempre.

Poco a poco pude hilvanar las ideas, caer en la cuenta de lo que en realidad había ocurrido. Era monstruoso, absurdo, repulsivo. Entonces una idea fue penetrando como un agudo estilete en mi mente, desplazando el resto de mis pensamientos. Toda mi vida había sido un engaño. Reprochaba en aquellos instantes a mis padres que no hubiesen sido capaces de decirnos la verdad. Si lo hubiesen hecho, tanto ellos como mis hermanas seguirían vivos. Pero no, nos habían puesto una venda en los ojos, o tal vez también ellos la llevaban. Aquellos convecinos, los habitantes de la ciudad en la que vivíamos, los clérigos, los soldados que supuestamente sólo tenían que luchar contra un enemigo lejano, todos ellos eran en realidad nuestros más feroces enemigos, agazapados desde siempre, y sólo parecían haber esperado una señal, una consigna para atacarnos despiadadamente, quemando nuestras casas, nuestros libros sagrados, violando a nuestras mujeres, incluso a niñas, asesinando a sus propios convecinos en las mismas puertas de las casas donde tantas y tantas veces los habían saludado, como si en verdad alguna vez hubiesen sentido aprecio por nosotros.

Aquella noche permanecí en un estado próximo al delirio, agazapado dentro del hueco de mi árbol. Sólo cogí una manta para protegerme del frío, porque al menos allí me sentía seguro, ya que temía que llegasen otros soldados y me matasen a mí también. Además, el hecho de saber que los cadáveres de mis hermanas y del soldado permanecían dentro de la casa me aterrorizaba hasta tal punto que aquel hecho se me hacía insoportable. Tenía que cerrar los ojos con fuerza y enseguida abrirlos, porque imaginarlo atacando, violando y después clavando su daga en el cuerpo de mis hermanas era superior a mis fuerzas, algo incomprensible que, sin embargo, había sucedido apenas hacía unas horas. No recuerdo si conseguí dormir. Creo que no, porque me asaltó algo parecido a una gran fiebre y me dolía mucho la cabeza, los ojos y la espalda. No me importaba el dolor; a fin de cuentas, en aquellos momentos lo único que deseaba era morir cuanto antes, convencido de que esa era la única manera de terminar con aquella situación y que cuando eso ocurriera, por fin podría volver a ser todo como antes, y me reuniría otra vez, no sabía dónde, aunque tampoco me importaba, con toda mi familia.

II

EL MAESTRO

Fue mi antiguo maestro el que me encontró vagando cerca de su casa, aterido, hambriento, enfermo, sin ánimo de nada. A él nadie le había prestado atención. Era notorio que no se hallaba en sus cabales, y todos sabían que un loco es incapaz de razonar. Lo dejaron también como mofa. Aquel loco era el que enseñaba a los judíos. Los niños le lanzaban piedras mientras los mayores le insultaban, haciendo menciones obscenas a su circuncisión. Alguno, incluso, sacaba su cuchillo y hacía amago de correr tras él, gritando que había que terminar el trabajo. Le empezaron a llamar Salomón Birz-milah, y muchos cristianos se reían de aquella ocurrencia.

Pero su locura no le impidió recogerme y llevarme con él hasta su casa en la que vivía solo desde que su mujer había muerto. Salomón Benassar no sólo me socorrió, sino que también lo hizo con el mismo cariño que si yo hubiese sido su hijo. Me cuidó durante el tiempo en que apenas era capaz de alimentarme por mí mismo. Aquella fue una época de mi vida en la que debí estar más cerca del otro mundo que de éste. Sólo recuerdo entre brumas unas manos y unos ojos, los de Salomón Benassar.

Me dijo más tarde que no comprendía cómo había conseguido sobrevivir. Cuando me encontró, ni tan siquiera pudo reconocerme, lleno de sangre, sucio, fuera de mí, con el rostro tan desencajado que parecía un animal. Incluso llegó a pensar que estaba endemoniado, pues según me contó, salí de unos matorrales espinosos y caminé como si no lo viese, sin apercibirme de su presencia. Entonces cayó en la cuenta de que aquel espectro vagabundo era David Meziel, uno de sus discípulos. Me llevó con él y me escondió, a pesar de que habían encontrado a uno de los soldados de la Reina degollado en mi casa. Nada dijeron de los cuerpos de mis hermanas. Para ellos sólo eran otras hebreas más, y poco comentario merecían.

Gracias a sus cuidados volví a ser yo al cabo de unos meses. Para entonces Toledo no era ya la ciudad que una vez había conocido, y Salomón decidió que, puesto que a él lo tenían por loco, y eso le permitía sobrevivir, porque la gente lo veía como un ser ridículo pero inofensivo, yo debía ser como él. Lo acompañaría por calles y caminos, como si la locura fuese nuestra única compañera. Quizás así podríamos sobrevivir, aunque corriésemos el riesgo de que nos metiesen en jaulas, porque de otra manera sólo veía que nos esperaba un fin atroz: tal vez ser quemados vivos.

Ésa era casi la única esperanza que teníamos si queríamos permanecer en Toledo al menos hasta que las aguas hubiesen vuelto a su cauce, porque durante todo aquel tiempo las noches se llenaban de violencia. Rara era la víspera en la que no se quemaba alguna casa de judíos, o se desvalijaba un almacén o un comercio sefardí. Pronto se convirtió en una rutina, y nadie parecía asombrarse por ello, ni tampoco sentir la más mínima piedad por las víctimas. Muy al contrario, hacían aviesos comentarios sobre que nos merecíamos eso y mucho más.

A veces nos escondíamos en alguna ruina o en un huerto, y veíamos lo que acontecía. Observaba a mi maestro, consciente de cómo sufría por todo aquello, tanto que le acometía una especie de fatiga, y parecía ahogarse. Temía en aquellos momentos que aquel hombre sufriese un ataque como los que le sobrevenían frecuentemente. Pero Salomón al notar mi inquietud, quiso tranquilizarme y me explicó que eso se había terminado, pues sin tener explicación para ello, no habían vuelto a darle desde que comenzaron las persecuciones.

Vi entonces que Salomón Benassar no era sólo un maestro. Escondía dentro de sí un hombre culto y con experiencia. Se dio perfecta cuenta de que había mucho que hacer, pero que no podía acudir a nadie, pues se exponía a que lo llevasen ante los tribunales de la Inquisición. Y eso, en aquellos aciagos días, para un judío era igual que una condena a muerte.

Una tarde me dijo que iba a confiarme un secreto, pues temía que a él pudiese sucederle algo; y si eso ocurría, podría llegar a perderse todo. El gran rabino de Toledo le había encomendado que ocultase los rollos de la Torá de la sinagoga principal. Nadie iba a pensar que el depositario de algo tan precioso era alguien como Salomón Benassar, pero el gran rabino era un hombre listo y astuto. Los inquisidores creían haberlos destruido, quemándolos en la plaza frente a la sinagoga, pero se trataba sólo de unas copias que estaban haciendo para la sinagoga de Maqueda. Sin embargo, los verdaderos estaban ocultos, enterrados en la *genizah* dentro de un gran arcón bajo las losas del cementerio que se hallaba en la fachada posterior de la sinagoga. La misión de Benassar era esperar mejores tiempos, si es que llegaban, y cuando la tormenta hubiese amainado, sacarlos de allí para ponerlos a buen recaudo. Más tarde serían mezclados con otros enseres sin valor para poder sacarlos del Reino. La esperanza era poder llevarlos a Portugal y embarcarlos en Lisboa para Amsterdam. La judería de aquella ciudad era un lugar seguro y adecuado, pues todo el mundo sabía que allí residían los *hakham*, que sabrían guardarlos, aunque tuviesen que pasar mil años.

Benassar me explicó que el gran rabino estaba amargado y decepcionado. Tantos siglos había estado nuestro pueblo en la tierra de Sefarad, creyendo haber llegado al Paraíso, o lo más cercano a él que había en la tierra. Castilla había sido algo así como la Tierra Prometida, pues cuando llegaron hasta aquí nuestros lejanos antepasados, quedaron extasiados con lo que vieron. Parecía un lugar similar a Judea, a Samaria, a Asia Menor. Era como el premio a tantos esfuerzos, a haber sobrevivido. Las profecías parecían haberse cumplido con creces, porque durante incontables años sólo tuvieron la esperanza. La destrucción de Jerusalén, la cautividad, la esclavitud, la tiranía. Sólo tenían las visiones de sus rabinos que les consolaban en aquella larguísima noche. Ellos les decían con gran fe que algún día llegarían a un lugar que era algo así como la antesala del Paraíso. En cuanto llegaron a Castilla, supieron que aquellos rabinos no les habían engañado con palabras vanas.

Parecía también un lugar de paz y concordia, muy similar al Medio Oriente, la media luna fértil, el arco desde el Golfo de Persia hasta el Valle del Éufrates, desde la costa de Biblos y Tiro hasta el Mar Muerto, donde convivían los musulmanes con los cristianos en un ambiente idílico. Allí los rebaños se entremezclaban, y en apariencia, podían habitar ayudándose los unos a los otros.

Eso había sido así durante siglos, tantos que finalmente algunos ancianos y rabinos dictaminaron con cierto alborozo que la Diáspora había terminado y que Sefarad era el destino final de la larga huida que parecía haber acabado para siempre.

Pero para nuestra desgracia, ahora podíamos comprobar que el gran rabino, el Consejo de Ancianos, la comunidad sefardí, los hombres sabios, todos se habían equivocado. No había lugar para el descanso, no había final. De nuevo, como hacía tantos siglos cuando el Imperio Romano había adoptado el cristianismo como religión oficial, había que volver a huir, volver al camino sin mirar atrás; y si alguien lo hacía, era para comprobar que los perseguidores parecían no cansarse nunca.

Pero Benassar era un hombre especial, y a pesar de su amargura, sonreía con una mueca de cinismo, mientras descansábamos en el sotobosque cercano a las últimas casas de Toledo.

—Mira, David, si a la larga alguien sale perdiendo, es Castilla. Los Reyes Católicos quieren hacer gala de su título, pero esto que hacen, sin lugar a dudas, empobrecerá el país. Nos echan, a muchos nos matan, siempre con pretextos y excusas. Sin embargo, nosotros nos llevamos, unos a la tumba, otros a lejanos lugares, nuestra cultura, nuestros oficios y conocimientos, nuestras tradiciones, todo un mundo que vacía otro. Cuando ya no queden aquí judíos, este país será muy diferente, y donde vayamos, llevaremos con nosotros una riqueza que no puede medirse en oro, ni en bienes materiales. Pero ¿quién puede explicarles que están equivocados? Ahora sólo quieren que nos vayamos, pues es grande aún su envidia por nuestros progresos y virtudes. No nos aceptan, porque cuando estamos junto a ellos, pueden comprobar que con el mismo rasero somos diferentes, y eso es una gran verdad. Lo hemos sido siempre, algo que no van a conseguir igualarlo ni los dominicos, ni la Inquisición, ni los grandes tormentos.

Benassar prosiguió su discurso, mirándome con gran cordura, y yo no podía por menos de admirarme de que al final alguien me hablase con verdad, sin disimulo, ni falsas esperanzas.

—David, al igual que en Masada los zelotes consiguieron burlar a sus sitiadores, los romanos que habían invadido Judea prefiriendo la muerte a la ignominia y a la esclavitud, nosotros, los judíos sefardíes, debemos prepararnos para grandes sacrificios. Ahora, cuando habíamos comenzado a caer en la molicie, convencidos de que ya por fin nada teníamos que temer, nos sobreviene esta nueva prueba. ¿Pues quién mató a los judíos de Cesarea? La respuesta la dio Eleazar en el discurso cuando los convenció de que era mejor morir que entregarse a sus sitiadores.

»Aquí en Toledo —prosiguió— y en toda Sefarad, nos vuelve a ocurrir lo mismo, y creo, lo digo con amargura, que nuestro Dios reserva aún días de más dolor a éste su pueblo escogido. Cada vez que creamos estar a salvo, de nuevo volverá Masada, y nos encontraremos sitiados, acosados por aquellos que eran nuestros convecinos, nuestros aparentes amigos y conocidos. En cada uno de ellos tendremos de pronto un enemigo, que sólo deseará vernos muertos, o al menos desterrados. Pasarán los años, los siglos, y no conseguiremos más que malvivir, engañándonos de nuevo los unos a los otros para al final demostrarnos que sólo somos zelotes rodeados de un enemigo al que únicamente se puede escapar con la muerte.

»Eleazar fue claro —murmuró pensativo Benassar—. Las gentes de Cesarea, los más cercanos a ellos, eran sus verdaderos enemigos. Eso ocurrió también en Damasco y en muchos otros lugares, y seguimos aquí muchos años después, en Toledo, sin haber aprendido nada. Quizás a mí me lo ha enseñado la locura, porque la razón debe ser mala consejera cuando nadie la quiere como amiga.

Benassar me miró mientras levantaba sus brazos al cielo.

—Lo que aquí nos ocurre estaba dicho de antemano. Mira al molinero al que llevábamos nuestro trigo, que parecía aceptar molerlo aparte sólo por un poco más, como haciendo un esfuerzo que debíamos agradecer para poder preparar nuestro pan ázimo para la Pascua. Ese mismo molinero nos ha denunciado, al igual que a mí me insultan y me tiran piedras muchos de los que enseñé a leer, como si quisieran demostrar a sus vecinos que no por ello tienen la más mínima vinculación con los judíos. Pero ¿sabes quiénes son en realidad nuestros peores enemigos? Aquellos que nacieron de madre judía y fueron enseñados en la Ley mosaica, de la que después renegaron. Ahí tienes a ese tal Torquemada, al Gran Inquisidor. Él sabe que es judío, pero es el más fanático antijudío que hay en los Reinos de Castilla y Aragón.

»Creo por tanto, David, que debemos intentar pasar desapercibidos, porque aunque también persiguen a los gitanos, no lo hacen con tanto ahínco y desmesura; por lo que a mi entender, debemos echarnos al camino y desaparecer de los alrededores de esta ciudad que siempre ha sido acogedora con nosotros, desde que hace más de cien años por última vez nos mostró su verdadero rostro. ¡Torpes y ciegos hemos sido al permanecer en ella! Hemos jugado a ser como los otros, creyéndonos iguales ante la ley, pero sólo hasta cierto punto. Y ahora, al final, salen a relucir las diferencias.

Por primera vez vi a Benassar excitado. Las aletas de la nariz le temblaban, lo que también le ocurría cuando, ocultos, presenciábamos cómo le prendían fuego a una casa o perseguían a pedradas a otros judíos. Cierto que él lo debía sentir más, pues los más jóvenes entre ellos habían sido discípulos en su clase, e incluso los había preparado en su *Bar-Mitzvah*.

Pero Salomón Benassar quería desahogarse conmigo, y siguió su discurso, poniendo un énfasis tal que más parecía que estaba hablando a un grupo de rabinos acerca del Talmud.

—No nos ha sucedido más que lo que hemos buscado con ahínco. Convertidos en corderos, todos iguales, mansos y prestos para el sacrificio. Ahora llegan los cristianos a nuestras puertas, pero ya no llaman con mesura y concordia; más bien, vienen a derribarlas, a entrar en nuestras moradas, violar a nuestras hijas y mujeres para, satisfecha su lujuria, después degollarlas, y conducir finalmente a los hermanos que han escogido la conversión para salvar la vida a eso que llaman autos de fe, que no son más que bárbaros sacrificios humanos en los que no nos devoran porque debemos parecerles poco apetitosos.

»Debemos, pues, David, marcharnos con premura. Creo que gran cordura mostraríamos si lo hiciéramos como dos locos, dando saltos y tocados con cucuruchos, para que pudieran reírse de nosotros. Así al menos tornarían su crueldad en risas y burlas, y no caerían al pronto en que pueden matarnos impunemente.

Así me habló con amargura Benassar, y a pesar de mi corta edad, comprendí bien lo que quería expresarme. A fin de cuentas, era muy consciente de que, aunque algo enfebrecido, mi niñez había quedado en la espalda del soldado al que había dado muerte. Benassar insistió en que no debía pensar en ello más que como un ejemplo vivo de lo que mi antecesor bíblico había llevado a cabo con Goliat. Hecho estaba, y según él, no era sino un eslabón más que yo había conseguido soltar de la larga cadena de injusticias que algún día debería romperse en mil pedazos.

Los argumentos de mi maestro terminaron de convencerme de que era un sabio, y en modo alguno un loco. Al reflexionar sobre sus argumentos, de pronto caí en la cuenta de que éramos un pueblo diferente al que todos parecían odiar hasta un punto inimaginable. ¡Qué lejos me parecían los días en que asistíamos juntos a la escuela judíos, cristianos y musulmanes! Y eso había sucedido hacía apenas unos meses, que lo habían trastocado todo. Aparecieron de pronto lobos entre las ovejas, también buitres y cuervos a rapiñar los despojos. Toda una fauna que se me antojaba demasiado cruel y peligrosa, y que me admiraba no haber sido capaz de discernir hasta que se habían quitado las máscaras.

Aquella misma noche, sin esperar más, pues no queríamos abusar de nuestra suerte, nos disfrazamos de titiriteros. Cierto que todo el mundo sabía que éramos judíos, pero para ellos debíamos ser antes que otra cosa locos y bobos a los que no merecía la pena tomar en serio, sino más bien utilizar nuestra locura en su provecho, porque no hacíamos más que demostrar a todo el que quisiera verlo que así éramos los verdaderos judíos, o más bien como ellos entendían que debíamos serlo. Eso parecía satisfacerles tanto que hasta creo que nos miraban con algún afecto.

Era Benassar un buen maestro y también astuto en sus elucubraciones, y pudimos escapar de Toledo sin más heridas y golpes que los que ya llevábamos en el alma. Cruzamos prestos las murallas y salimos, pues, a la fresca noche y a la oscuridad que nos amparaba con el convencimiento de que cada paso que dábamos ponía tierra de por medio entre nosotros y los que de improviso se habían declarado nuestros mortales enemigos.

Por todo ello, sentía una mortal rabia dentro de mí. Aquellas gentes habían asesinado a los míos después de torturarlos, y en el caso de mis hermanas, tras violarlas. Eso ya de por sí era suficiente para justificar mi odio. Pero sobre todo, me sentía engañado y frustrado, como si toda mi niñez no hubiese sido más que una enorme mentira, un descomunal embuste, y los que lo habían urdido y tramado lo supieran desde siempre. Comprendía ahora algunas miradas de reojo, algunos comentarios y murmuraciones escuchadas al vuelo o casualmente: «¡Esos judíos! ¡Pero si no son humanos! ¡Menos que bestias!… Si se atrevieron a matar a Jesucristo, Nuestro Señor, en la cruz, ¿de qué no serán capaces…?» Pero entonces, en mi ingenuidad, me parecieron sólo comentarios, otros más de los muchos que se oían entre las envidias y rencillas de las gentes, que las había, y graves, entre los propios cristianos y también entre los musulmanes, por lo que no llegué a imaginar que éramos diferentes, sino que aquellas rencillas eran algo normal en la vida cotidiana y no un odio larvado, agazapado hacia nosotros. Nunca creí que pasarían de ser más que palabras, casi sin mala fe. La realidad me había enseñado que aquellas demostraciones eran más bien el caldo de cultivo de una pócima mortal que al final deberíamos beber todos nosotros.

Benassar decidió, tras muchas vueltas de cabeza, que debíamos ir a Valladolid. Cierto que allí estaba aposentada la Inquisición, pero dijo con una cierta sorna que quizás el lugar donde el lobo no buscaría nunca sería entre sus propios dientes. Meternos en la boca de la alimaña era peligroso, pero también astuto, y comprendí que no teníamos otras alternativas si queríamos sobrevivir.

Durante el azaroso viaje, tuvimos que escondernos varias veces. Todo un ejército salido en apariencia de la nada conducía a muchos de los nuestros al destierro, a la expulsión, o a veces a la muerte. Estos últimos iban apartados, llevados por soldados que portaban en el pecho y la espalda las armas de la Reina, y entre ellos cabalgaban también frailes dominicos de severo semblante, en los que a pesar de todo, se notaba la satisfacción del cazador que ha tenido fortuna. Escondidos desde los ribazos o entre los setos, en donde las zarzas nos torturaban, veíamos pasar aquellos rebaños humanos, gentes como nosotros, rabinos, comerciantes, campesinos, hombres sin más, mujeres, niños, ancianos. Todos igualados por el blanquecino polvo del camino, y como los personajes de un antiguo drama griego, muchos de ellos con los pies sangrantes, o incluso heridos o maltrechos, con el brazo en cabestrillo, cojos, mancos, enfermos, caminando sin poder detenerse, porque al que no podía seguir o no podía ser llevado por los otros, era ajusticiado donde mismo caía, y eso lo presenciamos más de una vez. Allí junto al camino quedaban sus restos para pasto de fieras, entre la indiferencia de los guardianes y también de los propios cautivos que, salvo raras excepciones, parecían haber tornado su alma de hombres, que alguna vez tuvieron que tenerla, en seres egoístas y mezquinos, pues muchos de ellos veían caer a su vera a otro ser humano sin que su gesto cambiara y sin hacer ni tan siquiera remedo de agacharse a ayudarlo. No fue sino muchos años después cuando comprendí que el corazón de las víctimas se igualaba a veces al de los sicarios que las torturaban, como si un mal aire les hubiera afectado a ambos por parejo, o como si entre ambos se estableciera una extraña afinidad.

Escondidos, mirábamos atónitos lo que estaba sucediendo, porque de otra manera nunca nos hubiésemos creído lo que nuestros ojos testificaban. Junto a mí, Benassar murmuraba oraciones, incrédulo a pesar de lo que acontecía, cuando un soldado fustigaba a alguno que se sentaba exhausto al borde de la calzada sin poder continuar. Daba igual que se tratase de viejos que de niños, o de mujeres tan ancianas que más parecían arrastrarse que caminar. Alguien había dado unas órdenes estrictas, y eran golpeados sin misericordia para que caminasen al ritmo que imponían los guardias.

Se estaba cumpliendo con holgura el Decreto de los Reyes Católicos, al dictado de Mendoza, Torquemada y otros como ellos. Benassar me explicó que las Órdenes Militares tenían que ver en ello, como también los frailes dominicos, la Iglesia Católica y Romana, junto a otros estamentos que temían y odiaban a los judíos, que más que otra cosa, necesitaban dirigir un odio irracional hacia ellos, ya que su expulsión, la muerte de muchos en los autos de fe, pues antes que conversos eran judíos de raza, no podían servir a objetivo humano alguno.

Al igual que hacía dos mil años, cuando grandes contingentes de judíos fueron deportados a Babilonia, de nuevo estaba sucediendo. Pero Castilla siempre me había parecido un Reino adelantado, lejano de las supersticiones y brutalidades de los asirios. Ya no tenía sentido repetir un holocausto entre las gentes del Libro, y sin embargo, estaba ocurriendo frente a nuestros propios ojos.

Íbamos, pues, callados, más indignados que temerosos, puesto que éramos muy conscientes de que nos hallábamos rodeados de maldad, como si alguien hubiese destapado una enorme olla donde se estuviese cociendo el odio a los que no eran iguales, y en ella hervían la violencia, la envidia, la maldad pura, el ansia de terminar con la vida de los demás. Aquellos campos que cruzábamos, los caminos, los pueblos que íbamos dejando tras nosotros, todo ello alguna vez me había parecido parte de mí, como una extensión de mí mismo, hasta que la realidad se impuso con su cruel recado. Había acompañado varias veces a mi padre a buscar leña caída. Ése era el mayor privilegio que el Rey había concedido a sus súbditos. Ahora ya no lo éramos. Se nos consideraba parias, enemigos, algo que había que aniquilar y expulsar a toda prisa.

Benassar caminaba junto a mí murmurando constantemente, divagando sobre todo lo que se le ocurría, reflexionando sobre la vida y la muerte en un larguísimo monólogo que no tenía fin ni cuando teníamos la suerte de poder comer algo. Aquel hombre no estaba loco, lo que ocurría era que la indignación le subía a borbotones por la garganta, y no quería quedarse con ella dentro. Algo de lo que él decía lo asimilaba, pues prestaba entonces más atención que nunca a las palabras del que volvía a considerar mi maestro.

Él me instruyó en la forma en que tenía que actuar y en los personajes que debería interpretar según las circunstancias. Lo mismo debía ser un lazarillo, que un bobo cabal, que su discípulo. Todo dependía de quien tuviésemos delante. Así, caminando siempre a buen paso, llegamos a un pueblo como otros muchos que habíamos dejado atrás, casi siempre dando un gran rodeo para evitar tener un mal encuentro. Pero estaba anocheciendo, y cuando llegaba la hora de dormir, a veces nos introducíamos en un pajar para ponernos a cubierto tanto de las inclemencias como de las alimañas.

Fue también la curiosidad la que hizo que nos acercásemos, pues oímos gritos y golpes desde lejos, y eso nos extrañó. En aquel lugar parecía que los mismos infiernos habían dado cuenta de la tranquilidad que allí debería haber. En las afueras vimos un grupo de hombres a caballo, soldados casi todos, menos dos dominicos y un caballero de paisano. Llevaban con ellos no menos de treinta personas en dos carromatos de los que se utilizan para transportar la mies. Y eso fue lo que aquello me pareció más que otra cosa: una cosecha de gentes que iban de pie, apretados como gavillas, gimiendo la mayoría, otros callados sin decir palabra, como si algunos ya hubiesen dicho todo lo que tenían que decir y se encontrasen agotados. Debía tratarse de varias familias, al menos cuatro o cinco, porque iban viejos y también niños, tan pequeños algunos que debían ser llevados en brazos por sus madres.

Comprobé, algo espantado, que mi corazón se estaba convirtiendo en una piedra, pues no fue para nosotros ninguna sorpresa ver aquel espectáculo. Pero sí el ver cómo eran tratados por sus propios vecinos, que les gritaban y les tiraban piedras sin motivo aparente, por verlos más torturados si cabía. Una joven de mi edad fue alcanzada en la cabeza por un canto, y cayó desmayada dentro del carro como si la hubiese fulminado un rayo, mientras escuchaba el grito de júbilo del que tan buen tino había tenido.

Entonces, sin poderlo evitar, me puse a llorar con desconsuelo. Era verdad que durante todo aquel tiempo me estaba haciendo el hombre que quería aparentar que ya nada me impresionaba, pero aquello era demasiado. No podía asimilar tanta maldad y tanto odio sin que se desmoronara dentro de mí todo lo que me hacía permanecer vivo.

Unos vecinos, entre grandes risotadas y aspavientos, estaban formando una enorme pila con muebles, enseres y ropas, gastándose entre ellos macabras bromas y pullas, haciendo remedo de todas las intimidades que estaban violando, alborozados por sus descubrimientos en un paroxismo de brutalidad.

Entonces, con voz queda pero firme, Benassar dijo que me fijase bien, que esa sería la mejor clase que había recibido nunca, porque allí no quedaba ya más que la desnuda realidad. No había hipocresías ni otros intereses más que terminar de una vez con el asunto que les ocupaba, es decir, con nosotros los sefardíes, que debíamos aprender de una vez por todas que aquélla no era nuestra tierra, ni aquellas gentes nuestros vecinos, ni mucho menos nuestros amigos. Sólo quedaba, pues, el mero fuego que comenzaba a arder en los pocos muebles astillados y en los libros de rezos que habían encontrado, y también las piedras que eran lanzadas por todas las manos para que nadie pudiese decir luego que no participó en aquello. Sólo quedaba una crueldad tan fría como la piel de una culebra.

De pronto, todo se agitó aún con más interés. Fue porque encontraron a una mujer que se había escondido bajo el tejado de su casa. Parecía hallarse enloquecida de miedo. Tenía los ojos abiertos, tanto que creí que se le iban a salir de las órbitas, y del gran pavor que sentía no era capaz de articular sonido alguno. A pesar de hallarnos escondidos a una distancia prudencial, aunque había caído la noche, la luz de los grandes fuegos que habían prendido en la plaza iluminaba los rostros, descomponiendo los rasgos con las fluctuaciones de las llamaradas, y pude percibir en aquel rostro una angustia tal que sentí dentro de mí cómo era capaz de compartir el miedo, la ansiedad y el espanto que aquella mujer sufría.

En mi zozobra miré a Benassar de soslayo, pero él tampoco estaba para consolarme. Comprendí que hasta aquel instante había estado haciendo un gran esfuerzo por evitar mi miedo y aliviar mis cuitas, pero que, como él decía, la realidad finalmente se había impuesto. Ya no teníamos, ni él, ni yo, donde ampararnos ni socorrernos, ni tan sólo el gemir ante lo que estábamos viendo. Sólo quedaba rezar por dentro para que no diesen también con nosotros y averiguasen el engaño, pues aunque por alguna extraña razón mis rasgos tenían poco de sefardí y mis cabellos eran como del color de la paja, Benassar era, en contraste, uno de los judíos más judíos que en mi corta vida había conocido, e incluso se le escapaban unos rizos que se le enroscaban en las mejillas, poniendo en evidencia una nariz que era algo así como el símbolo vivo de Judea.

Han pasado ya muchos años, pero aún recuerdo con espanto lo que ocurrió a continuación, y de lo cual fuimos testigos de excepción, ocultos en un almiar al que habíamos trepado, introduciéndonos con grandes fatigas entre la apretada paja que por todas partes nos pinchaba impidiéndonos casi respirar.

Aún seguía sin poder comprender cuál era la causa por la que aquella tranquila vecindad se había transmutado en una especie de demonios y trasgos que bailaban, como sugestionados por su propia violencia, alrededor de la pira en la que habían colocado varios postes enhiestos a los que habían atado sin misericordia a dos ancianas que sin duda eran sefardíes, y con ellas también a la joven que había pretendido ocultarse. Entonces los verdugos, pues no era otro su título, se retiraron unos pasos, comprobando satisfechos que todo estaba en orden, para enseguida tomar unas antorchas y por varios lugares, con gran diligencia, prender fuego. Eso lo consiguieron con dificultad, porque la leña era tierna y se hallaba húmeda a consecuencia de algunos chaparrones que habían caído aquella misma tarde.

Los gritos de júbilo de los villanos fueron tornándose en imprecaciones al comprobar que la hoguera no ardía, y todos ellos parecían defraudados hasta que uno que se hallaba cerca de donde nos ocultábamos se acercó al almiar y comenzó a rebuscar paja seca, tan cerca de mí que sentí gran temor de que por azar me cogiese de la cabeza y tirase hacia afuera, porque si eso hubiese sucedido, creo que habría muerto de espanto sólo de imaginar lo que a continuación ocurriría.

Varios de los vecinos aplaudieron la idea y corrieron hacia el almiar para repetir la operación, pero tuvimos la fortuna de que la paja estuviese más seca por el otro lado, y de allí extrajeron un gran montón que apilaron entre los leños. Con la certeza de que todo iba a arder conforme a sus propósitos, de nuevo se animaron; cierto que empujados a ello por un fraile dominico que parecía el más interesado en llevar a cabo aquella barbaridad.

Benassar me había advertido del odio que aquella Orden tenía por los sefardíes, a los que acusaban constantemente de todas las atrocidades que ocurrían, ya fuese rapto de niños a los que, según divulgaban, los judíos extraían los fluidos vitales en ceremonias espantosas, o el de vírgenes raptadas para violarlas por los ancianos o cosas similares, todas ellas tremebundas, pero que bien les servían para azuzar a las gentes ignorantes contra nuestra raza. Supe más tarde que lo que realmente temían era que transmitiésemos nuestro afán por los libros y las Ciencias, que entre nosotros estaban muy acendradas, y terminásemos con muchas de las supersticiones que ellos propalaban, que mantenían a las gentes ignorantes en un estado de temor y dependencia hacia ellos.

Fue el fraile el que con grandes esfuerzos, logró hacer arder la enorme pira, y se le veía orgulloso de ello, como si hubiese conseguido algo trascendente, mientras que los que le rodeaban comenzaban a aullar y danzar como energúmenos, poseídos por un estado de ánimo parecido al de un trance en el que todos hubiesen caído.

Yo no quería mirar. Ni por edad ni por valor podía hacerlo, pero algo más fuerte que mi voluntad me impelía a levantar la vista, y aunque nublados los ojos por las lágrimas, veía retorcerse entre atroces espasmos aquellos cuerpos, a pesar de estar bien sujetos por muchas sogas y nudos a los postes. Aquello duró más de lo que hubiese pensado. El humo se arremolinaba y los asfixiaba, las llamas laceraban los cuerpos y sus espantosos gritos sonaban en toda la plaza, aterrorizándome. Luego, cuando finalmente la muerte se apoderó de ellos, se hizo un gran silencio, roto solamente por el crepitar de las llamas, y los vecinos fueron retirándose de aquel lugar maldito lleno de olor a carne quemada. Se habían quedado silenciosos, como si de pronto todos ellos se hubiesen dado cuenta del terrible crimen que acababan de cometer. Allí sólo quedó el fraile, alzando una gran cruz de madera sobre su cabeza, como si quisiera hacer cómplice de todo aquello a Jesús crucificado, o tal vez buscando en aquellas tablas mal clavadas una justificación que encubriera lo que no era más que un criminal acto.

Mis sollozos debían escucharse desde lejos, pero nadie parecía oírlos, ya que el fraile, el último testigo que restaba, pues los soldados habían abandonado el lugar al poco de llegar nosotros, parecía insensible a nada que no fuese su propio fanatismo.

Benassar no podía tampoco articular palabra, y con la cabeza oculta entre sus brazos parecía exhausto y desfallecido en cuerpo y alma, incrédulo ante lo que acababa de suceder; y como yo, consciente de que siempre habíamos vivido rodeados de gentes como aquellas a las que nunca habíamos temido, porque si bien era cierto que alguna que otra vez había un brote de animadversión entre ellos y nosotros, parecía más bien una pelea familiar, algo casi normal en una convivencia tan cercana. Nunca hubiésemos podido imaginar que pudiese existir un odio tan insondable entre cristianos y judíos.

Al final debí quedarme dormido, casi exánime, y lo mismo debió ocurrirle a Benassar. Allí, entre la paja, me sentía abrigado y protegido. Soñé con mis padres, con mis hermanas. Era de noche, y me hallaba dormido en la cama. Me veía a mí mismo encaramado en la gran viga de roble oscuro que cruzaba nuestra alcoba. Veía abrirse la puerta y entraba mi madre, que se quedaba observándome sin pestañear; luego la seguía mi padre, portando con las mismas vestimentas que utilizaba cuando iba a los juzgados. Por fin entraban mis hermanas, pero ellas iban vestidas sólo con una especie de camisa de dormir. Todos se encontraban muy pálidos, como si fuesen de la misma cera blanca de los velones de la sinagoga, y rodeaban mi cama mirándome fijamente. Yo me despertaba aterrorizado, porque de repente caía en la cuenta de que todos ellos estaban muertos. Veía con precisión sus rasgos, su piel grisácea y sus ojos vidriosos. Era tal el terror que sentía que no podía tampoco moverme y sólo podía cerrar los ojos, porque aquella visión me resultaba insoportable. De pronto, notaba que caían gotas sobre mí y al abrir los ojos, veía espantado que eran lágrimas de sangre que brotaban de sus ojos y que empapaban mis sábanas y mi lecho.

Luego, sumergido en tanto pánico, volvía a abrirlos, y me hallaba sentado en la misma viga, con la habitación vacía, sabiendo que sólo era una espantosa pesadilla dentro de otro sueño.

Me desperté gesticulando, lleno de pavor al recordar lo que en realidad había sucedido, picándome todo el cuerpo por la paja que se había ido clavando entre la ropa.

Benassar me tapaba la boca con sus manos, atemorizado de que pudiesen llegar a oírnos a pesar de lo temprano de la hora, porque apenas acababa de amanecer, y aunque era el momento de levantarse, todos en aquel lugar se habían acostado muy tarde aquella noche.

Entre la paja hice un hueco para poder observar lo que acontecía en la plaza, y la visión que me aguardaba me hizo sentir arcadas y una enorme angustia, porque los cadáveres requemados, ennegrecidos por el humo, dejaban entrever huesos blanquísimos y algunas calaveras que entre los rescoldos asomaban y que parecían sonreír con extrañas muecas de sus dientes. No pude ver más, pues Benassar tiró de mí con fuerza, sacándome del almiar. Dijo entredientes que debíamos irnos de aquel lugar maldito cuanto antes.

Mientras caminábamos envueltos en los primeros albores, le oía murmurar que todos habíamos enfermado de una extraña peste que anidaba en la cabeza, en el cerebro. Alguien, hacía ya muchos siglos, la había traído de un remoto país. Tal vez en uno de los barcos que llegaban de Berbería. Él sabía, porque su padre había estado alguna vez allí, que las caravanas cruzaban los inacabables desiertos que desde Orán llegaban hasta Egipto y después a Mesopotamia. Allí entre dos ríos, el Eúfrates y el Tigris, había estado una vez el Paraíso y también el Diablo, el Señor del Averno, que tentó a Eva, porque creyó que era más débil.

—Todo había terminado —dijo con pesadumbre Benassar—. El Paraíso se había enterrado en la arena, sus selvas como jardines llenos de frutas maduras se habían agostado, sus pájaros se dispersaron por lejanas islas, la mayoría de sus animales maravillosos y llenos de amor por el hombre se habían extinguido. Los lagos y fuentes, sus torrentes cristalinos, los ríos que bajaban de las lejanas cumbres de hielo y nieve se habían secado para siempre.

»Pero algo había quedado en aquel lugar —Benassar me miró con sus ojos enrojecidos por el llanto, mientras andaba arrastrando los pies inflamados y llenos de llagas—. Allí, en aquel ignoto sitio, no todo había terminado. Había sobrevivido la serpiente. Vivía entre las ruinas, las viejas piedras, la reseca arena. Tenía sus propios súbditos: las arañas, escorpiones, cucarachas y ratas que durante un enorme espacio de tiempo habían sido los guardianes de lo que había restado del Paraíso. La maldad, la violencia y la codicia se habían adueñado de todo; y en aquel lugar, donde sólo se habían escuchado los cristalinos torrentes, los cantos de los pájaros, el rumor de la fresca brisa, ahora se oían los frenéticos chillidos de las ratas devorándose unas a otras. También el espantoso rugido de la maldad, que ascendía de los profundísimos pozos que conducían a los abismos infernales.

»Allí había ido creciendo la envidia, la brutalidad —Benassar se detuvo mirándome a los ojos—. Era una enfermedad terrible —aseguró—, un veneno que se transmitía por el éter sin necesidad de que nadie lo inoculara directamente. Una especie de peste, como la que hacía pocas décadas había asolado toda Europa. Pero —insistió— era algo peor, mucho peor.

Sin apenas darnos cuenta, habíamos entrado en un bosque, atraídos por el refugio de aquella penumbra. Yo tenía un hambre atroz, y Benassar ya no podía ni con su alma. Pero teníamos la certeza de que si aquellos soldados que el día anterior habíamos visto por los caminos nos capturaban, con seguridad nos conducirían a la hoguera o a la horca.

Nos adentramos en la espesura, al igual que un animal herido busca refugio en lo más profundo de la selva. A pesar de la sensación de temor que me acompañaba, de la amargura que sentía dentro de mí por lo que le había sucedido a mi familia, a pesar del cansancio y del hambre, supe que en aquel bosque estábamos seguros. Benassar caminaba con decisión, como si supiera adónde nos dirigíamos, y yo no podía hacer otra cosa que seguirle sin rechistar, pues tenía la certeza de que con él me hallaba a salvo.

Llegamos después de una fatigosa caminata a un lugar casi impenetrable. Allí los árboles eran mucho mayores y cubrían con sus copas el suelo, tanto que a nuestro alrededor parecía haber oscurecido. Dentro de mí sentía miedo, pero vi que poco a poco se iba desvaneciendo, dejando paso a una gran serenidad, la misma que sentía cuando me acostaba en mi casa y veía revolotear a mi madre de un lugar a otro a la luz trémula de un candil hasta que al final todo quedaba en paz.

Benassar se introdujo entre unos grandes arbustos que crecían al socaire de unas formidables raíces, parecidas más bien a las garras de un desmesurado dragón que se hallase sobre nosotros.

Penetramos por aquella especie de orificio al interior. Una vez allí, me quedé anonadado. Aquel lugar era un impresionante claro en el bosque y nos hallábamos en el borde superior de un valle circular de al menos una legua, rodeado de gigantescos árboles en todo su contorno. Al ver aquello, sentí un gran alivio dentro de mí, porque supe con certeza que en tal escondite nunca podrían hallarnos.

Comprendí entonces que Benassar no me había hablado gratuitamente del Paraíso. Él sabía bien dónde se hallaba, conocía aquel lugar secreto y lo había compartido conmigo para poder salvarnos. Vi correr unos conejos entre la fresca hierba, también bandadas de tórtolas, ciervos, jabalíes que se acercaban a beber a un arroyo rebosante de truchas.

Mi maestro, agotado, se había sentado al pie de un roble y parecía observar todo aquello con un rictus de tristeza, sabiendo que toda la belleza de aquel lugar, su serenidad que casi nos abrumaba, se debía al hecho de que ningún ser humano parecía haberlo hollado antes.

Cuando hubimos descansado me explicó cómo podíamos capturar un conejo. Y con gran habilidad, que yo no esperaba en aquel hombre de letras y pensamientos, armó una trampa aprovechando unas mimbreras que crecían junto al arroyo. Luego, después de beber la fresca y clara agua que por él corría, nos sentamos pacientemente a esperar.

Sin embargo, por la razón que fuese, yo tenía más curiosidad que hambre, por lo que le rogué a Benassar que siguiese hablándome de aquella rara y cruel enfermedad, y así lo hizo sin demora.

Aquella extraña peste que destruía el corazón de los hombres, arrastrada por alguna violenta tormenta, había cruzado el mar. Tal vez había llegado aferrada a las entrañas de un hombre malvado. Benassar, asintiendo con la cabeza, dijo que quizás eso era lo que con mayor certeza había ocurrido. Esa infección era fácilmente transmisible, sólo tenía que rozar a un hombre ignorante para apoderarse de él sin que el infectado supiese que lo estaba, salvo quizás en que creía haber alcanzado la verdad. Luego la propagaba por las aldeas, por los pueblos y ciudades de Castilla y otros Reinos.

Benassar me explicó, mientras devorábamos un conejo cazado por su infalible artilugio, y casi crudo, porque el hambre no nos permitía mayor espera, que a pesar de todo, era fácil descubrir quiénes estaban contaminados por aquella peste. Eran hombres de apariencia similar a los demás, pero a los que gustaba vestirse con uniformes, bien de soldados, bien de clérigos, bien de alguna Orden de caballería. A esa clase de seres les atraían los desfiles, las banderas, los redobles de tambor, el llevar el mismo uniforme, igual que los que habíamos visto entrando a saco en el pueblo o merodeando por los caminos, buscando a gente como nosotros.

También tenían algo en común sobre todas las otras cosas. Por alguna razón desconocida, odiaban a los que no eran como ellos: a los sefardíes, a los moriscos, a los gitanos. Tenían tan enorme miedo de los que eran distintos, de los extranjeros, que preferían vestir todos idénticos, portando el anagrama de los Reyes, o de la Iglesia, o de una Orden para impedir la confusión.

Tampoco les agradaba el conocimiento, ni los libros, ni apenas las Ciencias, salvo las que fuesen inmediatamente útiles para sus fines. Odiaban la cultura, pues no podían comprenderla, ya que por su propia definición era la suma de los conocimientos de todos los hombres que antes que nosotros habían vivido.

Por esos motivos habían decidido expulsar a los moriscos y a los judíos sefardíes. Pero los que creían que se iban a contentar con eso, aseveró moviendo la cabeza Salomón, sólo eran unos ingenuos, porque luego seguirían otros: irían eliminando, unos tras otros, a todos los que no fueran exactamente igual que ellos. Después, probablemente arremeterían a dentelladas entre ellos mismos hasta que sólo quedase uno. En él se encontraría la síntesis de toda la maldad, de todos los vicios y pecados. Ése sería el mismo Diablo, que aprovechando la estupidez de los hombres, habría conseguido su fin.

El maestro quedó silencioso, observando mi reacción ante sus palabras. Pero yo no me conformaba con su silencio, quería saber más, y le pregunté por qué la habían tomado contra nosotros. Que yo supiera, éramos un pueblo tranquilo, trabajador, amante de nuestras tradiciones y costumbres. Creíamos en Dios, y buscábamos en el Talmud, en la Torá, la fuente de nuestra luz. ¿Por qué nosotros?

Benassar suspiró. Me miró sin decir palabra, como buscando una respuesta a aquella pregunta infantil. Permaneció largo rato callado, reflexionando. Después, algo más descansado y habiendo recuperado fuerzas con el refrigerio, contestó a aquella difícil pregunta.

—Éramos un pueblo distinto. Siempre lo habíamos sido. Cuando alrededor nuestro, los hicsos, los asirios, los seguidores de Baal, de todos aquellos ídolos que representaban la muerte, la lujuria y la codicia fueron contaminados por la peste que infectaba el espíritu, comprendieron que su mundo era incompatible con el nuestro. Ellos miraban a Judea, a Samaria, a Galilea, a los lugares donde habitaban nuestros abuelos, y vieron, asombrados, que aquellas gentes sencillas parecían distintas. Eran pastores, agricultores, comerciantes. Observaron que llevaban vidas tranquilas. Miraron desde las alturas de sus montañas y vieron pueblos y aldeas en paz. Sólo se veían algunas hogueras que destacaban en el cielo, de los que habían sacrificado un cordero a su dios, Jehová. Escucharon cómo reían las madres, felices al ver correr a sus hijos seguros por los campos. Vieron sonreír a los hombres, mientras medraba el trigo, la cebada, crecían los corderos. Los vieron, serenos, recogiendo los frutos de las plantas, cosechando el vino, el aceite. Vieron que aquellas gentes parecían vivir en paz, alegres, contentos de su vida, y compararon aquella vida con la suya.

»Entonces, un día cualquiera, un malvado sacerdote de Baalbek, después de sacrificar a un niño recién nacido en un altar de piedra, supo que no podía dejar de pensar en aquel pueblo. Ese día apareció la envidia. Habló con sus gentes, y les inspiró la maldad. Dijo que sus cosechas no crecían, porque los hombres de Samaria, de Judea y de Galilea rezaban a sus dioses para que así fuera. Les mintió, consciente de que todas sus enfermedades, sus miedos, sus frustraciones al ver que la reseca tierra de aquellas montañas, de aquellas inhóspitas mesetas donde vivían no fructificaba, eran culpa únicamente de aquellos a los que llamaban judíos. Les azuzó para que acabasen con ellos. Debían conseguir que abandonasen aquellas tierras. También debían conseguir que renunciasen a su dios. No contento con ello fue más allá: instigó a sus gentes para que aniquilasen a los que quedaran. Fue entonces cuando comenzó la Diáspora. Una huida hacia adelante, tan larga, tan insistente que parece no tener fin. Una huida que se calma de vez en cuando, que aparenta desaparecer, pero que vuelve, siempre vuelve. Llámense asirios, o romanos, o castellanos, como nos ocurre ahora.

Había ido oscureciendo, y Benassar me llevó hasta una escondida gruta que alguna vez debía haber estado habitada por osos. Era un buen lugar para refugiarse del frío de la noche, y recogimos algo de hierba seca para que nos sirviese de yacija. Allí nos mantendríamos secos, calientes y protegidos. De mutuo acuerdo permanecimos en aquel lugar muchos días. Lejos y ocultos de los que se habían declarado nuestros enemigos, no teníamos aparentemente nada que temer, ya que era muy difícil que alguien diese con aquel lugar.

Sin embargo, no podía dejar de pensar en lo que estaba sucediendo fuera de allí. Había sido testigo de cómo en apenas unos días todo había cambiado, y eso me inspiraba una gran inseguridad. Me despertaba varias veces durante la noche, convencido de que finalmente habían dado con nosotros y de que todo iba a terminar para ambos.

Pero sólo eran extrañas pesadillas en las que confundía la realidad con el sueño y en las que mezclaba la visión de mis hermanas aterrorizadas y torturadas por aquel sayón, al que al menos había podido dar muerte. Pero meditaba con amargura que la venganza no mitigaba mi dolor.

Insistí con frecuencia a Benassar para que siguiera hablándome de la locura que parecía haber invadido el país. Al principio no quería hacerlo. Siempre me respondía que intentase olvidar. Tal vez para distraer mi ánimo, y acuciados por la necesidad, me enseñó a poner lazos y trampas, a pescar, a tejer cestas de mimbre, a curtir la piel de los ciervos. Creo que hubiese llegado a ser feliz en otras circunstancias. Pero me sentía prisionero, porque era muy consciente de que tras la tupida arboleda que coronaba el valle, otro mundo muy distinto nos acechaba, esperando que volviésemos a él para tal vez terminar con nosotros, o aún peor, para hacernos ver el terrible sufrimiento sin sentido que por doquier surgía.

Allí al menos nos sentíamos seguros. No existía odio, ni maldad. Cazábamos sólo por necesidad, y los animales hacían su vida sin que les inspirásemos temor. Medité que aquella maldita peste era sólo cosa de humanos.

Esas reflexiones me dolían. No podía olvidar lo que había visto. No era capaz de huir de los recuerdos, echaba de menos a mis padres. Comprendí tarde lo que era una familia, y me recriminé por ello. Aunque Benassar se esforzaba más de lo que podía, hacía de padre, de madre y de compañero de juegos y fatigas. Él quería que yo olvidase, distrayéndome con sus habilidades, contándome pacientemente relatos sobre cazadores y otras anécdotas que en otro tiempo hubiesen sido mi mejor entretenimiento. Pero en aquellas circunstancias, después de haber vivido terribles experiencias, y sobre todas ellas, la aniquilación de mi propia familia, apenas tenían sentido para mí, por lo que de pronto un día desistió al comprender que era algo imposible.

Entonces, al ver lo que yo realmente quería aprender, que no deseaba volver al engaño permanente en el que una falsa bondad me había mantenido, Benassar tomó la decisión de enseñarme todo aquello que debía conocer.

Una tarde, después de cazar un conejo con unos lazos que Benassar hábilmente había dispuesto, nos sentamos a descansar a la entrada de la caverna que se había transformado en nuestro hogar.

Permanecimos un largo rato en silencio, hasta que Salomón comenzó a hablar, igual que si estuviese dando una clase en la escuela, aunque creo que evitaba mirarme a los ojos, porque también se sentía culpable de lo sucedido.

—Los sefardíes —decía con amargura— nos habíamos dejado llevar al matadero como si fuésemos un rebaño de ovejas. Ese había sido nuestro pecado y nuestra debilidad, no sólo por creer que todo había terminado, sino por convencer a las mujeres, a los niños, de que éramos iguales a los demás, que se nos castigaría por nuestras faltas y se nos premiaría por nuestros esfuerzos; que podíamos construir casas de piedra con gruesas vigas, hogares que soportasen las inclemencias del tiempo por generaciones. Creían que había llegado el momento de plantar árboles centenarios, nogales, castaños, encinas, olivos. Árboles que crecerían con el paso de los años, a los que cuidarían y podarían los hijos de nuestros hijos. Éramos otros más, iguales, sin diferencias esenciales. Sólo la circuncisión, el Libro, nos hacían distintos. A fin de cuentas, nuestra propia existencia como pueblo, nuestra identidad, era un misterio. Éramos algo así como un árbol frondoso que se alimentaba de profundas raíces. Unas raíces que se remontaban a la noche de los tiempos, que hurgaban en lo más remoto, en lo más mítico. Goliat, Sansón, David. En una mezcla increíble de relatos de amor y odio, de luchas imposibles, de esperanzas. Eso era lo que realmente nos salvaba, nos redimía como pueblo. La convicción de que al final, cuando las estrellas hubiesen dado otra vez infinitas vueltas sobre el firmamento, alguien seguiría encendiendo un candelabro de siete brazos para celebrar el *Shabbat*. Los sabios, los rabinos, los *hakham,* creían que la Cábala, el estudio, el conocimiento de los secretos de la vida y de la muerte, del universo, podrían llegar a proteger a su pueblo.

»Pero la realidad siempre resultaba peor que los sueños. Probablemente, los más sabios intuían lo que un día volvería a ocurrir, pero no quisieron que su pueblo viviese en otro temor que el de Jehová. Decidieron que había llegado la hora de ser como los demás. Tal vez quedaba en el fondo de su corazón una sombra de temor, pero eso no podía transmitirse a los niños, a los jóvenes, porque entonces su vida hubiese sido demasiado triste. Había que hacer algo para olvidarlo. Creyeron que lo mejor era convencerse de que todo había terminado y que aquel lugar, Castilla, era su Paraíso.

»Luego vino una larga era de paz, sólo interrumpida por algunos momentos de angustia, como en mil trescientos noventa y uno. Pero quisieron creer que eso era el último espasmo de la Bestia antes de desaparecer definitivamente.

»En mil cuatrocientos sesenta y nueve, cuando el desposorio de los Reyes Católicos, el gran rabino de Castilla, Abraham Senior, intuyó que se acercaban malos tiempos, y así se lo comunicó a los otros rabinos del Consejo. Aquella ambiciosa Reina que se había apoderado de un Reino que no le correspondía y a la que le gustaba mandar y ser obedecida, tanto que hasta a su propio esposo tenía atemorizado, le recordaba constantemente que más que un matrimonio aquello era un pacto político entre Castilla y Aragón. Aquella alianza hubiese podido ir de otra manera, pero la enorme codicia, la intransigencia de la Iglesia obligando a los moros de las poblaciones conquistadas a convertirse al cristianismo, eran una puñalada en el ánimo de los judíos sefardíes.

Benassar lo había intuido desde que tuvo uso de razón, aunque no por su menor sorpresa, fue menos doloroso para él. Melancólicamente, me confesó que la muerte de su mujer, a la que amaba por encima de todas las cosas, le había acostumbrado al dolor, o al menos eso creía hasta que supo realmente lo que era sufrir.

Era, pues, cierto que la mayoría habíamos vivido engañados con la certeza de que éramos iguales a los otros, que no había diferencias.

Sin embargo, allí nos encontrábamos. Escondidos, viviendo como los animales del bosque y con el mismo riesgo de ser cazados, pasamos en nuestro escondite cerca de un año. Lo supe por las lunas que observaba todas las noches. En aquella caverna que llegamos a considerar nuestro hogar y que nos sirvió de cómodo refugio, mi maestro intentó transmitirme sus experiencias, y al comprobar mi reacción, no se anduvo con subterfugios, ni con falsa piedad. Yo lo prefería así. Puesto que la muerte podría hacer presa de nosotros en cualquier momento, era preferible mirarla a los ojos, sabiendo lo que significaba, que vivir y morir engañado dentro de una enorme farsa que no nos permitía llegar a tocar la realidad.

Allí aprendí a valerme por mí mismo, a utilizar mi cuerpo para poder escapar, a permanecer inmóvil durante un larguísimo espacio de tiempo para poder acechar a un animal, o a correr tras de él con toda la rapidez que mis piernas me permitían.

Salomón tampoco deseaba volver al mundo exterior. A pesar de su experiencia y su sabiduría, reconocía que nunca había sabido cuál era la verdadera realidad, y eso le hacía dudar de si realmente podría llegar a entender alguna vez el mundo. Pero él, más que yo, sabía que no podíamos permanecer allí para siempre, y que si lo hacíamos, caeríamos en el riesgo de volvernos seres egoístas, aislados en nuestros propios pensamientos.

Eso fue lo que le llevó a cambiar su criterio, y un día al despertar, Benassar me dijo que había llegado el momento de partir. Deberíamos llegar hasta Valladolid. De allí bien podríamos dirigirnos hacia Portugal, o bien seguir camino de Francia. No teníamos ninguna otra posibilidad, y ambos éramos conscientes de ello. Él, Salomón Benassar, se basaba en su experiencia, y yo, en mi intuición, un don que había heredado de mi madre, al igual que la capacidad de saber elegir las plantas, distinguiendo las que tenían propiedades curativas de las otras.

Recogimos lo poco de utilidad que podíamos llevarnos: unas pieles de corzo cosidas para abrigarnos por las noches, un rústico arco para cazar y poco más. Luego echamos una última mirada a nuestro alrededor, y sin más dilaciones trepamos hasta la cumbrera. Detrás quedaba el que había sido refugio durante muchos días y noches; delante, un largo camino que con suerte nos llevaría a alguna parte.

III

EL MONASTERIO

Durante días vagamos por los caminos sin saber muy bien lo que debíamos hacer. Llegamos a pensar que el país estaba en guerra consigo mismo, pues había patrullas de soldados que cabalgaban de un lugar a otro surgiendo o desapareciendo entre nubes de polvo, como si el quinto ángel hubiese tocado la trompeta y todo el Apocalipsis se hubiera desatado de repente.

Volvimos a ver columnas de prisioneros, todos o casi todos sefardíes, custodiados por soldados y también por campesinos cristianos que los acompañaban, como si quisieran cerciorarse de que en realidad aquellos judíos eran expulsados. Lo que vimos hizo reflexionar a Benassar. Una noche me dijo que lo había pensado bien y que quizás nos fuese mejor si abandonásemos la idea de llegar a Valladolid. Me explicó pacientemente que lo había meditado mucho y que no sería aquél el mejor lugar para nosotros. En aquella ciudad casi todos eran cristianos viejos, y aunque quisiéramos disimular y pasar por lo que no éramos, con seguridad terminarían descubriéndonos, y si lo hacían, iríamos a parar con nuestros huesos a las mazmorras del Santo Tribunal de la Inquisición.

Mientras caminábamos huyendo de los caminos reales y yendo por senderos y veredas de pastores, siguiendo en muchas ocasiones el cordel de los trashumantes, Benassar me contó la terrible historia sucedida a su familia. Dijo que era mejor que la conociera, pues tal vez así podría comprender muchas cosas.

Dos de sus hermanos habían sido quemados en un auto de fe que había tenido lugar en la Plaza Mayor de Madrid. Ambos por judaizantes, pues para poder seguir en su oficio, el mayor, Jacob, que era joyero en la Corte de Castilla, tuvo que convertirse al cristianismo, y se transformó en Jaime Benassar. Su hermano Abraham, que le ayudaba, se convirtió en Ramón.

Durante un tiempo les fue bien. Ellos y sus familias parecían a salvo. Pero Abraham, que era el más remiso a olvidar los usos y costumbres de su Ley, convenció a Jacob para forjar de nuevo el candelabro. Al principio Jacob se opuso, porque intuía que ello les podría traer desgracia, ya que por entonces parecían más vigilados los conversos que los propios judíos, pero las argumentaciones y lamentos de su hermano terminaron por convencerle. Fundieron el caldero de bronce para hacer el candelabro. Era un caldero enorme, pesaba treinta y cinco libras.

No lo eligieron al azar. Aquel caldero era el mismo candelabro que habían fundido anteriormente cuando no tuvieron otra salida para poder permanecer en Madrid.

Era un candelabro de un tamaño descomunal, y tenían la certeza de que no podrían ocultarlo en ninguna parte. No sabían lo que hacer con él, hasta que Sara, la hija mayor de Jacob, sugirió que la mejor manera de ocultarlo era fundirlo. Fue una idea que a todos les pareció bien; para eso eran joyeros, y sabían que podían volver a recuperarlo cuando quisieran. Previamente, sacaron moldes de yeso del candelabro, los despiezaron y, a trozos, los barnizaron con aceite de linaza teñido, distribuyéndolos por las dos casas y el taller. Nadie podía averiguar a qué pertenecían. Luego fundieron el candelabro, mientras todos rezaban a Jehová.

Pasaron largos años como conversos al cristianismo. Debían aparentar en todo que habían abjurado de su Ley mosaica, y no solamente eso, sino que eran incluso más cristianos que los auténticos. Los dominicos desconfiaban de sus aspavientos y protestas de fe. Era algo peligroso, porque en cualquier momento podrían descubrirlos, y eso sería fatal.

A pesar de todo, de algún pequeño susto, de algún enfrentamiento con los vecinos cristianos, las cosas parecían ir bien. Los dos hermanos eran expertos joyeros y buenos artesanos, capaces de fabricar cualquier joya o relicario que les encargasen por difícil y complicado que fuese.

Después de su trabajo, de hacer la vida como los demás, imitando los usos y costumbres de los cristianos, aunque siempre con el ánimo de que eran vigilados, cuando toda la vecindad parecía dormir, Jacob y Abraham trabajaban susurrando el Libro de la Consolación de Isaías:

«¿Con quién vais a comparar a Dios?,
¿dónde encontraréis quien lo iguale?,
¿el ídolo que funde el artesano
y que el orfebre recubre de oro,
adosándole cadenas de plata?»

De pronto, habían sentido la necesidad de recuperar su candelabro. Habían comprendido que no podían llevar a cabo sus ritos sin él. Mientras montaban el complicado molde, se dieron cuenta de que no debían haber cometido aquel pecado, y tuvieron prisa por volver a dejar las cosas como antes.

Tardaron varias semanas, ya que sólo podían dedicarle un rato cada día para evitar que nadie sospechara. El *Yom Kippur* se acercaba, y los dos estaban nerviosos y preocupados con la intuición de que algo iba mal, pero también contentos por la decisión de haber recuperado su símbolo.

Una noche lo terminaron. Era ya muy tarde, pero decidieron acabarlo y no demorarlo más. Trabajaron hasta el amanecer y tuvieron que mantener encendido el crisol toda la noche. Abraham se encargaba de que estuviese a la temperatura adecuada, mientras Jacob terminaba de unir los moldes de cera. Era el momento más delicado. Todo dependía de aquellos instantes.

Cuando finalmente rompieron los moldes y apareció de nuevo el candelabro, vieron sorprendidos que la aleación era de un color rojizo, mucho más oscura que el tono amarillento que antes tenía el caldero, y aun antes el candelabro original. Pero cuando Abraham lo golpeó con un atizador de hierro, ambos permanecieron mudos, mientras una vibración sonora surgía del candelabro recién fundido, llenando el taller, haciendo vibrar las herramientas, el horno, el suelo, creciendo y multiplicándose como si hubiesen golpeado una de las campanas de la iglesia cristiana que tenían cerca y a la que acudían los domingos con sus familias para que nadie sospechara de ellos.

Pero aquella vibración los dejó mudos, aterrorizados. Era parecida a un gemido profundo con resonancias cristalinas, un lamento que parecía no tener fin. Ambos retrocedieron sin poder reaccionar, hasta que Jacob se decidió a cubrirlo con una manta, y el sonido se fue apagando poco a poco, diluyéndose, aunque todavía durante un largo espacio de tiempo emitió una ligera vibración, como si todas y cada una de las partículas de aquel candelabro tuviesen vida propia.

Las mujeres habían acudido alarmadas por aquel insistente sonido que las había despertado al igual que a sus hijos. Al ver el candelabro, se quedaron maravilladas, porque salvo por el extraño color del bronce, era absolutamente idéntico al anterior. Incluso tenía unas pequeñas muescas en una de las patas que el molde de escayola había recogido fielmente.

Pero había una gran diferencia entre ambos. Éste parecía tener vida propia, y el menor roce, simplemente el hecho de tocarlo, era suficiente para que comenzase a vibrar y a gemir.

Tras terminar el candelabro, se dieron cuenta de que habían cometido un gran error. Era demasiado grande para ocultarlo, y su sola presencia los denunciaba como judíos. A pesar de ello, tomaron la decisión de correr el riesgo, porque paradójicamente el hecho de volver a poseerlo les hacía sentirse seguros después de tanto tiempo de simulación.

No fue culpa del *menorah*, el candelabro de siete brazos que traía la luz eterna. Se podía haber achacado al destino, pero el verdadero culpable de lo que después ocurrió fue el criminal que violó y dio muerte a una niña en el mismo barrio. Los acontecimientos se precipitaron, no tuvieron tiempo de reaccionar, y antes de que fueran conscientes de lo que había ocurrido, los alguaciles prendieron a los miembros de ambas familias. Acusaron a Jacob y a Abraham de aquel crimen, y al rebuscar por todas partes intentando hallar alguna prueba, uno de los alguaciles encontró el candelabro escondido tras una vieja puerta que separaba el granero de la despensa en casa de Jacob. Aquello fue la demostración palpable de que seguían siendo judíos, y aunque una vecina cristiana explicó a los alguaciles que había visto a un hombre alto y desgarbado saltando la tapia de la casa en la que habían encontrado a la víctima, no sirvió de nada. Incluso llegaron a amenazarla si mencionaba aquel hecho. Lo único importante para ellos era el candelabro. Además, uno de los vecinos lo recordaba de cuando todos eran niños, y explicó en el tribunal que anteriormente era de otro color. Los miembros del tribunal reflexionaron sobre esto, hasta que uno de ellos, alborozado por su perspicacia, sugirió que el tono rojizo se debía a que lo sumergían en la sangre de sus víctimas.

Fueron estériles las protestas de Jacob y Abraham. No sirvieron de nada. Sara y Susana estaban tan asustadas que no hacían otra cosa que llorar. Temían por la vida de sus esposos y por la muerte de sus hijos. Sabían cómo las gastaba el tribunal.

Todo fue inútil. La decisión de los inquisidores era dar un gran escarmiento y terminar de una vez por todas con aquellos falsos conversos. Los inquisidores, acuciados por el severo rigor que Torquemada exigía, hicieron aplicar tormento a los dos hermanos convictos.

A Jacob, que era el mayor de ambos, le sometieron al potro. Asustado, confesó prontamente que era judío y que lo seguiría siendo. No parecía dolerle tanto el cuerpo como el alma. Pero los inquisidores no parecían satisfechos con aquella confesión, y quisieron obligarle a que les dijese cómo y cuándo habían violado y asesinado a la víctima.

Ni él, ni Abraham dijeron nada sobre ello, hasta que a un inquisidor, un hombre enteco, tan creyente que se fustigaba con un azote para cumplir sus penitencias, se le ocurrió que tal vez si aplicaban tormento a los familiares, los hombres confesarían. El método pareció oportuno a los demás miembros del Santo Tribunal. A fin de cuentas, todo era a mayor gloria de Dios, y aquellos judíos no harían más que porfiar en su religión, empleando toda clase de tapujos y ocultaciones para engañar a la Iglesia, al igual que se habían hecho pasar por conversos cuando no eran más que miserables judíos.

Eligieron a Ezequiel, el hijo mayor de Jacob. Un chico avispado y bondadoso, algo aniñado para su edad, porque aunque contaba diecisiete años, parecía más niño, posiblemente debido a la ligera cojera que le había quedado a consecuencia de una epidemia que había asolado Castilla cuando apenas tenía cuatro años, y que había sido causa de una gran mortandad entre los más jóvenes.

Lo sacaron a rastras de la mazmorra donde tenían apiñadas a las dos familias, con excepción de los padres, y lo llevaron a la sala de tormentos. La sola visión de aquel lugar imponía con sus extrañas y diabólicas máquinas construidas para causar el mayor dolor posible, aplastando, descoyuntando, pinchando y despedazando.

Aquellos frailes que lo conducían parecían muy satisfechos de la ocurrencia. El joven Ezequiel no sería tan obcecado y pertinaz como su padre y su tío. En cuanto el verdugo le colocase los grilletes con cadenas para atarlo al potro y tan sólo diese un cuarto de vuelta a la rueda, el horrible dolor le haría confesar. Quizás, ni tan siquiera fuera necesario eso, porque aquel temeroso joven temblaba como la hoja de un álamo.

Ezequiel quiso hacerse el fuerte, pero la espeluznante realidad lo sobrepasó. Tenían razón los frailes. Apenas lo ataron a la rueda, comenzó a llorar, gritando desesperadamente como si ya le doliese, y eso que ni tan siquiera habían comenzado a torturarlo. Los dominicos se miraron asombrados, y uno de ellos, fray Agustín, que era natural de Utiel, reflexionó con gran cordura que probablemente no haría falta mucho más para que hablase.

Así fue. Lo contó todo. Sollozando a causa del terror que sentía, les confesó que era cierto, que seguían siendo judíos y que sólo se habían convertido para evitar su expulsión. Le preguntaron por el candelabro, y llorando dijo todo lo que sabía. Luego le insistieron en el asunto de la niña. Pero Ezequiel no sabía nada, y los inquisidores se dieron cuenta de que decía la verdad.

Era más que suficiente. Al igual que habían mentido sobre la conversión, los frailes estaban convencidos de que aquellos judíos, falsos conversos, también lo habían hecho en relación con la niña violada y asesinada.

Jacob y Abraham Benassar fueron condenados a morir en la hoguera. Tuvieron compasión de Ezequiel, y en el último momento cambiaron la sentencia: moriría ahorcado. El resto de las dos familias sería expulsado del país. De hecho, serían entregados a los berberiscos, que llevaban a sus compatriotas hasta Argel para venderlos como esclavos.

Luego, en apenas una semana, se cumplió la sentencia. Fue una especie de auto de fe que debía servir de ejemplar escarmiento para todos los herejes, judaizantes y demás enemigos de la Iglesia Católica.

A Jacob no le importaba morir. Estaba preparado para ello, pero no era capaz de asumir que su hijo Ezequiel iba a ser ahorcado. Eso era superior a su capacidad como ser humano, y se derrumbó en una especie de locura obsesiva en la que sólo podía negar con la cabeza, al tiempo que emitía un gemido como si rechazara aquella absurda y cruel realidad.

Salomón, que había sido avisado, había viajado a marchas forzadas desde Toledo, porque deseaba ver a sus hermanos antes de morir. No consiguió hablar con ellos, pues los inquisidores no le permitieron acceder hasta las mazmorras, pero sí estuvo presente en la plaza donde se celebró la ejecución. No podía creer lo que estaba sucediendo, y era tal su estado de ansiedad que respiraba fatigosamente y su corazón le dolía, palpitando como si quisiera salirse de su pecho.

Vio como en un mal sueño toda la ceremonia, repleta de ensañamiento y truculencia, con la pretensión de servir de escarmiento a los falsos cristianos, a todos aquellos que vivían en el desatino, marrando en su verdad.

Unos dominicos subieron al cadalso, con gran pompa, el candelabro que había sido la causa indirecta de aquella situación. El verdugo y sus ayudantes lo colocaron en el tajo, y entonces todos los frailes se adelantaron y uno tras otro lo estigmatizaron como el símbolo de aquella raza que mancillaba la verdadera religión. Después, a una señal del inquisidor que dirigía la penitencia, los sayones comenzaron a golpear el candelabro para romperlo en mil pedazos. Fue entonces cuando ocurrió una especie de milagro, porque apenas el primer mazo cayó sobre él, un sonido largo y profundo, como un larguísimo lamento, se elevó sobre las voces de todos los que chillaban muerte a los judíos, sobre los rezos y los salmos de los frailes y sobre el piafar de los caballos de los guardias, incluso sobre ese sordo rumor que surge de las multitudes. Empezó como un lejano zumbido. Fue creciendo en intensidad hasta tal punto que los verdugos no fueron capaces de dar el segundo golpe, porque no podían soportar aquel sonido que se iba transformando en un murmullo, en un zumbido, en un rugido, en un terrible estruendo que hizo que todos los que allí se hallaban, la mayoría satisfechos de la justicia impuesta, tuvieran que arrojarse al suelo, taparse los oídos con las manos, incapaces de soportar el espantoso bramido que surgía de aquel candelabro.

Después de un largo rato, en el que algunos optaron por salir corriendo y otros por esconderse en sus casas y corrales, el sonido fue apagándose, convirtiéndose en un murmullo que tardó mucho en extinguirse.

Salomón no dudó de que aquello era como la conmemoración del *Purim*, el milagro que permitió a sus antepasados escapar de Babilonia. Al presenciarlo, los inquisidores se apartaron del candelabro para no dar más motivos a la muchedumbre, y lo dejaron caer en un montón de paja que alimentaba la pira donde se hallaban atados Jacob y Abraham.

No deseaban más dilaciones, ni inoportunos prodigios. El verdugo prendió fuego a la hoguera con una antorcha que había sido encendida arrimándola a uno de los velones del altar mayor.

Para fortuna de los condenados, la pira ardió como la yesca, y pronto murieron ambos asfixiados por el humo antes de que las llamas los abrasasen. Salomón no fue capaz de mirar. Se tapó los ojos y lloró a lágrima viva, mientras recordaba los juegos compartidos de su niñez, las fiestas rituales en familia, el enorme cariño que sentía por sus hermanos, a pesar de que la vida los había separado.

Todo aquello terminó al poco de caer la noche. Sólo quedaron algunos rescoldos, porque los cuerpos, lo que de ellos restaba, fueron llevados a un vertedero para eliminar todo vestigio, y sobre todo para impedir que fuesen inhumados por los de su raza. No deseaban aquellos señores inquisidores, mártires, sino escarmientos, y ya habían tenido algunas duras experiencias que les enseñaron lo que tenían que hacer.

Salomón se mantuvo allí, medio agazapado detrás de unos barriles vacíos, sufriendo el relente que le caló el cuerpo, porque el alma ni se sentía.

Cuando todo quedó en silencio, roto únicamente por los lejanos ladridos de los perros y el ulular insistente de una lechuza, Salomón se dirigió, sigiloso como una sombra, hacia los restos de la pira. No podía dejar de sollozar, aunque lo intentó varias veces. Se agachó y rebuscó entre los restos humeantes, removiéndolos con un palo. No tardó en encontrar lo que buscaba. Algo retorcido y deformado, extrajo el candelabro, lo introdujo aún caliente en un saco de arpillera y se lo cargó al hombro, mientras exhalaba un largo suspiro de alivio. Luego se alejó de allí para buscar su mula.

Cargó el saco en las alforjas y se alejó espoleando a la mula con el convencimiento de que debía preservarlo. Viajó de vuelta a Toledo rezando por sus hermanos, sorbiéndose las lágrimas, pero satisfecho de haber podido recobrar la *menorah*. Eso era algo muy importante, pues recordaba a su abuelo Ofer Bar Israel encendiéndolo las vísperas del *Shabbat*.

Lo escondió en la *genizah* del cementerio judío de Toledo, donde mucho después llevó también los rollos de la Torá, varios ejemplares del Talmud, e incluso un viejísimo manuscrito del que se decía había sido traído desde la misma Babilonia.

Al recordar todo aquello, Salomón Benassar lloraba como un niño. Ese triste suceso había tenido lugar hacía casi dos años, pero la narración había avivado el recuerdo, y el hombre se frotaba los ojos con las mangas, intentando inútilmente secar sus amargas lágrimas.

Por mi parte, cada día que pasaba me demostraba que si estaba vivo era de milagro, porque las gentes que nos rodeaban eran en su mayoría crueles y sanguinarias como lobos. No dejaba de oír murmurar a Salomón:

—En la nuca tenemos a los que nos persiguen, nos agotamos sin hallar respiro…

Fue entonces cuando decidí que me vengaría. A pesar de mi juventud, comprendí que sólo a fuerza de astucias y engaños lograría sobrevivir, pero no debía ser tan incauto como casi todos los sefardíes. Mis padres habían muerto como corderos, igual que muchos de nuestros amigos y vecinos. Benassar me estaba demostrando que ni tan siquiera como conversos estaríamos seguros. La única solución sería empezar de nuevo, olvidarme de que era judío sefardí y hacerme pasar por cristiano viejo. Gracias a que había heredado los rasgos, la piel y el cabello de mi madre, me sería más fácil. Tenía la tez clara, los ojos grises claros y el cabello pajizo. Nadie me tomaría por judío si yo no lo revelaba. Además, podía hablar a la perfección con acento castellano, porque a diferencia de otros sefardíes a los que sólo gustaba hablar ladino, en mi casa preferían hablar castellano debido al oficio de mi padre.

De repente, intuí que sería mucho más seguro para mí separarme de Salomón Benassar. Era un buen hombre y me había ayudado mucho, pero ir con él era igual que si llevásemos un estandarte proclamando que éramos judíos. Tenía el pelo negro, ligeramente rizado, la nariz grande y afilada, la piel olivácea y el labio inferior prominente, apoyándose en una mandíbula que lo denunciaba a una legua. Pero a pesar de todo, no hacía falta fijarse en todo ello para descubrirlo. Sólo con mirarlo a los ojos era más que suficiente. Los tenía almendrados, el blanco no era tal sino algo amarillento, y sus pupilas negras, brillantes, casi amenazadoras, lo delataban. Mi padre comentaba de él que tenía ojos de profeta, y más tarde, cuando comenzaron sus síntomas de locura, decía que sus ojos revelaban su enfermedad. En eso estaba equivocado, porque yo mismo había podido comprobar que no estaba loco, muy al contrario que todos aquellos que se hacían pasar por gente bondadosa y amable, por buenos vecinos, incluso por amigos, hasta el día en que sonaron las trompetas, y al igual que en Jericó, las murallas se derrumbaron sobre nosotros.

Me convencí de una manera egoísta, como más tarde comprendí, que debía abandonar a Salomón. Llegué incluso a pensar que, al contrario de lo que yo creía, me estaba utilizando como coartada, porque quizás pensaba que mi aspecto le servía para disimular el suyo, cuando en realidad era al contrario.

Pero todo eso no eran más que elucubraciones, ya que por mi parte tenía la decisión tomada. Me separaría de él cuanto antes, tal vez aquella misma noche. Me escabulliría en la oscuridad sin ningún remordimiento, porque en mi conciencia tenía la certeza de que tanto para él como para mí era la mejor solución, ya que día a día nuestro aspecto se iba deteriorando, y no podíamos seguir escondiéndonos indefinidamente de los soldados de la reina Isabel, ni robando gallinas de los corrales traseros de las ventas como si fuésemos zorros en lugar de personas.

La única ventaja que teníamos, si como tal se podría considerar, era que el tiempo nos acompañaba. Nos hallábamos casi en junio, y aunque por las noches refrescaba mucho, no se hacía insoportable, y menos caminando. De día nos escondíamos donde podíamos. En aquellos momentos echaba mucho de menos el recóndito valle en el que habíamos permanecido casi un año, alejados de toda aquella locura contagiosa que había invadido los campos de Castilla, infectando de maldad a todas las gentes.

No hacía más que pensar en algo que me agobiaba el alma. Estaba cada día más convencido de que aquel mal del que tanto me hablaba Salomón se hallaba agazapado en el fondo de todos los seres humanos, ya fuesen castellanos, portugueses, flamencos o moriscos. También nosotros debíamos tenerlo. Era como si algo ajeno desencadenara en todos y cada uno una reacción irreversible que conducía al odio hacia los que no eran iguales al afectado. Y todo venía de la palabra: un edicto colgado en la puerta de la iglesia o un ayuntamiento; un discurso inflamado, excitando el ánimo de las gentes sencillas. De pronto, el extraño mal parecía crecer dentro de ellos, tornándoles la amable faz por una perversa máscara. Entonces salían de su oculto escondrijo la violencia, la maldad, y aparecía el crimen. Todo estaba en las palabras. No se podían utilizar impunemente, pues ellas despertaban los demonios ancestrales.

Un mensajero cabalgando desde lejos, portando un discurso, unas órdenes escritas, y todo cambiaba como si las gentes estuvieran esperando que aquello sucediera. Expulsar a los moriscos. Expulsar a los judíos. Expulsar a los gitanos. Expulsar a todos los que no sean exactamente iguales que nosotros. A los que no piensen y crean lo que nosotros pensamos y creemos.

Ahora nos había tocado a los sefardíes. De pronto, aquellos lejanos Reyes, tan católicos, habían querido demostrar que no estaban dispuestos a aceptar súbditos que no lo fuesen. Para ello no paraban en barras, y sin mayor miramiento, nos desterraban fuera de su Reino. Y a fe que era mejor irse que quedarse, porque los acólitos que rodeaban el trono susurraban consejas que al pronto eran como brisas maléficas que enseguida se tornaban tempestades de odio y exterminio.

Caminando hasta la extenuación, llegamos al amanecer a un sotobosque cercano a un arroyo que al menos calmó nuestra sed, porque desde la tarde anterior no habíamos apenas bebido, ni tampoco comido. Salomón era, en verdad, hábil eligiendo los escondites donde pasar el día, y buscó en la umbría hasta que halló una especie de refugio que algún animal había estado utilizando. Nos dejamos caer en él, después de cortar con una navaja algunas ramillas tiernas que sirvieran de soporte a nuestros agotados huesos.

A pesar del terrible cansancio, estaba decidido a alejarme de la compañía de Benassar, pero me sentía algo ruin, porque él no había hecho otra cosa que ayudarme y consolarme siempre. Envuelto en aquellos viles pensamientos, veía amanecer a través del dosel de hojas que nos cubría, mientras esperaba a que Salomón cerrase los ojos y comenzara a roncar, lo que a él le preocupaba grandemente, porque se figuraba que podrían escucharlo y descubrirnos. Yo, de tanto en tanto, le asestaba un ligero golpe con la pierna, y al pronto se callaba, aunque sólo unos instantes para volver a empezar; por lo que cansado de aquel juego, me olvidaba de sus ronquidos, y terminaba por dormirme yo también.

Pero aquella noche, a pesar de la fatiga y el hambre que sentía, pensaba huir de su vera en cuanto me asegurase que se había quedado dormido. Incluso tenía pensado que si por alguna circunstancia me oyese levantar, le diría que iba a orinar o algo semejante.

No tardó mucho Salomón en caer vencido por el sueño y la fatiga, y aunque a mí me picaban los ojos, hice un esfuerzo por mantenerlos abiertos. Aún esperé un rato, escuchando su respiración hasta que se hizo regular, e incluso así tuve la voluntad de esperar algo más hasta que comenzó a roncar profundamente, lo que era señal de que ya no se despertaría ni aunque me pusiese a bailar a su lado.

Me incorporé entonces, y con las mayores precauciones, andando casi a gatas para no rozar las ramas que llegaban hasta el suelo, salí del soto. Nos hallábamos en una zona boscosa, pero enseguida encontré una vereda que como una gran cicatriz la partía, y sin querer pensar en Salomón Benassar, porque hacerlo me dolía el alma, comencé a caminar por ella dirigiéndome hacia el norte. Lo de orientarme, aunque fuese de día, se lo debía a él, que me había obligado a aprenderlo, y era algo de agradecer, porque de otra manera podría estar varias jornadas dando vueltas sin avanzar.

A medida que me alejaba de aquel lugar, en el que había abandonado a mi maestro, iba sintiéndome más y más vil, comprendiendo que lo que había hecho era algo despreciable. Me calificaba como el mayor miserable de la tierra, pero había tomado aquella decisión después de mucho meditar, y ni tan siquiera mi propia conciencia iba a poder contra mi voluntad. También me escudaba en que sería más fácil para él huir sin tener que depender de mí, ya que era hombre acostumbrado a la intemperie y a vivir sin recursos. De hecho, aunque mi madre me había enseñado a distinguir qué clase de hierbas eran comestibles, como las collejas, los cardos y otras muchas que incluso se podían masticar crudas para intentar apagar la sensación de hambre, Salomón, además de otras filosofías y experiencias, me había instruido en varias artes útiles: hacer fuego con pedernal, cazar, despellejar y asar un animal. También a conocer cuándo el agua de un estanque no estaba contaminada. Por todo ello, no me preocupaba mucho el subsistir. Si era preciso, trepaba a los árboles como una ardilla y siempre encontraba un nido, o las bayas y moras de los zarzales que cerraban a veces el sendero. Allí abundaban los algarrobos, las nogueras, los castaños. Entre unos y otros siempre podía paliar el hambre, o al menos engañar mis tripas que se rebelaban contra mi mente, descargando de tarde en tarde tal tormenta de truenos que me hacía a veces retorcerme por los retortijones producidos por alguno de los frutos demasiado verde.

Iba tan abstraído en mis pensamientos que me extravié, sin saber de pronto dónde me hallaba. Intenté volver atrás, pero no fui capaz de reconocer por qué camino había llegado hasta allí. El cielo tampoco me servía de orientación, pues poco a poco se había cubierto por unas nubes tan espesas como las lanas de los merinos. Aquello no me auguraba nada bueno. Por experiencia, sabía que de un momento a otro caería un chubasco, o lo que podría ser peor, llovería durante días, y no veía lugar alguno donde guarecerme.

Iba caminando resignado a mi suerte, absorto en no perder el sendero, cuando de improviso, sin apercibirme de ello, me vi rodeado de unos cuantos hombres armados con afiladas hachas que me observaban con desconfianza. Al pronto no supe qué hacer, pero no pude evitar pensar que había llegado el final de mis días, que se me antojaron cortos y malhabidos. No era para menos, pues aquellas gentes tenían un aspecto rudo y amenazador. Todos ellos parecían forajidos y muchos estaban tan sucios y desastrados que me convencí de haber caído en las garras de una tribu salvaje, aunque mi razón me decía que eso en Castilla era imposible. Entonces no sé cómo, pero con gran alivio me di cuenta de que aquellas gentes eran en realidad carboneros, ya que por doquier había montones enormes de leña que apenas humeaban y también otros de carbón. Uno de ellos, quizás sería el jefe, se dirigió a mí, y bruscamente, sin más contemplaciones, me preguntó qué hacía en aquellos apartados parajes en los que raramente se aventuraba un cristiano.

En los meses pasados Benassar, además de otras muchas cosas de utilidad, me había enseñado a mentir, advirtiéndome de que de hacerlo bien y convencer en cada momento a mi interlocutor, me podría ir en ello la vida. Con tal aprendizaje tenía preparadas una serie de respuestas, a cada una más ingeniosa y convincente, acompañada de toda una interpretación que me asegurase que el que escuchase mis invenciones quedaba totalmente convencido.

Sin dudarlo, pues, contesté rotundo que mi nombre era Diego de Toledo, paje de un importante caballero y que íbamos de Granada con destino a Valladolid, cuando nos vimos asaltados por una banda de malhechores. De mi cuenta y riesgo añadí, para mayor veracidad de la historia, que debían tratarse de judíos expulsados de sus casas y haciendas. Se habían lanzado sobre nosotros con tal saña y ferocidad que antes de que nos recuperáramos de la sorpresa, habían asesinado al caballero para robarle, y yo pude huir, porque en el momento en que todo aquello ocurrió, me hallaba agachado entre unos matorrales haciendo mis necesidades. Eso había ocurrido hacía ya muchos días, los mismos que llevaba vagando, intentando sin gran fortuna dirigirme hasta la Corte de Valladolid.

No dudaron de mí, ni de mi narración. A fin de cuentas, aquello ocurría cada vez con mayor frecuencia, por lo que después de mirarse unos a otros, me preguntaron, ya casi convencidos, que quién era mi señor. Contesté con aplomo que se trataba de don Diego de Sandoval y Fajardo. Ése era en realidad el nombre del caballero al que mis padres habían socorrido, portador del Decreto que había desencadenado la tormenta que todavía estaba asolando Castilla. Ese nombre lo había escuchado a unos soldados, y ya no se me iba a olvidar en todo el resto de mi vida.

Aunque seguían observándome con recelo, lo que era propio de aquellas gentes, supe que los había convencido. Además, el hecho de formar parte del séquito de un noble me protegía, porque nadie que se encontrase en sus cabales se atrevería a tocarme.

Así fue como salí de aquella deplorable situación en que me encontraba, y no sólo eso, sino que me dieron alimento y cobijo. Eran una clase de gente muy sencilla, pero no eran tontos, y no tenía ningún interés en llamar la atención sobre ellos. Solicité la venia al que me había interrogado, y que efectivamente parecía ser el cabecilla del grupo, para quedarme con ellos algún tiempo. Aunque al principio me miró con detenimiento de arriba abajo, luego, sin decir palabra, aceptó mi propuesta, entregándome una pala para que les ayudase en su tarea. Comprendí que no tenía de momento otra salida, y cogí la herramienta de buen grado.

Apenas habían transcurrido unas horas, cuando aquel mismo atardecer me di cuenta de que no me distinguía de ellos. Un polvillo negro más fino que la harina que utilizaba mi madre para los postres, me cubría de arriba abajo, mimetizándome y ocultándome como uno más a los ojos de cualquiera. Esa certeza me llenó de júbilo, porque no lograba superar el miedo de que me capturasen y también a mí me condujesen al tormento, igual que había visto hacer con otros judíos que pretendían ocultarse. Aquel polvo de carbón era para mí muy importante en aquellos momentos, y aunque algunos de mis nuevos compañeros al dar la mano se lavaron en un arroyo próximo, otros no lo hicieron. Yo imité a estos últimos, pues prefería seguir cubierto por él, como si fuese una armadura que me protegiese.

Aquella fue la primera vez que dormí como un tronco, en una especie de cabaña construida toscamente con ramas y mimbres, pero tan perfectamente realizada que aunque llovió a cántaros durante toda la noche, no entró en ella ni una gota.

Aún no había amanecido cuando todos se levantaron, y yo me apresuré para no ser el último. Quería integrarme lo antes posible, convertirme en uno más, desaparecer entre los otros, y a fe que lo conseguí de inmediato, pues no llevaba allí ni una jornada completa cuando ya andaba como ellos y trepaba al humeante montón como el más ágil. Me dolían los brazos y las piernas, me sangraron las manos que se habían llenado de ampollas, pero estaba lleno de júbilo, porque tenía la certeza de que había alcanzado la seguridad. Nadie adivinaría que bajo aquel mozalbete espigado se hallaba un judío repleto de miedo y odio. Debo reconocer que apenas si recordé aquellos días a Salomón Benassar. Era una clase de vida dura y difícil, y al principio sufrí bastante, porque no estaba acostumbrado a aquellas penalidades, trabajando de sol a sol y comiendo sólo dos veces al día.

Eran gente silenciosa en extremo, tanto que en el claro en el que ardían las piras de madera cubiertas de tierra, donde me dedicaba a extraer el carbón ya formado, sólo se oía el golpeteo de las hachas que retumbaban en el bosque que nos rodeaba. A pesar de ello, apenas habían pasado unos días cuando ya me había acostumbrado, de tal manera que apenas recordaba algo que no fuese acarrear carbón.

Algo había sucedido dentro de mí que me impedía pensar en mi vida anterior, y cada vez que intentaba rememorarla, mi mente la rechazaba de plano, obligándome a volver al mismo momento en que me hallaba.

También comencé a distinguirlos. Aquellas sombras idénticas y oscuras de los primeros días fueron transformándose en seres distintos. Aprendí sus nombres y sus motes en las cenas, pues unos a otros se hablaban sólo para pedirse lo que les faltaba. Supe entonces que me había convertido en una hormiga más de aquel hormiguero humano, que no era otra cosa aquella carbonera. Eran cerca de sesenta hombres de distintas edades, aunque me sorprendió ver que no había allí ninguna mujer. Pero no logré que me hablasen sobre eso, pues dos veces que intenté preguntarle a otro muchacho de mi edad, ni tan siquiera me contestó.

Fueron pasando con rapidez los días, y aunque dentro de mí se mantenía el temor de que me encontrasen, se fue imponiendo la razón y la realidad de que eso era algo imposible. Ya nada, ni el más mínimo detalle me distinguía de ellos, incluso me habían tenido que proporcionar ropa y calzado, fabricado por uno de ellos que hacía las veces de zapatero remendón y sastre de apaños con las pieles y cueros de los mismos animales que con trampas cazaban en los alrededores, porque los que yo llevaba, prácticamente se habían deshecho en las duras condiciones en que vivíamos.

Se me antojó que aquél no era mal oficio. Vivíamos inmersos en un mundo gris a causa de la niebla, el humo y el carbón. También silencioso de palabras, pues nadie abría jamás la boca. Sólo se oía el interminable golpeteo de las hachas, convirtiendo el bosque en cenizas, en un proceso aparentemente absurdo, continuo y destructor, que en mis sueños transformaba en una alegoría de la muerte. Desde entonces asimilaba el latido de mi corazón con el paso del tiempo y con el golpe no de un hacha, sino de una guadaña que iba segando la vida sin cesar. No éramos en el fondo más que minerales. El ánima del bosque se escurría en un humo blanquecino hacia el cielo, desgajándose en jirones y confundiéndose de inmediato con las nubes.

Ni la lluvia, ni el calor, ni el frío parecían poder alterar aquel infernal ritmo. Aquellas gentes habían aceptado su destino, y quizás no lo hubieran cambiado por ningún otro. Tenían la ventaja no sólo de su aislamiento, sino sobre él, de su ensimismamiento. Eso para mí no era poco, porque el mundo que me rodeaba me inspiraba un gran temor, ya que lo que había visto y experimentado de él me hacía comprender que no había sitio ni para los distintos, ni para nosotros los sefardíes.

Trabajé, pues, allí aquel estío y todo el otoño. Tenía las manos duras y encallecidas y me notaba mucho más fuerte. Sólo podía pensar en lo que estaba haciendo en cada momento, y me negaba a mirar hacia delante o atrás. De hecho, en mis fantasías durante los sueños, había construido un mundo irreal en el que era hijo de un carbonero y en el que mis padres naturales eran sólo un leve recuerdo que iba difuminándose rápidamente.

Una mañana se quebró el sonoro silencio. Un agudo lamento ascendió sobre las copas de los árboles, seguido de varios alaridos que más recordaban a un animal herido que si hubiesen sido proferidos por garganta humana. Un hombre, que no se me antojó muy viejo, se había golpeado con el hacha en una pierna, y por la brecha manaba abundante sangre.

Allí no había nada que hacer, y todos se miraron entre sí, sabiendo que a partir de aquel momento todo dependía de la fortaleza del herido.

Algo dentro de mí me impulsó a actuar. Nunca antes lo había hecho, pero sin encomendarme a nadie, le rasgué las calzas y dejé el corte al descubierto. Luego me solté el lazo que me servía de cinturón y lo apreté alrededor de su pierna, un palmo sobre la rodilla. De inmediato dejó de manar la sangre. Aquello fue como un revulsivo, porque otro compañero, que parecía avezado, extrajo de una pequeña faltriquera aguja e hilo. Era el sastre de la comunidad, por lo que no me extrañaron las primorosas puntadas que realizó uniendo los labios de la brecha de dentro a afuera en varias capas, utilizando una bota de vino para lavar la herida.

Cuando terminamos de trasladarlo hasta la cabaña para que reposara, noté en la mirada de los hombres un cierto respeto, y me vino a la mente la figura de mi abuelo Mosés Revah, el cirujano, como si fuese él quien me hubiese inspirado.

El hombre se salvó. A pesar de que la pierna se le inflamó y de que se quejaba de grandes dolores, apenas unos días después se levantó, arguyendo que no podía permanecer ni un instante más sin su hacha. Cierto que le quedó una fuerte cojera, pero pudo volver al trabajo, no sin antes manifestarme su agradecimiento por lo que había hecho por él.

Luego siguieron los días, los golpes, los graznidos de los cuervos que se acercaban a disputarse las escasas piltrafas y restos de comida, y todo volvió a la normalidad. Aunque a partir de entonces mi segundo oficio fue el de enfermero, pues tuve que aguzar el ingenio para dar remedio a los que se quejaban de reumas, golpes y heridas, por lo que me puse a recolectar plantas para hacer emplastes y tisanas. En la soledad del bosque, cuando rebuscando me alejaba del campamento, a veces al agacharme, tenía la extraña sensación de ver a mi madre tras un árbol, o cruzando un arroyo como si de alguna manera permaneciese vigilando cerca de mí. No podía evitar sentir un leve escalofrío al arrancar una planta o extraer un bulbo, pues me parecía escuchar el nombre de cada una pronunciado por su misma voz.

Pero si hay algo cierto, es que todo termina en la vida. Cuando los días se acortaron mucho y comenzó a nevar y hacer verdadero frío por las noches, aquellas gentes decidieron que había llegado el momento de dar por terminada la temporada.

El que me había tomado bajo su tutela, Pedro Matiste, que ese era su nombre, me pidió que le acompañase al menos hasta Tordesillas, donde llevaba su carga de carbón, una recua de mulas, no menos de una docena, cargadas de tal manera que parecía imposible que aquellos animales pudiesen tirar de las enormes albardas.

Una mañana gris y silenciosa como las anteriores, pero extraña, porque no se oía el rítmico golpeteo que me había acompañado tanto tiempo, se dispersaron todos, casi sin decirse adiós, como si el oscuro mineral que nos impregnaba los hubiese contagiado de su naturaleza. Nosotros dos fuimos los últimos en abandonar el campamento. Lo hice con cierta pena y algo de resquemor, pues no sabía bien lo que me iba a deparar el destino, y creo que en aquel momento me hubiese conformado con seguir quemando leña toda mi vida, ya que no veía nada mejor en el futuro.

No quiero decir que le hubiese tomado afecto a Pedro Matiste. A decir verdad, entonces no lo sentía por nadie, ni tan siquiera por mí mismo. Curiosamente, tampoco me sentía miserable por haber abandonado a Benassar, o por haber sobrevivido a mi familia. Era más bien una sensación de vacío, como si el alma y la conciencia, tal vez ambas, hubiesen huido de mi cuerpo. Ni tan siquiera tenía ganas de llorar o de recriminarme. En verdad, sólo deseaba una cosa: sobrevivir.

Acompañé, pues, a Pedro Matiste. Tampoco podía hacer otra cosa, porque el valle donde se encontraba la carbonera quedaba desierto hasta la lejana primavera, y todo el bosque permanecería silencioso, roto sólo por el aullido de los lobos, que cada día se habían ido acercando más y más a las cabañas como si presintieran el duro invierno y el hambre que pronto les acosaría de nuevo.

Caminamos callados, siguiendo la recua de mulas, sin tener tampoco nada que decirnos. Tenía la seguridad de que en todo el Reino de Castilla, en los apartados y remotos confines de Asturias, Aragón, Cataluña, Al Ándalus, Valencia, no existía ningún hombre ni mujer, niño o anciano, que albergasen sentimientos positivos hacia nosotros los sefardíes. Y si los tenían, los oculta- ban en lo más profundo de su alma, como si les avergonzasen o les pesasen como el plomo. Esa certeza, ni tan siquiera me provocaba ya ira, ni miedo, ni dolor, ni el más mínimo sentimiento, pues estaba convencido de que así era la vida, y no de otra manera, y que lo mejor a que se podía aspirar era a gastar la ira golpeando con un hacha, ya fuesen árboles o personas. No era capaz de pensar en mis padres, ni menos aún en mis hermanas, como si aquella parte de mi vida nunca hubiese sido más que un mal sueño.

Tampoco tenía mucho en que pensar más que en ajustar las albardas y tensar las guarniciones, pues lo peor que podía suceder era que por aquellos agrestes senderos los sacos se viniesen al suelo, arrastrando incluso a los animales.

A pesar de la terrible carga, las mulas andaban a buen paso. Puesto que cerraba la marcha, tenía que caminar sin descuidarme si no quería quedar rezagado, con la certeza de que si me sentaba un instante para recuperar el resuello, tal vez Pedro Matiste me preguntaría si me quedaba allí, porque no parecía tener ningún deseo de detenerse, ni de perder el tiempo. De hecho, creo que lo único que le preocupaba era llegar cuanto antes a Tordesillas para vender su carbón.

Aún no conocía aquel paraje, pero intuía que en un lugar así pasaría desaper- cibido y nadie se fijaría en mí. Sólo sería otro más, llegado a buscar fortuna, o al menos, huyendo de las hambrunas y la soledad de los enormes y vacíos páramos de Castilla. Intentando apiñarse con otros seres humanos, como si eso de alguna manera pudiese protegernos de la desazón y la melancolía.

De improviso, Matiste se detuvo en seco al tiempo que me hacía una señal, señalando la silueta que se recortaba en la colina. Desde un altozano cercano un jinete nos vigilaba, y vi cómo Pedro Matiste lo observaba de soslayo con recelo, porque en los tiempos que corrían, y tal y como yo había podido sufrir en mi propia carne, la sospecha y la desconfianza eran la mejor defensa, y el extraño era un enemigo antes que nada.

Ambos teníamos la certeza de que no teníamos nada que hacer ante un hombre a caballo. Si era miembro de una partida de bandoleros, sólo podíamos confiar en que nuestra apariencia le demostrase que no poseíamos nada de valor.

Vi con alarma cómo bajaba rápidamente la abrupta pendiente, dominando con destreza el caballo para evitar que se despeñase o lo tirase. Luego, una vez en el sendero, se acercó con un ligero galope a nosotros, haciéndonos un gesto con la mano abierta.

Al tenerlo cerca, me sorprendió comprobar que se trataba de un fraile, lo que me hizo poner en guardia, aunque tenía motivos para temerlos a todos ellos, ya fuesen cartujos, dominicos, o de cualquier otra Orden. Además, estaba entonces convencido de que tenían el extraño poder de reconocer a los judíos, como si algo especial nos distinguiese del resto de los humanos. De hecho, en el pueblo donde vi torturar y quemar a unos sefardíes, y con el que soñaba frecuentemente, uno de los frailes dominicos que dirigían la sangrienta ceremonia gritaba exaltado, mientras corría de un lugar a otro, que era capaz de oler a una legua a los judíos. Parecía aquél un hombre malvado y ruin, que lanzaba confusos improperios y amenazas a los malditos judíos que habían asesinado a Jesús de Nazaret.

Pero el jinete que teníamos delante no se parecía a aquel otro fraile. Éste nos miraba serenamente, pareciendo sólo interesado en calcular cuánta carga llevábamos. Eso era en realidad lo que estaba haciendo, y enseguida le preguntó a Pedro Matiste si le vendía el carbón.

Matiste le devolvió la mirada. Aseguró que no tenía inconveniente en cerrar un trato, pero que quería por ella cien maravedíes. Aseguró que en Tordesillas no le pagarían menos de ciento veinte por aquella carga, aunque a mí me había dicho al cargarla que al menos valía setenta. En verdad, me maravilló su sentido del negocio, pues hasta aquel mismo momento lo tenía por alguien ajeno a la realidad.

Después de regatear durante un largo rato, el fraile y Pedro Matiste llegaron a un acuerdo en sesenta y cinco maravedíes, y ambos se dieron, satisfechos, la mano. El monasterio no se hallaba lejos, apenas a media legua, aseguró el fraile, y como estaba anocheciendo con rapidez, allí nos dirigimos siguiéndolo, mientras montado en su caballo, encabezaba la fila de mulas por un estrecho camino.

Tuvimos que pasar por una senda tan abrupta que el fraile, prudente, desmontó, y de las riendas condujo a su caballería, aunque a pesar de las precauciones, no podía evitar que de tanto en tanto rodasen las piedras hasta el fondo del barranco. En aquel terreno las mulas se hallaban a sus anchas, y a pesar de la tremenda carga, pasaron todas sin más apuros.

Yo, según me había asignado Pedro Matiste, cerraba la comitiva, y no podía dejar de pensar si no me estaría introduciendo en una ratonera, porque si lo que decían era cierto, y nos podían oler entre una multitud, no sabía lo que podía llegar a ocurrir, rodeado de frailes olisqueándome en un lugar cerrado.

En esos lúgubres pensamientos me hallaba cuando de pronto, al tomar un recodo del sendero, vi el monasterio. Los últimos rayos del sol de la tarde iluminaban sus tejados, y a pesar de mi estado de ánimo, no pude dejar de pensar que el lugar emanaba paz y belleza.

Se trataba de un conjunto de pequeños edificios y una iglesia, todo ello rodeado de altos muros de piedra que lo separaban de los huertos y corrales.

Aquél era un lugar remoto e inaccesible, y eso fue precisamente lo que me sedujo. Desde aquel mismo instante, comprendí que, de alguna extraña manera, mi destino estaba ligado al escondido monasterio.

IV

EL PRIOR

Al acercarnos, sonó un toque de campana y el portón se abrió de par en par, como si estuviesen esperando nuestra llegada. Cruzamos el dintel bajo la curiosa mirada de otro fraile, que debía ser el portero, y penetramos en el patio.

Nunca antes había estado en un monasterio, y si eso me atemorizaba, más aún lo hacían las circunstancias. No me sentía capaz de mirar a los ojos a los frailes que se iban acercando, por temor a delatarme. Algunos de ellos hicieron comentarios jocosos sobre el carbón y un tal Pedro Botero al oír el nombre de Matiste.

El fraile nos condujo hacia unos almacenes que se hallaban junto a la cocina. En aquel mismo momento cayó repentinamente la noche, y eso me alegró. Prefería la oscuridad, como si así pudiese evitar que me reconociesen. El cocinero, un fraile obeso y calvo, nos indicó la trampilla por la que teníamos que realizar la descarga. Mientras sujetaba las mulas, Pedro Matiste soltaba los nudos laterales de los grandes sacos a modo de alforjas, donde iba el carbón. Al abrirse, caía directamente en la embocadura de la trampilla, y los escasos trozos que quedaban fuera, los empujaba el fraile con una pala.

Reflexioné en aquel momento que aquellas personas, al igual que yo, sentían un profundo temor del mundo exterior y que se habían refugiado en un lugar escondido, alejado de los caminos y de los hombres, y allí habían construido su porción del Paraíso. Debo decir que el primer sentimiento que me invadió fue la envidia. Ellos, a su manera, habían conseguido escapar de un mundo hostil, y encontraban la paz en las pequeñas necesidades cotidianas, renunciando para ello a las ambiciones humanas.

Esos pensamientos me tranquilizaron, pues no podían ser malas gentes las que huían del mundo, y reflexioné que, fuese cual fuese su religión, teníamos mucho en común.

Apenas estábamos terminando de descargar la última mula, cuando el fraile que nos había llevado hasta allí volvió acompañado de otro de mayor edad, un hombre muy alto y delgado, de aspecto ascético y mirada penetrante que parecía escudriñarlo todo.

Instintivamente, me coloqué de espaldas a él, aprovechando que la mula se asustó y reculó nerviosa, pero aun así, notaba sus ojos recorriendo mi nuca como si quisiera penetrar dentro de la cabeza para poder averiguar mis pensamientos.

Llevaba aferrada una pequeña bolsa de cuero, y de reojo observé cómo contaba lentamente las monedas para pagar el carbón a Pedro Matiste. Cuando terminó la operación, le dijo al cocinero que nos diese algo de cenar. Añadió que nos permitiría utilizar unos corrales vacíos para pasar la noche. Luego, en latín, que yo comprendía por habérmelo enseñado mi padre, exclamó: «*Usus fructus est ius alienis rebus utendi et fruendi salva rerum substantia*». Al escuchar aquello, precipitada e irreflexivamente, como mi padre me recriminaba siempre, no pude por menos que contestar: «*Boni viri arbitratu*», y en el mismo instante en que lo dije me mordí la lengua al caer de pronto en el gran error que había cometido.

El fraile se acercó hasta donde me hallaba y me alumbró con una vela el rostro. Sus ojos reflejaban la enorme sorpresa que sentía, estudiando mis facciones, intentando encontrar algo en ellas que le aclarase aquello, mientras me preguntaba en latín quién era yo.

En vano, intenté disimular sin abrir la boca, ni parpadear, pero yo mismo había sido el culpable de todo lo que pudiese sucederme, y aunque en mi interior me abofeteaba con la mente, sabía que la suerte estaba echada.

Se acercó tanto a mí que notaba en mis ojos el calor de la vela y el olor penetrante de sus hábitos me envolvía. Me observaba en silencio, mientras el otro fraile que nos había llevado hasta allí y el propio Pedro Matiste me miraban estupefactos, como si no pudiesen entender lo que estaba sucediendo. De nuevo, en latín, haciendo un esfuerzo por contener su curiosidad, me preguntó quién era yo y qué estaba haciendo allí.

A pesar de lo repentino de la situación, provocada por mi inconsciente error, gracias a los consejos de Salomón Benassar me había preparado para ella. Tenía la completa certeza de que mi vida podría llegar a depender de mi sangre fría para poder contestar sin dudar y sin que ningún gesto, por mínimo que fuese, delatase que mentía.

Volví, pues, a la historia que en su día había contado a Pedro Matiste y a los otros carboneros. Repetí lo acontecido a don Diego de Sandoval y Fajardo, y de cómo había resultado muerto por unos malhechores cerca de Toledo cuando nos dirigíamos a Valladolid procedentes de Santa Fe, de Granada, donde la Reina le había encomendado llevar unos documentos. Mi nombre era Diego de Toledo y era uno de sus pajes, adoptado por la casa de los Sandoval, que me recogieron al fallecer mi madre al poco de nacer yo. En cuanto a mi padre —añadí ya convencido de la bondad de mi historia— no lo tuve nunca.

El prior, fray Gregorio, que tal era su nombre, no se dio por vencido e insistió en hablarme en latín. Le contesté que me lo habían enseñado los Sandoval, así como algo de árabe y de italiano, pero añadí que en lo que más cómodo me hallaba era en castellano.

El prior, alterado, seguía sin creerse todo aquello. No se separaba de mí ni medio codo, escudriñándome de tal manera que tenía la sensación de que iba a traspasarme con los ojos. Fueron unos instantes muy tensos para todos, y mientras transcurrían, vi cómo Pedro Matiste me maldecía entredientes por haberlo complicado en una situación ajena a él. Debo excusarlo, pues aquellos tiempos no eran propicios para los extraños, y si yo a causa de mi torpeza tenía una dificultad, él podría verse arrastrado. A fin de cuentas, habíamos llegado juntos al monasterio, y al menos, en apariencia, parecía ser responsable de mi persona.

El prior, un poco más calmado, como si estuviera intentándolo por todos los medios, aunque noté que respiraba fatigosamente igual que el hombre que se encuentra sin poder controlar sus emociones, me rogó en castellano que le acompañase, pues quería hablar conmigo en privado. No podía hacer otra cosa, y le seguí a través de unos larguísimos y fríos claustros, sin poder imaginarme lo que pretendía de mí aquel hombre. Caminamos con rapidez hasta el otro extremo del conjunto de edificios, que desde el exterior me había parecido más pequeño, y subimos por una pronunciada escalera de caracol para finalmente llegar hasta una gran sala que se me antojó la biblioteca, pues allí, en una especie de pupitres, vi extendidos varios manuscritos que parecían estar copiando los frailes.

Me acompañó, presuroso, hasta una de las mesas que se encontraba vacía y colocó la vela sobre ella, haciéndome un leve gesto con la mano para que tomase asiento. Luego encendió otra que se encontraba sobre la mesa y se dirigió hacia las estanterías de madera adosadas a los muros, repletas todas ellas de libros y manuscritos. Durante unos instantes, buscó en ellas hasta que pareció encontrar el que buscaba. Volvió caminando de una extraña forma, pues más semejaba deslizarse por el suelo que otra cosa, portando unos grandes manuscritos cosidos por el borde. Abrió uno de los pliegos y durante un rato pareció olvidarse de mí hasta que encontró lo que estaba buscando, y por primera vez lo vi sonreír. Me señaló el párrafo, indicándome que leyese. Dudé un momento, pero no podía negarme y lo hice con resignación: «*Cum subit illius tristissima noctis imago, qua mihi supremum tempus in urbe fuit,...*» Levanté la vista y seguí recitando sin necesidad de leer. Mi padre amaba a Ovidio sobre todas las cosas, y nos leía continuamente aquellas elegías, *Tristes y Poéticas*, que hablaban del destierro. Medité que tal vez aquel buen hombre intuyó en algún momento que ese era nuestro verdadero destino, y no atreviéndose a decírnoslo con claridad, prefirió que lo hiciese Ovidio.

Al levantar la mirada, vi que fray Gregorio no podía dejar de observarme estupefacto, porque lo que en aquellos instantes le estaba sucediendo, era algo que nunca antes le había ocurrido. Hizo un gesto brusco señalando el pergamino, y entonces, no pudiendo controlarse, retrocedió trastabillando como si yo fuese el mismo Diablo.

El hombre se dejó caer en uno de los pupitres como si le hubiesen faltado las fuerzas, y con la voz en un hilo de nuevo me preguntó quién era yo realmente.

A pesar de que hasta aquel mismo momento creía haberme preparado para aquella pregunta, algo dentro de mí hizo que no pudiera volver a mentirle, y como si alguien me estuviese dictando, me cubrí los ojos con las manos y comencé a hablar, contándole mi verdadera historia a aquel fraile desconocido, que podía llevarme a la hoguera con solo mover los dedos. Al hacerlo, y mientras la narración fluía de mis labios como un torrente incontenible, ocurrió algo extraño, porque el hombre comenzó a sollozar ocultando también la cabeza entre sus brazos, apoyándose contra la tapa del pupitre. Mientras eso sucedía, por primera vez en muchos meses, sentía que me estaba liberando de un enorme peso, que sin saberlo me agobiaba y me estaba impidiendo vivir.

Le conté toda mi historia sin omitir detalle, y fray Gregorio, aunque dejó de llorar, no podía dejar de hipar de tanto en tanto, mirándome fijamente con sus ojos húmedos, como si la historia que estaba escuchando le hubiese afectado profundamente.

Llegó un momento en que la vela se consumió totalmente, pero a pesar de ello, ninguno de los dos nos movimos, porque yo no podía dejar de hablar, notando dentro de mí un increíble alivio al hacerlo. Él parecía sorber mis palabras hasta que después de un largo rato, finalicé el relato y me quedé casi resollando por el esfuerzo, igual que si hubiese subido corriendo una empinada ladera.

Fray Gregorio alargó su mano para tomar la mía en un gesto impulsivo, y noté que movía la cabeza ligeramente, arriba y abajo, como si asintiera. Luego ambos permanecimos silenciosos, apenas entreviéndonos, iluminados por un rayo de luna que penetraba por una de las ventanas de la biblioteca.

Unos instantes más tarde, retiró su mano y se cubrió el rostro con ambas, mientras volvía a sollozar intensamente. En aquellos momentos era yo el sorprendido, porque no entendía aquella inesperada reacción, hasta que se levantó haciendo al tiempo un gesto para que no me moviese, y en un tono muy bajo, casi susurrando, comenzó a hablar, mientras iba de un lado a otro de la estancia, como si no se atreviese a mirarme directamente.

—Aunque eres muy joven y no nos une en apariencia nada, has hecho hoy por mí más que todos los que me rodean en muchos años. Has confiado en mí. Has sido sincero, aun a sabiendas de que esa sinceridad podría costarte muy cara. Nunca podré olvidarte, porque me has traído el aliento de la verdad, y en esta oscuridad que nos envuelve me has hecho ver la luz que creía mortecina, casi apagada, de mi conciencia.

Hizo el prior una larga pausa y se sentó junto a mí. Era tal la penumbra que nos envolvía que a pesar de hallarse a mi lado, apenas era capaz de distinguir sus facciones. Luego suspiró profundamente y comenzó su sorprendente relato.

—Mi verdadero nombre es Manasseh Ayish. También yo soy sefardí, hijo de padres judíos, y aunque nací en Lisboa, donde mi padre comerciaba con especias, he vivido casi toda mi vida en Castilla, ya que mi madre era natural de Valladolid, y mi padre murió al poco de nacer yo. A causa de aquel trance, regresó ella a su tierra natal.

Me quedé atónito al escuchar la confesión de aquel fraile, porque lo que estaba contando sobrepasaba mi capacidad de asombro. No lo hubiese creído de no ser por su conmovedora reacción, por sus abundantes lágrimas y porque algo muy dentro de mí me decía que aquel hombre no me estaba mintiendo.

El prior prosiguió su narración sin mirarme, pues parecía concentrado en sus pensamientos y recuerdos.

—Mi madre era una mujer sensible e inteligente —continuó con voz más decidida, como si hubiese pretendido hacerme partícipe de sus experiencias—. Ella me enseñó latín y, como en tu caso, lo aprendí bien haciendo de él una lengua más, que en mi hogar se hablaba naturalmente al igual que el castellano, el hebreo, el portugués y el italiano. Más tarde, asistí a la Universidad de Salamanca, donde aprendí Derecho y Filosofía. En aquellos momentos, es decir, hace cuarenta años, a mitad de este siglo, no parecía extraño que nosotros, los judíos sefardíes, asistiéramos a la universidad, o incluso que impartiéramos clases en ella, pues muchos de los profesores también lo eran.

»Sin embargo, mi tío materno, Abraham Baruch, hombre influyente y capaz, cometió el tremendo error de ser justo. No sé si recuerdas el proceso que hubo en Valladolid contra don Álvaro de Luna. Pues bien, en él Abraham Baruch se puso de parte del Condestable, quien pagó con su vida la estúpida idea de ser fiel a su Rey. Sí sabrás que Juan II de Castilla recuperó su trono, sus riquezas y su honor gracias al esfuerzo de don Álvaro, que recibió como pago por su lealtad la muerte en el patíbulo.

»Allí cayó el linaje de los Luna, y Abraham Baruch perdió también su fortuna que tenía empeñada en ellos, y no sólo eso, sino que se acusó a los sefardíes de Valladolid de traidores, por lo que deberían abandonar la ciudad y sus bienes bajo pena de muerte en caso de negarse.

»Como puedes comprender —el prior se dirigió a mí coloquialmente convencido de que entre nosotros existía un especial vínculo—, no era más que una excusa para evitar que la Corona, que iba apropiarse de los bienes y haciendas de Álvaro de Luna, tuviese que devolver los muchos préstamos, que Baruch había hecho a esa casa para pagar los considerables gastos del proceso. También para castigarlos por haber ayudado a un traidor, y además con esa reacción veían cómo mataban dos pájaros con la misma piedra, liberándose del ascendente poder económico de los judíos de Valladolid.

»Allí terminaron los días de tranquilidad para mí, ya que se nos prohibió a los miembros directos de la familia Baruch asistir a las universidades de Castilla, ni ocupar ningún cargo público. Tuve, pues, que abandonarla oficialmente, pero en modo alguno deseaba hacerlo, porque para mí lo único entonces importante era aprender. Mi madre, antes de fallecer consumida por la pena y la amargura, me dijo algo que se me ha quedado grabado toda la vida. Lo único que nos podía hacer distintos era la sabiduría.

»Estuve alejado de la universidad durante dos años, sin saber muy bien lo que debía hacer, vagando por las calles hasta que, igual que a tí te está sucediendo ahora, el prior del monasterio de esta Orden en Zamora, me hizo la caridad de refugiarme y adoptarme como a uno más de los monjes. Tú has creído al llegar esta tarde que éramos dominicos, pero no. Éste es un monasterio cisterciense, la Orden que fundó San Roberto en la abadía de Citeaux, cerca de Dijon, en Francia.

»Eso ha ocurrido muchas veces, y seguirá ocurriendo. Nos llaman «cripto-judíos», «falsos conversos», utilizando todo tipo de apelativos que nos menosprecian. Pero aunque en mi caso, por una extraña situación mi corazón está partido, porque si bien mantengo la fe mosaica heredada de mis padres, también es cierto que cuando ejerzo de prior de esta Orden cristiana, como fray Gregorio de Luna —adopté este apellido en honor de don Álvaro—, no puedo por menos que creer también como cristiano, llega un momento en que ya no sé quién soy en realidad, si Gregorio o si Manasseh.

»Esta noche, cuando has llegado, acabábamos de celebrar vísperas, y en ellas he estado a punto de tomar una decisión, enterrando en el fondo de mi conciencia a Manasseh y dejar vivir sólo a Gregorio para que aun con gran dolor, poder seguir hacia delante, esperando tal vez mejores días, que con certeza tendrán que venir para nosotros los sefardíes, mientras termina de pasar esta gran tormenta, que otra vez parece que va a acabar con nuestro pueblo. Esta tierra prometida de Sefarad, al igual que el Paraíso del Libro, se nos niega. Somos expulsados como raza, como credo y como tradición, sin saber bien por qué ni por qué no.

»Al saber quién eras y ver que no has sido capaz de mentirme —después te daré razón de mi certeza, y comprenderás todo—, he reflexionado que debo seguir siendo Manasseh Ayish Baruch, judío sefardí, aunque deba vestirme y disfrazarme de Gregorio de Luna, prior de este monasterio de la Orden del Císter, que a partir de ahora te acogerá a tí como fray Diego de Toledo. Aunque tú también eres y seguirás siendo toda la vida David Meziel, hijo, por cierto, de Abravanel y Sara.

Cuando mencionó el nombre de mis padres, una rara sensación recorrió mi cuerpo. En mi narración no le había proporcionado ese dato. De eso estaba completamente seguro, y el hecho de que los conociera me resultaba del todo incomprensible.

Gregorio de Luna me observaba con aspecto sereno y relajado, como si al vaciar su conciencia en la mía y otorgarme su total confianza, hubiese creado un vínculo indestructible entre ambos, y al tiempo me asombrase con su conocimiento de mi persona y mis circunstancias.

La luna entraba en aquellos momentos por el ventanal alargado de la biblioteca, iluminando el rostro del prior, y sus ojos parecían brillar todavía humedecidos por la emoción. No llegaba a entender cómo podía verme, pues me hallaba en la sombra, pero estaba bien seguro de que podría notar hasta el más leve de mis parpadeos, como si estuviese dotado de un don especial que no alcanzaba a entender.

Pero para ganarse mi confianza, él quería contarme toda su vida sin olvidar la más mínima parte. Siguió hablando con una voz entonada, cada vez más clara, propia del hombre que está acostumbrado a mandar sin que nadie pueda rebatir sus argumentos, al apoyarlos en el conocimiento y la experiencia.

—Entré pues en el Monasterio de Moreruela, utilizando mi nueva personalidad e hice ver pronto mis ansias de aprender y trabajar, no descuidando en nada el fervor y humildad, propios del último que a aquel lugar de austeridad y oración había llegado. Pronto, mi especial relación con el prior debida a nuestro secreto, hizo que me dedicasen su atención los más sabios de todo el monasterio. Allí perfeccioné el latín, aprendí el griego y estudié Teología y Filosofía, ya que la esperanza de mi prior era que llegase a serlo yo también en el futuro, y sabía que el único camino para conseguirlo era la perfección de la sabiduría. No por ello descuidé mis labores en la comunidad, y apoyado en mi voluntad, y debo reconocer que también en mi ambición, pecadora para Gregorio, pero necesaria para Manasseh, me esforzaba en levantarme antes que ningún otro, en ayudar y consolar a los enfermos, en realizar las labores más modestas y sencillas, en trabajar para los otros antes que para mí. Cierto que el propio reglamento de la Orden lo exigía, pero yo forzaba esos límites en mi ansia de poder llegar a ser un día el prior, tal y como finalmente he conseguido. Aunque en verdad debo también confesarte que todo ello fue a costa de mi salud física y mental, porque llegué a enfermar del esfuerzo, y en el enfebrecimiento que me poseyó, por la debilidad y melancolía que invadió mi organismo, creí morir sin llegar a conseguir lo que me había propuesto.

Hizo una pausa, como si se encontrase absorto en sus recuerdos, pero luego prosiguió con la misma energía su relato.

—Te cuento esto, porque tengo la certeza de que tu camino es paralelo al mío, como si fuésemos ambos discípulos de Plutarco, y no quiero ni deseo que cometas los mismos y graves errores que yo he cometido en mi vida. Aunque bien sé que lo que a ti te ha ocurrido, es suficiente para volver loco a un hombre hecho, cuanto más a un muchacho, por muy capaz que sea, como es tu caso.

No pude entonces hacer otra cosa que interrumpirlo, pues me hallaba impaciente por saber de qué manera había llegado a conocer quiénes eran mis padres. Aquello me tenía sobre ascuas, y sin poder evitarlo, se lo pregunté directamente a fin de terminar con aquella incógnita que me obsesionaba.

Al hacerle la pregunta, me miró un instante a los ojos para ver qué impresión me producía su contestación, y murmuró un nombre que casi me hizo saltar del pupitre.

—Salomón Benassar. Lo conocí siendo él casi un niño en Salamanca. Luego durante muchos años no he sabido más hasta que hace poco, apenas dos meses, llegó de improviso al monasterio. No lo había guiado hasta aquí Dios, sino Jacob Cohen, un judío sefardí también amigo de mi juventud.

Al escuchar aquello, me sentí de nuevo culpable y me encogí en el asiento. Había pensado mucho en ello, y aunque tenía la convicción de que había hecho lo que debía, una sombra de duda sobre si ese deber era ético, mantenía mi alma en vilo. También me preocupaba mucho lo que pudiera haberle llegado a ocurrir a Salomón, porque de una parte, aquella noticia liberaba mi conciencia, pero de otra, me hacía enfrentarme a la realidad, y no quería pensar en el momento en que volvería a verlo.

El prior me dio su versión de cómo Salomón Benassar había llegado al monasterio para refugiarse en él, después de que Jacob Cohen le dijese que fuese hasta allí y preguntase por Gregorio de Luna, el prior. Insistió en que cuando estuviese con él a solas, mencionase quién lo enviaba.

Sin embargo, todo ello no hizo falta, porque a pesar de los muchos años transcurridos desde los días de Salamanca, al verse frente a frente se reconocieron, y no hubo de dar muchas explicaciones para que el prior también lo acogiera e inmediatamente lo adoptara como fray Esteban de Santa María. Ante mi asombro, mencionó que de los veintiocho monjes, tres, contándole a él, eran judíos sefardíes y conmigo iban a ser cuatro, esto es, la séptima fracción de los miembros del claustro.

Salomón Benassar estaba, pues, allí. Eso me tranquilizó, ya que aunque no quería reconocerlo, había llegado a temer por su vida. No sabía cómo me acogería y si me guardaría rencor por haberlo abandonado de manera tan súbita.

Fray Gregorio, pues aún no podía pensar en él como Manasseh Ayish, se acercó a una estantería de madera en la que rebuscó hasta que encontró velas, así como yesca y pedernal. Yo seguía sentado, absorto en su relato que se me antojaba apasionante, por cuanto —él mismo lo había intuido— tenía de paralelo con mi historia. Encendió una de las velas golpeando con habilidad el pedernal y la colocó entre ambos. Para entonces debía ser ya casi de madrugada, porque de súbito interrumpió su historia para decirme que tenía que asistir a maitines, añadiendo que lo aguardase allí mismo, ya que no deseaba demorar todo lo que tenía que terminar de contarme.

Cuando abandonó la biblioteca y me quedé solo, noté frío y cansancio. Nos encontrábamos ya muy avanzado el otoño, y durante las noches el helado relente se hacía notar. A pesar de mi voluntad por permanecer despierto, no pude evitar tenderme y acurrucarme, mientras sin apenas darme cuenta, el sueño me invadía.

Debí caer entonces en un profundo sopor y comencé a tener una pesadilla tan real que se me antojó una espantosa alucinación. En ella vi entrar a Salomón Benassar en la biblioteca. Iba encadenado y lo conducían unos soldados de la Reina, acompañados por unos dominicos. Yo me hallaba escondido en el exacto lugar en que me había tendido para dormir, y desde allí lo observaba todo con perfecta nitidez.

No podía oír lo que hablaban, era una especie de murmullos ininteligibles. Vi cómo lo condujeron hasta el pasillo central y una vez allí, Salomón era bárbaramente golpeado en la espalda por sus guardianes hasta que confesaba. Llegado ese punto, los dominicos se dirigían a uno de los armarios donde se guardaban los manuscritos, y buscaban en él hasta que hallaban el que Salomón había declarado. Luego lo colocaban sobre una de las grandes mesas y lo extendían.

Extrañamente, sin moverme de donde me hallaba escondido, podía leer de forma clara lo que en él decía. Se trataba de la Torá. Entonces los dominicos exclamaron llenos de odio: «¡Falsos conversos! ¡Son marranos! ¡Hay que terminar con todos ellos!» Y cogiendo una de las antorchas que portaban los soldados, uno de ellos, el que parecía el principal, prendió fuego al manuscrito, al tiempo que los otros hacían lo propio con las estanterías. Luego todo se llenó de humo. Yo, aterrorizado, no sabía por dónde podía huir, y estaba convencido de que iba a morir abrasado al igual que si me hubiesen enviado a la hoguera.

En ese espantoso trance me encontraba cuando me despertó fray Gregorio, golpeándome ligeramente en la mejilla. Lo hice sobresaltado y respirando dificultosamente, en el convencimiento de que todo aquello era demasiado real para ser un sueño.

Al incorporarme, aún aturdido, vi que estaba acompañado de otro monje, y con una mezcla de vergüenza y emoción, supe que no era otro que Salomón Bénassar. No tuve que decir palabra, pues Salomón me abrazó afectuosamente como si nada hubiese ocurrido. Parecía muy contento de verme sano y salvo, porque según me confesó más tarde, había llegado a estar convencido de que las fieras me habían devorado, creyendo que nunca más volvería a verme en este mundo.

Fray Gregorio me explicó que debía referirme a Salomón como fray Esteban de Santa María y nos advirtió que incluso cuando hablásemos entre nosotros, debíamos usar nuestros nuevos nombres. Luego me explicó que el monje que nos había llevado a Pedro Matiste y a mí hasta el monasterio se llamaba Efraín y de apellido Ashkenazi, aunque en la Orden era conocido como Tomás de Bohemia. Había llegado desde Praga, huyendo de las persecuciones, y se refugió en el monasterio cisterciense, ya que procedía de otro de la misma Orden en Alemania. Añadió que debíamos tener la confianza de encontrarnos, no en un monasterio cristiano, sino sobre él, en Bet-El, *la Casa de Dios*. Allí una vez Jacob había tenido un sueño, y también nosotros podíamos dormir tranquilos en aquel lugar.

Después de las efusiones por habernos encontrado y vernos, por el momento sanos y salvos, el mismo prior me acompañó para mostrarme el monasterio. El claustro era una amplia galería compuesta de arcadas a dos niveles, y subiendo una escalinata se llegaba a la iglesia construida en piedra, formando una gran bóveda central y dos más pequeñas a ambos lados. Fray Gregorio parecía satisfecho de la belleza y serenidad que emanaba todo ello, porque como después aprendí, era también alguien muy humano, y como tal disfrutaba con sus obras.

Subí tras de él por una empinada escalera, que desde la propia iglesia daba acceso al largo pasillo en el que se encontraban los dormitorios de los monjes. Una vez allí me asignó el que se hallaba al final de esa galería, contiguo al de Salomón Benassar. Después de hacerme las advertencias pertinentes, y en consideración a las circunstancias, me permitió no asistir aquella mañana al refectorio, sugiriéndome que fuese allí a la hora de vísperas para presentarme al resto de la comunidad.

Me quedé, pues, solo en mi celda, un estrecho habitáculo por el que a través de un ventanuco penetraba una gélida corriente de aire. Observé la agreste sierra que rodeaba el valle, meditando sobre las extrañas circunstancias que se daban en la vida y lo mucho que en ella intervenía el azar. Luego, al poco, comencé a sentir de nuevo frío y cansancio, y me tendí en el jergón colocado sobre unas tablas de madera que lo protegían del helado suelo. No pude por menos que repasar los últimos meses de mi existencia desde el aciago día en que infortunadamente encontré al caballero malherido hasta el momento en que me hallaba allí tendido, sin entender muy bien los extraños caminos del azar.

En la celda, colgado tras la puerta, encontré un hábito muy usado pero limpio, indudablemente destinado a mí, como si el prior, fray Gregorio, hubiese decidido que mi salvación y mi refugio se hallaban tras los gruesos muros de aquel monasterio.

Así me lo había expresado antes de dejarme solo, porque en esos días en el mundo exterior, en los caminos, las aldeas, las ciudades se alzaba un mortal enemigo, dispuesto no sólo a expulsar a todos los miembros de nuestra raza, sino también a torturarlos y aniquilarlos como alimañas por el solo hecho de ser sefardíes. No pude evitar esbozar una cínica mueca, mientras pensaba en que éramos el pueblo elegido.

A pesar de los esfuerzos que hacía para ello, no podía entender lo que estaba aconteciendo. Recordaba muy bien las palabras de Salomón, mi maestro. La Bestia había despertado y tomaba a cada coyuntura la forma que le convenía: ora como inquisidor, ora como soldado, o cualquier otra encarnadura que conviniese a sus aviesos fines. Cuando, vencido por la fatiga, cerraba por un instante los ojos, no podía dejar de ver a la gente, que hasta entonces creía normal, para nada diferente a nosotros, bailando y gritando hasta desgañitarse alrededor de una hoguera, donde se abrasaban los judíos ante el júbilo y alborozo de los presentes.

Cuando haciendo un alarde de valor, era capaz de pensar en todo lo que estaba ocurriendo en los pueblos cercanos, veía en mis figuraciones que los lobos y las alimañas del bosque eran en realidad seres bondadosos, que sólo mataban por necesidad para poder mantenerse con vida, mientras que nosotros, los que nos llamábamos humanos, lo hacíamos por algo profundamente perverso como era disfrutar del mal ajeno, revolcándonos en nuestra propia crueldad y mezquindad.

Salomón me lo había advertido en multitud de ocasiones. Ahora nos había tocado a nosotros, los judíos sefardíes. Enseguida llegaría la hora a los moriscos que aún quedaban en algunos lugares de los Reinos de España. Después a los gitanos, gente sin maldad y sin codicia, a los que impedían asentarse y trabajar, a los que acusaban de robar una gallina o coger leña en los bosques por los que pasaban, y que por esos atroces delitos eran tildados de delincuentes, golpeados sin misericordia, encarcelados y aun ahorcados. Más tarde les llegaría el turno a los que no creían exactamente en los mismos credos que los inquisidores. Luego a los que fuesen pobres de solemnidad por el enojoso hecho de serlo y de pedir por las calles y caminos. No podía olvidar a los lisiados, a los cojos, mancos y, en especial, a los ciegos, que iban estorbando por calles y mercados, haciéndose atropellar en su torpeza por las carrozas que cruzaban veloces o por las impetuosas caballerías de militares y señores.

Así, poco a poco, la Bestia, el señor de las tinieblas, iría reclamando sus parcelas. Ésa era la ineludible teoría de Salomón Benassar que, poco tiempo después, vi ratificada por el principal protagonista. En un espantoso remolino de violencia y fanatismo caerían los campesinos, los clérigos humildes, los locos, que en muchos casos lo eran por querer escapar de tan atroces mundos, los que no enseñasen lo que la Bestia quisiera oír. Todos iríamos en macabra procesión, en un extravagante auto de fe que iría quemando vidas y agostando libertades.

Eso era lo que probablemente sin saberlo traía el mensajero. El caballero negro, al que encontré malherido, había trastocado mi vida. Llevaba con él la semilla de esa maldad en forma de pergamino firmado por la Reina, expulsándonos de aquellas tierras, sólo porque éramos diferentes.

Me angustiaban hasta tal punto aquellas reflexiones que tuve que ponerme en pie y comenzar a caminar delante y atrás, como si en vez de celda de un monasterio fuese una jaula de fieras, igual que la que había visto, hacía ya algunos años, a unos titiriteros trashumantes que arribaron a Toledo para animar las ferias.

Apesadumbrado por aquellas amargas reflexiones, me asomé al hueco hecho en el muro a modo de tragaluz y vi cómo el cielo iba aclarándose con el inminente amanecer, y una ligera brisa matutina traía hasta mí el aroma de resina de una pineda cercana.

Me di cuenta, sorprendido, de que estaba llorando. No tenía la certeza de si mis lágrimas se debían a todas aquellas elucubraciones y pensamientos que habían conseguido alterarme hasta ese punto, o quizás al alivio que sentía al saber que tras aquellos muros me hallaba finalmente a salvo.

Exhausto y aterido, me senté en el jergón. En aquel instante, comprendí lo mucho que debía aprender de Salomón Benassar, de Manasseh Ayish, de gente como ellos, y recoger la sabiduría de mi pueblo. Sólo así podría ayudar a los míos y algún día, intentar vencer a la infame Bestia.

V

EFRAÍN ASHKENAZI

Fueron pasando los días. El otoño anticipaba un invierno frío y tormentoso, pero me sentía bien en el monasterio. Creo que eso se debía, sobre todo, al hecho de que sentía una gran aprensión a lo que existía más allá de los muros de piedra. Nunca había visto el mar, aunque mi padre me había hablado de él muchas veces, pero en mi imaginación aquel lugar era algo así como una isla de serenidad en un océano proceloso.

Por otra parte, allí me hallaba entre amigos: Manasseh Ayish, Salomón Benassar, Efraín Ashkenazi. Los judíos habíamos adoptado nombres de conveniencia, y a mí todos me llamaban ya Diego de Toledo, que era como me había impuesto fray Gregorio de Luna, nuestro prior.

Sabía por mi madre, y ella lo había aprendido de su padre Mosés Revah, que existía una grave enfermedad que se daba de tarde en tarde, en la que el enfermo creía tener dos personalidades, y a veces más. Era un trastorno peligroso, porque los ignorantes y los malvados acusaban al demente de estar poseído por el Diablo. Quizás, también yo estaba afectado de aquel mal, porque día a día me sentía más y más como Diego de Toledo, antes paje del caballero, ahora novicio de la Orden del Císter. Podía entender a la perfección lo que me había explicado el prior, que dudaba permanentemente entre Gregorio de Luna y Manasseh Ayish. Veía, en mi caso, cómo David Meziel se alejaba raudo y aparecía Diego de Toledo, tras el cual me sentía a salvo de los avatares de la realidad.

Los monjes me llamaban hermano Diego, y apenas llevaba unos días en el monasterio, cuando ya me sentía aludido por ese nombre.

No quería pensar en mi padre, Abravanel Meziel, ni en mi madre, ni menos aún en mis hermanas, porque cuando lo hacía, algo dentro de mí se rebelaba y me negaba a aceptar que hubiesen muerto. Por otra parte, en los momentos en que conseguía abstraerme, llegaba a creer la fantasía de que era en verdad Diego de Toledo y que había nacido cristiano, por lo que no tenía nada que temer.

Pero a pesar de mis ilusiones, cuando me cruzaba en el claustro con otro monje, llegaba a recelar de que me señalase con el dedo diciendo: «Sé que eres judío. No puedes negarlo, pues soy capaz de oler a un judío desde una legua». Pero no, pasaba junto a mí, sigiloso, sin levantar la vista, murmurando latines. Yo me volvía al verlo pasar ensimismado, sin tener la certeza de que tan siquiera hubiese reparado en mí.

El único que en verdad me inquietaba era Efraín Ashkenazi. Tenía una mirada penetrante y misteriosa, que me recordaba constantemente quién era realmente yo y quién era él, haciéndome volver de la imaginación a la dura realidad de que nos hallábamos allí de prestado.

Una madrugada, después del oficio de maitines, en el que habíamos cantado los Salmos y dado las lecciones, me dirigía aterido a la celda a descansar hasta las cuatro, hora en que comenzábamos nuestra jornada, cuando oí que alguien me chistaba desde uno de los claustros. Aun antes de verlo, supe que se trataba de Efraín Ashkenazi, al que reconocí a pesar de llevar el rostro totalmente oculto por el capuchón.

Aunque apenas había hablado con él, sabía que era hombre inteligente e intuitivo. Me requirió para decirme, que aun cuando el prior no se lo había dicho, notaba algo especial en mi situación. Me persuadió para que le acompañase a la biblioteca con la excusa de que había encontrado un antiguo manuscrito en árabe, y por haberme visto trabajando en otros de esa lengua, deseaba que le ayudase a traducirlo. Así lo hicimos, a pesar de lo intempestivo de la hora. Parecía observarme con gran respeto mientras lo extendía sobre la mesa, y más aún cuando comencé a leerlo, traduciendo directamente. Era un fragmento de *La Póntica Nicomaquea*, de Aristóteles. Curiosamente, hablaba del valor y la cobardía, y aquel párrafo en boca de Héctor decía: «Aquél a quien yo encuentre zafándose de la batalla, no le quedará esperanza de escapar a los perros».

Me quedé mirando los ojos de Efraín Ashkenazi y supe que él no deseaba que le tradujese aquello, pues sabía con exactitud lo que decía el texto. No pretendía sino otra cosa que probarme, e intuí que conocía mi secreto. Pero no quería irme de ligero, y negué moviendo el rostro ante la interrogante mueca del suyo al tiempo que le replicaba que Homero ponía en boca de Héctor las palabras de Agamenón en *La Ilíada*.

Fue entonces cuando Efraín asintió al tiempo que afirmaba que sabía bien quién era yo:

—Eres sefardí. Judío como yo, como el prior y como ese tal Esteban de Santa María.

No pude negarlo. A pesar de mi interés por ocultarlo, algo o alguien me había delatado. Sin embargo, tenía razón en una cosa. Yo me estaba zafando de la batalla, ocultándome bajo el disfraz de monje, mientras en el exterior muchos de los nuestros eran despojados, desterrados, violadas nuestras mujeres o, incluso, asesinadas.

Me quedé mudo ante la sorpresa. Por otra parte, no conocía bien sus intenciones. ¿Qué pretendía de mí Efraín Ashkenazi? No tuve que esperar mucho para saberlo.

Efraín, al igual que lo había hecho antes Manasseh, el prior, había elegido la seguridad de la biblioteca para confiarme su secreto y para que a la vez le confiase el mío.

Comenzó a hablar en hebreo con su fuerte acento tudesco. Parecía querer confiar su situación a alguien, como si no pudiese soportar más el silencio continuo de aquellos claustros, mientras en su interior escuchaba las sonoras voces del pasado, atronando su alma. Pude comprenderlo bien porque de alguna manera, yo también sentía una sensación idéntica.

Había nacido en Cracovia, donde sus padres habían emigrado debido a las pésimas condiciones de vida en Alemania. Ashkenazi, para los judíos, era una tierra dura y cada vez más difícil para sobrevivir en ella. Allí, el Consejo de las Cuatro Tierras (o sea, la Gran Polonia, la Pequeña Polonia, Podolia y Bolina) parecía asegurar el futuro de los nuevos asentamientos, pero las circunstancias eran algo con lo que no podían contar.

Apenas tenía Efraín ocho años, cuando la gran peste terminó con toda su familia. Su tío, León Mirsky, pariente lejano de su madre, hombre codicioso y cruel, hizo lo que ningún judío haría con uno de los suyos: lo vendió a una familia polaca católica para verse libre de responsabilidades. Esa gente quiso convertirlo en un siervo, pero a pesar de su edad, Efraín tenía firmes convicciones religiosas, y las demostró negándose a ser bautizado. Entonces los mismos que lo habían comprado lo entregaron a un monasterio cisterciense con la certeza de que allí terminarían por doblegarlo.

Aquel lugar se convirtió en una especie de infierno para Efraín. El prior se tomó a pecho convertirlo al cristianismo, como si conseguirlo fuese para él una cuestión de principios, y al lograrlo, estuviese doblegando el alma de toda una raza y no la de aquel muchacho. Era una especie de reto que pronto se transmitió al resto de la comunidad, y todos se dedicaron con ímpetu a lograr forzar la voluntad de Efraín Ashkenazi. A fin de cuentas, para ellos, conseguirlo era a mayor gloria de Dios, y ver la resistencia sobrehumana de un niño luchando contra todo el monasterio, les demostraba que tenían razón los más sabios, y que aquella intransigente raza debía permanecer encerrada entre los muros del *ghetto*. El más fanático de entre los monjes insistió en que aquel pueblo estaba mancillado por haber rechazado a Cristo, y por ello, se justificaban las persecuciones e, incluso, las matanzas que la gente común llevaba a cabo de tanto en tanto. Añadió, ante el Consejo de la Orden, que a cualquier precio debían doblegar la voluntad del joven judío, terminando con la superstición de aquella alma para conducirlo firmemente hacia el cristianismo. Aseveró también, como advirtiéndoles, que eran gentes enfermas por la peor dolencia, y que por ello se justificaban todos los medios, incluida la tortura, para conseguir que claudicaran.

Efraín Ashkenazi parecía recordar aquella época de su juventud aún atemorizado por ella, y noté un ligero temblor en sus párpados, mientras me contaba las circunstancias por las que había llegado hasta allí.

La comunidad al escuchar aquel discurso, decidió que aquel monje que parecía tomarse tanto interés fuese el responsable de la verdadera conversión de Efraín Ashkenazi, y dejó en sus manos el conseguirlo.

Aquel hombre, fogoso pero intolerante hasta lo más profundo de su corazón, era un tal Benedicto de Carintia. Desde que adquirió el compromiso, se convirtió en su sombra, consiguiendo incluso que Efraín llegase a dormir en su misma celda, en un jergón en el suelo para no perderlo de vista.

Aquella fue la peor época de la vida de Efraín. Continuamente perseguido por la intransigencia de su mentor, llegó a enfermar por la falta de sueño, ya que lo despertaba en cuanto se dormía, obligándole a recitar el Credo y otras oraciones, castigándole duramente por la más mínima falta, como el quedarse dormido durante los rezos y los oficios, o por no mostrar un exagerado interés y respeto por los ritos cristianos. Todo tipo de humillaciones, que le hicieron llegar a caer en una enfermedad melancólica, que comenzó a manifestarse en profundos delirios y alucinaciones. Alarmado ante lo que estaba sucediendo, fray Benedicto reunió a la comunidad para advertirla de que, a su juicio, el Maléfico se había apoderado de aquel infeliz. No había soportado su bautismo, y la sola visión del agua bendita o de la hostia consagrada conseguía que se transformase en el ser maligno que, según su tutor, todos los judíos llevaban dentro como un estigma. A fin de cuentas, afirmaba fray Benedicto, ese proceso era normal. Todo el mundo sabía que, en muchos casos, los judíos profanaban la hostia en sus ceremonias y cometían todo tipo de atrocidades, llegando incluso a asesinar a niños cristianos en sus supersticiosos rituales.

Una fiebre muy alta se apoderó de Efraín, haciéndole perder la conciencia, aunque me explicó que, a pesar de su febril estado, notaba cuando el fraile se encontraba cerca de él, arrojándole agua bendita, empapándole la manta, a lo que su debilitado organismo respondía con mayores escalofríos y convulsiones.

El fraile, pesaroso de no haber conseguido sus propósitos, comunicó al prior que pronto se produciría el fatal desenlace y que, como no había nada que hacer, debían transportarlo a un lugar donde al morir no contaminase la celda. Eso tenía mucho sentido, y el prior asintió, comprendiendo que era lo mejor para todos, ya que se decía que al morir, los judíos exhalaban unos espíritus inmundos, que eran muy difíciles de desalojar; por lo que, entre varios frailes, y ayudados por unas improvisadas parihuelas, lo depositaron en la parte posterior de un pajar abandonado detrás del monasterio.

Cuando ya todos en la comunidad daban por terminado el asunto, en la convicción de que el joven judío era un caso perdido y que iba a morir inminentemente, sucedió algo extraordinario. De una manera increíble, al tercer día, Efraín se recuperó —él lo achacaba a que había podido cubrirse con la paja seca, caliente a causa del estiércol que existía bajo ella—. Una madrugada, cuando los frailes se hallaban reunidos, orando absortos en los oficios matutinos, se presentó tiritando en la capilla totalmente desnudo, sin que se apercibieran hasta que se encontró delante del altar.

Fue el propio Benedicto de Carintia quien primero reparó en él, y no pudo por menos que soltar una exclamación ante aquel sorprendente hecho. El prior se santiguó al verlo y se adelantó a los demás cubriéndolo con su propia capa, mientras los demás frailes veían en su recuperación una señal divina.

Pronto, en apenas unos días, se restableció totalmente, y a partir de entonces, fray Benedicto recibió órdenes del propio prior para que dejara de hostigarle.

Reiteraron con gran pompa la ceremonia del bautismo, pero ya con la expresa avenencia de Efraín, que se mostraba humilde y dócil con los monjes, y al tiempo profundamente rendido a su nueva religión. Mantenía un semblante seráfico y contrito, lo que terminó de convencer a los más desconfiados de que, cosa extraña, la Divina Providencia, por fin, había tomado posesión de aquella alma perdida, ahuyentando a los demonios y súcubos que habían anidado en él hasta entonces y que, como se podía comprobar, habían huido en desbandada en el mismo instante en que decidió, en conciencia, convertirse.

Efraín Ashkenazi observaba mi reacción. Con una expresión, mezcla de sarcasmo y desprecio por los que le habían conducido a aquella situación, asintió repetidamente con la cabeza al ver cómo lo miraba. Había tenido que tomar por sí mismo una difícil situación. Quería vivir, y cuando ya se encontraba en un estado próximo a la muerte, cayendo en un insondable pozo del que era consciente que no podría salir, su mente se había rebelado, espoleándolo a resistir. Entonces, como un sonámbulo, se había levantado, y sin sentir el terrible frío, supo lo que tenía que hacer. Tal y como se hallaba, desnudo, caminó hacia la capilla. Desde aquel momento, nadie en el monasterio intuyó la verdad, porque tuvo buen cuidado de mantener una actitud convincente, tanto que incluso fray Benedicto tuvo que confesar públicamente su error a los demás miembros de la comunidad, y aseverar que estaba totalmente persuadido de aquella conversión.

Pasaron los años y Efraín Ashkenazi se transformó en Tomás de Bohemia. Tanto era su celo y tal su devoción que llegó a convertirse en el consejero del prior. Le advirtió éste que corrían tiempos difíciles en los que el Diablo permanecía siempre al acecho, a lo que fray Tomás le replicó que oraba constantemente para evitar sus asechanzas.

Eso era cierto, y toda la comunidad sabía que aquel monje permanecía orando o estudiando una y otra vez las Sagradas Escrituras cuando los demás dormían. También se fustigaba, aun en los días más fríos del invierno, hasta que su espalda se convertía en una llaga sanguinolenta. Más de una vez lo habían encontrado exánime, tendido en el suelo de su celda, empapado en sangre, como un estigma viviente de los suplicios y tormentos a los que su pueblo había sometido al Hijo de Dios.

Una noche, en mitad del invierno, el prior le despertó, rogándole que acompañase en sus últimas horas a fray Benedicto de Carintia. Una cruel enfermedad le había postrado en el lecho hacía ya unos meses y parecía que su fin se hallaba muy cerca. Fray Tomás de Bohemia obedeció solícito, y relevó al monje que se hallaba cuidándolo, diciéndole que se sentía en deuda con aquel hombre santo que había sido el causante de su conversión.

Estuvo durante días sin moverse de su lado, hasta que fray Benedicto abrió los ojos, susurrándole que iba a morir y le pidió, agonizando, que le perdonara todo el daño que una vez le había causado. Luego, desfallecido por el tremendo esfuerzo, aguardó la muerte. Entonces fray Tomás de Bohemia le contestó en hebreo, y en esa lengua le dijo que no tenía nada que perdonarle. Muy al contrario, si a alguien le debía agradecimiento, era a Benedicto de Carintia, porque le había hecho un gran favor al abrirle los ojos. Había estado a punto de ceder a su crueldad, al ensañamiento que con él había mostrado, y esa maldad y ese fanatismo le hicieron conocer un nuevo sentimiento que hasta entonces nunca había poseído: el odio.

Le confesó que la noche en que llegó desnudo a la capilla, había comprendido que no podía morir sin vengarse. Fue ese sentimiento el que le hizo levantarse y caminar, olvidando su verdadero estado. Hasta entonces nunca habría creído que el odio tuviese esa fortaleza. Pero cada paso que daba por los helados claustros le hacía ver más claro que debía ser implacable, y que, aunque tuviese que esperar, llegaría un día en el que podría saciar su venganza.

En aquellos instantes, fue cuando Tomás de Bohemia había dejado el paso libre a Efraín Ashkenazi, forzosamente oculto durante muchos años tras unos hábitos, unos ritos y unas costumbres que le habían impuesto con crueldad y sin misericordia. Pero él también había aprendido a esperar su Némesis.

Comprendí al escuchar a Efraín, que a través de la narración de su vida, me estaba ofreciendo sus experiencias, al igual que antes lo había hecho Salomón Benassar y más tarde Manasseh Ayish. Aquel hombre, que me miraba hablándome en hebreo, quería traspasarme sus vivencias, y como los otros, aunque en este caso fuesen los sentimientos negativos, me advertía que nada bueno podía esperar fuera de los nuestros. Habíamos nacido judíos, unos sefardíes, otros ashkenazis, otros efraimitas…, dispersas las doce tribus en una inexorable Diáspora, siguiendo la Ley mosaica, la Ley de Moisés, llevando dentro de nosotros la luz de la Torá, a la búsqueda eterna del maná, del Paraíso perdido, de la Tierra Prometida. Pero con la convicción de que esas pruebas nos demostraban que éramos, sin dudarlo un instante, el pueblo elegido, y que al final Yahvé nos daría la señal que estábamos buscando, rescatándonos de las tinieblas.

Tomás había hecho una pausa, como si aquellos recuerdos le agotasen físicamente. Ya, un día lejano, Salomón me había advertido que nada dolía más que el odio, y en verdad, Efraín era un hombre dolorido y enfermo de ese mal. Para él, los cristianos, y de entre ellos los curas y los frailes, eran aborrecibles enemigos. Era como si hubiese podido entrever la puerta de atrás del infierno.

Se quedó observando mi reacción, como si tuviese mucho interés en comprobar que también coincidía en su criterio. Luego prosiguió su narración, mientras yo no podía hacer otra cosa que mirarlo fijamente, absorbiendo cada una de sus palabras con la certeza de que, por fin, me hablaban con verdad y no como fariseos, logrando que la luz se hiciese dentro de mí.

Efraín prosiguió su narración. Noté que se hallaba poseído por sus recuerdos, ensimismado en aquellas vivencias, y en verdad, también yo había sido capaz de penetrar en su historia, porque a pesar de lo mucho que a ambos nos separaba, un nexo común nos unía, como si nuestros pasados fuesen hierros al rojo, golpeados una y otra vez en el mismo yunque del destino.

Al oír aquello, fray Benedicto de Carintia intentó incorporarse, pero no consiguió más que levantar la cabeza un palmo para inmediatamente dejarla caer hacia atrás al tiempo que exhalaba un largo suspiro, como si ese sobrehumano esfuerzo hubiese acelerado su agonía. Sus ojos buscaban en la penumbra los de Tomás de Bohemia, brillando enfebrecidos, sin saber bien si se trataba de un sueño atormentado, del delirio postrero de su enfermedad, o de la propia muerte, que así se manifestaba.

Pero Tomás de Bohemia quería culminar su venganza, y extrajo del bolsillo de su hábito la diminuta Torá, que se ataba con cintas a la frente, mostrándosela al moribundo. También se abrió el hábito para que fray Benedicto viese lo que llevaba colgado del cuello. Una estrella de David de hierro, brillante por el roce continuo con la piel, forjada por el sudor ácido a través del tiempo.

Eso fue definitivo para el agonizante fraile. Abrió los ojos de tal manera que parecía que fuesen a salirse de las órbitas, y movió los labios pronunciando unas palabras. Entonces Tomás de Bohemia se agachó, colocando su oreja junto a los labios del fraile, intentando oír lo que decía. Sólo pudo escuchar: «*Vade retro*». Luego fray Benedicto de Carintia dejó escapar un último estertor y murió.

Efraín Ashkenazi movió su cabeza. Una vez consumado, aquel desquite le había sabido a poco. No era eso lo que él andaba persiguiendo. Quería vengarse de todos los que no fuesen judíos, porque de una manera u otra todos habían participado en las persecuciones, en los pogroms encarnizados en los que se hostigaba con saña a los judíos, sin importarles que fuesen hombres, mujeres o niños.

Recientemente, habían llegado hasta el monasterio noticias de una gran matanza en Polonia. Los cosacos habían devastado todas las comunidades de Podolia, Volhynia, Ucrania y Lituania. Efraín pensó que todo seguía igual, periodos de falsa paz, periodos de gran violencia. Era algo tan previsible como las fases de la luna.

Para Efraín Ashkenazi las circunstancias estaban siendo propicias. El prior alabó su sacrificada entrega y le pidió un nuevo esfuerzo. Iba a confiarle la responsabilidad de un larguísimo y arriesgado viaje hasta uno de los monasterios de la Orden en Castilla. El superior veía con recelo los nuevos movimientos que se basaban únicamente en las Sagradas Escrituras, en los principios basados en la exégesis de: «*Semper peccator, semper iustus ac semper poenitens*». El superior deseaba aportar los valores de las comunidades de Castilla, porque sabía de la piedad y el ascetismo que en ellos se vivía, lejos de escolastismos y de la falsa cultura religiosa que producían aquellas gravísimas herejías.

Fray Tomás de Bohemia asintió con humildad. Él sólo era un insignificante siervo del Señor, y en la medida de sus fuerzas, haría con devoción lo que la Orden le exigiese. El prior le abrazó emocionado por la santidad que aquel hombre sencillo emanaba. Habían departido algunas veces y le había demostrado que su recato ocultaba una aguda inteligencia que ponía al mejor servicio de Dios.

Se le proporcionó una mula y unas pocas monedas. También, unas albardas con víveres suficientes para unos días. Después, Dios proveería, le manifestó con fe el ecónomo. Más tarde, la comunidad se reunió en el claustro, y oró con fervor por el éxito de su viaje. Debía volver con noticias de las comunidades de Castilla, ello mantendría la cohesión de la Orden y renovaría el sentido cristiano de los monjes. Algunos habían abandonado la Orden en los últimos tiempos, sometidos a las fuertes tensiones que la Iglesia, en general, estaba soportando. El prior le bendijo en la misma puerta y le hizo las advertencias pertinentes. El Diablo andaba por los caminos, y no debía fiarse de nadie. Mirándole a los ojos, añadió que ni tan siquiera de él mismo. Luego, con un chirrido, se cerraron tras él las puertas del monasterio, y Efraín Ashkenazi pensó que su aprendizaje había terminado. En aquel momento, creía saber bien cuál era su lugar en el mundo. Espoleó la cabalgadura y comenzó su viaje tras persignarse al observar que el prior había ascendido a la parte superior del claustro para verlo partir.

Efraín Ashkenazi comenzó un largo viaje. Llevaba apenas unas horas cabalgando, ya había cruzado unas aldeas, cuando observó que le seguían dos individuos a caballo. Pensó que su suerte estaba echada, y que si lo que pretendían era robarle, no podría huir, porque su mula en modo alguno podría competir con los veloces caballos. A pesar de esa certeza, cuando llegó a un recodo del camino, espoleó su montura. Vio, cerca de donde se encontraba, un molino, y sin dudarlo, se dirigió hacia allí.

La puerta se hallaba abierta, y dio una voz antes de entrar. No le contestó nadie, y al ver a los dos jinetes en un altozano cercano, como si lo estuvieran vigilando, penetró en el molino. Olía a salvado y humedad, pero aquel fuerte olor no le pareció desagradable. Se asomó a una de las ventanas y vio a una joven, casi una niña, lavando ropa en el arroyo, ajena a todo. Al verla, sintió dentro de él una extraña sensación. Hacía muchos años que apenas había visto mujeres. Observó la gracia con la que levantaba los brazos para golpear la ropa. Llevaba un corpiño tan ajustado que resaltaba sus formas, y sus pechos parecían querer salirse con los bruscos movimientos. Efraín, algo avergonzado de sí mismo, se sintió excitado, y durante un largo rato sólo pudo permanecer estático, temeroso de que aquel instante terminase.

Luego, de pronto recordó a los jinetes que le seguían, saltó por la ventana y se acercó, sin que ella se apercibiese de su presencia hasta que estuvo casi a su lado. La joven, asustada, se llevó la mano a la boca, y él quiso tranquilizarla con una sonrisa, pero vio, confundido, que se echaba a llorar. No sabía lo que le ocurría, hasta que la muchacha señaló un montón de tierra recién removida a los pies de unos abedules cercanos. Efraín comprendió inmediatamente, y le hizo un gesto de tranquilidad con las manos. A fin de cuentas, él llevaba el hábito de monje y era un hombre de la Iglesia.

La muchacha debió entender que no tenía nada que temer de aquel fraile. Ya más calmada, le dijo que podía utilizar el arroyo para refrescarse, y si tenía montura, llevarla a abrevar en el vado.

Efraín me contaba aquella parte de su historia por algún motivo. Vi que se había emocionado mientras hablaba, como si lo que aconteció aquel día hubiese sido muy importante para él, pues incluso jadeaba ligeramente al recordarlo.

Mientras hablaba con la joven, uno de los hombres que parecían seguirle, y a los que casi había olvidado, penetró de improviso en el molino. Efraín creyó que debía defenderse, pero el hombre se dirigió a él en latín, lo que le tranquilizó. Se trataba de dos clérigos que viajaban hacia Praga, adonde él también se dirigía, y que al ver a un monje cisterciense en su misma dirección, deseaban que les acompañase, pues no conocían bien aquellos parajes.

Más tarde, estuvieron departiendo, y mientras la muchacha les preparaba algo de comer, les explicó lo que había sucedido. El molinero había fallecido de unas extrañas fiebres, al igual que algunas gentes de las aldeas cercanas. Nadie sabía lo que estaba sucediendo. Al escuchar aquel relato, uno de los clérigos hizo la señal de la cruz, mientras ambos se ponían en pie gritando que se trataba de la peste. Se habían dado algunos casos en Cracovia, Breslau y Dresde. Entonces uno de ellos preguntó si su padre había tenido bubones en la piel. La muchacha asintió, mientras comenzaba a llorar desconsoladamente, y Efraín comprendió entonces que se hallaba en manos de Dios.

Los clérigos, muy exaltados, montaron en sus caballos y salieron a escape del molino, como aterrorizados por el hecho de haber permanecido en un lugar contaminado.

Efraín Ashkenazi no huyó. Una especial intuición le decía que no tenía nada que temer, y siguió comiendo tranquilamente. Sabía bien que la muerte cabalgaba más aprisa que cualquier caballo. Luego, Anna, la joven, le mostró una estancia en la parte superior de la casa que había junto al molino para que descansara aquella noche. Él notó una extraña sensación, la misma que sintió al observarla desde la ventana, algo que nunca le había ocurrido en el monasterio.

En aquel mismo instante, comprendió que no sabía nada sobre aquello. Nadie le había hablado nunca del amor, más que para prevenirle que era Satanás el causante del vicio y la inmoralidad que estragaban las almas.

Pero Efraín también sabía por experiencia propia que el mundo era un gran engaño, un cúmulo de falsedades y mentiras, de disimulos y artificios en el que, tal y como le estaba ocurriendo a él mismo, sólo podían sobrevivir los astutos y los osados, por lo que decidió aprender por sí mismo el arte de Venus. Al ver la turgente piel de los senos de la muchacha, subiendo y bajando, mientras le preparaba el lecho para que pudiese descansar, llegó a pensar si con el vino que le había ofrecido, no habría también tomado un bebedizo, porque en aquellos momentos no veía con precisión más que los abundantes pechos, las caderas de la joven molinera, y no podía pensar en nada más que no fuese aquello.

No sabría contarme cómo pudo seducirla, o si es que ella se hallaba también ansiosa de amor, pero el caso fue que no opuso fuerza alguna; bien al contrario, parecía sedienta de ello, como si en la vida que hasta entonces había llevado no hubiese habido más que trabajos, fatigas y golpes. Encontrar de improviso a alguien que sólo demandaba besos y caricias, era algo así como culminar todos los anhelos y suspiros de su existencia.

Efraín Ashkenazi aprendió aquel atardecer que la vida, como la luna, podía tener otra cara. Mientras permanecía desnudo, acostado junto al cuerpo tan distinto de una mujer, reflexionó que en adelante debía estar alerta, porque con seguridad había muchas cosas maravillosas por descubrir en el mundo exterior, tal y como le acababa de suceder.

Durante unos días, se olvidó del viaje y del monasterio, pero se instruyó a fondo en las artes y oficios del amor. Nadie, nunca, desde que su madre murió, le había dado aquella extraña, casi absurda, mezcla de cariño, placer y ternura. Muy al contrario, su vida había sido tan dura, tan violenta que no sabía más que ocultar sus verdaderos sentimientos y creencias ante unos hombres que no eran capaces de entender el mundo, bajo un prisma de fanatismo religioso y de autolimitación cotidiana, embruteciendo su espíritu a mayor gloria de Dios.

Los días que siguieron estuvieron llenos de increíbles descubrimientos, porque todo lo que le estaba ocurriendo era nuevo para él: la sensación del placer físico, de disfrutar de las cosas, incluso de la comida y la bebida, con la certeza de que hasta entonces le habían estado engañando, limitando sus posibilidades como ser humano, con las falsas ideas de una religión que ni tan siquiera era la suya.

En aquellos momentos, se sentía tan feliz, tan completo que llegó, incluso, a pensar que quizás debería quedarse para siempre en aquel molino, donde tanto había aprendido. Recordó a Aristóteles cuando hablaba de las virtudes del placer, aunque él creía que el filósofo estaba equivocado y que quien tenía razón en aquel asunto era Eudoxo de Cnido.

La muchacha no sólo fue generosa con él en el amor, también en lo material, cambiándole la mula por un caballo y dándole las mejores ropas de su padre. Así, cuando un día llegaron al molino unos parientes de la joven, a los que antes de su aparición ella había hecho llamar apenas falleció su padre, Efraín salió por la puerta de atrás transformado en otro hombre, dispuesto a seguir disfrutando y aprendiendo todo aquello que el azar quisiera ofrecerle. También era muy consciente de que no debía renunciar para ello a Tomás de Bohemia, porque se sentía bien seguro dentro de aquel personaje y tenía la intuición de que tal vez en el futuro seguiría necesitándole.

El resto del viaje lo hizo sin mayores dificultades que las normales en esas circunstancias. Había peste, era cierto, y la gente moría por doquier. La mortandad parecía haberse extendido hasta los Pirineos. Efraín volvió a colocarse los hábitos, porque dar consuelo a los moribundos, ayudarlos a morir, le sirvió para poder sobrevivir, mientras en derredor la hecatombe se multiplicaba. Vio morir a unos de peste, a otros ahorcados por robar en las casas de los difuntos, a otros por asesinar a los enfermos para acelerarles el trance y apoderarse antes de sus bienes. Por un momento, llegó a pensar que las tierras por donde viajaba iban a quedar vacías, y sólo habitarían en ella las ratas, a las que veía saltar de las ventanas a las calles, como si también quisieran huir, contagiadas de aquel apocalipsis.

Al cruzar los Pirineos, supo que la enfermedad había quedado atrás. Reflexionó que tal vez el morbo no era capaz de sobrevivir al frío, porque estuvo a punto de quedar sepultado en una terrible ventisca de nieve de la que pudo escapar, más por su voluntad de vivir que por otra cosa.

Llegó a Aragón cuando el estío apretaba de firme. Para entonces estaba entrando julio. Efraín no estaba acostumbrado a aquel caluroso clima. No sabía si después tendría oportunidad de hacerlo, y no quería privarse del sentimiento de libertad que le embargaba. Pero descendió a los valles envuelto en el recuerdo de la piel de Anna, convencido de que lo más sublime podía estar muy cercano. Absorto en sus fantasías, llegó hasta la ciudad de Zaragoza en un mal momento. Vio que la judería estaba vacía. Alguien le dijo en hebreo que casi todos los vecinos sefardíes habían huido a los bosques de las afueras, presas del pánico. Algunos de ellos, incluso, se habían refugiado en un cementerio judío, como si quisieran pedir consejo a sus mayores que se hallaban allí enterrados. Otros vivían en las cavernas de un roquedo cercano. Se acercó y comprobó que todos los que allí se hallaban se encontraban en una deplorable situación, con un aspecto miserable y enfermo.

Pensó Efraín Ashkenazi, al pasar por aquellos lugares, que era igual en todas partes. Meditó que no podía conformar su odio. Era como si su raza, la estirpe de los hebreos, estuviese maldita, a pesar del increíble esfuerzo por asimilarse, por confundirse con los pueblos donde vivían, de ser gentes trabajadoras y discretas. Algo las hacía diferentes. Cuando parecían alcanzar la tranquilidad, cuando parecía que llegaba la «edad de oro», de improviso todo se rompía en mil pedazos.

Observó a aquellos judíos. Sin saber por qué, los cristianos, vecinos amables hasta aquel momento, dejaron de serlo. Comenzaron primero las advertencias, luego las recriminaciones, las persecuciones, el destierro y finalmente las matanzas.

Lo mismo había ocurrido en Francia, en Bohemia, en Polonia, en Rusia. No parecía haber un lugar definitivo. Al pensar en todo ello, se acordó de su niñez y notó un nudo en la garganta.

Efraín Ashkenazi llevaba varias horas narrándome su historia. Aún era un hombre joven, pero mucho mayor que yo, tal vez de la edad de Benassar. Tenía unos ojos brillantes, hundidos en unas profundas ojeras, como si una fiebre interior le abrasara.

Reflexioné entonces que aquella biblioteca del monasterio se había convertido en una especie de refugio para nosotros los judíos. Era lógico, nuestra raza se encontraba bien entre libros y viejos manuscritos. Era, además, un lugar discreto y adecuado para poder hablar. En cualquier otro sitio no hubiésemos gozado de aquella intimidad, y quizás nos sintiésemos vigilados.

—Apenas llegué a Aragón —prosiguió Efraín—, cuando tuvo lugar un hecho dramático que influyó en gran manera en mi verdadera conversión, transformándome definitivamente en un verdadero judío dentro del humilde aspecto de un fraile cisterciense.

Efraín Ashkenazi, o Tomás de Bohemia, llevaba en Castilla desde el año del Señor de mil cuatrocientos ochenta y cuatro, el mismo en que Tomás de Torquemada pretendió establecer el Santo Tribunal de la Inquisición en el Reino de Aragón. Poco después de que Efraín solicitase al deán de la Catedral de la Seo que le permitiese descansar unos días, antes de seguir viaje al Monasterio de la Moreruela, en Valladolid, le entregó la carta escrita en latín que le había proporcionado el prior. Después de leerla, el deán le dijo que podía permanecer en la Seo el tiempo que considerase oportuno. Añadió también que quería que conociese a alguien que le sería de gran ayuda. Al cabo de unos días, fue presentado al inquisidor Pedro de Arbúes, hombre de confianza de Torquemada. Le preguntó con interés por la Inquisición en Alemania. Fray Tomás de Bohemia le contestó que poco sabía de ella, pero que esperaba aprender bien el funcionamiento y administración de los santos tribunales de Castilla y Aragón, para luego poder llevar ese conocimiento a otros Reinos, en los que ese ejemplo podía ser de gran utilidad.

El inquisidor Arbúes le comentó, exultante, que había llegado en buen momento, porque en Aragón existían muchos judaizantes, falsos conversos que debían ser severamente castigados, a fin de mantener la pureza de la fe y evitar los gravísimos perjuicios que con su conducta irresponsable ocasionaban a los Reinos cristianos. Le prometió que aprendería cosas de gran importancia, que le serían de gran utilidad e instrucción, y que le harían ver con claridad el gran daño y malicia que aquellos judíos realizaban entre los buenos cristianos.

Efraín Ashkenazi observó a aquel hombre y pensó que nunca en su vida había conocido a nadie que tuviese tan claro lo que debía hacer para separar a los buenos de los malos, como uno de los mejores discípulos de Manes.

El inquisidor añadió que, en breve, iba a tener la ocasión de ver cómo en aquel Reino, donde la herejía había campado por sus respetos, se iban a separar en el futuro los que quisieran pertenecer al rebaño del Señor de aquellos otros, muchos de ellos relapsos de prácticas judaizantes, que no quisieran convertirse a la verdadera fe. De hecho, manifestó que acababa el plazo del Edicto publicado para que los que se considerasen culpables se presentaran voluntariamente ante el Tribunal, a fin de que cumplieran sus penas canónicas; así como excomulgando a los que siguiesen con sus prácticas, y advirtiéndoles que, a partir de ese momento, el brazo de la justicia daría con ellos para castigarlos, aunque se escondiesen en lo más profundo del bosque.

Luego lo despidió, y Efraín Ashkenazi, aún aturdido por tal discurso, se dirigió a la judería. Quería conocer sin intermediarios lo que en realidad allí estaba ocurriendo.

Aquella misma tarde se habían preparado unas tribunas en la Plaza Mayor. Preguntó a algunos que por allí se encontraban. En ellas se colocarían los miembros del Santo Oficio, así como los principales de la ciudad, esperando a que llegasen los acusados para comenzar el auto de fe. Pensó que la casualidad había querido que presenciara aquello y se sentó en un muro de piedra que le proporcionaba una buena visión.

No tuvo que esperar mucho. El plazo se cumplió a las doce de la noche, y apenas unos instantes después, entró la comitiva en la plaza. Los inquisidores, portando grandes antorchas, precedían a los reos, la mayoría de ellos llevando la túnica amarilla con la cruz en forma de aspa. Alguien explicó junto a él que aquello se conocía como sambenito.

Efraín nunca había contemplado un auto de fe, pero pensó que era un espectador más de una ceremonia más cercana a una obra de teatro que a un juicio. Incluso, podría haber sonreído al contemplar la falsa pompa que casi caía en el ridículo, si no hubiese sido por lo dramático y cruel de la situación.

Los hachones, las velas y algunas fogatas iluminaban la plaza con una extraña luz. Las caras de los condenados parecían deformarse, contraerse en terribles muecas, como si ya estuviesen sintiendo las llamas lamiendo su piel. Efraín los vio pasar, arrastrando su miedo y sus cadenas. No podía dejar de pensar que aquellos hombres y mujeres iban a morir sólo por ser judíos.

La comitiva de los reos se detuvo frente a la tribuna. Allí el Inquisidor General pronunció un largo y tedioso sermón contra la herejía, contra aquellos que escondían hipócritamente sus artilugios judaizantes para celebrar las fiestas sefardíes. Se remontó, incluso, al libro de las *Siete Partidas*, de Alfonso X *El Sabio*, de las leyes que en él había y que aquellos judíos no cumplían desde esa época.

Luego explicó que todo eso había terminado y que, gracias a Dios y a los católicos Reyes, aquellos Reinos iban a verse finalmente libres de judíos.

Efraín Ashkenazi observó cómo la muchedumbre parecía seguir aquella farsa, como si participasen de una fiesta. Algunos, incluso, llevaban a sus hijos, y dada la hora, los más pequeños se dormían acurrucados en cualquier parte, mientras las madres repartían hogazas de pan y trozos de tocino salado, como queriendo escarnecer las tradiciones y costumbres de aquellos malvados judíos.

Efraín sintió ganas de vomitar, de gritar, de asesinar con sus propias manos a los inquisidores que se hallaban en la tribuna, de apalear a aquellas gentes ignorantes y crueles que se dejaban llevar hasta allí por una serie de falacias que exaltaban su maldad y su violencia. Reflexionó que muchos de ellos tenían otros intereses, antiguas venganzas, envidias. Los sefardíes, en una gran proporción, eran familias acomodadas, cultas y refinadas. Muchas de ellas poseían magníficas casas y buenas tierras. Eso era demasiado; y la religión llevaba a sus últimas consecuencias la codicia de unos cuantos y los más bajos instintos del populacho, formando una temible mezcla que había generado aquella espantosa situación.

Estaba casi amaneciendo, cuando los inquisidores entregaron los reos a la justicia seglar. El procedimiento fue muy corto, y enseguida la comitiva se dirigió en algarada al quemadero, situado en una explanada cerca de las últimas casas. Unas grandes estacas clavadas en el centro de unas piras, indicaban el número de las personas que iban a ser ajusticiadas. Efraín recordó los pogroms en su país. Aquello era violencia desalmada, pero aun así, quizás la prefería a la fría y macabra farsa que estaba viviendo. En Aragón, la crueldad lo tenía estupefacto. No creía en el hombre, por eso había sobrevivido, pero nunca hubiese pensado que se podía caer tan bajo. Víctimas inocentes sacrificadas a los ídolos de la cobardía, la codicia, la crueldad, la ira, la violencia. No cabía la menor duda de que el Diablo andaba suelto, haciendo de las suyas.

Apenas llegaron, cuando algunos de los reos, tres mujeres jóvenes y un hombre, aterrorizados, pidieron misericordia, chillando enloquecidos, gritando que se convertían a la verdadera fe. Sin inmutarse por ello, el Inquisidor General los bendijo, y varios dominicos comenzaron a orar en voz alta, mientras un grupo de frailes entonaba un salmo de gracia.

Inmediatamente, se hizo el silencio, mientras el verdugo se acercaba a los cuatro reos que habían pedido gracia. Sin más prolegómenos, se hizo con el primero, una mujer sefardí de rasgos agraciados, casi aniñados, pero con un terrible rictus de miedo que la hacía tener los ojos muy abiertos, como si los globos quisieran salirse de las órbitas. La condujo arrastrándola a una estaca clavada directamente en el suelo, mientras en la multitud crecía un murmullo, y algunos chillaban en contra de los judíos.

Efraín Ashkenazi al presenciar aquello, recordó algunas escenas de su niñez que creía haber olvidado, y como si se tratase de una alucinación, creyó confundir los rasgos de aquella mujer con los de su madre. El verdugo la ató con tanta fuerza y decisión que los cordeles se clavaron en la piel, por lo que comenzó a manar sangre. Luego, con un gesto de contrita humildad, se dirigió al tribunal, y el Inquisidor General le bendijo, mientras los frailes entonaban de nuevo una acción de gracias.

El verdugo se santiguó mientras se colocaba detrás de la mujer, que permanecía inmovilizada por el miedo, le pasó un cordel del grosor de un dedo meñique por el cuello y lo ató a un trozo de madera. Lanzó una leve mirada al inquisidor, que hizo un leve gesto con la cabeza. Entonces con gran habilidad hizo girar la madera, y al hacerlo, la mujer se estiró bruscamente, como intentando respirar, mientras el rostro iluminado por unas antorchas se amorataba para inmediatamente dejar caer la cabeza en un repentino gesto hacia delante. Había expirado.

La multitud, que por unos instantes había permanecido en silencio, lanzó un clamoroso: «*Deo gratias*», a la voz de varios dominicos que se hallaban entre ella. Efraín retrocedió hacia la oscuridad y vomitó.

El auto de fe siguió hasta cerca del mediodía. Las piras de madera ardieron. Para aquella primera ceremonia habían seleccionado madera seca y todo el ambiente se impregnó del olor a carne quemada. Luego los vecinos se fueron retirando poco a poco, agotados por la falta de sueño y las emociones. Muchos de ellos habían bebido vino y lanzaban gritos estentóreos; otros dormían su borrachera tendidos en el suelo, mientras las humeantes hogueras, repletas de brillantes huesos blancos y de restos humanos, atraían a centenares de cuervos y urracas, dispuestos a darse un festín con la carroña.

Efraín Ashkenazi montó a caballo y salió de aquel lugar espoleándolo, lleno de sentimientos encontrados sobre los que predominaba uno que conocía sobremanera: la venganza.

En cuanto entró en Zaragoza, se dirigió a la catedral. Había quedado allí con el deán para que le asignase una celda donde poder descansar. Mientras cruzaba la puerta principal de la catedral, meditó que Tomás de Bohemia debería aprender mucho. Durante el largo viaje desde su monasterio había tenido momentos de euforia, en los que la certeza de sus conocimientos y la superioridad que le proporcionaba el hecho de su doble personalidad le habían hecho creer equivocadamente que ya se hallaba preparado para su venganza. Aquella noche había aprendido que debía ser más humilde. Aún le quedaba un largo camino hasta el verdadero conocimiento. Mientras se bajaba del caballo, tenía la seguridad de que de una manera u otra llegaría hasta el final.

El deán se hallaba orando en el claustro, y Efraín se percató de que aquel hombre, grueso y de mejillas sonrosadas, con aspecto de vividor, por alguna razón se hallaba muy alterado. A pesar de ello, el sacerdote le saludó con afecto y le condujo hasta su celda, después de asegurarle que un mozo cuidaría de su caballo. Efraín meditó, mientras se dejaba caer en el catre de su celda, que aquellos clérigos vivían y actuaban como señores feudales, muy lejos del ascetismo y la vida sencilla que se llevaba en su monasterio de Bohemia.

Se hallaba agotado, pero no podía dormir. No cesaba de ver una y otra vez las espantosas imágenes del auto de fe. Eran algo semejante a como él se imaginaba desde niño los tormentos del Infierno. No podía haber mucha diferencia. Todo el ritual era de una refinada crueldad que al final, en el paroxismo, rayaba en la barbarie.

A pesar del terrible cansancio, se sentía tan agotado que, en modo alguno, podía conciliar el sueño, por lo que harto de dar vueltas en el jergón, decidió levantarse y visitar el claustro y la biblioteca. Necesitaba distraer su mente, o se volvería loco. A fin de cuentas, el deán le había insistido en que se encontrase allí como en su monasterio, y le había recomendado que visitase la biblioteca, en la que podría admirar los antiguos códices y manuscritos de los tiempos de Carlos *El Calvo,* y aun otros anteriores.

Era totalmente consciente de que Fray Tomás de Bohemia se hallaba poseído por Efraín Ashkenazi cuando bajó al claustro. Allí, temblando de frío y ansiedad, pero satisfecho de haber abandonado el lecho, se sentó en uno de los bancos de madera y comenzó a observar los capiteles, todos y cada uno distintos, finamente decorados con motivos de flores y animales, y pensó que los artistas que los habían creado tenían la absoluta certeza de que el Paraíso existía. Pero pensó que no querían ver el Infierno.

Estaba cayendo de nuevo la tarde, cuando penetró en la biblioteca. Clavada en la puerta, vio la bula *Exigit sincerae devotionis,* de Sixto IV. Aquel documento era la síntesis y el resultado de un poder mal entendido. El Papa, atemorizado, finalmente había cedido, permitiendo la creación de una terrible máquina contra la herejía y, en particular, contra los judíos conversos, acusados, muchos de ellos, de criptojudaísmo. Exigencia de devoción sincera. Efraín sonrió con tristeza pensando que la bula parecía señalarle a él, un criptojudío que tenía que ocultar su verdadera fe ante una despiadada y atroz persecución.

Recordaba el hostigamiento a los judíos en su país, los repentinos pogroms cuando en las noches heladas, de improviso, se escuchaba un sordo rumor que iba acercándose, transformándose en una brutal cabalgada. Una vez a través de un ventanuco había visto el brillo de los sables, golpeando, rajando, destrozando a todos aquellos que no habían sido capaces de encontrar refugio: el asesinato de su familia. El acoso constante, como si se tratase de una cacería. Realmente, en aquellos momentos había que tener una gran fe para creer en Dios, en Jehová, armarse de valor y esperar las tribulaciones, sin otra armadura que la fuerza interior.

Junto a la bula vio un manuscrito, también clavado en la pared, que un tal fray Alonso de Espina remitía al obispo de la Seo, un tratado contra los judaizantes: *Fortalitium fidei contra Judaeos*. Reflexionó que se hallaba en el corazón de una terrible ofensiva contra los judíos. Un movimiento de la monarquía para afirmar su poder sin contar con los nobles, ni con el pueblo. Sólo se podía y debía obedecer sin discutir aquellas bulas y decretos que alteraban y suprimían las libertades comunes. El rey Fernando de Aragón y la reina Isabel de Castilla habían decidido crear a toda costa lo que ellos entendían como una gran nación, sin importarles el sufrimiento de unas minorías. Su poder llegaba a través de decretos, y nadie se atrevería a discutirlo.

Se encontraba inmerso en aquellas reflexiones, cuando oyó que alguien se dirigía a la biblioteca. Por el sonido supo que se trataba de varias personas, y sin saber muy bien por qué, se ocultó tras una arcada, junto a unas estanterías cargadas de pliegos y manuscritos.

Desde allí, vio entrar a unos caballeros acompañando al deán, el mismo que le había atendido. Apenas penetraron en la biblioteca, los oyó hablar en latín. Estaban conspirando contra el inquisidor Pedro de Arbúes. Uno de ellos, el de más edad, llevaba un jubón de terciopelo cosido con hilos de oro. Hablaba el latín con gran corrección, empleando frases que aludían a los clásicos. El noble, pues por su porte no podía ser otra cosa, aludía a que era cierto que los judíos y los conversos se habían apoderado de una gran parte de las tierras, de los mercados, del comercio. Él mismo, insistía con voz enérgica, con todo su poder y su patrimonio tenía solicitados préstamos de oro para poder mantener a sus soldados. Pero eso era una parte del problema. Añadió con voz firme —que Efraín Ashkenazi podía escuchar perfectamente— que si aceptaban el Santo Tribunal de la Inquisición, podían dar por perdidas sus propias libertades. Los otros asintieron, y también lo hizo el deán. La Iglesia del Reino de Aragón podía perder su propio poder.

Habló entonces el deán, y para sorpresa de Efraín Ashkenazi insistió en la tesis de los que le acompañaban. Una cosa eran los herejes, lo que luego se podría discutir, contra los que él estaba como buen pastor del rebaño, y otra muy diferente, el poder de Castilla, que se infiltraba fuera de su Reino, llegando a los pies de los Pirineos. Igual que una vez habían estado dominados por los árabes, ahora podrían estarlo por una Reina cuyos primordiales intereses eran arrebatar el Reino de Granada a los moros y dominar desde Galicia y Asturias hasta Cataluña y Al Ándalus, sin admitir otra señoría ni potestad, subyugando a sus vasallos, aunque para ello hubiese de mantener horca y cuchillo sobre todos aquellos Reinos.

Añadió que si admitían la Inquisición, era sólo el camino para otras tiranías, por lo que únicamente había un camino para mostrarles a aquellos Reyes a quién pertenecía la autoridad en aquel Reino de Aragón, aunque fuese haciendo mascar barro al señor inquisidor.

Efraín Ashkenazi me contaba todos aquellos recuerdos enfebrecido, llevando el hilo de su relato como las riendas de un caballo sin domar, y yo, sin haber participado en aquello, veía con claridad cuál era el único camino para luchar contra la tiranía.

Por alguna razón, Efraín quería transmitirme toda su experiencia, aunque a causa de la tardanza para incorporarnos a la comunidad iban a echarnos de menos. Llevaba yo apenas unos pocos meses en el monasterio, pero ya no tenía nada que ver con el que una noche llegó allí. Había adquirido una gran experiencia a través de las vivencias de Manasseh Ayish, de Efraín Ashkenazi y antes, de Salomón Benassar.

Las palabras, como un torrente, seguían fluyendo de la boca de Efraín. Observándolo, nunca hubiese creído que fuese tan judío como yo. Su cabello era rubio y sus ojos claros. ¿Dónde se hallaba la diferencia? ¿Qué nos hacía similares a los que nos perseguían? ¿Sería, tal vez, que nos consideraban una amenaza, hiciésemos lo que hiciésemos como personas?

Efraín, escondido, escuchaba las palabras de los que participaban en aquella intriga. Todos ellos parecían conjurados para llevar a cabo su fin, a cualquier precio. Para entonces, de nuevo había oscurecido. Los caballeros salieron con rapidez de la biblioteca y se dirigieron al claustro. A través de una mirilla que atravesaba el muro de piedra, los vio introducirse en una capilla. Mientras, el deán salió al exterior como si esperase a alguien. Efraín se asomó al ventanal sobre la entrada y observó una comitiva que se acercaba a la catedral. Varios criados portaban antorchas que iluminaban un palanquín. El cierzo movía las llamas que arrojaban extrañas sombras sobre el cortejo.

Vio cómo el deán recibía a sus visitantes. Se trataba de Pedro de Arbúes, el Inquisidor General de Aragón. Al igual que Efraín Ashkenazi, residía en los aposentos dentro del recinto de la Seo.

Efraín intuyó lo que a continuación iba a ocurrir. Alguien había abierto la espita del odio, de él iban a salir los demonios que llevaban encerrados desde hacía casi un siglo. La venganza, la desgracia, el infortunio, la calamidad, el desastre ahora campaban por sus respetos.

El deán acompañó a Pedro de Arbúes al interior del claustro. Ambos caminaban lentamente, haciendo gala de la dignidad que correspondía a sus cargos. Todo se hallaba en silencio, y salvo por el silbido del viento que se filtraba a través de los grandes ventanales, sólo se escuchaban las palabras de bienvenida del deán.

El inquisidor respondió que había sido un día muy agitado y que se encontraba fatigado, ya que desde la madrugada anterior no había parado:

el auto de fe, que había durado hasta el mediodía; luego, toda la tarde interrogando en las mazmorras del castillo a aquellos herejes judaizantes que amenazaban la fe de los Reinos de Castilla y Aragón. Pero todo fuese, añadió abriendo los brazos, porque al fin se estaban dando los pasos adecuados gracias al Santo Oficio, que con toda seguridad lograría acabar con los heterodoxos y criptojudaizantes.

Efraín vio cómo en aquel momento los conjurados salieron corriendo de la capilla lateral y cómo rodeaban a ambos clérigos. Observó cómo el deán de la catedral se apartaba de su huésped y cómo el inquisidor se detenía, asustado, ante aquella inesperada situación.

Entonces, con una voz ronca por la emoción, Pedro de Arbúes preguntó a los caballeros lo que pretendían, y el que parecía el jefe, al que Efraín reconoció por su cabellera blanca que parecía relucir como la plata a la luz de las antorchas, se acercó dando un paso hasta el inquisidor, y blandiendo una pequeña daga que brilló un instante en la penumbra, con un gesto tan rápido que Efraín dudó de si había ocurrido, degolló a su víctima, mientras contestaba a la pregunta gritando: «¡Nuestros fueros!». Mientras, sin un suspiro, el cuerpo del inquisidor se derrumbaba sobre las losas de piedra del claustro.

Efraín Ashkenazi, atónito ante aquel suceso, comprendió al instante que debía huir aquella misma noche. En la investigación que seguiría, fuese o no un crimen de Estado, caerían inocentes por culpables, y él no estaba dispuesto a servir de coartada de un crimen en el que no había participado, por muy de acuerdo que estuviese en que aquel hombre debía morir. A fin de cuentas, pensó, se lo tenía más que merecido, pues aún resonaban en sus oídos los alaridos de las víctimas del auto de fe.

Dios había escuchado sus plegarias, meditó mientras enjaezaba el caballo y le colocaba las albardas. No tenía más remedio que huir en la oscuridad con la esperanza de no tropezar y de que la luz de la brillante luna fuese capaz de ayudarle a poner tierra de por medio antes de que estallara la tormenta.

Efraín Ashkenazi no había terminado su narración, pero no teníamos tiempo para más. Por prudencia, debíamos incorporarnos a la comunidad. Me apretó la mano significativamente, en un gesto de afecto. Él sabía bien quién era yo, pues al igual que en mi caso, el prior, Manasseh, le había indicado quiénes eran de nuestra raza y en nuestra situación, de entre los miembros de la comunidad. Tenía la certeza de que nos había hecho partícipes de aquel secreto, por si en el futuro teníamos necesidad de apoyarnos los unos en los otros.

Mientras me dirigía a la capilla para asistir a los maitines a través de los inhóspitos claustros, iba reflexionando sobre la narración de Efraín Ashkenazi.

A pesar de la aparente paz y del ambiente de armonía que dentro de aquellos muros existía, en modo alguno podía olvidar la verdadera, la terrible situación que se vivía en todo el país. El Decreto de Expulsión había cumplido sus plazos, arrastrando como una tormenta de odio a miles y miles de judíos sefardíes que, de la noche a la mañana, habían tenido que abandonar el país, donde todos habían nacido, la Tierra Prometida en la que también sus padres, sus abuelos, sus antepasados en incontables generaciones habían intentado vivir, labrando los campos, plantando árboles, construyendo casas. Todo había sido inútil. Apenas algo más que un sueño que podrían contar a sus hijos, a sus nietos, rememorando sus historias en un país de leyenda, en el que una vez más lo habían intentado.

Para ellos, de nuevo, había llegado el invierno, gélido y oscuro. Tras de sí quedaban los campos vacíos, los huertos estériles, las casas abandonadas, las hogueras de la ira; aún estaban calientes los rescoldos mezclados con huesos de seres humanos.

Pero los más sabios entre ellos, tenían la certeza de que aquello no podía quedar impune. Tarde o temprano tendrían su castigo. Los que se llamaban a sí mismos «cristianos viejos», que se vanagloriaban de su limpieza de sangre, llevarían en su conciencia por muchas generaciones, dentro de su alma, las imágenes de aquellos niños golpeados por los soldados para que siguieran caminando, la terrible visión de las llamas mordiendo el cuerpo de los que, hasta ayer, habían sido sus vecinos. Soñarían con los latigazos, los apaleamientos, los asesinatos. Muchos de ellos por codicia, por los más bajos y viles instintos, como apoderarse de la huerta repleta de árboles cuidados, hacerse con la mejor casa de la aldea, satisfacer su deseo violando a la preciosa mujer del sefardí, a la hija del escribano judío.

No, no podrían olvidarlo. Pasarían los años, los siglos, y el tiempo lo suavizaría todo, pero la jactancia, el orgullo de lo que poseían, se vería empañado por un sinsabor lejano, por los fantasmas de los verdaderos propietarios, que seguirían allí reclamando, más que ninguna otra cosa, la verdad. Cuando levantaran la vista, verían los espectros de los que yacían bajo la húmeda tierra. Sus sueños se transformarían en pesadillas, y una interminable fila de sombras sin nombre reclamaría sus haciendas, sus vidas truncadas, todo lo que les fue un día arrebatado.

Salomón Benassar y después Manasseh Ayish me lo habían advertido. Ahora lo estaba haciendo Efraín Ashkenazi. Seguíamos rodeados de gente que, a toda costa, quería vernos muertos o desterrados. Si queríamos sobrevivir, sería por astucia, de continuos fingimientos y engaños, porque si sospechaban que éramos judíos, nos quemarían en un alborozado auto de fe. Efraín y yo entramos por separado en la capilla. Incluso horas más tarde en el refectorio, a pesar de la humildad y la discreción que exigían las normas de la Orden, no pude evitar observar algunas miradas de extrañeza, debido a nuestra anterior tardanza, por lo que durante la comida mantuve los ojos en el plato, haciendo gala de esas virtudes monacales, sin intuir lo cercana que se hallaba la prueba.

VI

EL INQUISIDOR.

Uno tras otro, enlazados como las negras cuentas del rosario que me proporcionaron, pasaron los días, las semanas y los meses. Comencé a acostumbrarme a que me llamaran hermano Diego. Participaba en las ceremonias religiosas, y aunque a veces, mientras transcurrían, murmuraba fragmentos de la Torá que me sabía de memoria, con frecuencia los confundía con padrenuestros o con salmos cristianos.

Dentro de mí, como en un profundo pozo en el fondo de mi conciencia, pensaba que Dios debía ser el mismo para todos, y que no le importaría mucho si las oraciones eran de un credo u otro, sino que simplemente le llegarían o no, y ése, en todo caso, era el verdadero valor que tenían.

Pero aquella extraña hibridación también me produjo una pérdida adicional de la ya escasa fe que mantenía. No terminaba de comprender, y menos aún de aceptar, que el justiciero Dios de nuestro Talmud se mantuviese impávido ante el incontenible murmullo de angustia, de temor, de violencia, de maldad, que debía llegarle hasta su trono, donde lo tuviese.

Aquellos frailes, que delante de mí parecían aceptar su posición en el mundo y acatar los extraños y duros caminos que el Señor de sus oraciones escogía, no eran muy distintos de los que había visto actuando como siervos del Diablo. Por ello, día a día, fui, pues, aislándome de aquella realidad, refugiándome en otra interior, creada por mí, donde el orden era muy distinto.

Manasseh Ayish se apercibió de ello. Él creía firmemente en Dios, pero me reconocía que tenía momentos en que dudaba de todo y en los que no sabía bien cuál era el verdadero camino. Había también otros días en los que evitaba pensar en el mundo exterior y me refugiaba en las cocinas y en el huerto, adonde me mandaba fray José, el cocinero, para recoger las verduras que hubiera y las hierbas para aderezar el caldo, pues se había dado cuenta de mi habilidad para escogerlas. También me permitió preparar ungüentos y tisanas, y al hacerlo, creí notar el aliento de mi madre en el cogote. No podía dejar de pensar en ella. Me había transmitido muchos de sus conocimientos y habilidades. Sabía que aquella habilidad era la herencia de Mosés Revah y de otros antes que él. Recordé lo que Benassar me había dicho: la Medicina se iba de Castilla con los sefardíes.

Un día hablé con Salomón sobre mi huida de su lado, y lo tomó con indulgencia. Me hablaba con frecuencia de Toledo, aunque yo prefería derivar la conversación hacia otros temas, porque notaba que se me endurecía el corazón al recordar aquello. Así pues, fueron pasando los días. Entre Efraín Ashkenazi, Manasseh Ayish y Salomón Benassar me instruían cotidianamente, haciéndome estudiar Historia y Geografía, pues, según ellos, y los tres tenían mucha más experiencia que yo, un hombre debía saber cuál era su lugar en el tiempo y en el espacio. Según Benassar, ese conocimiento podía llegar a ser vital para un judío, por lo que me apliqué en el estudio, además de practicar el árabe y el latín con los frailes copistas en la biblioteca.

Todo parecía tranquilo. La vida en el monasterio era calmada. Las horas las marcaban las llamadas a los rezos. Había también mucho trabajo: limpieza estricta, labores en el huerto y en la granja, meditación, ayudar en el refectorio, fabricar velas para la capilla, cuidar de los frailes más ancianos, hacer de albañil, de herrero, de carpintero, copiar manuscritos, dibujar copias de viejos códices, vigilar las guardias desde la torre de la iglesia. Comencé a mirar con respeto a los frailes. Hasta entonces creía que sólo se dedicaban a la meditación y a la buena vida. Pero en aquel lugar no se paraba nunca, ni de día ni de noche. No se trataba de esos barbudos y solitarios anacoretas, escondidos del mundo en la entrada de una cueva, sino de hombres activos que preferían aquel reducido, pero sereno mundo, a las asechanzas y violencias que se hallaban extramuros. En cuanto a la comida, no era mala, ni escasa, aunque de lo que más sabía el fraile cocinero era de repostería, pero debo reconocer que pocas veces se probaban los dulces en el monasterio.

Lo que más duro se me hacía era levantarme dos veces por la noche para rezar. Con el buen tiempo aún era soportable, pero en pleno invierno, con un frío tan intenso que dolían los dedos al coger una palmatoria para encenderla, era un tormento.

A pesar de todo, no podía por menos que comparar aquel lugar con el mundo exterior, y entonces pensaba que había llegado al Paraíso. Pronto aprendí que los paraísos pueden desaparecer de la noche a la mañana.

Una tarde el tiempo se tornó ventoso, preludiando una tormenta. Al anochecer, comenzó a diluviar y los relámpagos iluminaban los claustros, haciendo brillar las oscuras piedras como si fuesen del más puro mármol. Nunca antes había vivido una tempestad como aquélla, en la que las ráfagas de viento helado arrastraban el agua hasta el interior de la capilla; incluso, un rayo cayó en un enorme nogal cercano al ábside de la iglesia. Fue como si repentinamente nos hubiese alcanzado una legión de demonios, y una espantosa explosión envolvió todo el monasterio. Toda la comunidad se refugió en la parte delantera de la iglesia, junto al altar mayor, orando para que terminase aquel espantoso temporal, cuando el monje que se hallaba de guardia en la portería entró corriendo en la capilla, llamando al prior a voces, olvidando el recato que debía mantener en cualquier trance, y más aún, en el lugar donde se encontraba. En voz alta anunció, nervioso y asustado, que una comitiva de nobles y prelados había llegado hasta allí, solicitando refugio debido a la violenta tempestad que asolaba la región.

Como si estuviéramos esperando una excusa para levantarnos, todos seguimos al prior a lo largo de los claustros y atravesamos corriendo la sala capitular para acceder al locutorio. En él se hallaban no menos de una docena de caballeros y dos prelados. Fuera, se oían los nerviosos relinchos de las caballerías y los gritos estentóreos de la comitiva.

A la movediza luz de las antorchas que algunos de los nobles portaban, adiviné que tras aquellos ropajes empapados y aquellos rostros chorreantes demacrados por la fatiga, se escondían gentes principales.

Así era. Apenas entró nuestro prior, cuando uno de los prelados se adelantó unos pasos y habló, presentándose como fray Tomás de Torquemada, mencionando que se encontraban viajando de Valladolid a Benavente, cuando el desbordamiento de los ríos y arroyos, que se habían transformado en torrentes, les había obligado a buscar refugio, habiendo tenido la fortuna de alcanzar el monasterio por aquellos vericuetos en los que el Señor había dejado el paso libre.

El prior no pudo evitar lanzar una nerviosa mirada hacia atrás, y sus ojos se cruzaron con los míos un instante. Allí, junto a él, estaba uno de los hombres que había causado la catástrofe. Ni más ni menos que Torquemada, el Gran Inquisidor. Por lo que me había explicado Salomón, se trataba de un hombre dominante, dogmático, cruel y fanático. Yo me encontraba situado justamente en la puerta del locutorio, y pude observar cómo el fraile que se hallaba junto a mí, al que no podían contemplar los que se hallaban entrando por la puerta principal, se santiguaba en un gesto instintivo.

Cuando todos los nobles, prelados y caballeros se hallaron a cubierto, nuestro prior se dirigió a ellos, diciendo que eran bienvenidos al monasterio, añadiendo que, en la medida que la bondad divina dispusiera, podían contar con todos los medios y bienes que en él había.

En el acto, se organizó la distribución de celdas para los recién llegados. Teníamos la fortuna de contar con algunas vacías, ya que la comunidad había disminuido en los últimos tiempos, después de una larga época de esplendor.

El prior delegó la organización de todo ello en el ecónomo, pues, según todos decían de él, estaba acostumbrado a los milagros y a realizar lo imposible. En un abrir y cerrar de ojos, dispuso lugar en los establos para los caballos y mulas del séquito. Los palafreneros, soldados, pajes, cocineros y criados, que en gran número acompañaban a la expedición, fueron alojados en la hospedería que previsoramente existía junto a las cocinas. En cuanto al escribano, otros seis frailes dominicos de aspecto adusto y avinagrado, así como los nobles, fueron alojados en las celdas sobrantes. Luego llegó a mis oídos que se trataba de señores de gran importancia, pues entre ellos se encontraban el hijo mayor del conde de Benavente y el caballero don Gaspar de Gricio, hermano de doña Beatriz Galindo, también conocida en todo el Reino de Castilla como *La Latina* por sus conocimientos y sabiduría, aunque el ecónomo me susurró que el apelativo era más debido a su astucia para mantenerse cerca de la Reina que a los latines, que tan bien dominaba. De los otros caballeros, no pude enterarme de quiénes se trataban, aunque por los lujosos ropajes que llevaban, se adivinaba en ellos gentes de gran prosapia y alcurnia.

El prelado que asistía a Torquemada era un tal Diego Rodríguez de Lucero. En un aparte, el prior me avisó que fuese con cuidado, pues se trataba del inquisidor de Córdoba, famoso por su cruel talante.

Eran, por tanto, todos ellos personajes muy principales, y el prior, algo nervioso y preocupado, nos indicó discreción y mesura, mientras cambiaban y secaban sus vestimentas. También dio órdenes para preparar la cena para ellos. En total, se trataba al menos de treinta personas. Tres frailes, designados por el mismo ecónomo, se prestaron a ayudar al cocinero para dar avío a toda aquella gente. No era un convite preparado, pero era preciso agasajarles tal y como su rango merecía, por lo que, aun siendo aquellas horas, y a pesar de la tormenta que no tenía trazas de amainar, hizo matar seis gallinas y cuatro lechones para dar abasto a tan numeroso grupo. En el monasterio, cotidianamente se comía de manera muy frugal, más bien pescados del río Cea, que los mismos monjes cogían con nasas de mimbre. También cangrejos y alguna caza, ya que los corzos y ciervos pastaban tranquilamente en las proximidades, incluso jabalíes, que se introducían en la huerta para regalarse con los frutos y verduras.

Hago mención de ello porque aunque mi verdadera religión nos prohibía algunas carnes como la de cerdo, las comíamos sin dudarlo, ya que otra cosa sólo habría traído sospechas sobre nosotros, y si bien es cierto ese antiguo refrán de que a buen hambre no hay pan duro, debo reconocer que, vencida la inicial repugnancia, eran viandas muy apetitosas.

Aquel refrigerio que tan improvisadamente se les ofreció, fue cualquier cosa menos una fiesta. Alumbrados por unas antorchas que oscilaban e, incluso, se apagaban de tanto en tanto debido a las fuertes corrientes de aire, se sirvió la cena en el refectorio a los prelados y caballeros, mientras el resto lo hacía con mayor naturalidad en las cocinas.

Los mismos pajes ayudaron a acarrear desde ellas una sopa de convento y las carnes asadas como se pudo, además de unos higos secos y algo de tasajo. A pesar del frío y la inclemencia que debían sentir aquellos principales, acostumbrados a otros ambientes menos austeros, todos comieron, según observó el ecónomo, como si en verdad se tratara de la última cena, y no dejaron más que unos huesecillos roídos que lanzaron a los numerosos perros que les acompañaban, y que, por no haberlo podido evitar, y quizás por caridad, el prior había autorizado a que también se refugiasen debido a las inclemencias de la noche.

Recuerdo cómo pude contemplar todo ello desde una angosta mirilla que, desde la galería superior donde se hallaba mi celda, daba al refectorio, y que debía haberse construido aposta por alguno de los primeros priores, ya que, desde aquel lugar, se podía vigilar bien a los que alguna vez arribaban al monasterio, como aquella misma noche había sucedido.

No podía apartar mi vista de Tomás de Torquemada, que comió poco y sin pronunciar palabra, como abstraído en sus pensamientos, por lo que los otros que con él iban tampoco se atrevieron a romper el extraño silencio, sólo alterado por el agudo silbido del viento que se filtraba por todas partes y el ulular de la tempestad que, muy lejos de arreciar, parecía querer demoler el monasterio.

No pudo ofrecérseles vino, pero ello no fue mayor inconveniente, ya que ellos lo portaban en unos odres a lomos de mula que se habían descargado en la despensa. Fray Gomes de Silva, que era el cocinero, me explicó que eso era lo normal. También llenó una botella para catarlo y dijo que nunca lo había bebido mejor, lo que, según él, demostraba que aquellas eran gentes sabias y prevenidas.

Más tarde, cuando los demás se retiraron agotados por la fatiga, quedaron solos en el refectorio Torquemada y fray Gregorio, el prior. Yo seguía observándolos desde mi atalaya, y se me antojó sorprendente y un tanto curioso que se hallasen allí dos judíos tan singulares como lo eran ambos. Tomás de Torquemada lo era de sangre, aunque creo que la hubiera dado toda para evitarlo. Eso lo sabía por Salomón Benassar que, por cierto, no había hecho acto de presencia desde que supo de quién se trataba. En cuanto a Manasseh

Ayish, era tan judío como él, pero ciertamente había adoptado otra personalidad muy distinta para poder sobrevivir.

Salomón, que parecía obsesionado por aquel hombre, me había contado con detalle que Torquemada era de ascendencia judía, pues sus abuelos eran conversos, aunque él hacía gala de su linaje, ya que su padre era señor de Torquemada e, incluso, un tío suyo había llegado a cardenal. En cualquier caso, no había en todos los Reinos de Castilla y Aragón ningún otro inquisidor más convencido ni fanático que él. Su exagerada defensa de la cristiandad no se basaba sólo en el estricto cumplimiento de las reglas de la Santa Inquisición que los Reyes Católicos le habían encomendado, sino en su propia y particular forma de entender la conciencia, ya que con el tiempo, y tal y como me decía Benassar, se había ido transformando en uno de los más fieros y celosos guardianes de la fe. Aquel hombre, como antiguo confesor de una Reina, tan ancha para el poder y tan estrecha para la fe, con total certeza había influido en el ánimo real para promover la expulsión de nuestro pueblo, de todos aquellos que nos llamábamos, o mejor dicho, nos llamaban, judíos, sefardíes, israelitas, hebreos, semitas, gentes del Libro, chuetas en alguna parte del Reino de Aragón, y otros nombres y calificativos más directos como marranos o inmundos.

De hecho, no podía olvidar lo que Benassar me había contado sobre cómo se había gestado todo aquello, pues me causó gran impresión la manera en que llegó a ocurrir, y de cómo intervino en todo ello Torquemada.

Apenas hacía unos meses, cuando aún los Reyes no habían firmado el Decreto de Expulsión, se juntaron varios de los principales rabinos, alarmados por las noticias que ya se rumoreaban en todo el Reino, intentando parar aquella firma que, como después se vio, supuso el fin de una época. Allí habían estado Ben Arroyo y don Gaón, judíos del País Vasco, Isaac Ben Yudah Ababanel y su hijo León Hebreo, y muchos otros rabinos de los Reinos de Castilla, Aragón, Portugal, Navarra y aun de Sicilia.

Habían comisionado a Ben Yudah para ofrecer dinero a los Soberanos. Muchos miles de ducados, joyas y oro atesorado en lingotes, incluso cartas de crédito, para levantar los muchos y cuantiosos préstamos que el rey Fernando tenía hechos en el Reino de Nápoles para poder mantener allí su ejército.

Me contaba Benassar que, cuando el rabino tenía muy convencidos a los Reyes y ya estaba cierto de que podía enviar a un mensajero para que llevara la buena noticia al Gran Consejo a fin de tranquilizar a todos en el país, apareció, de improviso, Torquemada, avisado por Hernando de Zafra, secretario de los Reyes, que odiaba a moros y judíos por igual. En aquellos días, éste se hallaba muy cerca de la Reina, mientras terminaba la campaña contra los musulmanes en Granada. La carta recibida por Torquemada fue olvidada en el cajón de su escritorio y copiada por fray Bernardo de Ávila, amanuense del inquisidor, en realidad Isaac Abulafia, sefardí que llegó a ese cargo gracias a las maniobras y al oro del Consejo de rabinos, que sospechaba lo que se avecinaba. A todo trance querían estar advertidos, siendo de tal manera cómo los sefardíes supieron de todo ello con gran espanto y tristeza al imaginar lo que se avecinaba.

Benassar, que tenía mucho de histrión, me había representado varias veces aquella escena, pues según él allí se fraguó todo el estropicio.

Entró Torquemada en la cámara donde se hallaban los Reyes con el rabino Ben Yudah, y con precipitación, casi sin saludar a los Soberanos, sin poder ocultar su malhumor por todo aquello, sacó un crucifijo delante de ambos, mientras se colocaba entre éstos, y el rabino exclamando casi en un grito:

—Judas Iscariote vendió a su maestro por treinta monedas de plata, y Vuestras Altezas van a venderle ahora por treinta mil. ¡Aquí están, tomadlas y vendedle!

Terminada esta frase, dejó el crucifijo, dando con él un fortísimo golpe sobre la mesa, y sin decir más, y de nuevo sin saludar, abandonó la estancia, recogiéndose los hábitos para salir casi corriendo.

Don Fernando, indignado por la falta de respeto, quiso intervenir para castigar tan tremendo proceder, pero doña Isabel, que se esperaba aquello, alertada como estaba por Hernando de Zafra, hizo un gesto con la mano para detener a su esposo, mientras con la otra, y sin decir palabra, pero pálida y demudada, despedía al rabino, que en aquel gesto vio perdidas sus esperanzas y las de su pueblo.

Allí estaba, Torquemada al fin, pues, desde que huí de Toledo, tuve la certeza de que lo encontraría, de que un día cualquiera se cruzaría en mi vida. Había podido contemplar, como víctima y luego testigo principal, lo que su fanatismo había conseguido y de cómo el Reino de Castilla había salido muy perjudicado con tal decisión, porque en mi interior sabía que aquello no iba a traer más que funestas consecuencias para todos. Los sefardíes ya las habíamos sufrido, pero pronto seguirían otras minorías y otros hombres, diferentes al arquetipo creado por aquel siniestro personaje en su conciencia, si es que la poseía.

Mientras, le observaba, sentado frente al fuego que aquella noche, de manera excepcional, se había encendido en su honor, callado, severo, casi ascético. Parecía embargado por sus pensamientos, y de tanto en tanto se pasaba en un gesto compulsivo la mano derecha por la frente, como si él mismo quisiera apartar de su mente algunas de las cavilaciones que, poco a poco, se le irían haciendo insoportables. También veía al que ahora se había convertido de aquella extraña manera en mi mentor, Manasseh Ayish, ejerciendo su papel en aquel infausto drama que nos arrastraba a todos.

Fuera, la tormenta no tenía indicios de amainar, los relámpagos seguían lanzando fogonazos que me deslumbraban y que componían un cuadro dramático cuando su luz hacía brillar con un blanco cegador aquella escena. No podía por menos que reflexionar que la principal causa de toda la espantosa tragedia desatada era aquel hombre, cuyo único deseo, contra natura, era ver extirpados del país a los que eran de su misma raza, a los que no habían cedido ante las adversidades, salvaguardando su conciencia y su ética, sobre todo, lo que concernía a su justicia y su responsabilidad, como la describía el filósofo.

Él, en cambio, rumiaba su traición, porque en verdad había vendido, al igual que otros muchos en toda Castilla y más tarde en Aragón, su alma al Diablo, renegando de la Ley de Moisés y del Libro, como un mal fariseo que quisiera engañar a los demás, portando una túnica que no le correspondía, mientras la única verdad era que, bajo ella, asomaban las peludas patas de macho cabrío.

Ambos tendrían la certeza de que en el lugar donde se hallaban, con seguridad nadie podría oír lo que hablasen. El fragor de la tormenta, en aquellos instantes horrísona, se sobreponía sobre cualquier otro. Pero por algún raro fenómeno que me veía incapaz de entender, en el ventanuco donde me hallaba, un alargado boquete realizado en el grueso del muro de piedra, parecido a una flechera, el sonido se ampliaba de tal manera que parecía que me encontraba junto a la boca de ambos. Razoné que aquello no podía ser casual, sino que más bien algún antiguo prior de agudo ingenio había previsto la exacta posición de la mirilla para poder espiar a sus huéspedes y oír con claridad lo que hablaban en verano, porque aquel lugar era el más fresco del monasterio, y en invierno, porque nadie cuerdo se retiraría ni medio codo de la chimenea encendida.

Para aquella hora, todos se habían acostado en el monasterio. Unos, agotados por la fatiga y las desventuras del viaje; los otros, porque pronto vendría la hora prima y deberían levantarse para los rezos.

También yo me hallaba muy fatigado. Por un momento, dudé si también retirarme a mi celda, lo que con seguridad habría hecho si no hubiese sido porque una terrible curiosidad me retenía en mi escondite. Tenía la total certeza de que ambos hombres no se hallaban en pie por casualidad.

Mientras esperaba, aterido y casi temblando de frío, noté un extraño silencio. Al principio, no supe de qué se trataba hasta que me apercibí de que la tempestad había cesado de pronto, dejando tras ella una profunda quietud, sólo rota por el crepitar del fuego que, de tanto en tanto, se encargaba de avivar el prior.

De improviso, Torquemada comenzó a hablar muy bajo, casi en un susurro, pero que yo percibía claramente, gracias a mi posición. Lo que salió de sus labios hizo que mi cansancio se esfumara y que pegase mi oreja a la estrecha abertura para no perderme ni una sola palabra de aquel discurso.

—¿Qué tal os va primo Manasseh? Ahora, por la gracia de Dios, fray Gregorio. Hace mucho tiempo que no sé de vuesa merced. Es cierto que así es como debe ser. Pero ya que el destino nos ha reunido por azar, no puedo por menos que saludaros como primo mío que sois. No dudo de vuestra palabra, y sé que guardaréis el secreto que nos une hasta la tumba, porque sabéis bien, y en eso no os equivocáis, que si lo hicieseis, vuestra familia podría sufrir en sus carnes la indiscreción.

Torquemada hizo un leve gesto con la mano, como si no quisiera pensar en aquella posibilidad.

—Pero dejemos eso. Sólo quería que supieseis que os sigo teniendo el reconocimiento que merecéis por vuestra prudencia. También debéis saber que este monasterio, que tan sabiamente lleváis, sigue en pie por mi consentimiento y caridad. Así os lo digo con toda franqueza, para que no caigáis nunca en el error de creer otra cosa, ya que entonces no habría fortaleza que pudiese proteger vuestra garganta, ni muralla, ni torre, ni foso que pudiesen impedir mi respuesta. Pero otra vez os digo que seáis prudente y no divulguéis lo que no debe saberse. Dicho ello, es mi voluntad que sigamos hablando, olvidando viejos parentescos que no conducen a nada, ya que para vos, sólo soy fray Tomás de Torquemada, de la Orden de Santo Domingo. Sobre estos títulos llevo, a mi pesar, el de Presidente del Consejo Supremo de la Inquisición, que nuestros católicos Soberanos quisieron otorgarme en el año del Señor de mil cuatrocientos ochenta y dos, es decir, hace algo más de dos lustros. Muchas y graves cosas han ocurrido desde entonces. Pero por lo que os pudiese afectar, os recuerdo que el veintinueve de abril de mil cuatrocientos noventa y dos, hace apenas de ello dieciocho meses, se publicó el Decreto de Expulsión de los judíos, inspirado sin duda por el Espíritu Santo, y para mayor gloria de Dios Nuestro Señor.

Torquemada calló unos instantes, y en un movimiento compulsivo levantó la vista hacia donde me hallaba. Por un momento, creí que me había visto, o que había intuido mi presencia. Incluso pensé que me había olido, tal y como se vanagloriaba. Pero no, Tomás de Torquemada sólo estaba recordando viejos tiempos, cuando todavía no era ni inquisidor, ni tan siquiera fraile.

—Recuerdo con precisión que, cuando ambos éramos muy jóvenes, casi niños, tuvimos una gran discusión sobre esto mismo que ahora estamos hablando, y aquel día vuesa merced casi llegó a las manos en su excitación. Pero también yo os hice una promesa, que en gran parte llevo cumplida, bien es cierto que no como en mi caridad hubiese deseado. En ese empeño estoy, y no pararé hasta conseguir que en estos Reinos no haya más religión que la cristiana, católica, romana, ni más Soberanos que los Reyes, llamados por toda la cristiandad, Católicos, doña Isabel de Castilla y don Fernando de Aragón, y que esos Reinos, así como el de Portugal, se fundan en uno solo, que ese y no otro es el verdadero deseo de la Providencia, y terminen y acaben las herejías de judíos, moros, moriscos, iluminados y otras brujerías. Porque como sabéis mejor que yo, no son otra cosa que supersticiones y artes de hechiceros y adivinos, y no verdadera religión, que esa es sólo la nuestra, por voluntad divina de que la tuviéramos, y así demuestran los hechos que la endurecida y perpetua ceguedad de los judíos debe ser exterminada de una vez para siempre.

El inquisidor levantó el dedo índice de su mano derecha, como queriendo advertir a Manasseh.

—Quiero mentaros todo ello para que sepáis, a ciencia cierta, que los conversos de primera generación os halláis en gran peligro si no abandonáis estos Reinos, y de poco os valdría vuestro título de prior, ni tan siquiera vuestra fe, por muy cristianísima que ésta fuera, que pongo a Dios por testigo de que no dudo de ello. Pero en estos tiempos hay tantas y graves herejías que sólo podemos combatirlas y extirparlas, como hacen los cirujanos con las pústulas.

»Pero debo deciros, para que no dudéis de mi voluntad, que los sefardíes, esos judíos que se creen castellanos sólo por haber nacido en Castilla, han cometido, además, la imprudencia de acaparar los mejores oficios. Han sido, hasta hoy, mercaderes, banqueros, vendedores y arrendadores de alcabalas y rentas, médicos y cirujanos, administradores de bienes, fortunas y fincas, joyeros, plateros, y los que no alcanzaban a ello, bien por su menor inteligencia, bien por su menor fortuna, se hicieron sastres, zapateros, tundidores, curtidores, tejedores, especieros, buhoneros, sederos y otros oficios semejantes. Habréis de convenir en ello, pues no recuerdo, ni creo que vuesa merced alcance tampoco a recordar, a ningún judío sefardí que rompiese terrones, ni labrase o fuese carpintero, albañil, ni cantero o minero. Pues todos ellos buscaban oficios holgados y modos de ganar mucho con poco trabajo. Así, los que eran pobres pronto dejaron de serlo, y muchos de ellos tornáronse ricos sin mayor esfuerzo.

»No puedo dejar de reconocer que eran caritativos, pero más bien los unos con los otros, creando las aljamas para suplir por los necesitados de su misma raza. A fe mía, no he sabido nunca que prestasen a los cristianos sin interés, por el solo hecho de ayudarlos en sus necesidades, y sin embargo, bien que lo hacían con los otros judíos.

»A tanto llegaron que, con lo que les sobraba de aquellas abundancias, comenzaron a prestar a los vecinos. Más tarde, a los principales y señores, y aun se han atrevido a ello con los Reyes, que doña Isabel, nuestra Reina y señora, tuvo también que recurrir a ellos para entender del cobro y la administración de las rentas públicas.

»Vos conocíais bien a don Abraham Senior y a don Gaón, contador mayor de Castilla, que también se han convertido, renunciando y renegando de su antigua fe, lo que me satisface, y más aún, porque al hacerlo perdonaron sus préstamos a los Soberanos, reconociendo que lo que es del Rey es para beneficio de todos. Igual hicieron los que habían prestado a don Fernando para sus Reinos de Nápoles y Sicilia. Ese oro ha servido para atajar al turco en Rodas y en Malta, y es justo que si viene de herejes, sirva para evitar otras herejías.

»Quiero deciros con todo esto que lo hecho, hecho está, y además, en justicia, porque la Reina, nuestra señora en este mundo, comprendió en su piedad el gran daño que a la fe causaba la continua relación con los judíos, y más aún con los conversos, en los que su fe vacilante, y no lo digo por vuesa merced, hacía peligrosa esa comunicación.

Torquemada interrumpió el larguísimo monólogo por unos instantes, y con el pie empujó unos leños caídos de la chimenea para intentar reavivar el fuego. No pude, por menos, que pensar que a aquel hombre, lo de avivar hogueras, se le daba bien. En verdad, el frío arreciaba, y en el lugar donde me hallaba las corrientes de aire me helaban los huesos, lo que me hacía pensar continuamente en refugiarme en el jergón de mi celda, pues al menos, allí no sentiría aquel espantoso helor.

Me encontraba a punto de abandonar mi atalaya, cuando el inquisidor prosiguió su perorata, y decidí soportar mi frío, ya que era mucho mayor mi curiosidad.

—Recordad, primo —al decir esto su voz pareció dulcificarse—, que los Papas son infalibles. Pues bien, Benedicto XIII, que en gloria está, ratificó la pragmática de Valladolid, que promulgó la reina Catalina. Lo mismo hizo la bula de Valencia, y más tarde el Concilio de Zamora. No me quiero remontar a Alfonso X *El Sabio*, que en sus *Partidas* dejó claro el camino a seguir.

»Vos recordáis bien, pues sé que sois letrado en ello, cómo el Santo Tribunal de la Inquisición, a quien represento humildemente, fue creado en el Concilio de Toulouse, es decir, hace doscientos sesenta y tres años, con la finalidad y propósito de extirpar la herejía albigense, esos maniqueos, con sus *consolamentum* y sus enduras.

»Os voy a confesar un secreto que no conoce nadie más que nuestra reina Isabel. Cuando aún vivía su hermanastro, el rey don Enrique, intuí, como confesor suyo, que algún día aquella mujer de aspecto débil, pero de voluntad férrea, y que poseía una fe como no he conocido otra, llegaría un día al poder. Me prometió, después de que la instruyera en los perjuicios que ocasionaban los herejes a este Reino de Castilla, que si en algún tiempo ocupaba el trono, se consagraría a la extirpación de la herejía para mayor gloria de Dios y exaltación de la fe católica.

»Sabéis bien que me costó llegar a ello, pero al fin conseguí que tanto ella como don Fernando consintiesen en solicitar al Papa Sixto la bula *Exigit sincerae devotionis* para la introducción del Santo Oficio en Castilla. Os reconozco que influyó en ello el hecho de que parte de los bienes confiscados a los herejes irían a parar a la propia Iglesia. Pero, tal y como os he manifestado, en el caso de nuestros Reyes Católicos eso era lo debido, ya que el Papa era, y siempre ha sido, el comisario general de las cruzadas. En ese trance y no en otro nos hallamos, pues al fin esto no es más, ni tampoco menos, que una cruzada para llevar la cruz enhiesta, aunque para ello haya de ser preciso limpiar nuestra tierra de una manera u otra de herejes, apóstatas, iluminados, renegados, perjuros y relapsos, que no hacen más que atacar a ésta, nuestra verdadera religión, y con ello también a este reinado. Intuyen que si lo consiguieran, el Universo entero caería en manos del Malvado. Entonces Satán, Ariman, Belcebú, Lucifer y los demás príncipes de las tinieblas se conjurarían para terminar con la virtud, con la cristiandad, y todo no sería más que un caos, donde el vicio, la perversidad, la corrupción y la inmoralidad camparían para siempre jamás por sus respetos.

»Sabéis bien, pues sois hombre cabal, y entre nosotros, aunque converso, por tal os tengo, que en Sevilla ya han sido aprehendidos, juzgados y quemados más de dos mil judíos, la mayoría falsos conversos y criptojudaizantes, todos ellos convictos de sus prácticas herejes. También en otros lugares como Toledo, Segovia, Valladolid, Zamora y otras muchas ciudades donde aún existen juderías, gracias al Cielo casi todas ya vacías, como Torrijos, Maqueda, Jerez, Tarazona, Tudela, en las que se está haciendo demoler las sinagogas para que jamás puedan, desde estas tierras del Señor, alzarse otras voces que las de los verdaderos creyentes.

»Os cuento todo esto, de lo que en gran parte conocéis bien, para que sepan todos los judíos que ni en los monasterios, ya sean del Císter, franciscanos, o de cualquier otra, ni en las iglesias, catedrales, ermitas ni conventos, van a encontrar refugio ni descanso más que los cristianos de buena fe.

Aquí Torquemada hizo una larga pausa, mientras el prior, que no se atrevía a mirarlo de frente, reavivaba nerviosamente el fuego, ya que el tiempo había cambiado, dejando paso a una gran helada, que me tenía tan entumecido que llegué a pensar que si me ponía en pie de repente, me quebraría en menudos pedazos.

Pero por alguna razón el inquisidor quería dejar claro sus principios a Manasseh. Así lo había llamado, y eso que me había sorprendido al comenzar el monólogo me iba pareciendo cada vez más claro, porque aquel discurso, cargado de amenazas era, más que otra cosa, un aviso de hasta dónde podían llegar las represalias.

—Las gentes de bien saben y conocen —prosiguió Torquemada con el mismo tono monocorde— que esta maquinaria, que con tanto ahínco hemos creado, sólo pretende defender los principios en los que se fundamentan sus derechos. El Estado, ahora ya suma de los Reinos de Castilla y Aragón, es decir, Castilla, Al Ándalus (incluyendo Granada y todas las tierras, gracias al

Todopoderoso, reconquistadas a los moros), León, Asturias, Galicia, Valencia, Aragón, Nápoles, Sicilia y, probablemente más pronto de lo que creéis, el Reino de Portugal, el Rosellón, La Cerdaña, Flandes, y si Dios nos asiste con su misericordia, añadiremos Milán, Malta, Jerusalén y otros principados, hasta formar con todo ello un bastión inexpugnable para nuestros enemigos, que no son otros que los de la cristiandad.

Torquemada se había ido levantando, entusiasmado con la retahíla de posesiones y territorios de los católicos Reyes. Mientras, Manasseh se había sentado en su jamuga, asustado y empequeñecido, sólo de pensar en el escaso refugio que el mundo ofrecía a los judíos.

—Ahora la Providencia ha ayudado a nuestros Soberanos a terminar con los moros —gesticuló el inquisidor, como si quisiera apartarlos de él—, gente infiel y equivocada que contaminaba nuestro país. Pero ahí están los turcos y sus emisarios los berberiscos, que aún campan por sus respetos, cometiendo tropelías en nuestras poblaciones costeras, asolándolas y llevándose a la buena gente cristiana a sus países. Pero eso es cuestión de tiempo, y os prometo que terminaremos también con esa plaga.

El inquisidor caminaba en aquellos instantes de un lado a otro de la gran chimenea, como un animal enjaulado que sabe que su libertad está tras los barrotes que lo mantienen preso. Seguía gesticulando con las manos, mientras, a cada vuelta, su capa formaba tras él un remolino que mostraba estremecedoras sombras en el muro, iluminado sólo por la chimenea.

Torquemada parecía estar hablando solo, como si ya Manasseh no estuviera allí, o como si en lugar de a él, se dirigiese a una multitud que sólo el inquisidor fuera capaz de percibir.

—Pronto seremos un solo Reino, un solo pueblo. Por ello, tendremos un único futuro, en el que no cabrán desvíos ni excesivas libertades y en el que sólo habrá una fe y unos principios iguales para todos. ¡Ay del que no los siga y practique!, porque sobre él caerá el peso de esta Sagrada Inquisición que, por voluntad de Dios, se me ha confiado.

»Esta institución debe controlar la fe de todos los súbditos, haciendo de ella un instrumento de unidad. Es por ello, por lo que a partir de ahora, no tendrán lugar aquí ni judíos, ni conversos judaizantes, ni heterodoxos de ninguna clase, ni iluminados, que de éstos cada vez hay más en estos Reinos y sólo ayudan a crear confusión, alterando las prácticas cristianas. Ni tampoco caben esos que se llaman reformadores, ni vamos a soportar desviación alguna fuera de lo que indican los Evangelios.

»Pero esto no es todo. Habréis adivinado que el Señor, en su infinita bondad, se vale de mí, aunque sólo soy un humilde siervo, para limpiar estos Reinos, terminando de una vez por todas con los pecados consentidos.

A pesar de la distancia que me separaba de él, pude ver como los ojos de Torquemada brillaban con el resplandor de las ascuas, y mentiría si no reconociese que me asusté. Aquel hombre desvariaba en su fanatismo, y Manasseh lo contemplaba estupefacto, como si en aquel mismo momento se hubiera dado cuenta de que se hallaba frente a la síntesis de la intolerancia y la maldad.

Pero el inquisidor no parecía haber completado su discurso y prosiguió, ante la cada vez mayor estupefacción de nuestro prior.

—Quiero añadiros que no va a existir piedad alguna para los que pretendan engañarnos, ni para los que crean que pueden pecar impunemente, ni para los traidores, ni para los que viven en el mal, como son los desviados sexuales, los bígamos, los instigadores de brujerías y magias, los astrólogos y adivinos, que no son gratos al Señor, porque el futuro está sólo en sus divinas manos. No vamos, por tanto, a admitir encantamientos, hechicerías ni conjuros, a que tan proclives son los judíos con sus cábalas, abracadabras y sellos de Salomón; ni a los gitanos, esa raza que astutamente pretende quedarse entre nosotros, y que en los pocos años que llevan en estos Reinos, sólo han traído desgracias y aflicciones, engañando, robando y mintiendo. Ellos también van a ser expulsados, junto a los moriscos y moros.

»De tal manera, que quedando estos Reinos limpios de inmundicias ajenas, aún tendremos la voluntad de rebañar a los distintos. Veo con aflicción, Manasseh, que no me entendéis, y os lo voy a aclarar, porque tengo gran interés en que precisamente vos comprendáis estas ideas que eviten de una vez y para siempre la ambigüedad y las falsas esperanzas.

El inquisidor volvió a sentarse junto a la chimenea. Por unos instantes, de nuevo, pareció abstraído por el fuego, pero no era más que una pausa, como si estuviera cogiendo aire para seguir sembrando su cizaña.

—Hay entre nosotros seres que deben ser eliminados, porque su presencia, su relación con las gentes normales contaminan el rebaño del Señor. En cuanto a ellos, os aseguro que me he propuesto llegar hasta el final, y espero que Dios me de fuerzas para conseguirlo. Quiero acabar con los mendigos, vagabundos, pícaros y gentes perdidas. Terminar de una vez por todas con ladrones y criminales. Tampoco quiero aquí bohemios, cómicos de la legua, actores ni bailarines, que no hacen otra cosa que ofender al Señor y a los buenos cristianos. Os diré, en confianza, que me sobran los enfermos, los melancólicos, los locos, los borrachos.

»Pero no os alarméis. Me conocéis sobradamente y sabéis que me gusta dar un paso tras otro. Ahora les toca a los judíos, y a fe que estamos logrando vernos libres de esa plaga.

»Comprenderéis, mi buen hermano en Cristo —Torquemada sonrió torvamente, como si aquel apelativo no fuese más que una chanza—, que estoy abriendo vuestro juicio para que con certeza sepáis que os suplico que marchéis de aquí antes que tenga que venir a por vos. Bien sabe Dios que no tendría el menor reparo en quemaros vivo si supiera que con ello salvaba vuestra alma. Nacisteis Manasseh Ayish, y aunque ahora os llaméis fray Gregorio de Luna, sé de cierto que nada ha cambiado dentro de vos. Sirva esto de advertencia para que vuestro buen juicio atienda a razones antes de que sea tarde.

Aquí Torquemada hizo una breve pausa, observando el efecto que sus amenazantes palabras habían producido en Manasseh. Luego, con otro tono, pareció terminar su discurso.

—Muy temprano partiremos hacia Benavente. Para cuando llegue allí, vos debéis haber abandonado este monasterio, y si en él hubiese algún otro nacido judío, por muy converso que se declare, os prometo que será enjuiciado según las reglas de nuestro tribunal. Resuelto el caso, será sentenciado y ajusticiado, por lo que os hago la gracia, en recuerdo de otros tiempos, de que podáis marcharos de aquí sin traba alguna, y cuando lo hagáis, huid con premura, porque después no os daré tregua ni cuartel.

»Torquemada se levantó lentamente. Parecía sufrir de las articulaciones, como si el helor de las viejas piedras hubiese calado en sus huesos. Manasseh lo contemplaba, apoyado en la chimenea en la que las brasas se habían transformado en cenizas. En cuanto a mí, el corazón se me había empequeñecido y no lo sentía ni latir. Aquel hombre, al que quizás no podía dar ese título, había terminado con la más mínima esperanza que restase dentro de mí. Fui entonces consciente de que aquella época de lobos, que creí pasajera, no había hecho más que comenzar. Me debatía en una extraña mezcla de repugnancia y temor, porque mientras lo observaba saliendo de la sala envuelto en su capa negra, me pareció el inquisidor algo inhumano y viscoso que pretendía terminar con la libertad y con la conciencia de nuestro mundo. Recordé lo que en Toledo había sucedido. Aquel ser era el verdugo enviado por el Infierno para establecer su reino en este mundo. Él era el culpable del crimen cometido contra mi familia y contra mi pueblo.

»Supe, de pronto, como si alguien hubiese iluminado mi conciencia, que debía emplear mi vida en luchar contra lo que aquel inquisidor representaba, aunque eso fuese la última cosa que pudiera hacer en la tierra. Era la síntesis de todo lo maligno, lo infame, lo perverso, como si en él se hubiesen concentrado esas sustancias.

»Manasseh era culto y prudente, sabía bien lo que ocurría a su alrededor. No se llamaba a engaño, pero el tenebroso discurso que acababa de escuchar, repleto de amenazas, era como una execrable maldición que nos atañía a todos. También sabía que aquella intimidación no era en vano y que sus horas en aquel monasterio estaban contadas. Salió caminando lentamente por la otra puerta, como si quisiera evitar un mal encuentro.

»Miré el locutorio vacío y pensé en la maldad humana. Luego escuché la insistente llamada a maitines. Otro nuevo día había comenzado en el monasterio, y mientras me dirigía a la capilla, supe que aquel sería el último.

VII

LA HUIDA

Mucho antes de amanecer abandonaron el monasterio Torquemada y su séquito, como si tuviesen gran prisa por llegar a su destino.

En cuanto el último caballo cruzó el portón, el prior reunió a los monjes en el locutorio y les explicó que debía partir para Astorga, siguiendo órdenes de fray Tomás de Torquemada, a fin de llevar un mensaje a aquel monasterio. Mensaje, que por su sustancia, debía dar personalmente al prior y que, por tanto, no podía delegar en nadie. En ese viaje le acompañarían fray Esteban de Santamaría, fray Tomás de Bohemia y el novicio Diego de Toledo. No añadió que los que partíamos éramos los cuatro judíos sefardíes. La amenaza del inquisidor no era en vano, y si queríamos tener la oportunidad de salvar la vida, deberíamos marchar cuanto antes.

Nos prepararon un caballo, el único que había en el monasterio, y cinco mulas, dos de ellas para equipaje. Nadie sospechó nada, porque de la reunión que habían tenido Torquemada y el prior podían sacarse muchas conclusiones en aquellos tiempos tan revueltos y azarosos.

El cocinero, que era hombre prevenido y generoso, llenó unas albardas con pan recién hecho de la misma hornada que había preparado para nuestros huéspedes. También puso en ellas tasajo, tocino, truchas ahumadas, cecina, membrillos, un saco de harina y otro de alubias. El ecónomo nos entregó una bolsa con seis monedas de oro, que era todo el capital del monasterio y que guardaba en una pequeña olla de barro, bajo una piedra del claustro. El prior cogió su anillo con el sello de la Orden, porque era algo así como un salvoconducto, y me lo entregó para que lo guardase entre mis ropas. Todos sabíamos que viajar sin escolta armada era una temeridad, pero no nos quedaba otro remedio.

Luego, con prisas, se rezó un *Deo Gratias* en la capilla, y el prior bendijo a los frailes que quedaban, encomendándoles que mantuvieran el espíritu del Císter y que fueran caritativos, tanto entre sí como con los que hasta allí pudiesen llegar pidiendo asilo.

Mientras orábamos en la capilla, vi deslizarse una lágrima por la mejilla del prior. Sabía bien que aquellos eran sus últimos momentos como Gregorio de Luna, al menos como prior del monasterio, ya que, hasta que nos hallásemos a salvo, no podríamos abandonar los hábitos que nos protegían.

Aquel hombre sufría viendo cómo una parte suya, que había llegado a adoptar como una segunda personalidad, debía quedarse entre aquellos muros, sabiendo que aquellos monjes que confiaban en él, en su sabiduría y experiencia, iban a quedar abandonados. Pero no tenía otra opción, ya que Torquemada había sido explícito, y ese secreto lo conocíamos solo él y yo. Si permanecíamos allí éramos carne de hoguera, porque la amenaza de un auto de fe era cierta y terrible.

Medité que por alguna razón desconocida para mí el Gran Inquisidor no había denunciado a Manasseh Ayish. Luego reflexioné que quizás temiese que éste hablase y pudiese sacar a relucir una parte de la historia familiar de Torquemada que con seguridad prefería dejar en secreto. Aunque era notorio que el inquisidor era descendiente de conversos, a él no le agradaría escucharlo en un proceso. Puede que Manasseh conociese algo más. Alguna parte del oscuro pasado de los Torquemada y ese sigilo era lo que le había protegido hasta entonces.

Estaba amaneciendo cuando montamos en nuestras cabalgaduras y salimos al trote de La Moreruela. Con un cierto temor, eché una mirada atrás y vi cómo se cerraban tras nosotros las grandes puertas. Allí había terminado una parte de mi vida, y era muy consciente de que en aquel lugar había madurado. No tenía apenas diecisiete años, pero me sentía prematuramente envejecido, como si los meses contasen para mí como años. Eso se debía a mis mentores, ellos me habían proporcionado una gran parte de su experiencia.

Quizás, el haber perdido la inocencia de mi juventud era uno de los motivos por los que me sentía de aquella manera. El mundo que mis padres me habían enseñado no existía. En el que yo vivía, los seres humanos se comportaban como lobos sanguinarios, y cuando comenzaba a creer lo contrario, aparecía la realidad en aquel momento disfrazada de inquisidor, tal vez mañana utilizando otra máscara para encubrir al Diablo.

Deseché aquellos pensamientos. Nos hallábamos ascendiendo con dificultad las estribaciones de la Sierra de la Culebra. Pensábamos llegar por sus intrincados caminos hasta Orense. Desde allí, bajaríamos el río Miño, y luego, siguiendo la costa o bien navegando, intentaríamos llegar hasta Lisboa. Benassar me había contado que allí reinaba también una princesa española, Isabel, hija de los Reyes Católicos, que en mil cuatrocientos noventa había desposado con el príncipe heredero don Alfonso. Pero las cosas en aquel Reino eran distintas, y la Inquisición no llegaba hasta allí, aunque a pesar de ello, estábamos advertidos de que si éramos descubiertos, seríamos entregados a los sicarios del Santo Tribunal.

Estábamos cruzando una zona de páramos, sumergida en la niebla, silenciosa, llena de charcas de agua, donde sólo habitaban alimañas y culebras, haciendo bueno el nombre de la sierra. El único sonido que truncaba el enorme silencio era el resoplar de las caballerías, que lanzaban gruesos chorros de vapor por los belfos. El aire estaba helado, y pensé que aquél no era lugar apropiado para seres humanos. El bosque de robles y chaparros se quebraba en los roquedales y en las lagunas, y hacía muy dificultoso el camino. Pero no queríamos bajar a senderos más cómodos, por el miedo a encontrarnos con soldados. Manasseh estaba convencido de que Torquemada no nos daría tregua. Nos dijo, hablando en hebreo, que tenía la atroz sospecha de que nos había hecho salir del monasterio para matarnos sin testigos. Eso podía ser cierto, pero no lo era menos que quedarnos dentro de aquellos muros hubiese sido una gran temeridad. Todos preferíamos hallarnos a lomos de caballerías y preparados para huir que aguardar un súbito cambio de humor o un arrebato del inquisidor, esperando nuestro destino dentro de La Moreruela.

Manasseh nos indicó que, mientras nos hallásemos solos, podíamos llamarnos por nuestros verdaderos nombres y hablar en hebreo. También leeríamos la Torá, aunque en mi interior reflexioné que no sentía la menor fe. Estaba resuelto a no dejarme engañar más. Tenía un único criterio, escapar como fuese y costase lo que costase, pues sentía un verdadero terror a ser juzgado por la Inquisición para que luego me torturasen y finalmente me quemasen vivo. No era cobarde, o al menos no me sentía como tal, pero no creía poder soportar tan terribles tormentos, y si por desgracia terminaba padeciéndolos, no sabía lo que podría llegar a ocurrir dentro de mí.

Cabalgamos silenciosos, ensimismados, huyendo como alimañas, ya que éramos muy conscientes de que, como a tales, nos tratarían si conseguían darnos alcance. Al ir el último en la fila, me apercibí por intuición, pues ni el más mínimo sonido los delataba, de cómo una manada de lobos nos seguía en absoluto silencio, apenas a un tiro de piedra, sin atreverse a acercarse más a nosotros, pero acosándonos, ya que las bestias andaban inquietas, sobre todo, el caballo de Efraín Ashkenazi, que era animal viejo y resabiado, y quizás había tenido algún mal encuentro con alimañas como aquellas. Las mulas hocicaban y de tanto en tanto, daban tirones a las riendas, cabeceando mucho, lo que quería decir que se hallaban nerviosas. Todas aquellas penurias y penalidades eran preferibles a hallarnos en lugares más convenientes, pero sintiendo en el cogote la ominosa amenaza de la Inquisición. Por ello, dábamos por bueno lo que nos ocurría, ya que cada paso nos alejaba algo más de nuestro enemigo, y al tiempo nos acercaba a la marca de Portugal.

Manasseh se colocó a mi vera para decirme con voz queda que en la judería de Orense conocía a un tal Eleazar Ben Simeón, rabino de la sinagoga que allí existía, y del que creía que aún se hallaría por aquellos parajes, porque era hombre muy mayor que se resistía a abandonar su templo y a los últimos fieles, muchos de ellos conversos a la fuerza, pero que, aun a riesgo de sus vidas, seguían asistiendo al *Shabbat*. De hecho, algunos de ellos, los más remisos a cambiar sus costumbres, habían sido llevados hasta la chancillería de Valladolid para ser juzgados por criptojudaizantes. Añadió que intentaríamos dar con él para que nos orientase en el camino, a través de un contacto que Manasseh había seguido manteniendo, un comerciante que recogía manuscritos y los llevaba a copiar a conventos y monasterios. Aquel hombre, también judío, falso converso, hacía gala de su piedad y de su fe en la nueva religión para poder seguir con lo suyo. Por él sabía Manasseh que aquella ruta del río Miño era cierta y adecuada. Pero también le había contado que había guardias en la frontera que patrullaban las riberas, no sólo buscando judíos fugitivos sino, sobre todo, contrabandistas y forajidos, que robaban en Castilla para vender el botín impunemente en el Reino de Portugal y viceversa, pues con aquellos negocios lograban pingües beneficios.

Cabalgamos de tal suerte durante todo el día, si aquella jornada merecía tal nombre, pues estuvo la mañana metida en brumas y desde el mediodía cambió a ventoso, trayendo nubarrones que descargaron sus chubascos sin piedad sobre nosotros, empapándonos de agua helada, a pesar de las pellizas engrasadas, que algo nos protegían.

Teníamos la certeza de que nos hallábamos muy cerca de la marca con Portugal, pero aquellas eran tierras desérticas y baldías, llenas de alimañas, y no conocíamos bien los caminos y veredas que en tales parajes pudiera haber, por lo que preferimos seguir por la Sierra de la Culebra que correr el albur de descender a caminos más transitados.

Tuvimos la fortuna de dar con unas cuevas grandes como cavernas en las cercanías de Riofrío de Aliste, y allí nos refugiamos, metiendo dentro incluso las monturas, que al principio no querían penetrar en ellas, porque recelaban, ya que debían oler a alguna alimaña que las hubiese utilizado antes, probablemente osos, que abundaban en aquellos páramos, y que, aunque no se dejaban ver casi nunca, eran temibles si se cruzaban en el camino, pues no dudaban en atacar, despanzurrando de un zarpazo a una mula o a un hombre si podían alcanzarlo.

En cualquier caso, en su interior nos hallábamos a cubierto, y al introducirnos algo más, notamos con gran sorpresa una mejor temperatura, por lo que no hizo falta encender más fuego que el de unas antorchas para comprobar que no hubiera una sima en la que pudiéramos caer, o alimañas. Más tarde, cuando comenzó a oscurecer, nos apañamos con una lamparilla de aceite que el previsor Manasseh, al que seguíamos considerando nuestro jefe natural, había cogido del monasterio.

Dimos algo de paja a las cabalgaduras, que ni fuerzas para comer tenían, y nosotros nos apañamos con cecina de ciervo y una hogaza de pan. No nos apetecía comer tocino, que también llevábamos, más por el hecho de sentirnos de nuevo verdaderos judíos que por el precepto, ya que nos hallábamos en caso de necesidad, y si era preciso, lo comeríamos.

Nos hallábamos muy cansados y algo melancólicos, por lo que nos tendimos a descansar sobre unas esteras que al menos quitaban el frío de las piedras, pero ninguno de nosotros éramos capaces de dormir. Las muchas sensaciones nos agobiaban, haciéndonos pensar en lo que había sucedido en las últimas horas.

Fue Salomón Benassar, que hasta aquel momento se mantenía muy callado y reservado, el que habló con la sabiduría que aquel hombre poseía, y los demás lo escuchamos con gran recogimiento como el verdadero maestro que era para todos nosotros.

—Hermanos, ¿por qué nos sentimos tristes? Muy al contrario, creo que éste debería ser un momento de alegría. Volvemos a ser todo lo que somos, judíos. Aquí nos hallamos un ashkenazi, un rabino recabita, un sefardí y un efraimita, que por tal me tengo. Pero tenemos algo muy importante en común, los cuatro somos israelitas. Los cuatro hemos sufrido en nuestra raza una larguísima diáspora que se pierde en la noche de los tiempos, casi en la época en que nuestros antepasados vivían en cavernas y cuevas, como la que esta jornada nos acoge. Siempre huyendo, siempre acosados, siempre sacrificados por nuestros enemigos, que son infinidad y que mucho nos odian.

»Pero a pesar de ello, tenemos la fe puesta en Jehová, en nuestra Ley, en el Talmud, en la Torá. Y así debe seguir siendo, porque eso prueba también que somos diferentes. Es decir, elegidos. Es una larga y durísima prueba. Pero no os engañéis, la vida en sí es una temible prueba, y cuando un niño viene al mundo, queremos mantener su inocencia y que sonría hasta que la realidad se hace con él.

»Peor es el infierno de los que nos atacan y acosan, porque ellos no tienen otros motivos que su fanatismo y, casi siempre, su codicia, su lujuria o su odio. No os equivoquéis, en estos Reinos que estamos abandonando, donde sólo quedan los huesos de nuestros mayores, los sufrimientos de tantos de los nuestros, las sinagogas abandonadas o quemadas y derruidas, viene ahora una terrible era donde se devorarán los unos a los otros, donde los fuertes no lo serán de ánimo, ni de conciencia, sino de maldad.

»Nos llevamos con nosotros algo más que nuestra fe, nos llevamos la luz. Hemos enterrado en las *genizahs* nuestras viejas escrituras, muchos también las llaves de nuestras sinagogas y de nuestros hogares, otros las llevan consigo, pero con nosotros abandona este país la sabiduría, los conocimientos de muchos oficios necesarios. Somos buenos físicos, galenos y cirujanos. Con nosotros nos llevamos la salud de muchos de los que se han declarado nuestros enemigos. Homeópatas, barberos, herboristas. ¿Quién recogerá las hierbas y plantas adecuadas? Quedan sólo la superstición, los curanderos, los charlatanes, los saludadores. Pero la verdadera Medicina se va con nosotros. Ellos lo han querido.

»También nos llevamos gran parte del Álgebra y la Geometría. Nuestros primos los árabes, «los moros», pronto se llevarán el resto. Este pueblo cristiano está equivocado y mal gobernado, y como causa directa de estas persecuciones, matanzas y expulsiones, quedará atrasado, engañado e ignorante. Seguirán haciéndose la guerra los unos a los otros. En esas artes de embaucar, disimular, fingir con artificios, tergiversar y estafar, estos cristianos son expertos, y eso no les llevará más que a arreglarse a palos, a pedradas, a flechazos con ballestas y todo tipo de instrumentos mortíferos.

»¿Quién va a construir los embalses, los caminos, las catedrales? Muchos de los que se han ido huyendo, o quedándose cubiertos de piedras, son —o eran— los mejores arquitectos, maestros de obras, constructores y artistas.

»Pero lo que así os desmenuzo, no es nada si pensamos en lo que soporta todo. Estos cristianos, en realidad, no creen en Dios. Temen a Dios, pero lo toman y tergiversan por el destino, el azar, la fortuna, en una suerte de almoneda de la conciencia que no puede conducirles a parte alguna, más que a falsas ilusiones, a vivir creyendo que se engañan los unos a los otros, viviendo de mala fe; y nunca mejor dicho, los canónigos, los sacristanes, los diáconos y los prelados, viviendo de capigorra, haciéndose pasar por pastores de almas, cuando no son más, y lo habéis visto, que clérigos de sotanilla y manteo, a los que gusta escucharse, o frailes que quieren inmolarnos para que nadie pueda quedar en estos Reinos que les muestre su falsedad.

»Nuestro pueblo sólo tiene un verdadero tesoro, la fe. Una fe interior que nos posee, porque estamos convencidos de que, en nuestras penas y en nuestras fatigas, en nuestro dolor y en nuestra alegría, Dios, Jehová, estará siempre con nosotros.

»Y ahora hermanos, dormid tranquilos, que los señores inquisidores están lejos de aquí, husmeando el aire como sus perros, buscando judíos para el quemadero. Pero aquí, en esta cueva, estamos nuestras bestias, nosotros y alguien más que vigila. Dormid, pues, hermanos, que mañana será otro día.

Así terminó Salomón Benassar su disertación, y después de ella, nos quedamos algo más tranquilos. Yo era muy consciente, sin embargo, de que fuera, en la oscuridad, los brillantes ojos de los lobos vigilaban la entrada de la cueva, esperando su oportunidad.

VIII

ELEAZAR BEN SIMEÓN

Manasseh se encargó de despertarnos, pues su estado de ánimo le impedía dormir. Nos preparamos con rapidez, y antes de amanecer, ya nos encontrábamos en marcha. Apenas si veíamos otra cosa que una densa niebla, una incierta y helada penumbra que, en cuanto salimos de la cueva, nos cubrió de perlas, transformando nuestros oscuros ropajes en brillantes vestimentas. Aunque no era el mejor tiempo para andar por caminos, no teníamos otra opción, pues para aquel momento ya estábamos todos convencidos de que Torquemada no quería otra cosa que eliminarnos sin auto de fe, sin tribunal, ni testigos. Lo haría de otra forma más despiadada y sutil, y en mis elucubraciones imaginaba que sus sicarios nos degollarían en aquel inextricable páramo, y allí nos dejarían tirados para pasto de fieras.

Eso bien lo sabía Manasseh, y también yo que había podido escuchar, como oculto testigo, aquel rosario de amenazas durante la víspera, la noche que el inquisidor pasó en el monasterio. Pero creo que también lo adivinaban Benassar y Efraín Ashkenazi, aunque fuera por pura intuición.

Ese era el motivo por el que marchábamos ateridos, tanteando el camino como el ciego que golpea con su bastón delante de él, porque sin duda, era preferible morir despeñados que llegar a caer en manos de aquel ofuscado sectario, que en sus quimeras, veía enemigos y contrarios por todas partes. Quizás, en eso tenía razón, porque quien siembra vientos recoge tempestades, y con su obstinación y fanatismo había ayudado mucho a convertir el país en un lugar de miedos y sospechas, donde nadie, ni tan siquiera él, se encontraba a salvo de ellas. Recordé a mi padre. De alguna manera había muerto asesinado no sólo por ser judío, sino por defender sus ideas. Aquél había sido un hombre bueno, cuyo único pecado fue confiar en los que le rodeaban, creerse uno más y cubrirse los ojos con una venda de inocencia y candidez, al igual que había ocurrido con otros miles de judíos sefardíes, conversos o no, que no aceptaron otra realidad que la que deseaban ver. Tanto fue así que, durante mucho tiempo, a los que percibían la auténtica, la que luego resultó, los llamaban locos.

Pero para ser justos, tampoco podíamos señalar a los cristianos como únicos culpables. Muchos de los nuestros se habían pasado al enemigo, transformándose en delatores que denunciaban sin escrúpulos a sus hermanos, a sus parientes y amigos, no sólo para intentar demostrar que no eran ya iguales, sino también para saciar otras tortuosas desviaciones de su conciencia.

Eso era lo que le ocurría a Torquemada y a otros como él. Querían ser verdaderos devotos, comerse los santos, demostrar una enfervorizada beatitud que no poseían en absoluto. Dentro de ellos, en el bosque oscuro y lobregoso que todos tenemos en nuestro interior, en el que se esconde la conciencia cuando la agraviamos, había otros demonios que allí habían ido entrando buscando cobijo, donde se hallarían los íncubos y súcubos, en ese abismo insondable en que se convierte el alma del malvado, esperando a que, como un débil rayo de luz, entrase un sentimiento de bondad o compasión, o sólo de justicia, y cuando penetrase en aquella densa selva, en el Tártaro interior, pues ese es el verdadero Infierno, lo devorarían, dejando sólo un resabio de maldad y olor a azufre, que a eso, seguro, olía el aliento de aquellos señores inquisidores.

Mi mula, un animal prudente y avezado, aguzaba las orejas, escuchando caer las piedrecillas por el barranco que a nuestra vera había, sabiendo por instinto que un traspiés sería fatal. Yo la llevaba con las riendas sueltas, dejándola a su aire, porque otra cosa hubiese sido suicida. De tanta niebla, apenas veía la cola de la acémila de Manasseh, ni los belfos del caballo de Efraín, que me seguía y que era quien más peligraba, porque por muy leal y dócil que fuese, no eran aquellos senderos propios de un animal que, por su edad, estaba más para buitrera que para otra cosa.

Manasseh iba siempre abriendo camino, no porque conociese aquellos precipicios, pues todos andábamos perdidos, sino porque confiaba en Dios más que ninguno de nosotros. Benassar era el loco más racional que había visto. En cuanto a Efraín, por lo que de él sabía, sólo creía en sí mismo. Por lo que a mí atañía, tenía toda la impresión de que lo que a mi alrededor ocurría no era más que otro acto de un largo drama del que sólo era espectador y en el que apenas podía intervenir. Y eso, de alguna manera, me ayudaba, porque parecía como si las cosas no fuesen conmigo y por tanto, no pudiesen afectarme. Desde muy pequeño, tenía esa extraña sensación de ser ajeno a todo. Mi padre lo achacaba a mi afición a los libros de caballerías, que me impedía descender a la realidad, y aunque intentó corregirme, no logró con ello otra cosa que aficionarme más y que gastase las velas que mi madre hacía, así como los ojos, leyendo a escondidas aquellos lances y aventuras de los que no conseguía saciarme, sino muy al contrario, que me contaba Benassar de tanto en tanto.

Pero aquellas invenciones y castillos en el aire habían ya pasado, y quisiéralo o no, me encontraba en un durísimo trance en el que, para mi desgracia, los fantasmas podían aparecer en cualquier momento entre las brumas que nos rodeaban, y en un instante más podríamos hallarnos todos en el reino de los muertos.

Esos eran mis lúgubres pensamientos, mientras descendíamos hacia un arroyo cercano. El día había aclarado algo a pesar de la persistente niebla. Al menos, podíamos casi adivinarnos, lo que ya era mucho después de la completa ceguera en que habíamos estado.

No sé si fue suerte o casualidad, pero junto al arroyo había una cabaña que Manasseh reconoció. Vi cómo se alegraba su semblante, y nos dijo alborozado que desde aquel lugar había un sendero que conducía hasta una aldea cercana, conocida como La Mezquita, por existir en ella las ruinas de una *masjid* muy antigua. Cuando diésemos con ella, ya no tendríamos dificultad en llegar hasta San Ciprián de Viñas en un par o tres de jornadas. Ese lugar se hallaba junto a Orense, donde podíamos dar con el tal Eleazar Ben Simeón, en quien confiaba para encontrar una embarcación que nos llevase hasta el mar océano, y luego, con la ayuda de Dios y mucha suerte, hasta Lisboa.

Todos estábamos dispuestos a ahorcar los hábitos, menos Manase, que se resistía a ello, como si Gregorio de Luna se hubiese apoderado de él, o al menos de una parte de su conciencia, enajenando su verdadera personalidad. En aquella extraña sinrazón pesaban muchos años de fingimiento ante los demás, lo que quizás le impedía llegar a comprender la realidad, como si el inacabable drama de su propia vida hubiese fundido sus dos personalidades, y al ponerse una máscara y otra tantas veces, confundiese la farsa con la realidad en su continuo transformismo.

Esa sensación nos embargaba también a Benassar, a Ashkenazi y a mí mismo. No podía dejar de reflexionar que probablemente les ocurriría igual a todos los conversos de Castilla y Aragón, y de alguna manera, también a los propios judíos, a fuerza de vivir entre cristianos y de tener que asimilar muchas de sus costumbres y maneras.

Agotados, más por la opresión de nuestros espíritus que por el esfuerzo, nos sentamos en un claro del bosque que andábamos cruzando, pues debíamos reponer fuerzas mientras los animales también descansaban. No pude por menos que pensar que ni Manasseh, ni Benassar, ni Efraín, ni yo mismo estábamos ninguno perfectamente cuerdo y que, quizás, afectados de una manera u otra por tan terribles trances, no hacíamos lo correcto y nos dejábamos llevar por desvaríos y enajenamientos. Tal vez fuese así, porque todos habíamos sufrido, antes o después, más de la cuenta, y si estábamos idos, no era más que la normal consecuencia de ver cómo nuestras vidas se deshacían en la mano como terrones resecos a causa de aquella temible persecución que, a cada paso, nos hacía dudar de si éramos hombres o sólo fieras que aullaban sus lastimeros lamentos por los montes.

Así anduvimos aturdidos y en el límite de la desesperación durante casi una semana, incluso creo que llegamos a pasar dos veces por el mismo lugar, pues en el afán de despistar a los que supuestamente nos perseguían, nos extraviamos varias veces, aunque quizás las densas nieblas de aquellos parajes tenían mucho que ver en ello, ya que no éramos capaces de ver el sol ni las estrellas.

Dimos por fin, cuando ya nos creíamos incapaces de salir de allí, con un pastor. El hombre parecía tener dificultades para comunicarse, a fuerza de no hablar más que con cabras y ovejas. Pero en su afán de volver a quedarse solo, supo indicarnos dónde se hallaba la parroquia de Maceda, y vimos que, a pesar de todo, nos encontrábamos en el buen camino, pues desde allí no había más de tres o cuatro leguas hasta Orense, y todos pensábamos en esa ciudad como la puerta de escape de nuestras penurias.

Con mejor ánimo, nos encaminamos a Maceda, y una vez allí, entramos en una pequeña iglesia de la que en aquel mismo instante salía un clérigo. Nos manifestó que era el párroco, observándonos con desconfianza, a pesar de que Manasseh llevaba puesto el hábito. Pero fue enseñarle una bolsa con maravedíes, y pareció cambiar su talante. Nos llevó hasta su casa y nos vendió huevos, queso, leche, miel y también forraje para las cabalgaduras, que ya no podían seguir sólo con hierba.

Desde el primer momento en que crucé mis ojos con los suyos, no me gustó aquel hombre. Tenía una mirada huidiza y algo artera y parecía como asustado. Benassar, que era astuto y prudente, le dijo en un aparte a Manasseh que debíamos marcharnos de allí enseguida, porque intuía que aquel clérigo era un hombre vil que nos denunciaría en cuanto tuviese oportunidad.

Salomón, que quería evitar que conociese nuestras verdaderas intenciones, dejó caer que íbamos camino de Santiago y que pensábamos permanecer en San Ciprián de Viñas unos días para reponernos y dejar descansar a las bestias.

El clérigo asintió, intentando sonreír con una forzada mueca. Dijo que eso era lo mejor que podíamos hacer, porque las cabalgaduras tenían mal aspecto. Luego nos despedimos, mientras el cura nos bendecía desde la puerta de la parroquia.

Apenas lo perdimos de vista, cambiamos de dirección al tiempo que hostigábamos a nuestros animales. Estábamos ciertos de que el hombrecillo iría lo más rápido que pudiese adonde hubiese soldados. Eso nos lo confirmó más tarde Efraín Ashkenazi, que se quedó rezagado para observar lo que aquel miserable hacía.

La intuición de Benassar se vio pronto confirmada. El clérigo ensilló una mula y salió como alma que lleva el diablo hacia Allariz donde, según Manasseh, existía una guarnición que vigilaba la región.

A la vista de ello, reflexionamos que no teníamos mucho tiempo. Debíamos llegar a Orense lo antes posible, y desde allí bajar el Miño en una barca. Ésa era con seguridad la vía más rápida y segura, aunque para ello tuviésemos que abandonar las caballerías que tan bien nos habían servido hasta entonces.

Fuimos, pues, a trote corto, por el temor de reventar a los animales. Durante el trayecto apenas ni hablamos, pero en mis lúgubres reflexiones era muy consciente de lo que nos estábamos jugando en aquel envite.

A media tarde, los agotados animales se rindieron, por lo que descabalgamos, dejándoles recuperar el resuello un largo rato. Después, los llevamos de las riendas. Por fortuna, estábamos ya muy cerca de la ciudad, y los gruesos muros de la catedral asomaban entre las casas que la rodeaban. Manase, que andaba algo desanimado, cambió el semblante y caminó con más energía.

Decidimos esperar en un bosquecillo cercano, mientras él intentaba encontrar a Eleazar Ben Simeón. Lo vimos alejarse caminando, porque prefirió dejar que su montura descansara al par que las nuestras, por si acaso necesitábamos salir de aquel lugar con premura.

Me hallaba tan cansado que ni tan siquiera tenía ganas de dar cuenta de un trozo de pan y queso que me proporcionó Benassar. Preferí echarme a descansar envuelto en una manta, y a pesar del frío y la humedad, no tardé en dormirme agotado.

Me desperté apenas volvió Manasseh. Pudo dar con Eleazar Ben Simeón, casi por azar. Llegó hasta su casa, pero lo que vio le asustó. Habían arrancado las puertas y ventanas y habían prendido fuego a los pocos muebles y a los numerosos manuscritos que Eleazar conservaba. Manasseh entró descorazonado en aquellas ruinas, seguro de que Eleazar había sido asesinado. Pero cuando ya iba a salir, un niño de apenas diez años, se acercó a él y le preguntó si estaba buscando a Eleazar. Manasseh no pudo hacer más que mover la cabeza asintiendo. Entonces el niño, mostrando gran desparpajo, le dijo que lo siguiese.

Eleazar Ben Simeón se hallaba escondido en una casa cercana a la catedral. El niño le tomó de la mano y le insistió en que no temiese nada. Aquella reacción de alguien con tan poca edad y experiencia emocionó a Manasseh.

Cuando se abrió la puerta, apareció una mujer joven que se le antojó cristiana. La mujer le indicó que entrase. Después de asomarse para comprobar si alguien los vigilaba, cruzaron la pequeña casa, salieron a un huerto posterior y caminaron hasta los establos. Allí, en una especie de almiar, una cabaña escondida en el interior de la paja, se hallaba oculto Eleazar Ben Simeón. Hacía mucho tiempo que no se veían, pero apenas sus ojos se cruzaron, se reconocieron y se abrazaron.

Eleazar le preguntó qué hacía allí, corriendo el grave riesgo de ser cogido preso por los numerosos soldados que componían la guarnición de Orense, y Manasseh tuvo que narrarle todo lo que había sucedido y cómo nos hallábamos en el trance de huir lo antes posible.

Al escucharlo, Eleazar se mostró muy preocupado, pues eso era difícil de conseguir. De hecho, hacía apenas un mes que los propios vecinos habían prendido fuego a la sinagoga, y apenas tuvo tiempo de refugiarse en aquel lugar, ante la insistencia de las buenas gentes que lo acogieron, por el temor de que las turbas lo asesinaran. Aquella familia le tenía gran agradecimiento, ya que, además de rabino, Eleazar era ante todo médico, y en Orense se le tenía un gran respeto, porque con su ciencia había salvado a muchos enfermos, tanto judíos como cristianos.

Eleazar no quería escapar. Le dijo que ya era muy viejo para hacerlo y que, además, había huido demasiado de sí mismo. Prefería quedarse, aunque después de lo ocurrido, tenía la certeza de que ya nunca más las cosas volverían a ser como antes del Decreto. No quedaban judíos, sólo conversos atemorizados, sinagogas destruidas, juderías silenciosas, donde el bullicio de las gentes había dado paso al aullido nocturno de los perros y las correrías de las ratas.

Le había explicado a Manasseh lo que debíamos hacer. Un judío sefardí, al que conocía bien, un tal Jacob Benarroch, había adquirido una barcaza capaz, incluso, de navegar en mar abierto. En ella, había embarcado sus pertenencias, además de los manuscritos salvados de la quema de la sinagoga. Astutamente, había comprado al corregidor para que hiciese la vista gorda y no pusiese impedimentos a su huida. Aseguró que podríamos ir con él. Había sitio más que de sobra en la embarcación, y con ella, río abajo, podríamos encontrarnos a salvo en unos días, y si no, al menos, separarnos de la zona más afligida.

Cuando Manasseh habló de la coincidencia de haber llegado a tiempo, Eleazar le replicó que él no creía en el azar. Había algo más, algo incomprensible para los seres humanos, pero que en determinadas circunstancias se intuía. Para Eleazar era la Providencia Divina, que al fin velaba por los suyos. Manasseh también compartía aquella teoría, y luego al despedirse de su amigo, se abrazó largamente a él con la certeza interior de que nunca más volverían a verse.

Aquella misma noche dejamos sueltos los mulos y el caballo, después de librarlos de los correajes. Los animales parecían comprender lo que sucedía, ya que no se separaban de nosotros. Luego fuimos caminando hasta la ribera del Miño. Allí, escondida entre los árboles, dimos con la barcaza. Manasseh dio una voz, y como si nos estuviera esperando, surgió de la escotilla un hombre de unos cincuenta años, alto, muy delgado, con ojos penetrantes y algo misteriosos, que parecían taladrar todo lo que miraban. Iba vestido con ropas oscuras y gastadas y portaba una poblada barba encanecida. Aquel hombre no era otro que Jacob Benarroch, que nos saludó como viejos amigos, pues ya le había llegado el mensaje de Eleazar Ben Simeón.

Nos abrazó a cada uno con afecto, mientras Manasseh nos presentaba. Comentó, después, que habíamos tenido suerte, porque aquella noche iba a soltar amarras. Me pareció extraño que se hubiese arriesgado de aquella manera por recoger unas mercancías y los manuscritos. Enseguida, cuando nos invitó a subir a la barcaza, al penetrar dentro de ella, pude comprender. Cuatro hombres y dos mujeres ancianas yacían en la bodega sobre unos jergones de paja. Jacob Benarroch los presentó. Eran los rabinos de Orense, Allariz, Sobrado y Bembibre y dos hermanas de este último. Al igual que Eleazar Ben Simeón, habían decidido quedarse hasta el final, desafiando a Torquemada, a la Inquisición y a las circunstancias. Ese era el verdadero motivo del extraño comportamiento de aquel hombre.

Apenas oscureció, cuando soltó las amarras y nos dejamos llevar por la corriente. Jacob izó una pequeña vela y tomó el timón para colocarse en la seguridad del centro del río. Me senté envuelto en la manta en la cubierta, y mientras veía pasar la sombra de los árboles en la orilla, medité que aquella pequeña barcaza cargada de judíos, huyendo de su propia tierra con riesgo de su vida, era algo muy triste e inhumano. Ese era nuestro destino, huir, escapar entre las sombras. Nadie podía verme, y no me avergoncé de sollozar. Pero algo dentro de mí se rebelaba contra todo, y me juré a mí mismo retornar algún día. Luego la embarcación se balanceó con la brisa de la noche. Me acurruqué para intentar dormir un poco, mientras escuchaba el ininteligible murmullo de los ancianos, que se encomendaban a Jehová.

IX

EL LARGO VIAJE

En apenas dos días, el río nos llevó sanos y salvos al océano. Pronto dejamos atrás la Punta de Santa Tecla, que me señaló Jacob y seguimos con rumbo sur, siguiendo la costa del Reino de Portugal. Allí, me explicó Benassar, que entre nosotros seguía ejerciendo de maestro, reinaba como soberano don Manuel por la reciente muerte del infante don Alfonso. No sabíamos lo que nos esperaba en Lisboa, pero estábamos decididos a refugiarnos allí. Sabíamos por Jacob Benarroch, que confirmaba lo que Eleazar Ben Simeón había explicado a Manasseh, que allí los judíos sefardíes éramos, de momento, bienvenidos, y si no tanto, al menos no se nos atacaba con la saña que en Castilla y Aragón.

No fue aquella una travesía cómoda. El mar océano estaba alborotado, y salvo Benarroch, ninguno éramos expertos marinos. Quienes más sufrieron fueron los rabinos y las mujeres, ya que su edad les castigaba casi tanto como el mal tiempo. El olor a vómito era nauseabundo en aquella bodega, en una singladura que duró varios días y que se hizo interminable. Efraín Ashkenazi, que permanecía callado y distante, me dijo una noche en cubierta que aquella era la barca de Caronte y que tenía malos augurios. Jacob lo escuchó y se enfadó, aunque luego, enseguida, cambió de tono y habló con él durante largo rato al darse cuenta de que aquel hombre, todavía joven, apenas si había hecho otra cosa que sufrir en la vida y que no se le podía culpar de su melancolía.

Todos teníamos un terrible aspecto, pálidos, ojerosos, con la barba y el cabello mal recortado, las vestimentas hechas harapos, malolientes y sin ánimo, helados por la fría brisa del mar y continuamente mareados.

Pero al menos habíamos sido capaces de llegar hasta allí, con la satisfacción de haber sabido burlar a Torquemada y sus esbirros que con toda certeza andarían rebuscando por los inmensos páramos, esperando encontrar nuestros huesos devorados por las alimañas.

Manasseh desconocía que yo compartía su secreto. Tampoco iba a cambiar nada si le contaba lo que ocurrió aquella noche. Pero me alegraba por él, porque Torquemada era un enemigo temible. Mejor estábamos allí, corriendo el peligro de ahogarnos en cualquier momento, que no de ser apresados, torturados y ajusticiados.

Cuando lo observaba con la vista fija en la línea de costa, inmóvil, silencioso, creía saber lo que pasaba por la mente de aquel hombre. Había dejado atrás parte de sí mismo, como si le hubiesen amputado la mitad de su cuerpo, porque Gregorio de Luna parecía haber desaparecido, desde el mismo momento en que subimos a bordo de la barcaza, para dejar paso a Manasseh Ayish.

Salomón Benassar ocupaba su tiempo cuidando de los ancianos rabinos y de las mujeres. No permitió que los demás le ayudásemos. Quería hacerlo él. Los consolaba, los animaba y les pedía que le explicasen aspectos de la Torá, porque aquel maestro tan sabio no se cansaba jamás de aprender de los demás.

En cuanto a Efraín Ashkenazi, se encerró más y más en su silencio y su melancolía, pues tenía una personalidad muy compleja y distinta. Me di cuenta de ello, porque sólo miraba hacia la estela del barco, hacia atrás, como si quisiera aferrarse a su pasado y no fuese capaz de liberarse de él.

Por mi parte, hablaba frecuentemente con Benarroch. Era un hombre hábil que conocía muchos oficios. Me enseñó a manejar el timón y buscar el norte, marcar el rumbo, también a dar bordadas y estudiar el tiempo.

En aquellos pocos días, no aprendí apenas nada, sólo a tenerle un gran respeto al mar, pero al ver mi natural disposición, Jacob insistió en que podría llegar a ser un buen marino si me lo propusiera.

Por fin, contra todo pronóstico, una tarde, casi a la puesta de sol, llegamos a Cascais. Los rabinos deseaban desembarcar en Belem, muy cerca de allí. En cuanto a nosotros cuatro, lo haríamos en Lisboa.

Así lo hicimos. Cuando arribamos a Belem, Benarroch fondeó en la misma playa y fue a buscar al rabino de aquella ciudad. Al poco, se acercó una pequeña chalupa y los ancianos subieron a ella en dos viajes con grandes dificultades, ya que sus huesos no les permitían mayores movimientos.

Todos nos despedimos de ellos con pesar. Por su edad, aquellos hombres y mujeres no podrían volver ya nunca a Castilla. No les quedaba mucha vida por delante, pero eso no parecía importarles. Sus únicas preocupaciones provenían del hecho de que sus hijos y nietos anduvieran perdidos por el mundo, sin saber dónde se encontraban a causa de aquella injusta situación.

Salomón Benassar tomó entonces la decisión de quedarse con ellos. Eso sí lo sentí mucho, porque en aquel momento me pareció una determinación irreflexiva, tomada más con el corazón que con la cabeza. Pero me razonó que, en definitiva, eso era la vida y que tal vez algún día volveríamos a encontrarnos. Luego añadió que, en cualquier caso, tampoco nosotros teníamos un destino y que, por lo tanto, él prefería buscar el suyo antes que dejar que fuese al contrario. No me convenció mucho, pero tampoco tenía más argumentos que mi propia necesidad. A fin de cuentas, una vez había sido yo quien lo había abandonado a él a hurtadillas, y no debía quejarme de que él ahora me abandonase a mí.

Cuando lo vi desaparecer en la playa, ayudando a los pobres viejos despojados de todo, pensé que era una clase de hombre distinto y que la maldad, que en aquellos tiempos andaba suelta y desbocada, no había conseguido hacerse con él. No era capaz de anidar el odio en su corazón. Muy al contrario, después de todo lo que le había ocurrido, sólo era capaz de seguir emanando generosidad y bondad.

Pero no había tiempo para muchas filosofías, y de inmediato zarpamos de nuevo. En un breve espacio de tiempo, llegamos a un fondeadero junto al puerto de Lisboa. Allí terminaba nuestra singladura, y debíamos bajar a tierra. Así lo hicimos en plena noche, después de agradecerle el viaje a Jacob Benarroch que, tanto y tan generosamente, había hecho por nosotros, escabulléndonos en el interior de la ciudad a través del mismo puerto. Manasseh había estado allí antes. Era sin duda un hombre de recursos, y sabía bien adónde debíamos dirigirnos.

Fuimos, pues, a la judería. En aquel lugar, se habían refugiado multitud de sefardíes, y con seguridad, encontraríamos en ella quien nos ayudase. El rey Manuel tenía aspiraciones de convertir Lisboa en la capital de la Península Ibérica, aunque para ello tuviese que hacer un pacto con el Diablo. Además, el hecho de que los judíos sefardíes hubiesen traído sus conocimientos y su oro, no le disgustaba lo más mínimo. En aquel lugar, por el momento, nos hallábamos a salvo, aunque no podíamos evitar la ominosa sensación de que aún nos perseguían, sobre todo Efraín Ashkenazi, que no podía dejar de mirar atrás a cada paso.

Andábamos muy cansados cuando, por fin, llegamos frente a una altísima tapia. En su interior, se hallaba la sinagoga, y junto a ella, debíamos encontrar la casa de Joel Ben Gaón, un judío sefardí procedente de Sevilla, hombre adinerado y culto, que Manasseh no conocía personalmente, pero Eleazar Ben Simeón le había encomendado que nos presentáramos de su parte.

Llamamos a la puerta golpeando una aldaba de metal labrado y, para nuestra sorpresa, la abrió un negro gigantesco. Me quedé con la boca abierta, pues, aunque sabía que existían, nunca había visto ninguno. Debía tratarse de un criado de Ben Gaón, que nos invitó a pasar hablando buen castellano. Imaginé al seguir su enorme humanidad, que debía haber acompañado a su amo en la expulsión.

Al poco, bajó el propio Joel Ben Gaón. Era hombre no muy alto, de aspecto noble, con una gran nariz, de tez muy morena y cabello rizado. Vestía ricamente al estilo musulmán, lo que reconocí por haberlo visto antes en Toledo. Sus modales denotaban un refinamiento que hasta entonces sólo había presenciado alguna vez en esa ciudad, cuando entraban los señores principales en la catedral.

Manasseh se presentó de parte de Eleazar Ben Simeón, y a partir de aquel mismo instante, vi cómo se dulcificaban los rasgos de nuestro anfitrión y nos invitaba a pasar a una sala y tomar asiento.

Manasseh le explicó nuestras peripecias en una larga narración, mientras Ben Gaón escuchaba atentamente asintiendo, de tanto en tanto, ante sus palabras. Habló de todo, remontándose a su propia historia.Luego se refirió a Efraín Ashkenazi, a Salomón Benassar, a mí, y para mi turbación, ensalzó mis conocimientos.

También contó lo que ocurrió aquella noche, pero ante mi sorpresa, omitió su relación de parentesco con Torquemada. Creo que sentía una profunda repugnancia y una gran vergüenza a causa de ello. Él era, y por tal se tenía, un hombre de bien. En modo alguno, deseaba que lo relacionasen con uno de los máximos responsables del Decreto de Expulsión, el hombre que había sido capaz de llevar a cabo actos infames contra sus propios hermanos.

Manasseh terminó su larga narración hablando de su antigua relación con Eleazar Ben Simeón y de cómo Jacob Benarroch nos había ayudado a llegar hasta Lisboa en un azaroso viaje, compartido con los viejos rabinos.

Mientras Manasseh narraba emocionado nuestra dramática huida, Ben Gaón, que intuyó que estábamos desfallecidos, hizo que nos sirvieran la cena, a pesar de estar ya casi amaneciendo. Hasta aquel instante, no me había dado cuenta del hambre que sentía, y lo que los criados nos sirvieron me parecieron manjares exquisitos.

Aquel hombre era una especie de raro aristócrata dentro de nuestra raza. Vivía como un príncipe. Hablaba, según supe más tarde, no menos de nueve lenguas a la perfección, entre ellas el árabe, el catalán, el italiano, el inglés, el francés, el hebreo, el portugués, el latín y naturalmente el castellano.

Le agradaba vestir con elegancia, empleando ropas árabes. Había vivido en el Reino de Marruecos largo tiempo, al igual que en El Cairo, y eso le había proporcionado una especial manera de entender la vida, pero lo más admirable de Ben Gaón era la generosa forma en que ayudaba a los sefardíes. Aquello tenía más valor en una época en que muchos de nosotros lo habíamos perdido todo, incluso la esperanza.

Nuestro anfitrión esperó a que terminásemos de cenar. Luego nos rogó que le acompañáramos a una estancia que daba sobre la ciudad. Desde ella, se dominaba la impresionante entrada del estuario. Se divisaba una extensa fila de hogueras formando un enorme arco, eran las torres de vigía, y a lo lejos, en la costa sur del mar de Palha, se recortaba una leve penumbra que presagiaba el amanecer. Multitud de navíos se hallaban anclados en el fondeadero, ya que aquel era un puerto estratégico para sus recaladas. Otros navegaban dispuestos a llegar al río Tajo, otros más tomaban el estrecho para salir al Atlántico. Me sorprendí del extraordinario movimiento que allí había, porque una vez Salomón Benassar me había hablado de Sevilla como de una ciudad cosmopolita. Pero Lisboa era algo distinto, nunca hubiese creído que pudiese existir un lugar como aquel.

Nos reclinamos para descansar en unos amplios divanes orientales, cubiertos de cojines de seda de vivos colores. Un criado negro, de aproximadamente mi edad, nos trajo unas jofainas con agua templada perfumada para que nos refrescásemos y unas suaves telas para después secarnos. Debo decir que para entonces me hallaba ya con la boca abierta. Mi padre me había contado viejos cuentos musulmanes, pero aquel lujo que Ben Gaón nos proporcionaba con tanta naturalidad, era lo que yo entendía cuando imaginaba la vida de reyes y príncipes.

Nuestro anfitrión nos pidió que descansáramos allí. Dijo que debía atender unos asuntos, pero que volvería a la hora de comer. Luego, después de mencionar que nos sintiéramos como en nuestra propia casa, salió por una pequeña puerta que daba a una escalera de caracol. Me asomé en los grandes ventanales y lo vi montar a caballo junto con algunos de sus hombres para desaparecer cabalgando entre una nube de polvo blanquecino.

Efraín Ashkenazi no parecía impresionado por todo aquello y seguía callado y taciturno. Mientras, Manasseh leía un diminuto libro, la Torá, que se había atado con unas cintas a la frente. Me tendí en uno de los enormes divanes para intentar dormir, pero la excitación me impedía hacerlo. ¿Quién era en realidad aquel hombre? ¿Por qué los judíos sefardíes no habíamos plantado cara a los que nos expulsaron? No lo entendía. Pero adivinaba que si otros, como Ben Gaón, hubiesen tomado el mando, si nos hubiésemos organizado, les hubiese sido mucho más difícil, casi imposible, a los cristianos cometer las tropelías y ruindades que llegaron a realizar con nosotros en Castilla.

De hecho, allí estábamos, huidos, en Lisboa, agradeciendo la caridad de uno de los nuestros. Humillados, escarnecidos, perseguidos. Muchos de los nuestros asesinados o quemados, acusados de ser falsos conversos. ¡Falsos conversos! Los dominicos debían saber que es casi imposible cambiar de religión, salvo en los raros casos en que la libertad prevalece. Recordaba mi niñez en Toledo. Había entrado muchas veces en la mezquita, nadie me lo había impedido. También en la catedral y naturalmente en la sinagoga. Mi padre, dom Abravanel Meziel, tenía a gala su profunda amistad con algunos viejos musulmanes. Venían con frecuencia a nuestra casa, como nosotros íbamos a las suyas. Eran llamados moriscos, y los castellanos empezaban a adoptar un cierto aire de superioridad con ellos, a querer humillarlos, a obligarlos a irse. Pero se negaban a abandonar sus hogares, sus huertos, sus olivos cultivados con el mayor esmero. Venían a consultar al secretario del juzgado, al amigo, qué iba a ocurrir. Uno de ellos, Naghib Benchakroun, cirujano, hombre de vasta cultura, que vivía en el Fendak Nejjar, un barrio muy cercano, se mostraba muy pesimista. Mucho antes del Decreto, le vaticinó a mi padre que tanto ellos como nosotros, los sefardíes, terminaríamos por tener que marcharnos con lo puesto. Muchos moriscos prudentemente habían ido haciéndolo con dificultades, queriendo arribar al Reino nazarí, en Granada. Poco antes de que todo aquello ocurriera, marchó aquel sabio de Toledo.

Mucho tiempo después, comprendí que aquel hombre no se había llamado a engaño. Vio cómo se iba cerrando el porvenir para los de su raza, y no quiso que sus hijos fuesen siervos o esclavos de cristianos. Sólo gente como él, que huyó a tiempo, acompañado de su familia y de otros muchos que se convencieron, o como Joel Ben Gaón, que supo poner a resguardo su fortuna y hacerlo además con dignidad, habían sabido con precisión lo que iba a ocurrir, como si hubiesen leído en un manuscrito el futuro. ¿Habrían consultado a adivinos? Mi padre también tendría que haber hecho lo mismo, y de esa suerte nos encontraríamos todos a salvo en Lisboa o en cualquier otra ciudad de Europa.

Joel Ben Gaón apareció de nuevo a mediodía con el mismo ánimo y talante con el que había partido al amanecer, como si las fatigas y dificultades del día fuesen algo normal que había que aceptar sin que pudiesen alterar su vida privada. Esa fue la primera enseñanza de aquel hombre que tanto iba a significar en mi vida.

Después de asearnos, unos siervos nos proporcionaron nuevas vestiduras y calzado que, en un primer momento, se nos antojaron excesivos, por no tener costumbre de llevarlos. Pero al vernos así vestidos, Ben Gaón sonrió y nos advirtió que si los llevábamos más sencillos y austeros, pasaríamos por gentes vulgares y miserables, y eso, en Lisboa, era el mayor pecado.

Sin embargo, en cuanto me probé los que me trajeron, pensé que aquellos ropajes me sentaban mejor que los hábitos, y me encontré elegante con todas aquellas pasamanerías y tachonaduras. Nunca había llevado sedas, terciopelos ni brocados, pero al vérmelos puestos, no me disgustaron. Manasseh parecía un gran señor, al igual que Efraín, que para mi sorpresa se los puso con gran placer. Ben Gaón movió la cabeza asintiendo satisfecho al tiempo que decía que no habría en Lisboa quien no nos tomara por caballeros de linaje.

Luego, mientras almorzábamos, Ben Gaón se interesó por mí y me preguntó por mi familia con gran interés. También insistió en conocer cuántas lenguas hablaba, y se alegró grandemente de mi dominio del árabe y del latín. Afirmó que debía aprender el portugués y el italiano, porque eran las lenguas del futuro, y que iban a ocurrir en el mundo muchas y grandes maravillas para aquellos que supiesen entenderlas y apreciarlas.

Comimos, pues, con otro talante. Me encontraba descansado y reflexionando que habíamos tenido gran fortuna en dar con alguien como Ben Gaón, porque en otro caso con seguridad nos hallaríamos a aquellas horas dando tumbos por los caminos sin saber cuál tomar.

En efecto, nuestro anfitrión no nos defraudó. Era un hombre cabal, que había aprovechado bien sus oportunidades en la vida. Tenía parentesco cercano con Abraham Senior, pero no se mostraba muy orgulloso de la conversión de su pariente. Dijo que Cisneros había intervenido en ella, presionándole para que la aceptara, por cuanto podría ser un ejemplo para muchos otros sefardíes. También habían conseguido lo mismo de Rabí Abraham y de otras grandes personalidades, pero no por ello los demás les siguieron; de cada diez sefardíes, dos aceptaron la conversión, ocho tuvimos que aceptar el destierro. Luego se fue viendo el gran error de los conversos, pues muchos de ellos pagaron con su vida y sus haciendas el haber creído que convertirse en cristianos era su salvación, cuando ese paso fue de pronto inaceptable para los mismos que les habían presionado a darlo. Los judíos creyeron que esa conversión los equiparaba a los cristianos, pero muy al contrario, éstos se sintieron ofendidos por ella. Dijeron entonces que un judío seguía siéndolo siempre, antes y después del bautismo.

Ben Gaón intuyó lo que estaba por venir mucho tiempo antes. Desde su juventud, se dedicaba a comerciar con sedas, especias y objetos de arte entre el Reino nazarí y Sevilla. También traía mercancías de Sicilia, Nápoles y Génova, pues su madre era natural de Florencia, y él se sentía tan toscano como castellano. Ya en mil cuatrocientos ochenta y tres, al ver el cariz que tomaban los acontecimientos y cómo se agudizaba la represión contra los judíos, los Ben Gaón fueron trasladando sus empresas desde Sevilla a Lisboa, donde fueron muy bien acogidos.

Había corrido grandes aventuras, pues fue tomado por moro en la toma de Alhama por los castellanos, y estuvo a punto de pagar con la vida esa confusión. Tuvo que comprarla con su peso en oro para poder salir de aquel atolladero. En sus muchas correrías, había conocido personalmente a Boabdil y a Muley Hacén. Después de la toma de Granada por los Reyes, terminó con su negocio allí. Además, sus relaciones con fray Hernando de Talavera eran precarias, tanto que éste llegó a amenazarle con que si le ponía la mano encima, sería para llevarlo al quemadero. Nos contó que Cisneros estaba haciendo leña del árbol caído y que se había comprometido con la Reina a convertir a los moros, pero hasta la fecha no había tenido gran éxito en su empresa.

Apenas llevábamos allí un par de días, cuando Manasseh le dijo a Ben Gaón que quería volver de inmediato a Castilla. Aquel hombre sin saberlo, tenía todavía su corazón partido, y creo que en aquellos momentos se hallaba enfermo de tristeza.

También Efraín Ashkenazi se hallaba melancólico, aunque, a diferencia de Manasseh, era muy consciente de su estado anímico. Para salir de él, había tomado también la determinación de embarcar en el primer navío que se dirigiese a Flandes, haciéndose pasar de nuevo por Tomás de Bohemia. Igualmente, Ben Gaón le aseguró que le ayudaría en ello y que podría volver a su país. Efraín no había superado la enfermedad de su alma, cuyo culpable era aquel fraile que había muerto odiando, Benedicto de Carintia. Efraín necesitaba volver allí, donde todo había ocurrido, y demostrarse a sí mismo quién era en realidad.

En cuanto a mí, creo que Ben Gaón me adoptó desde el primer momento, ya que casi sin preguntarme lo que deseaba hacer, me indicó cuáles eran mis aposentos y dio por hecho que me quedaba en su casa. Reflexioné más tarde, que tal vez aquel hombre echaba de menos un hijo. Quizás fuese el que yo supiese bien el latín y el árabe, porque le agradaba dirigirse a mí hablándome indistintamente en esas lenguas. Llegué a pensar que Ben Gaón había decidido que podría serle de utilidad en el futuro.

La cuestión fue que, apenas habían pasado dos meses desde nuestra llegada, cuando Manasseh pudo cumplir sus deseos de volver a Castilla junto a una pequeña expedición. De nuevo, se vistió los hábitos de la Orden del Císter, aunque me confesó que algo le había sucedido, pues ya no le ocurría lo que anteriormente, y aun con ellos, seguía siendo Manasseh Ayish. Pero el llevarlos era una gran ventaja, y se sentía protegido tras ellos, como si en lugar de fieltro se tratase de una armadura. Cuando una mañana se despidió de mí, se emocionó. No podía olvidar que al poco tiempo de haber llegado yo a La Moreruela, la tormenta arrastró allí a Torquemada. Seguía creyendo que yo era una especie de enviado, porque la noche en que llegué, al reconocerme como sefardí, supo en su interior que no podía engañarse más y que debía tomar una decisión. No tuvo que dilucidar mucho, porque Torquemada la había tomado por él.

Ben Gaón me explicó, más tarde, que el verdadero motivo del viaje de Manasseh era porque quería recuperar un antiquísimo manuscrito, escrito supuestamente por los zelotes, en el que se basaban algunos de los poemas litúrgicos más antiguos. Se encontraba en una *genizah* de Talavera, junto a las ruinas de la sinagoga, y allí había sido escondido por los rabinos para evitar que se perdiera. Manasseh quería rescatarlo y traerlo a Lisboa para que, desde aquí, fuese enviado a Amsterdam, ya que allí habían ido a parar los ancianos rabinos que lo estaban copiando cuando todo sucedió. Era un tesoro que valía más que una vida, y ese fue el comentario de Manasseh ante las advertencias de Ben Gaón. Añadió que en las *genizahs* se ocultaban grandes tesoros para nuestro pueblo y que ese patrimonio valía más que todo el oro del mundo, pues era algo semejante a nuestra propia identidad. Parte de él había llegado en las naves de Salomón, y mucho más tarde, cuando fue destruido el templo de Jerusalén, llegó el resto.

Días más tarde, casi sin despedirse, taciturno como siempre, también Efraín Ashkenazi partió hacia Amsterdam. Le deseé suerte, porque la vida le había dado pocas alegrías y era hombre que pretendía luchar contra su destino sin aceptarlo. Le eché de menos a pesar de todo, porque me enseñó algo importante. No debía conformarme nunca, y tampoco podía creer ciegamente en la Providencia Divina.

Me quedé, pues, solo en el palacio con Ben Gaón. Decir solo es no decir verdad, porque allí había al menos dos docenas de personas entre esclavos, criados, mayordomos, escuderos y un escribano que, más adelante, supe que era también judío, aunque le llamaban *El Turco*, pues en Constantinopla había nacido.

Fueron pasando los días, y mi desconfianza, que hasta aquel momento me acompañaba como un hatillo, fue diluyéndose al comprender que, igual que había sucedido con Salomón y Manasseh, también Ben Gaón quería ayudarme sin pedirme nada a cambio. Todos los días, en un momento u otro, hablaba conmigo, preguntándome cosas acerca de mis padres, de Toledo, de mi infancia. Él también sabía lo que era huir y podía comprender mi estado de ánimo a la perfección. Vi con claridad que necesitaba a alguien cercano que pudiese ser como un hijo para él y que me había elegido.

Hablé mucho con él, y al poco tiempo insistió en que asistiese a la universidad y en que aprendiese bien el portugués y el italiano, para lo que se prestó *El Turco* de buen grado. En verdad, era un gran maestro, porque enseguida comencé a chapurrearlos con gran soltura y naturalidad, como si fuesen algo propio.

Fue entonces cuando tomé la decisión que marcaría mi vida. Quería llegar a ser cirujano, como mi abuelo Mosés Revah, algo que en mi interior me atraía desde siempre. Pero para entonces había madurado. Había conocido el dolor y la muerte de una manera muy cercana. Quizás, como médico, podría ayudar a remediar en algo toda aquella enorme aflicción que me rodeaba.

SEGUNDA PARTE

LA SABIDURÍA

I

EL MÉDICO SEFARDÍ

Lisboa no sólo era una ciudad mucho mayor que Toledo, también muy distinta. Desde sus colinas, veía entrar y salir una infinidad de navíos en el mar de Palha. Era una ciudad impresionante para alguien como yo, y en verdad se me antojaba enorme.

Acompañé varias veces a Ben Gaón a los barrios donde vivían los judíos, los flamencos y los genoveses. Eran lugares distintos, pero en todos ellos se vivía un ambiente de prosperidad y negocios, lo que era algo absolutamente nuevo para mí. Allí vi comprar y vender especias, maderas nobles, marfil, alfombras, mercancías llegadas de lugares lejanos y desconocidos. También iba con mi padre adoptivo a los astilleros, pues entre otras muchas facetas, Ben Gaón era uno de los mayores armadores de la ciudad.

Alguna vez bajaba solo la colina, pues me gustaba andar por el puerto, viendo desembarcar navíos que traían toda clase de cosas exóticas. Algunos de ellos venían de África, y más de una vez vi descender esclavos negros traídos en las bodegas desde lugares tan remotos que las carabelas tardaban meses, incluso años, en hacer la travesía.

Pensé al verlos, en las palabras de Salomón Benassar. De una manera u otra, los hombres eran crueles con los hombres e inventaban subterfugios y engaños para dominar, abusar y sacrificar a otros como ellos.

Aquellos hombres negros venían de reinos ignotos, desconocidos. Con certeza, tendrían sus leyes y costumbres, distintas a las nuestras, pero para ellos, esenciales. ¿No era para nosotros el Talmud un libro sagrado? Despreciado por los que no eran judíos, al igual que el Corán. Aquellos seres humanos, asustados, humillados, apaleados, que eran desembarcados como si de ganado se tratasen, no me parecieron tan diferentes. Más bien, me recordaron a las columnas de los míos, como las había visto abandonando los pueblos y ciudades, muchos de ellos conducidos por crueles soldadescas que parecían disfrutar con su trabajo, otras veces azuzados por frailes dominicos. De alguna manera, tenían unos y otros el mismo aspecto, a pesar de lo distintos que eran negros y sefardíes. En nuestro caso, recordaba que algunos hombres con gran fortaleza y sabiduría animaban a los cautivos a cantar para engañar el ánima y para que pudiesen seguir caminando sin desfallecer.

Después de caer en la cuenta de cuál era mi destino, comprendí que no quería otra cosa que ser físico, cirujano o médico. De pequeño había visto sanadores y recetadores, que venían por las casas cuando se les hacía llamar por alguna dolencia o afección, y aplicaban ungüentos, emplastos y remedios, pero no me conformaba con esos oficios, que como me había explicado alguna vez Salomón Benassar, más me parecían supersticiones que otra cosa, y mi deseo era parecerme a mi abuelo Mosés, un verdadero físico del cuerpo y el alma.

Mi afición por buscar hierbas me la había transmitido mi madre, al igual que a mis hermanas. Con aquellos conocimientos me veía capaz de preparar narcóticos o un cordial, un evacuatorio, un purgante e, incluso, un afrodisiaco. Luego, al desaparecer ella y toda mi familia, creí olvidar todo aquello, y ya no tuve otra cosa en que pensar que en sobrevivir; y eso, a duras penas, lo había conseguido.

Pero mi estrella parecía haber cambiado definitivamente. Joel Ben Gaón era el golpe de fortuna que estaba esperando, pues siempre había tenido la intuición de que, en algún momento, mi vida iba a cambiar.

Comencé a asistir a la universidad. El primer día me senté en un banco de madera sin atreverme a abrir la boca. Temía que se rieran de mí o que la tomaran conmigo. Pero apenas pasaron unas semanas, fui tomando confianza y no pude, por menos, que bendecir a mi padre por haberme hecho aprender el latín a coscorrones, pues lo cierto era que lo hablaba como si se tratase de mi lengua natural. Allí no se utilizaba otra cosa, aunque por prudencia me propuse aprender el portugués a la mayor brevedad para evitar que al oírme hablar, mis compañeros me observasen como a un extranjero.

Pronto comenzó para mí una rutina. Me levantaba, apenas amanecido, y bajaba a las cocinas, donde el cocinero, un musulmán nacido en Argel, me preparaba una suculenta colación cargada de aromas, que me recordaban los días de mi infancia cuando cruzaba el barrio de los moriscos en Toledo. Aquel hombre había sido capturado frente a la costa de Valencia, en una escaramuza de los berberiscos. Convertido en esclavo, fue más tarde vendido en Lorca a Ben Gaón.

Me tomó cariño al comprobar que hablaba bien su lengua, y todas las mañanas, mientras yo devoraba todo lo que ponía sobre la mesa, me contaba lo que había sido su existencia antes de caer capturado.

Su nombre era Yusuf Ben Amar. Insistía en que él no era de ninguna parte, porque también su madre había sido una joven circasiana, capturada en una de las muchas correrías de su padre. Cuando aún era niño, ella le había contado historias sobre Tamerlán y de cómo los suyos le habían plantado cara, porque allí, en aquellas interminables estepas, los hombres necesitaban ser valientes para poder sobrevivir.

Yusuf creía que el destino de todos los hombres estaba escrito en libros. Según él, había un libro para cada hombre. En algún lugar, cada vez que nacía un hombre, se abría uno de aquellos libros que llevaba cerrado desde el principio del mundo. Yusuf afirmaba con la cabeza al par que hablaba. Él tenía su libro, así como yo tenía el mío. Me guiñó el ojo, tras aseverar que el del amo Ben Gaón sería un bello ejemplar, encuadernado en cabritilla, con los cierres de oro macizo.

Le pregunté que dónde creía él que se hallaba esa vastísima biblioteca. Me contestó, señalando hacia arriba con su dedo índice, que en el cielo, y que el cielo se hallaba en la cabeza de los hombres. No podía sacarlo de aquella teoría. Pero a pesar de sus extrañas filosofías, conmigo se portó siempre bien, sin esperar nada de mí, ni tampoco pedirme nada, lo que pienso que hacía más meritoria su bondad.

Fueron pasando con rapidez los días y los meses. Apenas veía a Ben Gaón, porque casi siempre se hallaba viajando, pero cuando volvía, me hacía llamar y me saludaba con afecto, preguntándome por mis progresos en la universidad.

Debo decir que más de una vez llegué a pensar que había equivocado mi vocación, porque tenía mucho que aprender y no era capaz de dar abasto con todo. Ben Gaón me había recomendado a un viejo médico, un sefardí de Sevilla, al que se había traído a Lisboa, convenciéndolo de que le siguiera. Aquel hombre parecía haber sufrido en la vida todo lo soportable, y casi con seguridad, lo insoportable, y eso le proporcionaba un triste aspecto, como si arrastrara su vida tras de él, igual que a su sombra.

Su nombre era Abraham Revadel y por entonces debía tener más de sesenta años, por lo que venía ya de vuelta de todo, aunque en los últimos años había tenido la terrible desgracia de ver morir quemado a un hijo por causa de la Inquisición.

Según me contó Ben Gaón, uno de los raros días en que cené con él, aquel anciano que siempre se había entregado a los demás, no merecía haber sufrido aquel espantoso trance. Abraham Revadel, cuando vivía en Sevilla, tenía un hijo, Yudah, al que le iban bien los negocios, pues no había querido dedicarse a la Medicina como su padre.

En uno de los tratos que tuvo, compró dos esclavas moras: Aixa y Meriem; al menos, así le aseguraron que se llamaban hasta que, una mañana, vinieron a prenderle unos soldados enviados por el procurador del fisco, don Juan López del Barco, un hombre taimado y ambicioso.

Según después se manifestó en el proceso, la tal Aixa no era natural de Berbería, sino que era en realidad una cristiana cautiva, de nombre Magdalena.

Para cuando Yudah vino a darse cuenta, se hallaba ya en las mazmorras de la Inquisición, acusado de tener como esclava a una cristiana, pero sobre todo, de haber intentado introducirla en los ritos mosaicos. Eso era cierto, pero se debía al gran enamoramiento que Yudah, un hombre interior y reservado, sintió por aquella mujer, y su interés por ella hizo que se cegase su prudencia.

Así aconteció aquello. Luego, durante el proceso, se vio cómo unos frailes dominicos testificaron en contra de aquel sefardí, porque a ello se añadía que, a pesar del edicto del cardenal Mendoza, a la sazón arzobispo de Sevilla, ni Abraham, ni Yudah, ni su otra hija, Esther, quisieron presentarse voluntariamente ante el Tribunal de la Inquisición.

Abraham, que se temía lo peor, recurrió a personas principales para que aquel proceso no llegase hasta el final. Yudah era un buen hombre, una persona caritativa y bondadosa, pero eso no valió de nada. Nadie quiso acompañar a Abraham para atestiguar a favor de su hijo. Ni tan siquiera las personas a las que él había ayudado o, incluso, sanado como médico.

Todos los cristianos, aquellos que se las daban de amigos, sus colegas, todos le cerraron las puertas, y el procedimiento siguió, acusando a Yudah del gravísimo delito de querer corromper a una cristiana, conduciéndola a los ritos saduceos, lo que podía ser el peor pecado, la falta más odiosa. Yudah fue condenado como hereje por la Suprema y entregado a la Justicia que, de inmediato, lo condujo a la cárcel de Tablada.

Abraham sabía bien lo que venía después de aquello. Estaba desesperado. Tenía cerca de cincuenta y cinco años, y su hijo, apenas veintisiete. No sabía qué hacer. Era tal su desdicha que decidió ir a ver al cardenal Mendoza. No veía otro camino. Además, apenas hacía un año que lo había tenido en tratamiento a causa de la gota que aquel hombre sufría, por lo que reflexionó, le estaría agradecido.

Cruzó toda Sevilla para llegar al palacio del arzobispo. Le hicieron esperar tanto que por dos veces hizo llamar al secretario, que al final le contestó casi de mala forma. Pero no tenía otro remedio que aguantarlo todo, porque el tiempo se le acababa.

En algunos momentos, cuando casi se desvanecía de dolor, tenía la certeza de que aquello no era más que una espantosa pesadilla. De hecho, la noche anterior soñó que su hijo, todavía un niño, jugaba a las ollas de Miguel, y veía cómo iba corriendo hacia la muerte, sin que nadie pareciese escuchar sus desgarradores gritos.

Pero al menos, había podido llegar hasta el arzobispado. Pensó que con seguridad el cardenal le escucharía y liberaría a Yudah. Luego, decidió en su mente, se irían de inmediato de Sevilla, quizás a Lisboa, una gran ciudad donde otros muchos sefardíes estaban emigrando.

Mendoza lo recibió muy tarde, a primera hora de vísperas, cuando la noche estaba cayendo sobre la ciudad. Abraham le habló nervioso, asustado, llorando. Le escuchó con atención y le consoló. Le dijo que no debía temer por su vida, a él no iba a ocurrirle nada. Abraham Revadel le miró de hito en hito al ver que aquel hombre no había comprendido. No, él no temía por su vida. La daría con gusto si con ello salvaba la de su hijo.

El cardenal hizo un leve gesto abriendo las manos. Eso —dijo mirando al cielo—, no se podía evitar. Era una sentencia de Dios. Su hijo había obrado en contra de la ley divina y humana. No se podía hacer nada por él. Añadió que rezaría por el alma de su hijo, aunque murmuró entredientes, era inútil rezar por un judío. Luego le despidió con un gesto altivo.

Aquella misma noche, Abraham quiso despedirse de su hijo. No pudo hacerlo, ya que los inquisidores no permitieron que entrase en las mazmorras e, incluso, llegaron a amenazarle con apalearlo si no se iba de allí al momento.

De madrugada, oculto entre la multitud, acompañó a la comitiva hasta el quemadero en Tablada. Supo entonces que su hijo Yudah no moriría solo. Otros cinco judíos le acompañaban, entre ellos un converso que gritaba su arrepentimiento por haber vendido su alma, sin saber que aquello no le libraría ya de la muerte.

Aquella fue su última noche en Sevilla. Ver quemar vivo a su hijo fue algo tan espantoso que, durante largo tiempo, no pudo pronunciar palabra, ni pensar con cordura, ni tan siquiera comer. De hecho, pretendió dejarse morir de pena. Ben Gaón, que acababa de llegar a aquella ciudad después de una larga travesía, lo encontró vagando cerca del río, murmurando incoherencias y llorando sin consuelo. Aunque Revadel no le reconoció, lo llevó hasta su casa engañándolo. Luego, casi sin esfuerzo, lo embarcó en una de sus carabelas y lo acompañó hasta Lisboa.

Aquel hombre, tan duramente castigado por la vida, era, pues, mi nuevo maestro. Él no quería hablar de lo pasado. Volver a él, aunque fuese en la mente, se le debería hacer insoportable. Tenía permanentemente una mueca en el rostro, como si tuviese que hacer un esfuerzo para no pensar en su hijo, abrasado por las llamas, mientras gritaba llamando a su padre.

A pesar del tremendo dolor que siempre le acompañaba, me habló con gran serenidad y cordura de Aristóteles, de Hipócrates, de Galeno. Me decía que, para poder sanar el cuerpo, había que conocer primero el alma humana; y para eso era necesario tratar al mayor número de hombres. Lo que quería decirme era que no podía curar los cuerpos sin sanar al tiempo el alma de mis pacientes. Debía, por tanto, al igual que Hipócrates, viajar, conocer el mundo y los distintos hombres que lo habitaban. Sólo así podría comparar, observar, coger la necesaria experiencia para llegar a ser un buen médico.

Abraham Revadel me dejó unos viejos manuscritos con el encargo de que los estudiase. Su título era *Corpus hippocraticum*, advirtiéndome que, aunque tenían casi dos mil años, no eran menos vigentes que cuando el viejo físico los escribió.

Al igual que Hipócrates, Abraham valoraba la enfermedad sólo desde lo humano. Para él, nada tenía que ver Dios en aquello, ni el pecado, ni la santidad del paciente. Eso, que era lo contrario de lo que en la universidad me enseñaban, me pareció lógico, pues, para mí, era evidente que la peste, la viruela, los achaques, el dolor, las pústulas, las lacras, no entendían de creencias, ni hacían distinciones entre los seres humanos.

Al igual que el maestro de Cos, el equilibrio de los cuatro humores era, para Abraham Revadel, decisivo, y así me lo repetía asiduamente.

En esas teorías basaba sus enseñanzas, y con gran paciencia me instruyó varios meses, haciendo hincapié en filosofías y pensamientos que al principio no me parecieron que guardasen la menor relación con las doctrinas de Galeno e Hipócrates. Así prosiguió hasta que tuvo la certeza de que realmente deseaba llegar a ser médico y de que poseía condiciones naturales para ello.

Cuando ya tuvo esa seguridad, me pidió que lo acompañase y me condujo hasta el lugar donde le llevaban los cadáveres que nadie reclamaba. Una especie de caverna tallada en roca viva bajo la casa donde vivía, y que Ben Gaón había comprado para él. Parecían unos antiguos aljibes árabes, de cuando aquella ciudad era todavía al-Usbuna. Se llegaba hasta allí descendiendo una escalinata construida también en la misma piedra. Curiosamente, una extraña corriente de aire fresco mantenía el lugar libre de miasmas y olores. Allí, iluminado por una gran cantidad de velas, tras las que había colocado unas láminas circulares de metal plateado, trabajaba sobre los cuerpos sin descanso, buscando las enigmáticas causas de la salud y la enfermedad.

Muchos de los cuerpos pertenecían a ajusticiados a los que por un escudo, o poco más, traían en carromatos desde el patíbulo, desde las mazmorras o los ahorcaderos. Los mismos sayones los descargaban, como si de sacos se tratara, y entre macabras bromas los arrastraban hasta el interior.

Me enseñó a ver cómo los descoyuntados en el potro tenían un rictus en la faz, cómo a los ahorcados se les salía la lengua negruzca y los ojos se les desorbitaban. Me hizo compararlos con los que morían decapitados. Éstos parecían no haber sufrido. Me dijo que eso se debía al equilibrio de los humores de los que estaba hecha la vida: la sangre, la pituita, la bilis y la atrabilis.

Me habló también de Galeno. Como él, necesitaba aprender no sólo Medicina, debía conocer bien el Álgebra árabe, la Filosofía. De él, debíamos aprender que las disecciones eran fundamentales para comprender cómo funcionaba la maquinaria que nos hacía movernos. Me habló de los neumas, del corazón, del cerebro, del hígado. Allí residían los espíritus de la vida, y si alguno de ellos se apagaba, también lo hacía la existencia.

Abraham Revadel fue el primero que me habló de la «fuerza medicatriz», como el conjunto de actividades que nos mantenían a salvo de la enfermedad. De Galeno poseía un viejísimo tratado de disección y el *Arte medica*, que me hizo estudiar a fondo, sin darme la más mínima tregua, hasta que creyó que lo sabía de memoria.

—Pero el verdadero maestro de mi maestro era el Estagirita, Aristóteles. Al igual que él —decía—, debíamos estar siempre observando. Insistía en que meditase sobre la frase clave de aquel filósofo: «La razón es como una tablilla sobre la cual no hay, en realidad, nada escrito».

También me hizo apreciar la Ciencia en sí misma, pues sólo forzando el ánima a saber, podríamos llegar a comprender lo poco que sabíamos.

Aquél era, pues, el hombre al que Ben Gaón había confiado mi enseñanza. Poco tiempo después, al ver todo lo que me estaba sucediendo, medité que en mi desventura había una gran paradoja, porque a causa de ella, había llegado al punto y lugar donde me sentía completo, y si nada hubiera sucedido, seguiría en Toledo, doblemente engañado, creyendo que podía confiar en los que me rodeaban, fuesen de mi misma raza, moros o cristianos, y que el mundo era como entonces lo imaginaba y no como lo estaba viendo ahora.

Revadel vivía inmerso en su oficio. Sólo sabía ser médico y cirujano. De todo lo demás, parecía prescindir. Pero en cuanto a lo que afectaba a lo suyo, no había quien le pusiera el pie encima. Lo que más me maravillaba era su ojo clínico y cómo acertaba con la clase de morbo que tenía un enfermo, aunque los síntomas dijeran otra cosa.

De él, aprendí casi todo lo que mucho tiempo más tarde me convirtió en médico. Con buen tino, comenzamos desde la misma muerte, la mejor maestra para entender la vida.

Revadel me enseñó cómo los cadáveres de gentes muy distintas, a pesar de ello, tenían cosas comunes. Podía haber un gran tumor en el hígado de un mendigo al que habían encontrado tirado en el camino, y ese tumor, viscoso, distinto al neuma sobre el que crecía y se adhería, podía hallarse también en el hígado de un joven marinero o de una mujer vieja. Según él, aquella degeneración los igualaba, aunque no había vinculación alguna entre los humores corporales y las elementales cualidades humanas que los antiguos relacionaban con el zodiaco.

Una noche, de las muchas que pasamos diseccionando, trabajando lentamente, pues siempre murmuraba que las prisas en nuestro arte eran cosa del Diablo, iluminados por unas lámparas de aceite que nos proporcionaban una luz blanca y continua, me señaló, sobre el pecho abierto de una joven mendiga, unos extraños crecimientos que al pronto me recordaron las raíces de algunas plantas.

Aquella víspera cambió mi forma de ver la vida y la muerte, porque mientras él cortaba con precisión parte de aquellos tejidos, murmuró que allí se hallaba el mal. Aquel era el mal. Añadió que los enfermos de aquella dolencia no podían respirar y tosían continuamente hasta que morían.

Había visto aquellas mismas excrecencias en niños de apenas diez años, en jóvenes, en hombres en la flor de la edad, muy pocas veces en viejos, porque los afectados no llegaban a edades avanzadas. Me dijo que él deducía que aquello crecía a expensas de los humores naturales y que mataba pronto a los enfermos. Luego susurró, como si alguien allí pudiera oírle, que él pensaba que muchas veces el enfermo era la causa de la enfermedad.

Le pregunté, intrigado, qué quería decir con aquella frase, porque no entendía bien lo que significaba. Me contestó serenamente que la violencia generaba violencia, que el odio hacía crecer el odio como un campo abonado, y que la enfermedad hacía progresar la enfermedad.

Me recordó la peste levantina, el tifo de Oriente, el vómito negro. ¿Quién transmitía la enfermedad? El enfermo. Cada vez que el enfermo se aproximaba a alguien sano, podía ocurrir que lo transformase en paciente.

Por eso, él asimilaba el verdadero mal con la propia enfermedad. Me dijo, convencido, mientras recogía sus instrumentos, que ésta se aprovechaba de las piernas del enfermo para trasladarse.

No valoré, sino hasta mucho tiempo después, la enorme paciencia que Abraham Revadel tuvo conmigo. Quizás al principio lo hizo por el agradecimiento que aquel hombre sentía hacia Ben Gaón, después no. Cuando llevaba unos meses a su lado, creo que también me adoptó. Igual que un padre, se enfadaba conmigo si era perezoso o torpe, o si no prestaba atención a sus explicaciones. Me dedicaba gran parte de su tiempo, como si quisiera que aprendiese todo lo que él sabía lo antes posible. Me confesó una vez que le apenaba morir sin transmitir lo poco que conocía sobre la Medicina, como si eso fuese lo peor que pudiese sucederle. Por eso se empeñó en enseñarme no sólo lo que pensaba como físico, sino también como filósofo.

Un frío día de invierno me hice el remolón, y no fui a sus clases. Me quedé en las calientes cocinas con Yusuf, escuchando sus bellas historias. Me hablaba de mujeres hermosas como ángeles, de los misteriosos harenes y serrallos, del amor carnal. Aquello era para mí más atractivo que la enfermedad y la muerte. Me quedé abstraído, sintiéndome también un príncipe turco, ensimismado por la magia de aquel cocinero que dentro de él escondía un extraordinario contador de cuentos.

Para cuando me di cuenta, era ya muy tarde. De pronto, Abraham Revadel entró en la cocina. Había cruzado Lisboa, como yo hacía todas las mañanas, para venir a buscar a su discípulo.

Al verlo allí, me sentí avergonzado y le pedí perdón. Pero él casi no contestó, sólo me hizo un gesto para que le siguiese. Fuimos caminando con rapidez hasta el puerto sin decir palabra. Yo iba preocupado, meditando que aquel buen hombre tal vez quisiera despedirme por ser indigno de su amistad y confianza. Pero aunque le daba vueltas a la cabeza, no sabía bien lo que, en aquellos momentos, pretendía de mí.

Llegamos finalmente hasta la misma playa, subimos a una pequeña chalupa y fuimos remando hasta una carabela que se encontraba fondeada en la bahía, apenas a doscientos codos de distancia.

Fue entonces cuando por primera vez habló para explicarme que aquel barco venía de Sevilla y que todos sus tripulantes se encontraban afectados por una extraña dolencia.

Nos acercamos hasta que tocamos el casco con la mano, y apenas lo abordamos, pudimos comprobar que todos los tripulantes se hallaban enfermos, pues yacían tirados en cualquier parte como si no tuviesen fuerzas para incorporarse. Enseguida, acompañé a Abraham Revadel y vimos que aquellas gentes se hallaban en muy mal estado. La boca les sangraba abundantemente y los dientes se les movían. También parecían sangrar por la piel, y cualquier golpe que hubiesen recibido, se había transformado en una úlcera violácea.

Sólo uno de ellos, un moro de piel oscura de mediana edad, parecía encontrarse perfectamente. Había sido él quien había ido a avisar. Lo habían ido llevando de uno a otro por toda Lisboa, sin saber muy bien qué hacer hasta que dieron con Abraham Revadel. Nos explicó, chapurreando el castellano, lo que les había sucedido. El capitán había muerto hacía más de una semana, al igual que cuatro tripulantes. En cuanto a los demás, nosotros mismos podíamos contemplar el panorama. Mi maestro quiso que yo le acompañase, no sólo porque aquella era una importante experiencia para mí, sino porque supo que todos los tripulantes y pasajeros eran judíos sefardíes.

Para mi sorpresa, Revadel sólo parecía interesado en Ali Al Zaydani. El que yo había clasificado como moro era, en realidad, un sirio de Homs que, como en otros muchos casos, también era esclavo de uno de los pasajeros. Revadel le interrogó sobre su edad, sus circunstancias, su dieta. No dudó al decirnos que comía lo mismo que los otros y que también bebían todos de los mismos barriles. Metió entonces Abraham el cazo en el último que aún conservaba algo de agua y lo sacó lleno de un líquido pardusco que parecía cualquier cosa menos agua. Aquel infecto brebaje olía como un perro muerto, y vi cómo mi maestro movía la cabeza de un lado a otro, queriendo expresar que aquello no era más que una pócima asquerosa.

Luego Abraham se empeño en que el sirio le mostrase dónde dormía. Una vez en el lugar exacto, le pidió que le enseñase sus efectos personales. Sólo tenía una camisola, una especie de capa de lana gruesa y un pequeño cuchillo. No había más.

Entonces, con gran decisión, mi maestro le pidió al barquero que hasta allí nos había llevado, que volviese a tierra y trajese dos toneles de agua limpia. Le dio una moneda de plata y añadió que también comprase verduras, huevos, leche y frutas.

Mientras volvía con los alimentos y el agua, Abraham estuvo indagando por todo el navío, husmeando por todos los rincones. Curioso, le pregunté qué estaba buscando exactamente, y me dijo que nada en concreto. Sólo sabía que tenía que seguir a Hipócrates. Observar, observar, observarlo todo minuciosamente, buscar una causa por mínima, absurda o remota que pudiera parecer.

Después, pasamos un largo rato colocando a los enfermos en jergones limpios y arreglados, tirando por la borda los alimentos en mal estado, limpiando los vómitos, fregando el suelo, barriendo la bodega, porque aquellos hombres deberían permanecer allí mientras no lográsemos bajarlos a tierra. Pero él no quería desembarcarlos hasta que comprobase que aquella enfermedad no era infecciosa, aunque en un aparte aseveró que tenía la seguridad de que no lo era.

Algo más tarde, cuando volvió el barquero, todos bebieron agua limpia con avidez, y Abraham se empeñó en que comiesen naranjas y limones, y los que no podían tragar nada porque su organismo no se lo admitía, al menos, masticarlos y chuparlos.

Alí, en cambio, comió con fruición y añadió a su dieta también dos huevos crudos. Luego nos sentamos un rato, mientras el sirio nos relataba sus desventuras desde que habían dejado el puerto de Sevilla.

De pronto, observé en los ojos de Abraham, que no dejaba de mirar al sirio, un brillo inusual. Le pidió a Alí que le explicase por qué mordisqueaba una ramita que llevaba entre los dientes. El hombre contestó que era algo que hacía siempre. Era una corteza que empleaba para mantener los dientes blancos. Le preguntó, impaciente, si siempre la había empleado. El sirio respondió que todos los días varias veces, pues se había aficionado a su sabor.

Entonces mi maestro se puso en pie de un salto, mientras agitaba sus brazos en el aire. Me lanzó una larga mirada, satisfecho. Yo no comprendía. Allí, me dijo convencido, estaba el secreto de por qué aquel hombre estaba sano y los demás enfermos. En aquella corteza había algo, un principio necesario para el cuerpo. Sonreí, y sólo murmuré un nombre: Hipócrates. Abraham Revadel asintió: Hipócrates. La observación minuciosa.

Creo que fue aquel día cuando, en realidad, me hice médico, en aquel justo instante en que el sirio me alargó un pedazo de corteza para que yo la masticase. Llevaba una pequeña bolsita, y Abraham, que parecía eufórico, hizo que todos los enfermos masticasen aquellas cortezas.

Para cuando volvimos a la playa, ya estaba cayendo la tarde. El mar era un enorme espejo de plata pulida. Lisboa se recortaba en el cielo, y por primera vez desde que lo conocía, me pareció que mi maestro sonreía.

Siete años pasé en Lisboa. Aprendí a amar aquella ciudad, su intenso ajetreo, con gentes de todos los lugares conocidos. Carabelas que volvían desde las Indias por la ruta que había descubierto Cristóbal Colón, el navegante genovés.

No había conocido a mi abuelo Moisés Revah, pero soñaba con él todas las noches. En aquellos sueños íbamos los tres, él, mi madre y yo, a buscar plantas curativas por el monte, y nos alejábamos tanto de Toledo que un día llegábamos andando hasta cerca de Lisboa, y al asomarnos, nos quedábamos maravillados. Mi abuelo decía algo que yo no podía comprender: «Ella te hará como yo». Sólo al despertarme, lo comprendía.

Revadel me enseñó a amar los libros y la Ciencia, y tanto empeño puse en aprender que al final me convertí en médico y cirujano. Creo que todo lo que Abraham Revadel sabía me lo enseñó. Al menos, eso fue lo que me dijo pocos días antes de fallecer, viejo, enfermo y cansado, aquel hombre bueno que había comenzado a morir el mismo día que su hijo Yudah lo hizo en el quemadero de Tablada.

Cuando Abraham intuyó que apenas le quedaba vida, me pidió que aceptase sus libros y manuscritos. También sus bisturíes, sus herramientas. Los acepté llorando de emoción, porque en mi vida me habían hecho pocos presentes, pero aquel era sin duda el mejor que había recibido nunca.

A partir de aquel día, su salud se fue deteriorando rápidamente. Olvidaba los sucesos más recientes y parecía ensimismado. Pero de tanto en tanto me hacía llamar, y hablaba con su voz cascada y temblorosa sobre sus experiencias como médico a lo largo de toda su vida. En aquellos momentos, parecía como si el ánimo volviese a él y le escuchaba, arrobado, porque lo que me contaba era algo así como la síntesis de sus extensos conocimientos.

Me di cuenta de que a pesar de su enfermedad y vejez, se resistía a morir, y su forma de aferrarse a la vida era precisamente aquélla, transmitiéndome todo lo que recordaba para evitar que con su desaparición, que sabía muy próxima, se perdiese definitivamente. En los últimos momentos, cuando ya apenas si podía hablar, me pidió que realizase el juramento hipocrático. Así lo hice, y apenas hube terminado, comprendí que Abraham Revadel, mi maestro, había abandonado este mundo.

No sé si el azar juega con las personas. Pero casi tres semanas más tarde, Ben Gaón me dio la noticia de que Torquemada, el Gran Inquisidor, había muerto en Valladolid, el mismo día y, según supe después, a la misma hora en que lo había hecho Abraham en Lisboa.

No pude evitar comparar sus trayectorias. Aquellos dos hombres tenían sangre judía sefardí. Uno de ellos había elegido caminar por la *halakha*, por el camino correcto. El otro había renegado de los suyos, de sus tradiciones, transformándose en su peor enemigo. Uno de ellos distribuía esperanza, aliviaba el dolor, luchaba por la vida. El otro repartía dolor, aflicción y muerte. Eran como la luz y las tinieblas. Igual que los dos principios contrarios, uno salido de la bondad y la gracia, el otro, de la oscuridad y el mal.

Llegué a pensar si la maldad no sería también una enfermedad que residía en la cabeza y en el corazón, y recordé entonces lo que mi primer maestro, Salomón Benassar, me había explicado hacía ya algunos años sobre aquella terrible peste que se transmitía entre los hombres, contaminándolos. Aquel mal tenía una especial virulencia y, como un tumor, iba creciendo en el interior de los individuos para, más tarde, expandirse entre las multitudes.

Sí, allí tenía que estar el origen de aquella enfermedad que asolaba las gentes con una letalidad mayor que el vómito negro, que cualquier peste. Una terrible maldición que caía fatalmente sobre los pueblos.

Por fin, había muerto Tomás de Torquemada. Ben Gaón me explicó que había sido nombrado Presidente del Consejo Supremo de la Santa Inquisición por el Papa. Durante catorce años, había sido, para mí, la síntesis de todos los demonios. Recordé que, apenas tenía yo ocho años, cuando mi padre, un hombre bueno, un buen judío sefardí, nos dijo que aquel día había nacido la Bestia. Aquel inquisidor había sido el coco de mi niñez, el fantasma cruel de mi primera juventud, el demonio que había hecho palparse la ropa a toda una generación. El parricida de su pueblo. Pero también le había llegado la hora, y ya se estaría convirtiendo en polvo sin haber aportado nada positivo, sólo fanatismo, maldad y desesperación. El Infierno lo habría acogido como a uno de los suyos.

En los días que siguieron a la muerte de mi maestro, no pude, por menos, que reflexionar que habían desaparecido de mi vida los hombres que me habían hecho como era: Abravanel Meziel, mi padre; Salomón Benassar, del que no sabía nada desde que decidió quedarse a socorrer a aquellos ancianos desterrados, quien había sido vital para mí y había inspirado mi forma de pensar y razonar; Abraham Revadel, que me había enseñado a ser médico, pero también a ser humano; y lo quisiera o no, Torquemada, porque de alguna manera, aunque negativamente, había sido el catalizador de todo el proceso. Recordé cuando había oído que su acción al penetrar intempestivamente, arrastrado por su fanatismo, había frustrado el que los Reyes Católicos llegasen a un acuerdo con el representante de las Aljamas, evitando la firma del Decreto de Expulsión. En aquellos instantes, todo pudo haber sido distinto, pero la perversa ambición de aquellos Príncipes lo había impedido.

Aquel hombre había sido confesor de la Reina en su juventud. Él había instilado, gota a gota, el veneno de su odio, su fanatismo y su maldad a aquella mujer ambiciosa, dominante e intransigente. Torquemada había mamado la maldad en su propia familia, conversos por ambición de poder, que no por miedo a perderlo todo, como otros muchos casos.

Fue Joel Ben Gaón quien me habló de todo aquello. Una noche de estío, sentados en unas jamugas, contemplando el estuario, me explicó muchas de las cosas que yo no conocía y sólo recelaba y que de una manera u otra habían sido las causantes de la terrible expulsión y de la persecución de los conversos.

—En Castilla —su grave voz me recordaba la de mi padre—, durante muchos años, pareció que nuestro pueblo había logrado asentarse definitivamente, desterrar los espíritus malignos, compartir el pan y la tierra con los cristianos y los musulmanes. Pero aquello no era más que un espejismo, una falsa ilusión que sólo consiguió prorrogar lo que inevitablemente tenía que llegar.

»Bien es cierto que estábamos avisados, que no quisimos ver la realidad, que nuestros rabinos se equivocaron. En mil trescientos noventa y uno, hacía ya prácticamente un siglo, hubo un levantamiento general contra nosotros. Quemaron entonces muchas de nuestras sinagogas. Asesinaron a muchos rabinos y a multitud de judíos indefensos, que murieron lapidados, ahorcados, apuñalados y quemados. Años más tarde, en mil cuatrocientos doce, la reina Catalina promulgó la pragmática de Valladolid. Al año siguiente, se reunió el Concilio de Zamora. Allí se pusieron los mimbres con los que, poco tiempo después, Benedicto XIII dictó la bula de Valencia. Pero quien lo dejó claro, sin lugar a dudas y sin que nadie pudiera llamarse a engaño, fue Nicolás V en mil cuatrocientos cuarenta y nueve. Nosotros, los judíos, no éramos más que *humanis generis inimicus*.

»Todo aquello no eran más que medidas coercitivas para eliminar el semitismo. Conversiones forzadas, requisas de libros sagrados, cierre o demolición de sinagogas, reclusión en las juderías, marcas amarillas en las vestimentas, juicios tendenciosos, como el de Segovia, donde el obispo Juan de Tordesillas acusó a los rabinos de la ciudad de sacrilegio y los mandó ajusticiar. Eso causó una revuelta en la judería, y los promotores y algunos más fueron asesinados. En mil cuatrocientos sesenta y ocho, esa extraña enfermedad seguía entre nosotros, y el obispo Juan Arias de Ávila ajustició a dieciséis judíos sefardíes, acusándolos de haber raptado, martirizado y asesinado a un niño cristiano. El libelo de sangre. Los más fanáticos entre los cristianos, los frailes dominicos y algunos curas malintencionados, hicieron correr la voz de que los judíos usábamos sangre humana para preparar el *matzah*, el tradicional pan sin levadura que tomamos en la fiesta de Pascua.

»No contentos con eso, expandieron el calumnioso rumor del libelo de la hostia, según el cual profanábamos la hostia consagrada. ¡Qué mejor justificación para atacarnos!

Todo eso, y mucho más, fue el propicio ambiente antijudío que rodeó a Tomás de Torquemada, desde su nacimiento en mil cuatrocientos veinte hasta su muerte. Había muerto en el convento de Santo Tomás, su santo patrón, en Ávila, construido con el dinero confiscado a los judíos que él mismo había enviado a la hoguera.

Uno de los adjuntos del inquisidor también era sefardí. Se preciaba Torquemada de conocerlos y descubrirlos sólo por el olfato, pero en aquel caso quizás debido a sus mermadas facultades, no pudo hacerlo. Aquel fraile le había contado a Ben Gaón cómo, en sus últimos días, el moribundo creía ver demonios encaramados en las cuatro esquinas de su estancia. Fray Agustín de Atienza le asistía, pues el moribundo no aceptaba, en modo alguno, que ninguno otro se le acercara. De tanto en tanto, Torquemada, martirizado por las úlceras y llagas que habían invadido su cuerpo, abría los ojos para comprobar que no estaba solo, pero volvía a cerrarlos al instante, intentando cubrirse con el embozo. Terriblemente angustiado, preguntaba al fraile por qué aquellos demonios no le dejaban morir en paz. En una esquina sobre su cama veía a Belcebú, en la otra a Arimán, en las dos de enfrente a Lucifer y Satanás. Entonces comenzaba a emitir un estertor parecido a un larguísimo aullido de espanto, de terror, gritando que aquellos ángeles de las tinieblas le estaban esperando para arrastrarlo a los infiernos.

En los últimos momentos, entre la lucidez y la inconsciencia, pretendió llamar a un rabino, pero fray Agustín al escuchar aquello, se santiguó y roció el cuerpo de Torquemada con abundante agua bendita. Exhaló su último suspiro, murmurando entredientes que le rodeaba una enorme procesión. Las ánimas de todos aquellos que había mandado a la hoguera o a la terrible incertidumbre del destierro.

Aquel hombre había abominado de su raza y, como terminó Ben Gaón su disertación, era un perverso más que un converso.

Fue el propio Ben Gaón el que, un día, decidió que mi instrucción había terminado. Había llegado el momento de comprobar lo que realmente había asimilado de las enseñanzas de Abraham Revadel y de la universidad.

A pesar de que el rey Manuel había expulsado de Portugal a los judíos hacía casi dos años, nada hizo con Joel Ben Gaón, ni tampoco con ninguno de su casa. Mucho tiempo después, supe que mi mentor y protector había prestado gran cantidad de oro a la propia Corona, otorgando su aval en créditos para la construcción de barcos en los astilleros de Lisboa.

De hecho, me llevó a ellos varias veces. Los carpinteros de ribera que trabajaban en las márgenes del estuario, donde el Tajo se encontraba con el mar océano, eran, según él, los mejores del orbe, y me mostró con orgullo el nuevo timón de rueda que sustituía, por su precisión y facilidad de manejo, a la antigua caña.

Me llevó a conocer la carabela que estaba construyendo para su propio uso, hecha con árboles de Madeira. Entramos en el castillo de popa, que ya estaba totalmente terminado, y vi que lo había convertido en un lugar acogedor, como si fuese una extensión de las salas de su propia residencia. Era tan minucioso en sus preparativos que, incluso, había hecho fabricar expresamente unos arcabuces mejorados por él, y me demostró su gran precisión disparando a una gaviota al vuelo, que cayó fulminada al mar.

Pero de lo que estaba más orgulloso era de su colección de cartas de navegación de las costas del Mediterráneo. Me dijo, en voz baja, que había pagado por ellas más que por todo el navío.

Poco tiempo después, supimos de la llegada a Lisboa de la infanta María, hija de los Reyes Católicos, que venía a intentar tener mejor fortuna que su hermana. Al enterarnos, no pudimos evitar una cierta desconfianza. Dentro de mí, pensaba que a partir de entonces, podrían llegar a repetirse los tristes sucesos que habían llevado a la expulsión en Castilla y Aragón. Le comenté a Ben Gaón mis temores, pero me tranquilizó al decirme que el rey Manuel no sentía odio por los judíos, ni por los moros. Lo único que estaba intentando era que Castilla no se convirtiese en su adversaria, sino en una potencia aliada. De hecho, lo que en realidad pretendía era conquistar las Indias Orientales, tal y como había sido el sueño de Juan II.

Aquella mañana, Ben Gaón me pidió que lo acompañase en su próximo viaje. Me sentí orgulloso, porque por primera vez me trataba como a un camarada más que como a un hijo. Añadió que lo más preciso en un barco, después del timón, era un cirujano y que, poco antes de morir, Abraham Revadel le había manifestado que tenía plena confianza en mis conocimientos.

Pretendía Ben Gaón llegar hasta Sevilla, enarbolando pabellón portugués. Una vez allí, desembarcaría especias traídas de remotos lugares hasta Lisboa: pimienta, clavo, canela, azafrán; también nuez moscada, jengibre y otros condimentos. En Sevilla, cargaría otras mercancías. Pero me confesó con gran secreto que tenía otro encargo más complejo. Dejaríamos el navío atracado en el Guadalquivir y desde allí iríamos a lomos de caballo hasta Córdoba. En esa ciudad, recogeríamos a unas familias de conversos, a los que deberíamos intentar traer hasta Lisboa. Terminó diciéndome con gran emoción que era cosa de vida o muerte.

Ben Gaón era hombre valiente, para el que meterse en la boca del lobo era algo que no merecía ni hablarlo. Sabía bien a lo que se exponía, pero no parecía tener gran preocupación por ello. Lo único que le importaba era preparar todo lo necesario para que no hubiese fallo alguno.

Llevaba años haciendo aquello, intentando de tanto en tanto quitarle a la Inquisición algunas de sus víctimas, sin esperar nada a cambio, tal vez sólo su propia e íntima satisfacción.

Asentí con entusiasmo. Deseaba volver a Castilla. A fin de cuentas, aquel era mi país, y a pesar de que creía no echarlo de menos, cuando supe que tenía la oportunidad de retornar, el corazón me dio un vuelco. Sin saberlo bien, sin ser consciente de ello, en todos aquellos años en los que no había hecho otra cosa que instruirme en las artes de la Medicina, tenía dentro de mí todo el sufrimiento, el dolor, la amargura. No podía dejar de pensar en que yo pertenecía a aquella tierra, que, de alguna manera, era parte de ella y que, hiciese lo que hiciese, esos sentimientos eran algo tan inevitable como que el sol saliese todos los días.

A partir de aquel momento, me apliqué en ser útil. Recogí y preparé con gran esmero el instrumental que Abraham Revadel me había legado. Nunca hubiese podido soñar con poseer herramientas mejores: sierras de distintos tamaños, escalpelos largos, medianos y cortos (muchos de ellos forjados de acero toledano, cual si de armas se tratase para establecer un mortal combate), pinzas, tenazas, estiletes, cánulas. Un pequeño baúl digno de un verdadero cirujano. En aquellos años, había aprendido a operar, a cortar, diseccionar, pero mi aprendizaje había terminado, y esperaba con ilusión poder entrar en faena. Soñaba con cruentas batallas, donde iría aplicando todos los conocimientos y la experiencia que Abraham me había transmitido. Podía hacer un cauterio, colocar una férula, insertar un drenaje. Sabía que era hábil, y ya, en los últimos tiempos, mi maestro me dejaba hacerlo a mí, sirviéndome él de ayudante, aunque la seguridad que yo aparentaba venía del dictado de su voz trémula, serena, concienzuda. Dentro de mí, tenía la terrible duda de si, llegado el momento, sería capaz de operar a vida o muerte. No era tan sencillo encontrar el vaso adecuado y ligarlo, limpiar una herida sucia de tierra o de estiércol, a veces amputarla. Recordaba aquella vez que nos trajeron aquel chiquillo al que un carro había cercenado una pierna y aplastado la otra. Sin embargo, y contra todo pronóstico, se salvó. Toda una noche estuvimos para cortar por lo sano, para enderezar los huesos, para poner el emplasto que le cortase la hemorragia. Perdió una pierna, de la otra sólo quedaba un muñón, pero cuando creíamos que iba a morir por la pérdida de sangre y de humores, comenzó a dar señales de vida. Pensé, en aquel momento, que todo lo vivo se resistía a morir, que los cuerpos poseían un calor natural vivificante que los unía a un espíritu que los animaba.

Aprendí que contra lo que pudiera parecer, no era tan fácil romper el nexo entre la vida y la muerte. Lo existente, lo vivo, parecía querer resistirse a dejar de ser, y nosotros, los médicos, colaborábamos en reforzarlo. Cuando parecía que el corazón iba a dejar de latir, Abraham decía que me concentrara buscando el aliento, el principio vital que lo hacía existir.

Por eso quería ser médico. Una vez, cuando la gran tormenta en la Moreruela, uno de los frailes, terriblemente asustado por la caída de un rayo, murmuró a mi lado: «*Deus est machina*», y aquella exclamación, sincera y espontánea, me hizo comprender algo en lo que nunca había pensado: todos éramos parte de un inmenso e incomprensible mecanismo.

Abraham insistía a cada momento que todos estábamos atados a la vida y que la muerte quería romper aquel hilo. De ahí que los moribundos parecían luchar, tenían, de hecho, una batalla entablada contra la gran dama. Cuando expiraban, parecían ceder en su esfuerzo, y al darse por vencidos, sentir algo así como un alivio final en aquella terrible contienda.

Había visto muchos cadáveres en mi vida. Unos, debidos a los espantosos acontecimientos de mi adolescencia; los más, restos mortales y despojos que, de tanto en tanto, Abraham hacía traer para trabajar sobre ellos, buscando el hilo vital. Algunos al morir parecían deshacerse, como si la vida, la sustancia vital, fuese una urdimbre que los sujetase y los mantuviese enhiestos, al igual que en los teatros de marionetas los hilos de los que éstas pendían fuesen las cuerdas vitales que de pronto, al soltarse, los desmoronaba como un trapo arrugado para volver al caos.

Deduje de aquellas reflexiones que todos estábamos como colgados de la vida, que nos mantenía en suspenso mientras el ánima no desfalleciese, y que después, en un mínimo instante, sólo éramos materia, enseguida podredumbre y finalmente polvo. Uno de los profesores que tuve en la universidad, un judío de nombre Levi Beth, ashkenazi, como Efraín, mantenía que el espíritu abandonaba el cuerpo en el momento de la muerte y que, en ese mismo instante, penetraba en él la putrefacción que arrastraba a los despojos hacia el caos, no siendo, en esencia, más que una purificación de la materia en la que se disolvía el cuerpo, pero se solidificaba el espíritu.

Todas esas enseñanzas, unas con el bisturí y otras con el estilete de la razón, me transformaron en médico y cirujano. Gracias a Abraham, había aprendido que jamás debía entregarme. Muy al contrario, debía luchar hasta el final, manteniendo en muchas ocasiones un desigual juego con la muerte, y a veces, cuando ella creyese haber ganado la partida, le podría birlar al sujeto de su designio.

Medité seriamente si ello no atraería la atención de la Parca sobre mí. A fin de cuentas, me había convertido en su enemigo. Reflexioné que no podía tener un peor rival, pero que no iba a asustarme esa mortal contienda.

Debo reconocer que, en aquellos momentos, no creía demasiado en los planes de Ben Gaón. Era un hombre extraordinario, o al menos eso me parecía a mí. Sin embargo, lo que pretendía hacer era algo imposible. Frecuentemente, había soñado con aquello. En esos sueños muchas veces ocurría lo mismo. Volvía a mi país, donde todo parecía haber cambiado. Mi madre y mis hermanas me esperaban de pie a la puerta de casa. Sabía que debía sacarlas de allí cuanto antes, quería llevármelas lejos, antes de que volviese a ocurrir otra vez lo mismo. Veía el cielo de un extraño tono violeta. Todo se contagiaba de ese color, incluso la piel del rostro de mi familia. Entonces intentaba correr, pues sabía que su salvación dependía de ello. Pero por mucho que corría, no me movía del lugar donde me hallaba. Mientras, veía cómo ellas iban volviéndose transparentes, como si desapareciesen, y dentro de mí sentía una terrible frustración. De nuevo, había tenido la posibilidad de salvarlas, pero no lo había logrado, y por ello, me sentía culpable. En cuanto a mi padre, no era capaz ni tan siquiera de recordar sus rasgos, sólo su figura, dominante y poderosa, que parecía llenarlo todo. Notaba cómo gritaba, cómo me impulsaba, pero extrañamente su voz no llegaba a mis oídos.

Aquellos eran sólo sueños pasados. La única verdad era que debía enfrentarme con la dura realidad, y sabía que ésta podía ser peor que la más absurda pesadilla.

Cuando le contaba aquellos malos sueños y aquellas inquietudes, Ben Gaón me animaba. Siempre, desde que lo conocía, lo había hecho, como si tuviese una enorme fe en mí. Tenía a veces la sensación de que aquel hombre excepcional, sin decírmelo, me estaba preparando para algo importante. Algo que no alcanzaba a comprender, porque me veía limitado, sin experiencia, y no sabía bien lo que en realidad esperaba de mí.

Un día de enero de mil cuatrocientos noventa y nueve, embarcamos en La Capitana, un navío de tres palos con un altísimo castillo de popa. En aquellos momentos, me parecía que no había otro igual en todo el océano. Ben Gaón era un armador exigente que sabía bien lo que quería y había dirigido, en cada detalle, a los carpinteros de ribera que la habían construido en el mejor de los astilleros de Lisboa. En aquel barco, se había empleado el más escogido roble, el hierro mejor forjado, las más flexibles maromas, planchas de cobre fabricadas en Coimbra. Los calafates habían empleado una mezcla de pez y betunes que garantizaba que no existiesen vías de agua. Los mástiles y toda la arboladura se tallaron de pinos centenarios traídos desde la isla de Madeira. El velamen cuadrado, de lona embreada, reforzada en todas las costuras, ya que Ben Gaón quería que aguantase bien los mayores temporales. Cuatro culebrinas de bronce guarnecían el castillo de popa. Podían llegar a ser necesarias para disuadir a los berberiscos, demasiado audaces en sus ágiles veleros.

Ben Gaón me mostró, sobre la carta de navegación, cómo quería costear hasta la altura del Cabo San Vicente. Luego la carabela bordearía hasta Sanlúcar de Barrameda, y entraríamos en el estuario del Guadalquivir para subir por el río hasta Sevilla. Lo había hecho tantas veces que su capitán podría llevarnos hasta la Torre del Oro con los ojos cerrados. Pero por algún motivo lo noté más inquieto que otras veces, y llegué a pensar que quizás estuviese envejeciendo, aunque llevaba varios días agotadores pendiente de la nave. Era muy precavido en los detalles, y presencié cómo daba órdenes para amarrar los barriles de agua, así como estibar adecuadamente el aprovisionamiento, que no era poco, además de vigilar el enrolamiento de los últimos marineros, pues, según él, ahí estaba la franquicia.

Levamos anclas apenas hubo amanecido. No terminaba de acostumbrarme a ver aquel bosque de mástiles en el estuario. El rey Manuel deseaba ganar el mar a cualquier precio, y nunca había demasiados barcos para colmar su anhelo. Su mejor almirante, Vasco de Gama, había partido hacía ya tres años, y todo el mundo hacía conjeturas acerca de dónde se hallaría. Tal vez había colmado sus sueños y encontrado otra ruta hacia las Indias. Si lo lograba, quizás, todo cambiaría, porque entonces el Reino necesitaría hombres instruidos en Cartografía, en Álgebra, en Geometría. También cirujanos y filósofos.

Medité, en aquellos momentos, que me gustaría irme a un lugar lejano. No volver hasta que la insensata locura que asolaba mi país hubiese cesado. Tornar algún día cubierto de oro, de gloria, de sabiduría.

Pero volver, ¿adónde? Cuando descendía de mi fantasía y tornaba a la realidad, reflexionaba sobre ella. No quería aceptar que era un hombre sin patria y sin familia, pues me habían privado de una y otra. Aunque lo que más me dolía era que tampoco tenía pasado, ya que no podía hacer otra cosa que ocultarlo ante todos. El mismo Ben Gaón me repetía, día tras día, que nunca le confiase a nadie quién era yo en realidad.

Me extrañé al ver que todos los hombres de su casa habían subido a bordo. Incluso Yusuf, el cocinero. Pensé que aquella gran mansión, vacía y solitaria, quedaría expuesta a los asaltos y robos que continuamente se daban en Lisboa. A fin de cuentas, era un puerto en el que siempre había gentes distintas: forasteros procedentes de muchos países, corsarios que se hacían pasar por mercaderes, piratas que se decían peregrinos, contrabandistas que juraban y perjuraban ser pescadores. Por eso, el patíbulo del camino de Belem no dejaba ni un solo día de funcionar, y los verdugos siempre tenían trabajo.

Es verdad que también había gente buena. No vi en aquel Reino el odio ni la maldad que, de improviso, apareció en Castilla. Más bien, se dedicaba cada uno a lo que sabía hacer, empujados por la leve esperanza de ganar dinero, de comerciar, de llegar más lejos. Allí la gente no tenía tiempo para pensar en envidias ni recelos, y gastaba sus energías en otras causas más prácticas y rentables.

Estábamos saliendo a mar abierto ganando el viento, dejando atrás el amplísimo estuario, cuando el sol asomó por la costa recortada. Apenas había navegado, desde el azaroso viaje en que Benarroch nos había traído hasta Lisboa, hacía ya casi siete años, pero pensé que el mar me atraía. Un grupo de delfines nadaba junto al barco, saltando delante de la proa, como si quisieran dirigirnos hacia algún lugar. Quizás, aquellos animales conocían la ruta de la Atlántida, aquella tierra misteriosa perdida entre lo mítico y lo mágico. De ella, me había hablado Yusuf Ben Amar que, en aquellos momentos, se hallaba junto a mí. Su rostro oscuro y curtido como el cuero, oteando el horizonte con ojos negros y profundos, nervioso al volver a su elemento, después de tantos años de permanecer en tierra firme.

No pude resistirme a preguntarle por el extraño proceder de Ben Gaón. Nunca antes, al menos durante el tiempo que lo conocía, había dejado su palacio prácticamente abandonado, sin nadie que lo cuidase. ¿Por qué había embarcado sus muebles más escogidos, sus obras de arte y sus mejores manuscritos?

Yusuf era hombre sabio y prudente, que siempre mantenía los ojos y los oídos abiertos, viéndolo y escuchándolo todo, además de gozar de la confianza de su amo. Me observó durante unos instantes. Luego me explicó lo que sabía. Nos marchábamos definitivamente de Lisboa. El rey Manuel había hecho muchas concesiones a los Soberanos de España. La Inquisición iba a seguir los mismos pasos que en Castilla. Ben Gaón sabía que iban a por él, a pesar de los grandes favores y préstamos que había hecho al propio monarca portugués. Advertido de lo que se avecinaba, pensó que debía adelantarse, partir antes de que fuese tarde. Tenía demasiada experiencia para confiar sólo en su buena suerte.

Miré hacia atrás la oscura costa recortada del país que me había acogido hacía ya cerca de siete años. Allí me había formado como médico y me había convertido en hombre. Durante un tiempo, me hice la ilusión de que podría establecerme en Lisboa, casarme allí, tener una familia, ser uno más. Pero eso sólo habían sido vagas ilusiones, sueños de juventud. Debía seguir mirando hacia delante. Reflexioné que quizás tuviera que hacerlo siempre, que tal vez la vida no fuese más que un intrincado y duro camino a ninguna parte y que estuviésemos condenados a tener que seguir huyendo de las circunstancias, del odio de los demás, e incluso a veces de nosotros mismos.

Yusuf debió notar algo extraño en mi mirada perdida en el horizonte, porque asintió con la cabeza. Intuyó lo que me ocurría, pues sabía bien lo que yo sentía en aquel momento. Nunca, a lo largo de su existencia, había tenido un instante en el que pudiera relajarse. La vida había sido muy cruel con él y no terminaba de entenderla. Sólo era un hombre valiente y bondadoso, convertido en esclavo, pero no por ello dejaba de recordar a cada momento su lejano hogar.

Durante varios días, la bonanza nos acompañó y navegamos con buen viento. Ben Gaón apenas salía a cubierta y se pasaba la jornada trabajando sobre sus cartas náuticas. Bajábamos costeando a unas seis o siete leguas de tierra, y el navío se mostraba muy marinero y de fácil maniobra.

Lo único que no me convencía era la dieta, que consistía en salazones de carne, legumbres secas, cecina y alguna manzana, pues de ellas habíamos embarcado un par de barriles, aunque en aquel ambiente húmedo y salobre se pudrían pronto.

La filosofía de Ben Gaón era que todos estuviésemos ocupados, y nos hacía mantener el equipo en perfecto estado, con especial dedicación a los arcabuces y las ballestas. Nunca se sabía lo que podría llegar a ocurrir.

Pronto comprendí que, en aquellas prevenciones, no andaba errado, pues algo más tarde cambió el tiempo a peor y el viento se endureció mucho. Ben Gaón me hizo llamar a su camarote situado bajo la tolda. Di unos golpes con los nudillos en la puerta y me abrió inmediatamente. Su rostro reflejaba la preocupación y el cansancio. Sobre una mesa, construida abrazando el palo de mesana, un reloj de arena marcaba el tiempo transcurrido. Vi también su astrolabio de bronce y marfil, un compás, un mapa de la costa y una brújula. Con seguridad, había estado tomando una estima.

Lo miré interrogante. En aquel mismo instante, entró en el camarote nuestro avezado piloto, Ruy Da Silva, un portugués que aborrecía permanecer en tierra firme y que había sido contratado para patronear la nave, aunque el propio Ben Gaón, que era un hombre sorprendente, quería conocer, en todo momento, la posición del navío. No es que dudase de su piloto, era sólo una prudente manera de ver la vida que, hasta aquel momento, le había dado buenos resultados.

Ben Gaón nos habló a ambos con franqueza. El tiempo había cambiado radicalmente, y el mucho viento había obligado a arriar las velas, salvo la de mesana, que colaboraba en mantener el rumbo. Da Silva confirmó las palabras de Ben Gaón. Deberíamos prepararnos para una fuerte tormenta, y sugirió que nos separásemos de la costa todo lo que pudiésemos. Ben Gaón asintió moviendo la cabeza. No sabíamos lo que podía sobrevenir, pero dio órdenes de reforzar las amarras de los toneles de agua con doble soga, al igual que los cajones y bultos, donde iban estibadas las mercancías así como sus efectos personales.

A pesar del súbito cambio en el tiempo, no me sentía preocupado. El solo hecho de que Ben Gaón estuviese allí me confortaba. Era consciente de lo pueril que resultaba por mi parte pensar así, pero no podía evitarlo. Aquel hombre tenía una personalidad tan extraordinaria que parecía contagiar su espíritu y su energía a los que le rodeaban.

Salí a cubierta con Da Silva y le acompañé, mientras con voz enérgica daba las órdenes oportunas para preparar el barco para la tormenta. Personalmente, comprobó las jarcias, el estado de los obenques y ordenó reforzar las amarras de los dos bateles. Después, no se podía hacer más que encomendarse a la Providencia.

Da Silva poseía una gran experiencia en el mar. Era un navegante curtido y preveía lo que podía llegar a ocurrir. Me aconsejó que me refugiase en el escandalar y que permaneciese en mi litera. Al escuchar sus palabras, comprendí que no esperaba mucho de mis artes como marino.

Mientras, el mar se había alborotado y el cielo se oscureció, adelantando la larga noche que nos esperaba. Confiaba en que tanto el casco como la arboladura resistieran. Eran las mejores jarcias y sogas hechas en Lisboa. Lo sabía, porque Ben Gaón me había mostrado la carabela desde el bauprés al tangón, orgulloso de las muchas mejoras que había introducido en ella.

Sentía vergüenza de acostarme en la litera, mientras la tripulación luchaba contra el mar. Verdaderamente, me sentía inútil, porque aquella gente empleaba un léxico que yo no comprendía, y con toda probabilidad no haría más que estorbar en las maniobras.

Me hallaba absorto en aquellas elucubraciones, cuando el viento aumentó de pronto, como si nos hubiese golpeado la coz de un caballo gigantesco. El barco crujió, igual que si se hubiese partido por la mitad, y en mi angustia, pensé que todo había terminado allí para nosotros. No pude evitar recordar las muchas historias que en Lisboa se contaban sobre los naufragios, pues de cada diez navíos, sólo ocho regresaban después de una travesía. Era la dura contribución que el océano se cobraba por retarlo.

Sin embargo, no sentía en realidad miedo. Era, más bien, algo extraño y absurdo lo que nacía dentro de mí, porque me asomé a la tronera y sólo pude ver una enorme muralla líquida, oscura, enorme, que parecía querer engullirnos. Un instante después, aquella pared de agua se transformó en un abismo insondable que nos atraía hacia su increíble profundidad. Pero no temía a la muerte, no temía morir, sino sólo un terrible horror a las profundidades, a las simas, en las que no había más que oscuridad. A pesar de la situación, de los gritos que me llegaban de cubierta, apagados por el fragor de la tempestad, no sentía temor, pero me apenaba ver cómo las ilusiones de Ben Gaón iban a verse frustradas por los elementos.

Medité que quizás el hecho de haber sufrido el espantoso trance en mi juventud, cuando en Toledo los soldados se llevaron a mis padres, y más tarde el ver cómo mis hermanas fueron violadas y asesinadas por aquel esbirro, me había prevenido contra el miedo para siempre. Ya nada me intimidaba. Sólo notaba desconfianza y desasosiego hacia lo desconocido, pero esas sensaciones, esos sentimientos, no los confiaba a nadie, porque estaba convencido de que tampoco nadie iba a entenderlos.

La tempestad parecía arreciar por momentos. Los relámpagos penetraban en el escandalar, iluminándolo con una luz más potente que el sol, y que me evocó la noche en el monasterio. De pronto, pude oír un golpe terrible y, casi al mismo tiempo, un aullido que más parecía animal que humano. Intuí lo que había ocurrido aun antes de salir a cubierta. El mastelerillo se había roto por la punta, y el trozo de madera, arrastrando gavias y parte de la arboladura, había golpeado a un marinero en una pierna, con tan mala fortuna que le había arrancado el miembro de cuajo desde la rodilla izquierda.

Agarrándome como pude, pues la fuerza del viento parecía querer derribarme, y soportando la mar embravecida que barría la cubierta, pude llegar hasta donde se hallaba el hombre tendido. Era Yusuf. Durante un instante me quedé atónito, sin saber qué hacer. Pero como en una visión, imaginé a Abraham Revadel observándome, esperando. Entonces reaccioné, y con un trozo de soga hice un torniquete a la altura del muslo, porque Yusuf perdía sangre a borbotones. Observé su rostro tan pálido que más parecía cera. Ayudado por un marinero, lo arrastré hasta la tolda, entre los fuertes rociones de agua que nos empapaban.

Yusuf me miró de una extraña manera. A pesar de su estado, parecía darse cuenta de todo. Le pregunté si sentía dolor, y para mi sorpresa, se señaló el pecho. Entonces vi cómo un hilillo de sangre le corría por la comisura de la boca. Le abrí la camisa y comprendí que no había nada que hacer. Tenía el pecho aplastado por un tremendo golpe que le había partido el esternón.

Yusuf vio mi gesto y asintió. Él sabía que iba a morir en pocos instantes, pero tampoco parecía asustado por ello. Sentí pena por aquel hombre lleno de fantasía y de bellas historias, que le proporcionaban una libertad de la que carecía.

Apenas unos momentos más tarde, expiró. Pensé que había dejado de ser esclavo y que su alma estaría volando libremente, sin que nadie pudiese atarla a parte alguna.

La tempestad parecía que no iba a terminar nunca. Duró toda la noche, y nos desarboló completamente, salvo la mesana que de una manera increíble resistió. Al amanecer, el viento amainó transformándose en una profunda calma, pues la mar asemejaba un espejo. Me hacía pensar que todo aquello había sido sólo un mal sueño, aunque el estado del barco evidenciaba lo ocurrido.

Ben Gaón dio órdenes de que se cortasen las gavias y las maromas que unían los restos de la arboladura, y los marineros se prestaron a ello empleando hachas.

Éramos conscientes de que el barco desarbolado no resistiría el mal tiempo, ni tampoco podíamos poner rumbo a parte alguna, por lo que Ben Gaón hizo bajar las chalupas donde embarcamos, llevándonos sólo lo imprescindible. En una de ellas, embarcó Da Silva y parte de la tripulación. En la otra, Ben Gaón, siete marineros y yo. Embarcamos también provisiones de boca y un barril de agua en cada chalupa, a riesgo de naufragar por causa de la excesiva carga. Luego nos separamos lentamente de la carabela, majestuosa aun sin sus mástiles, y comenzamos a remar hacia el este. No sabíamos lo que habíamos derivado a causa de la tormenta, pero según Da Silva, tampoco podía ser una distancia considerable, por lo que esperábamos avistar tierra a lo largo del día.

De pronto, vi una leve columna de humo surgiendo del navío. Observé detenidamente a Ben Gaón. Inmóvil, de pie en la proa de la chalupa, parecía recortarse como un mascarón. Nada reflejaba su estado de ánimo. Supe entonces que él había prendido fuego a la nave. Nos hallábamos apenas a doscientas brazas, y con un mar como una tabla vimos arder la carabela hasta que finalmente se hundió con un borboteo.

Debíamos aprovechar el buen tiempo y nos turnamos para remar. El propio Ben Gaón hizo un alarde de energía y buen humor. No aparentaba haber perdido en aquel lance una parte importante de su fortuna y sus más queridos enseres.

Pero pronto supimos que los problemas no iban a llegar por el estado del tiempo. Apenas el sol cruzó el mediodía, cuando una vela apareció, de improviso, en el horizonte hacia el sur. Una ligera brisa la impulsaba en nuestra dirección, y noté cómo Ben Gaón y Da Silva, que navegaba en la otra chalupa apenas a veinte codos, se ponían alerta.

A media tarde, el barco desconocido se hallaba apenas a una legua, y para entonces ya sabíamos lo que nos esperaba. Se trataba de una goleta árabe de un sólo mástil, con una gran vela triangular, que parecía jugar con nosotros como gato con ratón.

Pronto, los tuvimos a un tiro de piedra. Podía ver con claridad los rostros de aquellos hombres. No se mostraron hostiles. Muy al contrario, nos observaban con curiosidad, esperando, quizás, nuestra reacción. Ben Gaón no lo dudó y, mostrando gran decisión y entereza, ordenó a los marineros que remasen hacia el navío, que había arriado la vela para mantenerse al pairo sin separarse de nuestras chalupas.

Fue Ben Gaón el primero que subió a bordo. Su porte y vestimenta lo mostraban indudablemente como un caballero de alcurnia. Yo le seguí sin mirar a nadie, confiando en su capacidad para resolver aquella situación. El que parecía ser el capitán nos esperaba en la cubierta de popa, algo más elevada que el resto. Eran sin duda berberiscos, pero al pronto no me parecieron los feroces piratas que las leyendas contaban.

En cuanto todos subimos a bordo, unos silenciosos marineros amarraron a popa las chalupas. Nadie nos amenazó. El capitán nos indicó con un cortés gesto a Ben Gaón y a mí que le siguiésemos a su camarote.

Así lo hicimos, mientras el temor iba dando paso a una gran curiosidad. El capitán al oírnos hablar en correcto árabe, se mostró interesado por nosotros, nos invitó a sentarnos sobre unos lujosos cojines y nos sirvió una copa de vino sin decir palabra.

Nuestra mayor sorpresa era comprobar que el navío árabe no parecía haber sufrido los efectos de la tormenta. Una vez acomodados, los rasgos de aquel hombre, que se presentó como Muley Ben Abdul, parecieron distenderse. Con gran cortesía, se interesó en conocer cómo habíamos perdido nuestro barco y cuáles eran nuestras circunstancias.

Ben Gaón supo, de inmediato, que era una pregunta de buena fe y respondió con decisión que ambos éramos judíos sefardíes. Muley Ben Abdul inclinó la cabeza, en un claro gesto de respeto y cortesía, añadiendo que era un honor para él haber podido rescatar a dos caballeros sefardíes.

Era hombre de gestos pausados y elegantes. Me recordó a los grandes señores portugueses, pues, como ellos, era cuidadoso en su atuendo y en sus formas, manteniendo siempre una cordial distancia.

Nos explicó, utilizando las manos al hablar con gestos lentos y desenvueltos, que se dirigía hacia el sureste, cuando su vigía oteó una columna de humo en el horizonte. Entonces hizo cambiar el rumbo, convencido de que un navío sufría un incendio. Añadió que el Corán exigía la misericordia, y se aproximó para comprobar si había supervivientes.

Ambos le agradecimos el noble gesto que le honraba como hombre y como marino, y nos pusimos a su completa disposición. Nos indicó que cuando aquello ocurrió, su rumbo era hacia el sureste, hacia Er Ribat, su puerto de destino. Añadió, al notar nuestra mirada, que no debíamos pasar cuidado, pues tanto en aquella ciudad como en Fez, la capital del Reino, en la que residía el Sultán, habitaban numerosos judíos, la mayoría, si no todos, sefardíes. Algunos de ellos, habían tenido que huir precipitadamente de Castilla, refugiándose allí, donde eran apreciados.

Debo decir que nos sentimos muy halagados por las palabras de aquel hombre. Era bien cierto que cuando vimos acercarse al esbelto navío árabe, todos sin excepción creímos que nos abordarían y que los supervivientes serían apresados para venderlos como esclavos en Argel. Sin embargo, aquel marino, un hombre culto y refinado, nos tranquilizó.

Hablamos, ya mucho más tranquilos, durante largo rato. Nos preguntó muchas cosas, interrogó a Ben Gaón sobre Sevilla y Lisboa. No era más que un ser humano despierto y curioso que deseaba saber cómo era el mundo que no conocía. Luego me preguntó sobre mis circunstancias. Le satisfizo mucho saber que era médico y cirujano, y a partir de aquel instante, me observó con cierto respeto. Más tarde, compartimos con él un buen refrigerio, y después sugirió que nos instaláramos en su propio camarote. Ambos nos negamos en principio, pero insistió hasta el punto de que comprendimos que si no aceptábamos su propuesta, podría llegar a ofenderse.

A partir de entonces, no pudimos hacer otra cosa que intentar pasar el tiempo hasta que llegásemos a puerto. Ben Gaón y Muley Ben Abdul entablaron enseguida una gran amistad. Discutían sobre procedimientos de navegación, sobre cartas marinas, y se intercambiaron numerosas experiencias sobre sus recíprocos viajes.

En cuanto a mí, aproveché el tiempo para leer y estudiar. Por una extraña casualidad, entre los libros que me había legado Abraham Revadel, se hallaba el *Tacuinum sanitatis*, de Elluchasem Elimithar, un tratado que me asombró, ya que hablaba de prevenir antes que de curar. Esa asombrosa teoría de alguna manera coincidía con la forma de pensar de mi difunto maestro, el cual, sin embargo, nunca insistió para que estudiase aquel libro. Cierto que durante aquellos años no pude dar abasto con todo lo que me traía, pues en los últimos tiempos su único interés era que me convirtiese cuanto antes en un verdadero médico.

Ben Gaón intentó disuadir a Ben Abdul varias veces para que nos dejase en una chalupa cerca de la costa de Al Ándalus. Pero éste se negó. Temía llegar a perder el barco a manos de los castellanos si se acercaba demasiado. Finalmente, tal vez por miedo a ofenderlo, Ben Gaón desistió de convencerlo, y nos consolamos pensando que, a pesar de todo, habíamos sido muy afortunados.

Tardamos casi diez días en arribar a Er Ribat, pues tuvimos la mala fortuna de encontrarnos con tiempo tormentoso y vientos contrarios el resto de la travesía. Aquella circunstancia me hizo comprender que los árabes eran extraordinarios navegantes que no tenían nada que envidiar a los portugueses, considerados sin duda los mejores de entre los cristianos. Aquella era una pequeña ciudad amurallada a orillas del río Regreg. Se podía decir que casi habíamos llegado a nuestro destino, pues una vez allí, el plan de Ben Gaón era dirigirse a caballo hasta Fez, que distaba de Er Ribat unas cuarenta leguas. En aquella ciudad, tenía muchos amigos sefardíes y la certeza de conseguir un préstamo para poder volver a Lisboa. Era hombre que no se arredraba nunca por las circunstancias, por adversas que éstas fueran, tal y como había podido comprobar con aquella dura experiencia.

Desembarcamos en el pequeño puerto, situado en la misma desembocadura del río. Había una gran diferencia entre Lisboa y aquel lugar, pero la gente parecía también acogedora y hospitalaria. De hecho, apenas saltamos de la barcaza que nos trasladó desde el barco de Muley Ben Abdul hasta la playa, se nos acercó corriendo un tropel de muchachos, casi unos chiquillos, para vendernos pescado, pero Muley los contuvo con su sola presencia, y nos rogó con su habitual cortesía que le siguiésemos hasta su casa.

Muley habitaba cerca de la mezquita. Desde la puerta de la muralla que cercaba su jardín se veía un pequeño cementerio musulmán y detrás de él, el horizonte, en aquellos momentos, de un amenazador color gris plateado.

Nos invitó a entrar. Nos encontramos frente a una bella construcción rodeada de jardines creados con plantas aromáticas, una larga fila de enormes palmeras y muchos naranjos y limoneros. Aquel hombre, sin duda alguna, amaba la vida. El agua corría con rapidez por una acequia y se introducía en su casa a través de una noria de madera oscura que la elevaba. Muley nos precedía, y pude observar cómo sus siervos le besaban la mano, contentos de que hubiese regresado con fortuna. En verdad, y tal como habíamos podido comprobar en propia carne, un largo viaje por el océano era una aventura en la que podía ocurrir cualquier cosa.

Nos mostró con orgullo nuestros aposentos. Unas habitaciones alargadas, terminadas en unas bellas celosías de madera, a través de las que se adivinaba un jardín posterior con un estanque central por el que corría un agua cristalina que la noria elevaba hasta aquel nivel.

Unos criados trajeron unas jofainas de cerámica blanca con ornamentos azules, conteniendo agua de rosas, para que nos refrescásemos. Ben Gaón me observaba sonriente a causa de mi cara de asombro. Aquella gente parecía tener no sólo una gran preocupación por la limpieza, sino también por la belleza, y eso se podía comprobar en aquel ambiente.

Había vivido mi infancia en la más completa austeridad. En parte, debido a que esa era la única forma en que mi padre entendía la vida, y sobre todo, porque las costumbres de Castilla, severas y rígidas, habían contagiado a los judíos y hasta a los moriscos que allí vivían.

Pero en Salé, apenas habíamos desembarcado, cuando pude comprobar que nos rodeaba otra forma de entender la existencia. ¡Qué lejos me parecía de allí la Inquisición! Muley Ben Abdul nos había contado durante el viaje cómo se estaba obligando a los moros a convertirse en Granada y en todos los lugares donde aún vivían, sin respetar sus costumbres, ni por supuesto su religión. Cuando recordaba con añoranza Castilla, la dura realidad me hacía pensar que era mejor no volver allí nunca, porque había pasado el tiempo sin apenas sentirlo. Me había transformado en un hombre, pero dentro de mí seguía teniendo en mis sueños el temor de un chiquillo. Era como si la amarga y terrible experiencia de mi niñez hubiese impedido que me desarrollase por completo. Curiosamente, en mi vida real no sentía nunca miedo, pero no así en las oscuras y densas pesadillas que me asaltaban a veces durante la noche. Entonces me sentía inerme al no poder controlarlas, como si hubiesen tatuado mi alma.

Al comunicarle a Ben Gaón sus deseos, Muley Ben Abdul se empeñó en acompañarnos hasta Fez. Nos consideraba sus invitados y sentía una gran preocupación por lo que pudiese acontecernos. Era, en verdad, difícil discutir con él, pues no cedía fácilmente en su criterio, y Ben Gaón, que era un hombre práctico, terminó por aceptar, de buen grado, aquella generosa iniciativa. A fin de cuentas, eran tierras extrañas para nosotros, y el propio Ben Abdul nos había advertido que, al igual que en Castilla, existían bandoleros y peligros desconocidos para los extranjeros. Era mejor prevenir, y me acordé del tratado médico de Elluchasem Elimithar que había estudiado hacía poco. El mismo Revadel insistía muchas veces en que la vida no era más que una larga enfermedad.

Tardamos cinco agotadoras jornadas en llegar a Fez. Seguimos al principio la ribera del río, pero luego nos separamos de él casi bruscamente y anduvimos por unas colinas casi desiertas hasta que dimos con una antigua ciudad romana abandonada. En ella, se adivinaba que aquellas gentes antiguas sabían al menos tanto como nosotros, porque lo que quedaba de la ciudad demostraba que había pasado mucho tiempo, pero no habíamos mejorado su concepto de cómo se debía vivir. No pude, por menos, que reflexionar que si aquellas ruinas sólo nos permitían atisbar el modo de vida de aquellos que habían desaparecido hacía muchos siglos, cuánto no habríamos perdido en Filosofía, en Arte, en Ciencia, en cosas impalpables que el tiempo había borrado definitivamente.

Muley Ben Abdul transportaba a lomos de mulas algunas de sus mercancías más preciadas, y para evitar que se las robasen, había contratado a una docena de hombres de su confianza, armados hasta los dientes.

Por las noches, cuando vivaqueábamos en los lugares elegidos por nuestro protector, pensaba en lo extraña que era la vida. Apenas un mes atrás, me encontraba en Lisboa, dispuesto a ejercer la Medicina. Ahora, de nuevo, me hallaba en el camino hacia ninguna parte, como si estuviese sometido a una eterna condena de destierro. A pesar de que mis circunstancias eran buenas, tenía la convicción íntima de que nadie quería a los sefardíes. Me era difícil aceptar que nos odiasen por el solo hecho de ser judíos. Hacía ya algunos años Benassar me había explicado que los judíos no nos habíamos sometido como los demás pueblos, pues desde siempre en nuestro interior manteníamos la fe, costumbres y libertad que habían mostrado nuestros abuelos, sin hacer concesiones. Eso, era algo que iba contra la unificación religiosa que los Soberanos de Castilla y la Iglesia pretendían. Recordé las alarmantes palabras de Torquemada. De sus mismos labios había escuchado que había que suprimir las religiones contrarias al cristianismo. Pruebas había de que debíamos integrarnos por voluntad propia o por la fuerza. Sublevaciones provocadas por aquellos poderes contra judíos y moriscos para aplastar su pensamiento, sus costumbres y tradiciones, sus rituales, todo lo que pudiera interponerse frente a la ambición de unos Reyes que creían que el alma se podía violentar por la fuerza. Como el que toma una fortaleza enemiga, y no satisfecho con aniquilar a los defensores, decide arrasarla, derribando sus murallas y torreones, esparciendo después sus piedras por los campos, cubriendo éstos de sal, intentando borrar de la faz de la tierra a los que una vez se opusieron en su camino.

Los recuerdos de mi niñez me parecían ya sólo un vago sueño. En ellos, veía a las gentes que se reunían en las plazas para satirizar, criticar y mofarse de los poderosos, por muy grandes y altos que se encontrasen. ¿Por qué gentes así, acostumbradas a la libertad, se transformaron de la noche a la mañana en seres intransigentes en materia de fe?

Benassar me había repetido muchas veces que la Iglesia temía la libertad de pensamiento. Lo que los cristianos proponían estaba en contradicción con nuestra fe, y eso era insoportable para ellos, y más aún viendo cómo los judíos, tan equivocados según su credo en lo fundamental, éramos, sin embargo, capaces de destacar donde un cristiano no podía hacerlo. Así Benassar nos había consolado aquella triste noche en la caverna, cuando huíamos sintiendo el mortal aliento de los esbirros de Torquemada en el cogote. Él insistía en que nos perseguían por ser mejores, y aunque no estaba yo muy de acuerdo con aquella teoría, algo había de envidia de nuestras capacidades y nuestro oro. No era tan sólo fe, que la fe era cosa interior y privada. También vieron que no sólo podrían apoderarse fácilmente de nuestros bienes, sino que además, expulsándonos, no teniéndonos delante, no tendrían que establecer comparaciones a cada instante, a cada jornada, con lo que ello llevaba de recelos y envidias.

Tampoco era capaz de olvidar la larguísima fila de judíos abandonando Toledo entre soldados. Allí iban no sólo los pobres y los miserables, también estaban los más ricos comerciantes, los prestamistas, los médicos y cirujanos, los maestros, los propietarios, los joyeros y plateros, gente entre la que había mucha que leía y escribía, que viajaba, que discutía de Fe, de Cencia, de Filosofía.

Los que chillaban en su contra no lo hacían porque tuviesen argumentos para ello. Creo que, ni tan siquiera, nos odiaban, simplemente nos temían. En su conciencia, sabían bien que, en el pensamiento de aquellos cautivos desterrados, se albergaba el espíritu de la libertad, que tan insoportable se hacía a los Soberanos y a la Iglesia.

Eso seguía ocurriendo en aquellos mismos días, y reflexioné que tardaría mucho tiempo en corregirse, porque el temor era una enfermedad casi incurable, ya que había que superarlo para sobreponerse, y muy pocos eran capaces de ello.

Sin embargo, Benassar argüía su esperanza de que fuese precisamente la cultura la que terminase con aquel larguísimo destierro.

Fue entonces cuando intuí que la causa del Decreto había sido la toma de Granada. Al comprender los Soberanos que ya no habría en toda la Península quien les hiciese sombra, decidieron que había llegado el momento de terminar definitivamente con los que eran diferentes. Pensaron que, para instaurar su autoridad con garantías, sobraban moros y judíos, pues bastante tenían con evitar que se desmandasen los cristianos. Eso había llevado a cambiar tolerancia por intransigencia, y así nos veíamos, muchos bajo tierra, otros desterrados, y los que habían quedado, mudos y quebrados en su ánimo, obligados a olvidar y renegar de su fe y de sus costumbres y a aceptar que sus hijos y nietos viviesen de otra manera que no era la suya. No podría asegurar quién estaba peor.

Todos esos pensamientos me asaltaban mientras ascendíamos las verdes y húmedas colinas. Una fría tarde de invierno, nos asomamos al enorme valle. Allí vimos una ciudad blanca, rodeada de altas murallas, Fez El Bali. Se veían sobresaliendo los minaretes, y Muley señaló uno que destacaba sobre los demás. Mencionó con respeto que era la Mezquita de Qarawiyyin.

Por mi parte, creía que las gentes nos iban a señalar con el dedo, arremolinándose alrededor nuestro, tal y como había sucedido en Salé. Pero no, entramos por una enorme puerta, y pude comprobar que iban y venían a sus labores cotidianas sin prestarnos la menor atención.

Ben Gaón me había explicado lo que era un mercado en aquel país. Creí, al oírlo, que exageraba. Pero nuestra comitiva se cruzó con una caravana de camellos y multitud de acémilas, unos diminutos asnos no más grandes que mastines, cargados de tal manera que apenas se veían poco más que los cascos y las puntas de las peludas orejas.

No pude dejar de pensar que, comparada con ella, la calle Mayor de Toledo parecía un monasterio. En Fez El Bali, los gremios también se agrupaban, pero al tratarse de pequeñas puertas por las que se desbordaban las mercancías, el abigarramiento y casi la confusión, al menos para los que no estábamos acostumbrados a aquello, eran excesivos.

Allí se hallaban los curtidores, y a través de los callejones, no más anchos que un hombre puesto en cruz, pudimos ver a unos artesanos trabajando las pieles, mientras un fuerte olor a tanino nos envolvía. Pero aquella emanación se mezclaba con el aroma de los perfumistas. Fragancias de flores silvestres, de rosas, de algalia. Incienso, mirra, bálsamos, espliegos. Al pasar junto a ellos, nos ofrecieron pebeteros y pulverizadores. Nunca había olido y sentido tal variedad de aromas que aturdían los sentidos.

Algo más adelante, encontramos a los tejedores, los sastres, los zapateros. Exponían sus sedas y brocados, tan ricos y preciosos que ni en Lisboa los había visto mejores. Tejidos finísimos, alfombras, tapices, linos, hilos de todos los colores, incluso de oro y plata. Hasta Ben Gaón, que era hombre que jamás se asombraba, pues poseía una vasta experiencia, iba absorto en lo que le rodeaba, como si jamás hubiese visto algo semejante. Me dijo, gritando entre la algarabía, que aquel era el reino de los sentidos.

Allí había caldereros, alfareros, carpinteros, artesanos de la piedra y el mármol, a los que vi labrando con precisión y detalle unos capiteles dignos de un palacio.

Los chiquillos iban y venían sin tropezar entre aquella multitud, moviéndose entre ella como peces en el agua, mientras los aguadores nos ofrecían que saciáramos la sed. Otros, incluso, vendían grandes trozos de hielo que transportaban envueltos en sacos, a lomos de mulos.

Entramos en una posada, allí la llamaban *fonduc*, y Muley nos dijo que sus sirvientes y nuestros marineros podrían alojarse en ella. En cuanto a nosotros, lo haríamos en casa de un pariente, un primo suyo llamado Abdallah al Abdul. Me hizo un guiño de complicidad, porque según luego nos explicó, se trataba con seguridad del más famoso médico de Fez y uno de los mejores del Reino.

Mientras ascendíamos la empinada cuesta, empedrada con grandes cantos de río, que nos llevaba a su casa, no imaginaba yo lo que aquel hombre iba a significar en mi vida. Iba meditando que aquella ciudad me parecía bella y acogedora. Ben Gaón me comentó en un aparte que al día siguiente iría a ver a unos conocidos suyos, también sefardíes, gentes de Córdoba que habían preferido refugiarse allí antes que exiliarse en Turquía, convencidos de que el ambiente y la cultura de Fez eran muy similares a las que habían abandonado en Al Ándalus.

Llegamos, por fin, a una mansión amurallada. Me extrañó ver en la puerta a cinco o seis ciegos. Se hallaban inmóviles, sentados en el quicio, como si esperasen pacientemente a alguien. Muley golpeó con fuerza una gran anilla de bronce que hacía las veces de llamador, y apenas en unos instantes nos abrió un esclavo negro de aspecto algo extravagante. Muley me susurró al oído que se trataba de un eunuco que hacía las veces de guardián y portero.

Descabalgamos, y un siervo, también de piel muy oscura, pero que por sus rasgos no parecía negro, sin decir palabra, como si nos estuviese esperando, tomó las riendas de nuestras cabalgaduras y las condujo a las caballerizas. En cuanto a nosotros, seguimos a Rasul, que así se nos presentó el eunuco, y caminamos hacia la casa, sin saber qué admirar más, si la propia mansión, que más parecía un pequeño palacio, o la feraz huerta, cultivada como un hermoso jardín por el que corría el agua a través de unas acequias que la cruzaban. No terminaba de acostumbrarme a la belleza de aquellas mansiones, pero no me cabía la menor duda de que en ellas habían intentado recrear el Paraíso.

Allí, en la puerta, vi un hombre de barba y cabello muy blanco, vestido con una túnica de seda verde oscura y tocado con un turbante del mismo color. Su presencia era imponente, pero no nos prestó atención alguna, pues se hallaba inclinado, observando los ojos de un paciente sentado sobre una especie de jamuga. Tenía en la mano una lupa doble y parecía ensimismado en lo que hacía.

Desde que lo vi, supe que se trataba de Abdallah al Abdul, y como si fuese una premonición, en el momento en que levantó la cabeza, se quedó mirándome fijamente como si hubiese visto algo especial en mí, mientras yo tampoco podía mirar hacia otra parte, fascinado porque aquellos oscuros ojos parecían traspasar mi alma.

II

EL MÉDICO DE FEZ

Conocer a aquel hombre fue para mí algo decisivo. Al igual que había sucedido con Abraham Revadel, apenas me vio por primera vez, por algún motivo me adoptó. Fue algo extraño, pues en aquel momento él desconocía que yo también fuese médico, y sin embargo, me pidió con naturalidad que me acercase y le sostuviese un pequeño espejo. El hombre al que estaba examinando era ciego, y pude observar que una veladura cubría sus dos ojos, como si un tejido extraño hubiese crecido sobre sus globos oculares.

Abdallah Al Abdul me observó interrogante, y algo nervioso sólo pude murmurar mi nombre. A continuación, al observar mis manos y la forma en que había sujetado el espejo, me preguntó si era estudiante de Medicina. Le contesté que apenas hacía unos meses había realizado mi juramento hipocrático, y como si de antemano conociese la respuesta, asintió complacido. Luego, casi con brusquedad, me interpeló sobre si había leído el tratado de Hunayn lbn lshâq. Negué con la cabeza, pues nunca había oído hablar de aquel hombre.

Entonces Al Abdul comenzó a hablar pausadamente, explicándome cómo funcionaba el ojo, que, según él, era el más maravilloso órgano que poseía el ser humano. Mencionó que estaba hecho a imagen y semejanza del Universo y que en él había un punto central en el que se reflejaba todo. Me habló con detalle de las partes de que se componía: la parte vidriosa, la acuosa y la cristalina, y de cómo aquella veladura obstaculizaba que la luz llegase al interior, impidiendo que el paciente pudiese ver algo más que tenues sombras.

Para demostrarme lo que afirmaba, cogió mi mano, en la que yo mantenía el espejo hecho de plata, pulida con increíble finura, y la movió hasta que el rayo de sol reflejado incidió justamente en los ojos del hombre. Aquello pareció excitarle la pupila, porque intentó cerrar el ojo, como si la luz le molestase. Esto, prosiguió Abdallah, significaba que el ojo, la sustancia de la que se componía, estaba viva, y sólo la veladura, una especie de cortina, indicó haciendo un elegante gesto con las manos, impedía que funcionase normalmente.

Me tomó con gran familiaridad del brazo, y nos separamos del paciente, sentándonos en el borde del patio, en cuyo centro una fuente en forma de estrella lanzaba un chorro de agua que volvía a caer emitiendo un agradable sonido.

Abdallah se mantuvo unos instantes en silencio, como si estuviera reflexionando. Luego señaló al paciente y a continuación, la fuente. Me explicó que aquel hombre no podía verla como nosotros, pero de alguna manera era capaz de percibirla y de imaginarla, como si la falta de visión hubiese modificado sus otros sentidos, agudizándolos. Añadió que era una compensación que la Naturaleza le daba. Oía mejor que los hombres normales y, aunque no era capaz de ver, parecía adivinar lo que a su alrededor ocurría. Para demostrar su teoría, Abdallah se colocó detrás de la fuente, llamando desde allí al paciente, el cual sin dudarlo, caminó hacia donde se hallaba, deteniéndose exactamente al borde del vaso. Un paso más y hubiese caído en ella.

Abdallah observó mi reacción. Me hallaba fascinado por su poderosa personalidad, que parecía convertirlo en el centro de todo. Aquel hombre era un maestro al que agradaba enseñar lo que sabía, y supe, en aquel instante, que el extraño azar que parecía acompañarme como mi sombra, de nuevo, me había conducido con certeza hacia el sujeto de mis plegarias.

Joel Ben Gaón, acompañado de Muley Ben Abdul, marchó a la judería. Allí debía buscar a varios judíos sefardíes que con seguridad le prestarían la ayuda y los medios para volver a Portugal. Era muy consciente de que debía comenzar de nuevo, comprar y avituallar un nuevo navío, volver a retar a la fortuna. Pero para él, eso era lo que llamaba el juego de la vida. Unas veces se ganaba y otras se perdía. No por eso se abandonaba la apuesta; muy al contrario, me decía que cada vez era mayor el envite, y todo ello le estimulaba. Eso lo decía sonriendo, aunque era muy consciente de que pronto tendría que retornar a Lisboa, burlando a la Inquisición, que también se había adueñado del Reino y que, según él, había torcido el corazón del monarca.

Aquella noche, permanecí largo rato despierto. No terminaba de entender cómo todas aquellas azarosas circunstancias me habían hecho llegar hasta allí, hasta aquella ciudad que se me antojaba el corazón de la cultura del Maghreb, al igual que Toledo lo era de la cultura castellana. Tenía la certeza de que aquel lugar iba a suponer un importante hito en mi existencia y que Abdallah Al Abdul tendría en todo ello un papel primordial.

No me equivoqué en mis suposiciones, pues, apenas amaneció, cuando Ben Gaón se acercó hasta mi estancia para hablar conmigo. Él daba por hecho que yo debía permanecer en Fez. Aquella misma noche, Abdallah había ido a su aposento y le pidió su ayuda para convencerme de que me quedase un tiempo con él. Para mí era un dilema. Por una parte, no quería separarme de mi bienhechor, pues temía por él, y sólo pensar que pudiese llegar a caer en manos de la Inquisición, me aterrorizaba.

Ben Gaón me respondió que a él le ocurría lo mismo. Se sinceró conmigo. Me consideraba como su hijo adoptivo. Él, que no los tenía carnales, no podía soportar que, tal y como estaban las cosas, tuviese que arriesgarme. Me confesó que lo sucedido a Abraham Revadel le había metido el miedo en el cuerpo, porque lo ocurrido a su primogénito Yudah era, en realidad, lo que había matado a aquel buen hombre.

Acepté, pues, quedarme con Abdallah al Abdul. Sabía que era un proceder egoísta por mi parte, pero no podía evitarlo. Aparte de las súplicas de Ben Gaón, para mí era una oportunidad única de llegar a ser un verdadero médico, pues sabía bien, tal y como me había explicado Revadel, que no había mejores médicos que los árabes.

Ben Gaón había ido hasta la judería para buscar ayuda y la encontró, tanta que volvió emocionado. Todos los sefardíes querían ayudarlo. Me contó que, cuando se corrió la voz de que se hallaba allí, se habían reunido en casa de uno de ellos, Isaac Ababanel, judío cordobés. A la llamada de éste para que sus convecinos pudiesen escuchar noticias recientes de Castilla, acudieron más de un centenar. Todos ellos eran sefardíes, menos dos que procedían de Egipto, aunque también mantenían, orgullosos, su antigua estirpe sefardí.

Cuando entró en el patio de Isaac Ababanel, lo halló tan similar a los de Córdoba y Sevilla que tuvo que frotarse los ojos, porque por unos momentos creyó estar soñando. Las columnas de piedra, esbeltas y delicadas, el suelo de mármol blanco encastrado con piezas de cerámica, las tinajas y los tiestos cargados de flores, la cubierta del porche con vigas de madera con remates tallados. La fuente central cantarina, las rejas de celosía forjada. Todo era idéntico, como si Ababanel, al igual que sus compañeros de destierro o sus convecinos, que llevaban en Fez muchos años, hubiesen querido recrear, como en un escenario, el drama de su destierro y de su amor al país que, tan dura e intempestivamente, habían tenido que abandonar.

Fueron entrando, formando una larga fila, dirigiéndose a él, besándolo en ambas mejillas con enorme respeto, como si hubiesen decidido nombrarlo embajador. Luego se hizo un enorme silencio y entonces Ben Gaón notó que tenía un nudo en la garganta. Apenas podía hablar, porque la emoción que sentía le impedía hacerlo, pues sabía que todos aquellos que le observaban eran protagonistas de la larguísima tragedia de su pueblo.

Allí se hallaban, igualados por las circunstancias, los rabinos, los estudiosos, los alquimistas, los médicos, los sastres, los fundidores, los joyeros, los copistas, los impresores, los artistas. Todos ellos eran la síntesis de las Artes y las Ciencias, portadores de la sabiduría condensada a lo largo de siglos.

Ben Gaón les devolvió la mirada, mientras intentaba tranquilizar su ánimo. Sabía que todos habían sufrido de una manera u otra el destierro, las miserias de la huida, la Diáspora, el terror al verse perseguidos, a tener que esconder a sus familias, a ver cómo algunos eran torturados, incluso quemados, mientras la multitud rugía.

Vio en ellos los ojos de Abraham Revadel, ojos llenos de dolor, pero también de resolución por seguir viviendo, por defender a los suyos, por seguir ejerciendo sus profesiones y oficios.

A pesar de todo, fue capaz de hablarles con serenidad. Les contó lo que estaba ocurriendo en la Península, tanto en Castilla y Aragón, como en Portugal y Al Ándalus. Vio cómo muchos de ellos lloraban a lágrima viva, como si, de nuevo, volviesen a emocionarse al escuchar el relato que les hacía. Todos se consideraban hijos de Sefarad, allí estaban enterrados sus padres, sus abuelos, generaciones que se perdían en el tiempo. Allí estaban sus sinagogas, sus aljamas, sus libros sagrados ocultos en las *genizahs*, sus casas que, al salir de ellas para siempre, habían cerrado simbólicamente con grandes llaves. Muchos de ellos las llevaban permanentemente encima, como si el sentir el peso de aquel trozo de hierro, les recordase, en cada momento, que en un lugar querido y lejano había un hogar que les pertenecía.

Ben Gaón sabía bien lo que era aquello, porque él también guardaba la llave de su casa sevillana como el objeto más preciado. Era el símbolo de todo lo que una vez había sido, y estaba convencido de que mientras la poseyese, tendría la seguridad de que un día podría retornar, introducir la llave en la complicada cerradura, dar dos vueltas y volver a entrar en el gran patio. Entonces todo volvería a ser como antes de la gran locura.

Cuando terminó de hablar, vio que aquellos hombres tenían los ojos húmedos. Había sabido llegar hasta su corazón, y al salir, todos le rogaron que fuese con cuidado y le abrazaron como si se tratase de su hijo o de su hermano.

Fue entonces cuando, por primera vez en toda su vida, tuvo la certeza de que su pueblo nunca podría desaparecer. Pasarían los años, los siglos, pero siempre existiría un firme lazo entre todos ellos, se hallasen donde se hallasen. Algo más fuerte que ellos mismos les haría ayudarse y comprenderse.

Al volver, aún sumergido en aquellos pensamientos, me dijo que Isaac Ababanel quería conocerme y presentarme a los restantes miembros de la Aljama de Fez. Le prometí que así lo haría en cuanto tuviese oportunidad.

Después, se emocionó. Debía partir cuanto antes. No podía abandonar a los que, impacientes, le estarían esperando, amenazados por el inquisidor de Córdoba, Diego Rodríguez de Lucero, un hombre cruel y malvado que odiaba a los judíos. Recordé la sombría mirada de aquel dominico en la Moreruela, que aquella terrible noche me pareció la sombra de Torquemada.

Al día siguiente, apenas se recortó el sol en las colinas que rodeaban la ciudad, Ben Gaón, Muley Ben Abdul, Da Silva, el piloto, y los marineros que deseaban marchar, acompañados de ocho hombres aguerridos, se dispusieron a ir hasta Tánger. Desde allí, aprovecharían un día en que el revuelto mar del estrecho lo permitiese para cruzar por Tarifa.

No puedo negar que lloré como un niño. Una vez más el destino me separaba del que consideraba mi padre adoptivo. Un hombre que me había dado todo lo que poseía sin esperar nada a cambio. Era sin duda la compensación que el destino me proporcionaba.

Cuando Ben Gaón y su comitiva desaparecieron tras una colina, sentía tanto dolor que me refugié en el patio. Allí de nuevo encontré al grupo de ciegos sentados, esperando pacientemente a que saliese Al Abdul. Todos ellos, sin excepción, tenían la certeza de que aquel gran cirujano era su última esperanza y no estaban dispuestos a moverse de allí hasta que les atendiese y diagnosticara sus dolencias.

Me senté también junto a la fuente. Allí mi pesar pasaría inadvertido, o al menos eso era lo que yo creía, pues el paciente ciego al que Al Abdul había examinado se acercó hasta mí y me preguntó directamente cuál era la causa de mi pesar y de mis lágrimas. Me sorprendió su sensibilidad y le contesté que mi padre había partido hacia Castilla, en donde debía arrostrar graves peligros. El ciego levantó la cabeza como si, en realidad, pudiese verme, y susurró que me comprendía. Añadió que yo no podía ver a mi padre y que, de alguna forma, eso era como estar parcialmente ciego. Entonces comprendí que aquel hombre sensible había dado en el clavo. Yo era ciego como ellos, pues tampoco podía ver a mi padre, ni a mi país, ni a mi familia. Todos éramos de, alguna manera, ciegos. En aquel momento, pude entender bien lo que aquellos hombres sentían. Nunca había reflexionado sobre la ceguera y supe entonces lo doloroso que era prescindir de todo, valerse exclusivamente de la imaginación para poder entender el mundo.

En aquel trance me hallaba, cuando llegó Abdallah Al Abdul. Observé que parecía ensimismado y pensativo, pues pasó junto adonde me hallaba sin verme. Lo seguí sin que se apercibiese de mi presencia y tras él penetré en la sala donde pasaba consulta e investigaba.

Al entrar allí me quedé boquiabierto. Nunca, ni tan siquiera en la biblioteca del Monasterio de la Moreruela, había visto tantos libros y manuscritos. Varias estanterías, con una altura similar a dos hombres colocados uno encima del otro, llenaban las espaciosas paredes y tres grandes mesas se desbordaban de libros. Otra sala, separada por una arcada de piedra, se hallaba repleta de frascos y matraces. En una larga mesa de mármol, bajo una ventana, el cadáver desnudo de un hombre abierto en canal, mostraba sus órganos, así como las capas de tejido que los protegían. Aprecié la experta mano que lo estaba diseccionando, pues la precisión de los cortes y la exacta separación de los tejidos indicaban no sólo un gran conocimiento de la anatomía, sino una gran experiencia con el bisturí.

Al Abdul no me prestó la más mínima atención. Tenía, en una pequeña mesa auxiliar, un viejísimo libro abierto, como si lo estuviese estudiando. Me acerqué y busqué su portada. Se trataba de *Las Pandectas*, de Thabit Ibn Qurrá. Junto a él *La Farmacopea*, de Masawayh, también abierta y colocada en un atril, mostraba la composición de algunos venenos.

La brillante luz de la mañana, filtrada por las láminas de mica casi transparente que impedían el paso del polvo y el viento, proporcionaban una luz difusa muy adecuada para el trabajo de disección, creando un ambiente de serenidad que me sorprendió

Sin mirarme, como si no se dirigiese a mí, Al Abdul me señaló la bolsa estomacal abierta. En ella, se encontraban unos pequeños trozos de color negruzco. Al Abdul sólo murmuró una palabra: acónito.

Sin duda, aquel era el veneno que había ocasionado la muerte del hombre. El cadáver tenía los ojos abiertos, las pupilas dilatadas y la boca abierta, como si hubiese muerto asfixiado. Acónito, repitió Al Abdul, señalando el cuerpo.

Entonces me explicó que aquel cadáver pertenecía a un paciente suyo. Un cristiano portugués que llevaba largo tiempo residiendo en Fez y que no parecía tener la menor intención de marcharse. En los últimos tiempos, sufría de fuertes dolores en las mandíbulas. Él le había recetado una gota de un jarabe hecho en una proporción de un centésimo de una disolución de acónito. El hombre, al sentir alivio, le había preguntado cuál era aquella solución que tan rápidamente le aliviaba. Al Abdul sin meditarlo, se lo dijo. Al cabo de tres días el portugués, de nuevo, había sufrido grandes dolores, y sin encomendarse a nadie, se acercó a la medina y en la herboristería compró una raíz seca de aquella planta. En su desesperación había devorado aquella planta, convencido de que cuanto más tomase, más aliviado se sentiría.

Al Abdul se culpaba. Era la primera vez en su vida que le proporcionaba la composición de un remedio a un enfermo. Me reconoció que aquello había sido un error y una grave imprudencia por su parte.

Luego, de nuevo, señaló el cadáver. Ya no se podía hacer nada por él, pero aquel cuerpo sí podía hacer algo por los demás, y los médicos teníamos la obligación de comprender algunos procesos para entender mejor la verdadera causa de la muerte.

Me pidió entonces que diseccionase los músculos y los tendones de un brazo. Comprendí que con aquella prueba deseaba comprobar mi formación, y me dispuse a ello para lo que cuidadosamente extraje el instrumental necesario del baúl que Abraham Revadel me había legado. Mientras las iba disponiendo en orden en la mesa, Al Abdul apreció aquellas herramientas, alabando su magnífica factura. Después, permaneció en silencio junto a mí y me dejó hacer.

Apenas en el lapso de tiempo en que se ensilla una caballería, había logrado descubrir limpiamente los tendones. Me extrañó comprobar su estado de tensión, como si el cadáver aún estuviese haciendo un esfuerzo con el brazo. Al Abdul me explicó que ese era el resultado del veneno. En unas cuantas horas más, el cadáver se descompondría con más rapidez, si cabía, que otro muerto por un trauma, como era el caso de los que morían aplastados por un carro o por la caída de una caballería. Cuando terminé la disección, me demostró la fuerza de algunos venenos, aplicándolos sobre unos conejos que, para tal fin, mantenía en una jaula del patio, junto a su laboratorio.

Cogió por las orejas a uno de los animales y hábilmente lo ató a una mesa que disponía de argollas de hierro de varios tamaños. Entonces se dirigió a una estantería llena de recipientes de distintos tamaños y colores, y con mucho cuidado tomó una botellita azul que me recordó la que mi madre utilizaba para conservar su perfume. La abrió con suma precaución e introdujo una cánula finísima, extrayendo una minúscula gota con ella.

Mientras llevaba a cabo tales operaciones, me explicó que se trataba de una solución de cicuta destilada por él mismo. Se dirigió al conejo y depositó, en uno de los ojos, una mínima gota, apenas visible. El animal se agitó y en breves instantes murió. Al Abdul seguía hablando, descubriendo el proceso que estaba teniendo lugar. Me explicó pacientemente que su rápida muerte había tenido lugar por asfixia. De nuevo, hizo un gesto señalando el cuerpo, al igual que el cadáver que yacía sobre la mesa de disección.

Al Abdul me observó para ver mi reacción El hombre había masticado acónito. El conejo había muerto por el solo contacto con el extracto de cicuta. Sin embargo, la verdadera causa de la muerte, en ambos casos, era la asfixia. Había, pues algo, en común en estos dos venenos, en apariencia tan distintos.

Luego cogió su lupa y una lámpara de aceite, acercándola a los ojos del cadáver. Me permitió observar que el fallecido tenía las pupilas muy dilatadas, tanto que apenas se podía apreciar el color de sus ojos. Luego procedió a realizar lo mismo con los ojos del conejo. El animal tenía también las pupilas enormemente dilatadas. En aquellos venenos había algo más en común, algo que no sólo hacía que los sujetos por la acción del veneno se asfixiasen, sino que las pupilas se dilataran.

Entonces Al Abdul me observó con aire interrogante, mientras escogía otro frasquito de entre su enorme colección. Éste era de color verde oscuro con el tapón alargado. Una etiqueta indicaba su contenido: extracto de belladona, y con él en la mano se dirigió a la puerta. Acompañé al exterior al que ya consideraba mi nuevo maestro. Una vez en el patio, llamó a uno de los pacientes ciegos. Un hombre alto de tez muy oscura, aún joven, de nombre Naghib. Le pidió que se tendiese en el banco de piedra que conformaba el límite del patio. El hombre obedeció sin dudarlo, al parecer sin sentir la más mínima desconfianza. Comprendí que aquellas gentes habían puesto su fe en el médico, y de pronto, al ver aquella muestra de confianza, intuí que esa entrega total hacía más fácil la curación. De alguna manera, era como si se hubiesen entregado a él, convencidos de que aquella, quizás, fuese la última oportunidad, y esa confianza les ayudaba más que las propias medicinas. Envidié a aquel médico. Él conocía los secretos de la vida y de la muerte. Sabía dónde se hallaba el límite, la línea finísima que separaba lo que estaba dotado de vida, animado por un espíritu interior de lo que sólo era ya polvo, materia muerta carente del principio vital.

Naghib se tendió obediente, y Al Abdul le abrió un ojo, separando con gran delicadeza los párpados con sus dedos. Aparentemente, era normal, pues en él no se apreciaba ningún trauma. Aquel hombre, me explicó, se había quedado ciego a causa de un fuerte golpe en la cabeza. Me rogó que esperase unos instantes y volvió a entrar en el laboratorio. Regresó de inmediato, portando una bandeja en la que traía la lupa, el espejo, la redoma con el extracto de belladona, un fortísimo veneno, según me había dicho. También traía un vaso en forma de campana que tenía grabadas las medidas. En él, había puesto agua hervida hasta alcanzar la medida de un cuartillo. Con extrema precaución, dejó caer una gota del extracto y agitó el contenido con otra pipeta.

Luego me pidió que sostuviese la lupa y el espejo, y con una cucharita de plata, en la que depositó una gota de aquella solución, hizo tragar aquella mínima cantidad al hombre que se hallaba inmóvil, relajado, esperando las órdenes de su médico. Después solicitó que dirigiese la luz a la pupila derecha de Naghib. Pude observar cómo, en pocos instantes, ésta comenzaba a dilatarse, a pesar de la intensa luz que allí había. Al Abdul interrogó al paciente. ¿Veía algo? ¿Era capaz de percibir, al menos, una leve sombra? El hombre negó con la cabeza. Al Abdul me observó. El ojo funcionaba igual que una noria con los cangilones rotos. La pupila se había dilatado, pero eso no significaba que la luz que por ella entraba pudiese llegar hasta el lugar donde se producía la visión. Algo interrumpía aquel camino. Algo fundamental se había roto dentro de aquel hombre que ya nunca podría recuperar la vista.

Aquel primer día en el que estuve trabajando junto al médico de Fez, aprendí que mis conocimientos eran suficientes para diseccionar un cadáver, pero que apenas alcanzaban a algo más. La certeza de mi ignorancia, del enorme cúmulo de Ciencia, experiencia y sabiduría que, como una enorme montaña, debía ascender con gran esfuerzo personal, poniendo en aquel empeño una voluntad de hierro, no me desanimó. Muy al contrario, fue aquel día cuando tuve la certeza de que si aquel hombre me ayudaba, alguna vez también yo llegaría a ser un verdadero médico.

III

ISAAC ABABANEL

En un espacio de tiempo que se me hizo muy corto, me amoldé a las costumbres de mi tutor. Ciertamente, aquel hombre incansable no me dio ni un minuto de descanso, y la sola reflexión que pude hacer fue que aún me quedaba mucho por aprender. Abraham Revadel me había enseñado todo lo que sabía y de lo que hasta entonces había estado tan orgulloso. Pero tenía que reconocer que los árabes, tal y como me demostraba cada día Abdallah Al Abdul, iban muy por delante de nuestra Medicina tradicional. A pesar de la enorme influencia que había tenido la Península, la verdadera Ciencia se hallaba en Fez, en Kairouan, en El Cairo, en Bagdad y en Damasco.

Mi nuevo preceptor había viajado y aprendido en aquellos lugares, bebiendo de las mejores fuentes. Me contaba con un deje de melancolía, a causa del rápido paso del tiempo, que en aquellas ciudades había universidades y bibliotecas donde se encontraba la compilación de los conocimientos humanos. Él había estudiado con los mejores médicos, hombres sabios que conocían a Galeno e Hipócrates mejor que los griegos. Lugares donde se apreciaba a Dioscórides y su *Materia medica*, a Dinawari y su *Botánica*. También había profundizado en obras enciclopédicas, como *El paraíso de la sabiduría*, de Abu Yafar, y naturalmente Avicena y su *Canon medicinae*.

Mi maestro había estudiado Patología General, había aprendido a palpar, a observar, a examinar en profundidad, a interrogar a los pacientes para poder diagnosticar sin dejarse llevar por falsas apariencias.

En Bagdad y en El Cairo, había visitado infinidad de veces sus bibliotecas. Cuando me explicaba las ingentes cantidades de libros y manuscritos que en ellas había, le brillaban los ojos de entusiasmo. Pero además, aquellos viejos pergaminos, los antiguos códices y legajos se analizaban continuamente. Allí los escribas, los copistas, los dibujantes, los traductores y los encuadernadores no paraban jamás de trabajar, inmersos en las increíbles cantidades de información acerca de todas las Ciencias del conocimiento humano.

Al Abdul me decía, casi enfebrecido por su entusiasmo, que debíamos llegar a ser hombres completos, insistiendo en que todas las Ciencias estaban ligadas entre sí como los nudos de un tapiz. Cada una era una parte mínima, infinitesimal, aparentemente inconexa, pero entre todas, surgía la maravillosa alfombra que a nuestros pies se hallaba.

Igual, decía, ocurría con la sabiduría, que no era más que la hija de la experiencia y que, a lo largo del tiempo, se transmutaba en cultura. Allí se hallaba la clave de todo. Para Al Abdul, la Religión, la Historia, la Filosofía, las Matemáticas, el Álgebra, la Botánica y la Geografía eran partes esenciales de lo mismo. No se podía entender una parte sin el todo. Por ello, los mejores de entre los médicos, los hombres sabios que nos había legado su cultura, eran, al tiempo, hombres completos, y sólo así podían llegar a comprender los complejos mecanismos de la vida. Me dijo él, que era un verdadero musulmán, que los sabios talmúdicos habían aportado mucho a nuestra Ciencia. Hombres como el rabí Hanina Ben Dosa, como Yosef Harofé de Gamla, como Samuel Ben Aba Hakohén.

Al Abdul había leído el Talmud con detenimiento. En sus páginas, se citaban los diversos brebajes, emplastos, inhalaciones, compresas y bálsamos que, aún, después de tantos siglos, seguíamos empleando.

Después, como tristemente estaba sucediendo en aquellos mismos días en Al Ándalus, habían llegado los Reyes cristianos, acompañados de sus señores feudales, que, como perros de presa, habían expulsado a los que detentaban esa cultura milenaria de ciudades como Córdoba o Granada.

Al Abdul, que era un sabio completo, me hablaba apasionadamente de la historia, explicándome que, desde los remotos tiempos de las rebeliones omeyas, se había formado en el Emirato de Córdoba una cultura de influencia oriental, pero exquisitamente depurada. Allí los médicos, los astrónomos, los alquimistas, los literatos y poetas habían filtrado los conocimientos universales para llegar a una situación en la que Al Ándalus había sustituido con ventaja a los antiguos centros del conocimiento. Ni Damasco, ni Bagdad, ni El Cairo podían rivalizar con ella en Ciencia, ni en Arte. Los mejores talleres de orfebrería, las más finas sedas, las más exquisitas tallas de madera y marfil, los mejores labrados de la piedra, el mármol, los más elaborados estucos, los más preciosos azulejos, todo se difundía desde Al Ándalus.

Pero también todo estaba desapareciendo con las conquistas de los cristianos. Parecían no poder soportar aquella belleza inalcanzable y al tiempo incomprensible para ellos, destrozando las mezquitas, los palacios, los maravillosos jardines de Medina Azahara. Preferían destruir el Paraíso que poseerlo, así nada les recordaría la cultura que supo crearlo. Al final, añadió melancólicamente Al Abdul, sólo quedarían meros vestigios, cuatro piedras olvidadas de lo que una vez fue la cima del mundo.

Al escuchar aquellas tristes palabras, no podía evitar reflexionar sobre el espantoso desastre que estaba ocurriendo en mi país. Sefarad no podría resistir aquel afán destructor de unos y otros. La incultura y el fanatismo se habían apoderado de todo. Donde antes había jardines, ahora crecían las malas hierbas. Los libros y manuscritos que los árabes no habían podido llevarse eran quemados en las plazas entre las estúpidas mofas de los que pretendían burlarse de todo aquello que no eran capaces de entender. Algo que se repetía con la Inquisición, con la expulsión de nuestro pueblo. Era algo así como si aquellas gentes hubiesen decidido volver a la barbarie. Recordé las palabras de Benassar y de cómo la ambición, la falta de escrúpulos y la pérdida de los valores espirituales iban a sumergir a aquel país en que reinó la cultura de Al Ándalus, que convivía en plenitud con Sefarad, en un extenso páramo donde la única razón era la espada.

Pero Al Abdul no culpaba únicamente a los cristianos. Los bereberes y sus ejércitos tribales, los taifas y las desmedidas ambiciones personales de algunos gobernantes árabes habían colaborado grandemente en el desastre final.

Eso no sólo había llevado al ocaso del Califato omeya, sino que las propias comunidades sefardíes se habían visto arrolladas por la misma ola. Pero el fondo de todo aquello la verdadera cuestión —decía él— era que los cristianos no deseaban competencia alguna. Los que no eran y pensaban como ellos, fuimos llamados herejes, y comenzó una guerra santa, en la que los cristianos llevaron la mejor parte, tal vez por ser más aguerridos, más astutos y crueles o, simplemente, más numerosos.

Fueron, pues, transcurriendo con rapidez los días, las semanas y los meses. A pesar de la bondad de mi mentor, no podía dejar de pensar en Ben Gaón. Me preocupaba lo que hubiese podido sucederle, pues no me perdonaría nunca si le ocurría algo. Me recriminaba por no haberle acompañado, en la íntima convicción de que no había ido con él debido a mi propio egoísmo.

Pero no tenía demasiado tiempo para pensar en mí mismo, ya que Al Abdul me reclamaba constantemente para que le acompañase o le sirviese de ayudante en sus operaciones y diagnósticos. No había otra manera para llegar a ser médico que salpicarse a menudo con la sangre y no cejar en la búsqueda de la enfermedad un día tras otro.

Recuerdo cómo muchas veces subíamos noche y día, empapados por las frecuentes lluvias, a los cerros, donde una tragedia humana nos llamaba. No podía comprender cómo me encontraba al límite de mis fuerzas y aquel sabio, de aspecto frágil, seguía y seguía sin alterarse.

Por otra parte, la vida en Fez resultaba agradable. El frío intenso del invierno me recordaba el de Toledo. De alguna manera, eran ciudades parecidas en muchos sentidos.

La gente se afanaba en sus quehaceres, en el interior de la poblada medina. En sus estrechas callejuelas resonaba continuamente el vocerío de los vendedores ambulantes. Las recuas de asnos, transportando todo tipo de mercancías, leña, carbón o delicados tejidos, obligaban, a los que con ellos se cruzaban, a introducirse en los portales por no haber anchura suficiente.

Allí todo el mundo realizaba alguna actividad, incluso los niños corrían hacia las madrasas para aprender el Corán y la Gramática.

En aquella ciudad se mezclaban los olores de la vida al cruzar, uno tras otro, el barrio de los curtidores, el de los teñidores de lana, el de los perfumistas, el de los especieros, entremezclándose los efluvios del estiércol recién dejado por los animales con las fragancias provenientes de los muchos pequeños huertos situados dentro de las murallas, el perfume del azahar y de las hierbas aromáticas. Aquella mezcla que en los primeros tiempos me aturdía, luego se convirtió en la clave para recorrer con seguridad aquel inmenso laberinto.

En aquel lugar podía encontrar a unos rabinos discutiendo con un jeque o con unos ulamas, comparando los *hadiths* con la *midrach*, y no podía, por menos, que recordar con melancolía los viejos tiempos, en mi niñez, cuando en Toledo aún se podía dialogar de cualquier cosa sin temor a la represión y a la Inquisición. En las intrincadas callejuelas nos cruzábamos los unos con los otros, unos yendo a la sinagoga, otros a la mezquita, otros más simplemente a los baños a purificarse.

Un día festivo en la ciudad, le pedí a Al Abdul permiso para ir a la judería. Allí habitaban una gran cantidad de sefardíes, y con seguridad encontraría incluso gentes de la misma Toledo. Había demorado demasiado tiempo la visita, y no me pareció prudente posponerla más. Pensé que podían llegar a molestarse. A fin de cuentas, era una obligación moral por mi parte presentarme a ellos y ponerme a su disposición.

Bajé, pues, al barrio donde vivían la mayoría de los judíos de Fez El Bali. Un lugar cercano al río. Lo hice caminando, pues, aunque Al Abdul había puesto sus cuadras a mi disposición, pensé que no me hallaba muy lejos de allí y me pareció una manera más discreta de llegar. Por otra parte, había adoptado permanentemente las vestimentas árabes, que me parecían más cómodas e, incluso, más elegantes que las nuestras, además de evitar, al utilizarlas, que nadie pudiese señalarme con el dedo como extranjero. Eso lo había aprendido de Ben Gaón, para el que la máxima de «Donde fueres haz lo que vieres» era algo fundamental.

Aquel era el día de descanso de los musulmanes, y los vi entrando en las mezquitas para realizar sus rezos. Tampoco Ben Gaón me había insistido mucho acerca de cumplir los ritos de nuestra fe. Quizás, había colaborado en ello el hecho de que, desde que lo había conocido, vivíamos simulando ser conversos, por lo que, en Lisboa, asistíamos los domingos a las iglesias cristianas y desde entonces no volví a entrar en una sinagoga.

Debo reconocer que nunca, desde que era niño, había sentido una profunda fe. Conocía bien las tres religiones: la cristiana, la musulmana y la hebrea. Durante mi infancia en Toledo había visitado la mezquita y la iglesia, sin encontrar demasiadas diferencias con la sinagoga. Ben Gaón tampoco era demasiado religioso, pero sí lo suficientemente astuto como para no dejar traslucir sus ideas.

Sabía que eso no era algo normal. De hecho, en mi interior, en algunos momentos difíciles, consideraba que me faltaba algo. No quería significarme por aquella causa, y para los que me rodeaban seguía siendo uno más. A fin de cuentas, todos querían aparentar ser buenos judíos, moros o cristianos.

Sin embargo, me di cuenta de que Abdallah Al Abdul no parecía muy preocupado por su fe. Era un hombre permanentemente ocupado, y yo sabía bien que no dejaba de trabajar ningún día, porque para él lo importante era aprovechar el tiempo. Varias veces reflexioné si esa postura nos la daba lo que éramos, o si éramos diferentes por adoptar esa postura.

Absorto en todas aquellas disquisiciones, llegué hasta la judería. Allí hombres y mujeres se afanaban en sus tareas, y hasta que no terminara aquel día y comenzara el *Shabbat*, no las abandonarían. Quedé asombrado al caminar por aquel barrio, pues si la parte que conocía tenía un gran parecido, aquel lugar era como si hubiese vuelto a Toledo. Creo que, incluso, me emocioné. Aquellas gentes vestían y parecían comportarse como los vecinos que había tenido en mi infancia. Olía los *mazzots* cociéndose en el horno. Unas familias parecían celebrar el *Bar Mitzvah* de uno de sus hijos, tal y como yo lo había hecho en la sinagoga de Toledo. Vi cómo un carnicero degollaba una cabra, haciendo que se desangrase completamente, igual que lo había visto hacer tantas veces en mi barrio, tanto a los nuestros como a los moros que cerca vivían.

No quería reconocer que tenía los ojos húmedos, pues, por un momento, hubiese jurado que mi madre y mis hermanas iban a salir de cualquiera de aquellas casas.

Fue entonces, en aquel justo instante de mi vida, cuando empecé a comprender. Podrían desterrarnos, obligarnos a abandonar nuestras casas y tierras, matar a muchos de los nuestros e intentar aniquilarnos. Mediante decretos nos expulsaban violentamente de nuestro mundo. Recordé la larga fila de gentes de mi raza, golpeados con saña por los soldados que los obligaban a caminar, abandonando todo lo que poseían, cambiando, a toda prisa, una casa por un carromato y una huerta por una mula. Recordé aquellos pobres viejos que apenas podían caminar, sentándose resignadamente a esperar la muerte, sin saber bien lo que les estaba sucediendo; y también a aquellos niños de mirada triste, que lloraban desconsoladamente al ver que también su madre lo hacía.

Pero como en la Biblia, otra vez más habíamos sido capaces de cruzar el mar embravecido, de volver a empezar sin desfallecer, sin dejar que lo acontecido nos abatiera definitivamente, pues aquello que mis ojos contemplaban era más que otra cosa un milagro, como si una fuerza gigantesca hubiese transportado hasta allí toda la judería de Toledo, con sus sinagogas, casas, personas, incluso las humildes acémilas y hasta la última piedra de sus calles.

A mi alrededor, de nuevo, oía hablar ladino. También algunas palabras de hebreo cuando me cruzaba con los rabinos. Ya no me quedaba ninguna duda de que el prodigio se había consumado y de que, además, lo material, hasta el menor detalle, se hallaba allí, a incontables leguas de distancia de donde supuestamente debía hallarse. Asimismo, lo que me parecía casi mágico era, sobre todo, comprobar que el espíritu de las personas que allí habitaban era el mismo que había vivido en mi niñez, como si nada hubiese podido doblegarlos, ni desposeerlos de su alma.

Nunca terminaba de sorprenderme con la increíble fortaleza de los míos. Eran muchos los que nos odiaban. Benassar me había explicado que el odio lo generaba el miedo y que éste era hijo de la ignorancia, la más común de las condiciones humanas.

Creía encontrar a aquellas gentes, destruidas, desmoronadas por la aflicción y la melancolía. Pero para mi asombro, allí no veía nada de eso, y muy al contrario, parecían satisfechos de vivir. Los oía reír y disfrutar de la vida, como si lo que les había ocurrido no fuese más que un mal sueño del que ya hubiesen despertado.

Admirado de todo ello y envuelto en una especie de hechizo, llegué, casi sin darme cuenta, hasta la casa de Isaac Ababanel. Una reja daba a la calle, y dentro, una especie de pasadizo me permitía ver el jardín. Sabía que era aquella, pues no tenía pérdida, ya que me habían advertido que era la que se hallaba al final de la calle, destacándose por el pequeño torreón de piedra que sobresalía ligeramente de la azotea.

Por alguna razón, aquel lugar me resultaba familiar. Era como si ya hubiese estado alguna vez allí. No dudé en entrar empujando la cancela, y noté la sensación de volver a estar haciendo algo que había repetido muchas veces.

Unos milanos lanzaron sus agudos chillidos sobre mí y me volvieron a la realidad. Miré hacia el cielo. Era ya cerca del mediodía, el sol empezaba a calentar, y agradecí la umbría de aquel pasaje que conducía hasta el jardín. Pero fue al entrar, cuando comprendí que aquellas gentes se sentían como si hubieran nacido en aquellas casas. Los naranjos, los limoneros, la fragancia de las hierbas aromáticas, la albahaca, el espliego, los jazmines. Me inundaron de nuevo, todos los aromas que, siendo niño, había aspirado en mi hogar, y de pronto me sentí feliz al comprobar que aquellas gentes, a las que consideraba como los míos, también lo eran allí.

En un pequeño porche, situado delante de la entrada, una muchacha de apenas dieciséis años se hallaba cosiendo, tan absorta en su tarea que me permitió acercarme hasta que pude apreciar la delicadeza de sus dedos, el sedoso brillo del cabello oscuro y la transparencia de su piel.

Sin saber bien lo que debía hacer, me quedé quieto apenas a unos pasos. No deseaba asustarla con mi presencia, y por otra parte, no deseaba dejar de contemplarla. De pronto, fui consciente de que hacía mucho tiempo que no sentía aquella paz interior, y de improviso, como si un relámpago hubiese iluminado mi mente, tomé conciencia de mi situación. Llevaba huyendo de mis recuerdos demasiado tiempo. Aunque a veces recordaba mi niñez, eran sólo fragmentos de mi propia vida, como si ésta fuese un plato de loza que se hubiese roto en mil pedazos.

Pero en aquel instante, por alguna razón desconocida, pude volver a contemplar el plato íntegro. Fue una sensación bella, pero también demasiado violenta, como si todo el tiempo transcurrido hubiese sido apenas un mero instante y bruscamente volviese a mi niñez, aquel jardín fuese el de mi casa y aquella niña, una de mis hermanas.

Es doloroso percibir de repente la fugacidad del tiempo. Ver que se trata de algo que no sólo no podemos controlar, sino que muy al contrario nos lleva a sus espaldas, cabalgando sin cesar, y a pensar que la muerte debe ser algo así, como caer violentamente de ese caballo desbocado.

Me encontraba absorto, estático, dispuesto a dar la vuelta y marcharme en silencio, pues me embargaba la certeza de que, por una extraña magia, había sido capaz de romper el tiempo y volver a lo imposible, a lo que sólo se me permitía llegar en mis sueños, que cada mañana se truncaban bruscamente para dar paso a la realidad.

Súbitamente, alguien me tomó del brazo. Me volví azorado y encontré, a mi lado, la serena y sonriente mirada del que no podía ser otro que dom Isaac Ababanel, al que no tuve, ni tan siquiera, que presentarme, pues por dos veces repitió mi verdadero nombre, David Meziel.

Al escuchar la voz de su padre, la joven se levantó presurosa y se acercó a besarle la mano. Fue Abravanel quien me la presentó, musitando orgulloso su nombre, Ruth. Me sonó como música, mientras ella me observaba con manifiesta curiosidad. Luego Isaac Ababanel, un hombre de alrededor de cincuenta años, de fuerte complexión y rasgos agradables, me invitó a pasar al interior de su casa. No puedo negar que se me humedecieron los ojos. Al cruzar el umbral, de nuevo se repitió el fenómeno, y me sentí empequeñecido no porque la altura de aquella estancia fuese excesiva, sino porque otra vez tuve la sensación de volver a la infancia y de que Isaac Ababanel se hubiese transformado en mi padre, ya que la atmósfera, el ambiente que me rodeó al penetrar allí, era idéntico, como si se tratase de un escenario recreado con los mismos muebles, iguales puertas y ventanas a las de mi casa en Toledo.

Isaac Ababanel entendió mi turbación, y hasta cierto punto, creo que la esperaba. Lo miré de soslayo, pues no quería que notase lo que estaba ocurriendo dentro de mí. Hacía tanto tiempo que reservaba mis sentimientos más íntimos, sin atreverme tan siquiera a atisbarlos, como si mi alma fuese un cofre cerrado del que hubiese perdido la llave, y en aquellos instantes y por aquella causa la tuviese de nuevo en mis manos y fuese sólo mía la decisión y la responsabilidad de volver a abrir el cofre, en el que se hallaban los más recónditos recuerdos, las verdaderas sensaciones, la impronta que una vez, no sabía cuándo, me había marcado. Así me convertí en el que ahora era, a pesar de las desdichas, las desventuras, la distancia y, también, porque de otro modo hubiese sido ingrato con mi destino la fortuna de haber encontrado a hombres buenos y llenos de sabiduría que me habían empujado a vivir, enseñándome todo lo que ellos sabían acerca de la existencia y sus azares.

Allí me hallaba, pues, silencioso en mi asombro, sin poder articular palabra alguna, dejando sólo que la cascada de recuerdos me inundase, con la sensación de que aquello era una cura para mi mente que se liberaba de los viejos fantasmas que frecuentemente la asolaban, impidiéndome terminar de comprender la realidad.

Durante unos instantes, Isaac respetó mi silencio y mi emoción. Cuando, por fin, logré sobreponerme, hice un rictus con los labios, queriendo transmitirle que, de nuevo, me hallaba allí. Él comprendió perfectamente mi estado de ánimo y antes de que empezásemos a hablar, me ofreció un vaso de vino. Como en aquellos momentos sentía la boca tan seca como el esparto, acepté gustoso la propuesta, por lo que Ruth trajo una botella y dos copas que colocó frente a nosotros, mientras me observaba sin disimulo.

Isaac Ababanel quiso romper el hielo y me pidió que le contase mis andanzas, pues sentía curiosidad por saber cómo el azar me había arrastrado hasta allí.

Creo que estuve hablando durante largo tiempo. Empecé haciéndolo de mis padres, de mi familia. Yo mismo me asombré de la nitidez con que aquellos apagados recuerdos volvían a mi mente y de cómo los acompañaban unas emociones que creía olvidadas.

Hablé después de mis maestros, de mis amigos y bienhechores. También de Torquemada, de las gentes atormentadas, de aquellas espantosas hogueras que no conseguía olvidar.

Isaac guardó silencio durante mi relato. Al igual que Ruth, que se había sentado en una escalera que llevaba a la planta superior. Por algún motivo que desconocía, aquellas personas no me resultaban extrañas, ni ajenas a mí. Muy al contrario, me eran tan familiares que no sentía ante ellas ninguna timidez. De hecho, a medida que iba vaciando mi conciencia me sentía más liviano, como si los recuerdos fuesen a veces una pesada carga que nos atase a nuestro pasado, convirtiéndose al fin en un lastre que nos impidiese caminar hacia delante.

Terminé mi relato, explicándoles cómo Abdallah Al Abdul, el célebre físico, me había tomado como su discípulo y lo que eso estaba significando en mi formación, pues, en un breve espacio de tiempo, había sido capaz de comprender que debía afrontar el dolor, la enfermedad, el sufrimiento de mis pacientes como algo propio, y también que necesitaba trabajar duramente para llegar a ser alguien parecido a mi nuevo maestro, al que admiraba desde el primer momento.

Isaac Ababanel se quedó mirándome. Veía cómo también sus ojos reflejaban la emoción por todo lo que allí se había evocado, y pensé que, quizás, había sido imprudente por mi parte renovar las heridas de aquel hombre, que, tal y como había podido observar, había dejado atrás todo lo malo y que, gracias a su esfuerzo y valor, había vuelto a ser lo que una vez fue en otros lugares lejanos y en otros tiempos mejores.

Luego, quizás sintiendo de pronto la ligera vergüenza del que se confiesa a desconocidos, comimos frugalmente. Aquella tarde, se encenderían las velas que indicaban la víspera del sábado. Al anochecer, Isaac pronunciaría la familiar bendición: «Alabado seas, Eterno, Adonai, Dios nuestro, Rey del Universo, que nos has santificado con tus mandamientos y nos has mandado encender las luces del sábado».

Todo aquello era lo mismo que yo había aprendido una vez, aunque ya lo llevaba tan dentro de mí que paradójicamente casi lo había olvidado. Pero el cálido y hermoso hogar de Isaac se había convertido en un revulsivo para mi aletargada conciencia. Aquella tarde fue muy importante para mí, porque sin apercibirme, me estaba transformando en una especie de vagabundo, sin más hogar que unos leves recuerdos que más me dolían que otra cosa.

Fue, en efecto, algo más tarde cuando Isaac Ababanel encendió las velas. Lo hizo con mucho cuidado y respeto, queriendo demostrar lo que aquello significaba para él, para su familia, que era ya sólo Ruth, pues el resto descansaba bajo unas perdidas losas en un olvidado cementerio de Córdoba. Luego nos sentamos frente al brasero de cobre que su hija había encendido. Fez era un lugar frío y húmedo, y era necesario el fuego.

Ambos nos quedamos un largo rato mirando fijamente las brasas. El fuego podía ser el símbolo de todo lo bueno y de todo lo malo. Era el aliento vital, el calor del hogar, la cocina de mi infancia. Pero también las hogueras donde había visto morir a hombres y mujeres por el solo hecho de ser judíos, las casas incendiadas, las sinagogas ardiendo, los libros quemados, el infierno terrible de la maldad humana. Sabía bien que Isaac tenía los mismos pensamientos. Observé el brillo de las llamas en sus abstraídas pupilas, y por un momento pensé que podría penetrar en aquel oscuro y profundísimo pozo que tal vez me condujese a sus más íntimas ideas.

Luego, al cabo de un largo silencio, Isaac habló. Lo hizo al principio con dulzura. Posiblemente, quería convencerse de que ya sólo eran reflexiones, recuerdos del pasado, algo que había comenzado y terminado. Hablaba meditando mucho lo que decía, como si las cavilaciones naciesen en aquellos mismos momentos. Sólo después, al terminar su narración comprendí que mi intuición era exacta.

Nací en Córdoba. Otra vez más su voz me recordó a la de mi padre. Mis padres eran gentes de bien que sin esperarlo, sin apenas recelarlo, sufrieron por el solo hecho de ser judíos sefardíes un terrible, un espantoso trauma. Fueron obligados a convertirse por la fuerza. Amenazados, intimidados, cuando eran ya casi ancianos. También yo tuve que hacerlo, todos en mi familia, mi esposa e, incluso, mi hija.

En un principio, estábamos convencidos de que aquello no era más que otra humillación. Debíamos una vez más, como tantas veces le había ocurrido a nuestro pueblo, agachar la cabeza y seguir sobreviviendo con la esperanza de que alguna vez todo lo que nos acechaba en la oscuridad, el mal que se manifestaba de tarde en tarde y el recelo que acompañaba las miradas de nuestras mujeres terminasen, y pudiésemos vivir como el resto de las personas, con sus alegrías y sufrimientos, con sus esperanzas y realidades.

Todo se había venido abajo en poco tiempo. Fue precisamente en Córdoba, en nuestra hermosa ciudad, donde la Inquisición se manifestó antes. Donde fue luego más brutal. Aún permanece allí ese demonio del Averno con figura humana, el inquisidor Diego Rodríguez de Lucero. ¡Dios lo maldiga! No tiene nada que perder, haga ya lo que haga, pues tan grandes han sido sus desmanes, tan atroces sus hechos que, en su negro corazón, debe tener la certeza de que Dios no lo puede perdonar, ni los hombres tampoco.

Nos conminaron, por tanto, a renegar de nuestra fe públicamente. Si no lo hacíamos, corríamos nosotros, todas nuestras familias, grandes y graves peligros. Debíamos, pues, someternos a una religión que no era la nuestra, aceptar implacablemente sus dogmas y sus credos.

Es bien cierto que lo hicimos, convencidos entonces de que dar aquel paso no tenía mayor trascendencia en nuestras convicciones. No era para nosotros más que una especie de farsa con tintes dramáticos, en la que todos nos veíamos implicados para que todo siguiese como antes. Los unos, porque conocíamos bien cuál era la verdadera religión. Los otros, porque sabían que sus exigencias no eran más que fruto de ambiciones desmedidas por nuestros patrimonios, pero sobre todo, también por las envidias y resquemores que se escondían tras el estandarte de una fe que, en realidad, ellos mismos no sentían.

Era como si quisiesen hacer cruzadas con nosotros, llevarnos hasta el límite, empujarnos al borde de un precipicio, y una vez en ese trance, salvarnos la vida, haciéndonos perder el alma.

Pero no era tal juego; no, al menos, como nosotros lo entendíamos. Era algo mucho más profundo, más trágico, más doloroso, porque aquello parecía más un pacto, una tregua en una larga batalla, que otra cosa. Fuimos, pues, convertidos, bautizados, hechos cristianos, fabricados en su fe. Todo entre felicitaciones y algazaras, falsas como los sentimientos que expresaban, porque muchos hubiesen deseado vernos manteniendo nuestra religión, obligados a abandonar todo, camino de un destierro o de una muerte cierta, que eso era casi lo mismo. No teníamos otra opción, y casi todos aceptamos aquel infernal trato.

Fueron muy pocos los que se resistieron. Unos cuantos, contados con los dedos de las manos, que entonces nos parecían más fanáticos que otra cosa, a los que con vergüenza reconozco que critiqué e induje a que cambiaran de opinión, ya que nuestro argumento era que más valía aquella comedia en la que nos obligaban a participar que tener que huir, empobrecidos, arriesgando las vidas de nuestros mayores y de los que aún no podían comprender nada.

Todos nos equivocamos. Tomamos a chanza una situación que se nos antojó casi ridícula. Recuerdo cómo la misma tarde en que nos convertirnos en cristianos nuevos celebramos la Pascua judía, la *Pessah*, y encendimos con más devoción si cabía, los candelabros que habíamos guardado en el fondo de los armarios junto con la Torá. Nuestras mujeres habían preparado de antemano la comida ritual, eliminando el *hametz* en nuestro pan. Nos sentíamos, sin dudarlo, más judíos que nunca, como si en lugar de convertirnos, nos hubiesen confirmado en nuestra religión.

Nadie podía creer otra cosa. A fin de cuentas, eso lo habíamos hecho otras veces en nuestra historia. ¿Quién podría creer que olvidábamos a Jehová? ¿Cómo podríamos borrar de nuestras mentes el Talmud? Toda la gesta de un pueblo, demasiado larga. Una historia que se prolongaba hasta confundirse en la noche de los tiempos con lo mítico. Una historia con demasiados héroes como para ser los primeros traidores. Todos conservábamos la *mezulah*, con los versículos de la Sagrada Escritura. Todos sabíamos que los Patriarcas seguían observándonos desde el Paraíso y que Moisés podría comprender lo que estábamos haciendo.

Pero no pensábamos en Moloc. De alguna manera, en un remoto tiempo, parte de nuestro pueblo había escogido la senda equivocada. Ellos también habían celebrado sacrificios en los que las víctimas eran humanas. También, con el ritual del fuego y las hogueras. El sacrificio del hijo primogénito en honor a Yahvé. Aquello, como una maldición, se volvía ahora contra todos nosotros.

Todo se transformó en una pesadilla. Las oscuras frases bíblicas, que no eran para nuestro pueblo más que lejanas advertencias, empezaron a convertirse en realidad: «Vuélvete desde el cielo para mirarnos y contempla cómo nos hemos convertido en la irrisión de los pueblos: somos las ovejas que conducen al matadero; se nos golpea y se nos mata, se nos maltrata y llena de reproches. Pero no hemos olvidado tu nombre. Te suplicamos que no nos olvides Tú tampoco, Oh Eterno, Dios nuestro…»

Cuando verdaderamente comprendimos la gravedad de aquella decisión, acudimos a los rabinos. Debíamos hacerlo con precaución, pues sabíamos que, día y noche, éramos observados, vigilados con saña por nuestros enemigos, que sólo esperaban un mínimo tropiezo para abalanzarse sobre nosotros y terminar lo que habían comenzado.

Los hombres sabios nos dijeron que debíamos orar. Ya no era momento de convertirnos en mártires, porque eso era exactamente lo que muchos deseaban. Sólo una mera excusa para destruirnos y arrebatárnoslo todo. Nuestra honra, nuestros bienes, nuestras vidas.

Algunos de los nuestros acudieron a los cabalistas. Indagaron en los *sephiroth* para saber si otra vez se había interrumpido la relación entre ellos, y de nuevo volvían a estar entre nosotros las fuerzas oscuras primordiales. Estudiaron el Sefer ha-Zohar, pero no encontraron explicación alguna en el libro de Moisés de León, ni en los textos de Abulafia.

Pronto, con gran desesperación, comprendimos que nos hallábamos ante un dilema insoportable. No podíamos volver a renegar públicamente de una religión impuesta por la fuerza de la espada. No éramos lo suficientemente valerosos para ver sufrir, y tal vez morir, a nuestros hijos. Tampoco podíamos permanecer insensibles a sus miradas, que, a pesar de su juventud e inexperiencia, parecían ser conscientes de todo lo que sucedía, de nuestra cobardía.

Entonces nos reunimos de nuevo. Nuestra desesperanza era tal que corrimos un enorme riesgo, pues aquella reunión podía ser la excusa que algunos cristianos estaban buscando con ahínco para darnos el golpe de gracia y destruirnos definitivamente. No nos atrevíamos a mirarnos a la cara, porque cada uno tenía una excusa para lo que había hecho, pero todos sabíamos cuál era el verdadero fondo de la cuestión.

Después de un larguísimo y ominoso silencio, uno de nosotros, Jacob Beniel, el rabino, al que teníamos por el hombre de mayor sabiduría, tomó la palabra.

—Hermanos —su voz resonó en nuestros corazones como un aldabonazo—, ¿recordáis la carta a los desterrados, la carta que el profeta Jeremías envió desde Jerusalén a los ancianos, a los sacerdotes y a todos los que el sátrapa había desterrado a Babilonia? ¿La recordáis? Pues os la voy a refrescar para que la tengáis presente en estos momentos de duda y aflicción:

«Así dice Yahvé, Dios de Israel, a todos los deportados: Edificad casas y habitadlas; plantad huertas y comed su fruto; casaos y engendrad hijos; casad a vuestros hijos e hijas para que tengan hijos; y multiplicaos ahí, no mengüéis. Buscad el bien del país a donde yo os he desterrado, y rogad por él a Yahvé, porque su bien será también el vuestro.

Porque así dice Yahvé Sebaot, Dios de Israel: No os dejéis engañar por los profetas que hay entre vosotros, ni por vuestros adivinos. No hagáis caso de los sueños que os cuentan, porque son mentiras que os profetizan en mi nombre. Yo no los he enviado. Pues así dice Yahvé: Cuando acaben los setenta años concedidos a Babilonia, yo os visitaré y cumpliré en vosotros mi buena palabra de volveros a este lugar, porque yo sé los pensamientos que tengo sobre vosotros, pensamientos de dicha y no de desgracia, de daros un porvenir lleno de esperanza. Entonces, cuando me invoquéis y supliquéis, yo os atenderé, y cuando me busquéis, me hallareis. Sí, buscadme de todo corazón, y yo me dejaré hallar por vosotros y cambiaré vuestra suerte. Os reuniré de todos los países y de todos los lugares adonde os he echado, y os volveré a este lugar de donde os desterré.

En cuanto al Rey que se sienta en el trono de David y a todo el pueblo que vive en esta ciudad, hermanos vuestros que no fueron al destierro, así dice Yahvé Sebaot: Yo voy a mandar contra ellos espada, hambre y peste. Los dejaré como los higos malos, que de malos no se pueden comer. Los perseguiré. Haré de ellos un objeto de horror para todos los Reinos de la tierra, de maldición, espanto, irrisión y vergüenza entre todas las naciones adonde los arrojé por no haber escuchado mis palabras. Sin cesar les he enviado a mis siervos, los

Profetas, pero no los han escuchado; y vosotros, todos los desterrados que mandé a Jerusalén de Babilonia, escuchad la palabra de Yahvé. Ya que decís que Yahvé os ha suscitado profetas en Babilonia, así dice Yahvé Sebaot, Dios de Israel, sobre Acab, hijo de Colaya y Sedecías, hijo de Masaya, que os profetizan mentiras en mi nombre. Yo los entregaré en manos de Nabucodonosor, Rey de Babilonia, que los matará a nuestros propios ojos.»

Entonces, al escuchar aquellas palabras de Jeremías, puestas en boca de Jacob Beniel, todos, de pronto, supimos lo que debíamos hacer, y en lugar de llorar y lamentarnos, reíamos y sollozábamos de dicha, porque Yahvé, nuestro Dios de Israel, nos había mostrado el camino.

Nadie se arrepintió de aquello. Cogimos nuestros carros y los cargamos con lo más preciso: nuestros libros y manuscritos, los candelabros, la *mezulah*, el rollo de la Torá de la sinagoga, y también alimentos para poder mantener a nuestros hijos y a nuestros ancianos; poco más. Allí quedaron muebles y vajillas, los aperos de labranza que no podíamos acarrear por su tamaño, las ovejas y cabras, las gallinas y palomas, los huertos cargados de frutas y hortalizas, nuestras casas que nos habían resguardado por generaciones.

Salimos de ellas y delante de sus puertas oramos por los que quedaban bajo las sepulturas, por los que nos habían cuidado y educado. Luego cerramos las puertas con dos vueltas de llave en un gesto simbólico, porque contra la maldad no valen cerraduras, sino sólo fe, y nos fuimos uniendo unos a otros, formando una larguísima caravana. Íbamos cantando y dando gracias al Señor, y los cristianos que nos veían pasar no sabían bien lo que pensar, pues algunos, incluso, creían que íbamos de romería para volver a los pocos días. No podían creer que lo abandonábamos todo para marchar lejos de allí, y jamás podrían sospechar lo que en realidad había ocurrido: que Dios, en su misericordia, nos había iluminado y prevenido, y que debíamos partir a tierras lejanas, llevando en nuestros corazones la certeza de que Él nos protegía.

Aquellos barrios, que los cristianos llamaban juderías, quedaron desiertos, de la noche a la mañana, en muchos lugares de Córdoba. Fue una decisión nuestra, mucho antes de que esos Reyes, llamados «católicos», firmasen el Decreto de Expulsión.

Bajamos, pues, lentamente entre tristes y contentos, empujados por el aliento de Jehová, siguiendo la ribera del Guadalquivir, el Ouad Al Kebir, de nuestros primos de raza, los moros de Al Ándalus, que en cuanto conocieron la determinación que nos empujaba a marchar de nuestras propias tierras, sin que entonces nadie nos obligase a hacerlo más que nuestra conciencia, nos ofrecieron toda su ayuda, como luego se vio, para poder llevar a cabo aquella difícil empresa.

Por fin, después de muchas jornadas y penalidades sin cuento, arribamos a Tarifa. Una vez allí, como pudimos, aprovechando un tiempo como no se había conocido en muchos años, pues el estrecho estuvo durante semanas como una balsa de aceite, lo que maravillaba a los pescadores a los que habíamos alquilado sus barcas, que no habían visto en toda su vida aquella falta de vientos y una mar tal calma, fuimos pasando todos a fuerza de remos, como si otra vez Moisés hubiese separado las aguas para mostrarnos el camino.

En Tánger, fuimos bien acogidos tanto por moros como por judíos, que a los cristianos que allí había, así fueran castellanos o portugueses, los aplacamos al entregarles unas bolsas con monedas de plata.

En aquella ciudad, nos organizamos para realizar el resto del viaje hasta esta ciudad de Fez El Bali, que, como ves, nos acoge como si en ella hubiésemos nacido.

Isaac Ababanel terminó el relato en ese punto, y no pude, por menos, que admirarme de aquella decisión. Obligados por la fuerza a aceptar la conversión, comprendieron que su única salida era elegir ellos mismos un lugar donde poder seguir siendo verdaderos judíos. De otra manera siempre hubiesen vivido en su propia vergüenza, sin ser capaces de mirar a sus hijos a los ojos.

Ruth que al igual que yo había permanecido escuchando a su padre sin pestañear, trajo entonces el candelabro, y ambos comenzaron los preparativos para el *Shabbat*. Al percibir mi nostalgia, Isaac me invitó a permanecer aquella noche allí. Comprendí que no me consideraban un extraño, sino que me habían aceptado naturalmente como uno más de la familia.

Ruth miró interrogante a su padre, quien asintió con un ligero movimiento de cabeza, y ella trajo una vela de la cocina para encender el candelabro, mientras Isaac pronunciaba la ritual bendición. Después, bendijo una pequeña jarra de vino y los tres bebimos. Observé a Isaac mientras cortaba el pan y de nuevo vi entre brumas a mi padre haciendo lo mismo.

A pesar de que aquellas tradiciones casi se me habían olvidado, porque Joel Ben Gaón, que tenía otras muchas virtudes, no era hombre muy piadoso, participar en aquella fiesta fue algo extraordinario para mí por otro motivo. Hasta aquel momento y desde que habían asesinado a los míos, nunca había vuelto a estar en familia. Allí, en la casa de Isaac Ababanel, un judío sefardí de Córdoba que había preferido marcharse y abandonarlo todo, antes que ir contra su conciencia, sentí de nuevo el calor del hogar, y algo que creía definitivamente apagado volvió a encenderse en mi interior.

IV

LAILAT AL-MIRAJ

Pasaron sin tregua los días, los meses y las estaciones. Abdallah al Abdul me instruía sin descanso, porque él no entendía la vida de otra manera que siendo médico en cada uno de los momentos de que se componía el día. Cuántas veces sucedió que, mientras nos encontrábamos cenando o, incluso, durmiendo, tuvimos que levantarnos apresuradamente para seguir a un hombre o una mujer, atribulados por la enfermedad o la desgracia. Al Abdul no lo dudaba, cogía una especie de talego hecho de cuero de cabra, donde llevaba parte de su instrumental, un escalpelo, unas tenacillas, una cuerda de seda para hacer un torniquete, también frasquitos de vidrio grueso de colores con ungüentos, pócimas, unciones y otras pomadas que curaban y aliviaban las urgencias.

Aquel hombre se entregaba en cuerpo y alma a la ciencia de Galeno, Esculapio e Hipócrates. Las gentes de Fez lo trataban con un enorme respeto y los enfermos parecían mejorar con su sola presencia.

Veíamos males y dolencias de todo tipo. Recuerdo bien el caso de un amigo y vecino de Al Abdul aquejado de un grave reumatismo, una dolencia que él achacaba a la gran humedad de Fez, pero que mi maestro intuía se debía, más bien, a su glotonería y deficiente alimentación. El propio Al Abdul me habló de la enfermedad de aquel hombre y de cómo, durante una época, había mejorado sensiblemente, porque aceptó seguir la dieta que le impuso hasta que, de nuevo, su gula sometió a su voluntad.

Aquella era una teoría de mi maestro que se basaba en los clásicos, incluso en las escuelas más lejanas como la remota China, de la que el viajero Marco Polo había traído extraordinaria información. Somos lo que comemos, decía.

Para él, la Bromatología era una ciencia fundamental en el estudio de las enfermedades.

La gente comía hasta reventar, creyendo que así podría resolver algo cuando llegasen momentos más difíciles. Para muchos, el único precepto era: «Después de Dios, la olla.» Otros, en cambio, la mayoría, sólo podían comer de tarde en tarde, y aun así, no conseguían más que malvivir.

Apenas llevaba allí unos meses, cuando una madre nos llevó a sus hijos, creyendo que la piel estirada y brillante de las manos de todos ellos era debida a que se dedicaban a curtir y teñir pieles. Sólo quería un ungüento para aliviarlos, pero Al Abdul, de una sola ojeada, emitió el fatal veredicto: lepra. En momentos como ese, lo veía impotente, porque era consciente de que no podía hacer nada por sus pacientes. Pero en otros casos recetaba algo específico o cortaba parte del tejido malsano. También amputaba, cuando ya no se podía hacer otra cosa, aunque siempre intentaba salvar el miembro afectado.

De él aprendí lo que consideraba más importante: el diagnóstico. Me decía una y otra vez que debía observar al enfermo en su integridad para descubrir lo que, a menudo, los propios síntomas ocultaban, o lo que, incluso, el propio paciente se negaba a reconocer, como si no quisiera aceptar su propia dolencia, y al engañarse, se aliviase en sus cuitas, aunque fuese consciente de que eso, al final, no le sirviese de remedio.

Fue Al Abdul el que me llevó a la casa de Ibn al Jindak, un eminente médico egipcio del que se hablaba últimamente en Fez. Aquel hombre, según me explicó Al Abdul, sabía mucho acerca de las enfermedades de los ojos, lo que también interesaba grandemente a mi maestro. Al Jindak había llegado apenas hacía unas semanas, pero su fama se extendía ya a muchas leguas de distancia de la ciudad, que en los últimos días se había llenado de ciegos, algunos con los ojos ulcerados, otros con la enfermedad del velo, y muchos de ellos, tuertos, en trance de perder la poca visión que les quedaba.

Al Jindak era un hombre de insólita apariencia. No tenía ni un solo cabello en todo el rostro, ni, por lo que se podía adivinar, tampoco en el resto del cuerpo. Uno de sus ojos era azul y el otro marrón, y no era fácil mantener su vista penetrante. La piel que le cubría el cráneo era fina y transparente, por lo que se le adivinaban algunas venas azuladas que parecían palidecer cuando les daba la luz, dando la extraña sensación, de que las ideas iban fluyendo desde su portentosa inteligencia.

Hablaba con un extraño acento que, en un principio, por mi ignorancia, achaqué al hecho de ser egipcio.

Mi maestro y él congeniaron enseguida. Eran de caracteres muy distintos, pero ambos eran sabios y, como físicos, tenían muchas cosas que decirse, por lo que pronto estuvieron hablando acerca de Al-Gafiqi y de Al-Baitar, a quienes, de mutuo acuerdo, consideraron como un eminente herborista y un brillante farmacéutico.

Al Jindak se mostró muy interesado por mí, al saber que era sefardí de Toledo. Comentó con tristeza que aquélla había sido una ciudad de sabios y que merecía un mejor destino.

Después, nos invitó a entrar en su laboratorio. En aquellos momentos, estaba procediendo a diseccionar el cuerpo de un hombre joven de buena posición, que había muerto decapitado en el cadalso por tratarse de un adúltero reincidente. Lo curioso era que se trataba de un ciego, aunque aparentemente no tenía ninguna señal externa de su dolencia. Para ello, Al Jindak con gran habilidad había extraído los ojos, así como el conducto que los unía con el cerebro. Todo ello reposaba en una gran mesa de mármol, con un agujero central, lo que permitía evacuar los fluidos humorales.

Los dos hombres, inclinados sobre el cadáver, cambiaron impresiones sobre aquella rara afección. Lo normal era perder la vista a causa de un accidente, incluso a veces debido a un fuerte golpe en la cabeza. También, en muchos casos, el polvillo del desierto se introducía en los ojos, lesionándolos, lenta pero inexorablemente. Muchos en Fez parecían llorar sin consuelo, lagrimeando continuamente. Pero no era corriente encontrar una persona con los ojos sanos, incluso con la mirada viva y transparente, como aún se podía observar en aquellos globos, y que sin embargo, no pudiese ver nada.

Recordé las enseñanzas de Abraham Revadel y de un caso similar, el de una mujer que pudimos diseccionar en Lisboa.

Mientras ambos seguían hablando, contemplando distraídos unos manuscritos de Botánica de Al Nabati, extraje del bolsillo la lupa que Abraham me había legado y observé con determinación los conductos que, como cuerdecillas, unían los globos oculares con el cerebro. En uno de ellos existía una especie de minúscula inflamación, parecida a un tumor, como los que con frecuencia se encontraban en los cadáveres de gente de más edad. Era curioso, sin embargo, que aquello que podía haber ocasionado la pérdida de un ojo, no explicaba que ambos hubiesen quedado sin visión.

Tan abstraído me encontraba, reflexionando sobre aquello, que no me apercibí de que Al Jindak se hallaba a mi lado, observándome detenidamente. Entonces, sin meditar lo que decía, señalé el pequeño tumor del conducto que enlazaba el globo con el cerebro.

Al Jindak asintió, mientras mi maestro nos observaba, colocado de pie frente a nosotros. Él también había notado aquella anormalidad. En cuanto a la pérdida de visión total, comentó que, en algunos casos, cuando un ojo resultaba herido y comenzaba a supurar, el paciente perdía también la vista en el otro, quedándose totalmente ciego. De hecho, él mismo mantenía la teoría de que, cuando un ojo se había perdido, era mejor extraerlo del todo para que no contaminase al otro. Añadió que Ibn Sina había analizado el globo ocular, encontrando que el fluido helado se hallaba en el mismo centro del ojo. Al Jindak, mientras hablaba, había extraído y seccionado con una habilidad envidiable el ojo. Por delante, pudimos apreciar la parte acuosa; por detrás, la cristalina. Terminó diciendo que el ojo se recubría de siete túnicas que, al igual que los siete planetas, giraban alrededor de ese centro y que cada una de ellas cumplía una función específica.

A partir de aquel momento, Al Jindak me prestó más atención, y antes de marcharme, le rogó a mi maestro que me permitiese permanecer con él durante su estancia en Fez. Deseaba que le sirviese de ayudante, dada la acumulación de pacientes que esperaban ser recibidos. Aquello fue para mí, y también para Al Abdul, motivo de gran satisfacción, por lo que asintió a tal petición sin dudarlo un instante.

Al día siguiente, mientras reflexionaba acerca de mi suerte, me acerqué de nuevo a la *mellah*, pues deseaba ver otra vez a Isaac Ababanel y a su hija Ruth. Una vez más, me acogieron con grandes muestras de cariño y no pude, por menos, que contarles todo lo que estaba sucediendo, y de cómo sin darme apenas cuenta, me había convertido en el discípulo favorito de dos de los más ilustres médicos del Islam.

Isaac me indicó con orgullo que nosotros, los judíos sefardíes, también teníamos una gran tradición como médicos, físicos y cirujanos. Ahí estaban Maimónides y otros, que habían creado la Medicina, junto a lbn Sina e Ibn Rusd.

Isaac añadió que deseaba presentarme al resto de los miembros preeminentes de la comunidad sefardí en Fez. Quería aprovechar la Pascua judía para hacerlo. Recuerdo cómo se me quedó observando, esperando mi asentimiento. Pero yo no quería tener engañado a aquel hombre sencillo y bondadoso, y sin poder reprimirme, le manifesté que dentro de mí no existía la fe, tal y como se esperaba de un judío sefardí.

Me miró incrédulo, interrogándome con la mirada, porque en un primer momento no entendió bien lo que significaban mis palabras. En su cabeza en modo alguno cabía que un judío dudase de su fe.

Deseaba darle una explicación, y le hablé entonces de Manasseh Ayish, al que había conocido como fray Gregorio de Luna. También de Ben Gaón, un hombre generoso y bueno, pero que no era religioso. De Abraham Revadel, un extraordinario médico y una persona cabal que, sin embargo, nunca me habló de Dios. Finalicé añadiendo que en aquellos días me hallaba con Abdallah Al Abdul, un hombre que vivía entregado a los demás, pero que no parecía darle mucha importancia al más allá. Tal vez, entretenido con las cuitas y los dolores de sus pacientes, no era capaz de hablarme de religión, aunque era bien cierto que conocía profundamente la diferencia entre la suya y la mía. Yo sabía que no era ese el fondo de la cuestión, pues, en otro caso, bien podría haber intentado convertirme.

Isaac me observaba desconcertado. Él no era capaz de entender nada sin el apoyo de Jehová. Sin la religión, dijo con total convicción, no éramos nada, apenas un puñado de polvo. A pesar de ello vi cómo intentaba comprender mis circunstancias. Dijo, sin mirarme, que yo había sufrido un duro trance, y eso había hecho tambalearse mi fe. Pero estaba convencido de que todo lo que me ocurría no era más que algo pasajero, como una fiebre, o una enfermedad más de la que con seguridad me repondría. Me miró, intentando sonreír. Añadió con gran convicción que él podría hacer de médico para mi alma, porque los síntomas que yo manifestaba sólo se podían curar con oraciones.

Pero a pesar de sus palabras de aliento, lo noté algo más frío al despedirme. Creo que en el fondo de su alma le era imposible entender lo que me ocurría, y quizás llegó a pensar que en verdad era judío no sólo el que se reconocía como tal, sino el que cumplía estrictamente con sus deberes religiosos.

En cuanto a mí, podía entender mejor lo que él pensaba. Aunque seguía considerándome judío, al menos tanto como él, al igual que en su caso, yo tampoco podía ir contra mi conciencia. Lo que ésta me decía era que todo lo que de bueno o malo quisiera hacer, lo debía realizar en este mundo. Hacía ya mucho tiempo que había surgido una gran duda dentro de mí. Siempre, desde que tenía uso de razón, a mi alrededor había cristianos, moros y judíos. También, más tarde, conocí gente de otras razas y creencias. ¿Éramos nosotros, en verdad, el pueblo elegido? Salomón Benassar así lo afirmaba, y yo respetaba su parecer, pero no lo compartía con la total certeza y seguridad con que él lo manifestaba. Creía, más bien, que había gentes buenas y malas, como también las había valientes y cobardes. Pero que, en el fondo, todos éramos iguales, y ese largo y proceloso río que era la existencia, cada uno podía afrontarlo a su manera.

Había visto la forma de proceder de muchos cristianos para con los que no pensaban como ellos. Cuando era niño, en mi inocencia, creía que todos éramos iguales, que todos teníamos los mismos derechos y obligaciones. Luego la vida me demostró que estaba engañado, que me habían convencido de algo que no era cierto, y eso era, además, lo que nos había tornado débiles, como ovejas conducidas al matadero.

Pero en mí interior tenía la certeza de que ya no volvería a caer en el mismo error. Para mí, Abdallah Al Abdul, o Al Jindak, o Ben Gaón, eran sólo lo que valían como hombres. No los diferenciaba, ni valoraba más por ser unos, moros, y otros, sefardíes. Podría llegar, incluso con ese razonamiento, a los cristianos, pues entre ellos tendría que haber también gente de bajos instintos y con seguridad gente buena y sencilla, horrorizada por lo que los suyos habían hecho contra nosotros, y más tarde contra los moriscos.

Mientras tanto, entre tanta duda, al menos, tenía algo claro. Debía seguir el camino que había elegido: quería llegar a ser un buen médico. Luchando contra el dolor, contra la enfermedad, contra las miserias humanas, tendría la certeza de que mi existencia no era inútil. Aspiraba a ser alguien en quien los demás confiasen, tal y como sucedía con Revadel, con Al Abdul, o con Al Jindak. Todo lo demás era accesorio, aunque respetaba sus principios, sus creencias y sus métodos.

Seguí, pues, largo tiempo entre aquellos dos extraordinarios hombres que parecían pugnar por aprender todo lo que sabía el otro, ya que no cesaban de hacerse preguntas, de interrogarse sobre cada uno de los pacientes que llegaban a la consulta. Desde el mismo momento en que entraban a la sala, los miraban con una mezcla de admiración y extrañeza, inquietándose, al final, al ver que, más que atenderlos directamente, aquellos dos sabios se ponían a discutir sobre tal o cual remedio. Así que opté por seguirles la corriente hasta cierto punto, y cuando se enzarzaban en sus teorías y razonamientos, aprovechaba yo para recetarles algo que me parecía adecuado, despidiendo al paciente, que me agradecía la atención que le otorgaba, y salía presto de allí aferrando su prescripción con la certeza interior de que en ella se encontraba su curación.

Ellos no se molestaban por mi proceder, muy al contrario, agradecían el hecho de que fuese haciendo pasar un continuo desfile de afecciones y dolencias ante sus ojos, pareciendo ansiosos de acertar cuál era el mal que aquejaba al paciente antes de que lo hiciera su colega. Eran, en aquellos momentos, contrincantes, intentando descubrir lo que en realidad sucedía en el organismo de cada enfermo.

Aquella extraña relación que, durante un tiempo, mantuvimos, me demostró que allí no se hallaban dos musulmanes y un judío, sino sólo tres médicos, aunque era bien cierto que yo no podía compararme con ellos, y por encima de todo, tres hombres que se preocupaban por los demás seres humanos.

En cuanto a mí, me satisfacía comprobar que, cada día, aprendía algo importante. Pero ese mismo razonamiento me venía a decir que, en realidad, no sabía nada y que, más que otra cosa, lo único que podía dar eran esperanzas y fe a mis pacientes.

Así fueron pasando las semanas y los meses. Dentro de mi conciencia, se iba abriendo paso la inexorable convicción de que una gran parte de la enfermedad estaba dentro del ánima de los que la padecían. De hecho, era evidente que muchos de ellos eran asaltados por una extraña melancolía que parecía acelerar el curso de sus enfermedades, como si, de alguna forma, el organismo se hubiese resignado a aceptar la muerte de antemano.

Esa idea me llegó a obsesionar de tal manera que, incluso, soñaba con frecuencia con una extravagante fantasía, en la que podía percibir claramente cómo todos los seres humanos estábamos atados a una especie de nube que flotaba sobre nosotros, unidos por unos leves hilos, brillantes como la plata recién pulida. No pude dejar de comentar aquella obsesión con mi maestro, y al escucharme, Al Abdul me sonrió, asintiendo con tristeza. Él iba más allá. Para él, la muerte era el fin inevitable que nos transportaba a la eternidad. La vida era apenas una ilusión, un instante de luz en la oscuridad, un equilibrio en el caos entre un brillante e inalcanzable cielo, donde debía encontrarse el Paraíso, y una pavorosa sima en las entrañas de la tierra, donde se hallaba el Infierno, la morada de todos los demonios y del Mal.

Observé con una cierta preocupación que por aquellos mismos días el carácter de Al Abdul iba cambiando, como si se fuese cerrando en sí mismo. Deduje que lo que, en realidad, ocurría era que el continuo contacto con la enfermedad y la muerte, no le permitían ver la parte, por mínima que fuese, que de felicidad tenía la vida.

Pero la realidad se impuso. Una mañana, cuando regresaba de la *mellah* en la que había permanecido celebrando el *shabbat* con Isaac Ababanel, vi cómo uno de los esclavos de Al Abdul se acercaba corriendo hacía mi, mientras hacía grandes aspavientos con los brazos. Apenas llegó a mi lado, se dejó caer de rodillas y hundió la cabeza en mi túnica, ya que me había acostumbrado a vestir como mi maestro, pues eran ropas idóneas para el clima, calientes en invierno y frescas y desahogadas en verano.

Ahmed, que así se llamaba el siervo, parecía desconsolado, pero de tan nervioso que se hallaba, no era capaz de darme la razón de sus cuitas. Me alarmé, pues algo importante tenía que haber ocurrido para que se hallase en aquel estado de desesperación.

Al ver que no era capaz de expresarse, eché a correr hacia la casa y entré en el laboratorio, porque allí era donde con mayor seguridad debería encontrarse mi maestro.

La estancia se encontraba vacía. Una ligera brisa movía las cortinas de seda, que él siempre tenía la precaución de mantener cerradas para evitar los insectos. Todo parecía normal, incluso, sobre la mesa de disección, el cuerpo de un hombre, parcialmente abierto, aguardaba las hábiles manos de Al Abdul.

Ahmed llegó a mi lado y me cogió del brazo, arrastrándome hacia donde se encontraban las habitaciones privadas. Le acompañé intrigado, mientras la preocupación que comenzaba a sentir iba creciendo dentro de mí.

Preocupado y algo nervioso, penetré en el dormitorio. El lecho perfectamente estirado era sospechoso, porque Al Abdul no abandonaba jamás su casa y era hombre muy rutinario en sus costumbres. Entre otras, le agradaba dar vuelta cada noche a su colección de relojes de arena, así como comprobar cada mediodía la altura del sol sobre unos grabados realizados en una pared orientada hacia el sur. Entramos finalmente en la sala de baños. La alta bóveda de ladrillo dejaba pasar la luz de la mañana, y allí, en la bañera, casi sumergido en un líquido ligeramente rosado, se hallaba el pálido e inerte cuerpo de Al Abdul.

Al punto de verlo, quedé horrorizado. No podía llegar a comprender cuáles eran los motivos que le habían obligado a tomar aquella determinación. Hacía apenas dos días, aquel hombre bueno parecía gozar de la vida, dentro de su carácter circunspecto al que le había conducido la continua reflexión sobre la vida y la muerte.

Aun sabiendo que me hallaba frente a un cadáver, no pude evitar tocarlo, pues era tal mi sorpresa y mi desasosiego que no era capaz de asimilar que realmente aquello había podido ocurrir.

Apesadumbrado, me senté lentamente en una jamuga situada frente a la bañera. Observé sus rasgos y entonces supe que aquel hombre no parecía haber sufrido. Mantenía los ojos abiertos, y al notar que parecía clavar sus pupilas en las mías, sentí un ligero escalofrío, porque miraba, sin ver, hacia el punto exacto donde me había sentado, como si hubiese tenido la certeza de que irremediablemente las cosas sucederían de una determinada manera y no de otra.

Pude observar que, siguiendo su costumbre, había colocado su atril de escribir entre los brazos de la bañera, lo que hacía frecuentemente, sobre todo en verano, porque mantenía que muchas enfermedades eran enemigas del agua, tanto fría como caliente, y allí escribía sus notas cuando se aseaba y relajaba tras otra larga jornada de disección y estudio.

Sin poder reprimir mi curiosidad, me levanté y observé todo con detalle. En el suelo, al otro lado de la bañera, encontré un rollo de pergamino que debía haber caído girando sobre sí mismo, escondiéndose bajo ella. Me agaché y miré de soslayo el perfil de Al Abdul. Me recordó el busto de mármol de un patricio que existía en el zaguán de la casa y que, junto a otras valiosas piezas, había hecho traer de la cercana Volubilis.

No podía hacer nada por él, por lo que le pedí a Ahmed que me dejase solo con el cuerpo de su amo. Me senté, de nuevo, dispuesto a leer lo que en el manuscrito había escrito en los últimos instantes de su vida.

Con una caligrafía delicada, pero bella y elegante, Al Abdul me hablaba desde la eternidad con la misma naturalidad con que lo hacía cotidianamente.

«En el nombre de Dios, yo, Abdallah Al Abdul lbn Al-Abbas, médico y cirujano, así como maestro en Álgebra y Botánica, por mí mismo y sin que nadie ajeno a mi propia voluntad y entendimiento me haya obligado, ni me haya visto forzado a tomar esta decisión irrevocable, creyéndome en plenitud de facultades, y sin querer ofender a Dios, el Clemente, el Omnipotente, el Sapientisimo, he decidido poner fin a mis días sobre la tierra.

Para evitar disquisiciones, escribo el presente legado que es, además, puntualización de mi propia, espontánea y libre voluntad.

Debo decir, ante todo, que no he hecho más que adelantar algo la hora de mi muerte. Ello me complace, pues si ahora muero, es porque así, en mi conciencia, lo he dispuesto y no porque la muerte haya venido intempestivamente a visitarme.

No lo hago por soberbia humana, ni tampoco como afrenta a Dios, que esto que sucede estaba escrito en su libro eterno, y así se dispuso junto con todas las cosas del Universo desde su inicio.

Pero en mi reflexión como mortal, no he podido olvidar que, ante todo y sobre todo, soy médico, discípulo de Galeno, de Hipócrates, de Ibn Sina y de tantos maestros que han ido atesorando la verdadera sabiduría acerca de la Anatomía, la Filosofía y la Patología de nuestros cuerpos.

Es, por ello, que yo mismo me he diagnosticado una mortal enfermedad que afecta a los riñones y que impide que realicen su función con plena normalidad, convirtiendo cada acto natural en un verdadero tormento que me lleva a un terrible trance. Esto está provocando en todo mi organismo, y sobre él, en mi conciencia, la pérdida de mis capacidades intelectuales, de mi memoria y, como suma de todo el proceso, de mis sentimientos más humanos.

Por esa razón, y considerando que no puedo dejar de ser el que hasta ahora he sido, sin ver en ello la terrible mano de la muerte, prefiero otorgármela yo mismo, porque en otro caso podría llegar a perder mi voluntad a causa de la propia enfermedad, y sin ella no sería capaz de reflexionar con dignidad sobre la conveniencia o no de esta determinación.

Tomo, pues, la decisión de llegar hasta el final, y al igual que el filósofo de Ática, he tomado ya una dosis de cicuta para regular mi organismo, y así marcando el tiempo con el reloj de arena, llegar a saber, aunque ese conocimiento será el último, de qué manera afecta el veneno al organismo, qué dosis es necesaria para llegar a morir y cuáles son los síntomas. De cualquier forma, Platón nos legó un minucioso relato de la muerte de Sócrates y de cómo sus piernas iban tornándose débiles e insensibles, cómo también se le enfriaban para que, poco a poco, llegasen el síncope, el último desmayo y la conmoción final en la que el cuerpo parece querer levantarse y huir del lugar en el que se encuentra postrado.

Yo mismo he enseñado a mis discípulos cuáles son los síntomas de los distintos tóxicos y he visto morir a hombres envenenados con cicuta que me han ido diciendo lo que ahora fríamente sentiré.

Según esas experiencias, en un corto espacio de tiempo, notaré ardor en la garganta y el estómago; más tarde, cólicos violentos en forma de diarrea acompañada de algunos vómitos. Enseguida, aparecerán hormigueos, la sensación de que se han dormido mis piernas, también frío, el pulso se debilitará y finalmente boquearé en busca de aire, al igual que el pez en su asfixia salta cuando, por azar, se encuentra fuera de su elemento natural.

Pero lo que me ha hecho decidirme por la cicuta no es la facilidad con que se obtiene y prepara un extracto, ni el hecho de que sea la menos dolorosa de las muertes por envenenamiento. Ha sido sólo el hecho de comprobar, en mi dilatada experiencia, que se van diluyendo otras sensaciones, pero que la inteligencia se mantiene intacta hasta el mismo final.

Debo decir aquí que la dosis que hace un rato he tomado más me ha servido para terminar con los espasmos que estaba sintiendo a causa de los riñones que de tóxico. Por ello, puedo corroborar lo que Maimónides aseveraba, cuya argumentación se basaba en que muchos de los venenos, incluso los más rápidos y mortales como el acónito, la belladona, los extractos de altramuces, el haba de Calabar, así como el concentrado de semillas de ricino y el propio extracto de cicuta, pueden ser muy efectivos dispensados como farmacia en dosis mínimas y controladas.

Llegado a este punto, y en plena conciencia, procedo a tomar una segunda dosis. Hasta el momento, sólo noto una sensación de bienestar, cercana a la euforia, en mi condición de enfermo dolorido que sólo espera terminar su vida. Al hacerlo, no siento más que en la primera dosis, aunque ello puede deberse a que, a lo largo de mi vida, he ido habituando a mi organismo a los distintos venenos, al observar que parece ir aceptando más y mayores dosis, tal y como hacen muchos Soberanos y señores principales que, en su temor constante a ser víctimas de intoxicación por quienes desean su muerte, toman cada día una disolución cada vez más concentrada de una mezcla de tóxicos y mortíferos venenos, llegando a lograr que su fisiología se acostumbre a ellos. Todo esto no es nuevo, pues ya lo conocían bien los romanos y antes que ellos, los egipcios, si bien éstos solían emplear la ponzoña de algunos animales e insectos para sus fines.

En este preciso momento, por fin compruebo que aparece un ligero adormecimiento de mis piernas a la altura de las rodillas, con la sensación de que una legión de hormigas corretea por ellas. No siento a pesar de ello nada en los brazos, lo que me consuela grandemente, pues me permite seguir escribiendo con normalidad absoluta, aun siendo consciente de que la fría muerte se va apoderando poco a poco de mi organismo.

Sin embargo, la extraña lucidez que voy notando, me indica que hay ya alguna anomalía en él. Veo ahora claramente que la memoria es algo así como una estantería llena de cajas que a su vez encierran otras más pequeñas, y así sucesivamente. Muchas de esas cajas y cajillas se van olvidando, y cuando ello sucede, es como si se fueran cerrando unas tras otras, de tal manera que, al final, sólo las mayores de entre ellas permanecen abiertas, y nos creemos intactos y perfectos, sin comprender que las cajas cerradas difícilmente volverán a abrirse. Pues bien, ahora veo con gran percepción cómo se van abriendo unas tras otras y cómo los recuerdos, sepultados unos bajo otros, van emergiendo, llenando mi cabeza de evocaciones hasta tal punto que temo que eso sí sea el principio del fin, pues hasta ahora y desde que prácticamente ocurrió, nunca he podido volver a oler la piel del pecho de mi madre, ni ver otra vez las manos llenas de venas de mi abuela con tanta precisión que podría llegar a contar los latidos de su corazón.

Me siento maravillado de lo que puede ocurrir al tomar determinados venenos, aunque, por otra parte, quizás sea la propia descomposición del organismo la que rezume y diluya sus propias sustancias, aun antes de morir del todo. Ibn Sina ya había hecho mención a ello, porque bien decía que, desde que nacemos, morimos, y todo no es más que una lucha continua contra la muerte. Ello es, de una parte, voluntad que tiene el propio organismo de seguir viviendo cada día, cada instante, y de otra, el que llevamos la muerte con nosotros como parte esencial de la misma vida. Morimos porque vivimos, y viceversa. Por tanto, sólo se puede estudiar la vida desde la propia muerte, como el cadáver silencioso que yace en la mesa de mármol de mi laboratorio, al que, dentro de poco, acompañaré allí donde se encuentre, que creo no puede ser otro lugar que el Paraíso, donde corren siempre arroyos de agua cristalina y fresca, donde se pueden coger las frutas maduras y dulces de los árboles repletos, donde todo es delicioso como las mujeres jóvenes, vírgenes, que en él se encuentran. El sitio lleno de maravillas al que Dios envía a los designados.

Es cierto que he mostrado poca devoción en mi existencia. Todos los días de mi vida debería haber rezado cinco veces como símbolo de humildad hacia el más grande, pues no es otra nuestra religión que una total sumisión a Él.

Tampoco he cumplido con mi peregrinación, porque aunque con grandes esfuerzos y fatigas, la comencé, sólo pude llegar hasta El Cairo, pues una vez allí, vi que existían tales maravillas y adelantos en la Cirugía y en la observación de los enfermos que me olvidé de todo para dedicarme a aprender lo que sobre ello mis maestros me enseñaban, sin atender a las verdaderas exigencias de el Corán.

Tampoco he cumplido con el ayuno, el noveno mes del año, el Ramadán. Cierto que no he fumado, ni he tenido relaciones sexuales en ese tiempo, pero no por la convicción de mi propia fe, sino porque nunca he caído en otros vicios que en mi propia exigencia de conocimientos. Por esa causa, he bebido y comido sin mesura en ese plazo, aunque creo que Dios, en su misericordia, no me tendrá en cuenta esos graves pecados.

En cuanto a la limosna y la caridad, si intentar ayudar a los demás, tener piedad de ellos, sentir compasión por los enfermos y ser misericordioso con los desahuciados son algunas de las principales virtudes de nuestro Corán, entonces y sólo entonces, soy virtuoso en algo, porque si a lo largo de mi vida he sentido algo, ha sido amor por los enfermos y pasión por erradicar el origen de sus males.

Es ahora cuando siento que mis piernas empiezan a dolerme como si me las hubiesen flagelado, o aun creo que, más correcto, sería decir que las estuviesen descoyuntando, porque no es un dolor constante, sino que, más bien, viene y va para tornar, de nuevo, como las olas del océano que fluyen y refluyen sin pausa y sin fin.

Pues ¿qué es el dolor si no la previa sensación de la eternidad? El dolor es como una avanzadilla de la muerte y ésta no es más que volver a confundirse con los materiales iniciales, que ya no sienten ni padecen, pero que siguen existiendo, pues, cuando llega la noche saturnal, el cuerpo se corrompe y se disgrega, y el espíritu abandona a la materia.

Recuerdo bien la experiencia que viví precisamente en Egipto. Allí los cuerpos, sepultados en la seca arena del desierto, no se descomponían. Los fluidos vitales eran absorbidos por los granos de arena y el cuerpo se transformaba poco a poco en una momia, como si la putrefacción proviniese de la humedad. Creo firmemente que lo que nutre a la vida, también la ataca. Por ello, los cuerpos de personas ahogadas, encontrados a los pocos días envueltos en el fango, son devorados por minúsculos gusanos y desaparecen. Luego esos insectos terminan por morir y sólo queda una especie de fango que, al perder la humedad, se convierte en lo que finalmente somos todos y todo, polvo.

En estas reflexiones me hallo cuando, en plena voluntad, procedo a tomar una tercera dosis. Veo que respiro con mayor dificultad y que, en la bañera en la que me hallo, el agua va tornándose rosada, como si sufriese una hemorragia, y poco a poco mi sangre se diluye con el agua. También empiezo a percibir una cierta dificultad para respirar, por lo que preveo que el fin se acerca inexorable.

Llegado a este punto y comprobado que, por mi propia, decisión quiero morir, digo y escribo que, a todos los efectos legales, se considere a David Meziel, judío sefardí, originario de Castilla, donde nació, según manifestó, en la ciudad de Toledo, hijo de judíos, llamándose su padre dom Abravanel Meziel y su madre doña Sara Ben Yudah, como mi heredero natural, en la certeza y seguridad de que él sabrá, como hombre y como médico, lo que debe hacerse con mis bienes terrenales. Esto que aquí confirmo lo escribí, antes, delante del cadí para que no pudiese haber pleitos a causa de ésta, mi decisión.

Percibo ya con claridad, dentro de mí, la presencia de la muerte. Muchas veces a lo largo de mi dilatada existencia, la he tenido cerca y siempre me he sentido intrigado por ella. Al igual que cuando abrimos por primera vez los ojos a este mundo, sentimos un cúmulo de sensaciones mezcladas entre la euforia y la curiosidad, en el momento de morir, siempre que tengamos la oportunidad de hacerlo, experimentamos una visión de todo lo que hemos sido a lo largo de nuestra vida.

Noto que apenas tengo ya fuerzas para mover la pluma, como si mi aliento hubiese terminado y mis humores vitales se hubiesen secado. Pero debo intentar expresar todo lo que pasa por mi mente a borbotones antes de que me sumerja en la total oscuridad, porque apenas dentro de unas horas, los más cercanos a mí murmurarán: `Te entregamos a la tierra en nombre de Dios y en la religión del Profeta´. Pero no temo nada. Sé que, por la gracia de Dios, los verdaderos sumisos gozaremos de la vida eterna después de la muerte.

Sólo me resta despedirme. He vivido en el lugar donde quería vivir, rodeado de las gentes a las que amaba, de los amigos que me han dado su corazón… Todo se está volviendo tenebroso, oscuro. Es el final. Dejo ya la pluma, porque ni tan siquiera puedo con su peso. Dios, Clementísimo, perdóname…»

Con el corazón en un puño, terminé de leer la misiva que Abdallah Al Abdul me enviaba desde el otro mundo. Allí, frente a mí, se hallaba su cuerpo sin vida. Ausente su espíritu, parecía una estatua tallada en mármol. Debía haber fallecido hacía apenas unas horas, pues aún conservaba la rigidez *post mortem*.

Al igual que Abraham Revadel, aquel hombre había sido un verdadero maestro para mí. Los dos habían abandonado este mundo: el uno, judío; el otro, musulmán. Ambos, hombres de buena voluntad que me habían entregado lo mejor que poseían, sin esperar nada a cambio.

Por un extraño azar, aquel era el día de *Lailat Al-Miraj*, en el que se conmemoraba la noche del año décimo de la profecía de Mahoma, en que el arcángel Gabriel lo había transportado por los siete cielos. Otro ser tal vez parecido a Buraq, había servido también de montura a mi maestro.

V

EL VIAJE

Cuando Al Jindak leyó la carta de despedida de su amigo Abdallah Al Abdul, se emocionó vivamente. Reflexioné que me había hecho una idea equivocada de aquel hombre, creyéndole algo superficial y no tan humano y sensible como el que había sido mi maestro, pero tuve que rectificar al ver su reacción.

Me quedé, pues, sin la guía y la experimentada amistad de Al Abdul. Me sentía desorientado. A lo largo de mi vida, de una manera u otra había perdido a todos los que me habían dado su apoyo y su sabiduría, aunque intuía que seguían estando dentro de mí, apoyándome. A fin de cuentas, si no hubiese sido por ellos, me habría convertido en otra persona. Su conocimiento, al menos una parte, por mínima que fuese, de su sabiduría, se hallaba en mí, y eso era como un tesoro escondido que ya nadie podría quitarme hasta que también me llegase el turno.

Había pasado cerca de tres años en Fez, y durante ese tiempo había podido comprobar que árabes y judíos éramos muy parecidos. Mucho más de lo que quisiéramos aceptar y reconocer. De hecho, Al Abdul siempre me decía que éramos como primos que no se entendían del todo y que los culpables de esa falta de entendimiento no eran otros que los cristianos.

Por otra parte, veía ya con una cierta perspectiva mi pasado en Portugal y antes, velada con la bruma de la lejanía, mi niñez en Castilla. De allí no me había ido por mi propia voluntad, sino huyendo de las terribles circunstancias que sucedieron a mi alrededor.

No sabía qué podría haber cambiado de todo aquello, y en mi fuero interno seguía deseando, y al tiempo temiendo, volver algún día a Castilla. Mientras tanto, me hallaba decidido a seguir aprendiendo la ciencia de la verdadera Medicina que, como me había percatado, se hallaba entre los médicos musulmanes más que en ningún otro lugar.

Al Abdul, primero en vida y al final en su legado, me había encomendado a Al Jindak, y éste, correspondiendo a aquella confianza, parecía haberme tomado afecto, pues, en cuanto hubimos enterrado su cuerpo, y aún con el dolor que ambos sentíamos, me habló para decirme que contaba conmigo y que, para él, sería un honor que pudiese acompañarle a El Cairo, adonde pensaba partir en un breve lapso de tiempo, en cuanto yo pudiese dejar mis bienes heredados a buen recaudo.

Fui, acompañado por él, a ver al cadí. El juez no puso el menor reparo al testamento de Abdallah Al Abdul, ya que él mismo había recogido su legado hacía apenas un mes, por lo que no cabía ninguna duda legal de sus deseos, y por tanto extendió diligentemente un documento recogiendo todo aquello, que él mismo selló e inscribió.

A pesar de ser judío sefardí, por alguna extraña razón, era considerado por los musulmanes, a todos los efectos, como uno de ellos, mientras que los sefardíes que se hallaban recluidos en la *mellah* de Fez El Bali, tenían la consideración de judíos y debían atenerse a estrictas normas, como la que el Sultán acababa de decretar, por la que los judíos deberían pernoctar en la judería, y cuando saliesen de ella, llevarían en sus vestimentas una identificación.

Fue el propio cadí, Abu Muhammad Ibn Al-Kebir, el que explicó, el día que volví al registro a recoger el documento que me acreditaba como heredero de Al Abdul, que éste había obtenido del propio Sultán la venia para que yo fuese considerado como de la familia de Al Abdul. Sin decirme nada, mi maestro había querido adoptarme y facilitarme el camino. Reflexioné, emocionado, que aquel hombre no deseaba mi agradecimiento, sino mi bienestar.

A pesar de ello y de la consideración que tenían los judíos de pueblo protegido o *dhimmis*, aun existiendo en el Sultanato libertad de culto, se les había sometido a impuestos y restricciones especiales.

El Sultán se había percatado de cómo el número de sefardíes había ido creciendo a consecuencia de la expulsión, y más tarde, de la actitud ambigua del Soberano de Portugal. Por otra parte, al igual que en el caso de Isaac, otros conversos habían decidido emigrar lejos, porque ni obtuvieron la consideración que ellos creían merecer, ni parecían haber menguado el odio y la envidia de sus convecinos, y en el temor de que volviese a ocurrir algo terrible, muchos de ellos decidieron marcharse de aquellas tierras para poder recobrar su verdadera religión.

Sabía bien que el viaje desde Fez a El Cairo era una aventura en la que me vería expuesto a todo y en la que fácilmente podría llegar, incluso, a morir.

Pero no podía dejar de pensar en los tesoros que allí encontraría, ya que toda la sabiduría médica y científica de las otras escuelas eruditas, como eran Damasco, Bagdad o Kairouan, se hallaba concentrada en aquella ciudad.

Mi intuición me decía que debía marchar de Fez, arrostrar, de nuevo, la incierta seguridad de una larguísima travesía. Tal vez fuese aquel mi destino: no poder parar nunca, como si no pudiese evitar la maldición que asolaba a mi pueblo y que nos obligaba a permanecer vigilantes, atentos a cualquier señal del destino, a no poder relajarnos ni descansar jamás, a enterrar a nuestros muertos, sabiendo que siempre llegaría un día en que inexorablemente deberíamos abandonar sus tumbas cuando, de nuevo, llegase la inevitable Diáspora.

Fui a visitar a Isaac Ababanel y a su hija Ruth. Ellos intuyeron que aquélla era una despedida, pero no dijeron nada. Ambos recordaban el terrible dolor que habían sentido al tomar su decisión cuando, un día, forzados por las circunstancias, lo dejaron todo. No querían oír hablar de nuevos viajes.

Isaac me habló con amargura de lo que estaba ocurriendo en Castilla. Parecía que irremediablemente había llegado el turno a los moros. Cisneros los estaba obligando a convertirse, de buen grado o a la fuerza. De esta segunda manera se estaba logrando creer que ni en Valencia, ni en el Reino de Granada quedarían pronto vestigios de aquéllos a los que los cristianos llamaban con desprecio herejes.

No pude evitar recordar a Torquemada. Aquel hombre era como una obsesión para mí. El inquisidor había sido rotundo en sus amenazas. Uno tras otro, todos los que no se mantuviesen dentro del estrecho marco que él había diseñado, serían eliminados. Expulsión, destierro, mazmorras, torturas, muertes, eliminación de los signos visibles, a fin de terminar con la más mínima esperanza. Destrucción de las sinagogas y las mezquitas, también de sus culturas e identidades.

Imaginé, mientras escuchaba a Isaac, cómo se hallaría la que fue un día mi casa. ¿Se encontraría aún en pie? ¿Quién la habitaría en tal caso? Aún debía hallarse la espada del caballero escondida dentro del viejo roble, herrumbrosa, pues, en definitiva, ese y no otro era el fin de todas las armas, los brillantes escudos, las lanzas, los arcabuces, que no eran más que símbolos de la cara más negativa de los seres humanos. ¿Quién correría aquel mismo día, en aquel mismo instante, por las empinadas callejuelas de la judería en Toledo? ¿Habrían encontrado y desvalijado las *genizahs*? Suspiré. El único que siempre ganaba era el tiempo. Todo lo emparejaba. Las rocas caían de las montañas a los valles, los torrentes y los ríos arrastraban el lodo y la tierra, que un tiempo mejor fue fértil huerta. Todo se desmoronaba. ¡Cuánto más los absurdos empeños de algunos hombres!

Isaac parecía tener noticias recientes. El infante don Juan, heredero de los Reinos de Castilla y Aragón, había muerto hacía ya dos años. La reina Isabel, hija de los Reyes Católicos, había tenido un hijo, fruto de su unión con el rey Manuel de Portugal. Aquel niño heredaría el mundo, aunque fuese un mundo manchado de sangre y repleto de odio. El siglo había comenzado con funestos augurios, a pesar de que, según Isaac, el precio del oro había bajado mucho debido a las ingentes cantidades que los barcos españoles traían de las Indias.

Por otra parte, el Sultán, que era hombre prevenido y prudente, estaba preparando Fez para una posible invasión y un largo asedio por parte de los castellanos o, incluso, de los propios portugueses. Eran tiempos revueltos y muy difíciles para las gentes que sólo pretendían vivir en paz.

Más tarde, fui yo el que aclaré las cosas con Isaac Ababanel. Deseaba que me comprendiera. Tal vez tendría de mí el concepto de que no era más que un arrogante joven, embebido en mi profesión. No quería irme de Fez sin tener una larga conversación con él, pues quizás pensáramos de manera diferente, pero nos unían muchas cosas en común, y sobre todas ellas, ambos éramos judíos sefardíes. Podríamos entendernos en cualquier circunstancia. También le transmití mi interés de marchar a El Cairo acompañando a Ibn Al-Jindak y el deseo que tenía de que se ocupara de mi herencia. A fin de cuentas, era uno de los más preeminentes judíos de Fez, y aun con todas las limitaciones, contaba con la benevolencia del Sultán. Alguien tendría que administrar aquel importante patrimonio que consistía en varias casas, entre ellas, la que había elegido Abdallah Al Abdul para vivir, y dos grandes fincas, dedicadas al cultivo de olivos, similares a las que podía haber en Córdoba. Como compensación, le propuse quedarse las rentas hasta el día que yo volviese y le prometí que procuraría mantenerme en contacto con él por cualquier medio.

Isaac no se mostró muy proclive a aceptar aquella responsabilidad. Así me lo dijo con franqueza, pero añadió que si lo hacía era por el afecto que me tenían, tanto su hija como él. Además, no pudo negar que aquellas rentas le vendrían muy bien a la aljama de Fez, pues debía aplicarse en ayudar a la ingente cantidad de judíos que seguían llegando últimamente desde Portugal, muchos de ellos en la más absoluta indigencia.

Por otra parte, y a pesar de las diferencias que ambos manteníamos, comprendía mi interés por seguir aprendiendo. Esa necesidad, aseguró Isaac, se hallaba muy dentro del espíritu de los judíos: recoger la sabiduría del mundo y darle forma para que todos pudieran utilizarla. Esa era la verdadera idiosincrasia de nuestro pueblo. Era una poderosa fuerza que nos impelía a llegar hasta las mismas fuentes, sin que, para lograrlo, contase para nada el esfuerzo y el sacrificio personal.

Cuando finalmente aceptó mi propuesta, quedamos en ir con dos testigos a ver al cadí. Ese requisito legal no se debía a que yo tuviese la menor desconfianza, sino a la necesidad de que constase públicamente que Isaac Ababanel era el nuevo administrador de aquellos bienes.

Así lo hicimos. Al día siguiente, fui a caballo a buscarlo y encontramos al cadí en su casa, donde también impartía justicia. Allí declaré, en presencia de otro sefardí y de un vecino de Al Abdul que se había prestado a hacerlo por voluntad hacia el difunto, ya que siempre le había auxiliado en sus dolencias.

Firmamos, pues, la escritura por la que Isaac se convertía en mi administrador, y después me despedí de él y de Ruth con el corazón encogido, porque no sabía bien si volvería a verlos alguna vez.

Más tarde fui en busca de Ibn Al Jindak. Aún no tenía mucha confianza con aquel hombre, no sabía bien cómo era en su interior, aunque el hecho de haber congeniado con mi maestro, me proporcionaba garantías de que era alguien especial, pues Al Abdul se equivocaba poco en su criterio. Sin embargo, lo único que en aquellos momentos me importaba era poder acompañarlo a El Cairo.

Lo encontré en su casa terminando de realizar los preparativos para el viaje. Había organizado una caravana de unas treinta personas, doce a lomos de caballo, entre las que nos contábamos ambos, y no menos de cuarenta camellos. Iríamos hasta Oudjda, cruzando las colinas, de allí a Sidi Bel Abbes, para luego seguir la ruta hasta Constantina y Túnez. Si todo se desarrollaba felizmente, una vez allí embarcaríamos en un velero de su propiedad que permanecía anclado en aquel puerto para realizar la travesía hasta Alejandría.

Al Jindak estimaba que el viaje nos llevaría alrededor de dos meses hasta Túnez y entre tres y cuatro semanas en la mar hasta arribar a Egipto. Eso con suerte. Miró hacia el cielo como buscando su protección, porque en un viaje tan largo podían suceder muchos incidentes. Terminó su disertación encomendándose de nuevo a Dios.

Quedamos, pues, en vernos de madrugada. Apenas saliese el sol, nos pondríamos en camino. Era el mejor momento y también el más discreto para hacerlo.

Aquella noche apenas pude dormir. Otra vez más en mi vida, a pesar de que aún era joven, debía enfrentarme con lo desconocido. No tenía miedo, la suerte siempre me había ayudado. Era muy consciente de que, poco a poco, me estaba transformando en un verdadero médico y de que el azar o el destino me empujaban hacia las fuentes del conocimiento. Estaba en mi mano aprovechar aquellas circunstancias. Pero a diferencia de otras veces, Al Jindak era prácticamente un desconocido para mí. Pertenecía a una cultura muy diferente, porque entre los wattasidas, en Fez, había tantos andaluces que podía creer que seguía en Al Ándalus. Otra cosa era el Sultanato mameluco de Egipto, donde, según me había explicado Ben Gaón, el sentido de la vida y de la muerte era bien distinto al nuestro. Se trataba de una corte de esclavos transformados en individuos todopoderosos, en la que la traición, la conspiración y el crimen eran una forma natural de política.

Pero aquello aún se hallaba muy lejano y lo único importante era cómo iba a transcurrir el viaje. Aún era reciente en Fez la noticia de una caravana, de dimensiones parecidas a la nuestra, de gentes que se dedicaban al comercio, que había desaparecido misteriosamente, sin que nadie pudiese dar razón sobre ella.

Me levanté nervioso, harto de dar vueltas en el lecho. Fui hasta las cuadras, atraído por el continuo piafar de los caballos, que parecían intuir el inminente viaje. Una vez allí hice lo que Ben Gaón me había enseñado, que era no dejar nada al azar, y enjaecé mi caballo personalmente, mientras Ahmed y Ali, que me acompañarían en el viaje, preparaban sus monturas y cargaban la media docena de camellos que transportarían nuestra impedimenta.

No había tenido que adquirir prácticamente nada. Durante largos años, antes de que llegara el inevitable declive de su vejez, Al Abdul había sido un viajero impenitente. Encontramos en un almacén junto a la casa, tiendas, baúles especiales que se ajustaban a la particular anatomía de los camellos, alfombras de viaje, así como armas, odres para el agua y toda clase de herramientas necesarias.

No olvidé preparar un cofre destinado a transportar frascos, ingeniosamente compartimentado y forrado para protegerlos, todos ellos de vidrio grueso con tapones lacrados, en los que había introducido una gran cantidad de medicinas, ungüentos y pomadas. También llevaba todas mis herramientas de cirugía: afiladísimos escalpelos y pinzas de acero fabricadas en Toledo, estiletes de variado tamaño, cánulas, tenazas portuguesas, lancetas construidas según dibujos del propio lbn Sina, encontrados en la biblioteca del Sultán. Todas ellas escogidas entre las que había heredado de mi primer maestro Abraham Revadel y las que me había legado Al Abdul. Estaba orgulloso de aquel cofre de cuero negro, porque tenía la certeza de que muy pocos médicos en todo el orbe poseían tan extraordinario y valioso instrumental.

Quería hallarme a la altura de las circunstancias y aprender todo lo que pudiera para que llegase un día en que Al Jindak me hablase de tú a tú. Era muy consciente de mis faltas y de lo mucho que me quedaba por aprender. El propio Al Abdul me lo había dicho más de una vez. Su única amargura era la certeza de su ignorancia. Sabemos poco, decía, y lo poco que sabemos es incierto en su mayoría. Pero eso no le había hecho transformarse en un ser melancólico, sino más bien al contrario, su pasión por aprender le empujaba siempre hacia delante, encontrando en cada paciente un nuevo motivo para indagar y hacerse otra vez la pregunta que le convertía en un verdadero médico: ¿por qué?

Ibn Al Jindak era un hombre imponente en todos los sentidos. Su peculiar humanidad lo hacía señalarse donde fuere, pero ante todo, era meticuloso y concienzudo hasta límites increíbles. Eso era, según él, una especie de deformación que había ido modificando su comportamiento como ser humano. Sabía bien que su mayor obsesión era la exactitud, por lo que resolví no llegar tarde a mi primera cita importante, y mucho antes de la salida del sol me hallaba ante su puerta, acompañado de mis dos criados, esperando que sus siervos terminasen de enjaezar y cargar las bestias.

Los animales tienen una especial intuición y parecían saber que partían para un larguísimo viaje. Los caballos piafaban y golpeaban con los cascos en el suelo y los camellos lanzaban una especie de mugidos nerviosos, intentando morder a los que pasaban junto a ellos. Apenas el sol despuntó en el horizonte, Al Jindak salió de la casa. Tras saludarme con una leve inclinación de cabeza, montó sin más preámbulos en su caballo, y levantando su brazo derecho, con un elegante gesto dio la señal de partida.

Yo, que no tenía su seguridad, ni tan siquiera me atrevería a decir su fe en Dios, imité torpemente su gesto, aun a sabiendas de que, tras de mí, sólo tenía a Ahmed y a Ali, que debieron sonreír al observarme.

Estaba comenzando la primavera, pero las madrugadas aún eran muy frías y el aire que penetraba en mi pecho parecía cargado de hielo. A pesar de ello, me sentía bien, nadie me había obligado a realizar aquel viaje, arrostrando una aventura que no sabía bien dónde podría llevarme.

Por unos momentos, no pude evitar pensar que podría haber optado por permanecer en Fez. Allí las gentes venían a buscarme, como si, además de los bienes terrenales de Al Abdul, hubiese heredado también su sabiduría. Cuando un paciente entraba en la consulta, me besaba la mano, lo que me avergonzaba, porque sabía bien que aquella muestra de respeto era para el desaparecido médico, y en absoluto para mí.

Allí en Fez hubiese podido prosperar, enriquecerme, llegar a convertirme en un afamado *hakim*, y tal vez hasta el propio Sultán me hubiese mandado llamar. Podría haberme desposado con la hija de Isaac Ababanel, el hombre más respetado de la aljama. Todo habría sido con seguridad más fácil.

Pero no aspiraba a vivir una vida tranquila y reposada. Tenía otras ambiciones, y a fe que no eran las materiales. No deseaba poseer bienes, ni joyas, ni oro. Lo único que me interesaba era aprender. No podía fallarle a Ben Gaón, ni a Revadel, ni a Al Abdul, y mucho menos a Salomón Benassar. Ellos habían confiado en mí para que pudiese llegar hasta donde el azar y mis fuerzas me llevasen, convencidos de una valía que yo debía ahora demostrar.

La caravana tomó la ruta lentamente. Eran muchos animales, un pesado equipaje, malos caminos. La otra alternativa hubiese sido más rápida, pero también mucho más arriesgada, tres o cuatro caballos y cabalgar para hacer al menos cinco leguas diarias, contra las dos, escasamente tres en algunos tramos, que podríamos llegar a hacer con todo nuestro bagaje.

Pero por otra parte, era indudable que Al Jindak poseía una gran experiencia. Él me había contado que conocía bien aquellos países. Incluso había llegado hasta Damasco y San Juan de Acre. También, a lo largo de su vida, había viajado por todo el Mediterráneo. Era un hombre aventurero y valiente que no parecía temer nada, excepto a Dios, pues cada vez que según su religión era preciso orar, la caravana se detenía y todos hacían sus abluciones con arena o agua si la había cerca. Cuando llegaba el momento, extendían las pequeñas alfombras para realizar sus plegarias y se colocaban de rodillas, inclinándose en dirección a La Meca. En esos momentos, yo descabalgaba en señal de respeto y me mantenía cerca hasta que terminaban. Luego el viaje proseguía hasta que cuando faltaban unas dos horas para la puesta del sol, nos deteníamos para montar el campamento y preparar una especie de cerca con arbustos espinosos, si podíamos encontrarlos, para proteger a las caballerías de las fieras, ya que en aquella zona abundaban los leones, los leopardos y las hienas. Eso sin contar a las verdaderas alimañas, los bandidos, que con toda certeza nos estarían vigilando para atacarnos a cualquier oportunidad, mordiéndose los puños al ver cómo una caravana tan rica y aparente se les iba de las manos. Pero Al Jindak era un viajero curtido y nos acompañaban unos fieros guardianes, armados de enormes cimitarras y lanzas, que con seguridad disuadirían a cualquier pequeña banda de forajidos.

Por la noche, Al Jindak me invitaba a cenar con él en su tienda, dado que tenía la especial consideración de invitado y amigo. Me admiraba comprobar cómo, en apenas el tiempo que yo necesitaba para montar una pequeña tienda, sus hombres preparaban una especie de opulenta mansión donde no faltaba de nada. Era un conjunto de tiendas alfombradas, incluso con los tapices preferidos por su amo, colocados a modo de ornamentos, un enorme brasero de cobre, al que se dedicaba un esclavo en exclusiva a tal fin. Mientras, los cocineros comenzaban su labor, ordeñando una hembra de dromedario a la que acompañaba su cría, preparando la cena con alguna pieza de volatería o un corzo, a los que inmediatamente de cazar se degollaba para cumplir con el ritual y exigencia de El Corán.

Después de cenar en silencio y cuando los esclavos nos acercaban el lavamanos perfumado con hierbas aromáticas, de las que también transportábamos abundante provisión, Al Jindak tenía la costumbre, casi un ritual, de tomar té con hierbabuena y le gustaba hablar conmigo sobre cualquier tema, haciendo gala de una vasta cultura y gran experiencia de la vida. En cuanto a mí, debo confesar, sin resquemor, que aquella vida me parecía la mejor de las posibles. En aquellos momentos, me era casi imposible imaginar otra manera de pasar la existencia.

Sin poder reprimirme, se lo comenté una noche a Al Jindak y asintió silencioso ante mis palabras, porque él siempre había pensado lo mismo. Después, tendidos sobre unas alfombras junto al fuego, observando las estrellas, intentó dar una explicación plausible a aquel sentimiento que nos embargaba.

Para él, el mayor y casi único bien que el hombre podía poseer sobre la tierra era la libertad. Los pueblos oprimidos, esclavizados o cautivos a causa de la guerra, sentían, dentro de su conciencia, que habían sido despojados de su mayor bien. Añadió, asintiendo con la cabeza, que el oro, las tierras, las casas, las vestimentas, incluso las armas y las caballerías, podían perderse. Pero el que sufría esa situación, en el fondo de su alma sabía que no había perdido nada importante, aunque no le quedase más que su cuerpo desnudo. En cambio, el hombre que perdía la libertad de elegir su destino, de llevar a cabo sus sueños, ya no era más que una leve sombra, incompleta como tal ser humano.

De hecho, muchos pueblos antiguos lo habían sabido. Era preferible morir antes que perder la libertad. Al Jindak me recordó Masada. Luego me señaló con su índice. También los sefardíes habíamos sido despojados de todo. Muchos de los nuestros habían sido enterrados en los áridos suelos de Castilla, pero no habían perdido su conciencia, ni habían cedido un ápice de su alma. Lo mismo ocurría con los moriscos. En aquellos mismos momentos, mientras nos hallábamos allí, discutiendo sobre lo divino y lo humano, muchos hombres y mujeres eran expulsados, denigrados, muertos, sólo por pertenecer a otra raza y a otra religión.

Al Jindak suspiró. Estaba acabando el Reino de los Nazaríes. Las peleas y traiciones entre zegríes y abencerrajes eran aprovechadas por los cristianos para terminar con lo que ufanamente habían llamado «Reconquista». Los Reyes Católicos se habían apoderado de Granada. Ahora dominaba aquella ciudad el arzobispo Cisneros, confesor de la Reina.

Al Jindak removió las brasas con una vara. Vi cómo brillaban sus ojos reflejando el fulgor de las ascuas. Él sabía bien lo que estaba ocurriendo en los últimos reductos del Islam en Al Ándalus. La rebelión de los moriscos en la Alpujarra. La historia volvería a repetirse, y en este caso serían los moros los expulsados. Ellos, que habían creado Al Ándalus. Allí quedaban Ibn Zamrak, Al Jatib, Hymyari y tantos otros.

Para él, los musulmanes eran los verdaderos creadores del sentido épico de los castellanos. ¡Cuánto tiempo había pasado desde Abd Al-Rahman! Los omeyas, en un orgulloso desatino, creyeron que el Islam podría adueñarse de Europa.

Un puñado de valientes, pero locos guerreros, habían abierto lo que entonces creyeron eran las puertas del Paraíso, y por allí entraron a raudales las *mawlas* bereberes, empujadas por la codicia y el ofrecimiento de un enorme botín, prometido por Muza Ben Nusayd y Tarik Ben Zigad.

La pregunté entonces a Al Jindak por qué se había empeñado en llevarme a El Cairo, cargando con una responsabilidad, cuando era evidente que yo no podía enseñarle nada a él y sólo le servía para añadir una carga más a su excesivo equipaje.

Tardó un rato en contestarme. Se trataba de un hombre tranquilo y pausado, al que le gustaba meditar sus palabras.

—Meziel —Al Jindak me llamaba siempre por mi apellido, como si la connotación árabe que éste tenía, nos acercase más—, Meziel, yo he podido orar en Samarra, en Kairouan, en Fez, en Damasco. He estado en La Meca, en Medina, en Bagdad, en Ispahán. Vivo en El Cairo. Soy un hombre creyente. «Tu Señor es el Dadivoso, que te ha enseñado a escribir con el cálamo; ha enseñado al hombre lo que no sabía.»

»He visto muchas cosas en el mundo y he conocido a muchos hombres a lo largo de mi dilatada vida. Creo que no conoces las circunstancias por las que he llegado a ser quién soy. No nací árabe, ni turco, ni tampoco soy persa. Soy circasiano. Mis padres eran de algún lugar en el Cáucaso, una ciudad cercana al monte Ararat, una de las más altas montañas de la tierra, ya que, no en vano, fue elegida por Noé para desembarcar después del Diluvio. Es decir, soy armenio, y según un antiguo proverbio de mi tierra, un armenio es de todas partes menos del lugar donde ha nacido. Mis padres me enviaron a Tabriz para que me educase en casa de un tío mío. Allí aprendí árabe y latín. Se suponía que debía dedicarme al comercio, pero no deseaba entonces ser comerciante. Mi único interés era convertirme en guerrero para vengar a mi abuelo, que había sido enterrado vivo junto a todo un ejército armenio por las hordas de Timur.

»Allí, en mi tierra, siempre nos hallábamos en mitad de una batalla. Romanos, bizantinos, árabes, turcos, persas, todos querían conquistar Armenia. Eso había ocurrido desde el principio de los tiempos con las invasiones de los escitas y, más tarde, de los sumerios. Pasaron los años. Había aprendido a comerciar y también a pelear. Mi tío Aspiarian había comprendido que un armenio no es un hombre completo si no sabe defenderse. Volvía, pues, a mi hogar, dispuesto a que mi padre me confiase una importante caravana para llevar mercancías hasta Tbilisi. Pero aún no tenía la menor experiencia acerca de la realidad de la vida, cuando, apenas nos faltaba una jornada para llegar, los turcos cayeron sobre nosotros.

»Hicieron pocos prisioneros, porque a pesar de la emboscada, pudimos defendernos. En cuanto a mí, algo debió golpearme la cabeza y perdí la conciencia. Cuando la recuperé, me hallaba fuertemente atado a un madero que me inmovilizaba los brazos a la espalda.

»Aquellos turcos eran tan crueles como inteligentes. Nos privaron de comida para debilitar nuestros cuerpos y apenas nos proporcionaron unas gotas de agua para aliviar la sed. Así, regocijándose en nuestros sufrimientos, nos llevaron hasta su campamento en las montañas. Era imposible huir. Uno de nosotros, tal vez el más fuerte, consiguió librarse de las ligaduras y escapó monte abajo, creyendo que iba a recuperar la libertad.

»Los turcos lo dejaron huir sin alterarse, y como si no hubiese ocurrido nada, siguieron comiendo y bebiendo, ciertos de su ventaja. Luego, cuando les vino en gana, unos cuantos montaron a caballo y salieron a por él. Apenas tardaron media jornada en encontrarlo y traerlo al campamento.

»Aquella fue la primera vez en mi vida en que vi torturar a un hombre. Lo hicieron de una manera refinada para que durase. Al final, hincaron un poste en el suelo y lo afilaron con un hacha. Allí lo empalaron vivo con tanta habilidad que tardó mucho tiempo en morir.

»Hasta entonces no sabía que el ser humano pudiese sentir tanto odio por sus iguales. Creía que sólo las fieras se devoraban entre sí. Pero aquella noche supe que nadie ni nada en el mundo podría llegar a ser tan malvado como uno de nosotros.

»Otro prisionero me lo confirmó más tarde. A aquel desgraciado le habían aflojado aposta las ligaduras para que pudiese escapar y sirviese no sólo de ejemplo y de advertencia para los demás cautivos, sino también para saciar su sed de sangre, utilizándolo, además, como una mera pieza de caza.

»A pesar de aquello, todos intentamos escapar, pero sin conseguirlo. Fuimos conducidos en una larguísima travesía, primero a través de las inacabables montañas de Turquía, después por el desierto hasta una ciudad en el Mediterráneo desde la que fuimos llevados en barco a Alejandría.

»Muchos murieron en el viaje. La mayoría, agotados, enfermos. Otros simplemente se dejaron morir, como si tuviesen la certeza de que ya no merecía la pena vivir, al haber perdido su libertad. Yo aguanté. Era muy joven, apenas tenía veinte años, pero algo en mí me hacía resistir. Durante mucho tiempo, lo achaqué a mi propio valor, a mi fortaleza, a mi fe cristiana. No te sorprendas de ello. Entonces era yo cristiano. Mucho más tarde, comprendí que lo que me movía y me hacía capaz de todo era algo mucho más simple: la curiosidad.

»Por encima del dolor, la fatiga, el hambre, la melancolía, de cualquier otro sentimiento, se imponía, para mí, la necesidad de conocerlo todo. Nada me era ajeno, y ese fue el nacimiento de mi verdadera vocación.

»Ya durante el inacabable trayecto me sentí atraído por las heridas, las enfermedades, los padecimientos de los míos. Nuestros guardianes me dejaron hacer, al principio con cierto recelo, después debieron pensar que a fin de cuentas éramos una mercancía valiosa y que si alguien cuidaba de ella, eso redundaría en su posible beneficio. Al final, incluso me proporcionaban ungüentos y vendajes. Cuando ya creía que aquel era un viaje sin fin, un trayecto que no terminaría nunca, un día, de improviso llegamos a Alejandría.

»Allí tuvimos que enfrentarnos con una nueva realidad: no éramos prisioneros, tampoco personas; no éramos más que *mamlucs*, ésto es, «esclavos». Debíamos ser subastados en el mercado público. Nos permitieron lavarnos, y un barbero nos cortó el cabello y nos afeitó. Después, nos proporcionaron aceite de palma para que nuestros cuerpos brillasen. Los enfermos, los tullidos fueron apartados del grupo de los elegidos. Si alguien los adquiría por muy poco dinero, esa sería su fortuna, pues, en caso contrario, serían inmediatamente sacrificados tras el mercado.

»La suerte no quiso abandonarme otra vez. Fui adquirido por un médico, Ibn Bakhari. Alguien le habló de mi afición y aquel hombre también debió sentir curiosidad.

»Desde el primer momento, me trató con deferencia. En cuanto pisé el umbral de su casa en El Cairo, donde aquel hombre residía, dijo que me considerase manumitido. Sin esperarlo, comprendí que era, de nuevo, un hombre libre. Inmediatamente, me expresó su deseo de que le sirviese de ayudante, y a cambio, me instruiría en las artes médicas.

»No lo pensé dos veces y acepté. Tampoco me parecía tener alternativa, y el intentar volver hasta mi lejano hogar era sólo una idea suicida. Por otra parte, despreciar aquella oportunidad hubiese sido como escupir al cielo.

»Mi sorpresa fue grande al enterarme de que mi benefactor era judío y no musulmán, como en un principio había creído. Me explicó que era discípulo de la escuela de Moisés Ben Maimón, cuya sabiduría en todas las Ciencias le habían llevado a convertirse en rabí de El Cairo, donde también había creado escuela.

Al Jindak se quedó mirándome con insistencia. Luego avivó el fuego y dio una sonora palmada para que uno de sus esclavos nos sirviese más té. Aunque hacía mucho frío, yo no tenía ningún interés en acostarme. La narración de aquel hombre era para mí apasionante, y él debió notarlo, porque dio unos sorbos a su taza y volvió a ella sin que yo hubiese abierto la boca.

—Como tú, Meziel, Mosés Ben Maimón tuvo que huir de España. Como tú, era judío. Como tú, médico. También, como tú, era un hombre curioso que deseaba conocer el mundo. Todas esas coincidencias hicieron que me sintiese atraído por tu persona en cuanto te vi actuar.

»También el hombre que me compró para darme la libertad era, como te he explicado, un médico judío. Me siento, pues, en deuda con vuestra raza, porque lo que soy, lo que sé, lo que me ha sido permitido hacer por los demás, se lo debo a judíos.

»En el mundo cristiano, tenéis fama de codiciosos, de usureros. Ellos os empujaron a administrar su oro, utilizando vuestra bien conocida capacidad para los números y las filosofías. Más tarde, en su codicia, se arrepintieron del poder que habían puesto en vuestras manos, y con la excusa del daño que hacíais a su religión, os expulsaron, no sin antes cometer toda suerte de tropelías y crímenes contra vosotros. Los cristianos siempre tienen excusas para justificar sus fines. Su Iglesia no sólo tolera y ampara esos desmanes, sino que los fomenta y participa en el reparto del botín.

»Ahora nos toca a nosotros, los musulmanes. Esta vez la Pragmática se dirige contra nuestra religión. Ancha es Castilla, pero a codazos quisieran hacerla más ancha si cabe.

»Pero volviendo a lo nuestro, quiero que sepas que, desde el primer momento, admiré tu habilidad y conocimientos que, por otra parte, el propio Abdallah Al Abdul me había encarecido tanto.

La noche se había adueñado del desierto. Al Jindak se sentía allí como en su casa. El enorme brasero de cobre repleto de ascuas, en las que habían introducido sustancias aromáticas, iluminaba la puerta de su tienda, las alfombras y los tapices, convirtiéndola en un pequeño palacio. Me sentía fascinado por aquel hombre, lleno de vida y sabiduría, que deseaba transmitirme también sus experiencias.

Al Jindak bebió su té humeante a pequeños sorbos. Luego prosiguió su narración.

—Aprendí, pues, Medicina de la mano de un judío. Para él, el hombre está compuesto de cuerpo y alma, siendo ésta inseparable parte de aquél. Sabes bien que, según decía Ben Maimón, son cinco las facultades de las que disfrutamos: nutritiva, sensitiva, imaginativa, apetitiva e intelectiva. Pero personalmente sólo poseemos en propiedad el entendimiento pasivo, y éste se encuentra bajo la influencia del intelecto agente.

»Con ese fundamento, aprendí Filosofía, Cirugía y Medicina. Pero por encima de todo, pude ver cómo en el mundo islámico lo más importante para el hombre era la caridad. Tanto el *zakat*, como la *sadaca*.

»Así fue como poco a poco naturalmente me fui convenciendo de que la religión que ahora practico es la única verdadera. Mi maestro, Ibn Bakhari, no se opuso a mi decisión. Para él, esa elección, la más importante en la vida, simbolizaba la más alta expresión de la libertad, pues, sin verdadera libertad, no somos nada. Cuando nos la quitan por violencia, nos destruyen como seres humanos. Cuando se apoderan de ella con taimados engaños y sutiles argumentaciones, nos destruyen como seres espirituales.

»Así pues, me hice musulmán. Y creo que esa conversión fue fruto del entendimiento y de mi voluntad, porque nací cristiano y como tal me educaron, advirtiéndome de los graves peligros de perder la fe. Más tarde, quien más influyó en mí, como persona, fue un judío. Pero donde me encontré a mí mismo, fue en el Islam. La *jihad*, ésto es, el ejercicio personal, hasta el límite de mi propia capacidad, me demostró que esa era mi verdadera religión. A diferencia del cristianismo, en el que pasé mi primera juventud, la prueba de lealtad en el Islam no radicaba en recitar el credo o en participar de ciertos ritos, sino exclusivamente en la conducta. Comprendí que una de las más valiosas formas de mi participación, de mi *jihad*, era aprender lo mejor que pudiera la profesión de médico para, después, distribuir ese conocimiento, esa riqueza acumulada entre los demás.

»Aprendí que en El Corán, *al-akhira*, significa vida después de la muerte. No es ésta, pues, el final de la verdadera vida del hombre. Sin embargo, mi obligación era sanar al enfermo, procurar que sus días sobre la tierra fuesen más largos y mejores.

»Llevé a cabo el *hajj* a la *baitullah* en La Meca. Después, mi maestro me incitó a viajar a los lugares donde la Medicina era considerada un arte. Durante muchos años, visité a los mejores médicos. De ellos, aprendí que los mayores errores provenían de la tendencia a relacionar entre sí causas y efectos inexistentes. Esto es, si un paciente se cura después de tomar una determinada medicina, ello no es prueba irrefutable de la bondad del remedio. Eso me lo repetían una y otra vez los mejores de entre los más sabios de los médicos, comenzando por mi maestro.

»Aprendí que, aun antes de Hipócrates, ya había verdadera Medicina. Así, Esculapio fue, o debió haber sido, ya que prueba irrefutable no poseo, un médico notable. Él transmitió a sus hijas, Higea, Taso y Panacea, los conocimientos médicos. Luego los médicos, los que se consideraban honestamente como tales, realizaban continuas observaciones sobre las enfermedades, sus síntomas, sus síndromes. Ellos descubrieron que la enfermedad no era un castigo divino, que no tenía origen sobrenatural, sino que, muy al contrario, era un fenómeno de la Naturaleza que acompañaba al hombre desde Adán.

»Fue en Hipócrates sobre quien recayó el difícil y arduo deber de liberar a la Medicina de la superstición. Luego Herófilo, Erasístrato, Celso, Dioscórides, Soran El Viejo y, sobre todos ellos, Galeno, sentaron las bases de la Ciencia que, tanto tú como yo, profesamos con amor y dedicación.

»Todo eso cristalizó en tu tierra, en Sefarad. Allí suenan aún los discursos y enseñanzas de Al-Abbas, de Razés, de Avicena, de Maimónides, de Abulcasir, de Avenzoar y de Ibn Rusd.

»Pero la expulsión de tu raza, primero, y ahora de los musulmanes, va a significar un terrible suceso para los enfermos de toda Sefarad. Allí, las epidemias, las pestilencias, el morbo y las dolencias de todas clases van a proliferar, porque, dejándose llevar de su codicia, de su envidia y de su falsedad, esos que se llaman a sí mismos cristianos, van a sufrir en sus propias carnes su gran desacierto.

Al Jindak me habló con sinceridad. Yo era consciente de que aquélla era mi primera clase de verdadera filosofía, sin la que nunca podría llegar a ser médico, y que otra vez más el destino me había ayudado, poniéndome en manos de un verdadero sabio.

Estaba amaneciendo, la aurora se adivinaba ya en el horizonte, y vi cómo Al Jindak se desperezaba para llevar a cabo el primer rezo de la mañana.

VI

LA LLAVE DEL DESTINO

Llevábamos unas cuantas semanas de viaje y empecé a comprender la enorme distancia que nos separaba de El Cairo. A pesar de ello, no sentía ningún temor, pues la fuerte personalidad de Al Jindak me hacía confiar en que lograríamos nuestro propósito.

Cada noche, me hablaba con más confianza, ya que aprovechaba esas horas de descanso para instruirme. Su pretensión era no perder ni un instante para que, así, cuando llegásemos a El Cairo, no sólo nos conociésemos a la perfección, sino que, a partir de entonces, trabajásemos concertadamente.

Apenas teníamos tiempo para cambiar un saludo mientras viajábamos. Al Jindak sabía bien cuál era su responsabilidad, y gracias a su experiencia solventaba con éxito lo que iba aconteciendo cotidianamente. Día a día, me admiraba más aquel hombre, pues poseía una gran fuerza intelectual, acompañada de una gran voluntad, por lo que nada se le antojaba imposible.

Nos adentramos en el desierto El Hidab El Aliya, una amplísima meseta que nos conducía por la zona más segura hacia Tunisia. Al Jindak no deseaba acercarse a la costa, ya que la influencia de los berberiscos se hacía notar incluso en el interior. Me comentó que con seguridad no dudarían en atacarnos para apoderarse de la caravana en cuanto tuviesen la menor noticia de nosotros.

Por tal motivo, a partir de entonces procurábamos viajar por la noche, con lo que de una parte evitábamos las horas de más calor, y de otra, era casi imposible que fuésemos descubiertos. Para ello, apenas observábamos el albor del amanecer, cuando nos deteníamos aprovechando la orografía, introduciéndonos en alguna caverna de las muchas que naturalmente existían en la zona.

Era prudente actuar así, ya que, en caso contrario, nos exponíamos a ser asesinados, pues los bandidos que merodeaban por la región jamás dejaban escapar a nadie con vida, garantizándose así su impunidad.

La otra opción hubiese sido suicida, porque apenas nos acercásemos a Argel, los propios corsarios berberiscos que asolaban los alrededores de aquella ciudad, hubiesen dado buena cuenta de nosotros o, en el mejor de los casos, nos capturarían para vendernos como esclavos.

Pero todo ello no parecía amedrentar a Al Jindak. Muy al contrario, hubiese jurado que disfrutaba con aquello, tomándoselo como un reto o, incluso, como un juego peligroso que no le hacía perder el sueño en lo más mínimo.

Para evitar, por tanto, ser vistos y tener la certeza de que nadie podría observarnos, utilizábamos leña tan seca que apenas hacía humo, lo que, por otra parte, no era difícil de obtener en aquel desierto.

Algunos de los guerreros contratados por Al Jindak eran tuaregs. Uno de ellos, de aspecto aguileño, era un jefe, Al Rashih, que iba acompañado de otros siete de su misma tribu, hombres que conocían aquellos parajes como nadie y que parecían capaces de oler el agua a muchas leguas de distancia. Cierto que sus propias monturas parecían conducirlos en la dirección adecuada a través de ríos secos, montañas de piedra, lagos llenos de una dura costra de sal y dunas de arena que cambiaban constantemente de forma, empujadas por el viento. Nunca antes, ni tan siquiera en la vasta meseta castellana, había podido imaginar lo que significaba el infinito. Lo aprendí en aquel desierto, un lugar sin límites, en el que la pureza del aire permitía distinguir con precisión minúsculos detalles a enormes distancias.

Para Al Jindak aquel era un lugar tan bueno como otro cualquiera, con la ventaja de estar casi vacío. De hecho, era muy difícil, casi imposible, tropezarse con alguien en aquella inmensidad.

A pesar de ello, una tarde, cuando empezábamos a recoger el campamento para aprovechar la oscuridad, oímos piafar a un caballo en algún lugar cercano. No pudimos impedir que uno de nuestros animales le contestase con un sonoro relincho, y en aquel momento llegué a creer que todo había terminado para nosotros, pues si se trataba de bandidos, con seguridad llevaban días vigilándonos, y se habrían reunido en número suficiente para poder atacarnos.

Uno de nuestros tuaregs trepó ágilmente a una roca cercana, desde la que se divisaba el cauce de un río seco que formaba un profundo desfiladero. Se asomó con el mayor sigilo y enseguida retrocedió, haciendo un gesto entre el asombro y la precaución.

Al Jindak no pareció inmutarse. A su gran personalidad unía un valor fuera de lo común. Trepamos al risco junto a nuestro tuareg, y una vez allí pudimos ver un increíble y penoso espectáculo.

En el fondo del barranco, se hallaban no menos de doscientos hombres negros, encadenados todos ellos por una de sus muñecas, sentados formando círculos. Inmediatamente, comprendí que eran esclavos o, como allí eran llamados, «cabezas de negros». Los conducían media docena de árabes montados en camellos, seguidos por otros que llevaban animales cargados con provisiones y aperos.

Al instante, comprendimos que habíamos dado con una caravana de esclavos. No podía imaginar desde qué remoto lugar venían aquellas gentes caminando, conducidos como animales para ser vendidos en alguno de los mercados de Argel. Los árabes nos vieron por un descuido de uno de los nuestros y parecieron alarmados al darse cuenta de que eran vigilados, pero al comprender que no éramos forajidos, parecieron olvidarse de nosotros y se dedicaron a organizar su campamento.

No pude evitar pensar que no había tanta diferencia entre aquellos pobres infelices, obligados por la fuerza a abandonar sus pueblos, y nosotros, los judíos, que también éramos desterrados, cuando no asesinados por gentes ajenas a nuestra raza. Esa comparación hizo que sintiese una gran compasión por ellos. Allí, en aquella larga fila, había hombres, casi todos jóvenes o en plenitud, pero también iban, al menos, una docena de mujeres de entre quince y veinte años.

No podía comprender el inhumano proceder de aquellos individuos que los habían capturado probablemente entrando a saco en uno de sus poblados por sorpresa, y con seguridad asesinando a todos los que no podían soportar el larguísimo viaje o que se resistían demasiado. Creo que fue la primera vez que me cuestioné la esclavitud. Había estado meditando sobre el concepto de libertad, del que tanto me hablaba Al Jindak, y de improviso me topaba con aquellos seres humanos, privados de todo. Pude ver cómo uno de los árabes, ciego de ira, la emprendía a latigazos con uno de los esclavos.

Noté entonces junto a mí la presencia de Al Jindak. Aquel hombre había sufrido una experiencia similar, por lo que con toda probabilidad podría comprender mucho mejor que yo los sentimientos y las reacciones de aquella gente. También recordé a mi buen Yusuf, que tuvo la mala fortuna de morir en la tempestad.

Al Jindak notó mi indignación, pues, de pronto, había comprendido en toda su acepción aquella palabra y lo que significaba ser esclavo, algo peor que la muerte, ya que, a partir del instante en que un ser humano era esclavizado, la vida ya no merecía la pena. Recordé el día en el monasterio, cuando había tenido la ocasión de leer el Decreto por el que se nos expulsaba de Castilla. Según él, éramos poco más que esclavos de la Soberana de aquel Reino, y ella podía expulsarnos o, incluso, se reservaba algo más definitivo. Esa ominosa amenaza venia a significar que podíamos ser eliminados, borrados de la faz de la tierra, aniquilados por el mero capricho de una Reina.

La visión de aquellos pobres individuos me había devuelto la indignación. Ningún ser humano podía ser privado de su libertad por otro ser humano. A nosotros, nos había ocurrido varias veces a lo largo de la historia. Ben Gaón me había hablado de ello. Nabucodonosor cedió a descendientes de la casa de David a los reyes Pirro e Hispano, quienes los habían traído a España. Eso lo contaba Estrabón. Más tarde cuando Jerusalén había sido destruida por Tito, muchos miles de judíos, entre los que con seguridad se contaban mis antepasados, habían emigrado a la Península Ibérica.

Vivieron siglos en armonía, inmersos en la *pax romana*. Después, los visigodos, al abandonar el arrianismo, los discriminaron. De nuevo, hubo una época de paz con los árabes, en la que ambas culturas brillaron, apoyándose una en la otra, hasta que los cristianos culminaron la Reconquista, tomando, en ese momento, la decisión de expulsarnos a unos y otros, porque en modo alguno querían compartir aquellos Reinos con nosotros.

Al Jindak me había explicado su punto de vista. En el fondo, ardían las hogueras de la intolerancia. Según un sirio que acababa de volver de Granada y que permaneció unos días con él en Fez, Cisneros estaba quemando los libros árabes. Era un intento fanático por llegar a esa decisión final. Cisneros era un hombre astuto e inteligente. Sabía que, para eliminar aquella civilización, primero tenía que acabar con su cultura.

—Allí —decía, emocionado, Al Jindak, señalando hacia el norte— arden los manuscritos de Maslama, el matemático, de Abu Ishaq Ibrahim, el astrónomo, de Al Idrisi, el geógrafo, de Al Gafiqi, el farmacólogo, de Ibn Baskuwal, el biógrafo. Pero por encima de todos ellos señaló que también ardía con vivas llamas la poesía, que había llegado en Al Ándalus a un nivel extraordinario.

Vi cómo mi mentor se ponía en pie y con su extraordinaria voz recitaba las estrofas de una *moaxaha*.

«Guardianes de un paraíso de jazmines,
azucenas y lirios; almenas enhiestas
que esconden todos los placeres.
Nadie podrá entrar de nuevo, pues la
llave está en manos del destino.»»

Al Jindak permaneció un largo rato silencioso. Un poco más tarde, abandonamos el campamento entristecidos. Por doquier, el hombre escarnecía al hombre, y sólo podíamos mirar hacia delante en la confianza de que, en algún lugar, las circunstancias se tornaran más benevolentes.

VII

UNA HOGUERA EN GRANADA

Tardamos aproximadamente tres meses en llegar a Túnez. En aquel viaje pude llegar a comprender algunas cosas que hasta entonces me habían pasado desapercibidas. Las gentes del desierto vivían en un perpetuo viaje, como peregrinos que buscasen en las dunas la paz de su alma. Aquella forma de vida me hizo meditar sobre lo efímero que, en realidad, era todo. Nosotros, los sefardíes, nos habíamos visto obligados a abandonar la tierra en la que nacimos, al igual que aquellos negros, esclavizados por gentes extrañas a su cultura, arrastrados a lugares desconocidos incomprensibles para ellos. Otros muchos permanecían siempre en el mismo sitio, sin llegar a comprender que su único tránsito era a través del tiempo.

No era, por tanto, el viaje inacabable, ni siquiera el dolor de lo ausente, ni aun menos el perder haciendas y patrimonios. Lo verdaderamente duro era ser privado de la libertad, algo impalpable que no podía pesarse, ni medirse, pero que, cuando existía, colmaba el corazón de los hombres, sin que tan siquiera éstos la apreciaran, hasta que un nefasto día eran privados de ella.

Aprendí también cómo los hombres se amoldaban a las más duras circunstancias, sin que eso supusiese que perdían su alegría, su coraje o su entendimiento. Muy al contrario, cuanto más duro, más áspero, más reseco era el lugar en el que se hallaban, más vitales parecían, más animosos y cordiales los encontrábamos, como si la vida tuviese conciencia, en sí misma, de que ése era el único camino.

No era, pues, la dureza de la vida la que condicionaba el ánimo, ni tan siquiera la enfermedad. Había podido ver cómo los dolientes se resignaban a su mal, aun cuando éste pareciese no tener remedio.

Tampoco la religión parecía influir en el comportamiento íntimo de los seres humanos. El creyente parecía vivir en paz consigo mismo, ya se tratase de judío, mahometano o cristiano; incluso, los paganos, los idólatras como aquellos infelices negros esclavizados. ¿Quién era, en realidad, infiel? ¿Quién merecería el Paraíso?

Al Jindak me explicó pacientemente lo que él entendía sobre ello en una de aquellas noches del desierto, en la que las estrellas se veían tan cercanas que parecía que si nos pusiéramos de puntillas, podríamos llegar a tocarlas con la mano.

Su particular historia le hacía ver las cosas sin apasionamiento. Había sido cristiano, después se convenció, a sí mismo, de que el Islam se hallaba más cerca de la verdad. Luego finalmente había comprendido, y así me lo confesó, que la única verdad se hallaba en nosotros mismos.

Nada tenía que ver con el distinto modo de actuar en la vida. Sólo la capacidad de decidir, de actuar, quedando, después, en paz con nuestra conciencia. Ése era el verdadero camino, y elegir otro sólo podía llevarnos al desastre.

Una mañana, después de un esfuerzo final, nos hallábamos apenas a una legua de Túnez. Dos de los hombres se habían adelantado a la caravana, pues los animales de carga no podían ya con su resuello. Muchos de ellos sangraban por las pezuñas y cojeaban a causa del durísimo trayecto, por lo que viajábamos muy lentamente. Los emisarios habían desaparecido entre una nube de polvo, cabalgando para avisar de nuestra llegada. Según me advirtió Al Jindak, permaneceríamos unas semanas en aquella ciudad, en la que tenía muchos amigos, para poder preparar cuidadosamente hasta el menor detalle, la travesía en su bajel desde Túnez hasta Alejandría.

Yo tenía una amarga experiencia de mi único viaje por mar. Había podido comprobar cómo aquella aparentemente plácida superficie no era más que una lámina, un falso espejo, que ocultaba insondables simas, y cómo, en apenas unos instantes, todo podía cambiar para transformarse en un infierno. Por ello, toda precaución me parecía escasa y alababa la prudencia de mi mentor y amigo.

Al Jindak me había hablado mucho de aquella ciudad. Túnez era ya entonces una ciudad cosmopolita. Allí se cruzaban hombres de todas las razas y culturas. En aquel lugar, nada era extraño y todo parecía permisible.

Esa intuición se vio confirmada cuando nuestra caravana cruzó las murallas sin que nadie nos lanzase más de una mirada. Todos parecían afanarse en sus labores, como si aquella polvorienta caravana no llamase su atención en lo más mínimo. De nuevo, me envolvieron los aromas y los olores penetrantes que me recordaron a Fez. Unos chiquillos me tiraron de los faldones de la túnica, pidiéndome unas monedas. Los tenderos apenas se permitían observarnos de reojo, sopesando la mercancía que nuestros camellos podrían transportar. Debo reconocer que, en aquel lugar, me sentía como en casa. Nos dirigimos, a través de las tortuosas callejas de la medina, hacia la mansión de José Abenamir, un comerciante morisco, natural de Valencia, que llevaba casi una década residiendo en Túnez. Se trataba de un viejo amigo de Al Jindak, con el que se había comprometido a permanecer en su casa durante aquellos días.

Abenamir estaba advertido de nuestra llegada, y apenas nos vio entrar en la pequeña plazoleta frente a su puerta, levantó los brazos al cielo en señal de alegría. Su casa se hallaba situada prácticamente a la sombra de la gran mezquita aglabie. En la misma calle, pude ver varias medersas. Aquel barrio era algo así como el corazón religioso del país, pero no parecía existir ningún inconveniente en que un mahometano, convertido al cristianismo, viviese allí. Apercibirme de esa circunstancia me tranquilizó, pues denotaba que aquellas gentes eran abiertas de espíritu.

Abenamir nos saludó con afecto. No pudo evitar observarme de una manera particular, pues tanto él como yo teníamos un origen común que nos acercaba, aun antes de conocernos.

Enseguida, nos invitó a entrar, precediéndonos para indicarnos el camino, mientras unos siervos se hacían cargo de nuestras caballerías y equipajes. A pesar de mi experiencia en Fez, no terminaba de admirarme de aquel estilo de vida. En su exterior, la casa parecía una más entre las otras, sin ninguna señal de opulencia, muy al contrario, su fachada casi se confundía con las colindantes. Sin embargo, al penetrar en ella, no pude, por menos, que lanzar un silbido de admiración. Un patio construido alrededor de unas viejas columnas, solado con antiquísimos mosaicos que se me antojaron de la época de los romanos. Una esbelta palmera de, al menos, treinta codos de altura parecía querer dominar la medina. La fuente situada en su centro aliviaba nuestra sed, sin necesidad de beber de ella. Admiré a aquel José Abenamir, aun antes de escucharlo. Era, sin duda, un hombre particular, pues, al contrario que Al Jindak, había nacido musulmán y sin embargo, había hallado su fe y su paz en el cristianismo. Nadie parecía reprocharle aquella decisión, y por su aspecto, posición y cultura, tampoco se hubiera dicho que aquel hombre echaba de menos su país.

No cabía la menor duda de que Abenamir era un hombre afortunado. Lo que me había parecido una casa como otras era, en realidad, casi un palacio. De hecho, la dependencia que me asignó, me recordó la que durante tantos años disfruté en Lisboa, en la mansión del hombre que había sido para mí como un padre: Ben Gaón.

Pudimos, pues, descansar casi todo el día. A última hora, un esclavo vino hasta mi cámara para comunicarme que su amo deseaba que bajase a cenar con él y con Al Jindak, por lo que me puse una túnica que había adquirido en Fez, bordada al estilo de aquella ciudad, con la que me sentía como un príncipe, y precedido por el esclavo, me dirigí a la galería donde me esperaban mis amigos.

Ambos me saludaron con afecto. Al Jindak aprovechó para hacerme un panegírico tal que casi me sentí avergonzado. Desde aquel mirador se dominaba la ciudad, y aunque apenas veíamos a nadie en las azoteas, un imperceptible murmullo subía desde las calles, haciéndome comprender que estaba llena de vida. Al Jindak me observaba sonriente, escuchando a su amigo, que lanzaba una retahíla de improperios contra los inquisidores y otras gentes de mala voluntad.

Luego nos sentamos en el suelo, apoyándonos en unos cojines de seda, delante de unos manjares que se me antojaron deliciosos incluso antes de probarlos, aunque en modo alguno podía quejarme de cómo había resultado el viaje, ya que era imposible dar mayores comodidades que las que habíamos tenido en semejante trance.

Abenamir era hombre ingenioso. Nos dijo que no podía quejarse de cómo lo había tratado la vida, y a fe que no lo hacía. Me explicó que procedía de Valencia y que sus padres eran mudéjares, pues así conocíamos, en Castilla, a los musulmanes súbditos de un Rey cristiano. Sin embargo, habían sido obligados a bautizarse por expreso deseo de su señor. Unos dominicos le explicaron el Evangelio, y él lo asimiló. Le pareció que, a pesar de todo, aquella religión se hallaba más cerca de la que él creía como verdadera que la suya propia.

Al decir aquello, Al Jindak y Abenamir brindaron por la libertad. Debo reconocer que me hallaba sorprendido de las decisiones de uno y otro, pero sobre todo, de cómo a pesar de ellas, podían congeniar a la perfección. Esa forma de ser me maravillaba, y más aún, al comprender que aquél había sido el comportamiento de tantos y tantos hombres en aquellos Reinos que lo fueron de paz y concordia hasta que gentes perversas como Torquemada, Espina y otros como ellos habían abierto las redomas en las que, desde tiempo inmemorial, se escondían los demonios del Averno.

Abenamir nos explicaba con una insólita mezcla entre melancolía y sentido del humor, cuál era su concepto sobre lo que realmente estaba sucediendo en España y cuáles eran las verdaderas causas de todo aquello.

Para aquel hombre, de aspecto amable, pero de gran clarividencia, en el fondo de todo aquello, existía un pecado capital para los cristianos como él, que resumía a varios otros y que era la principal causa de todo: la codicia. Tanto en el Reino de Castilla como en el de Aragón, y tanto en el caso de la expulsión de los sefardíes como en lo que estaba sucediendo en Granada y en Valencia, había mucho más de avidez por lo ajeno que de fanatismo religioso.

Abenamir no parecía tener dudas sobre esto. Los castellanos, gentiles para los sefardíes, infieles para los mahometanos, tenían, muchos de ellos, una gran envidia de los bienes, patrimonios y, hasta sin ser conscientes de ello, de la forma de vida de los judíos. No podían soportar que aquella raza, estigmatizada por su religión y sometida a tantos recortes y trabas en sus libertades, tuviese paradójicamente una gran facilidad para mejorar tanto en lo económico como en lo social. Incluso, sentían envidia de los mudéjares y de los moriscos, pues si bien éstos no progresaban tanto como los judíos, parecían, en su sencillez, muy satisfechos de su vida. También, en muchos casos, ocurría que, mientras los campos y huertos de los unos no producían o se veían enfermizos y estériles, en los de los otros, los árboles se doblaban por la fruta y la mies era sana y abundante.

A todo ello, acompañó el hecho de que los judíos eran hábiles en el manejo del dinero, pues tenían la mente rápida para los números y además se adiestraban en su manejo desde corta edad. Entre ellos, incluía Abenamir a los conversos, gentes que habían optado por permutar, en muchas ocasiones, sus verdaderos sentimientos religiosos por la paz y la tranquilidad de los suyos.

No era, pues, la religión, ni la fe, ni tan siquiera el guardar las apariencias. Había algo más que se hacía insufrible a muchos cristianos, y era ver cómo otros progresaban en las tierras que con tantos esfuerzos se habían reconquistado. Ahí estaba, por tanto, el quid de la cuestión —manifestaba con contundencia Abenamir, mientras gesticulaba con sus manos para apoyar sus argumentaciones—. Eran las tierras las que se habían recobrado, que no las ánimas de los que las poblaban.

José Abenamir calló un momento, mientras nos escanciaba una copa de vino de Malta. Un vino rojo como un rubí, y debo reconocer que delicioso. Luego se quedó mirándome, mientras señalaba al Mediterráneo, cuyo horizonte se recortaba en el atardecer con un azul intenso.

—Tú, David, saliste de Castilla siendo muy joven. Cierto que tus sufrimientos fueron grandes, que, por tanto, tus recuerdos están, sin duda, marcados por los hechos terribles que viviste. Pero debes creerme si te digo que, aun después de todo lo que ha ocurrido, pienso que las cosas podrían haber sido de otra manera.

»Hubo un tiempo —prosiguió con convicción—, ahora ya olvidado, enterrado bajo el fango de los últimos hechos, en que los musulmanes, judíos y cristianos vivieron en paz y armonía, laborando los unos y los otros, intentando progresar entre las penurias cotidianas.

Abenamir cerró los ojos y suspiró. Parecía concentrarse en sus pensamientos. Luego, mientras bebía un sorbo de vino, prosiguió sus razonamientos. ¿Sabéis por qué? ¿Sabéis por qué nadie pensaba en lo que un día podría llegar a suceder?

Porque entre ellos no eran diferentes. No, al menos, en lo esencial. Eran sólo hombres que vivían su época con la esperanza de no ser demasiado infelices. Pero algunos pensaron que aquella armonía podría romperse en beneficio de sus propios intereses. Gentes como ese tal Alonso de Espina, o como Tomás de Torquemada, o como ese bribón, que Dios confunda, de Diego de Lucero, inquisidor en Córdoba, que sembró de espanto y aflicción a los que vivían cerca de aquella ciudad.

Como ellos los hubo antes, y con seguridad los habrá después, porque donde va el hombre, va con él la maldad —afirmó rotundo, mientras tomaba asiento en el muro de la terraza y volvía a señalar con la mano derecha hacia el oeste—, aunque algunos parecen arrastrar toda la que a su paso encuentran. Hombres como esos fueron, pues, los que construyeron la infamia con mentiras, infundios y engaños, utilizando incluso los púlpitos y cátedras.

Observé que Abenamir parecía excitarse vivamente, como si todos aquellos recuerdos que mantenía dentro de él fuesen aflorando a su pesar. Pensé que aquel hombre hacía un gran esfuerzo por enterrar su pasado y mirar sólo hacia delante.

—Sabéis —prosiguió, mientras de nuevo alargaba la copa para que un esclavo se la llenase— que no hace más de cinco días que acabo de volver de Al Ándalus. De hecho, he estado en Almería, desde donde he embarcado a varios nobles musulmanes que, temiendo el hecho de que la rebelión de las Alpujarras se extendiese, obtuvieron, a fuerza de oro, un salvoconducto que les permitiese abandonar el Reino de Granada antes de que mayores desgracias pudieran ocurrirles a ellos y a sus familias. Entre ellos, venían: un cadí, lbn Humeya, que algún tiempo estuvo sirviendo en la Corte de Muley Hacen; uno de los más grandes Reyes nazaríes; un poeta Muhammad Al Bayya, cuyos zejeles eran celebrados por todos, pues, al igual que Ibn Zamrak, también en ellos se hablaba de la guerra santa contra los cristianos, aunque mejor poeta era cuando hablaba del amor; y un médico, Muhammad Al Mundhir, que, durante un tiempo, atendió a ese Soberano. También viajaban sus familias y siervos, llevando consigo lo poco que habían podido salvar de entre los restos de ese gran naufragio que ha resultado ser la toma de Granada.

»Como podréis imaginaros, se trataba de gentes de edad avanzada, cuyo último deseo era morir a la sombra de la Alhambra, lo que no han podido ver finalmente cumplido, pues las circunstancias han sido tan adversas para ellos y los de su religión que Al Mundhir llegó a sufrir una enfermedad nerviosa que le impedía dormir y se pasaba las noches en vela, apurando su melancolía, tratando de encontrar una explicación, una razón, al menos, a lo que había ocurrido.

»Llegué, pues, al puerto de Almería y después de mostrar mi salvoconducto y repartir monedas de plata a diestro y siniestro, así como alguna moneda de oro, pude acceder a la Al Medina, un barrio que se halla bajo las murallas de la Alcazaba. Por cierto, que os he de decir que no he conocido otra fortaleza como la que protege a esa ciudad y que, a fe mía, creo que sólo pueden haberla tomado las traiciones antes que cualquier artilugio de guerra. Os decía que llegué a la casa donde me indicaron que se hallaban aquellos hombres sabios refugiados, a la espera de poder abandonar las tierras en las que habían vivido incontables generaciones de los suyos. De hecho, habían resistido a todo, primero en la propia Granada, más tarde, huidos a la mansión que en Sierra Elvira poseía Ibn Humeya, en una finca denominada «El haza de la bolsa», frente a Benecid. En ella, Al Bayya compuso alguno de sus mejores versos, en pleno corazón de la Alpujarra, cerca del lugar de destierro del rey Boabdil, hasta que éste partió para Fez y los dejó allí, convencido de que un día podría retornar —eso al menos les dijo—, aunque todos, unos y otros, sabían que eso no era más que una vana ilusión.

»Aquellos hombres aguantaron por su hombría, por su fe y por su honor. Pero las cosas fueron torciéndose hasta tal punto que la rebelión de las Alpujarras se tornó un vendaval de sangre y muerte.

»Volvieron entonces con grandes precauciones a Granada. En estos tiempos revueltos, nadie puede viajar, ni vivir tranquilo en Al Ándalus. Pero confiaron en su suerte. Además Cisneros les prometió benevolencia si se convertían. Incluso un emisario les llegó a decir que el arzobispo aceptaría una conversión simulada y que no les forzaría a más, pues comprendía que por su edad y posición no podían hacer otra cosa, pero que con su ejemplo muchos otros aceptarían ser bautizados.

»No podían hacer más de lo que hicieron. Al Mundhir e Ibn Humeya consintieron en ello; no así Al Bayya, el poeta, que, en modo alguno, podía tolerar aquellas injerencias, que más se le antojaban indignidades que otra cosa.

»En cualquier caso, Cisneros era, y sigue siendo, hombre pragmático e hizo la vista gorda, haciendo ver que los tres habían sido bautizados, lo que con gran alharaca se hizo público por unos pregoneros desde una puerta a otra de Granada.

»Aquellos hombres no pudieron soportar la vergüenza. Dos, por haber aceptado un trato humillante; el otro, porque con su silencio consentía. Así anduvieron, medio escondiéndose, pues cada vez que uno de ellos salía a la calle, tenía la impresión de que los vecinos lo miraban de forma extraña, como si se preguntasen cómo era posible que hombres, de esa sabiduría y condición, hubiesen claudicado.

»Intentaron justificarse. Apenas hablaban entre sí, pues ya se lo habían dicho casi todo, y creían que lo poco que les quedaba dentro tal vez no mereciese la pena. Sólo Al Bayya se refugió en la poesía, escribió un zejel que hablaba de muerte y traición, de desesperanza y del final cercano. Así al menos consolaba su ánimo, aun con la certeza de que se engañaba a sí mismo al no querer aceptar la realidad.

»Pasó un tiempo. Nada parecía mejorar. Para Cisneros, la rebelión había supuesto que los mudéjares rompían el pacto, y con él roto, se anulaban todos los derechos. Todos. Era algo así como si ya los musulmanes fuesen menos que nada. No podían portar armas; con lo cual, no había defensa posible cuando les atacaban, y eso sucedía cada jornada, a cada instante. Tampoco los cristianos parecían aceptar que hablasen en árabe, obligándoles a contestar en castellano. No podían vestirse, alimentarse, orar, vivir como siempre lo habían hecho. Aquello se convirtió, poco a poco, en un infierno para los muchos mudéjares de Granada, incluso para los convertidos, que debían andar con mucho tiento y no dar la apariencia de lo que, en realidad, eran: moros.

»Cisneros había puesto en marcha un mecanismo que no les dejaba salida, que hacía el aire irrespirable, que les obligaba a convertirse por las buenas o por las malas. Forzados o convencidos, todos debían ser llevados al redil cristiano, como si en ello le fuese a aquel hombre su propia honra.

»Algo de ello debía haber. Cuando los Reyes se hallaban en Granada, él era confesor de la Reina. El rey Fernando tenía el suyo propio y no confesaba sus pecados más que al fraile dominico que siempre le acompañaba, que no hablaba más que catalán y ni el latín conocía, como si el ambicioso Soberano, tan acostumbrado a las traiciones y contubernios, no se fiase ni del sacramento de la penitencia.

»El arzobispo debió prometer a la Reina lo que ésta quería oír: que aquel Reino de Granada no iba a ser diferente de los que componían el resto de España, aunque para ello tuviese que emplear la persuasión, la caridad, la paciencia infinita o, incluso, otros medios más forzados y severos para lograr lo que se proponía.

»Los moros debían dejar de existir como nación. Serían como un cuerpo desmembrado, privados de sus costumbres, de sus leyes y también, por qué no, de sus propiedades y bienes: sus casas, sus muebles, joyas, oro. Ahora le tocaba el turno a la religión, pues, según la Reina, la cristiana era muy ancha, y ambas no cabían en el Reino.

»En ese terrible ambiente, Ibn Humeya, Al Mundhir y Al Bayya no podían tener la más mínima esperanza. El cadí no podía ejercer las leyes, porque ya sólo valían las de los cristianos, y ni sus escrituras, ni sus registros eran válidos. Poco más que algarabía, decían aquellos despreciativamente, que invalidaba propiedades y títulos, derechos y privilegios, no dejando a su paso más que una tabla rasa sobre la que era imposible convivir.

»Una noche de luna llena, vinieron a avisarles. Soldados, acompañados de frailes dominicos, heraldos, pajes, caballeros cristianos, jueces y notarios subían en comitiva hacia las puertas de la Alhambra. Los seguían familiares de la Inquisición y tras ellos, en una larguísima reata, centenares de acémilas transportaban en sus alforjas algo a lo que, en principio, nadie dio crédito. Manuscritos, códices, libros, incunables y pergaminos. Todos los textos que se habían podido encontrar, expoliados de los palacios, de las bibliotecas, de las mezquitas, de escondrijos insospechables, revelados a fuerza de persuasiones o quebrando voluntades.

»Allí iban literaturas, poesías, muchos de ellos copiados a mano, dibujados en sus márgenes al modo persa, con flores enlazadas, geometrías, extraños animales imposibles.

»Todas las Ciencias, todas las Artes, recogidas en una infame cosecha. Cuesta arriba, las bestias resbalaban sobre las pulidas piedras a causa del peso de los libros.

»Las gentes se asomaban temerosas. Muchos dudaban de si aquel cortejo silencioso sería un auto de fe. Alguien avisó a Ibn Humeya de lo que ocurría. Al Mundhir acudió presto a la llamada de su amigo, pero no así Al Bayya, al que parecía habérselo tragado la tierra.

»Fueron subiendo la cuesta, corriendo todo lo deprisa que las cansadas piernas les permitían ¿Adónde llevarían los cristianos aquel tesoro? Al Mundhir tranquilizó a Ibn Humeya, hablando entrecortadamente con el corazón en la boca, mientras a trompicones subían por las callejuelas empinadas. Los médicos que acompañaban a las tropas de ocupación sabían de la existencia de enciclopedias y compendios árabes. En ellos, se resumía la Botánica, la Farmacología, la Filosofía de muchos años de experiencias y estudios. Probablemente, querrían apoderarse de ellos, al igual que hacía, casi una década, habían hecho con los libros sefardíes. Sin duda alguna, no era más que otro pillaje de los muchos que estaban sucediendo aquellos días.

»Al final, cuando ya las piernas apenas los sostenían, llegaron en el instante preciso para entrever las grupas de las últimas acémilas que entraban por la puerta de la Alhambra. Allí fue donde se dieron cuenta de lo que verdaderamente ocurría, aunque, por un instante, se frotaron los ojos en un gesto de incredulidad, al ver cómo unos soldados, ayudados por esclavos musulmanes, iban formando una gran pira. Los hombres descargaban con violencia los animales, vaciando las albardas a manotazos, maltratando aposta los documentos, como queriendo justificar su ira contra ellos, arrojándolos al suelo, tirándolos de cualquier manera al enorme e increíble montón que se iba formando, alrededor del cual se habían colocado, a modo de un gran círculo, los dominicos, curas, prelados, cancilleres, oficiales y tropa, todos los que acompañaban al cortejo de manera oficial, rodeados de curiosos, villanos y señores, que al mismo se habían adherido de manera espontánea.

»Cuando la muchedumbre comprobó cuál era la finalidad de todo aquello, algunos comenzaron a lanzar improperios contra los moros, insultos al Profeta, graves amenazas. La multitud fue creciendo como una marea, y muchos se colocaron en la falda de las torres, otros, incluso, subieron a las murallas, se encaramaron a los bastiones, treparon a los árboles para no perderse nada.

»De pronto Al Mundhir se sintió enfermo. La cabeza le daba vueltas, notó la sangre golpeándole las sienes, el corazón parecía querer salirse de su pecho, las piernas le flaqueaban, y no tuvo más remedio que sentarse agotado por la carrera, destrozado de antemano por la certeza de lo que allí iba a ocurrir. Ibn Humeya lo atendió como pudo, consolándole con palabras entrecortadas con las que quería a su vez convencerse de que todo aquello en realidad no sucedía.

»La reata había resultado interminable, borriquillos, mulas, caballos, incluso camellos. Todos los presentes parecían impresionados. Ibn Humeya, perplejo ante lo que veía, pensó que de dónde habrían sacado los cristianos tanto escrito, tanto documento. Parecía imposible que en Granada hubiese existido aquella enorme colección de textos, dibujos y grabados. Finalmente, un último animal rezagado fue descargado, esa vez con mayor parsimonia, intentando tal vez dar un efecto teatral, impresionar a los que allí se hallaban. Luego, a una señal convenida, varios dominicos se adelantaron. Se hizo, al fin, un gran silencio. Uno de ellos, el que parecía de mayor rango, comenzó una breve ceremonia de estigmatización.

»Ibn Humeya había presenciado varias veces el ceremonial de los autos de fe. En los últimos años, había visto quemar criptojudaizantes, hombres y mujeres abrasados vivos por las llamas. Todavía podía oír los alaridos de aquellos desgraciados, primero de terror, después de pánico incontrolado, a causa de los terribles dolores producidos por las llamas que lamían los cuerpos, chamuscando el cabello, las vestimentas, la piel, achicharrando la carne palpitante, calcinando enseguida, carbonizando todo, hasta formar una infame masa que se confundía con los leños.

»Pensaba que aquello volvería a suceder ahora. Era capaz de imaginar que los libros, los rollos atados con cintas de sedas, tenían también vida. Se tapó, en un gesto compulsivo, las orejas. No quería oír los lamentos de aquellos viejos manuscritos.

»Mientras, Al Mundhir permanecía tendido cuan largo era sobre una gran piedra plana. Se sentía algo mejor, pero no quería presenciar aquello. Pensaba que, de alguna manera, era hacerse cómplice del hecho. Prefería entreabrir los ojos un instante y observar las estrellas como cuando aún era niño.

»Ibn Humeya pudo ver cómo el prelado que dirigía el ceremonial, encendía una antorcha con la llama de un enorme velón y se la entregó al dominico que encabezaba la fila. Repitió el mismo gesto varias veces, mientras los frailes con los hachones iban colocándose alrededor de la enorme pira. Los soldados, alertados, tomaron posiciones, mostrando, amenazadores, las lanzas y las espadas para evitar que nadie se moviera.

»El prelado, con los ojos en blanco, en un trance de fe, levantó la cruz en medio de un silencio insoportable, y a la señal los frailes acercaron las llamas al montón de reseco papel que en un instante comenzó a arder, iluminando los ojos, los rostros asombrados. Entonces un alarido de angustia rompió el silencio. Fue un grito aterrador, horrísono, que parecía concentrar toda la angustia, todo el pavor por lo que aquel hecho presentía. Los que allí se hallaban, unos y otros, se sobresaltaron, pues aquel sonido llevaba en él la amenaza de algo horrible.

»La hoguera crecía vertiginosamente y las llamas habían alcanzado ya una altura insospechada, arrastrando con ellas fragmentos de papel que parecían danzar sobre las gentes algo aturdidas, que los seguían sugestionados con la mirada.

»De improviso, alguien rompió el cordón de seguridad. Moviéndose con gran rapidez, empujó para entrar a uno de los dominicos, un hombre corpulento que tropezó en su propia capa, cayendo de bruces al suelo.

»El desconocido se plantó un instante frente al fuego. Luego, sin apresurarse, se volvió a la multitud y pareció alargar los brazos hacia ellos. Fue sólo un momento. Nadie reaccionó, ni tan siquiera los soldados, que lo miraban entre estupefactos y nerviosos, sin saber bien lo que hacer, creyendo, incluso, que aquello formaba parte del drama.

»Ibn Humeya, a pesar de la distancia, adivinó quién era. No veía bien de cerca, lo que le causaba gran sufrimiento, pero de lejos conservaba una visión aceptable. Aquel hombre no era otro que Al Bayya.

»Inopinadamente, el poeta se lanzó de bruces a las llamas. Nadie pudo impedirlo. Nadie movió tampoco un dedo por evitarlo. Un sordo murmullo de asombro se mezcló con el crepitar del fuego. Una vaharada cálida acarició el rostro de Ibn Humeya, como si quisiera secar la humedad de sus ojos.

»Unos trozos de papel escrito volaron, empujados por el tremendo calor. Uno de ellos fue aleteando, como una mariposa nocturna, hasta donde se encontraba Ibn Humeya, que sólo tuvo que alargar la mano para hacerse con él. Era un trozo chamuscado, coloreado a mano. Supo, sin más, que se trataba de un mínimo fragmento de la obra esencial de Ibn Almuqaza, *Calila e Dimna*. Muchas veces había discutido sobre aquellos cuentos con Al Bayya, que mantenía el verdadero origen de las fábulas en el *Pantchatantra* indio, un lugar mítico y remoto.

»Ibn Humeya notó en su hombro la mano temblorosa de Al Mundhir, que se había incorporado y observaba sollozando la tragedia.

»La hoguera ardió durante horas. Todos fueron retirándose hasta que sólo quedaron los dos hombres que, tambaleándose, se acercaron lentamente a los humeantes rescoldos. Ambos tenían el corazón tan encogido que temblaban como hojas, a pesar de las olas de calor que los envolvían. Entre las ascuas, les pareció adivinar el esqueleto calcinado de Al Bayya, que aún mantenía los brazos extendidos, como si quisiera abrazar todos los textos.

En aquel punto, terminó José Abenamir su relato. No era necesario dar muchas más explicaciones. La intolerancia que se vivía en aquellos Reinos sobrepasaba lo imaginable. Era algo así como si aún no estuviesen satisfechos con lo que había ocurrido: la expulsión de los sefardíes, la persecución por la Inquisición de millares de familias conversas, la esquilmación de sus bienes por parte de los cristianos.

Ahora, le había tocado el turno a los musulmanes, a los moriscos, a los mudéjares, a los sometidos. De nuevo, se repetía la historia. Convertidos a la fuerza, expulsados en gran parte, pues eran obligados a marchar si no aceptaban convertirse, maltratados, usurpados. Abenamir insistía en su tesis: la Inquisición estaba haciendo el trabajo sucio, pero en definitiva el pueblo apoyaba la solución final, es decir, extirpar dos de las tres grandes culturas que durante siglos habían vivido en la Península. Todos de una manera u otra éramos cómplices.

José Abenamir dio una palmada, sacándome de mi ensimismamiento, y un esclavo rellenó las copas de vino. Luego se puso en pie y levantó su copa.

Por los viejos tiempos, cuando aún no éramos diferentes. Por el futuro, en el que deposito todas mis esperanzas de que volvamos a ser los que una vez fuimos.

Los tres, puestos en pie, bebimos por que aquellos deseos pudieran hacerse realidad. Luego Abenamir y Al Jindak se retiraron a descansar, pues se había hecho tarde, y me quedé solo en la terraza. Reflexioné que había pasado mucho tiempo desde que huí de Toledo, pero si cerraba los ojos, aún era capaz de oler la tierra, el perfume de sus campos en primavera, el pan recién hecho que mi madre sacaba del horno, el olor inconfundible de su piel. Aquella evocación me hizo suspirar.

El Mediterráneo tenía un color gris oscuro acerado y en el horizonte iluminado por la luna llena, se adivinaban unas nubes de tormenta. Más allá, muchas leguas hacia donde se había puesto el sol, se hallaba Sefarad, la Tierra Prometida.

VIII

SALOMON BEN HALEVI

Permanecimos en Túnez más tiempo del que habíamos previsto. Por causas desconocidas, el bajel en el que debíamos partir para Alejandría ardió una noche, cuando ya prácticamente estaba aprovisionado, hundiéndose con rapidez en el interior de la rada que formaba la entrada del puerto. Fue una gran pérdida para Al Jindak, pero no pareció inmutarse por ello. Para él, cualquier suceso inesperado no era más que un renglón escrito en el inescrutable Libro de Dios, y lo único que cabía hacer era buscar la consecuencia positiva de aquel hecho.

Intenté demostrarle que esa argumentación no resistía la más leve aplicación de la lógica, de la que él mismo hacía continuo uso en su práctica médica. Pero no quiso discutir conmigo sobre ello. Repetía que la religión se fundamenta en la fe y que la fe y la lógica tienen poco en común. Añadió que la lógica era hija de la experiencia humana y que había muchas cosas desconocidas, ajenas a nuestra mirada, de imposible acceso, a las que no se podía aplicar la lógica y que tan sólo admitían la fe.

Aquel suceso retrasó la partida de manera indefinida. Ante todo, era necesario adquirir un bajel, y eso no era nada sencillo, pues los que se hallaban fondeados estaban todos preparados para otros fletes y singladuras. Por otra parte, el otoño se acercaba inexorable, tal vez la peor época para navegar por el Mediterráneo, según nos previno el capitán, Antonio del Castello, un siciliano de Siracusa que, según todos decían, conocía aquel mar mejor que su propia casa.

No teníamos otra alternativa que esperar, pues, de tanto en tanto, alguien vendía uno, y si había alguna posibilidad de adquirirlo era precisamente en Túnez.

La solución la dio José Abenamir. Uno de sus navíos, un gran bajel panzudo, debía partir para Rodas con un cargamento de plomo. Desde allí, haríamos una singladura en lastre a Alejandría. Abenamir daba por hecho que él vendría con nosotros y se mostró tan alegre con esa idea que, cuando nos ofreció la alternativa, lo abrazamos por su generosidad.

Las semanas que pasamos con él en su mansión de Túnez fueron unas de las mejores de mi vida. Al Jindak quiso aprovechar el tiempo, pues no sabía estar mano sobre mano y me explicó, en detalle, los procedimientos para aplicar cirugía en la cabeza. Me hablaba de cómo los antiguos egipcios habían efectuado trepanaciones en muchas ocasiones. También me explicó cómo podía extraerse un ojo para evitar la ceguera total, en caso de fuerte traumatismo o herida punzante. Al Jindak era un extraordinario médico, pero a diferencia de Al Abdul, era un teórico y no parecía sentir compasión por los enfermos. Para él, sólo eran distintos síntomas por los que, ante todo y sobre todo, sentía una enorme curiosidad.

Era muy consciente de que el hundimiento de su bajel había sido una importante pérdida para él, pero sólo se quejaba amargamente del extravío de un baúl repleto de libros de Medicina que le había regalado Al Abdul y que se hundió con el barco. Para Al Jindak, aquélla era la única pérdida irreparable y nadie podía consolarle.

Pero José Abenamir era un hombre de recursos, y su amistad y respeto por Al Jindak era evidente, por lo que, sin mencionárselo, hizo indagar por toda la ciudad la existencia de libros y manuscritos sobre las artes médicas, y cuando consideró que había podido reunir los que su amigo había perdido, los metió en un baúl de igual tamaño al que Al Jindak tenía y lo depositó en su cámara.

Grande fue la sorpresa de nuestro común compañero al encontrar aquel inesperado regalo, pues, al abrir el baúl y ver lo que contenía, comenzó a dar gritos bendiciendo a Alá, sin olvidarse de desear toda clase de prosperidades y dichas para José Abenamir. Luego me mostró, ufano, las maravillas que el cofre contenía, con libros como *Catálogo de las Ciencias,* de Al Farabi, *Tratado sobre la visión*, de Ibn Al Haytam, aunque el que más apreció fue *Historia medicorum*, de Ishaq Ben Hunayn.

Se trataba de dos hombres muy diferentes, a los cuales la fortuna había tenido en consideración, pues ambos habían sido obligados a abandonar su tierra por distintas circunstancias, pero su entereza y gran capacidad los habían hecho prosperar de nuevo, añadiendo, además, a su bagaje una enorme experiencia sobre los azares de la vida.

Abenamir quiso aprovechar también aquellos días para llevarnos a un lugar cercano a Kairouan, una aldea llamada Makthar. Cerca de ella, existía una población de leprosos, e insistió tanto que finalmente Al Jindak accedió a ir hasta allí con la promesa de poder orar en la mezquita de aquella ciudad.

Tardamos dos días en llegar. Durante el viaje, José Abenamir me hablaba de España continuamente. No podía esconder su aflicción por lo que estaba sucediendo en nuestro país y me había tomado por su paño de lágrimas, aunque sabía esconderlas bajo una aparente felicidad.

Una de las noches, al acampar, se sinceró conmigo. Echaba de menos el Reino de Valencia. Recordaba sus huertas feraces, sus árboles cargados de fruto, la armonía en que había vivido su niñez, a pesar de escaramuzas y momentos difíciles.

Allí, en Túnez, parecía tenerlo todo. Incluso para recrear su infancia, había hecho plantar un vasto huerto de naranjos y limoneros. Pero era inútil. El olor del azahar no hacía más que golpear su mente con la nostalgia de lo que una vez fue.

Luego, en aquellos raptos de añoranza, se levantaba, sacudiéndose violentamente la arena de la túnica, recriminándose, llenando su boca de improperios, que él mismo se dirigía. El pasado, decía una y otra vez, no era más que una ilusión que soportaba el presente. Era inútil llorar por lo que ya no existía. Sintetizó aquello en una frase que se me quedó grabada: «El recuerdo no es más que la ilusión convertida en llanto.»

Pero cada noche volvía a caer en sus evocaciones. Ya nada era lo mismo y esa imposibilidad lo aplastaba, haciéndole, al fin, callar y se quedaba absorto, mirando las ascuas de la hoguera.

Era Al Jindak el que sabía curar su pena. Le hablaba lentamente, recordando los viejos tiempos, desmenuzando las ideas hasta que conseguía atraparnos, también a mí, en ellas. Entonces, cuando se humedecían los ojos de José Abenamir, cuando se hallaba a punto de sollozar ante lo que su amigo narraba, sólo entonces Al Jindak se detenía ante la mirada implorante de Abenamir, que parecía querer seguir en aquellos sueños.

Al Jindak nos decía, convencido, que había que vaciar los corazones para poder curar las cabezas, y Abenamir asentía al percibir la sabiduría de su amigo.

Por mi parte, llegué a intuir que al igual que los cuerpos que enfermaban debían ser tratados y curados, así también podían llegar a sanar las mentes, y que eso que llamábamos locura, tenía mucho que ver con la historia del paciente, pues, en algún momento de su vida anterior, se había desencadenado el mal, conduciéndolo hacia la melancolía, la violencia o la fantasía de un mundo irreal.

Por fin, una mañana, de improviso, nos encontramos en una especie de barranco. A través de él se entreveía un dilatado valle, surcado por enormes piedras, esparcidas como guijarros por la mano de un gigante, apoyadas por un lado en la tierra, como si hubiesen rodado hasta el exacto lugar donde se hallaban, y de pronto, se hubiesen detenido manteniendo un extraño equilibrio.

José Abenamir nos advirtió que no deberíamos intentar penetrar en el interior de aquel valle de la muerte. Si lo hacíamos así, no seríamos bienvenidos. Él había hecho llegar la voz de que dos sabios galenos se encontraban allí. En efecto, vimos al que parecía un mensajero, enviado desde la leprosería, que se acercó hasta una distancia de diez pasos, que era lo máximo que le permitía la ley, y Abenamir le preguntó entonces por un tal Ben Halevi.

Me asombré al comprobar que, en aquel lugar, podía habitar un judío, pero mi amigo asintió ante mi pregunta. En efecto, se trataba de un judío sefardí que había llegado a Túnez expulsado también por los Reyes Católicos. Pero Abenamir no quiso decirme más, debía ser él mismo quien me narrase sus desventuras, ya que tenía la seguridad de que, de ellas, podría sacar algunas enseñanzas.

Nos sentamos a la sombra de una enorme y sorprendentemente feraz higuera, pues, en aquel lugar, no había más resguardo que el que proporcionaban las grandes rocas que sobresalían del propio terreno.

Era, en verdad, un paraje tenebroso, como si hubiesen llevado a aquellos infelices hasta allí, buscando para ellos un escenario apropiado. Hubiese podido jurar que el divino Dante había conocido aquel lugar cuando describió los infiernos, puesto que el reseco ambiente no permitía brotar la más mínima vegetación, salvo la extraña higuera que nos cobijaba.

No terminaba de comprender el motivo por el que habíamos ido hasta allí. Como médicos, sabíamos bien que nada podíamos hacer por aquellos enfermos. Los leprosos morirían leprosos, ya que ni Al Jindak, al que pregunté, ni yo mismo sabíamos de ninguno que hubiese sanado jamás.

Fue transcurriendo con lentitud el día y nada ocurrió. Habíamos llevado sólo tres criados de Abenamir y otros tres de Al Jindak, por lo que gozábamos de las mínimas comodidades, y aún menos en aquel lugar tan inhóspito que ni siquiera los pájaros parecían querer sobrevolarlo.

La tarde cayó con mayor rapidez. El cielo tan azul de aquel país se tornó plomizo y todo permanecía inmóvil. No pude dejar de pensar en mi primera impresión.

De pronto, con el mayor sigilo, unas figuras cubiertas con una especie de pardas túnicas se recortaron en el lívido atardecer sobre las rocas en el lugar que, a modo de puerta, comunicaba un mundo con el otro. Una de ellas, encorvada, encogida, se acercó lentamente hasta donde nos hallábamos expectantes, pues no terminábamos de comprender el motivo por el que José Abenamir nos había hecho ir hasta allí.

El hombre, aunque no merecía tal nombre, porque en apariencia no era más que un bulto informe, tomó asiento apenas a cinco pasos de nosotros, sin decir ni una sola palabra, como si estuviera estudiándonos detenidamente. Pensé, al ver su extraña reacción, que tal vez no hubiese visto en largo tiempo otras personas ajenas a su mundo.

De improviso, comenzó a hablar con una voz cavernosa, en un tono tan bajo y gutural, que me causó una extraña sensación.

Aquí estoy, José Abenamir, mi amigo y benefactor, atendiendo a vuestra llamada. Dios sabe bien que por nadie más haría esto. Pero estoy en deuda con vos y ésta es impagable. Si me habéis llamado es sólo por lo único que puedo daros, que es mi historia, y si de nuevo la queréis, no tengo reparos en contarla, porque yo mismo reconozco que alguien puede sacar de ella alguna moraleja para su propio avío. Si es así y si deseáis oírla de mis labios, aprestaros a ello y aprovechemos el sosiego de la noche.

Vi como José Abenamir hacía una levísima inclinación de cabeza, asintiendo a lo que el viejo leproso había dicho.

Como ya sabéis —prosiguió el anciano en el mismo tono— mi nombre era en un tiempo Salomón Ben Halevi. Aquí y ahora, sólo soy ya el judío. Debéis saber también que nací en Maqueda, en el año de mil cuatrocientos cuarenta, aunque pronto nos trasladamos de aquella ciudad. Mis padres murieron en mi infancia y fui a vivir con mi tío materno, dom Abraham Ben Arroyo. Junto a él aprendí las artes de la contaduría. También me enseñó el oficio de administrador con tal esmero que apenas con quince años era ya capaz de multiplicar y dividir empleando sólo la mente. También podía hallar un interés y calcular números y cifras guardándolos en la cabeza sin necesidad de papel, ni apunte alguno.

He sabido después, a causa del tiempo y mi amarga experiencia, que esas habilidades me tornaron entonces soberbio y arrogante, pues, según manifestaba mi propio tío, probablemente no habría en el Reino de Castilla, ni en Portugal, quien pudiese hacer otro tanto. Conocí a través de mi tío a David Abulafia, que más tarde administraría los ejércitos reales en la toma de Granada, y me llenaron de orgullo las palabras de admiración que dijo al conocerme y ver mis habilidades. Él mismo mencionó que sólo otro sefardí en la historia pudo hacer algo igual con la cabeza. Se refería a Josef Pichón, que con Enrique II, había sido tesorero mayor del Reino.

Aquellos eran buenos momentos para nosotros los judíos. A pesar de la pesadilla de mil trescientos noventa y uno, que casi todos habíamos querido olvidar, y de otras mínimas pendencias, nadie podría creer que algo semejante fuese a repetirse, pues, por suerte o habilidad, los sefardíes habíamos sabido hacernos con los cargos de mayor responsabilidad tanto en Castilla como en Aragón.

Bien sabéis, pues es ello notorio, que la población cristiana venía a buscarnos a las aljamas. Los nobles, porque necesitaban reparar sus castillos, comprar armas, deslumbrar a terceros. Los hombres de provecho, porque querían tenerlo mayor si cabía, comprando tierras, ampliando sus patrimonios, construir buenas casas solariegas. Los villanos, porque no sabían adónde acudir para pagar sus impuestos y tributos, y muchas veces incluso para paliar su hambre. Unos, porque el granizo destruía sus cosechas; otros, porque no eran capaces de poner a buen recaudo su dinero para cuando pudiesen necesitarlo.

Nosotros sí lo éramos. En las aljamas los jóvenes aprendían a leer y escribir. Pero también y, sobre todo, a contar fino. Ésa era una habilidad que los gentiles nos envidiaban mucho. En las escuelas, en las universidades, en los negocios, mientras un cristiano hacía la cuenta, nosotros ya estábamos despachados.

¡Ay! No éramos capaces de ver que no se puede tentar tanto al Diablo, y el Diablo, más en Castilla que en Aragón, y en éste más que en otros reinos, se encarnaba en la envidia. Allí, donde nosotros vivíamos, ese era el pecado capital. Pero no para emular lo que otros hacían, sino para desear todo el mal a los que poseían algo a fin de obtenerlo por cualquier medio, y si no era posible, destruirlo. Mejor nada que la diferencia, pues esa era siempre insoportable.

No éramos conscientes de eso. Sólo veíamos como nosotros íbamos medrando con rapidez en todo. Comprábamos hermosas huertas, las mejores casas, nos hacíamos construir buenos muebles, vestíamos cada vez con mayor lujo. Nuestros hijos jamás pasaban hambre; muy al contrario, disponían de todo lo que necesitaban con holgura. No sólo teníamos dinero, también éramos más capaces que otros para invertirlo y multiplicarlo, de tal manera que, por mucho que gastásemos, nuestras bolsas eran cada vez más pesadas.

Prestábamos dinero a los cristianos. Ellos, a nuestras espaldas, lo llamaban usura y a nosotros, usureros. Ahí cambió la envidia por el odio sin que de ello nos apercibiésemos. Venían una y otra vez a por el oro. Muchos de tapadillo, a escondidas, de noche, a través de terceros, pasando vergüenza ajena. Pero el brillo del metal les cegaba, y cuando lo probaban, ya no podían pasar sin él. Firmaban y lacraban con su anillo los documentos de préstamo. Los nobles que no sabían escribir hacían una cruz delante de dos testigos y de ahí comenzaron a decir que una vez habíamos crucificado a Jesucristo y que ahora los teníamos a todos ellos igual.

Así fue como, poco a poco, nos hicimos con el poder. Porque siempre jugaba el tiempo a nuestro favor. Pasaban los días, los meses y los años, y el que había adquirido un compromiso de devolver el principal y el interés, se veía inexorablemente ahogado, maniatado, y de nuevo acudía a por otro préstamo mayor, a por otro plazo más dilatado, a sabiendas de que no podría hacer otra cosa que seguir en la rueda.

Por otra parte, las aljamas proveían por los que de nuestra raza no habían sido tan afortunados. A ellos se les prestaba sin interés, se les concedían plazos, y aun se conmutaban las demoras a cambio de trabajos y labores.

Eso, al pasar los mismos años para todos, nos fue convirtiendo en gentes diferentes. No hacía falta que nos obligasen a llevar señales amarillas o rojas en las vestimentas. Éramos ya distintos, pero lo éramos sólo porque bien nos habíamos aplicado en serlo.

Todos dependían de nosotros de una manera o de otra. Villanos, señores, Príncipes y hasta los propios Soberanos, pues también ellos estaban cogidos por los préstamos, atrapados por los plazos que corrían para ellos, igual de veloces que para el último siervo.

No quedó aquí la cosa. Queríamos ser los mejores en todo. Por tradición, éramos nosotros, los judíos, los médicos del Reino, aunque es cierto que también los había extraordinarios entre los musulmanes. Pero por alguna extraña razón que ahora me parece incomprensible, preferían acudir a nosotros. La desconfianza que en los negocios nos tenían, se tornaba fe y esperanza en manos de nuestros galenos y cirujanos.

También era notorio que conocíamos de Astronomía, de Geometría, de Ciencias. Bien sabíamos nosotros que el que domina los números, lo abarca todo. Pero eso no era una verdad común, sino algo que manteníamos casi en secreto. Ellos, los cristianos, intuían algo, y a ese saber lo llamaban «cábalas» y «abracadabras», confundiendo, en su ignorancia, la Ciencia y la magia, lo que nos hacía sonreír, porque para nosotros era algo así como haber dado con la piedra filosofal.

Debéis saber que, por todo ello, nos las prometíamos muy felices. Apenas abríamos las puertas de las aljamas a primera hora, cuando despuntaba el sol, y allí encontrábamos una larguísima fila: nobles, caballeros, frailes y villanos. Sólo tenían una cosa en común, todos eran cristianos, pues muy pocas veces conseguimos prestar a los musulmanes. Tengo la certeza de que no era por religión, sino por intuición. A fin de cuentas, semitas son como nosotros, primos nos llamaban en la intimidad, y preferían disponer de la libertad de su pobreza que de nuestro emplazado oro.

Pero aquello no podía durar. No queríamos verlo, pero las gentes del común murmuraban a nuestro paso, se daban codazos y nos señalaban. No era admiración, con eso ya contábamos. Pero estábamos muy engañados, pues creíamos que era envidia, sólo eso, sin apercibirnos, a pesar de todas nuestras capacidades, de que entre la envidia y el odio sólo hay un pequeño paso, tan mínimo que se cruza sin saberlo.

En cuanto a mí, por lo que os he dicho anteriormente, no me costó grandes esfuerzos progresar. Era algo así como si el mundo se hubiese hecho a mi justa medida. Advertido de mis habilidades, me hizo llamar dom Abraham Señor, que entonces era almojarife mayor de Castilla, y pronto con su tutela llegué a ser supervisor de los recaudadores de impuestos. Entre ellos los había cristianos y judíos, pero yo me encargaba de repasar sus cuentas, y unos y otros llegaron a temerme, porque donde había una falta, la descubría por mínima que fuese.

También veía, entre las filas de números, una malversación por muy disimulada que estuviera, incluso escondida entre argucias y engaños. Esa habilidad, que era más bien un arte, me hizo prosperar. Todos decían, al verme actuar, que llegaría a ser administrador mayor del Reino. A mí no me importaba mucho eso. Me bastaba con conocer mi propia pericia y con mejorarla día a día, como el músico que quiere tocar su melodía a la perfección, o el escultor que quita exactamente lo que sobra. Para ello, estudié a fondo el árabe sólo para poder aprender todo lo que sobre números hubiera, que hay que reconocer que, en Álgebra y Geometría, no hay quien les ponga el pie delante.

Aun hoy, después de todo lo que ha ocurrido, sigo creyendo en Dios. Pero para mí, y así os lo digo sin blasfemar, pues no es esa mi intención, creo que Dios es sólo un número. No penséis mal de mí, que en esos pensamientos no hay locura ni magia. Esa idea, poco a poco, se fue apoderando de mi persona. Llegué a pensar que todo lo que nos rodeaba, nosotros mismos, incluso nuestros pensamientos, no eran más que renglones de números, unos tras otros, infinitas series de cifras, y que, en ellos y de como se hallasen dispuestos, se encontraba la única y verdadera realidad. Más tarde, encontré en Platón la misma idea.

Pero permitidme volver a la historia. Llegó un momento en que muchos entendimos que había que cambiar. No podíamos seguir siendo diferentes, pues esas distinciones, muy lejos de convenirnos, comenzaban a dañarnos. De hecho, las murmuraciones habíanse tornado clamores y las imaginaciones de unos y otros nos veían como si sólo de nosotros dependiese su bienestar. Decían, en sus cuentos, que teníamos grandes cavernas llenas de oro, excavadas bajo nuestras casas, y que también habíamos corrompido a registradores y notarios para hacernos con los mejores patrimonios. De ahí, a señalarnos con el dedo y a hablar de brujerías, sólo había un paso.

Fue entonces cuando alarmados ante lo que previsiblemente se venía encima de las aljamas y juderías, se optó por terminar con aquella situación. ¿Qué debíamos hacer para lograrlo? Lo que otros habían ido haciendo a lo largo de los años, sin aspavientos ni alharacas: convertirnos en cristianos. Así de simple y sencillo.

No había otro remedio, ni otra solución, en apariencia, más fácil que esa. Por otra parte, consultamos a los rabinos sobre ello. Sólo se trataba de engañar a los cristianos. Su dictamen fue que, como causa de fuerza mayor que era, no había en ello pecado, ni tan siquiera falta.

Algunos conversos, gentes prevenidas que ya lo habían hecho antes, parecían haber abandonado definitivamente nuestra Ley. Pero eran sólo una minoría y no representaban en modo alguno nuestra voluntad, ni nuestra fe.

Bien es cierto que otros muchos, que después he reflexionado no eran los más poderosos, ni los más ricos, ni los más aparentes, decidieron que seguirían igual que siempre. Recuerdo a uno, León Yudah, que se atrevió a lanzar una diatriba contra los que habíamos decidido convertirnos. Nos injurió, atreviéndose, incluso, a amenazarnos, pero en modo alguno eso nos hizo cambiar de idea. Bien al contrario, comprendimos que debíamos hacerlo cuanto antes. Así fue, y nuestra decisión demostró ser oportuna, pues, apenas unos meses más tarde, el temeroso Pontífice de los cristianos, Sixto IV, firmaba la bula *Exigit sincerae devotionis*, autorizando a los Reyes Católicos a nombrar inquisidores. Yo no me llevé a engaño, y desde el principio supe lo que aquella Inquisición quería.

Me convertí, al cristianismo. Fue, en verdad, una hermosa ceremonia en la que otros conversos, satisfechos de mi decisión, me apadrinaron. Fui bautizado como Pedro de Maqueda y como tal, decidido a cambiar mi vida, fui a residir a Valladolid, pues, allí y no en otros lugares, se tomaban las decisiones de importancia, y sabía bien que, a la sombra de sus torres, podían hacerse buenos negocios.

No afectó, sin embargo, aquella decisión mucho a mi vida personal. Llevaba casado unos cuantos años, y como es natural, también mi familia se convirtió conmigo. A partir de aquel momento, todos dimos ejemplo de devoción, asistiendo a misa cada domingo, así como en las fiestas de guardar. Tuve también la precaución de enseñar a mis hijos a comer las viandas de los cristianos, sin hacer ascos a ninguna, pues, en esas minucias, se fijaban ellos para comprobar nuestra fe. Sin embargo, tenía yo una importante ventaja sobre otros conversos: nunca había sido muy cumplidor de las exigencias de nuestra Ley, por lo que mi ánimo no se resintió mucho con el trueque.

Fueron pasando los años. Las cosas fueron cambiando tanto que la Inquisición comenzó a ser una terrible máquina contra los herejes, ya que, como tales, eran tratados los acusados de criptojudaizantes, pues, aunque mantenía una amplia represión contra todos los que se desviaban, éramos, en el fondo, los conversos el blanco de su certera puntería.

Debo confesar ahora que, en mi absoluta insensatez, no temía yo por ello. Mis padrinos eran muchos y poderosos, y a su sombra me parecía que era casi imposible que pudieran tocarme. De hecho, el rabino Abraham Señor, que gozaba de gran ascendencia con los mismos Reyes, o el propio Rabí Abraham, que había llegado a ser médico del cardenal Mendoza, me seguían protegiendo.

No cabía duda de que los vientos de la fortuna habían rolado en contra de los nuestros, pues, por todas partes, se veían señales. Volvían a obligarnos a vivir en las juderías, a llevar distintivos en las vestimentas. Incluso, ya en el año de mil cuatrocientos ochenta y tres, se tomaron decisiones para obligar a los judíos de Al Ándalus a dejar, sin más, sus tierras y sus casas.

Fue León Hebreo quien dio el aviso. Aquel hombre de aguda inteligencia tenía, dentro de la Orden de los dominicos, a varios frailes conversos, alguno de ellos muy cercano a Torquemada. Así, siempre estaba avisado de los posibles movimientos, ya que aquellos espías le prevenían de por dónde soplaría el aire. Así fue como supo, de primera mano, que la Inquisición había tomado la decisión de ir separando a los judíos de los conversos. Para ello, comenzó una política de expulsiones, coacciones y amenazas. Se prohibió a los sefardíes que vendiesen alimentos, haciendo correr la voz de que estaban envenenando a los cristianos. Se restringieron los préstamos que daban, se les privó en todas sus actividades, se les impidió comprar tierras, vivir donde siempre lo habían hecho. No podían, tampoco, emplear cristianos en sus negocios e, incluso, llevar armas les fue prohibido. No podían compartir la comida, la bebida y en algunos lugares ni tan siquiera hablar con los cristianos. Para evitar contaminaciones, no podían ser tenderos, ni carpinteros, ni sastres, ni, mucho menos, carniceros.

Los que nos habíamos convertido, observábamos aquella situación con una creciente preocupación. Muchos de nuestros parientes, amigos y vecinos se veían casi proscritos, apartados de la vida social. Cada vez la tensión se hacía más y más palpable. Era evidente que algo, nada bueno para nosotros, iba a ocurrir. Era tal la situación que la propia Reina tuvo que salir en nuestra defensa. Sus proclamas decían: «los judíos de mis Reinos son míos y están bajo mi amparo y protección, y a mí pertenece defender, amparar y mantener en justicia.» Pero eso eran sólo palabras, y bien sabéis que a las palabras se las lleva el viento sin dejar rastro. Se los expulsó de Al Ándalus, en concreto de las diócesis de Sevilla, Córdoba y Cádiz. También de Zaragoza, Albarracín, Teruel y de otras muchas de las más importantes ciudades.

Éramos muy conscientes que, tras aquello, se hallaba Torquemada. El Inquisidor General sabía bien adónde quería llegar. De hecho, su médico de cabecera, David Abenasaya, le contó en detalle, a Abraham Senior la malhadada reunión que, en mil cuatrocientos ochenta y tres, tuvo Torquemada con el rey don Fernando en Albarracín, y que os quiero narrar, en lo que me permita la memoria, para que podáis comprender el quid de la cuestión.

Para entonces hacía ya casi dos años que Torquemada había sido nombrado Presidente del Consejo Supremo de la Inquisición. No debéis olvidar que descendía de una familia de conversos. Ya conocéis ese sabio dicho castellano: «No hay mejor cuña que la de la misma madera.»

Su tío, Juan de Torquemada, influyó mucho en él. Aquella familia había renegado de sus orígenes judíos, hasta el punto de que el odio por todo lo que tuviese que ver con nuestra raza, se convirtió en obsesión. Tomás de Torquemada llegó a prior del Convento de la Santa Cruz, en Segovia y en aquel lugar tuvo la oportunidad de conocer a la Reina. No fue un encuentro casual. El cardenal Torquemada convenció al Papa Sixto, y eso no lo hizo atendiendo sólo a la fe, sino también a las promesas terrenales del propio Fernando de Aragón, ya que el Rey en modo alguno podía aceptar injerencias en su Reino.

¿Por qué el Soberano apoyó la Inquisición? ¿Por qué la fomentó en el propio Aragón? Fernando no podía permitir que los principales caballeros, los nuevos señoríos, muchos de ellos mezclados ya con conversos, le plantasen cara, le retasen. Alguien tenía que frenar aquellos desplantes continuos de principales orgullosos y pendencieros, que aprovechaban las continuas y largas ausencias de su Rey para intrigar, para alimentar traiciones. Aun más, en Cataluña, los catalanes no querían ni oír hablar de unificación, de centralismo. Y ese era el espíritu real de la Inquisición. No eran herejes los que mantenían otras ideas con respecto a la fe. Tampoco, eso lo sabían bien algunos, lo eran los judíos. Ni era necesario ser tan radical como los conversos. Eran otros los «herejes». Herejes eran aquellos que querían seguir en sus reinos de taifas, aquellos que no querían romper sus tradiciones, los que no terminaban de creer en la unidad de los Reinos, los celosos de sus propias instituciones. No podéis olvidar, tampoco, cómo, cuando ese Rey fue niño, se vio sitiado en Gerona por las tropas catalanas, que le perseguían desde Barcelona, y cómo vivió terribles trances en los que la muerte le rondó muy de cerca. Allí comprendió que si algún día quería hacer frente a sus verdaderos enemigos, tendría que lograrlo haciéndose fuerte en Castilla.

Así fue como, frente a todos ellos, se hallaba el Soberano que ha servido de ejemplo a ese italiano de lengua procaz, llamado Maquiavelo.

Sé, a ciencia cierta, que Fernando de Aragón sufría entonces cólicos. Comía y bebía en exceso, era hombre sanguíneo y no tenía, en aquellos días, ni un instante de reposo espiritual. Siempre maquinando, siempre protegiendo lejanas frontera, siempre luchando con unos y otros. Mala vida ha tenido ese hombre, pues es casi una maldición el desear lo imposible, y él lo ha deseado siempre.

Fueron las circunstancias las que le demostraron, a su pesar, que necesitaba a su mujer. Todo sigue igual, pues doña Isabel tiene aún aferradas las llaves del Reino. Siempre arriba, siempre abajo. Ya le advirtió su abuelo materno, el almirante de Castilla, don Fadrique Enríquez, que nunca se separase del clavero y que si algún día lo hacía, se arrepentiría de inmediato.

Allí, en Albarracín, sufrió Fernando un fuerte cólico, tanto que creyóse a las puertas de la muerte, y Abenasaya, su médico, se atribuló, pues nunca había visto tan mal a su señor. Llamaron al confesor, y Fernando, después de descargar su conciencia empleando el catalán para aun en aquel trance asegurar el secreto de su confesión, hizo venir a Torquemada, que acompañaba al séquito.

Hablaron, entre ellos, casi toda una tarde. Fernando estaba convencido, en su estado, de que podía morir. Torquemada quería aprovechar la situación para saber lo que su Rey pensaba realmente sobre aquellos asuntos que a él tanto acuciaban.

Allí, una tarde fría y ventosa, con aquel Soberano inerme y rabioso por el dolor que sentía, se pactó la expulsión. Ambos convinieron en que tendría que hacerse con prudencia, pues la Reina, que no quería ceder un ápice de su soberanía, no estaba convencida de que esa fuese la mejor solución. Fernando prometió al cejudo fraile que si se salvaba, instaría, por todos los medios, a su mujer a llevarla a cabo. Pero para los dos confidentes, estaba claro que no podía hacerse, al menos, hasta que Granada volviese a ser cristiana. A fin de cuentas, y eso le importaba mucho más al Príncipe que al fraile, mucho del oro que en aquella larga empresa se estaba empleando era judío.

Torquemada fue muy radical. Sus mejores palabras fueron:

«Esa raza maldita. Se hacen pasar por conversos. Llevan sus hijos a bautizar, pero apenas vuelven a su casa, los lavan y frotan para quitarles esa mancha. Odian a los cristianos y son los culpables de muchos de los males que nos asolan.»

Fernando aceptó la teoría. Desde aquel momento, estaba firmemente resuelto a llevar a cabo la expulsión, costase lo que costase. Había comprendido que, en otro caso, su omnímodo poder estaba en juego. Luego Torquemada se retiró a rezar por su Soberano, pensando en la gravísima pérdida que podría suponer para la cristiandad que aquel Príncipe, tan hábil y preclaro, pudiese morir de aquella ignominiosa manera. Pero Fernando no quería terminar sus días en Albarracín. Aún le quedaba mucho por hacer, y aquella conversación le dio tantas energías que, apenas al día siguiente, partió a uña de caballo de allí, todavía aterrado por la sombra de la Parca que, en aquel lugar, le había rondado.

Mientras todos aquellos hechos sucedían, yo me hallé converso, cristiano de buena fe, y ya todos me conocían como don Pedro de Maqueda, salvo algunos que, muy en confianza, solían llamarme aún por mi verdadero nombre, lo que, en verdad, no me hacía ninguna gracia, pues intenté convencerme de que ya era cristiano de pura cepa y no quería saber nada de mis antiguos correligionarios.

De hecho, tan duras puse las condiciones que hasta los otros conversos que me rodeaban, o con los que tenía negocios, me recriminaron mi actitud, pues llegó un momento en que, ni tan siquiera, saludaba a los judíos.

El tiempo, que siempre manda en la vida, siguió pasando implacable. El día que se publicó el Decreto de Expulsión —recuerdo con precisión que fue el veintinueve de abril de mil cuatrocientos noventa y dos—, vinieron a mi casa algunos de los antiguos cofrades de la aljama, y ni los recibí. Yo era un cristiano más y no tenía nada que temer. Lo único que sobre ellos podía pensar era que hubiesen hecho lo que yo hice, y nada les hubiese ocurrido. Se encontrarían libres de sí mismos, como yo me hallaba.

Días más tarde, llegó un mensajero de Abraham Senior para invitarme a su bautismo. Su nuevo apellido sería Coronel. Me alegré por él y también por mí, pues era hombre muy influyente, y quiero creer que de los pocos que me apreciaban. Después, aprovechando el viento, se bautizaron muchos otros, como Rabí Abraham, el médico de Mendoza, y algunos rabinos de aljamas, así como también David Abulafia e Isaac Ababanel. Unos rabinos, que no aceptaron ser bautizados, intentaron llegar hasta la Reina. Aunque estaban muy engañados, pues a ella querían acudir confiando en su misericordia, pero el Rey lo impidió. Era una estrategia a largo plazo, y él, astuto y despiadado, sabía bien lo que pretendía de todo aquello.

Luego, antes de que los judíos pudieran reaccionar se terminó el plazo. Se prorrogó una y dos veces. Finalmente, Fernando consiguió que la Reina dejase las manos libres a Torquemada, y éste, sabiendo bien lo que hacía, puso en marcha el fatal mecanismo.

Entonces todos se apresuraron. No había ya más tiempos, ni más plazos. Comenzaron a vender sus bienes. Pude comprar fincas, huertas, casas, muebles, incluso joyas a algunos, por muy poco dinero. Mandé agentes y pude realizar extraordinarios negocios, quedándome con muy buenas comisiones, por el hecho de girar importantes sumas a Navarra, a Portugal, a Francia y a otros Reinos. Yo tenía lo que a ellos le faltaba: crédito y recursos. Compré a notarios, a registradores y procuradores. Nada me parecía suficiente y me lancé a mayores empresas. Había que aprovechar aquellas favorables circunstancias y apenas dormía intentando contar lo que mis agentes atesoraban.

No me sentí mal por ello. A fin de cuentas, alguien tenía que hacerlo, y era mejor que quedase entre nosotros. Incluso, me justifiqué el ánimo y esperé hasta el final, no desahucié a los que todavía vivían en las ya mis nuevas propiedades.

Mientras aquella vorágine se desataba, arrecié en mi fervor. Íbamos a confesar y comulgar todos los días. Contraté con grandes aspavientos un confesor para mi casa, al que, además, ayudaba con fuertes sumas para que hiciese caridad en mi nombre. Compré voluntades, soborné a principales y jueces para reescribir mi nuevo nombre, y hasta llegué a dotar a la Inquisición para que abriese una casa en Segovia. Nadie podía dudar de mí. Sabía que si capeaba la tormenta, podría consolidar todo lo que poseía, que era mucho.

Pensé entonces en comprar un señorío, e inicié los trámites. Quería que, algún día, mis hijos fuesen caballeros, que se asentasen definitivamente, que olvidasen, de una vez por todas, al judío errante con el que yo todavía soñaba muchas veces, como una pesadilla que no lograba alejar de mí. Pero pronto descubrí que estaba ciego, que no podía ver la realidad que tan amenazadora me rodeaba. La Inquisición, a la que creía lejos, se cebaba en gente como yo, en conversos de fortuna, poniendo sus ojos cada vez más alto. Nadie parecía estar ya seguro. En un instante se había desatado la tormenta. Era el terror. Muchos conversos comenzaron a huir, sin saber bien adónde iban, convencidos de que, en otro caso, serían depurados y esquilmados sin misericordia. Gentes cercanas a mí huyeron al norte de Francia, Alemania, incluso a Grecia y Turquía.

Yo, ensimismado en mi codicia, seguía mi trajín. Mi único afán eran los números, las cifras, los documentos que atesoraban oro. De eso sabía como el que más. Había conseguido reunir una fortuna tal que empezaba a preocuparme no dar abasto para contarla.

Pero también era consciente de que el cerco se iba estrechando inexorablemente. Me trasladé de Valladolid a Madrid, de allí a Toledo. Yo mismo me excusaba. En todas partes tenía negocios que atender. Mi mujer y mis hijos me seguían sin saber, a ciencia cierta, el porqué de aquellos viajes, pero todos teníamos ya el miedo en el cuerpo, pues, día tras día, las denuncias de unos y otros llevaban a conversos a las mazmorras de la Inquisición, y allí los trataban peor que si fuesen traidores al Reino, ladrones y salteadores, asesinos convictos.

Pero no, sólo eran conversos, gentes diferentes, como antes os decía. Habíamos querido serlo y todo nuestro empeño estuvo en conseguirlo. Bien lo habíamos logrado.

Recuerdo con conmiseración aquellos días, asomado a los balcones de mi casa. Escondido tras las cortinas, amilanado, agazapado, veía pasar, un día tras otro, los autos de fe. Unos eran reconciliados, tras terribles torturas y amenazas, después de despojarlos de todos sus bienes, de estigmatizarlos, de hacerles perder, incluso, su dignidad. Otros, los que se habían resistido, o a los que interesaba por otras razones, eran increíblemente quemados vivos. Esas hogueras ardían ya en toda Castilla. Después, aquel fuego maldito se extendió a Aragón, Cataluña y Al Ándalus.

Un día, casi sorprendido de mi propia candidez, comprendí que ya no podía seguir haciendo una vida normal. Tenía demasiados enemigos gracias a mi ambición desmesurada. A partir de ese instante, no pude dormir. De pronto, como si se tratase de una cruel enfermedad, el terror me invadió. Soñaba con todos aquellos a los que había engañado, extorsionado y usurpado sus bienes. Supe que vivía en la cima de una montaña que se estaba deshaciendo.

En secreto encontré la solución: decidí emigrar. Lo preparé todo concienzudamente, con gran discreción. Era muy consciente de que perdería gran parte de mis bienes, pero me consolaba al pensar que, al menos, podría utilizarlos para salvar mi vida y la de los míos. Reuní todo el oro que pude, giré parte del capital a Génova, a Lisboa. Ya no pensaba más que en escapar, en evitar caer en manos de la Inquisición.

No podía confiar en nadie. Ni tan siquiera mi confesor sabía lo que estaba ocurriendo, pues, aunque le pagaba buenas cantidades, presentía su doblez. A fin de cuentas, era dominico, e iluso de mí, durante un tiempo, creí que eso me protegería.

Había planeado huir siguiendo el curso del Tajo hacia Portugal. Me pareció lo más seguro. Tenía propiedades en Oropesa y en Plasencia y podíamos, ante el curso de los acontecimientos, refugiarnos en una u otra.

Fue mi hija menor la que desencadenó el drama. Ella se había quedado con una de las casas que compré en Toledo prácticamente por nada, junto a muchas otras del mismo barrio. Cuando realicé la operación, me froté las manos. Había comprado no una, ni dos, ni veinte, sino todo un barrio, por menos de lo que valía una sola. Ni yo mismo podía hacer los números con tal premura. Todo era beneficio. Allí habían quedado muebles y enseres, aperos, pajares. Era como un pequeño Reino y en él, por arte de magia, lo que antes era de otros, que sólo eran lo que yo una vez había sido, ahora era mío, sólo mío.

Le cedí a mi hija mayor la casa que quisiera poseer de todas ellas. Y, en su cómplice inocencia, fue a visitarlas, pues deseaba quedarse a vivir en aquella ciudad. Se hallaba allí cuando, de improviso, sin esperarlo, la Inquisición llamó a la puerta. Registraron la casa de arriba a abajo. Escondidos en el sótano encontraron unos manuscritos de la Torá, también unos candelabros y otros ornamentos judíos.

Sin dar explicaciones, mi hija fue llevada a prisión junto con su marido. Fue inútil argumentar que no sabía nada de todo aquello, que se trataba de una primera visita a una casa comprada a unos judíos. No querían entender aquel hecho. Lo que, en realidad, parecía importar era lo que yo ya había olvidado, que doña Margarita Maqueda había nacido Raquel Haleví. Nadie atendía a lo absurdo de la situación. Éramos cristianos, buenos cristianos, creyentes devotos, aunque conversos, y eso se podía disimular hasta cierto punto. Sólo parecía interesarles que nuestra sangre era judía. Se puede renegar de ella, pero lo cierto es que sigue fluyendo por nuestras venas, pues, a cada pálpito de mi corazón, de mis sienes, sólo podía escuchar: «judío, judío, judío…»

Aterrado, acudí a las más altas instancias. Llegué hasta Tristán de Medina, uno de los jurisconsultos que había redactado las Instrucciones de la Inquisición. Puse tanto oro encima de su mesa que, para evitar que se quebrase, aceptó el caso. Me proporcionó una carta para fray Tomás de Torquemada. Aquel hombre no recibía a nadie que se encontrase incurso en un proceso, ni directa, ni indirectamente. Pero Medina me garantizó que sería recibido, aunque me advirtió que no repitiese con aquel extraño hombre el procedimiento. Si así lo hacía, sólo conseguiría acelerar el proceso.

Me hallaba en una extraña situación. Por una parte, maldecía mi mala suerte, pues, apenas faltaban unos días para que hubiésemos huido lejos de allí, salvando vidas y el suficiente patrimonio para no volver a pasar jamás penurias. Pero no, tuvo que ocurrir, tal y como había soñado tan frecuentemente. Tal fue mi obsesión que aún me sucede después de tanto tiempo.

El proceso avanzaba. Las pruebas, que creía inexistentes, se iban acumulando. Mi yerno era también converso, hijo de un rabino que había sido procesado, aunque más tarde, liberado tras larga penitencia. Nada tenía que ver un caso con el otro, pero los inquisidores los vincularon como eslabones en una cadena que me ataba como a Prometeo.

Ocurrió lo peor, lo que yo sabía que iba a ocurrir. Apareció mi nombre en las actas. Me vi perdido, porque no esperaba compasión, ni misericordia. Acudí entonces a Coronel, y lo único que hizo por mí fue remitirme una fría carta para que Torquemada me recibiese cuanto antes.

Al fin lo conseguí. Unos familiares de la Inquisición, Juan de Acuña y Diego Rodríguez, vinieron a buscarme a Toledo para acompañarme hasta Madrid, donde se hallaba el inquisidor. Con ellos, iban dos frailes dominicos y cuatro soldados. Yo no sabía en qué calidad iba. De hecho, me di por prisionero antes que ningún otro título. Recuerdo bien que, mientras cabalgábamos, iba tan obsesionado que varias veces pasó por mi cabeza la idea de escapar. En mi angustia, me veía interrogado, torturado, conducido al quemadero, quemado vivo. Cuestioné mi vida. Quizás, no hubiese sido un buen hombre. Dentro de mí, en lo más hondo, sabía que no había sido ni buen judío, ni buen cristiano, ni tan sólo buen hombre.

Cabalgábamos día y noche entre una nube de polvo. Hacía mucho calor, y apenas descansábamos, pues mi propia impaciencia los apremiaba a todos, al igual que mi oro que, entre ellos, lo había repartido, convencido de que mis riquezas terminarían por salvarme.

Al fin, llegamos. Había soñado muchas veces con aquel momento. Era una pesadilla recurrente que finalmente se había tornado realidad.

Unos dominicos me hicieron pasar a una antesala. Allí me dejaron solo. Se había hecho tarde, pero Torquemada aceptó recibirme, pues, al día siguiente, partía para Valladolid. Los frailes insistieron en que fuese breve, porque aquel hombre tenía muchos asuntos y negocios en los que debía repartir su tiempo. Medité la gran fortuna que había tenido en que me recibiese.

Transcurrió un larguísimo tiempo antes de que me hiciesen pasar a su despacho. Fueron casi dos horas, durante las cuales pude dar un repaso a mi vida. No terminaba de ver en qué me había equivocado, ni comprendía por qué me hallaba allí. Sólo había hecho lo que debía en cada momento. Había pasado de ser Salomón Ben Halevi a convertirme en don Pedro de Maqueda. No me culpaba más que de mi absurda ingenuidad, pues llegué a creer que una vez convertido, sería aceptado sin condiciones.

El mismo Torquemada abrió la puerta. Tenía un aire resignado, humilde, casi compungido. Me podéis creer, si os digo, que sentí compasión de aquel pobre hombre. No quiso mirarme a los ojos y sólo señaló la silla frente a la mesa donde despachaba. Un crucifijo sobre ella dominaba la sala. Hizo un gesto imperceptible con la cara, invitándome a hablar.

Durante un largo rato me desahogué, mientras él parecía mirar el infinito, como si estuviese meditando en lugar de escucharme. Hablé de mi conversión, de la fe que había puesto en ella, de la devoción que todos en mi familia sentíamos por Nuestro Señor y la Virgen.

Le expliqué pacientemente que todo aquel asunto era una absurda equivocación, quizás desvarié, pues, aunque me había propuesto no hacerlo, hablé de conjura, de envidias, de las ambiciones de otros que sólo querían lo que era, por derecho, mío.

Cuando terminé de hablar, levanté la vista y pude ver cómo Torquemada, con los ojos cerrados, pasaba con rapidez las cuentas de un gastado rosario. Su abstracción me indignó, pues ni tan sólo una vez se mostró humano. Era como si yo no estuviese allí, como si sólo le importase que Dios le escuchase a él, sin dejar lugar para otros. Aquello fue superior a mi voluntad y mi templanza.

Toda mi vida he sido prudente. A veces, incluso demasiado. Siempre he temido lo que se hallaba detrás de la realidad, lo que ésta nos oculta permanentemente. Quizás, lo que otros llaman temor de Dios, lo he tenido yo de mis propias intuiciones. Siempre he sabido que nada termina bien, que todo no es más que un tránsito hacia el polvo.

Sin quererlo, sin saber bien lo que hacía, me levanté irreflexivo, tan enojado que la cólera que de pronto colmó mi ánimo no me permitía controlar mis actos. Le apostrofé sin darme cuenta de que con aquellos insultos estaba firmando mi sentencia de muerte. No pestañeó. No pareció inmutarse por ello, aunque los dos dominicos que me habían recibido, entraron raudos al escuchar el alboroto. No los dejó intervenir, hizo un leve gesto con su mano izquierda para que se mantuviesen a la expectativa, como si lo único que pretendiese, fuese tener testigos de lo que mi torpeza manifestaba.

Para cuando quise darme cuenta, me habían prendido. Sólo una vez en toda mi vida, sólo una, he perdido la razón, y esa tuvo que ser delante del Inquisidor

General. Yo, que siempre me había valido de mi sangre fría para sacar tajada, había caído en la trampa que aquel astuto fraile había preparado. Me condujeron a las mazmorras del Santo Oficio. Me hicieron saber que me hallaba procesado por criptojudaizante, por hereje, y que, en esa misma situación, se hallaba el resto de los miembros de mi familia: mi esposa, mis tres hijos, mis cuñados, mis yernos, mis nietos e, incluso, mis criados. Todos los que vivían en mi casa estaban contaminados por mis actos. Los habían consentido sin denunciarlos, y eran cómplices.

Apenas al día siguiente, entraron en todas mis propiedades, lo investigaron todo, secuestraron mis libros de contabilidad. Los llevaba en hebreo y eso fue una prueba fatal, cuando, en realidad, lo hacía en mi estúpida astucia para que sólo yo pudiese interpretarlos. Unos dominicos, al verlos, aseguraron que eran cábalas.

En otro tiempo, me hubiese reído de su equivocación, si no fuese porque estaba impregnada de maldad. Aquellos señores inquisidores estaban llenos de sospechas, de recelos, de desconfianza. En todo, encontraban pruebas: en el aceite de la cocina.; en que no había jamones, ni embutidos en la despensa; en un libro de Astrología, heredado de mi padre, olvidado en el fondo de un baúl, porque tenía tan bellas estampas que no quería desprenderme de él; y en que sólo había un crucifijo en mi casa de Valladolid, que dijeron haberlo encontrado boca abajo. Eso era falso, porque incluso teníamos la precaución de cambiarle las flores cada semana, cuando las había.

Pero las verdaderas pruebas fueron mis palabras, mi indignación al comprender que estábamos condenados de antemano, que de nada valdría lo que hiciésemos y lo que, en realidad, fuésemos.

A pesar de todo, no me rendí. Era tal mi desesperación y mi impotencia que quise acudir al Rey. Argumenté que uno de los préstamos que la aljama de Zaragoza le había hecho para su campaña de Nápoles, lo había avalado yo. No quisieron escucharme, ni tampoco parecieron creerme. ¿Cómo era posible que un procesado hubiese avalado al Rey?

Eso era algo tan absurdo que vi sonreír con suficiencia a aquellos suspicaces sayones. No me creyeron ni en eso, ni en ninguna otra de mis manifestaciones. Había algo en ellos que les impedía hacerlo. Era una animosidad que lo cubría todo. Un rencor infame que se anteponía a cualquier gesto humano.

Cuando me serené algo, comprendí lo que había hecho. Toda mi vida razonando, calculando, reflexionando con frialdad para, al final, malograrlo todo por un arrebato. Tardé mucho tiempo en comprender que aquel momento había sido el único humano de mi existencia.

Se apoderaron de todo. Mi secretario no quiso ser torturado, y un escribano tomó nota de su prolija confesión. La lista de mis bienes era tan amplia que, aun después de encontrarme preso, la envidia me malquistó con los inquisidores.

El proceso fue rápido. No aceptaron ningún pliego de descargo. Tampoco nadie fue hasta allí para hablar en mi favor. Al contrario, supe que, en el tribunal, recibieron anónimos que me culpaban de horribles crímenes, como celebrar no sólo el *shabbat*, sino también brujerías.

No había solución, y menos aún piedad. Querían terminar cuanto antes. Era tal la riqueza que poseía que con ella se podían remediar muchas de las penurias del Santo Oficio. Con tal avío se contratarían más familiares, más escribanos, jueces, secretarios. Era una herencia en vida.

Para ellos, no había ya lugar a duda. Nos entregaron al tribunal ordinario, y en una sola tarde, todos, sin excepción, fuimos condenados a morir en la hoguera.

Podéis imaginar mi desesperación. No podía consentir que todos los míos muriesen, y menos aún de aquella horrible manera.

Hice llamar a un dominico. Le dije que quería añadir algo a mi confesión. Tuve que explicarle lo que era una letra de cambio, ya que no entendía lo que ese documento significaba. Luego le hablé de los trescientos mil ducados que poseía en Lisboa. Le expliqué que sólo yo, sólo mi firma, podían, en aquel lugar, convertir el documento en oro. Era una cantidad tan increíble que el mismo Torquemada se interesó inmediatamente. Después de comprobar la lista de propiedades, cualquier cosa podía ser cierta, por absurda que pareciera. Con esa suma, hasta el propio don Fernando saldría de penurias y miserias para siempre.

Torquemada pensó que aquello sería un buen presente para su Rey. Sólo una mínima parte quedaría en manos de la Inquisición. El resto serviría para pagar los tremendos gastos de una guerra tras otra; al menos, una parte importante.

Vino a verme Coronel, el que había sido mi amigo, tan converso como yo, tan judío como mi sangre. Quiso convencerme y añadió que podrían cambiar la condena, modificar el proceso, destruir las actas y dejarme escapar junto a los míos.

Era un trato. De eso sí entendía. Injusto, inmoral, pero un trato a fin de cuentas. Mi familia quedaría como rehén. Se les trataría bien. No serían torturados. Los niños, mis dos nietos, saldrían de las mazmorras. Me dijeron que estaban deseando sacarlos de allí. Yo iría a Lisboa, acompañado por Coronel y un dominico de toda la confianza de Torquemada. Una vez allí haría todo lo que tuviese que hacer para convertir el papel en oro. Luego lo entregaría todo. Quedamos que, por cada veinte mil ducados, llegaría a Lisboa uno de mis parientes. Era una barbaridad, pero no estaba en condiciones de regatear. Además de su vida, estaba también la mía, y yo no tenía ninguna intención de morir quemado.

No había necesidad de escribir nada, ni tampoco de firmarlo. Sólo era preciso llevarlo a cabo.

Cuando me vi libre, pensé, por un momento, en huir, en esconderme. No se atreverían a asesinar a mi familia. Valían su peso en oro, cien veces su peso en oro. El rescate de un Rey. Pero temí que los torturaran, que no pudieran resistirlo; sobre todo, mi mujer y mi hija. A fin de cuentas, mis hijos se habían portado mal conmigo. Sabía que deseaban mi muerte para heredar, pero en definitiva eran mis hijos. Por mi yerno y por mis nueras, sentía, en realidad, poco cariño.

Durante el viaje hasta Lisboa, tuve mucho tiempo para meditar. Reflexioné que, de alguna manera, aquel fin lo había esperado toda mi vida. El judío errante huyendo por los caminos, perseguido por todos. Ése era yo, después de tanta lucha, tantos esfuerzos vanos.

En Lisboa, no fue fácil. No había vencido el plazo para devolver aquella enorme suma. Debía deducir las comisiones, los intereses, los gastos. La aljama de Lisboa estaba dispuesta para hacer el negocio. Llegué al acuerdo de que, cada tres meses, me devolverían treinta mil escudos. Era mucho tiempo para que mi mujer y mi hija permaneciesen presas en las mazmorras de la Inquisición, y me planté. Les daría esa suma por las dos. Luego seguiríamos con el trato normal.

Quince días tardó el mensajero de Torquemada en ir y volver. Aceptaba el trato. En eso jugaba yo sobre seguro, porque el oro se hallaba en mi poder y a buen recaudo. Era algo muy desigual, pues, para ellos, sólo se trataba de la vida de unos judíos.

Mi mujer no pudo soportarlo. La encontraron muerta en su celda. El cirujano testificó que había sido un síncope. Era una mujer mayor, y la pena excesiva.

Mi hija, doña Margarita, vino hacia Lisboa con mis nietos. Ella me confirmó la mala nueva. Creo que fue la primera vez en toda mi vida que lloré. Con la muerte de mi mujer, tuve la certeza de que la realidad se desmoronaba a mi alrededor.

Coronel me apremió a terminar el trato. Pero aunque se trataba de la vida de mis hijos, no podía seguir en Lisboa. Concerté la devolución del siguiente plazo con él. Se encargaría de todo, porque yo no me hallaba en condiciones de seguir. Lo apoderé ante notario, en presencia de los representantes de mis acreedores y del hombre de confianza de Torquemada. Él se encargaría de hacer llegar el dinero hasta su destino y también de que mis hijos fuesen liberados.

Yo no me sentía bien, en mi fuero interno, lo achacaba a todo aquel injusto proceso y decidí emigrar, desaparecer. Iría a Constantinopla. Aunque ya viejo, aún podría seguir dando guerra. También hasta allí había sido capaz de enviar reservas, que con mi experiencia, en un breve plazo, las multiplicaría. Eso no me preocupaba.

Fleté una carabela. Era una travesía muy arriesgada, pero más lo era permanecer en Lisboa. Cuando miraba a mis nietos, pensaba que ellos eran los únicos que seguirían de toda una estirpe. Tenía la obligación de ponerlos a salvo.

Fue un viaje duro. Tuvimos mal tiempo hasta que pasamos el estrecho. Después, parte de la tripulación se amotinó. Frente a Túnez, nos asaltaron los berberiscos. Más ya no podía ocurrirme, y conservé la sangre fría. Hablé con el que parecía ser el jefe, le convencí de que podría pagar el rescate por mí y por mi familia, a la que milagrosamente no le había ocurrido nada.

Medité, mientras llegábamos a Argel, que, al menos, mi fortuna estaba sirviendo para algo. Quizás, me quedaría sin nada, pero conservaría la cabeza, y con ella siempre podría volver a comenzar.

Así fue. El bajá resultó ser tan buen negociante como yo. Aquello era sólo un negocio y no había nada personal. Comprendieron que era judío y se alegraron de ello, pues sabían que éramos serios en los tratos.

Tuve que confiar. Expliqué con detalle a mi hija lo que tenía que hacer, a quién debía acudir, todo. Se despidió de mí llorando a lágrima viva, pues tenía la seguridad de que ya nunca volveríamos a vernos. Los niños debieron intuir algo, pero quisimos evitarles más amarguras.

Nunca llegó el rescate. No sé lo que habrá sucedido con mi hija. El bajel que la llevaba hasta Constantinopla desapareció. Pero la paciencia de mis secuestradores parecía ilimitada. Me trataban bien, me alimentaban y vestían sin hacer distinción. Iba y venía con total libertad de un lado a otro, no me pedían nada hasta que descubrieron mi aptitud para los números. Entonces me pidieron que les ayudase con las cuentas y registros.

Debieron suponer lo que había ocurrido. Al menos, no me lo dijeron, me respetaban cada vez más. Un día, sin venir a cuento, me dijeron que estaba libre. No me habían rescatado, pero había sido fiel, y me consideraban uno más entre ellos.

Tanto fue así que me encomendaron como contador en un viaje a Túnez. Yo no tenía nada que perder y acepté. Estaba convencido de que mi hija y mis nietos habían muerto ahogados. También de que mis hijos habían sido liberados gracias al oro y a la gestión de Coronel. Sólo me restaba vivir lo que me quedaba de vida a mi aire.

Fue al llegar a Túnez. Habíamos acampado cerca de las murallas, apenas faltaba una jornada de viaje. Me quedé dormido junto a los rescoldos de la fogata. Tenía plena confianza en los hombres que nos acompañaban. A fin de cuentas, era uno más de ellos, sólo gentes luchando contra el desierto, las circunstancias, la vida.

Me despertó mi criado, dándome gritos y empujones. No sabía bien lo que ocurría hasta que, al intentar incorporarme, no pude hacerlo. Parte de mi pie había desaparecido entre los rescoldos, chamuscado. Recuerdo que olía a carne quemada. Sin embargo, no me dolía en absoluto.

Me llevaron a un cirujano en Túnez, quien apenas vio mi pie, diagnosticó lo que en realidad tenía: lepra.

A partir de ese mismo instante, sin darme casi explicaciones, todos me abandonaron. Sólo un alma caritativa me proporcionó unos bastones hechos de las ramas de un roble.

Allí comenzó una pesadilla que aún no ha terminado. No sé cómo pude llegar hasta aquí. Sufrí una terrible sed, pues nadie me socorría. Era igual que si hubiese muerto y me encontrase en el Averno que describía Alighieri. Lo único que no me hizo insoportable aquello fue la ausencia de dolores. Más tarde, me explicaron que la enfermedad se manifestaba de esa extraña forma.

Han pasado los años. He sabido que Torquemada ha muerto, que Castilla y Aragón siguen bajo el yugo de la Inquisición, que todos los judíos fueron expulsados sin remisión ni misericordia, que los conversos son perseguidos y expoliados, que todo sigue igual.

Pero he aprendido mucho aquí como leproso. Ahora soy, de nuevo, judío y procuro leer el Talmud, estudiar la Torá. Aquí hay otros como yo, y podemos hablar sobre ello.

He aprendido que no hace falta casi nada para ser feliz, sólo estar en paz con uno mismo. También sé que, a pesar de todo, de las expulsiones, las amenazas, el destierro, el camino inacabable, merece la pena ser judío. Eso lo he aprendido al final de mi vida, viejo y enfermo, despojado de todo. He visto la luz. No sé si eso es lo que queríais saber, si escuchar esta triste historia es lo único que os ha traído hasta aquí, José Abenamir, el hombre que un día me socorrió sin pedirme nada a cambio.

Está amaneciendo, vosotros debéis seguir vuestro camino. Yo debo regresar a mi morada, una cueva que comparto con otros como yo, pero que ahora, con lo que sé, no cambiarla por ninguno de los palacios que un día tuve, porque aquí, en este lugar infecto y olvidado por todos, he encontrado a alguien al que nunca había conocido: mi propio yo.

El anciano, que parecía cansado, no pronunció una sola palabra más. Se levantó trastabillando y a duras penas caminó lentamente hacia las grandes rocas. Al cabo de unos instantes, desapareció, mientras la claridad de la mañana despejaba las sombras y me hizo pensar si todo aquello no había sido más que una ilusión.

Volvimos cabizbajos hasta Túnez. Agradecí a Abenamir su sabiduría, pues, aquella noche, yo también había aprendido algo importante: debía volver a ser un verdadero judío.

TERCERA PARTE

LA VERDAD

I

ALEJANDRÍA

Todo llega en la vida y finalmente pudimos realizar la travesía hasta Alejandría sin pasar por Rodas. Fue un viaje largo, penoso, duro. Reflexioné que un viaje por mar era algo así como toda una vida concentrada. Lo entendí mejor al leer *La Odisea* que Al Jindak me prestó en una cuidada traducción al árabe hecha en Basora. Mucho de lo a que Ulises le ocurría, me sucedía también a mí, sólo nos separaba ese fluido, impalpable y sin sentido, al que llamábamos tiempo.

También aproveché aquellas semanas para hablar largo y tendido con Al Jindak. Aquel hombre decía algo importante: para ser un buen médico, había que ser antes un buen filósofo. Era una dualidad inseparable. Como Aristóteles, para él éramos igual que orfebres que, en lugar de trabajar con oro, lo hacíamos con una materia aun más noble: el cuerpo humano. Nunca debía olvidar el *soror philosophiae*.

En el mismo instante en que pisé el suelo de Alejandría, noté algo extraño dentro de mí. Había podido culminar el que había sido un largo anhelo para Abraham Revadel. Mi sabio maestro siempre había querido llegar hasta allí, convencido de que el verdadero saber médico se encontraba en aquella ciudad.

Al Jindak la conocía muy bien. Para él era como haber vuelto a casa, y mientras le ayudaba a desembarcar las delicadas cajas con instrumental y medicinas, fui testigo presencial de cómo la noticia de su vuelta iba extendiéndose por los barrios cercanos al puerto y cómo las gentes parecían satisfechas del retorno.

Hasta entonces no había hecho más que ir absorbiendo la sabiduría de los otros que, como de una redoma ancestral, iban destilando en mi conciencia. De alguna manera estaba convencido de que todo aquello no era en vano y que llegaría el día en que podría demostrar mis conocimientos; o mejor expresado, el compendio de ellos que me habían transmitido mis protectores con igual generosidad que un padre engendra la vida de su hijo.

Fuimos a la casa de verano de Al Jindak. En su frontis, había una inscripción: *Hic est requiest mea*. Allí se instalaba cuando el calor se hacía insoportable en El Cairo. Se hallaba en la misma ciudad, pero en su extremo oriental, a la ribera de un tranquilo mar interior, rico en peces y aves que pululaban en él, que surtían con prodigalidad la mesa de mi maestro.

Pero enseguida comprendí que allí no habíamos ido a descansar. Apenas el gallo había anunciado el alba, un esclavo vino a despertarme. Al Jindak me estaba esperando para comenzar la jornada. Bien me había advertido de que quería de mí el máximo esfuerzo.

Lo encontré ya dispuesto, preparando su instrumental. En cuanto me vio entrar, sin pronunciar palabra, salimos ambos hacia el *nosocomium*.

Cruzamos la ciudad, todavía silenciosa. No podía evitar pensar en que Alejandro había elegido aquel lugar, porque uno de sus sabios, que siempre le acompañaba en sus gloriosas campañas, le dijo que allí había estado una vez el Paraíso. Al Jindak caminaba abstraído, dando grandes zancadas, parecía no pensar más que en los que esperaban después de su larga ausencia. Yo iba tomando conciencia de que mi aprendizaje había terminado y de que también a mí me esperaba la realidad.

El hospital era un edificio construido con las piedras de antiguas ruinas. Según más tarde me dijeron, muchas de las columnas que soportaban sus galerías abiertas al aire eran las mismas que una vez formaron parte de una gran biblioteca. Entramos en su interior con el sol acariciándonos la espalda. Me sentía feliz, era una sensación como no había tenido hacía muchos años, una mezcla de seguridad y paz interior. Dentro de mí, en lo que llamamos conciencia, se hallaban mis maestros, y su sabiduría había creado una especie de coraza que me preservaba del mal.

Al Jindak se dirigió directamente al pabellón de los que sufrían enfermedades de la vista. El rumor de que había vuelto también se había extendido por el hospital, y aun los privados de visión, se dirigían, sin dudar, hacia él cuando pasaba cerca, como si hubiesen suplido la vista por un nuevo sentido que les ayudaba a intuir no sólo lo que ocurría, sino incluso lo que estaba por suceder.

En pocos instantes, se formó una larga fila de ciegos, tuertos, heridos en los ojos, otros que sufrían de la enfermedad del velo, legañosos, gentes que perdían la visión por momentos. Según me explicaba Al Jindak, el polvillo del desierto, que a veces cubría el cielo de un color rojizo, se introducía dentro de los párpados, erosionándolos, igual que el viento que lo arrastraba terminaba por pulir las piedras más duras.

Decía, convencido, que los ojos eran la parte más importante del hombre, porque gracias a ellos podía comprender su posición en el mundo. Eran los instrumentos que traían hasta nuestra mente la lejana luz de las estrellas.

Esas palabras me hacían pensar. Nos rodeaba un universo desconocido, incomprensible, vastísimo, tan grande como nuestra ignorancia.

Al Jindak hizo que volviese a la realidad. Me indicó que debía estudiar en profundidad la obra de Hunayn Ben Ishaq, concretamente su tratado *De Oculis*. En él, encontraría sabias enseñanzas. Le prometí hacerlo, pues, de pronto, me sentí avergonzado. Todos aquellos ojos que me miraban sin verme. Yo también estaba ciego, pues era incapaz de ver en qué consistía su enfermedad.

Pocos eran ciegos de nacimiento. Esos eran casos excepcionales. Algo interrumpía la naturaleza: un minúsculo grano de arena, una enfermedad que debilitaba todo el organismo. ¿Por qué?

Esa misma noche, tuve la oportunidad de entender que esas dudas no eran reflejo de mi ignorancia, sino, más bien, las sombras que rodeaban a los seres humanos, impidiéndoles comprender la realidad.

Un médico, Mohamed Al-Zarawi, amigo personal de Al Jindak, quiso conocerme. Al terminar la jornada, fuimos a asearnos y vestirnos con las túnicas de seda que habíamos traído desde Fez y que tan cómodas me parecían para aquel clima. Todos mis maestros habían tenido el mismo criterio sobre la limpieza hasta que, también a mí, me lo habían inculcado.

Fuimos, pues, a ver a Mohamed Al Zarawi, un sirio de Damasco, profesor en la Casa de la Ciencia o *Bayt Al-'Iln* en El Cairo hasta que, debido a su edad, optó por el retiro en el más suave clima de Alejandría, donde se dedicaba a escribir sus experiencias.

Al Zarawi era un hombre docto, cultivado en otras artes como Geometría y Dialéctica. De todo ello, me fue informando Al Jindak, mientras llegábamos a su casa. Desde el primer momento, se mostró muy interesado por mí. Al igual que había ocurrido con mi nuevo mentor, mantenía, convencido, que la Medicina hebrea era la única que podía equipararse a la del Islam.

Durante la velada, me hizo multitud de preguntas, y me maravilló su sentido de la humildad, porque prestaba una enorme atención a todo lo que yo decía cuando, en mi interior, era plenamente consciente de que aquel hombre era un erudito con una larguísima experiencia práctica. Luego nos habló del hospital de Alejandría. Según él, no era más que una extensión de la institución hospitalaria de El Cairo.

Antes de terminar la reunión, me invitó a visitar la Casa de la Misericordia. Dijo que en ella había algo que debía conocer.

Mientras volvíamos andando a la residencia de Al Jindak, éste me explicó que en el *Dar al marhama*, que era el nombre árabe de la Casa de la Misericordia, se encontraban recluidos los locos. El Profeta había exigido en el Corán que se cuidase de ellos. Le pareció una excelente idea que fuese a visitar aquel lugar, porque para él no eran más que hombres enfermos que merecían ser cuidados como cualquier otro.

Aquella noche, me acosté con la satisfacción del deber cumplido, meditando sobre mi buena fortuna. No podía olvidar la lejana Castilla, pero me alegraba de estar fuera de sus intrigas, y sobre todo, fuera del alcance de la Inquisición. A veces durante mis sueños se me antojaba todo aquello como una obsesión irreal que nunca había existido.

Me desperté tarde. Aquella mañana, ningún esclavo vino a levantarme. Luego caí en que era viernes y que Al Jindak me había comentado que dejaba ese día para que meditase y pudiese descansar. Él haría lo propio, y quedamos en vernos a primera hora del sábado, pues sabía que yo, a pesar de ser judío, no santificaba ese día, por lo que, de mutuo acuerdo, decidimos que me amoldase a las festividades del Islam. Así, al menos, iría acorde con el mundo que me rodeaba.

Caminé hacia el lugar donde Al Zarawi me había indicado. Pero no me vi capaz de llegar hasta allí sin preguntar, lo que hice a un mercader que se cruzó conmigo. Cuando le interpelé por la Casa de la Misericordia, me miró extrañado, sin saber bien lo que le estaba diciendo. Entonces hice un gesto, girando el dedo en mi sien, queriendo decirle que buscaba el lugar en el que se aposentaban los locos.

—¡*Al murabittán*! —exclamó satisfecho— ¡La casa de los encadenados!

Claro que sabía decirme dónde se hallaba, sólo tenía que caminar derecho y buscar una antigua fortificación. Allí encontraría lo que buscaba. Luego me observó extrañado de arriba abajo y siguió su camino, volviéndose de vez en cuando, como si desconfiase de que pudiese seguirlo.

Encontré, enseguida, el lugar al que mi torpeza no había sabido llevarme. Apenas entré, hallé en el patio interior a Al Zarawi, que parecía ansioso de poder mostrarme su hospital.

Para mi sorpresa, sin decir palabra, me tomó de la mano y con una agilidad impropia de su edad me arrastró a través de un largo patio. Luego bajamos unas viejas escaleras talladas en piedra y me encontré en lo que, al pronto, se me figuraron unas mazmorras. Dentro de ellas, y debido a la escasa luz que hasta allí llegaba, sólo percibía leves sombras.

Al Zarawi tiró de mí hasta una de las celdas que se hallaba prácticamente en completa oscuridad. Luego susurró que debíamos esperar unos instantes a que nuestros ojos se habituasen a la levísima penumbra. También me rogó que permaneciésemos en silencio.

Yo no sabía bien lo que pensar de todo aquello. No era un hombre miedoso, pero aquel lugar se me antojó tenebroso. Además, era evidente que los que nos rodeaban eran locos. Al menos, aquel extravagante anciano podía haberme advertido lo que pretendía, pues tal vez se hubiese contaminado de la misma locura. Todo el mundo sabía que era un mal contagioso.

Nos sentamos en un banco de piedra adosado a la pared y allí permanecimos inmóviles y silenciosos, mientras por mi mente corrían extrañas ideas.

Finalmente, cuando empecé a discernir las exactas proporciones de aquella vasta caverna, pues aquel lugar no era otra cosa, me quedé anonadado de las proporciones. En una esquina, vi una pequeña puerta de hierro forjado y tras ella, una sombra con figura humana que me miraba insistentemente.

Me levanté y caminé hacia aquel lugar, como atraído por algo superior a mis deseos.

—¿Quién eres?

Esas palabras resonaron en mi mente, obligándome a prestar atención, porque el que las había proferido habló en ladino, como si hubiese adivinado quién era yo. Sentí un largo escalofrío. Aquello confirmaba mi intuición de que Al Zarawi no me había hecho ir hasta allí por casualidad.

Contesté con toda la naturalidad que pude, pues sabía que a un loco no se le debía alterar, ni mentir, ya que entonces sus reacciones podían ser violentísimas.

—Soy David Meziel, de Toledo, hijo de Abraham y Raquel, judío sefardí, para lo que dispongáis.

—Bien —contestó la voz—, entonces os diré quién soy yo. Mi nombre es Samuel Yehudá, judío de Toledo, esa ciudad de Castilla que podía haber sido la capital del Universo.

Al contestarme de aquella singular manera, mi corazón dio un vuelco. ¡Un sefardí de Toledo! Probablemente, había conocido bien a mi padre. De nuevo, sentí un escalofrío, pero esta vez de sorpresa y confusión.

—Bien —repitió el que se decía Samuel Yehudá—, acercaros a mí y no temáis, pues esta puerta de gruesos barrotes de hierro separan mi supuesta locura de vuestra cordura y treinta años, mi fortaleza de la vuestra, por lo que no debéis temer nada de mí. Tampoco puedo contaminaros espiritualmente. Sabéis, de antemano, que me tienen por loco, y eso hace que estéis prevenidos. Dejadme, que os de la mano, pues no he tocado a un judío de Toledo desde hace más de diez años, que fue en septiembre de mil cuatrocientos noventa cuando tuve que huir, acusado de marrano por la llamada Santa Inquisición.

No pude sustraerme a aquellas palabras que, en absoluto, me parecían las de un loco, y lancé una desconfiada mirada hacia el lugar donde Al Zarawi permanecía sentado en silencio.

Siempre había pensado que la locura es una extraña enfermedad que te hace desconfiar de todos los que te rodean, pero sobre ellos, de tí mismo. Me acerqué, pues, hacia el lugar del que surgían aquellas amables frases. Alargué la mano, y con una cierta prevención cogí los huesudos dedos que se aferraban a la gruesa reja.

—Bienvenido seáis a mi casa, David Meziel —dijo el hombre, mientras sus dedos recorrían mi mano y mi antebrazo—, bienvenido seáis y bendito sea el que hasta aquí os haya traído, que aquí no es fácil que venga un judío a ver a un loco, que ahora ése es mi título por delante de otros que pueda tener.

—¿Quién sois en realidad? —le pregunté— ¿Qué hacéis aquí? ¿Por qué os tratan como loco? Os ruego que me contestéis a estas preguntas, pues ardo en deseos de calmar mi curiosidad.

El anciano se separó de mí, y arrastrando los pies, tomó asiento en el lecho de tablas. Mis ojos se habían habituado a la oscuridad, y ya era capaz de ver sus rasgos. A pesar de su edad, sus ojos almendrados, que se me antojaron negros como el carbunclo, destacaban sobre una piel fina y transparente, de un blanco lechoso.

Mis ideas daban vueltas sin posible reposo. Sin duda alguna, se estaba cometiendo una atroz injusticia, a la que yo debía poner remedio. Aquel pobre hombre debía ser puesto en libertad. No me pareció un loco. No era melancólico, ni parecía sufrir arrebatos de ira. Muy al contrario, todo lo que hasta aquel momento había dicho tenía total sentido, y en todo caso las circunstancias siempre eran atenuantes.

—En mi juventud estudié con mi padre las artes de la Medicina —su voz resonó en la silenciosa caverna, y me dispuse a escuchar su historia—. Pero pronto me di cuenta de que poseía una especial facilidad para comprender los mensajes de las estrellas. Aquella intuición la había heredado de mi abuelo, que era capaz de leer los signos y que, como alquimista, manipulaba las cualidades de los materiales para transformarlos. Llegué a ser astrólogo en la Corte del rey Juan de Castilla. Unos meses antes de morir quiso que leyese el porvenir del Reino en las estrellas. Lo que llegué a ver me alarmó de tal manera que mi excitación desbordó a mi entendimiento, y fui tomado por loco. Hasta entonces el Rey confiaba en mí sin el menor asomo de duda, pero no pude ocultarle lo que la cábala auguró.

»Castilla sería gobernada por una Reina cruel, Soberana por la fuerza y el engaño. Con ella, la cruz se convertiría en un símbolo de terror para judíos y musulmanes. Muchos de los que se llamaban cristianos serían aniquilados por la máquina infernal que esa Reina crearía. El terror y el odio se extenderían por el país, y multitud de hombres y mujeres serían quemados vivos sólo para despojarlos de sus bienes. También le dije, aunque ahora por prudencia creo que eso debía habérmelo reservado, que él mismo haría matar a su amigo más querido.

»Eso lo vi en las estrellas. Los signos eran evidentes, nunca antes había visto tan claro lo que iba a suceder. La conjunción de los planetas me hizo comprender que había llegado el aciago momento que durante tantos años había esperado.

»Al escuchar mis negros vaticinios, el rey Juan pareció tornarse loco. Me llamó agorero. Habló de traición. Después, en un arrebato de furia, hizo que me encerraran. Mis carceleros tenían órdenes estrictas, bajo pena de muerte, de no dirigirme la palabra, de evitar que pudiese recibir noticias del exterior. Pero tiempo después, un día cualquiera, supe que el rey Juan había muerto.

»Fue su sucesor, el rey Enrique, el que hizo que me devolviesen la libertad. Sabía bien que yo no había hablado en vano. Había visto cómo don Álvaro de Luna, el hombre más querido de su padre, era decapitado por traidor. Ese era el comienzo de una tragedia que Enrique quería evitar.

»Cuando entré de nuevo en palacio, pues exigió verme de inmediato, lo primero que hice fue decirle al Rey que el destino es algo inevitable, del que no puedes huir, ni esconderte. Añadí que eso lo había visto en las estrellas y que allí no alcanzaba el poder de los Reyes.

»Entonces me llevó a sus habitaciones, me hizo subir por una tortuosa escalera a una torre sobre ellas, donde nadie podría oírnos. Me preguntó, en voz baja, si sería capaz de llevar a cabo un *maleficium* suficientemente poderoso para cambiar ese destino.

»Le contesté que no. Nadie podía cambiarlo. El destino era un libro hermético que el Creador escribió con una extraña tinta que no podía borrarse.

»Al escuchar mis palabras, el rostro de aquel hombre cambió, y fui testigo de la desesperación de un Rey. A pesar de su poder, nada podía hacer por evitar la inexorable tragedia que iba a ocurrir en el país. Cuando volvió en sí me insultó, mientras gritaba que su padre no se había equivocado al encerrarme.

»Quiso ser más astuto que su progenitor y llevarme al patíbulo. El Rey creía que así podría borrar el estigma. Alguien le advirtió que asesinar al mensajero no resolvería nada y que, además, era sabido que hacer matar al astrólogo traía mala fortuna.

»El rey Enrique era muy supersticioso, atendió aquel consejo, y cambió el veredicto. Fui desterrado. Se me obligó a abandonar Castilla. Unos soldados de toda confianza me acompañaron hasta las marcas de Navarra sin dirigirme la palabra, sólo me entregaron una bolsa con oro y un caballo. Ya que no podía matarme, el Rey pensó que debía facilitarme la huida. Quizás, llegó a creer que, poniendo distancia entre él y yo, también alejaba su destino.

»Pasaron unos años, mientras los días transcurrían lentamente, se me hicieron muy largos. Pero cuando me encontré al final de ellos, llegué a pensar que sólo habían sido un sueño.

»Volví de mi destierro, quise olvidar la Astrología y volver a ser médico. Tuve que recordar el nombre que mis padres me otorgaron, las viejas enseñanzas, el Talmud. Los conocimientos de Medicina que mi padre me transmitió. Volví a Castilla desde Lisboa. Para entonces la guerra civil entre el rey Enrique y la reina Isabel, pues como tal se había coronado, se hallaba en todo su apogeo.

»Eran buenos tiempos para un médico en Castilla. Lo que no mataba el morbo, lo cumplía la espada. Siempre había trabajo: pestes, fiebres, huesos rotos, heridas sucias, quemaduras, tumores, úlceras, hemorragias. No podríamos acabar la fatal lista, pues el caos se había apoderado de todo, y muchos convinieron en decir que había llegado el fin del mundo. En tiempos de guerras, y con mayor abundancia en las civiles, no existe orden ni concierto. Había llegado mi hora.

»Pasó el tiempo, y fui creándome una fama. Me llamaban sin darme tregua. Era lo que siempre tenía que haber sido: médico, físico, cirujano. No pensaba ya en la Astrología. Había vuelto a Castilla para ser yo mismo. Llegó un día en que fui llamado a la Corte del rey Enrique, al que había servido cuando sólo era Príncipe.

»No me reconoció. Tampoco se encontraba en situación de hacerlo, pues, para cuando llegué, el Rey, muy enfermo, estaba no sólo desahuciado, sino agonizando. A pesar de ello, su férrea voluntad de vivir impedía a la muerte terminar su trabajo. Aquella larga noche, fui testigo presencial de cómo el cardenal Mendoza preguntó varias veces al moribundo si su hija Juana era o no su hija legítima.

»Creo que el Rey me reconoció en los últimos instantes. Intentó levantarse, tirarse de la cama, pero los que le acompañaban se lo impidieron. Después de un lamento que no pareció humano, acabaron sus penas y fatigas.

»Apenas expiró el Rey, todos los presentes suspiraron aliviados. El cardenal, porque creyó que con aquella desaparición terminaría la guerra civil de una vez por todas. Doña Juana, porque a pesar de su corta edad, pensó que había llegado su momento. Los nobles, porque estaban convencidos de que, por mucho tiempo, no habría nada ni nadie por encima de ellos.

»A pesar de que no pude llegar a intervenir, el cardenal me pagó con holgura. También a los otros médicos que le habían asistido. Quería deshacerse de todos. Parecía desear disolver la Corte y terminar para siempre con aquello, pues incluso el cadáver exhalaba un terrible olor, y apenas hacía unos minutos de la muerte.

»Aproveché la confusión que se creó para irme de allí. Aunque ya no practicaba mi antiguo oficio de astrólogo, no podía evitar intuir lo que en aquel Reino iba a ocurrir. Sabía bien que Isabel y Fernando querían todo el poder y que, para conseguirlo, harían cualquier cosa.

»La misma noche en que murió el rey Enrique, al que las malas lenguas llamaban *El Impotente*, pasaron muchas cosas que debéis saber.

»Apenas me había alejado media legua del castillo, cuando oí galopar caballos tras de mí. Con gran celeridad, me escondí en la arboleda, era prudente hacerlo, porque recelaba de las intenciones de Mendoza. Luego supe que aquellos jinetes eran mensajeros para Isabel, que se hallaba cerca de Madrid, y también para Fernando, que se encontraba en Zaragoza, cerrando acuerdos y lealtades, pues aquel Príncipe entendía la política como un negocio, sin terminar de comprender que eso sólo es bueno a corto plazo.

»No pude evitar hacer el resto del camino reflexionando sobre la traición. Aquellos poderosos la llamaban «razón de Estado», y de ese modo aquietaban sus conciencias.

»No llegué a salir de Castilla, pues, por miedo, y reconozco que lo tenía y mucho, me refugié en mi casa de Segovia, sin saber que hacia aquel mismo lugar se dirigía Isabel y que allí se haría proclamar única y legítima sucesora del rey Enrique, en los Reinos de Castilla y de León. Así fue, y esa sublimación se hizo con toda la pompa que la Reina quería, sin esperar ni un instante más de lo preciso.

»Apenas había terminado la proclama, cuando unos nobles vinieron a buscarme sin muchos miramientos. La Reina no se encontraba bien, y necesitaba un médico. El suyo, que siempre la acompañaba en sus campañas, se encontraba afectado de tercianas. A pesar de mi discreción alguien supo que me hallaba allí, y no se demoraron en llamarme.

»Muchos allí sabían quién era yo, por un buen médico me tenían, y cuando me necesitaban, nadie se acordaba de que era judío. Eso sólo importaba para el resto.

»Tuve que acompañar a aquellos caballeros. Tantas prisas tenían que, incluso, uno me empujó varias veces para que caminase más aprisa ¿Cómo se atrevía un miserable sefardí a ir andando si lo reclamaba la Reina?

»Todos a su alrededor se hallaban nerviosos, y más que ninguno ella, de tal suerte que su organismo respondió descomponiéndose, pues, a fin de cuentas, como debéis saber, el equilibrio de los humores se ve alterado por las grandes presiones del espíritu.

»Me refugié en la esquina más oscura de la cámara. Allí lo veía todo. La Reina estaba pálida como la cera, angustiada, más por la preocupación de poder morirse sin cumplir con sus ambiciones que por el propio cólico.

»Entraban y salían frailes y caballeros, cancilleres, matronas que la atendían. Doñas de alcurnia que con ella siempre viajaban, obispos, camareras. También se hallaba alguien a quien sólo conocía por el nombre, Tomás de Torquemada. Sólo al verme llegar torció el gesto, pues ni yo podía ocultar que era judío, ni él lo que sentía por la raza de sus abuelos.

»Pronto comprendí cuál era el fondo de la cuestión. La Reina había querido evitar todas las ambigüedades. Ella era la heredera de Castilla y León, y no su marido Fernando, aunque todos sabían que a éste correspondían los derechos, por ser el Príncipe el último varón de los Trastamara.

»Los mismos sentimientos que vi aflorar en el lecho de muerte del rey Enrique, se hallaban allí. Los consejeros de Isabel querían todo el poder para su Reina. En el fondo, lo que creían era que podrían utilizarla. Sabían cómo se las gastaba el de Aragón, y además pensaban que si un hombre tan ambicioso y cruel como aquel lograba el poder en Castilla, allí haría lo que en su tierra no le era permitido.

»Aquél era el verdadero cólico que tenía Isabel. En sus fiebres, veía avanzar a Juana, la hija de su hermanastro, a quien, para despreciarla, llamaban *La Beltraneja*. Veía los fantasmas de su juventud, cuando no tenía más que su sexo para conseguir un Reino. En aquellos momentos, cuando el destino había atendido sus plegarias, podría encontrarse con un enemigo inesperado, su propio esposo.

»No fue así, y debo decir que me admiré de su fuerza y energía. Los mensajeros iban y venían, saliendo apurados de la cámara. Era un dilema lo que allí se resolvía. De tanto en tanto, le preguntaba a una de las camareras de confianza cómo se sentía la Reina tras tomar el brebaje de hierbas que le había preparado y del que me habían hecho beber un buen trago antes de administrarlo a ella. Sabéis bien de la confianza de los Reyes.

»Más tarde, anochecido, me mandó llamar. El cólico había cedido y los síntomas eran ya tan débiles que la Reina pretendía abandonar el lecho y partir de inmediato para Turégano aquella misma noche.

»Hubo que disuadirla de aquel dislate. Yo, como médico, no podía asumir la responsabilidad, pues si algo le sucedía, Torquemada se encargaría de que me despellejasen vivo. Gutiérrez de Cárdenas, el consejero de la Reina, tampoco quiso oír hablar de ese viaje. Escuché cómo decía a otros validos que la Reina de Castilla y de León en modo alguno podía ir a buscar al Rey de Sicilia, pues entonces ese título era el mayor de Fernando.

»Así pasaron los días y las semanas. Me sentía intranquilo, por culpa de un bufón del séquito real, un hombrecillo que apenas me llegaba a la cintura, de rasgos infantiles, pero más arrugado que una pasa, y que debía pasar de los sesenta años, lo que me extrañó grandemente, pues debéis saber bien que los enanos viven en una proporción acorde con su estatura, de tal suerte que cuanto más pequeños son, menos viven. Os debo mencionar la paradoja de que lo mismo ocurre con los gigantes: cuanto más grandes, menos vida les resta.

»Aquel bufón me había reconocido como el astrólogo del abuelo de la Reina. Intuí, de inmediato, que eso podía causarme graves inconvenientes, y decidí marcharme en cuanto hubiese modo, pues los bufones ocultan su crueldad tras su sonrisa.

»Una noche, cuando con toda la Corte íbamos camino de Valladolid, donde debíamos encontrarnos con el séquito del príncipe Fernando, acampamos en la ribera del Adaja, muy cerca de Medina del Campo. Para entonces yo iba más como prisionero que como médico, pues debo decir que con tino recelaban de que pudiera abandonarlos. Sin embargo, a pesar de aquellas aprensiones, la Reina había depositado su confianza en mí, y deseaba tenerme cerca, por lo que solía dormir en una tienda cercana a la de ella.

»Apenas hubimos cenado frugalmente, apareció el cortejo del arzobispo Carrillo. Una hora más tarde, el del arzobispo Mendoza. Era ya casi media noche cuando llegó, casi galopando con gran estrépito Fernando, el Rey consorte de Castilla y León, Príncipe de Aragón y Rey de Sicilia. Ese hombre ha sido siempre, y sobre todo lo demás, un guerrero, y como tal actúa, por lo que noté la prevención con que eran recibidos él y sus soldados.

»De inmediato se celebró un Consejo del Reino. Allí se hallaban ambos Soberanos y la Iglesia, no hacía falta nadie más, estaban todos los que podían decir algo.

»Mi tienda se encontraba a resguardo del viento, por la mayor dimensión de aquella en que se hallaba la Soberana. Allí, acostado pero vestido por si debía acudir en un instante, pude oír con gran precisión cómo se fabricó la urdimbre de lo que había de venir. Me admiré al comprobar que mis antiguos presagios iban a cumplirse. Habían pasado más de veinte años desde que los vaticiné a Juan II de Castilla.

»Allí, en aquella tienda, estaba encerrado el destino. Isabel de Castilla y León, Fernando, heredero de Aragón, la Iglesia con sus dos hombres fuertes en Castilla, y también Torquemada, el fraile silencioso.

»Habló primero Carrillo. Él y Mendoza, después de una larga diatriba, habían dictado el laudo. Dijo que la Iglesia reconocía a Isabel como Soberana. No mencionó que, entretanto y por lo que pudiera llegar a ocurrir, también apoyaba a doña Juana. Habló largo rato de unidad, de concordia, de poder, de toda esa prosopopeya que suelen utilizar los poderosos para halagarse los oídos los unos a los otros.

»Luego lo hizo Mendoza. Dijo que, para poder llegar a tener lo que ansiaban, era preciso contar con todas las fuerzas. Añadió una frase que se le había ocurrido al bufón, estando yo presente, y que quería aludir no a su jerarquía, sino a que se pasaban el día a lomos de cabalgaduras, pero que ya tenía el beneplácito de la Reina: «Tanto monta, monta tanto, Isabel como Fernando.» El Rey consorte, silencioso, parecía ceder en sus pretensiones. No faltaba mucho para sentar el acuerdo.

»Entonces fue cuando escuché a Torquemada. El dominico tenía la voz grave y hablaba tan bajo que apenas podía escucharlo más que cuando la brisa traía sus palabras, pero forcé el oído lo que pude.

»Sin dudar, y con voz enérgica, dijo a sus Reyes que estaban equivocados. Eso causó un largo silencio que me hizo creer que no podría escuchar nada más. Pero me equivocaba. De nuevo sus palabras resonaron en la noche.

»La unidad que los Reyes deseaban, no podría alcanzarse nunca en España. A esa unidad la fisuraba la herejía: los judíos, los moriscos, los conversos. Falsos cristianos, recalcó. Esos eran los que impedían crear el orden. El proyecto político era inviable si no se suprimía la contaminación. Añadió que había que expulsar a los judíos y moriscos e investigar a los conversos. Era algo así como eliminar la infección. Eran una plaga, una enfermedad contagiosa, una suerte de lepra.

»Oí entonces la voz del Rey. Nunca antes lo había escuchado, pero adiviné que era él.

—¿Qué proponéis? ¿Qué queréis decir con ello, fray Tomás?, pues no termino de entender vuestros agudos razonamientos.

»Torquemada no tardó un instante en responder, deseoso de aprovechar aquella oportunidad.

—La extirpación, Majestad. No hay otra solución posible. Sólo de esa manera se alcanzarán los deseos de Vuestras Majestades. Pues, al igual que a un enfermo se le debe sangrar, o extirpar, o amputar, estos Reinos deben ser limpiados en profundidad para eliminar la gangrena.

»Al escuchar aquella falaz argumentación, pegué el oído a la lona, pues no deseaba perderme nada de lo que aquel fraile quería exponer a sus Reyes.

—Los judíos —continuó Torquemada su infame discurso—, señor, los sefardíes, ellos sobre todos, poseen el poder del oro. Los conversos son igualmente judíos por raza y por creencia, pero quieren engañar a los cristianos viejos, haciéndose pasar por fervorosos hermanos, mientras tejen las redes de su codicia. Os impedirán la unión, porque un Reino se basa en la lealtad y ellos, salvo rara excepción, son sólo leales a su raza.

»Nadie más habló tras Torquemada. Tal vez cambió el viento y se llevó las palabras hacia otro lugar. Pero puedo deciros con certeza que aquella noche se pusieron los cimientos de lo que luego vendría.

»Aquella declaración me atemorizó. Estaba comprobando cómo iba construyéndose el edificio de la ignominia. El hecho de haberlo previsto no era para mí motivo de satisfacción. Muy al contrario, me intranquilizaba, pues de algún modo me sentía cómplice, como si mis propios vaticinios hubiesen sido los causantes del desastre que se acercaba.

»Comprobé cuál era el verdadero espíritu de aquellos Reyes, cuya pretensión era obtener, por cualquier medio, el poder, sin que el camino para conseguirlo fuese lo esencial, ni el hecho de que, para llegar a la cima que se habían propuesto, tuviesen que trepar sobre la montaña de esqueletos de sus víctimas, ya fuese por conseguir su oro o su voluntad. No importaba el modo de llegar, sólo había que cabalgar hacia delante, montados en esas veloces monturas del Apocalipsis.

»Fueron gentes como Torquemada y otros como él, los que, en su locura, abrieron las puertas del Averno. Hombres tan fanáticos que se consideraban a sí mismos siervos de una causa íntegra, y esa integridad los hacía no ver más que el fin que anhelaban y no lo que, a causa de ella, crearían.

»Fue aquella noche, en la que unos Príncipes que se temían, se reunieron para formar jauría en busca de otras piezas, pues muy conscientes eran de su propia fuerza y ambición. Fue Torquemada el que marcó el camino que el franciscano Alonso de Espina había vomitado: *Fortalitium fidei*. Aquel diablo supo hacer su trabajo, pues fue tan astuto como para hablar del Anticristo. Mantenía que los judíos, y sobre ellos, los conversos, no hacían más que profanar los símbolos cristianos y que su incesante laborar era en ese único sentido.

»Torquemada supo dar avío a la codicia de sus Príncipes. Fernando lo entendió antes que Isabel, pues contra natura estaba el hombre más cerca de la tierra que la mujer. Ella anhelaba el poder. Temía que volviesen los angustiosos días de la espera y, más que cualquier otra cosa, la incertidumbre, y esa sensación la acompañaba como una maldición por donde iba.

»Fernando asimiló la idea sin dudarlo, porque compendiaba todo lo que deseaba: oro, poder ilimitado, unidad de criterio, el suyo propio.

»Pero sobre todas las cosas, ambos comprendieron la ventaja. No sólo apoderarse del ser, sino y por encima de ello, de la idea: entrar a saco en los pensamientos y creencias, en las fantasías y opiniones; doblegarlos; no dejarlos medrar; domeñar los espíritus, enrasarlos y romper las voluntades; cercenar convicciones. Ese era el marco del nuevo poder.

»Vio Fernando la idea magistral de Torquemada. La entendió como una habilísima sugerencia, y con suma paciencia se la hizo entender a Isabel. Decidieron una entente. Uno de sus consejeros, un hombre sabio y culto, pero ambicioso, les habló de la isonomía en la monarquía, de la *symmetros krâsis* de los griegos.

»De esa manera, no habría límites: convertirlos a todos en rebaño. Sin que fray Tomás lo supiera, los Reyes lo nombraron aquella noche Inquisidor General, ciertos de haber encontrado palafrenero para aquellos caballos desbocados por las revelaciones del apóstol Juan en su destierro.

»Os preguntaréis, mi señor dom David Meziel, cómo puedo haber llegado hasta aquí, imputado por loco, cuando vos mismo estáis comprobando que mi historia es bien cuerda, tanto, al menos, como puede serlo la política.

»Pues bien, seguiré con ella a fin de que podáis comprender mi situación y el origen de ésta, que llaman, sinrazón, y que no es más que la protesta por la montaña de injusticias que, contra nosotros los sefardíes, se han ido fabricando, como si fuésemos los culpables no sólo de la muerte de Cristo, que bien sabéis que no lo somos, sino también de todos los males que en el mundo existen. Volvamos, pues, a ella.

»Aquellas palabras, no hacían más que confirmar lo que yo ya sabía. Se estaban dando las primeras puntadas de la mortaja que quería enterrar todo lo que a judío pareciese, sin olvidar a conversos y judaizantes. Aquellos Reyes habían encontrado su coartada. Aquel adusto y reseco fraile que, aterrorizado, soñaba con sus antepasados, iba a encargarse de hacer el trabajo sucio. Ellos sólo tenían que esperar a que trajesen los sacos repletos de oro, plata y joyas. Eso, al menos, era lo que esperaban. Azuzar al pueblo contra los herejes, los enemigos de la Iglesia.

»¿Pero qué herejes eran ésos? ¿Los judíos? No eran tales, que bien cumplían con su religión. ¿Los conversos? Si lo eran, no eran más ni menos que los cristianos, y con las mismas dudas que cualquier otro. ¿Los judaizantes? La mayoría de ellos habían sido forzados al bautismo. Aquel antiguo Rey cristiano, al que llamaban *El Sabio*, ya previno en sus *Partidas* que no podía forzarse a nadie.

»¿Qué hubiese sido en caso contrario? En esa improbable especulación, los cristianos hubiesen tenido que abrazar la Ley de Moisés, nuestra Ley. ¿Hubiesen sido herejes los forzados a ello? No, pues sólo es hereje el que se engaña a sí mismo y a su conciencia, y no el que sólo pretende sobrevivir ante la adversidad.

»Y ese era el caso. No había más herejía que la que ellos querían encontrar. Lo que sí había era una buena excusa para apoderarse de bienes y patrimonios, para amedrentar a los que osaban pensar en libertad y para descoyuntar una sociedad que intentaba darse principios y cultura.

»Comprendí —bien lo podéis entender— que debía escapar de aquella amenaza, pues, que yo supiera, era el judío más cercano a ella, y esa convicción no me tranquilizaba en lo más mínimo.

»Convencido de que allí no me esperaba nada bueno, salí a hurtadillas de la tienda y cogí mi caballo. Ya era por entonces un hombre mayor, y me crujieron los huesos al subirme como advirtiéndome de que mis dificultades no habían hecho más que empezar.

»Así fue. No había llegado a salir del campamento, cuando me dieron el alto. Entonces llegó Torquemada, aún excitado por la reunión mantenida con la necia soberbia de los que se saben vencedores y gozan de la confianza de los poderosos.

»Entre antorchas, a empujones, me llevaron hasta la tienda que el dominico ocupaba, y en su precaución me ataron las manos a la espalda, como si tuviesen la certeza de que mi única intención era lanzarme a su cuello.

»Torquemada sabía bien quién era yo. Me recordó como astrólogo del rey Juan y como médico que había intentado socorrer al rey Enrique. Mencionó que me había estado vigilando, a lo que añadió que de un judío no se podía esperar nada bueno. No me agradeció lo que había hecho por la Reina. Digamos que lo interpretó como algo nocivo, y murmuró, entredientes, que si en los siguientes días le ocurría algo a doña Isabel, sabría bien lo que era el Infierno sin necesidad de morir.

»Así fue, pues aquel fraile no hablaba en vano. Hizo que me encadenaran, y en uno de los carromatos donde viajaban los aperos y las vituallas me introdujeron casi a escondidas, como si temieran que la Reina me viese en aquel estado después de haberla socorrido.

»De esa suerte, me llevaron hasta Valladolid, en un terrible viaje del que prefiero no acordarme, pues ninguno de los que me vigilaba tuvo la menor piedad de mí. Para aquellos sayones era sólo un judío encadenado, que es casi lo peor a lo que puede aspirar un hombre. No merecía, por tanto, misericordia ni compasión. Es más, podéis creerme si os digo que, de tanto en tanto, me golpeaban sin venir a cuento, como si, al maltratarme, se viesen aliviados de su propio desprecio.

»Sabía bien lo que me esperaba. No me consolaba pensar que había vivido muchos años. Sólo era capaz de imaginar lo que harían conmigo. El verdugo me martirizaría con precaución para que el tormento durase. Me harían confesar lo que quisieran, porque el potro rompe voluntades e intimida el alma, hasta que en su desesperación uno dice lo que no piensa. Después me relajarían, y conmigo harían ascuas.

»No atendieron a mis súplicas, sólo me arrojaron a una mazmorra parecida a ésta que ahora ocupo. En aquel estado, me dejaron unos días. Los verdugos llamaban a aquel trance «madurar».

»Aquellos sayones viven en un mundo opuesto al nuestro. Ellos sólo entienden de pavores y espantos, de amenazas continuas.

»Creo que nunca habéis estado en una cámara de tormento. Imaginad unos sótanos malolientes y húmedos, unas celdas con el suelo de piedra (con fortuna unas pajas), sabandijas, ratas, cucarachas y una suerte de perros de igual catadura que sus amos.

»Imaginad una sala redonda, que con frecuencia es la base de una torre, y a su alrededor, mazmorras para que los que allí moran puedan disfrutar de la siniestra vista.

»Eligen a uno cualquiera. Parece un juego de azar. De hecho, los verdugos parecen disfrutar mucho de ese trance. Van andando y de pronto se paran en la puerta de al lado. Hacen aspavientos, insultan. Pero no, van a por tí, que crees librarte. Siempre se ríen de esa macabra broma, dándose fuertes palmadas en los muslos. Luego giran la llave y abren la puerta. Esperan a que salgas. Mejor es hacerlo con premura, pues si no, pueden apalearte con más saña si cabe.

»Con ellos, casi siempre hay un fraile, o incluso dos. En estos tiempos tan revueltos, las mazmorras contienen sólo herejes. Los llaman también «relapsos», «apóstatas», «judaizantes». Pero es lo mismo. Lo importante es que no han hecho nada, tan sólo creer en lo que verdaderamente creen desde siempre y volver a su niñez, a su madre enseñándoles. Su crimen es su lealtad.

»Por eso, están allí los frailes. Van a pequeños saltos, como esos pajarracos que buscan la carroña. Te husmean, pues su señor les ha convencido de que los herejes huelen a herejía. Parecen medirte con los ojos. Te ponen un crucifijo delante para comprobar tu fanatismo. Luego se apartan para dejar hacer a los verdugos.

»Soy meticuloso en esta historia para que podáis comprender bien por qué estoy aquí adentro. Me tachan de loco. Y debo confesaros que a veces no puedo parecer otra cosa, pues, cuando mi voluntad ya no resiste el peso de la memoria, se trunca, y aparece desde dentro de mí un ser que sólo puede gritar de espanto.

»Los sayones no hablan. Casi ni te miran. Para ellos no eres más que un objeto, mejor un instrumento, un instrumento que sufre. Su misión es hacerte sufrir todo lo que seas capaz de soportar. Ese es su único reto, y de ello se enorgullecen.

»Les he visto, sin inmutarse, torturar niños, ancianos, mujeres. Sólo golpean, estiran, pican, machacan, hieren. Todo poco a poco, con método. Siempre hay uno que corrige los excesos. Lo hace con cariño, dulcemente, como queriendo enseñar a sus discípulos que si se sobrepasan, todo termina sin dar el fruto esperado.

»Sin embargo, yo era una presa señalada. Torquemada quería algo especial para mí. Para que pudiese pensar a fondo en la Ley vieja. En consecuencia, me asignó al más veterano de entre ellos: un hombre encorvado, de dedos romos, peludo, con una camisola llena de manchas oscuras, tuerto de un ojo y el otro parecía relumbrar, los dientes amarillos y babeante. Pensé que iba a poner gran esmero en lo suyo, pero que, a él, no le quedaba tampoco mucho.

»No me llevó hasta el potro. Ese aparato falla por su base, pues al atormentado sólo se le puede dar tormento una vez, lo más dos. Eso les irrita, y sólo lo emplean para terminar antes.

»Me llevó a unas argollas. Allí, con gran esmero, me ató de los dos lados, con los brazos en cruz. Reflexioné que aquel hombre no era tan lerdo como aparentaba, pues aquella era una buena broma para un judío. Sentí temor de no aguantar, ya que bien sabía que no podría emular a Epicteto en su estoicismo.

»En el cuerpo, no me hicieron más, porque me atormentaron de otra forma más inconcebible y sanguinaria: me rompieron el alma.

»Sacaron de una celda varias jóvenes, apenas tendrían veinte años. Todas eran conversas, hijas de judaizantes. Estaban tan atemorizadas que no eran capaces de llorar tan siquiera.

»Las llevaron, sin decir palabra, hasta donde me hallaba. Luego los frailes hicieron la señal de la cruz y se retiraron a una esquina, como si aquello no fuera con ellos. Mientras los sayones las dejaron desnudas. Comenzaron a pegarlas con gran método en las piernas, en los brazos. No puedo describir con mayor detalle lo que les hicieron. Sólo puedo deciros que me desmayé cuando mi organismo no aceptó que aquello fuese real.

»Comprendí que era un caso especial. Querían madurarme poco a poco. Hacerme entender lo que nunca había llegado a percibir: que el Infierno está dentro de nosotros y que sólo debemos alargar un poco el brazo para tocar a los demonios.

»¿Lo entendéis, mi buen dom David Meziel? Os creéis libre, capaz, dispuesto. Pues mirad bien detrás de vos. Mirad a vuestra sombra. Indagad en la penumbra que os rodea. Ahí están todos ellos: los súcubos, los íncubos, los espíritus del mal. Aquí, junto a nosotros, se encuentra Plutón con la llave en la mano. Tras él, una legión de demonios nos acecha. Siempre nos acompañan, sin descansar, pues saben bien que, un día cualquiera, les llega su oportunidad, y a ella se enganchan con uñas y dientes.

»Yo lo entendí entonces, porque comprendí pronto que no querían tocar mi cuerpo. Sólo les interesaba doblegar mi espíritu. Eso es lo que quería el inquisidor y no otra cosa, que, por lenta que fuese, sería siempre demasiado rápida.

»Así fue un día y otro, y otro más. Y pasaron los meses. Quería morir. Creí que no soportaba uno más, igual de espantoso que el anterior. Pero me obligaban a tragar aunque me opusiese, a beber colocándome boca arriba. Sabían bien lo que debían hacer para que no muriese. Me obligaron a tener los ojos bien abiertos. ¿Veis estas marcas bajo las cejas? Aquí, en esta penumbra apenas si se aprecian. Me introdujeron unos mínimos ganchitos por la piel de los párpados y las mejillas. No podía cerrarlos. Era como soñar pesadillas con los ojos abiertos.

»Cuando me arrojaban a la celda, veía pasar una y mil veces todo aquello, desde la primera sesión hasta la última, y con el menor detalle. Oía los lamentos, los gritos desgarrados, las inútiles súplicas.

»Así me volví loco, si loco es saber lo que hay detrás de todo. Todos ven ojos, rostros, manos, cuerpos. Yo veo mucho más y siento, al comprenderlo, tal temor que comienzo, de pronto, a gritar sin poder evitarlo.

»Cuando me llega el síncope, es mejor no estar cerca. Lo comprendo. No sé lo que a mi alrededor ocurre cuando estoy en tal trance. Me han razonado mis delirios, y aun, en mi fuero interno, creo que no es demencia, sino furia por todo lo que vi, por todo lo que han hecho, por todo lo que son.

Me quedé mirando al anciano. Podía comprender bien sus delirios, su furor. Aquel hombre había sido torturado para siempre. Jamás podría librarse del tormento. La crueldad del inquisidor me pareció inicua, brutal, inhumana.

Supliqué entonces a Al Zarawi que lo liberara. Me devolvió la mirada con sorpresa. Empujó la puerta. Estaba abierta. Era Samuel Yehudá el que quería vivir en la oscuridad, en el fondo de los sótanos, en su propia celda. Allí se sentía algo más protegido de lo que sólo él podía percibir. Habían intentado sacarlo a luz, pero no era capaz de resistirla. No podía ver a nadie. Le pareció curioso a Al Zarawi que, de aquel modo tan racional, hubiese hablado conmigo.

Intenté darle la mano. Atraerlo hacia mí, llevarlo afuera. No pude conseguirlo. Se aferraba a los barrotes de su celda. Luego supe que había llegado en un barco cargado de sefardíes. Al principio, aunque huraño, parecía aguantar en silencio. Luego, un día cualquiera, se desmoronó y le apareció el síncope.

Me alejé de la casa de los encadenados con el corazón encogido. El siniestro hedor de la Inquisición me perseguía hasta allí, un lugar tan remoto como la luminosa Alejandría.

Había llegado a aquella ciudad queriendo olvidar quién era yo mismo, volviendo a caer en la falsa ilusión a la que los míos habían sucumbido. Después de conocer aquella historia, sabía con total certeza que por encima de cualquier título, de cualquier quimera, yo no era más que un judío encadenado a su pasado.

I I

LOS ESENIOS

Trabajar con Al Jindak era un privilegio. Sin dar mayor importancia a su enorme bagaje de conocimientos y sabiduría, corregía a todos sus discípulos, entre los que me consideraba. En aquellos meses, aprendí a ser paciente, a desechar prejuicios, a intentar llegar al fondo de la cuestión. Insistió en que estudiase el *Libro de las Sentencias* de Jesús Ben Sirac, pero también me advirtió que olvidase las supersticiones que en él se contenían.

Al Zarawi, con el que seguía en contacto, me informó que, cerca de Alejandría, existía una comunidad de esenios que vivían como monjes, pero al tiempo se ocupaban de curar a los enfermos, incluso a los desahuciados, siguiendo en todo su *Manual de disciplina*.

Quise ir a visitarlos, pues, en aquellos años, mi curiosidad era superior a mi prudencia, ya que consideraba que, como hebreos seguidores del Talmud, tenían algo que me vinculaba a ellos. Era una extraña sensación la que me ligaba a aquellas gentes lejanas con las que probablemente no tenía más afinidad que mi propio interés en conocerlos.

Al Jindak había puesto a mi disposición un caballo, un animal noble y fuerte de raza árabe, que parecía sentirse a sus anchas en el desierto.

Una vez decidido, me despedí de mi maestro, que me recomendó pruden-cia, ya que insistí en ir solo a su encuentro. Hice provisión de agua en un odre de cuero de camello y muy de madrugada partí hacia el lugar donde vivía aquella comunidad, cerca de un poblado llamado Kwam El Hamman. Calculé que, con suerte, necesitaría al menos una jornada para llegar, por lo que salí mucho antes de que amaneciera. No sabía cómo me recibirían, pero un extraño influjo me hacía ir hacia allí, como si tuviese la necesidad de volver a escuchar el hebreo y ver gentes de mi raza. No podía evitar sentirme nervioso y emocionado, aunque cuando meditaba sobre ello me parecía absurdo.

Crucé lentamente una gran franja de desierto. Primero, me topé con una zona rocosa, llena de fragmentos de piedra que me hicieron temer por mi caballo, aunque aquel animal parecía tener un gran instinto y sabía bien dónde pisaba, por lo que, pronto, lo dejé a su aire, sin necesidad de tener que tirar continuamente de las riendas. No tardé en comprender que, en aquel medio, su naturaleza era más sabia que la mía. Estaba sobrecogido por la soledad y los enormes espacios vacíos; él, en cambio, se hallaba donde mejor podía valerse.

A pesar de mis temores, llegué hasta allí sin mayores contratiempos. Casi de improviso, me encontré en un desfiladero por el que corría un pequeño arroyo de agua dulce. Eso me pareció sorprendente, pues no era capaz de adivinar de dónde provenía aquel manantial que sirvió para que mi caballo se saciara. Luego observé, cerca de allí, unos animales desconocidos para mí, que también se acercaban a beber, sin que, al parecer, mi presencia les causara el más mínimo pavor.

Seguí cabalgando entre las estrechas paredes, siguiendo el arroyo que se ocultaba durante largos trechos para, inexplicablemente, volver a brotar del mismo suelo. Aquél era con certeza el camino, pues Al Jindak, en su prudencia, había insistido en que unos siervos suyos que lo conocían, me lo explicasen con todo detalle.

Llegué hasta el final del estrecho barranco. Creí haberme perdido hasta que, de pronto, adiviné en la pared una estrecha oquedad, de la altura de un hombre montado. Penetré por aquella especie de caverna fresca y húmeda y vi cómo, poco a poco, iba ampliándose. Al salir de ella, la luz del sol, que subía con fuerza, me deslumbró. Encontré una especie de gran circo natural rodeado de paredes verticales y en ellas pude apreciar unas grandes cuevas. Allí se hallaba la comunidad esenia, pues, como me habían advertido unos hombres, bajaban y subían con agilidad por unas frágiles escalas de madera.

No parecieron sorprenderse. De hecho, sabían bien quién se acercaba, pues, según más tarde me informaron, tenían dispuestos vigilantes que, mediante láminas de plata pulida, se comunicaban en un código creado por ellos hacía ya muchas generaciones, mediante el cual podían prácticamente transmitir un especial lenguaje.

Descabalgué al ver cómo unos cuantos hombres, de luengas barbas y cabellos sueltos, se dirigían hacia donde me hallaba. Me hablaron en un idioma casi desconocido, aunque algunas palabras me resultaron ligeramente familiares. Luego supe que se trataba de arameo. Les hice una señal, levantando la mano y saludándolos en hebreo. Entonces contestaron en la misma lengua, y vi cómo inmediatamente se diluía su desconfianza.

Fuimos caminando hasta un edificio construido con piedras, de tal suerte que había que fijarse bien para diferenciar lo que era fabricado por el hombre de lo que era natural. Me invitaron a entrar allí y me proporcionaron una jofaina llena de agua fresca y un sencillo lienzo de algodón para que me aseara.

Luego insistieron en que participase de su refrigerio: frutas, una especie de leche de camella cuajada, dátiles y vino de palmera.

Enseguida, me sentí entre ellos como en familia. Parecían gentes sencillas y poco habladoras, pero también sinceros y honestos. Todos esperaron a que terminase de comer. Luego se hizo un gran silencio, y yo no sabía bien lo que pretendían de mí, hasta que el que parecía el jefe hizo un austero gesto con la mano, señalándose la boca. De inmediato, entendí que deseaban saber de mí, quién era yo y los motivos que me habían impulsado a llegar hasta allí. Les debía una explicación, pero además reflexioné que aquellas gentes se encontraban prácticamente aislados del mundo. Para ellos, yo era un mensajero cargado de nuevas en su universo estático.

Les hablé de Castilla, de Toledo, de Córdoba. Sus ojos ardientes devoraban el más mínimo gesto. Habían oído hablar de Sefarad como de un mito. Un país lejanísimo que era como un enorme oasis de cultura e historia. Allí los judíos habían encontrado, durante milenios, un lugar más estable que en ningún otro Reino. Les hablé de mi infancia, de la sensación de seguridad, de bienestar. En Toledo, había tenido amigos cristianos y musulmanes, había visto las ceremonias en la sinagoga, en la catedral y en la mezquita. Les hablé de la dura y encarnizada guerra de reconquista, de la ambición de los Reyes cristianos por terminar con el dominio musulmán en Al Ándalus, de cómo aquella larguísima guerra había significado el fin de la estabilidad. A medida que se acercaba el desenlace, los cristianos, al verse más fuertes, habían ido endureciendo sus posturas.

Les hablé de la Inquisición. Por sus miradas, comprendí que sabían bien de qué se trataba. Aquélla era una maquinaria creada para acabar con los judíos en Castilla y Aragón. Observé cómo las lágrimas corrían por sus mejillas. Para ellos, Sefarad era algo así como el Paraíso en la tierra. En ella, los judíos habían tocado el cielo para, después, ser expulsados como malhechores.

¿Por qué? La pregunta revoloteaba en la caverna. Parecían confundidos, incapaces de entender aquello. ¿Por qué?

Lo expliqué lo mejor que pude. Me pareció estar repitiendo las palabras de mi padre adoptivo, Ben Gaón.

Los judíos eran una comunidad emprendedora. Éramos gente rica en espíritu. En mi niñez, había podido asistir, de la mano de mi padre, a las reuniones de los ancianos. Había podido escuchar a aquellos hombres sabios, mostrando su gran preocupación por lo que intuían acercarse. Eran las primeras actuaciones de la Inquisición, y las noticias desde Sevilla no eran alentadoras.

Los más viejos recordaban el final del siglo anterior. Sus abuelos también habían pasado por lo mismo. Gentes que sólo pretendían vivir en paz y concordia, en razón, en comunidad. Cierto que algunos se mostraban excesivamente apegados a los bienes materiales, a la preocupación por el futuro, creyendo que sólo atesorando oro y patrimonios, podrían garantizar a sus hijos la estabilidad por la que ellos suspiraban desde siempre.

Pero no había sucedido como ellos creían. Los cristianos viejos eran individualistas, desconfiados, soñadores de entelequias. A pesar de la buena fe que muchos pusieron, no pudo ser.

Levanté la vista y pude contemplar los ojos húmedos y tristes de aquellos hombres que no eran capaces de asimilar las infaustas nuevas que yo les portaba. Sefarad, para ellos un lugar remoto y mítico, pero que, durante mil años, les había llenado el corazón de esperanza. Ahora, sin quererlo, me había convertido en el mensajero de aquellas terribles nuevas, de aquella desgracia, pues no era otra cosa lo que los sencillos hombres que me rodeaban, anhelantes, sentían en su corazón. Parecía que todo se había roto, y sólo quedaba orar a Yahvé.

El anciano jefe se quedó mirándome mudo, atento a mis labios, por si aún me restaba añadir algo. Luego se hizo un profundo silencio y habló no sólo para mí, también para su gente, que le contemplaban sumidos en un expectante respeto.

—No puedo llamarte extranjero. Al menos, para nosotros no lo eres. Has venido de lejanas tierras. De ese lugar llamado Sefarad, al que parte de nuestro pueblo se dirigió, caminando hacia el Este a la caída de Jerusalén. Ese lugar donde nuestro pueblo creyó encontrar finalmente el descanso. Tanto fue así que algunos ancianos que llegaron hasta allí, casi a las puertas de la muerte, pensaron que Dios les había concedido morir en el interior del Paraíso.

»No, no podemos llamarte forastero. Eres uno de los nuestros, perteneces, como nosotros, a una de las doce tribus. Nosotros somos esenios, descendientes de los hasidina, pues «hombres piadosos» nos llamaron. Nuestra tribu es la de los fariseos y desde hace muchos, muchos años, nos refugiamos en esta tierra de Egipto, de donde una vez nos sacó Moisés como perseguidos, pero que, al cabo de los siglos, volvió a acogernos, proporcionándonos refugio y paz.

»Como ves, al igual que eremitas, vivimos inmersos en el trabajo y la contemplación de Dios. Pero eso no nos ha impedido llevar a cabo la más noble de las tareas, lo que para muchos no es sino una ingrata forma de vivir; en cambio, es para nosotros nuestra alegría y nuestra razón de ser.

»Aquí tenemos lo que necesitamos, que, en realidad, no es mucho. Dios nos ha proveído de suficiente agua y unos bancales de tierra fértil. Ningún hombre necesita mucho más, sólo el espíritu de compartir el conocimiento.

»Hemos aprendido mucho de ese maestro sefardí, Ibn Pakuda, pues él, en sus *Deberes del corazón*, nos enseñó a buscar el espíritu interior. Aquí, rodeados por este desierto sin límites, aprendimos que cada hombre no es más que un minúsculo grano de arena que debe apoyarse en los que le rodean, en los que han sido antes que él y en los que vendrán cuando él se vaya.

»Este escondido oasis nos dio refugio, nos entregó sus frutos, nos permitió vivir. Han pasado muchos años desde que nuestros abuelos llegaron hasta aquí, y cada cierto tiempo hemos ido sabiendo de las desventuras de nuestros hermanos. Ni en El Cairo, ni en Estambul, ni ahora en Castilla han encontrado lo que con tanto ahínco han ido buscando.

»Estamos aislados, pero de tanto en tanto, las noticias cruzan el mar y el desierto, transportadas por extraños mensajeros. De una manera u otra, día y noche, llegan hasta aquí. Si permanecemos en silencio, si nos concentramos, aquí, junto a esta hoguera, seremos capaces de escuchar el fragor de las batallas, los gritos de espanto, los lamentos de angustia. Oiremos el temor, el violento palpitar de los corazones rotos, las oraciones de nuestro pueblo, porque debes saber que donde hay un judío, también hay un verdugo que le acecha. Sin embargo, eso no es una maldición, no está escrito, no es irremediable.

El viejo esenio miraba hipnóticamente las brasas. Su rostro expresaba determinación y sabiduría. Su gente no apartaba la vista de él, mientras todos permanecían en absoluto silencio no sólo en señal de respeto, sino absortos en aquellas palabras extrañas, pues no parecían acostumbrados a hablar más de lo preciso.

—No, no es nuestro destino el holocausto. Nuestra reflexión nos ha hecho ver estos sucesos desde otro ángulo.

»Tenemos, los judíos, un estigma que nosotros mismos propagamos: el orgullo de serlo, de pertenecer a una raza distinta. Eso nos ha marcado, nos ha señalado entre los gentiles, elevando un muro de incomprensión entre los otros y los nuestros.

»Ha sido el desierto, estos inexpugnables farallones de piedra, los que nos han hecho comprenderlo. Hemos querido ser diferentes y finalmente lo hemos conseguido. Hemos perseverado en la disciplina y el trabajo, muy principalmente en el del intelecto, en filosofías y en el estudio de las lenguas, también en desmenuzar las Escrituras, en el Talmud de Jerusalén y, muchos de nosotros, en el de Babilonia. Hemos discutido sobre la Misná. Pero sobre todas las ciencias, hemos profundizado en la Medicina. De ella, se han derivado la Botánica y la

Farmacia, y de su análisis y la perfecta relación con el tratamiento del cuerpo humano, hemos aprendido Anatomía, Higiene y Filosofía.

»Nos has dicho que tú también eres médico. Si es así, debes realizar con nuestro testimonio el juramento de Asaf, pues sólo en la verdad y en la ética se puede llegar a ser un verdadero médico.

»De Maimónides recibimos un legado de sabiduría, el *Séfer Hamaor*. Al estudiarlo, aprendimos que entre el cuerpo y el alma existen recíprocas influencias, que el espíritu necesita la materia para manifestarse, que no hay dos pacientes iguales, y por ello que no reaccionan igual ante un mismo tratamiento.

»Como puedes ver, no es lo mismo vivir aislado que cerrar la mente. Desde siempre, desde los tiempos en que habitábamos en Hirbert Qumran, estamos observando, aprendiendo, pues cada vez que atendemos a un enfermo, cada vez que estudiamos sus síntomas, aprendemos algo nuevo.

»Vienen a buscarnos enfermos de El Cairo, de Alejandría, de lugares remotos. ¿Sabes por qué, David Meziel? Porque hemos aprendido algo importante.

»Un médico, un buen tratamiento, no son más que una parte del proceso curativo. Hay algo más, algo fundamental que no se puede medir, ni pesar, ni tan siquiera ver o tocar. Se llama fe, y debe transmitirse en ambos sentidos: del médico al enfermo, del paciente al médico. La enfermedad, en sí misma, no es sólo un trastorno del cuerpo, es mucho más que eso, es una afección del alma, un morbo del espíritu.

»Por eso, aquí llegan arrastrándose, traídos por sus familiares en angarillas, apoyándose los unos en los otros, enfermos incurables, desahuciados. Han llegado a traernos cuerpos a los que había abandonado el alma, por la fe, por esa impalpable confianza en el más allá.

»Nos acusan de vivir pensando sólo en el oro, en lo material. Y puede haber judíos que así vivan, pero no es la verdad. La única verdad es que siempre queremos saber más, no para nosotros, sino para transmitirlo, para sanar a los demás.

»Por eso, sois bienvenido, David Meziel. Os ha traído la fe. Por vuestra edad os queda mucho por aprender y muchos enfermos a los que ayudar. Sólo puedo permitirme transmitiros un consejo: no seáis dogmático, dudad, hacedlo siempre. La realidad es sólo un artificio de la Naturaleza. Bajo ella, encontrareis el espíritu, y es a él a quien tenéis que dirigiros.

»Sed, por tanto, bienvenido. Aquí podréis permanecer todo el tiempo que deseéis. Quizás, algo de lo que creemos saber os pueda ser de utilidad.

El anciano terminó su sabia alocución y se incorporó lentamente. Como una sola ánima, todos lo imitaron, por lo que, distraído, tuve que dar un salto para ponerme también en pie. Entonces el jefe señaló a un hombre de mediana edad.

—Simeón Ben Israel os atenderá y os proporcionará lo que necesitéis.

Lentamente, todos se retiraron tras él. Sólo quedamos, junto a la hoguera, Ben Israel y yo. Pensé que aquel hombre había colmado mis anhelos, y me sentí feliz de encontrarme allí. Luego, pensativo, seguí a mi guía hasta el alojamiento que me habían designado.

Simeón Ben Israel me explicó que él no era esenio, ni tan siquiera fariseo. Había nacido en Kairouan y se preciaba de sus abuelos sefardíes. Cayó enfermo de los pulmones cuando apenas tenía veinte años y fue desahuciado por los médicos. Su padre no aceptó el veredicto, y como había oído hablar de aquel extraño grupo de hebreos que vivían en el desierto que curaban a aquellos que parecían destinados a morir, lo acompañó hasta allí. Aquel viaje cambió las tornas y le costó la vida al anciano, pero Simeón Ben Israel se salvó gracias a los tratamientos, a un clima tan seco como la yesca y a la fe que le inspiraron aquellos ascetas.

Allí le aplicaron cataplasmas, infusiones y otros remedios, pero Simeón me explicaba que, pronto, había aprendido él también que ninguna medicina servía si no había voluntad de vivir. La oración, los exorcismos y la fe fortalecían el espíritu, tanto como la mejor medicina.

Cuando sanó, decidió quedarse. En el fondo de su corazón, temía separarse de aquellos a los que debía la vida. También pensó que si se aplicaba, algún día llegaría a ser un buen médico, al igual que lo había sido su abuelo materno, el rabí Ben Yudah.

Me habló de él como de un hombre santo, dedicado en cuerpo y alma a los enfermos, incluso había atendido a los enfermos del espíritu, porque al igual que los maestros del Talmud, aquel hombre opinaba que el cerebro albergaba al pensamiento. Estaba convencido de que si los pulmones o el intestino podían enfermar, o cualquier otro humor del organismo, también podría hacerlo el propio cerebro, y ello conduciría a la locura. Decía aquel sabio, a quien quisiera escucharlo, que las ideas eran tan sanas como el cerebro en las que se formaban.

Simeón Ben Israel fue, pues, adoptado por los esenios. A fin de cuentas, allí había vuelto a nacer, y de alguna manera les pertenecía.

Fue, al cabo de un tiempo, el Consejo de los Ancianos el que decidió que se formara en Alejandría. Ningún esenio podía ir, pues ello entraba en contradicción con su juramento. Pero no existía impedimento para que alguien ajeno fuese, y de mutuo acuerdo Ben Israel, una vez completamente curado, marchó hasta Alejandría.

Allí aprendió la teoría y la práctica. Sin embargo, con frecuencia se acordaba de su abuelo, pues vio muchas enfermedades distintas, y algunas parecían nacer de la mente. Comprobó cómo el temor hacía galopar el corazón y el pulso. Le enseñaron que la limpieza alejaba la enfermedad y cómo la dieta estaba relacionada con la salud. Asistió a muchas disecciones, incluso vio hervir cadáveres, trabajó con animales y pudo comprobar cómo el corazón latía al abrir el pecho de un macaco vivo. El día en que tuvo esa experiencia, un compañero, que también estaba formándose como médico, le explicó que él había visto a un cirujano en Damasco utilizar esclavos vivos para sus experiencias.

Aquello le repugnó y pensó que había límites en lo que un hombre podía hacer. También pudo comprobar cómo hasta Alejandría llegaban médicos y sabios de países lejanísimos, como Persia o la India. Todos venían con la esperanza de aprender algo más. También vio llegar a médicos judíos de Castilla, de Portugal, de Francia, éstos más como refugiados que como alumnos.

Todos parecían satisfechos de haber podido llegar hasta aquella ciudad. Era igual que si su mítico faro también atrajese a los espíritus deseosos de aprender. Asistió allí a lecturas y disquisiciones sobre todas las Ciencias, no sólo sobre Medicina, sino, incluso, sobre Astronomía y Metafísica.

Al cabo de unos años, cuando consideró que su formación era adecuada, volvió definitivamente con los esenios, a los que había visitado cada vez que podía.

Desde entonces vivía entre ellos como uno más, compartiendo su saber con los sabios que le rodeaban y aprendiendo de ellos su terapia del alma.

Permanecí junto a los esenios durante varios meses. Había llegado sólo para conocerlos, pero la atracción que por ellos sentí, desde el primer momento, me impedía abandonarlos. Sabía que Al Jindak me estaría echando de menos. Así, un día partí con el corazón encogido, porque aquellos hombres humildes me habían enseñado algo fundamental sobre la Ciencia de la vida: muchos síntomas estaban en la mente del paciente, por lo que, sólo empleando el espíritu, podíamos acceder a ellos.

Volví a recorrer los silenciosos desfiladeros en sentido contrario, sabiendo entonces que unos ojos invisibles me vigilaban. Luego crucé el desierto lentamente, hasta que mi caballo olió el mar. Allá, a lo lejos, apareció Alejandría, y me alegré de haber tenido aquella oportunidad de aprender sobre otra faceta desconocida de mi pueblo.

Iba meditando sobre lo dispersa que se hallaba la Ciencia médica, convencido de que sólo podría llegar a saber algo si rebuscaba a lo largo del mundo. La magnitud de aquella tarea no me desanimaba; muy al contrario, me hacía comprender que sólo con un duro esfuerzo, podría un día ser útil a alguien.

Entonces espoleé el caballo, y apenas el sol se había puesto, cuando entré de nuevo en mi casa.

III

LA TEMPESTAD

Apenas habían pasado unos meses, cuando una mañana, muy temprano, Al Jindak vino personalmente a llamarme. Increíblemente, un bajel procedente de Sevilla había llegado al puerto.

Al oír aquella noticia, mi corazón comenzó a latir apresuradamente. Mientras ambos corríamos hacia las dársenas, comprendí que no podía engañarme. Entre España y yo no había más que una enorme y descomunal distancia. Allí seguían ocurriendo trágicos sucesos, pero en modo alguno podía olvidar mi infancia, ni a mi familia. Allí, a pesar de todo, había sido muy feliz, y al igual que otros miles y miles de judíos sefardíes, de todas las edades y condiciones, Sefarad nos había marcado con una especie de tatuaje indeleble.

El barco era una vetusta y destrozada carabela con el palo de mesana abatido, probablemente por una tempestad. Los restos del cordaje formaban un amasijo sobre la cubierta, y aquello llegó casi a emocionarme, pues no en vano había sufrido una experiencia similar.

El navío estaba vacío, y por unos momentos llegué a pensar que se trataba de un barco fantasma que, impulsado por el viento, había llegado hasta allí, recorriendo una tremenda distancia, sólo para recordarme una vez más quién era yo realmente.

Pero no, enseguida supimos que, en un astillero cercano, en el interior de un almacén, se hallaba un grupo de personas. Al entrar en él, vimos que estaban tendidas en el suelo, utilizando parte del velamen para protegerse. Tanto Al Jindak como yo permanecimos mudos durante unos instantes. Luego nos acercamos a ellos para preguntar quiénes eran y conocer su odisea.

Había en el grupo no menos de seis mujeres, incluso varios chiquillos que debían hallarse agotados, pues ni, tan siquiera, levantaron la vista al vernos llegar.

Alguien, que me resultó levemente familiar, se levantó desde un oscuro rincón y se dirigió hacia donde me hallaba. Al pronto creí que mi vista me engañaba. Era Ben Gaón.

Por un momento, Al Jindak creyó que me había trastornado, pues, corriendo hacia él, abracé a mi padre adoptivo, mientras lanzaba sonoros gritos de alegría.

¡Ben Gaón! ¡Joel Ben Gaón! Allí observándome con detenimiento, se hallaba el hombre al que debía mi vida en todos los sentidos.

Cuando ambos nos serenamos, insistió en que le contase todo lo que me había sucedido desde que decidió volver a Al Ándalus. Le expliqué cómo su constante recuerdo me había acompañado todos y cada uno de los días.

Mientras, Al Jindak hizo preparar una de sus residencias para que pudiese acoger al grupo de refugiados, diecisiete en total, ocho hombres, seis mujeres y tres niños, todos ellos sefardíes. No llevaban con ellos nada de valor, exceptuando unas cartas de crédito que Ben Gaón portaba en su falquitrera, pero que debería hacer efectivas en El Cairo, por lo que, al punto, Al Jindak se prestó a adelantarle el oro que fuese necesario.

Aquella misma noche, todavía emocionados por el encuentro, Ben Gaón accedió a narrarnos sus aventuras.

Habían podido rescatar a aquellas personas de las mismas garras de la Inquisición. No lo había hecho sólo por tratarse de judíos sefardíes, aunque eso había contado, sino porque dos de las damas eran primas suyas, hijas de una hermana de su padre. No podía consentir que sufriesen aquel terrible trance, y cuando supo que habían sido detenidas y llevadas a las mazmorras de la Suprema, preparó un arriesgado plan para liberarlas.

Aprovechó que la cárcel estaba situada en la margen del Guadalquivir, puesto que él había llegado a Sevilla disfrazado como un comerciante portugués. Luego recordó que conocía a un familiar de la Inquisición que había intervenido en el caso. Aprovechando la noche, se llegó hasta su casa, un pequeño palacio que aquel hombre había adquirido por muy poco dinero en una venta de bienes procedentes de confiscaciones a los marranos convictos como criptojudaizantes.

Don Juan Sánchez de Zúñiga, que ese era el hombre al que buscaba, se mostró muy sorprendido de la osadía de Ben Gaón al reconocerlo. A fin de cuentas, había orden de busca y captura contra él desde que hacía tantos años huyó a Lisboa.

Ben Gaón cortó aquel discurso y fue al grano. Le dijo que quería liberar a sus dos primas y sus familias. Le advirtió que no intentara nada contra él, porque si lo hacía, él mismo día se haría pública una acusación contra Sánchez de Zúñiga por judaizante, de lo que tenía pruebas. Vio cómo su oponente se ponía tan pálido como la cera y como tenía que tomar asiento, mientras comenzaba a respirar fatigosamente. En efecto, Sánchez del Zúñiga era descendiente de conversos, lo había mantenido en gran secreto sabiendo lo que podía llegar a ocurrirle. Su confianza se basaba en que toda su familia procedía de Navarra, y allí difícilmente podría llegar a investigar la Inquisición.

No tuvo que insistir mucho. Era la osadía casi temeraria de Ben Gaón contra la hipocresía aterrada de Zúñiga. Asintió y volvió a hacerlo cuando Ben Gaón le advirtió que no intentase nada, pues si a él le llegaba a ocurrir algo, la Inquisición recibiría las pruebas apenas una hora después.

Después de aquel forzado acuerdo, todo sucedió como habían pactado. Ben Gaón aproximó su velero hasta la Torre del Oro y esperó. A medianoche apareció una barca entre la niebla, cargada hasta las chumaceras. En ella iban los parientes de Ben Gaón, y también otras personas que se encontraban en las mismas mazmorras. En cuanto a los guardianes, una bolsa de oro para cada uno hizo más que cualquier convencimiento.

Aquella misma noche descendieron por el Guadalquivir. Eran conscientes de que debían alejarse tanto como pudiesen de Sevilla, aunque era improbable que relacionasen aquel bajel con los huidos. También contaban con la desidia de los propios familiares de la Suprema. Había tantas denuncias, tantas aprehensiones, tantos procesos en aquellos días que pronto olvidarían un pequeño fracaso. El propio Zúñiga quitaría hierro al asunto. A fin de cuentas, ninguno de los huidos era principal, y lo que era más importante, se habían llevado lo puesto, es decir, nada, en contraposición al enorme patrimonio que la Inquisición adquiría en derecho sin necesidad de establecer proceso alguno.

Ben Gaón no se confiaba nunca. La vida le había enseñado con dureza que cuando todo parecía más fácil, más sencillo, de pronto, sin saber por qué, se complicaba. Eso le hacía mantenerse en guardia permanente, pues sabía que la Inquisición era un mal enemigo en tierra, pero una vez en mar abierto, en cualquier momento podrían aparecer los berberiscos, en cuyo caso su vida y la de los suyos estaban en manos de Dios, ya que, aparte una pequeña culebrina a proa del navío, ninguna otra arma les defendía.

A pesar de esa certeza, todos respiraron cuando abandonaron la desembocadura del Guadalquivir que bajaba crecido.

Ben Gaón era hombre precavido y siempre se hacía con los servicios de buenos pilotos. De hecho, el rumbo lo marcaba Moisés Benzidour, probablemente el mejor navegante que había tenido nunca, como demostraba, a la postre, el hecho de que, a pesar de todo, había conseguido llevarlos hasta Alejandría. Aquel hombre parecía inmune a la fatiga, pues no consentía que lo turnasen, y para evitarlo, llegó a atarse a la barra del timón, corrigiendo el rumbo a sentimiento, lo que llevó a Ben Gaón a creer que llevaba dentro de su organismo un trozo de magnetita.

Aunque el barco se hallaba bien avituallado, no habían contado con tantas personas, por lo que, apenas pasaron dos semanas en el mar, comenzaron a faltar provisiones, sobre todo para los niños.

Ben Gaón sabía que era inútil acercarse a la costa. Estimó que debían hallarse a la altura de Orán, aunque muy separados de ella, pues había ido cogiendo latitud a fin de evitar un fatal encuentro.

La predicción se cumplió antes de lo que ellos mismos creyeron. Pronto aparecieron por Levante dos minúsculas velas triangulares que fueron creciendo con rapidez. Todos sabían lo que les esperaba y se encomendaron a Dios. Incluso la tripulación, que eran cristianos a sueldo, antiguos marineros portugueses de los navíos de Ben Gaón, se aprestó lo mejor que pudo a la embestida.

No tenían nada que hacer contra la ágil maniobra de los veleros perseguidores. La oscuridad cayó como un telón, mientras Ben Gaón calculaba las posibilidades de huir aprovechando la noche. En su fuero interno, no tenía la menor esperanza de volver a ver un nuevo día. Lo sentía por aquellos que le acompañaban, habían confiado en él, y aunque el azar había intervenido, no dejaba de culparse por no haber sabido elegir cualquier otra opción.

La noche se hizo sobre ellos, oscura como boca de lobo. Ben Gaón cambió el rumbo hacia el Norte, pensando que tal vez con aquella maniobra podría despistar a los berberiscos, pues, a menos de un cuarto de legua, los llegaron a tener cuando anocheció, y ya no les cabía la más mínima duda de que eran corsarios de Argel.

De pronto, vieron un lejano resplandor en el cielo. No acertaron a comprender de qué se trataba. Era una especie de halo luminoso, cerca del horizonte. Fue el piloto, Benzidour, el que supo encontrar la respuesta. Se trataba de un volcán en la isla de Stromboli. Nunca lo había visto, pero otro marino, un siciliano de Messina, lo había contado en una taberna en Cádiz, hacía de ello más de un año. Recordó que aquella isla formaba parte de un pequeño archipiélago al norte de Sicilia, Las Eolias, las islas donde habitaba el dios de los vientos.

Ben Gaón tomó una decisión arriesgada, pues, sin saber bien dónde se hallaba y expuesto a embarrancar, cambió de nuevo al rumbo opuesto, es decir, hacia el Sur. En el navío se podía oír hasta la respiración. Era una noche tranquila y sólo una pequeña brisa de Levante lo impulsaba lentamente. Los crujidos de la madera y el roce del velamen, cuando de tanto en tanto amainaba la brisa, eran los únicos ruidos.

Todos eran conscientes de que se estaban jugando la vida. Pero eso no les hacía sentir miedo. Ésa era una sensación superada que habían abandonado en Sevilla, en una mazmorra junto al Guadalquivir. En aquellos instantes, sólo una fe ciega en Ben Gaón les impulsaba.

Súbitamente, el tiempo cambió. Los crujidos de la arboladura, que sólo eso eran capaces de ver por lo cerrado de la noche, les advirtieron que algo estaba sucediendo. Las velas con una seca sacudida se inflaron en unos instantes y vieron venir el viento.

La embarcación cogió velocidad, y entonces con decisión Ben Gaón hizo aferrar las velas. Tenía la certeza de que aquel cambio de tiempo les iba a ayudar, alejándolos de sus perseguidores, que a esas alturas debían estar ciegos de rabia, al comprobar que su presa se había escabullido en la noche.

Cuando llegó el primer albor de la mañana, vieron en el horizonte una línea de altas montañas. Aquel perfil no podía ser otro que el de Sicilia. Les llenó de alegría comprobar que las velas berberiscas habían desaparecido. Sin embargo, Ben Gaón sintió dentro de si una punzada de inquietud. Aquellas eran tierras de Aragón y el brazo de la Inquisición llegaba hasta allí. No era un lugar seguro para un grupo de judíos fugitivos.

Las mujeres querían desembarcar cuanto antes, pues habían entrevisto lo que el mar, en apariencia tan sereno, podía depararles: la tempestad, el naufragio, una terrible muerte ahogados, también los berberiscos, o simples piratas. Todo eso le razonaron, primero argumentando, más tarde gimiendo, mostrándole los niños, haciéndole responsable de su obstinación.

Una de ellas, Raquel Israel, desesperada, llegó a amenazarle con tirarse por la borda al tiempo que corría hacia ella, mientras gritaba que no podía soportar más aquella situación y que prefería terminar de una vez por su propio albedrío antes que esperar a que fuesen el mar, la tempestad o el alfanje de un corsario los que se adelantaran.

Ben Gaón no se dejó convencer y se mantuvo firme y sereno. Consultó sus cartas de navegación y decidió atravesar el estrecho de Messina. Por ese rumbo seguirían hasta Túnez. Allí no tenían nada que temer, pues sabía que podía contar con la comunidad judía de aquella ciudad. Sin embargo, debían aprovisionarse de agua, pues apenas les restaba para un par de días, aunque la escatimaran.

El tiempo vino en su ayuda. Una fuerte tramontana impulsó el viejo navío, haciendo crujir todas sus cuadernas, pero Ben Gaón era consciente de que, a pesar de los riesgos, estaba en el buen camino y se alegraba de haber actuado así.

Con el cambio de tiempo, el mar se tornó de un color azul profundo, mientras en la superficie, la espuma se desgajaba por el viento que, de nuevo, comenzaba a arreciar. Las mujeres y los niños se atemorizaron ante la posible tormenta, y Ben Gaón hizo que se refugiaran en la cámara de popa, ya que era la más confortable en caso de mal tiempo.

Siguieron varios días de fuertes vientos racheados, siempre tramontana, y pensó que, al fin, la fortuna se había acordado de ellos. Si seguía unos días más, tardarían menos de dos semanas en avistar Alejandría.

Pronto se arrepintió de sus pensamientos. Una noche la extraña y súbita encalmada les redujo a una forzada inmovilidad. Una densa niebla, que parecía surgir de las profundidades, envolvió el barco. Ben Gaón nunca había encontrado algo similar. Hubiese creído que el barco flotaba en una nube, pues, desde la amura, no se veía la superficie del agua, sólo una espesísima bruma que le hacía desconfiar de que, apenas a unos codos de distancia, se hallase el mar.

De antemano, supo que algo insólito estaba sucediendo y recordó los viejos libros, como *La Odisea*, que advertían a los que se confiaban en aquel mar cargado de tantas leyendas.

Aquella intuición los salvó. Hizo arriar las velas. Una inusitada tensión interior le obligaba a tomar precauciones, como si los dioses del mar quisieran darle otra oportunidad. Los tripulantes lo observaron como si se hubiese vuelto loco. Hizo atar los barriles que conservaban agua. Tiró por la borda los maderos sueltos, las cajas vacías, todo lo que pudiese soltarse y rodar de un lado para otro. Aferró bien la arboladura y reforzó la pesada culebrina con gruesas maromas. Mientras, a toda prisa, hizo estibar todo lo que había bajo cubierta y colocar unas cuerdas clavadas a las paredes de la cámara para poder sujetarse a ellas.

Los hombres comprendieron pronto que Ben Gaón no estaba desencaminado y comenzaron a afanarse, intuyendo que les iba la vida en ello.

No tuvieron tiempo de llevar a cabo todo lo que se habían propuesto cuando la tempestad se desencadenó, como si, de improviso, se hubiesen abierto las puertas del Averno. Comenzó con apenas unas ráfagas de viento que vinieron a romper la fantasmal calma.

La tripulación, al comprobar que no podía hacer ya nada, se protegió como pudo, temerosa de lo que estaba por suceder. Mientras, los refugiados bajo cubierta, apenas eran capaces de musitar una oración, sabedores de que aquellos podrían ser los últimos instantes de sus vidas.

También lo pensó Ben Gaón. Pero no sentía temor ante la muerte. A fin de cuentas, siempre había hablado de tú a tú con ella, y si se encontraba en aquel trance, no era más que por su propia y soberana voluntad. Ya había naufragado anteriormente, y sabía bien lo que arriesgaba cada vez que pisaba la cubierta de un barco.

La niebla se disipó en un abrir y cerrar de ojo y, en el mismo lapso de tiempo, el navío fue zarandeado como una cáscara de nuez, mientras una extraña fosforescencia dibujaba la cresta de las olas y un fuerte aguacero lo empapaba todo.

La lívida luz de los relámpagos, encadenados uno a continuación de otro, le mostraba, de tanto en tanto, los demacrados rostros de sus tripulantes. El fragor de los truenos, los terribles golpes y crujidos, el rumor del oleaje le ensordecían. Sin embargo, increíblemente nunca antes se había sentido más sereno. Era como si el diluvio que les empapaba la piel, como si el huracán que parecía empeñado en hundir el barco, como si la borrasca que galopaba en el cielo, no pudieran penetrar en su espíritu.

Supo que algo superior le protegía y que, aunque legiones de demonios y trasgos le asediaran, no podrían herirle. Tuvo entonces una certeza que nunca antes había abrigado. Comprendió que era cierta la dualidad de la que le habían hablado y que ya intuyeron los antiguos. No había en todo el Universo tempestades tan terribles, como para poder cercenar el alma.

En aquel instante, haciendo un esfuerzo sobrehumano, se dirigió al timón, al que se encontraba atado Moisés Benzidour, desfallecido, agotado al querer oponer su fuerza humana a la de la tempestad. Entró por debajo, al lazo de cuerda que sujetaba al timonel, y tomó la rueda con toda la fuerza que le restaba. Entonces notó cómo Benzidour parecía rehacerse. Ambos se miraron, Benzidour, con respeto, Ben Gaón, con admiración, sabiendo que en cualquier momento, con un último crujido, la embarcación podía desaparecer, sepultada por las montañas de agua que a cada instante se cernían sobre ella.

No fue así. De nuevo, el destino, el azar, la fortuna quisieron seguir el juego. La noche fue eterna, pero al amanecer volvió a traer lentamente con una larga resaca de olas largas y aun inmensas, la esperanza.

Así, sin saberlo, ni esperarlo, se habían encontrado frente al sol naciente que recortaba las blancas azoteas de Alejandría. Para Benzidour, aquello era un milagro. Para Ben Gaón, la confirmación de que la fortuna sonreía a los que no se rendían.

Agotados, sedientos hasta el límite, golpeados y zarandeados hasta la extenuación, pero a pesar de todo, habían llegado inexplicablemente al lugar donde se habían propuesto.

Mientras me contaba todo aquello, Ben Gaón observaba mis reacciones. Yo no podía dejar de pensar en la fortaleza de espíritu de aquel hombre. Nunca había conocido a nadie como él, y tenía la absoluta convicción de que nunca lo conocería.

Parecía muy dichoso no sólo por haber conseguido arribar a puerto, sino también por haber dado conmigo. Ése era, para él, el verdadero milagro de aquel viaje. Se señalaba con el índice, mientras reía exclamando: ¡Soy el judío errante! ¡El judío errante!…

Aquella noche no pude pegar un ojo. No podía dejar de pensar en Ben Gaón. Era, para mí, como el símbolo de nuestro pueblo. Estaba convencido de que si se lo propusiera, las aguas volverían a abrirse otra vez, y entre las murallas líquidas tendríamos un seguro camino por el que podríamos retornar a Sefarad.

IV

LO INESPERADO

Apenas transcurrió una semana desde la llegada de Joel Ben Gaón, cuando decidimos acompañarlo a El Cairo. Tampoco Al Jindak podía demorar más ese viaje, pues allí tenía su casa principal y su consulta, y había transcurrido demasiado tiempo desde su marcha.

Dadas las circunstancias, Al Jindak adelantó a Ben Gaón el oro que necesitó durante el tiempo que transcurrió desde su arribada a Alejandría hasta que partimos para El Cairo.

Apenas tardamos cuatro días en llegar, que se nos hicieron más cortos y llevaderos gracias a mi maestro, que conocía a la perfección los lugares por los que pasamos y nos contó una infinidad de cuentos e historias sobre las gentes que vivían a la orilla del gran río. Los *fellahs* del Nilo eran un pueblo acostumbrado no sólo a ver pasar gentes extrañas, muy distintas en todo a ellos, sino también a las que, de tanto en tanto, creían haber conquistado aquellas tierras.

Al Jindak nos dijo convencido que, hasta que no se conocía El Cairo, no se sabía bien lo que era una ciudad. Fueron los fatimíes los que fundaron El Cairo. La llamaron Al-Qâhira, esto es, «la vencedora». Allí, según él, íbamos a encontrarlo todo: las mejores bibliotecas, mezquitas, mausoleos y sobre todo ello, las extrañas e incomparables pirámides, unas increíbles construcciones que me fueron anonadando desde que las vi por primera vez en la distancia hasta que, al encontrarnos junto a ellas, me causaron una impresión imposible de olvidar, porque no tuve la menor duda de que habían sido construidas por gigantes.

A pesar de encontrarnos junto a ellas, no pudimos comprender su enorme tamaño hasta que quise recorrer el perímetro de la más grande en apariencia. Al Jindak y Ben Gaón me esperaron sentados a la sombra de su tienda, tomando té, según su costumbre. Cuando me vieron llegar agotado, Al Jindak sonrió con un cierto cinismo, como orgulloso de la increíble dimensión de aquellos monumentos.

Aquella misma tarde entramos en El Cairo por el Sur, a través de la puerta Bab Al-Zuwaila. Al Jindak me dijo, al cruzarla, que también por ella había entrado Ibn Battuta hacía ciento sesenta años. En aquel instante, escuchamos la primera llamada a los rezos. En verdad, me pareció, en aquellos momentos, que los musulmanes eran un pueblo digno de encomio. Sobresalían en Arquitectura, en Medicina, en Álgebra, en Ciencias y Artes, en Filosofía, en Literatura. Además su relación con nuestro pueblo, con los judíos, en aquellos días con los sefardíes, era muy distinta a la que mantenían los cristianos. Cierto que nos consideraban *dhimmis*, es decir, un «pueblo protegido y subordinado», pero en absoluto existía el odio que nos había llevado a la terrible Diáspora.

Me sentía tranquilo mientras entrábamos por las primeras calles de aquella bulliciosa ciudad, en la que las caravanas entraban y salían por las estrechas calles, mientras los aguadores, los vendedores, los tratantes de ganado, formaban una terrible barahúnda. Llegábamos de la serenidad y el silencio del desierto y los oasis, por lo que aquel griterío me aturdió. Aunque debo reconocer que me pareció gente con sentido del humor, pues los vi reírse y disfrutar, incluso a los más ancianos, sentados junto a las tiendas, fumando sus pipas de narguile, jugando a las tabas. No faltaban, tampoco, los corrillos con los contadores de cuentos. Eso era algo que ya había vivido en Toledo, y recordaba lo mucho que me había gustado escucharlos.

Fuimos directamente a la mansión de Al Jindak, pues parecía impaciente por llegar a ella, ya que hacía casi tres años que la había abandonado. No consintió en que Ben Gaón se buscase ningún otro alojamiento, y con su habitual cortesía y generosidad se empeñó en que se hospedase en su casa. En cuanto a las sobrinas de Ben Gaón y el resto de los sefardíes, así como los marineros, quedaron alojados en Alejandría hasta conocer cuáles iban a ser sus intenciones. En cualquier caso, prometió a sus parientes una dote para poder rehacer sus vidas y al resto, cantidades suficientes que les permitiesen salir dignamente hacia adelante. Los marineros cristianos decidieron esperar hasta que algún navío de su misma religión, de los que alguna vez llegaban de arribada desde Rodas, los enrolase y pudiesen volver a Portugal.

En cuanto a mí, en aquel momento, sólo deseaba seguir aprendiendo, conocer mundo y llegar a ser el que me había propuesto. Soñaba con ser una especie de mezcla entre Joel Ben Gaón y Al Jindak, ya que mantenía una enorme admiración por ambos.

Debo reconocer que no sabía quién era en realidad Al Jindak, hasta que no entré en el palacio que poseía a las afueras de El Cairo, junto al enorme río.

Una verdadera multitud nos esperaba en la gran explanada situada frente a su casa. Allí se hallaban sus amigos, sus siervos, muchos de los pacientes que había tenido a lo largo de su vida.

Apenas llegamos al portón, todos comenzaron a aclamarlo, intentando acercarse a él. Había campesinos, amigos personales, gentes venidas de los pueblos cercanos. Según me comentó más tarde, se había corrido, hacía unos meses, la falsa noticia de su muerte en un naufragio, y la gente al conocer su vuelta, había decidido comprobarlo personalmente.

Al Jindak era, lo supe después, no sólo un gran médico, considerado uno de los más extraordinarios oftalmólogos de Egipto, sino también un importante personaje público, al que se tenía en gran estima por el propio Sultán, aunque alguna vez le había oído el viejo dicho de Muhammad Ben Maslama: «Una mosca sobre un montón de excrementos es más bella que un sabio en la Corte de los Príncipes.»

Entramos en el patio interior, una construcción ejecutada con piedra que había hecho traer de las pirámides, de donde, por cierto, según me explicó el administrador, se suministraban todos los constructores de El Cairo. En aquel recinto, cabían bien las cuatrocientas o quinientas personas que, en aquel momento, allí se encontraban, dejando un estrecho pasillo que nos permitió penetrar en la casa, y a medida que avanzábamos a través de él, se fue haciendo un respetuoso silencio.

Cruzamos el porche, y en la puerta de su casa la servidumbre se abalanzó para besar la mano de Al Jindak que en aquellos instantes se encontraba emocionado, lo que me sorprendió, pues siempre había considerado que era un hombre muy frío y algo distante con sus siervos.

Ben Gaón se retiró inmediatamente a las habitaciones que se le adjudicaron, pues, en los últimos días, prácticamente desde su arribada a Alejandría, se encontraba muy fatigado. Yo me había apercibido de que algo en su organismo no estaba funcionando, pero cuando le pregunté, sonrió débilmente y se excusó diciéndome que aún no había acabado de reponerse de las emociones de aquel viaje. No quise insistirle, ya que sabía que era algo aprensivo y que le violentaba mucho hablar de su salud.

Al Jindak me había hecho un comentario sobre ello, y lo noté preocupado, aunque de mutuo acuerdo decidimos esperar a que fuese él quien tomara la iniciativa.

Mi maestro deseaba mostrarme su sala de consulta y su laboratorio, de los que se sentía orgulloso, lo que le agradecí en extremo, porque mi curiosidad era enorme por conocer aquel santuario de la Ciencia médica.

Apenas cruzamos el patio, que ya se iba vaciando de los últimos rezagados que se acercaban entre grandes exclamaciones a dar la mano a Al Jindak, vimos que espontáneamente se había formado una fila de pacientes que esperaban su turno. Observé, al pasar junto a ellos, que casi todos sufrían enfermedades de los ojos.

Aprecié entonces haber estudiado en profundidad el tratado de Hunayn Ben Ishâq *De oculis*, así como la obra de Ibn al-Nafis *El honesto libro sobre los ojos*, pues era evidente que todos los que se hallaban allí buscaban a mi maestro como especialista en sus dolencias.

Eso era algo natural en aquel país. El viento del desierto, los minúsculos granos de arena a veces casi impalpables, producían muchos ciegos y enfermos de la vista, no sólo en Egipto, sino también, por lo que había visto, en Túnez y Marruecos.

Para Al Jindak, que me lo repetía una y otra vez, el sentido más maravilloso y necesario era la visión. Gracias a ella, podíamos llegar a comprender, al menos algo, el mundo en el que vivíamos. Podíamos captar la remotísima luz de una estrella y también interpretar la expresión de un rostro humano. Cuando un ser humano —decía siempre Al Jindak— se veía privado de la visión, había perdido también nueve décimas partes de lo que la vida podía ofrecerle.

Cuando hablaba de los ojos, de sus enfermedades, de su evolución, notaba en él un rictus de amargura y frustración. Noche y día, cuando no se hallaba pasando consulta, diseccionaba cadáveres, aunque sólo podía hacerlo en aquellos que no eran musulmanes, también en animales, estudiando continuamente el cerebro, su relación con el ojo, con la frágil cuerdecilla que los unía.

La amargura de mi mentor provenía de lo poco que podía llegar a hacer. A pesar de todo, me admiré de aquel maravilloso consultorio. Unas ventanas alargadas, dispuestas sobre el Nilo, proporcionaban una increíble luminosidad. Una gasa casi transparente, clavada por medio de unos listones de madera, impedía que los insectos pudiesen penetrar. Me recordó, sobremanera, el estudio de Al Abdul.

Varias estancias sucesivas de grandes dimensiones, repletas de libros, manuscritos extendidos sobre grandes mesas de mármol, estanterías llenas de redomas, tarros y recipientes de todo tipo, conteniendo sustancias curativas. No faltaba, tampoco, una larga mesa de disección en una esquina ligeramente apartada, sobre la que se había dispuesto una tela de gasa auxiliar para prevenir, de nuevo, las moscas y mosquitos que, todo el mundo sabe, acuden misteriosamente en el mismo instante en que el cuerpo rinde su espíritu a la muerte, como si estuvieran esperando aquel momento.

En aquel lugar, todo estaba colocado con la mayor exactitud y en un ambiente de total limpieza. De hecho, nos cruzamos con dos esclavos que acababan de fregar el suelo, aún brillante por la humedad.

Para Al Jindak, los mejores aforismos eran «La suciedad atrae a la enfermedad» y también «La enfermedad y la limpieza son enemigos naturales».

De hecho, me había explicado que en El Cairo existían, al menos, cien baños públicos, donde todos, sin exclusión, podían entrar libremente en ellos. A causa del clima tan seco de Egipto, se utilizaba vapor de agua. Había hecho instalar su propio *hammam* junto a la consulta, pues tenía la certeza de que no había nada mejor que un baño prolongado, con altas temperaturas, sobre todo después de haber efectuado una disección.

Eso lo había aprendido yo también de Abraham Revadel, que me había hecho estudiar el Talmud, en el que se hacían continuas referencias a la Medicina persa, griega y babilónica.

Debo decir que, en aquellos momentos, me embargaba una especie de euforia, pues, difícilmente hubiese podido tener la suerte de encontrar a tan grandes maestros, como si también el azar se empeñase en que mi formación como médico fuese la mejor.

Pero todo en la vida puede alterarse en un momento cualquiera. Eso lo sabía por amarga experiencia, y debo reconocer que me producía una leve desazón, puesto que siempre que las cosas parecían estabilizarse a mi alrededor, de improviso, sin esperarlo, todo se derrumbaba. Salomón Benassar me había inculcado una especial filosofía de la vida, según la cual debíamos estar siempre alerta, en permanente guardia.

Aquellos consejos no eran en vano. Muy pronto, tuve la ocasión de comprobar que los guiaba la prudencia.

Hacía mucho calor, a pesar de la temprana hora. Me hallaba descansando en mis aposentos, cuando el criado de Ben Gaón vino a avisarme de que su amo se encontraba muy enfermo. Acudí presto, descalzo corrí tras él, alarmado por aquella noticia, y en la misma puerta de los aposentos de mi padre adoptivo, encontré a Al Jindak, al que también habían llamado.

Entramos juntos sin saber qué sucedía, y nuestra sorpresa fue grande al comprobar que Ben Gaón había sufrido un importante vómito de sangre. Nos acercamos a su lecho y en cuanto observamos su facies, ambos nos miramos, sabiendo que a aquel extraordinario hombre apenas le restaban unas pocas horas de vida.

Ben Gaón nos devolvió una débil mirada, intentando una mueca que quería ser una sonrisa. Su extrema palidez se veía extrañamente resaltada por unas leves marcas rojizas en sus mejillas. Ambos, sin hablar, sabíamos que aquella inesperada crisis no tenía solución. El *cursus morbi* había sido tan rápido que no nos había sido permitido intervenir. Ben Gaón se hallaba tan exhausto que apenas podía hablar.

Al Jindak le preguntó en voz muy queda si sentía dolores, y él movió la cabeza de un lado a otro, negando. El hecho de que, al menos, no sufriera era para todos un mínimo alivio.

Noté cómo las lágrimas se agolpaban en mis ojos, pero no quería llorar, ya que aquella reacción hubiese hecho sufrir a mi benefactor, por lo que, haciendo un esfuerzo de voluntad, me contuve como pude, recordando todo lo que aquel hombre había hecho por mí.

No había nada que hacer. La tremenda sorpresa por lo que estaba sucediendo nos había cogido inermes. Era ya tarde para cualquier remedio, y eso se apreciaba en el enfermo, pues la vida parecía abandonarlo a chorros.

En un aparte, Al Jindak me propuso administrarle una infusión tranquilizante, para reducir la ansiedad que en su espíritu existía, lo que me pareció muy adecuado, pues no quería en modo alguno que pudiera sufrir. Sabía bien de las terribles visiones de algunos moribundos y de cómo la muerte se iba apoderando del organismo en una dura pugna que las más de las veces ocasionaba un tremendo sufrimiento al agonizante.

El desenlace fue muy rápido. Apenas había anochecido cuando los estertores se hicieron más profundos, y cuando faltaba muy poco para amanecer, Joel Ben Gaón abandonó este mundo casi sin darse cuenta.

Al Jindak, que era hombre sensible, aunque no le gustaba aparentarlo, hizo venir a un rabino para que procediese a realizar los ritos de nuestra religión. Yo estaba desconsolado, pues todo había ocurrido con tanta rapidez que aún no había sido capaz de asimilarlo. La cabeza me daba vueltas. ¿Cómo era posible que un hombre tan fuerte y vital hubiese podido apagarse de aquella manera? Sentía dentro de mí una cierta vergüenza de nuestra impotencia. ¿Qué clase de médicos éramos? Nos creíamos seres distintos, privilegiados, pero era evidente que, en realidad, no sabíamos nada. En aquella melancolía, reflexionaba que, al menos, un charlatán de feria podía engañar al paciente y que ese engaño, si bien no lo curaba, le proporcionaba una cierta tranquilidad de espíritu. Más conseguía él con sus falacias que nosotros con la pretensión de nuestra falsa sabiduría.

Por todo ello me sentía muy mal, y de nuevo fue Al Jindak el que me proporcionó el consuelo que sólo puede dar la experiencia.

Sabía que la muerte, en nuestro credo, se aceptaba con resignación. Aún recordaba a las plañideras de Toledo y al rabino recitando: «El Señor me lo dio, el Señor me lo quitó. Bendito sea el nombre del Señor.»

Aquella noche, delante del cuerpo de Ben Gaón, envuelto en un simple sudario, que pronto iba a ser inhumado, Al Jindak me habló de la vida y de la muerte, de cómo el hombre, al igual que no elige vivir, tampoco tiene elección cuando llega su hora. Nosotros, los médicos, no podíamos alterar eso. Nuestra misión era dar alivio, consuelo, prolongar la vida, intentar luchar contra la muerte, pero también saber aceptarla. Ella siempre estaba ahí, detrás de todo.

Aquel buen judío que tanto había hecho por ayudar a otros, había muerto en Egipto, como muchos otros de nuestra raza. Pero al menos había muerto en libertad, con la satisfacción de no haber claudicado nunca de sus ideas. Era muy consciente de que yo era a partir de aquel momento el heredero de su especial filosofía y de que tenía la enorme responsabilidad de continuar su obra.

Enterramos, al día siguiente, el cuerpo de Ben Gaón en el cementerio judío de El Cairo. Sobre su tumba, juré seguir sus ideales y ayudar, como él lo había hecho, a nuestro pueblo.

Al volver, encontré que me estaba esperando José Neftalí, el que había sido, hasta aquel día, su administrador. Con él, pues siempre le había seguido fielmente, había llegado hasta allí. Yo lo conocía bien desde los años en Lisboa, aunque debido a su carácter serio y reservado, apenas tenía confianza con aquel hombre.

Me dijo, sin mayor preámbulo, que el deseo de mi padrastro era que me quedase con sus propiedades, que eran considerables: la casa de Lisboa, una extensa finca en Italia, incluyendo una casa en Roma y otros bienes depositados en la remota Constantinopla, además de comprobar cómo se habían administrado unas importantes cantidades que había donado, hacía ya algunos años, para ayudar a los judíos que sufrían el destierro y la Diáspora.

Aquella noche apenas pude dormir. ¿Por qué motivo mi padrastro adoptivo había realizado aquellas importantes donaciones?

Sin embargo, no podía olvidar todo aquello y seguir mi vida normal. Eso era lo que deseaba, pero hacerlo sería una especie de agravio a la memoria de Ben Gaón. Yo mismo había comprometido mi voluntad en seguir su camino, por lo que no cabía otra opción.

Al día siguiente, nos acercamos al barrio donde se encontraba el mausoleo del sultán Qala'un. Junto a él, existían unas casas de cuatro plantas de altura, altas como murallas. Allí debíamos encontrarnos con Leví Cohen, un sefardí cordobés pariente de Ben Gaón. Yo no las tenía todas conmigo, pues aquel hombre estaría esperando a Joel Ben Gaón y no a mí. Cierto que me acompañaba Neftalí, que había estado presente en el momento de la donación y que recordaba aquel momento como si fuera ayer.

La casa tenía un gran zaguán por el que se penetraba a un patio interior con unas altísimas palmeras que sobresalían sobre la azotea. Subimos por una empinada escalera que daba a una galería semicerrada por grandes celosías de madera oscura, y Neftalí llamó a la puerta con los nudillos.

Tardaron unos momentos en abrir, pero cuando ya dudábamos de si habría alguien, una mujer aún joven, pues apenas tendría veinticinco años, nos abrió y sin preguntarnos nada, nos indicó con un gesto que la siguiéramos al interior de la casa.

Penetramos por un largo y oscuro pasillo que daba a una vasta sala, abierta por los tres lados, en los que otras celosías se encargaban de procurar el oscurecimiento de la brillante luz de Egipto.

Allí, en un gran sillón de madera tallada, vimos una figura sentada con ambas piernas cubiertas por una manta, lo que me extrañó, en un principio, pues, salvo que sufriese de gota o reuma, no tenía mayor sentido. Al verlo, Neftalí exclamó emocionado: ¡Mi señor dom Leví Cohen! ¡Cuántos años!

Leví Cohen, que tenía la ventaja de tener la luz a la espalda, reconoció inmediatamente a José Neftalí, el cual se acercó con presteza para tomar sus manos extendidas.

Observé cómo éste le murmuraba algo al oído y cómo se volvía hacia mí, haciéndome un gesto con la mano.

Me acerqué dubitativo, pues éramos portadores de malas noticias, y tenía la esperanza de que fuese Neftalí el que las transmitiese. Leví Cohen pareció alterarse mucho cuando conoció la triste nueva, pues, sin esperar más, mi administrador contó lo sucedido, y noté entonces cómo sus azules ojos se llenaban de lágrimas. No me extrañó, porque mientras íbamos a su encuentro, Neftalí me había ido contado la gran amistad que existía entre ellos y cómo Ben Gaón, con su proverbial generosidad, había ayudado a Cohen y a su familia a huir de España y a establecerse en El Cairo.

Leví Cohen no se movió de la silla, sólo unos leves sollozos que agitaban espasmódicamente su espalda, traslucían su sufrimiento. Luego pareció reponerse, y me pidió que le contase lo que había ocurrido con todo detalle.

Durante toda la mañana, estuve hablando. Me remonté en mi historia a la huida de Lisboa, al naufragio, a los años en que Ben Gaón había desaparecido de mi vida, al reencuentro en Alejandría, unas circunstancias que me habían hecho dudar del azar, al igual que la coincidencia de la fecha de la muerte de mi bienhechor, como si hubiese querido hacer un esfuerzo sobrehumano por estar allí precisamente aquel día.

Cohen me escuchaba con suma atención, inmóvil, su rostro oculto por las sombras de aquella gran sala. Cuando terminé mi narración, los tres permanecimos en silencio, que fue roto por la llamada del almuecín desde una mezquita cercana.

Luego, tras unos momentos de reflexión, Leví Cohen habló. Desde aquella posición, no podía ver claramente sus rasgos. Medité que, quizás, aquel hombre de avanzada edad tuviese también algún problema en la vista, y que le era más cómodo permanecer en la semioscuridad.

—Nací en Córdoba, en mil cuatrocientos treinta y seis.

Observé sorprendido que su voz no se correspondía con su edad y que mantenía la energía de un hombre más joven. Comprendí que se dirigía a mí, que me había aceptado como el heredero de Joel Ben Gaón y que quería presentarse, por lo que me dispuse a escucharlo atentamente.

—Tengo ahora, por tanto, setenta años, que me pesan como una losa, y he perdido muchas cosas en mi larga vida. Todos mis amigos han muerto, muchos de ellos asesinados por los inquisidores, en nombre de la Santa Inquisición y de su lucha contra la herejía que supuestamente era nuestra religión. La verdad es muy otra, y quiero que la conozcas antes de que pase yo también a mejor vida, que recelo que me queda ya poca.

»Mi esposa, Rebeca Benarroch, era tía carnal de Joel Ben Gaón. Ella se portó con él como una madre cuando le faltó la suya, y Joel no olvidó aquello. Eran unos años duros, como han sido los últimos para los sefardíes, y más en esa extensa y conflictiva frontera que separaba Al Ándalus de la propia Castilla.

»Desde muy joven, Ben Gaón fue un hombre dispuesto a todo. Maduró tan aprisa que nos admiraba su sentido común, su capacidad, su inteligencia. Era ciertamente un elegido, y sin decírselo, muchas veces me hice la ilusión de que cuando llegara el momento, sería un nuevo David para nuestro pueblo de Sefarad.

»Mi padre, Dios lo tenga en su gloria, siendo muy joven, vivió las terribles matanzas de mil trescientos noventa y uno. Me advirtió, desde que tuve uso de razón, que nunca confiase en aquellos castellanos; unos cristianos que hacían gala de la pureza de su sangre, pues me repitió más de una vez que el que se apoya en su sangre para distinguirse de los demás llega a creer, al final, que derramar la del otro no es más pecado que derramar agua de un pozo, si eso le lleva a conseguir sus fines.

»Crecí inmerso en una eterna duda. Mi padre, con sus enseñanzas, me hacía desconfiar, mantenerme alejado, alerta. Por otra parte, mis amigos judíos se reían de él y de su pesimista visión sobre la vida. También de mí, por hacerle caso. Aquello, para ellos, no era más que los síntomas de su vejez, fruto de sus miedos y recelos, para los que no había justificación, pues si era cierto que, de tanto en tanto, los sefardíes tenían problemas con los cristianos, no lo era menos que entre los propios cristianos se estaban matando constantemente, por no hablar de sus cotidianas escaramuzas con los moros.

»Fui haciéndome hombre, asombrado al ver cómo nuestro pueblo se olvidaba de todo, cómo, engañados, creían ser iguales, tanto que no dudaron en querer destacar, en ser más y mejores, en desatar envidias, en atraer la tempestad.

»Nadie parecía entender que unas ligeras nubecillas, aquí y allá, pudieran crecer rápidamente y convertirse en una fiera y despiadada tormenta. Éramos un pueblo tan inteligente como ingenuo. Lo sabes por experiencia, David, y no voy a ahondar en esa herida.

»Pasaron los años, me casé, fundé una familia. Joel Ben Gaón creció cerca de mi casa. En ella entraba como si fuera la suya propia, con la misma confianza. Eso me llenaba de gozo, porque tenía la esperanza de que algún día, aún lejano, podría llegar a decir con orgullo: ¡Era como mi hijo! ¡Miradlo ahora!

»La vida iba pasando con rapidez, y todos creían que nada iba a cambiar. De tanto en tanto, como ocurrió en Toledo en mil cuatrocientos cuarenta y nueve, acusaban a uno u otro de nuestra raza con cualquier excusa: que si encontraban libros hebreos en la biblioteca de un converso, que si éstos practicaban a escondidas la religión de Moisés, o que si los judíos habían asesinado a un niño para satisfacer sus ansias de sangre,… Todo valía. La cuestión para algunos, los que a sí mismos se llamaban «hombres íntegros», era mantener la tensión de la cuerda, que nadie pudiera olvidar que estábamos allí, junto a ellos, y aseveraban, a los que quisieran escucharles, que éramos tan astutos que, incluso, nos parecíamos en muchas cosas. Pero no, en eso tenían parte de razón, pues nosotros mismos sabíamos que éramos diferentes, bien distintos a todos ellos.

»Mientras, algunos rabinos dictaminaban que los conversos no eran judíos, ni en lo que practicaban, ni aún menos en lo que creían. Eso era inmediatamente rebatido por los que se encargaban de vilipendiarnos, que, a voz en grito, exaltando a las turbas para que prendiesen fuego a nuestras casas, mantenían la tesis contraria.

»Sin embargo, a pesar de todo, debo reconocer que, en aquellos años, se podía vivir y prosperar. Eran sólo unos pocos, los menos, los que nos atacaban con saña. Los más nos soportaban, y todo quedaba en peleas entre vecinos, insultos entredientes, denuncias en los juzgados, sólo eso.

»Pero no podíamos permanecer indiferentes. Los grandes rabinos se reunieron varias veces en secreto. Yo era pariente de uno de ellos, y me enteré de aquello. Se adivinaba en el horizonte una gran tormenta, y cada vez los signos eran más frecuentes e inequívocos.

»Los rabinos no sabían lo que podría llegar a ocurrir. Se hallaban desconcertados, y tan preocupados por aquellas extrañas señales que varios de ellos buscaron a los más prestigiosos cabalistas. Sabéis que esa Ciencia venía ya desde el periodo talmúdico y que se refería a un conjunto de comentarios místicos, esotéricos, a aquellas doctrinas que se mantenían en el ámbito de grupos reducidos, recogido, todo ello, en el Zohar.

»Pero lo que no pudo descifrar la cábala, ni los sabios, ni la sabiduría de los rabinos, lo predijo un desconocido, un pobre sastre que sufría la enfermedad de los poderosos y que, de tanto en tanto, sin saber por qué, caía en medio de fuertes convulsiones, mientras por su boca salía espuma y sus ojos se ponían en blanco.

»Lo curioso de aquel caso era que, antes de recuperar la conciencia del todo, hablaba con una voz que no era la suya y hacía predicciones sobre el futuro. Eso ya le había ocurrido alguna vez, pero lo que había dicho era prácticamente ininteligible, y nadie prestó atención a ello.

»Aquel sastre, de nombre Joseph Israel, vivía cerca de mi casa, y Joel Ben Gaón iba a menudo a su sastrería para encargarle sus vestimentas, pues, en verdad, que no he conocido a nadie tan hábil con la aguja.

»Recuerdo que era el quince de Tammuz. Ya empezaba a apretar el calor en Córdoba, cuando un criado de Ben Gaón llegó corriendo a mi casa con el encargo de que fuese, sin demora, a la sastrería de Israel.

»No sabía bien lo que pretendía de mí, pero tenía tanta confianza en mi ahijado que corrí hacia allí siguiendo a su siervo.

»Me encontré con un extraño cuadro. Israel, el sastre, se encontraba tendido, sin apenas moverse, en el suelo. Una herida le sangraba en la cabeza y también espuma sanguinolenta le salía por las comisuras de los labios. Le pregunté para qué me había hecho ir hasta allí, pues todos conocíamos la extraña enfermedad del sastre.

»Pero Ben Gaón sólo me contestó que lo ayudase a colocarlo sobre la mesa donde cortaba los paños. Añadió que murmuraba cosas de gran interés y que deseaba que las escucháramos juntos, pues si lo hacía él sólo, o acompañado de su criado, quizás, nadie prestaría atención a aquello.

»Tan previsor había sido que, en aquel momento, entraron el rabino León Abulafia, a quien también había hecho avisar, acompañado del escritor y gran erudito Samuel Cohen.

»Para entonces era ya casi la hora del ocaso. Ben Gaón encendió unas velas y nos rogó silencio. En aquellos momentos, el sastre parecía recuperarse, pues abrió los ojos de par en par, aunque juraría que no nos veía, ni creo que supiera que nos encontrábamos allí.

»De pronto Israel comenzó a hablar con un tono monótono, apenas audible, y como aún conservo mi memoria, creo que puedo llegar a repetirte con toda exactitud lo que de su boca escuché.

«Hermanos —así nos llamó o, tal vez se refería a los de nuestra raza en general—, se acerca presto el *Soah*, una catástrofe tan descomunal que sólo de imaginarla me crujen los dientes y se erizan los cabellos de mi nuca. Tengo ahora unas visiones tan espantosas que lo confundo todo, y no sé deciros, ni, tan siquiera, describiros lo que percibo.

Veo, entre unas extrañas brumas que me rodean completamente, que nuestro pueblo va a vivir mayores sufrimientos que los que nunca podríamos llegar a imaginar.»

»Para nuestra sorpresa, Israel comenzó, de improviso, a recitar un fragmento del *Libro de las profecías*:

«¿Qué vais a hacer el día del castigo, de la catástrofe que viene desde lejos? ¿A quién acudiréis en busca de socorro? ¿Dónde dejareis vuestras riquezas? No queda más que doblegarse entre los cautivos, o caer entre los muertos.»

»Luego su voz cambió de nuevo y siguió describiendo sus visiones.

«Se avecinan trágicas vicisitudes. El holocausto de nuestra raza, donde sólo uno de cada diez se salvará. Siempre hemos creído que somos el pueblo elegido. Nuestros Profetas vieron la destrucción del Templo, el exilio de Babilonia; los rabinos se enfrentaron a la segunda destrucción y al destierro de Jerusalén. Pero lo que ahora percibo es de tal magnitud que me siento atemorizado sólo de pensarlo, pues veo en el futuro tan grandes padecimientos que no sé si habrá llegado, al fin, el verdadero *Yom Kippur*.»

»De tanto en tanto, Leví Israel se agitaba bruscamente, y al hacerlo, ponía los ojos en blanco y en esos trances permanecía en silencio, mientras Ben Gaón, el rabino y yo lo observábamos con el respeto que se tiene a los iluminados y Profetas. Esas pausas eran cortas, y sus convulsiones tan extremas que nos vimos obligados a atarlo a la cama por el temor de que pudiera lesionarse.

«Antes de terminar el siglo —prosiguió con el mismo tono—, seremos expulsados de Separad, y proseguirá, incansable, nuestra Diáspora, en la que los hijos serán separados de los padres, los abuelos yacerán al raso sin poder abrigarse, los barcos en los que atravesaremos los mares se hundirán en las simas insondables, y seremos desparramados por el mundo como semillas empujadas por el viento.

Nadie quedará en Sefarad para dar testimonio, pues los pocos que queden, serán apremiados, violentados, empujados a renunciar definitivamente a lo que concierne a nuestra Ley, y se fundirán con los gentiles, avergonzándose de sus orígenes.

Quemarán sus *mezuzahs*, olvidarán la *Mishná*, las fiestas y nuestras tradiciones, y serán más gentiles que los gentiles.

Pero, ¡ay de los que queden! Antes de que termine el milenio, aparecerá la Bestia, agazapada entre los más cultos, en el lugar donde menos lo creerán. Allí estará el Infame, venido de lo más profundo del Averno para apartar a Dios. Nuestro pueblo creerá que sus oraciones, sus *Qorbam*, sus súplicas, serán suficientes para aplacar la maldición, sin poder comprender la terrible verdad. Dios nos abandonará, y el cielo se desplomará sobre nosotros.»

»Observé cómo el rabino, al escuchar aquello, se echaba para atrás asustado, como si aquellos horribles presagios fuesen una maldición que se negara a asimilar. Por mi parte, sentía una fatal aprensión ante lo que allí oía. Sabía que aquel infeliz sastrecillo no pretendía nada con ello y que ni, tan siquiera, era capaz de expresarse correctamente, por lo que no comprendía bien lo que estaba ocurriendo. Estábamos siendo testigos de un misterio, como si alguien, no sabía bien si Dios o el Diablo, hubiera escogido a aquel desgraciado para revelarse, y a nosotros, como testigos del agorero.

«Cuando caiga la noche —prosiguió el sastre con una voz rota por la emoción—, los cristales caerán rotos, y aparecerá el Anticristo. En ese día las profecías se harán realidad, los velos se rasgarán, y seremos señalados, apartados y sacrificados como inocentes corderos.»

»Entonces pareció querer incorporarse, como si se encontrase aterrorizado por sus propias visiones.

«Veo en la oscuridad muchos soldados en exactas filas, no llevan corazas, ni espadas, ni escudos, pero percibo lanzas. Todos portan un extraño símbolo que se repite en innumerables banderas, formando enormes geometrías ante un inmenso altar, en el que unos tribunos arengan al Príncipe del Mal, la Bestia reencarnada. No distingo bien si es Arimán o Belcebú, pero sobre sus escamas luminosas, lleva una piel humana para evitar deslumbrar a los que lo adoran.

No puedo llegar a contar los que allí hay, pues son como las gotas de la lluvia, o como las hierbas de los prados, innumerables, todos dispuestos, formando un enorme cuadro, decididos a terminar con los hijos de Israel.

Veo también cómo nuestro pueblo es apresado, conducido a enormes mataderos, y una vez allí, degollados, asfixiados, quemados, descuartizados, revueltos sus huesos con la tierra hasta que ésta toma un color de muerte, pues la fila es de tal magnitud que parece no tener fin ni principio.

Y no sé por qué extraño conjuro estoy viendo todos y cada uno de los rostros de los que allí llegan, hasta el mínimo detalle, y os podría decir cuántas son sus arrugas, el color de sus ojos, todo lo que puedo apreciar en esta irreal quimera.»

»Llegado a ese punto, el rabino no pudo aguantar más, y gritó desesperado: ¿Hay algo más? ¿Puedes ver lo que después ocurre? Su voz temblaba de espanto, pues él también sabía que aquel sastre no era capaz de inventar aquello. ¿Hay algo más, repitió desesperado.

«Hay algo más —contestó Leví Israel, el sastre— .Veo una exigua luz, una mínima ilusión, detrás de todo. Algunos, uno de cada diez puede librarse de aquel infierno y pasar por él para tomar el sendero de la Tierra Prometida. A través de las tinieblas, de esa larguísima noche que parece no tener fin, atisbo una esperanza en la que todos los judíos, los de esta nuestra tierra de Sefarad, los askenazis, los que estén dispersos en tierras de nuestros primos, todos los que a sí mismos se consideren judíos, allí podrán llegar, al límite de sus fuerzas, en un increíble éxodo, cuando crean que ya no puedan dar un solo paso más, y serán acogidos para poder rezar en el Muro de las Lamentaciones.»»

»Allí calló Leví Israel. Su paroxismo cedió a los pocos instantes, y después de parpadear varias veces nos miró desorientado y nos preguntó con otra voz, la suya propia, lastimera y cansada, qué era lo que hacíamos allí.

»No le dijimos nada de lo que nos había contado, sólo lo liberamos de sus ataduras y lo dejamos confuso en su taller, sin saber bien lo que le había llegado a ocurrir.

»Recuerdo que los tres nos conjuramos para no comentar aquello, pero sí decidimos escribirlo de inmediato para evitar que las telarañas del tiempo se apoderaran de nuestras mentes y se deformara el contenido.

»Así lo hicimos, y en mi misma casa nos encerramos en la cámara. Entre los tres fuimos capaces de repetirlo todo y ponerlo con gran esfuerzo en un manuscrito del que aquella misma noche hicimos cuatro copias: una se quedó

Joel Ben Gaón; otra, que obra en mi poder; la tercera, que se quedó el rabino León Abulafia; y la cuarta, el sabio Samuel Cohen.

»Entonces el más joven de los cuatro, pero también el más osado, que era Ben Gaón, nos comprometió a prepararnos para la que se nos venía encima. Igual que David contra Goliat, dijo que aquella revelación no había sido casual y que habíamos sido elegidos para estar justo allí, en aquel momento, y escuchar la profecía que, en esencia, venía a decirnos que nuestro pueblo estaría al menos dos veces más al borde del precipicio, para resurgir al final.

»Sugirió, en aquella madrugada, pues la noche se nos había ido en rememorar, copiar y discutir, que él poseía los recursos financieros y que nosotros tres poseíamos el conocimiento y la experiencia. Él puso gran parte de su fortuna, treinta mil florines de oro, que en esa moneda poseía, procedente de la venta de todas las propiedades de su madre en la Toscana. Nosotros, que aquella misma noche nos conjuramos para partir, iríamos a Egipto, a Constantinopla y a Roma. Así tendríamos tres oportunidades, tres posibilidades: con los árabes, con los otomanos, y por qué no, en la boca del lobo, Roma, la ciudad sagrada de los mismos cristianos.

»No pude en aquel momento dejar de recordar a Salomón Benassar, pues en nuestra huida, hacía tantos años, había empleado la misma expresión cuando me dijo que debíamos escondernos en Valladolid.

»Nos firmó una carta de crédito, al día siguiente, a cada uno por diez mil florines, pero que estaba destinada a distribuir entre los sefardíes que llegasen a estos países para poder reiniciar sus vidas. Así ha sucedido. Sé que, en Constantinopla y en Roma, también León Abulafia y Samuel Cohen han cumplido su promesa. He tenido noticias de ellos gracias a esos judíos que van y vienen por los caminos, sin detenerse jamás, y que nos han atribuido el calificativo de «errantes».

»Aquí, en este libro que os entrego, tenéis anotadas las entregas: doscientas treinta y dos, al día de la fecha. Todos ellos sefardíes que ahora se encuentran aquí, en El Cairo, en Alejandría, en Damasco, en Aleppo, en muchos otros lugares.

»Se han agotado los recursos. Ayer mismo, entregué las últimas monedas, pero se han cumplido las promesas.

Leví Cohen retiró su manta, y vi, confundido, que carecía de piernas. Luego me fijé en sus ojos, era ciego. Me quedé consternado. Aquel hombre, inválido, invidente, había sido capaz no sólo de sobrevivir, sino de llevar a cabo una increíble misión que culminaba las aspiraciones de mi querido padre, Joel Ben Gaón.

Algo más tarde, nos despedimos de aquel hombre, inmersos en un gran respeto por su animoso espíritu.

Fue, en el camino de vuelta, cuando Neftalí me contó que, antes de poder escapar de España, la Inquisición había torturado hasta la extenuación a aquellos hombres y los había dejado de aquel trance, creyendo que, así, los condenaba a una espantosa muerte en la miseria y la melancolía.

No conocían los señores inquisidores el ánimo de aquellos «judíos» que, después de ser aplastados y descoyuntados en el potro, después de ser cegados acercando un hierro candente a sus ojos, habían sido capaces de ser firmes a sus convicciones y promesas.

Me sentí orgulloso de ser otro sefardí, y en el camino a la casa de Al Jindak, miré al cielo estrellado de Egipto. Por allí, hace miles de años, había pasado una vez Moisés llevando con él la fe en que un día podría conducir a nuestro pueblo hasta la Tierra Prometida.

V

EL RÍO DE LA VIDA

Al Jindak, haciendo gala de una inagotable paciencia y una gran sabiduría, me enseñó, durante aquellos años, todo lo que sabía acerca de las enfermedades de los ojos. Aprendí a operar el velo que los cubre, utilizando unos bisturíes especialmente fabricados para él por unos artesanos de Damasco, y también, a prevenir muchas dolencias que terminaban por acarrear la ceguera.

Llegó un día en el que me confesó que, sobre esa especialidad, ya no podía enseñarme nada y que él había oído hablar de un médico de Damasco que tenía una reputada fama como oftalmólogo. También añadió que estaba muy satisfecho de cómo había ido absorbiendo sus enseñanzas, pero que, sobre todo, la manera en que trataba a los enfermos era lo que más le asombraba, pues, cuando algún paciente me conocía, ya no quería ser tratado por otro médico.

Aquellos elogios me servían de acicate. Sabía bien que entre él y yo seguía existiendo una enorme distancia, y sobre todo, su experiencia, que hacía de él un verdadero sabio.

Comencé, pues, a trabajar en el hospital Mansuri de El Cairo. Aquel edificio había sido levantado por el sultán Al-Mansur, hacía más de dos siglos, y para mí era un privilegio pertenecer a aquella institución, pues nunca antes había visto nada igual.

En él, había vastas salas destinadas a los enfermos, bien ventiladas y limpias, incluso una buena biblioteca, en la que me acostumbré a trabajar de noche hasta altas horas de la madrugada, gastando gran parte de mi salario en velas de cera de abeja de las riberas del Nilo, que proporcionaban una blanca y brillante luz, lo que impedía que me dañase la vista.

Allí encontré manuscritos antiquísimos, en arameo, en hebreo arcaico, en persa, en hindú y también en griego. Al Jindak me los leía con fruición, y al hacerlo, descubrí, asombrado, que muchos de los que creía recientes descubrimientos los habían aplicado gentes pertenecientes a civilizaciones casi olvidadas.

Aprendí mucho de Ibn Haldún, el gran sabio que había nacido en Túnez y había vivido en Sevilla y Granada hasta que llegó a la Universidad de El Cairo, donde había muerto hacía exactamente un siglo. Aquel hombre había comprendido que la observación, la investigación, el exacto diagnóstico del mundo y sus fundamentos le habían hecho entender que el hombre es hijo de sus costumbres y que la cultura era un organismo en crecimiento.

Sin embargo, a la vista de mi paciencia, en el hospital me encomendaron la Casa de la Misericordia, el Dar al-marhama, donde se hallaban recluidos los enfermos de la mente, los locos. La mayoría de ellos estaban no sólo recluidos, sino también encadenados. Otros, los que parecían inofensivos, deambulaban por un gran patio, sin hacer otra cosa que murmurar o hablar solos, ensimismados en su locura.

La experiencia que había sufrido en Alejandría me hacía observar a aquellas pobres gentes con un cierto respeto. Muchas veces me hice la pregunta de dónde se hallaba el límite entre la locura y la razón. Había sido testigo presencial de cómo muchos hombres, aparentemente cuerdos, padres de familia que amaban a sus hijos con tierno amor, que trabajaban duramente para sacar a los suyos adelante, de improviso, movidos por meras palabras, por inflamados discursos, o por ese extraño magnetismo que produce la violencia, se convertían en fieras salvajes que sólo pensaban en matar, violar, torturar y que parecían disfrutar del dolor de sus víctimas, y también de refocilarse con los otros que, como ellos, aullaban en una especie de espiral del horror hasta culminar en un paroxismo de locura demoníaca, en la que, comparada con la de aquellos pacientes a los que yo atendía, existía una enorme diferencia.

También, como en el caso de mi maestro, Abraham Revadel, la locura podía llegar por una causa exterior. Aquel hombre se volvió demente, y tuvo terribles delirios hasta el final de su vida por el hecho de haber contemplado el Infierno al ver cómo su hijo era quemado vivo.

Aquellas reflexiones me hacían meditar que, de todo el organismo, el cerebro, donde supuestamente se albergaba la razón, era el más sensible y delicado. Perder la razón era como perder la vida, porque dejábamos de pertenecer al mundo que nos rodeaba, y el enfermo se enajenaba de él o, por el contrario, se ensimismaba sin poder, tampoco, participar de su propia vida.

Debo reconocer que aquellos pacientes no estaban bien cuidados. Su alimentación dejaba mucho que desear, porque muchas veces no había suficiente para todos, con las consabidas peleas, y los guardianes, no me atrevía a llamarlos enfermeros, no ponían nada de su parte para ayudarlos, por lo que los más débiles se encontraban en un lamentable estado de desnutrición, y muchos morían encadenados a la pared y a su propia enfermedad.

Allí conocí a Fátima. Ella no recordaba su apellido, ni dónde había nacido, ni nadie parecía interesarse por su situación. Apenas tenía veinte años y la habían encerrado, porque había atacado a un cadí. Ella me contó, después, su historia tal y como todo sucedió, hasta el menor detalle.

Por lo que supe, el juez había dictaminado en un pleito, por el cual los padres de Fátima no sólo perdían la huerta junto al Nilo, sino también la casa. El padre murió en las mazmorras de la prisión a los pocos meses y la madre, sin poder soportarlo, se lanzó al río, donde las aguas la engulleron.

Fátima paseaba su desgracia por las callejuelas de El Cairo. Vivía de la limosna, su aspecto era deplorable, y la gente comenzó a murmurar que era una bruja, porque la vieron recogiendo hierbas en las riberas. Supe, más tarde, que lo hacía para alimentarse, pues su madre le había enseñado a distinguir las comestibles de las nocivas. Los *fellahs* la acusaron, y fue llevada ante el mismo cadí. Él no la reconoció, pero Fátima, apenas lo vio, supo quién era aquel hombre.

El cadí pareció apiadarse de ella. La llevó a su casa y le dijo que allí encontraría techo y comida. Hizo que una criada nubia la lavara y la vistiera con ropas apropiadas. Fátima no abrió la boca, no estaba segura de lo que debía hacer, ni de cómo hacerlo, pero sólo tenía una idea en mente: vengarse de aquel hombre.

Pasaron los días, el cadí apenas hablaba con ella, no la veía. Parecía como si la rehuyera. Fátima ayudaba en la cocina, y todos los que conocían al juez alababan sus virtudes y su misericordia.

Una noche, el cadí llegó muy tarde y se asomó a la puerta entreabierta de la habitación donde Fátima descansaba. Ella supo que aquel hombre estaba allí desde el primer momento, notó su fatigosa respiración, pudo oler su sudor. Tuvo un terrible miedo, porque intuía cuál iba a ser el siguiente paso.

Tal vez se hallaba algo bebido, o incluso drogado. De pronto, violentamente se arrojó sobre ella, manoseándola, intentando quitarle la camisa de dormir. Fátima comprendió que no iba a sacar nada gritando. La casa era muy grande, y a través de los patios, de los muros que la separaban de las otras casas cercanas, nadie la oiría. Y aunque así fuera, ¿quién iba a preocuparse por una sirvienta?, ¿quién dudaría del cadí?

No tuvo otro remedio que ceder, dejar hacer al hombre a su capricho. Aparentó sumisión, y aquella táctica pareció calmar al cadí hasta que, después de penetrarla y humillarla como quiso, se quedó dormido tirado sobre la alfombra en la que Fátima dormía. Ella estuvo toda la noche meditando. Cuando amaneció, el hombre recogió sus ropas y salió de la habitación sin decir nada, ni tan siquiera mirarla.

Fátima no se vistió, dejó su ropa rasgada, hecha jirones, manchada de sangre por la virginidad perdida. Se cubrió con una capa vieja y esperó sentada en el patio.

Al cabo de un rato, el cadí salió con ropas limpias, llevando en una mano el Corán y en la otra, un bastón. Era la viva imagen de la dignidad. Fátima lo siguió a una distancia prudencial, escondiéndose en las jambas de la puerta, en los soportales. El hombre iba derecho a los juzgados, dispuesto a impartir justicia, a separar el grano de la paja, sin reparar en que era precisamente la justicia la que lo seguía.

Comenzaron las vistas orales. El cadí, sentado sobre sus piernas, juzgó un robo, condenando al ladrón a perder su mano izquierda. Aquel día se sentía especialmente predispuesto. Luego, un adulterio. La mujer debía morir lapidada y el hombre causante sería ajusticiado por el verdugo.

En aquel preciso instante entró Fátima en el patio donde se realizaban los juicios. Nadie reparó en ella hasta que estuvo muy cerca del juez. Con gran rapidez, se abalanzó sobre él, empuñando un cuchillo que había conseguido en la cocina.

No pudo herirlo. Le arrebataron el arma y la golpearon hasta dejarla sin sentido. Luego, cuando lo recobró, supo que la bondad, la gran misericordia de aquel hombre, la había salvado del tajo del verdugo. Le habían conmutado la pena por la de ser encerrada, de por vida, en la Casa de la Misericordia. Allí, encadenada, debía permanecer hasta su muerte, sin derecho a hablar con nadie, ni a recibir visitas.

La casualidad había hecho que yo me interesase personalmente por los enfermos de al-murabittan, la Casa de los Encadenados. El Profeta Mahoma había dispuesto en una sura que debían ocuparse de ellos.

Pero aquel caso era diferente. Se trataba de una mente criminal que había elegido, para cometer su crimen, al hombre que impartía la justicia. Nada se podía hacer por ella.

Hablé con el responsable del hospital y le solicité estudiar las reacciones de aquella joven. Al principio, no le pareció adecuado, pero al cabo de unos días, después de una visita de Al Jindak en la que habló de mí con el responsable, se me permitió comenzar los experimentos.

Lo primero que hice fue liberarla de sus ataduras, que le habían ocasionado una úlcera en los tobillos que le curé con bálsamo. Después, la hice trasladar a un aposento contiguo al consultorio donde trabajaba y le proporcioné vestimentas adecuadas, pues cuando la vi por primera vez, se hallaba semidesnuda.

El tratamiento previo consistió en alimentarla, proporcionándole frutas, verduras, carne, leche, dátiles. Apenas en unos días, le cambió el rostro, y fue entonces cuando me narró toda la historia que, al escucharla, me causó una gran aflicción por ella y también la indignación consabida por la miserable actuación del cadí.

Pero, como dicen los musulmanes: «Alá es grande y clementísimo.» También es justo y lo que después ocurrió, lo confirma.

Apenas llevaba Fátima en tratamiento un mes, y mi satisfacción era grande, porque la veía recuperarse con rapidez, cuando Al Jindak vino a buscarme al hospital.

El Sultán le había hecho llamar, pues sufría una grave afección en los ojos. Deseaba que le acompañase, porque según me confesó, cabalgando camino de palacio, tenía la convicción de que yo podría ayudarle en su diagnóstico.

Nos hicieron pasar en cuanto nos identificamos, y nos recibió el visir, un hombre grueso, portando un enorme anillo, el cual nos recomendó que no hablásemos del estado del enfermo delante de él, pues era tan aprensivo que creía tener todos los síntomas. Cruzamos una serie de patios en los que los sirvientes y los artesanos se mantenían en silencio, conscientes de la situación.

Apenas lo vimos en el mismo momento de entrar en el aposento donde se hallaba sentado en una gran cama, ambos nos miramos, y Al Jindak murmuró con voz apenas audible: «Diabetes.»

Así era. La enfermedad que había estudiado Galeno y a la que Areteo de Capadocia había puesto nombre era la causante de que el Sultán estuviera quedándose ciego. Lo reconocimos en profundidad, y Al Jindak le hizo una palpación del abdomen, confirmando nuestra intuición.

Tal y como recomendaban los clásicos, preparamos una dieta para que el Sultán perdiese peso. También Al Jindak le hizo una sangría, recogiendo la sangre en una probeta, y la observó con detenimiento. Hizo lo mismo con un recipiente donde había orinado, acercándose a la nariz el contenido e invitándome a hacer lo mismo. *Diabetes melitus*, murmuró. Ése era el diagnóstico certero.

El Sultán pareció recuperarse sólo con nuestra visita, y aunque estaba agotado, hizo llamar al visir, el cual, al salir, nos entregó una bolsa con monedas de oro y consultó nuestra opinión profesional. Aquel individuo quería saber cuánto tiempo le quedaba de vida al Sultán, y aunque quiso disimular, notamos ambos como torcía el gesto cuando Al Jindak aseveró que si seguía la dieta, no perdería más visión, y que le quedaba largo tiempo de existencia.

Volvimos, pues, con cierto ánimo, porque hubiese sido un compromiso serio tener que diagnosticar la muerte inminente del Sultán.

Habíamos quedado con el visir en que iríamos a palacio uno de nosotros cada día. Eso no lo hacía para liberarnos de una responsabilidad cotidiana, sino, muy al contrario, tal y como pudimos comprobar, para interrogarnos por separado.

Fueron pasando los días y vimos con satisfacción que el Sultán iba mejorando de manera evidente en cuanto perdió peso, por lo que también mejoró su ánimo y comenzó a preguntarme sobre mi vida y milagros, mostrándose muy interesado en ella, tanto así que cuando después de hablar con Al Jindak y éste le dijo que podía considerar que nuestra presencia ya no era imprescindible, se alteró vivamente, pues se sentía más seguro con nosotros y le preguntó sobre mí, ya que había decidido nombrarme médico de palacio.

Así fue como me encontré teniendo que ir a residir a unos aposentos dentro del mismo recinto palaciego, lo que no me satisfacía, pues comprendí que mi libertad se había acabado por el momento.

El Sultán era lógicamente el líder de los mamelucos. Habían sido, a lo largo de los siglos, esclavos, luego guardias, más tarde caballeros, hasta que comprendieron que su fuerza era mayor que la de la dinastía reinante. El Sultán se jactaba de que habían sido capaces de detener a los mongoles, de expulsar a los francos de Siria, y estaba convencido de que todos ellos, una extraña mezcla de esclavos, circasianos, turcos, griegos y de otros muchos lugares eran superiores a los egipcios, y que esa era la exacta razón por la que se habían hecho con el poder.

Un día, después de reconocerlo y a la vista de que deseaba mi presencia, me atreví a hablarle de Fátima, y animado por su interés, le conté la historia de lo que en realidad había sucedido en aquel caso.

No puedo decir que me alegré de ello, pero aquel mismo día el cadí fue apresado, obligado mediante tortura a confesar y decapitado sin mayor dilación. En cuanto a Fátima, se le restituyeron sus bienes y por decisión personal del Sultán se le entregaron también los del cadí, que eran muchos y valiosos, por lo que el azar jugó un importante papel en aquel suceso, lo que confirmó mi tesis de que podíamos poco contra el destino.

Hablé mucho con Al Jindak sobre esa preocupación y filosofamos abundantemente. Él rebatía mis argumentos, diciéndome que era en esa pequeña porción que nos restaba, entre el azar y la condición humana, donde podíamos maniobrar para mejorar o empeorar nuestra suerte. Era paradójico que fuese precisamente un musulmán convencido el que me aclaró algo fundamental, pues comprendí, más tarde, que tenía mucha razón en lo que mantenía.

Permanecí en palacio durante siete años. No fue una época banal para mí, pues conseguí montar allí un consultorio con todo lo que deseaba. El Sultán primero, luego los cortesanos y más tarde todos los que tenían relación con el poder pasaron por él, muchos por curiosidad, otros atraídos por la fama que adquirí en cuanto el sultán me otorgó su confianza.

Incluso pude convencerle de que me dejase pasar consulta a todos los que se acercasen a mí y le expuse el criterio de que, de aquella manera, podía estudiar todo tipo de morbos, y que esa experiencia sería muy beneficiosa para él. Pero eso llegó a ser materialmente imposible, por lo que contratamos dos médicos para que hiciesen una selección previa, enviándome a mí los que sufriesen afecciones en la vista, no los ciegos, por los que ya no podía hacer nada.

Veía con frecuencia a Al Jindak. Él seguía el espíritu de Maimónides, que por cierto había descrito veinte casos de diabetes en Egipto, lo que interesó tanto al Sultán que hizo rebuscar por todas las bibliotecas, archivos y tiendas de El Cairo para encontrar sus manuscritos.

Un día me mandó llamar para entregarme con gran pompa el *Regimen sanitatis*, impreso en Florencia en mil cuatrocientos setenta y siete, escrito en latín. En él pude leer algo con lo que siempre había estado de acuerdo sin saberlo definir. Maimónides afirmaba en ese texto que la salud general del cuerpo depende principalmente de la paz del alma de una persona.

A partir de entonces me proporcionó en su búsqueda incansable de manuscritos e incunables obras de Tibonitas, donde estaban traducidos al hebreo las más destacadas obras de la Medicina árabe y griega.

Fueron unos años importantes. Creo que fue en aquella época cuando me convertí en un buen médico. Al Jindak me ayudaba cuando dudaba de un diagnóstico o cuando los síntomas, el *semion* griego, ocultaban la verdadera causa de la enfermedad. Eso ya me lo había advertido Abraham Revadel hacía muchos años, y sus enseñanzas, que para mí habían sido el inicio de mi profesión, seguían en mi mente.

Volví a ver a Fátima. De una manera natural nos convertimos en amantes, casi sin darnos cuenta. Probablemente, ella sentía agradecimiento por mi intervención en lo que había ocurrido. Tal vez yo, sin saberlo, estaba solo, y necesitaba una mujer. Muchas cosas nos unían, y terminamos necesitándonos. Fátima Al Husayn, como una crisálida, se había transformado, y no me había dado cuenta de su increíble belleza hasta entonces.

Me sentía completo, satisfecho de la vida, tenía todo lo que había ansiado poseer, y casi sin darme cuenta, me había convertido en un médico famoso y rico, porque el Sultán no escatimaba ni en lo que le demandaba para el ejercicio de mi profesión, ni en mis honorarios, que nunca le parecían suficientes.

Me hizo partícipe de su preocupación. Sabía, por los espías que mantenía cerca del trono de Bayezid, en Istambul, que una de las mayores aspiraciones del Sultán otomano era apoderarse de Egipto. No desconocía, tampoco, que muchos de los nobles mamelucos de su propia Corte eran capaces de traicionarle a cambio de las prebendas que los turcos prometían a todos los que les ayudaban.

Aquella situación le tenía tan amargado que recayó en su enfermedad, y durante unos meses tuve el temor de que pudiera agravarse e, incluso, morir.

Las noticias no eran buenas. Bayezid había favorecido a su hijo Ahmed, acercándolo a Istambul, pero Selim, su hermano, se había sublevado. Después de una serie de pugnas y batallas, Selim I se había hecho con el trono de la Sublime Puerta. Aquel Príncipe era un hombre ambicioso que ansiaba expandir su Imperio. De hecho, había escrito que tenía la intención de convertirse en el sucesor de Alejandro Magno. Tanto fue así que un emisario llegó con la noticia de que había matado a sus hermanos Ahmed y Korkud, después había hecho asesinar a todos sus sobrinos e, incluso, a cuatro de sus cinco hijos, dejando vivo sólo a Suleyman.

La única esperanza para Egipto era que el poderoso ejército otomano había partido para una campaña contra los safavíes de Irán. El Sultán me confesó que tenía la certeza de que si Selim lograba sus propósitos, su mirada se volvería, de inmediato, contra Egipto.

A pesar de aquella situación que me afectaba por cuanto me estaba convirtiendo en consejero del Sultán, intenté no olvidar mi condición de médico y seguir el ejemplo de Maimónides, que nunca quiso ser otra cosa, a pesar de las circunstancias.

Aquellos fueron también años de gran cambio, y yo, sin desearlo, me veía afectado. Egipto y dentro de él, El Cairo, se había convertido en el corazón de Dar al-Islam, tomando el relevo de Córdoba. Allí se encontraban las civilizaciones y las culturas. Por las estrechas callejuelas me cruzaba con comerciantes turcos, armenios, beduinos, queriendo comprar tejidos hindúes; con esclavos circasianos, enviados por sus amos a algún recado; bereberes altivos; y, por supuesto, judíos, siempre caminando aprisa, siempre atareados, siempre teniendo que comenzar otra vez. Ni tan siquiera se fijaban en mí, porque mis vestimentas y maneras eran las de un árabe de clase alta, y no me tomaban por uno de ellos.

Allí llegaban los *fellahs* del Delta con sus hortalizas y legumbres, también los ulemas y los imanes, yendo a sus medersas o a la mezquita. A veces me acercaba hasta la Universidad de Al-Azhar y hablaba con alguno de ellos sobre lo que estaba sucediendo en Al Ándalus y en Castilla, lo que les tenía muy preocupados, porque aquello era un tremendo retroceso para la cultura musulmana y, sobre todo, por lo que significaba de avance del mundo cristiano en el Mediterráneo.

Frecuentemente, Al Jindak venía a buscarme y cabalgábamos por las orillas del Nilo, siguiendo el camino que llevaba hacia el Sur y por el que salían y entraban numerosas caravanas, algunas trayendo esclavos negros de Nubia o, incluso, de lugares más remotos a los que únicamente se atrevían a llegar algunos avezados mercaderes árabes, llevados más por su espíritu aventurero que por su afán de enriquecerse.

Una tarde, nos sentamos sobre unas rocas junto a la ribera, a la sombra de unas esbeltas palmeras. Al Jindak, en el fondo de su alma, era un filósofo, y a todo le buscaba explicación y razonamiento. Me señaló el río, por donde los *dows* bajaban cargados hasta más allá de lo prudente, repletos de mercancías que, al día siguiente, llenarían los bazares de la gran ciudad. Allí llegaban las especias, cocos, pimienta, marfil, colmillos de elefante, todo lo que desde lugares remotos necesitaba El Cairo.

Las velas de las anchas embarcaciones árabes se inflaban con la brisa del gran río, y pensé que había visto pocos lugares tan majestuosos como aquel.

Al Jindak se refería siempre a que el Nilo era el padre de la vida. Nadie sabía dónde surgía aquel prodigio de la Naturaleza. Ni tan siquiera Ptolomeo, el geógrafo, o Herodoto, el gran historiador, habían podido dar más que leves indicios sobre sus orígenes. Pero todos sabían, en El Cairo y en Egipto, que aquel río nacía en un lugar tan remoto que si un hombre caminase río arriba durante toda la vida, no sería capaz de llegar a sus fuentes.

—Mira, David —Al Jindak me señalaba la oscura corriente por la que bajaban trozos de árboles, ramas verdes en las que las aves se posaban—, el Nilo es más que un río, es el padre de todos los que aquí nos hallamos. Fluye desde siempre, desde el principio del mundo, y lo hace de una manera incomprensible, porque nadie ha visto llover sobre él. Su agua baja cargada de misterio desde algún lugar remoto y mítico, atravesando inexpugnables desiertos, trayendo el lodo esencial desde tierras que no ha pisado el hombre, en las que hay seres increíbles y extraños animales.

»Nuestros antecesores temían que, igual que fluye sin pausa, un día, que señalaría el fin del mundo, las aguas terminasen de hacerlo, y sólo quedase entonces un lecho de arenas resecas y relucientes. Eso les hizo pensar en el contraste entre la vida y la muerte, y así crearon las maravillas que nos rodean. Un griego, Diógenes *El Mercader*, aseguraba haber visto unas montañas tan blancas y brillantes, tan lejanas, que las llamó «Montañas de la Luna». De ellas, semejantes a los senos de una mujer virgen, manan las aguas de la vida. Eso, de alguna manera, también lo escribió Ibn Sina, cuando se refirió a los licores solar y lunar. Pero no era más que el eterno deseo del hombre de llegar a conocer el origen de las cosas, y así se lo hizo creer a Ptolomeo, que las reflejó en un mapa que yo he visto. También se dice que el Preste Juan, ese fabuloso Soberano, residía en la *India Maior*, es decir, Etiopía, desde donde vienen parte de las aguas que estamos viendo fluir.

Al Jindak era un gran erudito, al que me apasionaba escuchar y cuyas historias y filosofías procuraban explicar el mundo que nos rodeaba en todas sus facetas.

—Fue precisamente Ctesia de Cnido —continuó su disertación—, un griego, médico como nosotros, el que describió la India y otros lejanos países donde vio extraños, casi absurdos seres, a los que no quiso llamar humanos, a pesar de su gran inteligencia. ¿Qué no habrá, pues, en el corazón de esta enorme África?

»Te cuento todo esto, David, porque si algo tan prodigioso, tan descomunal, tan primordial como este río, del que aquí todos vivimos y del que hemos hecho el centro de nuestro mundo, es, al tiempo, algo tan desconocido y misterioso, cuánto más no ha de serlo el interior de nuestro organismo, del que también fluyen los cauces biológicos de los que tampoco conocemos el principio, ni el porqué. Sólo sabemos que están ahí, cumpliendo vitales funciones y que no pueden ser atravesados por puñal o espada, bajo riesgo de inminente muerte.

»David, no conocemos nada, no sabemos quiénes somos, ni adónde vamos, qué hacemos aquí, ni lo que es la vida ni la muerte. Algún día, espero, en un tiempo muy lejano, se podrán entender las cosas más simples, tal vez el funcionamiento del organismo, las causas de la enfermedad. Pero no se podrá impedir el triunfo de la muerte, ella siempre reinará sobre la humanidad asustada.

»También creo que nosotros, los médicos, iremos formando un ejército cada vez más poderoso, alargando la vida, haciéndole frente a la Gran Señora, haciéndola fracasar, al menos, durante un tiempo.

Las reflexiones de Al Jindak me hacían poner los pies en el suelo y recuperar la humildad, pero también me incitaban a seguir aprendiendo, a no cejar en la lucha. Vivíamos, a pesar de la brillante luz de Egipto, en una total oscuridad en la que los pensamientos de los hombres no eran más que pavesas encendidas que apenas iluminaban un ínfimo rincón del firmamento.

Mientras cabalgábamos en el atardecer hacia la ciudad, el Nilo seguía fluyendo oscuro, insondable, eterno, dispuesto a entregarse en el Mediterráneo, a morir para seguir viviendo.

VI

CAMINO DE DAMASCO

Pasó el tiempo, todo parecía estable, definitivo, hasta que una tarde un hombre vino a buscarme a la casa de Fátima, era Al Jindak. Lo vi demudado, nervioso. Enseguida, supe a qué se debía su estado de ánimo. El Sultán había muerto de repente, y por El Cairo corrían rumores de que había sido envenenado. Me habían hecho llamar, y al no encontrarme, las sospechas del visir cayeron sobre mí.

No tenía más solución que huir. Al Jindak me había traído varios caballos, oro y provisiones, pero lo más importante era que me había cedido a Alí Nuwas, su hombre de armas, y a cuatro de sus más fieles beduinos. Ellos sabrían llevarme a través del desierto del Sinaí hacia Damasco, donde estaría seguro.

No había tiempo que perder. Fátima, muy alarmada, quiso acompañarme, pero ayudado por los razonamientos de Al Jindak, la pude convencer de que se trataba de una huida a vida o muerte.

Cabalgamos bajo las estrellas. La blanca y brillante luz de la luna nos permitía distinguir bien el camino. Otra vez más el destino se había cebado en mí, arrancándome, de improviso, de una vida tranquila, de los brazos de una mujer a la que creía amar, de la protección de mi amigo.

De nuevo, un camino hacia lo desconocido, atrapado por las circunstancias. La oscura sombra del judío errante se cernía sobre mí. ¿Qué me depararía el azar? ¿Cuándo terminaría todo aquello?

Alí Nuwas conocía los vericuetos como la palma de su mano. Pronto, dejamos atrás la húmeda franja junto al río para adentrarnos en un inmenso desierto, colinas rocosas que se agigantaban con aquella luz como olas de un proceloso mar de piedra.

Aquella noche, eché de menos a Salomón Benassar. Con él había huido la primera vez, y aún después de tantos años tenía la convicción de que junto a él nada podría sucederme, pero ni tan siquiera sabía si seguiría con vida. Mi amado padre adoptivo, Ben Gaón, también había quedado atrás, enterrado en las resecas arenas de Egipto.

Cabalgamos casi hasta el amanecer. Cuando el sol salió con fuerza, nos refugiamos en un pequeño oasis silencioso, como una isla en aquel vasto mar. Allí pasamos el día. Alí preparo un té y comimos dátiles e higos secos, una comida frugal, pero suficiente. Apenas oscureció, seguimos cabalgando. Los caballos, descansados, parecían tener alas. Era una sensación fantasmagórica, espectral, pero también increíble. Sólo se escuchaban los cascos golpeando rítmicamente, el roce de los animales contra el aire, y eso resaltaba aún más el enorme silencio que nos rodeaba y que nos empequeñecía, como si aquella inmensidad quisiera abrumarnos por violarla.

Durante aquellas interminables cabalgadas, recorrimos el desierto, pero en mi mente volví a cruzar también toda mi vida. Cuando aquella plateada luz resaltaba una roca cualquiera, se me antojaba ver en ella la imagen de uno y otro, de los viejos y amados fantasmas que poblaban mi mente enfebrecida por lo que sucedía a mi alrededor, al tomar conciencia de que no éramos más que chispas de un instante, pavesas de la hoguera de la vida arrastradas por extrañas circunstancias.

Intuí que la muerte del Sultán, causante de mi situación, no estaba muy alejada de los deseos de Selim, el Sultán de Istambul, que no quería rivales y que era capaz de cualquier cosa para conseguir sus fines.

Comprendí que mi destino era similar al de mi raza. Cuando más seguro me hallaba, cuanto más tenía, en un momento, todo se desmoronaba. Me consolé pensando que, al menos, conservaba la vida. De pronto, supe que ese era el juego. Veníamos del azar y a él volvíamos. ¿Cuántos de mis hermanos de raza no eran también perseguidos en aquellos mismos momentos? Todos ellos asombrados de que finalmente hubiera ocurrido lo que siempre habían temido: verse arrastrados lejos de sus hogares, ver cómo golpeaban a los suyos, en muchos casos, torturados o, incluso, sacrificados.

En mi dolor, recriminaba a Dios, a Yahvé, nuestro dios bíblico, que nos hubiese elegido a nosotros, su pueblo, para que unos y otros nos lapidaran, nos hicieran blanco de sus frustraciones y sus miedos, nos escogieran para sus venganzas.

Una noche, en la tremenda soledad del desierto, enfebrecido por el cansancio, por algún desconocido morbo que había hecho mella en mí, aprovechando mi desfallecimiento tanto físico como moral, me dormí agitado por mis pensamientos, y caí en un extraño sopor.

De nuevo, me hallaba en Toledo. Veía pasar una espectral comitiva. El cielo rojizo del atardecer de Castilla arrojaba una luz que parecía hacer vibrar lo que tocaba. No podía oír nada más que un golpeteo acompasado, rítmico. Vi subir por la pedregosa cuesta una carreta arrastrada por siete bueyes negros. Iba cargada hasta los topes de personas, y al acercarse hasta donde me hallaba, vi que eran los míos. Todos aquellos a los que había querido alguna vez, todos a los que había amado. Supe que era un auto de fe en el que todos serían inmolados, quemados vivos, abrasados por el odio de aquellos que siempre nos habían rodeado.

No pude soportarlo. Me desperté entre náuseas, al sentir una violenta arcada que me ahogaba, mientras Alí Nuwas y sus beduinos me rodeaban asustados, convencidos de que me hallaba gravemente enfermo, ya que habían intentado despertarme sin conseguirlo.

Ni yo mismo quería reconocer la verdad. Estaba enfermo, pero de angustia y melancolía. Hasta que, haciendo un esfuerzo ímprobo, fui capaz de mirar hacia mi propio interior, y sólo entonces averigüé cuál era mi mal. Por primera vez en mi vida tenía que afrontar la realidad yo solo. Antes, siempre había contado con mis maestros, que se turnaron, uno tras otro, a lo largo de todos aquellos años, proporcionándome un soporte del que ahora carecía.

Durante casi quince días, estuve luchando por vivir. Las alucinaciones me acosaban, impidiéndome volver a la realidad, mientras el manto de la tristeza, esa dama que siempre acompaña a la muerte, me cubría, me asfixiaba, dejándome agotado en cada escaramuza.

Los beduinos no conocían aquella enfermedad. Ellos no sabían lo que era la tristeza. El viento del desierto la empujaba, apartándola de sus mentes. Allí, en aquel inmenso vacío, sujetos a la tierra de los vivos por su animosa forma de ver la vida, les era imposible creer que un hombre pudiese morir de aflicción.

Pero algo superior a mi propia voluntad debió sacudir mi organismo. Una mañana, me incorporé cual si nada hubiese ocurrido. Sólo notaba un hambre desaforada, como si me encontrase desfallecido después de realizar un enorme esfuerzo.

Alí Nuwas y los cuatro beduinos me observaron satisfechos, pero sin poder evitar un cierto recelo en su mirada. No podían explicarse qué clase de extraño milagro había sucedido para que pudiese pasar, de un salto, de las puertas de la muerte a la vida, pues llegaron a pensar que moriría pronto y que me enterrarían junto al oasis. Su comportamiento me demostró que podía confiar ciegamente en ellos, pues conocían que llevaba una bolsa cargada de oro, que habría hecho la fortuna de todos ellos, y sin embargo, sólo pensaron en ayudarme, proporcionándome agua constantemente, ya que sólo recordaba que sentía frío y al tiempo una gran sed.

Esperamos tres días más por prudencia. No sabía si aquellas desconocidas fiebres volverían a asaltarme, y aquel oasis era el mejor refugio. Pero no sucedió nada, y la noche del tercer día levantamos el campamento para proseguir el viaje hacia Damasco.

Cuatro días tardamos en llegar hasta allí. Me sentía impaciente por conocer aquella ciudad mítica, aquel enorme oasis que era como un bastión frente al desierto de Siria.

Entramos en la ciudad por Maydán, el camino de La Meca. Allí pude ver una serie interminable de talleres, donde los artesanos fabricaban incansablemente tejidos de seda y algodón, objetos de cobre con incrustaciones de plata, muebles maravillosos de maderas preciosas, taraceadas con nácar del Mar Rojo y perfumistas que salían de sus tiendas para hacernos oler sus creaciones de las que parecían sentirse orgullosos. Empleaban para ello extraños componentes como esperma de ballena y almizcle de las lejanas y heladas tierras del norte de Asia. Otros seguían trabajando sin levantar la vista, fabricando lámparas, joyas, alfombras. Había visto muchos zocos y mercados, pero la calidad de lo que allí se apreciaba era algo desconocido para mí.

Los huertos se extendían junto al camino, proporcionando un ambiente húmedo y fresco que contrastaba con el desierto que acabábamos de abandonar. Tenía una dirección que me había proporcionado Al Jindak, una casa junto al río Barak, donde vivía un judío, Jacob Chafia, un hombre sabio según la definición de mi maestro. No tardamos en encontrar el lugar, una mansión escondida tras los elevados muros. Pregunté a una muchacha que salía y confirmó que allí vivía el hombre al que estábamos buscando.

Era una construcción sorprendente, por cuanto parecía realizada en distintas épocas, aprovechando restos de unas y otras, como si se quisiera rememorar en ella la historia de la ciudad.

Un siervo salió a mi llamada y me explicó que su amo aún no había llegado, pero que antes del mediodía se encontraría allí. Aproveché aquellas horas para despedirme de Alí Nuwas y de los beduinos, a los que recompensé largamente por su honradez, encomendándoles que hicieran saber a Al Jindak que había llegado felizmente a mi destino. Me senté en el patio dispuesto a esperar, disfrutando con el agua que corría por una gran acequia y de la vista de unas grandes montañas.

No llevaba allí mucho rato, cuando entró en él un hombre vestido con suma elegancia, montado en una preciosa yegua blanca. Tendría alrededor de sesenta años, pero irradiaba fuerza. Antes de que desmontara, sabía que se trataba de Jacob Chafia.

Me presenté a él, y cuando supo que venía de parte de Al Jindak me abrazó afectuosamente, invitándome a entrar en su casa.

Aquella mansión me impresionó. Unos cisnes blancos nadaban majestuosos en una especie de aljibe interior, comunicado con la acequia que había visto en el exterior a través de una noria que subía el agua hasta aquel nivel. Todo trascendía elegancia y serenidad, como si la personalidad de aquel hombre singular se reflejase en el ambiente que lo rodeaba.

Jacob era, ante todo y sobre todo, un hombre sabio, un *hakham*, que conocía la Cábala como pocos judíos. Cuando lo conocí estaba traduciendo el Zohar al persa. Convencido de su trascendental importancia, quería hacer llegar aquel texto a la comunidad judía de Teherán, Chiraz e Ispahán.

Además, se dedicaba a la Astronomía. Estaba sumamente interesado en los astros, y no dejaba de reconocer la influencia que ejercían sobre la humanidad.

Vivía en Damasco desde hacía once años, ya que en mil quinientos cinco había tenido que abandonar Zaragoza, donde había vivido, y huir antes de que la Inquisición le acusara de criptojudaizante, pues se había convertido al cristianismo en mil cuatrocientos noventa y dos con el nombre de Jaime de Tudela. Finalmente, al igual que muchos otros, no había podido soportar la presión cotidiana que ejercían la Iglesia, los cristianos viejos y la Inquisición, y tomó la resolución de huir, pensando en llegar a Istambul, ya que en la vieja Constantinopla existía una floreciente comunidad sefardí. Las circunstancias le habían hecho modificar su primera elección, y finalmente había decidido residir en Damasco.

Él defendía aquella ciudad como si hubiese nacido en ella. Para Jacob Chafia, Damasco era el centro y la cuna del mundo civilizado. Ya el rey David la deseó y se apoderó de ella; luego lo hicieron asirios, hititas y arameos. Más tarde fue persa, hasta caer en manos de Alejandro Magno, y sucesivamente, provincia romana, bizantina, capital de los Califas omeyas, turcos, ocupada después por los mongoles. Tamerlán la había saqueado. En aquellos momentos pertenecía a los mamelucos, pero Jacob me susurró, como si no quisiera que nadie nos oyese, que pronto volvería a ser turca, pues Selim I, el nuevo Sultán de Istambul, quería apoderarse de ella.

Aquella incertidumbre histórica apasionaba a Jacob, porque encontraba en la misma una profunda síntesis de todas las culturas que por ella habían pasado. La comparaba con una cebolla en la que podías eliminar capa tras capa, encontrando siempre otra y otra más bajo ella.

Jacob Chafia era no sólo un sabio, sino más que eso, un poeta con toques de místico que también se ocultaba bajo una personalidad que no permitía acceder a su compleja alma. Nunca había tenido problemas económicos, pues pertenecía a una familia de banqueros que habían sabido poner a resguardo su fortuna. Quizás por eso, para él, el oro y el dinero no eran más que una mera circunstancia que le ayudaba a poder realizar su particular forma de entender la vida.

Cuando tuve más confianza con él, comprendí que me hallaba junto a un ser humano muy especial: un hombre con la vista en las estrellas y en la Cábala que sólo descendía a la realidad para poder seguir viviendo.

Aunque quiso que me quedase en su casa, le dije francamente que no quería alterar su vida, ni renunciar a mi libertad, y alquilé una casa cerca de la suya, donde iba con suma frecuencia, pues me sentía atraído por su extraña idiosincrasia.

Pronto llegaron tiempos más duros, pues tal y como él me había prevenido, el Sultán otomano fue moviendo sus peones, en una enorme y crucial estrategia, hasta que Damasco quedó cercada. Cierto que algunos discretos mensajeros tranquilizaron a la población. No habría saqueo, ni matanzas, ni más revueltas que las de la guarnición mameluca, que tampoco parecía muy dispuesta a morir por defender los intereses de un nuevo Sultán en El Cairo. A pesar de todo, mucha gente huyó de la ciudad. Jacob dijo convencido que ni él ni yo teníamos nada que temer. Ambos éramos judíos, y Selim respetaba mucho a nuestro pueblo. Con la llegada en los últimos tiempos de los sefardíes españoles, el Imperio otomano había visto arribar también a los mejores médicos, astrónomos, hombres de Ciencia, y también a los financieros y banqueros que traían no sólo su oro, sino sobre todo su experiencia, lo que no era nada despreciable para el Imperio. Selim no quería la guerra, sólo deseaba ser el amo de Siria y de Egipto. Eso, me explicaba Jacob Chafia, no era más que prudencia, pues para afrontar mayores empresas, que no eran otras que la conquista de Europa, los otomanos tenían primero que guardarse las espaldas.

Durante aquellos días, me gustaba cabalgar por los alrededores de Damasco, viendo llegar las caravanas desde el desierto, admirando los doscientos minaretes de otras tantas mezquitas.

Me encontraba precisamente en uno de aquellos paseos por la orilla del río, cuando vi venir hacia donde me hallaba a un grupo de jinetes envueltos en una nube de polvo. Reconocí a Jacob Chafia, que se me antojó demacrado y nervioso. Me dijo sin mayor preámbulo que debía acompañarles, pues alguien muy importante reclamaba mi presencia.

Me pareció algo sumamente extraño, pero aquél no era momento ni lugar para discutir, y menos rodeados por un numeroso grupo de hombres armados. Confiaba ciegamente en Jacob, y sólo hice un leve movimiento de asentimiento con la cabeza.

Galopamos hacia el norte, al menos un par de leguas, y luego giramos hacia el este, introduciéndonos en un desfiladero que era el antiguo camino que comunicaba Damasco con Baalbek. Seguía sin saber qué pretendían de mí, pero había descartado que se tratase de mamelucos, cuya pretensión fuese volverme a El Cairo.

Pronto supe de qué se trataba, pues a fin de cuentas había hablado frecuentemente con Jacob Chafia sobre ello. En el valle que se abría frente a nosotros, un impresionante campamento militar, como nunca antes había visto otro, nos aguardaba.

Lo cruzamos en diagonal. Innumerables tiendas de lona, de una construcción muy distinta a la empleada por los beduinos, alineadas con gran exactitud, me hicieron ver la extraordinaria potencia militar de los otomanos. Accedimos a una especie de avenida y al final de ella, una enorme tienda, más bien un conjunto de ellas coronadas con una fastuosa hilera de estandartes, me hicieron suponer que aquélla debía ser con seguridad la del propio sultán Selim, del que nadie sabía bien dónde se hallaba nunca.

Descabalgamos frente a una de las entradas, en una plaza que varios esclavos mantenían húmeda para evitar el polvo, y el capitán de la guardia personal salió al instante de una garita cercana para comprobar que podíamos esperar a ser recibidos por el Sultán.

Grande fue mi sorpresa cuando del interior de la tienda imperial salió Al-Mutahir, el gran visir del Sultán mameluco, con el que yo había prácticamente convivido en el palacio de El Cairo durante los últimos años.

Lo comprendí todo en un instante. Siempre había recelado de su lealtad. Selim, el Sultán otomano, había comprado a aquel hombre que con certeza había participado en el envenenamiento del Sultán mameluco, asegurándose así la más fácil conquista de Egipto y de sus territorios.

Pero aquel hombre era un político experimentado, no aparentó más que afecto por mí, como si hubiese tenido una gran sorpresa y alegría al verme. Yo también había asimilado muchas de las maneras y actitudes necesarias para poder sobrevivir en palacio, y sólo incliné la cabeza, aceptando con normalidad su presencia y su nueva situación.

Me rogó que lo acompañase al interior del recinto formado por una gran aglomeración de tiendas, una especie de palacio desmontable, de aspecto laberíntico, en el que era imposible penetrar, pues en cada una de las sucesivas puertas que comunicaban unas tiendas con otras una pareja de jenízaros de gran corpulencia, armados con una impresionante cimitarra, controlaban cada uno de los pasos de los que allí penetraban. El solo hecho de ir acompañado por el visir Al-Mutahir me proporcionaba un salvoconducto que nos permitió llegar hasta una tienda central de no menos de quince codos de altura, realizada en brillante seda verde y con el suelo tapizado por las más extraordinarias alfombras que jamás había pisado. Llegué a dudar de si aquello no sería en realidad un palacio auténtico, aunque no podía imaginar cómo había podido llegar hasta allí.

En el centro de la vasta sala, un trono de oro daba asiento a un hombre de mediana edad, con barba canosa, piel blanca y ojos verdes penetrantes como los de los faquires que en El Cairo eran capaces de leer el pensamiento.

Sabía que aquel ser especial era Selim I, hijo de Bayezid, que después de una larga y sangrienta pugna, había llegado a convertirse en el Sultán del Imperio otomano.

Al Mutahir, el visir, me presentó como David Meziel, médico de palacio en El Cairo. Yo, acostumbrado a la Corte, incliné la cabeza respetuosamente.

Selim se quedó observándome. Debía saber bien quién era yo, pero quería tener una impresión personal. Por mi parte, los años atendiendo al Sultán me habían hecho comprender que el mejor título es la propia salud del individuo, es decir, que quien me observaba era el hombre y su problema, y no el Sultán.

No me equivoqué. Probablemente, mi actitud hubiese parecido arrogante a un Rey, pero no era más que la de un médico observando a un enfermo, y aquel Rey lo sabía.

Selim hizo un levísimo gesto con la mano, y el visir abandonó la sala dejándonos solos frente a frente. Siempre había intuido que llegaría aquel día, en que me encontraría en esa extraña situación de ascendencia que el médico tiene para con su paciente, porque aquel hombre estaba enfermo y tanto él como yo lo sabíamos desde el mismo instante en que se cruzaron nuestras miradas.

—Acercaos, Meziel —así se dirigió a mí, y así lo hice hasta que me hallé junto él—. Sabéis quién soy, y yo, quién sois vos. Vuestra fama os ha precedido, y además, habéis llegado en el momento justo de hacerla valer. Hace apenas tres jornadas, mi médico personal, Ismael Ben Asaya, judío como vos, murió al caer del caballo, con tan mala fortuna que quedó desnucado al instante. Al Mutahir, que me ha sido fiel desde que le solicité su lealtad y que debo reconocer me ha sido de gran ayuda al abrir para mí las puertas de Egipto, me habló de vos y de que tenía idea de dónde localizaros. Sólo os lo diré una vez y en libertad, actuad. Servidme, y tendréis todo lo que deseéis. Si os negáis, alejaos de mí en paz, pero no contéis nunca con mi amistad ni mi compasión.

No lo dudé. No me movió la ambición, pero sabía que aquel hombre iba camino de convertirse en el amo de una gran parte del mundo. Por otro lado, me sentía libre y completo. Tenía ya la certeza de mi propia valía, y a su lado podía seguir investigando, trabajando con todos los medios necesarios, tal y como me había acostumbrado a hacerlo en El Cairo. No tenía nada que perder y sí mucho que ganar, y acepté. Nunca me he arrepentido de ello.

Me acerqué entonces hasta tocar su muñeca y sentí las pulsaciones de su corazón. Estudié las pupilas con la lupa. Aproximé mi oreja hasta su pecho. Olfateé su aliento y estudié su lengua. Él se dejó hacer. Aquello era una total aquiescencia por su parte. Lo noté relajado y satisfecho de mi decisión. Lo hice tenderse en la alfombra, descubrió su abdomen y le practiqué una palpación, como me había enseñado la experiencia, aunque basada en la técnica de Al Abdul. Aquella prueba decía mucho sobre la salud del paciente.

Luego se incorporó sin permitirme que le ayudase y volvió a su trono de oro, mirándome expectante.

—Majestad, nada de lo que os aqueja y os preocupa es grave. Mi diagnóstico es sencillo, sufrís de gota. Coméis mal, con excesiva rapidez, demasiado. Eso os está perjudicando el reuma y ése a su vez, el corazón. Pero os voy a decir lo que vamos a hacer, y me atrevo a apostar que antes de que llegue el invierno estaréis mucho mejor.

Con aquellas simples palabras comenzó mi relación con la dinastía otomana que, como luego se verá, fue larga y fructífera.

Selim sufría los excesos de su propia personalidad. Era un hombre compulsivo, exigente, duro, dominante y, muchas veces, cruel. Conmigo nunca fue así. Me mostró su otra personalidad: un ser culto, elegante, educado hasta el extremo, generoso y mecenas.

Al poco tiempo me encontré habitando unas habitaciones cercanas a las del propio Sultán, el cual deseaba tenerme cerca. Istambul me pareció la Lisboa de oriente, una ciudad llena de maravillas creadas en el esplendor bizantino de la antigua Constantinopla. Un lugar perfecto para crear un imperio.

Así fue. Durante el resto de su vida hizo que lo acompañase. Mi primera batalla tuvo lugar apenas unas semanas más tarde, en Marc Dabik. Allí las tropas otomanas derrotaron a los mamelucos. Aquélla era la puerta para apoderarse de Siria, Egipto hasta Nubia, la Cirenaica y parte de la Tripolitania. Pero lo más importante para Selim fue que también con ello adquiría La Meca, Medina, todos los lugares santos del Islam.

Aquello llevó parejo el título de Califa, Guardián de La Meca. Ésa era la llave del futuro, y él bien lo sabía.

En los últimos años me había acostumbrado al ambiente palaciego. Me faltaba libertad, pero sólo una parte de ella, porque era bien cierto que hacía y disponía sin que nadie se interpusiese en mi camino. Eso lo aceptaban todos, incluso los visires y los dignatarios.

Yo era para todos Meziel, el médico sefardí. Nadie podía discutir ese título. Con él me fue fácil ayudar a los numerosos judíos, sefardíes casi todos, que llegaban un día sí y otro también a Istambul.

Al igual que me había ocurrido en El Cairo, mi única condición era disponer de tiempo libre para atender la consulta de todos aquellos que necesitasen de auxilio médico. Fundé un hospital en Istambul, y el Sultán lo vio con buenos ojos, porque comprendió que un médico necesitaba continua práctica y experiencia. También intervine en la creación de los hospitales de campaña. Eso era preciso, dada la enorme movilidad de los ejércitos otomanos.

Actuaba a mi aire. Tenía la protección directa del Sultán, y todos lo asumían. Nadie osaba llevarme la contraria, y como no sentí jamás la codicia del oro ni de las propiedades, poco podían envidiarme.

Fátima vino a vivir conmigo. Abandonó con gusto El Cairo. Aquella ciudad la había hecho sufrir mucho, y los únicos buenos momentos que recordaba eran los que la vinculaban conmigo. Tuvimos una hija, a la que llamamos Sara, en recuerdo de mi madre, y que se educó en la fe mosaica, porque su propia madre quiso que así fuera.

Selim falleció de un ataque cardiaco. Eso era previsible, porque a la larga sólo los sabios hacen caso a su médico. Él era un guerrero, un estadista, pero no un sabio. Entonces apareció en escena Suleyman, su único hijo vivo, que me mantuvo en el cargo y en la confianza que su padre había tenido conmigo.

El resto de mi vida transcurrió en la Corte otomana, viajando, eso sí, constantemente desde Tabriz hasta Jurasán por el este y hasta Viena por el oeste. Siempre a caballo, siguiendo a Suleyman, *El Legislador*, que efectivamente iba imponiendo su ley por donde andaba.

En el resto de Europa se le conocía como *El Magnífico*, y en verdad que consiguió lo que sólo parecía un sueño, porque consolidó el Imperio de su padre desde Irán hasta Bosnia y desde Fez hasta El Yemen.

Sus ejércitos conquistaron Hungría, Bulgaria, Rumanía, Podolia, Grecia, Croacia. Llegó un momento en que creí morir de fatiga, porque aquel hombre era incansable y arrastraba a los demás hasta consumirlos como pavesas.

Aquellos años fueron años de cambios. Era Istambul una ciudad acostumbrada a cambiar no sólo su nombre, también su alma. Había sido Megara, afilada punta de la espada Tracia. Más tarde Constantino vio que con unas simples cadenas tendidas en la rada, controlaba el paso del Ponto Euxino al Mediterráneo. Allí se creó un emporio de riqueza bizantina, hasta que Mehmet II la transformó en Istambul.

Viví, pues, los años en que se creó el Imperio. Todos de una manera u otra nos beneficiamos de la prosperidad, que como en el mito, manaba del Cuerno de Oro, inundándonos de riqueza.

Allí me sentí completo. Cierto que a veces me parecía vivir en una jaula de oro, pero debo reconocer que nunca se pusieron trabas ni cortapisas a mis viajes ni a mis iniciativas.

La gente me señalaba como al médico personal del Sultán, pero yo sabía que eso me permitía atender a todos los que se acercaban al hospital que había creado.

Vi construir la mezquita de Suleyman, desde la primera piedra hasta la última. Vi crecer sus avenidas y jardines, desbordando las antiguas murallas de la que había sido la más grande y hermosa ciudad. A veces paseaba por los que habían sido los foros de Constantino, de Arcadio, de Teodosio.

Una vez acompañé a Suleyman. Dudaba de si reparar las enormes murallas y los foros. Se quedó mirándome. Luego me dijo que no iba a hacerlo. Era inútil construir murallas, pues no existía nada que fuese inexpugnable a la ambición del hombre. Aquel día Istambul se convirtió en la Sublime Puerta, en la puerta de un inmenso Imperio.

La ambición del Sultán era que llegara a ser lo que un día había sido Roma, y en verdad, que ni El Cairo, ni Alejandría, ni Damasco le podían hacer sombra.

Pasaron los años, muchos años. Istambul se fue transformando en una ciudad aún más impresionante si cabía, pues pocas ciudades en el mundo habían tenido tres épocas de total grandeza: Bizancio, Constantinopla y finalmente Istambul.

El palacio del Sultán, el Topkapi Sarai, dominaba el Bósforo, y mi mayor placer era ver amanecer cada día con aquel majestuoso encuentro entre el Mar de Mármara y el Cuerno de Oro, lleno de navíos que traían sus riquezas y las volcaban en una ciudad que parecía tocada por el dedo de Dios.

Allí los judíos, mis hermanos, con los que frecuentemente me reunía en la sinagoga cercana a Galata, habían encontrado de nuevo la serenidad y la fortaleza de espíritu para superar lo que la Inquisición española nos había hecho. Pero todos ellos se mostraban tristes y melancólicos cuando hablábamos de Sefarad, y eso ocurría siempre. También todos, sin excepción, nos sentíamos orgullosos de nuestro origen, de nuestra historia, de haber pertenecido a un mundo especial que tal vez ningún otro, ni tan siquiera otros judíos, podían comprender. Eso nos producía un sentimiento agridulce, un sabor amargo que muchos achacaban a las lágrimas.

Sin apenas darme cuenta, me había hecho viejo. Daba mi vida por cumplida, porque el tiempo había pasado veloz y tenía ya casi ochenta años, lo que a mí mismo se me antojaba una edad no sólo avanzada, sino excesiva, aunque debo reconocer con orgullo que gracias a mi disciplina en cuanto a los hábitos de vida y sobre todo de alimentación, representaba veinte años menos de los que en realidad tenía, y me movía ágilmente de un lugar a otro sin desfallecer. No puedo olvidar mencionar con pena que Fátima, mi esposa, había muerto de un síncope, sin que me fuese posible hacer nada por ella.

Me encontraba, pues, preparándome espiritualmente para que la muerte no me cogiese de improviso, cuando una mañana Suleyman me hizo llamar, lo que me extrañó grandemente, porque en los últimos tiempos su espléndida salud le había hecho olvidarse de mí.

Caminé hacia sus aposentos sin saber qué pretendía de mí el Sultán, pero con la confianza de que nuestra relación era algo que estaba por encima de todo. A pesar de ello, recelé que tal vez me quería cambiar por un médico joven. No me preocupó ese pensamiento, porque así podría dedicarme a mi consulta en el hospital, que era lo que en realidad deseaba.

VII

EL EMBAJADOR

Suleyman se hallaba en la cúspide de su poder. A sus sesenta y tres años seguía conservando una forma física que le hacía no tener rival en el manejo de la espada. Sin embargo, él era consciente de la decadencia que acompaña a la edad, porque jamás se había engañado en cuanto a sus posibilidades.

Habíamos tenido una larga trayectoria juntos. Siempre me recordaba la manera en que había nombrado a Juan Zápolya como rey de Hungría, como haciéndome ver su enorme poder, que mantenía aterrorizados a los Soberanos cristianos de toda Europa.

Contrastaba ello con su capacidad de tomar decisiones extravagantes, pero que se demostraron como las más inteligentes que un Soberano podía llevar a cabo al nombrar a un corsario berberisco almirante de su flota en el oeste del Mediterráneo. Eso lo hizo con Jayr al-Din Barbarroja y con Drafut, y siempre que se refería a ellos sonreía con buen humor, porque era una especie de broma que le estaba gastando a la noble flota de la cristiandad, siempre dirigida por serenísimos nobles y caballeros que nada podían hacer contra las habilidades y recursos de Barbarroja y sus secuaces.

Creo que para entonces había conseguido todo lo que se propuso en la vida, porque además de sus aventuras militares, que no tenían fin, su apelativo de Qanuni, esto es, *El Legislador*, provenía de cómo transformó y organizó el ejército, la administración y la cultura.

Aquél era el hombre que me había hecho llamar, y mientras cruzaba el patio central de Topkapi Saray, llegué a pensar que quería despedirse de mí, decirme que me agradecía todo lo que había hecho por él y antes por su padre, pero que había llegado el día en que debía pasar mi cargo a alguien más joven que yo.

Debo mencionar aquí que yo había colaborado en la creación de una escuela de Medicina, ayudado por el millet judío, en el que encontré una gran predisposición, por cuanto algunos de los mejores médicos que una vez hubo en Castilla, se habían refugiado en Istambul y no querían que se truncase su tradición. Ello fue muy bien aceptado por el Sultán, y todos sentíamos un gran orgullo al ver cómo aquella escuela iba prosperando con rapidez, surtiendo de nuevos médicos y cirujanos a la sociedad y al ejército, aunque yo no compartía los afanes expansionistas sin límite de aquel hombre que poco a poco se había ido colocando en un lugar inasequible e inexpugnable.

Suleyman me recibió otorgándome la familiaridad que le proporcionaba su posición, pero también el hecho de que yo lo había conocido con veinte años y que siempre le había atendido en sus mínimas e íntimas dolencias.

Jamás habíamos tenido el menor contencioso, muy al contrario, además de su médico durante largos años había llegado a ser uno de sus consejeros. De hecho, en mi fuero interno achacaba gran parte de los éxitos de aquel hombre a su sentido de la libertad religiosa, aun suponiendo que él era el Califa de los fieles, pero respetaba profundamente la existencia no sólo del millet judío, sino también el del millet cristiano ortodoxo, y tanto el gran rabino como el patriarca podían hacer y deshacer, siempre que ello no significase entrometerse con lo islámico.

—Meziel —así me llamaba siempre—, he tenido una idea y quiero realizarla. Y aunque sé de antemano que no os consideráis el hombre adecuado, es mi voluntad que seáis vos el que la lleve a cabo.

No tenía idea de lo que el Sultán me estaba hablando, pero asentí. Había aprendido a lo largo de los años que a aquel hombre no se le podía más que dar la razón. Cualquier otro acto hubiese sido suicida o estúpido.

—Mirad, Meziel, escuchadme con atención y no os sorprendáis. Sé que el emperador Carlos se dirige en estos momentos a España para morir. Eso me lo han confirmado mis espías. Lo que he pensado es despedirme de él. Siento una extraña atracción por ese Soberano y estoy seguro de que él la siente por mí. Vos le entregaréis personalmente un mensaje de mi parte.

Miré a Suleyman estupefacto. ¿Yo? ¿Un hombre de casi ochenta años, realizar un viaje hasta el corazón de Castilla? Además, para complicarlo más, era judío, la raza maldita en España.

Pero Suleyman prosiguió implacable sin hacer caso de mis gestos.

—Sólo vos podéis hacerlo. Meziel, debo deciros que tengo en vos una fe tal que me hace confiaros este importante mensaje que quizás cambie en el futuro algunas cosas.

»Además, debo confesaros que esta idea la maduré hace unos meses, la preparé, envié mensajeros y emisarios. Se ha dotado una galera, la última construida en nuestros astilleros del Bósforo y se encuentra equipada y lista.

»Pero no he querido decirnos nada hasta que me han sido devueltos los mensajes. Desde Malta, dos carabelas reales de la flota cristiana os acompañarán tanto a la ida como a la vuelta hasta Valencia, y tenéis vos, sólo vos, un salvoconducto especial para llegar hasta el Emperador. Como veis, no podéis libraros.

Tuve que rogar al Sultán que me concediese la venia para sentarme, lo que hizo de buen grado. El corazón me golpeaba el pecho y sentía dentro de mí una emoción como creo que nunca antes había sentido. Aquello era una locura, pero me olvidé de mi edad, que me pesaba cada día más, de mis achaques, de mi propia voluntad. De repente, sólo veía una cosa cierta: volver a Sefarad.

Había pensado en ello toda mi vida. Durante mi juventud, creí que ese era el único fin posible; en mi madurez, fue algo así como una meta; en mi vejez, era sólo un recuerdo melancólico cada día más inalcanzable, hasta que en los últimos años supe que ya era imposible.

Volver a Sefarad. Los viejos fantasmas se alborotaron en mi mente. ¡Qué jugada me había reservado el destino! Cuando me resignaba a esperar la muerte, aparecía un faro luminoso que me hacía desear la vida, al menos hasta alcanzar la meta.

Besé la mano de Suleyman y me retiré a mis habitaciones. Aquella noche no pude dormir, y me desperté varias veces creyendo que todo no era más que un sueño.

Al día siguiente, él personalmente me dictó la carta. La traduje directamente al castellano, y la firmó y la selló, estampando su anillo personal con lacre. Luego hizo llamar al Embajador francés para que, como representante de los Estados europeos ante la Sublime Puerta, atestiguara mi nombramiento como Embajador especial ante el emperador Carlos Habsburgo.

Me despedí del Sultán con afecto. En realidad lo sentía, pues nunca había hecho otra cosa que favorecerme. No pude hacer lo mismo con mi hija, vivía en El Cairo con su esposo, pero le escribí una carta y tomé la precaución de firmar ante el cadí mi testamento, legándole mis bienes si fallecía o desaparecía durante el viaje, lo que en aquellos momentos creía más que probable.

Me despedí de mis numerosos amigos en la judería de Istambul, de mis pacientes, de los médicos del hospital. No sabía lo que podía ocurrir, pero en mi interior tenía pocas esperanzas de regresar con vida. Me pesaba ya demasiado.

Fue la noche antes de partir cuando decidí aprovechar el viaje para escribir mis memorias. Me parecían útiles para otros seres humanos que sufriesen el destierro, la maldad de algunos, la humillación, la tortura. Aquella decisión me permitió conciliar el sueño.

Abandonamos Istambul con el sol iluminando las mezquitas, sobre todas ellas la impresionante mole de la Sulaimaniye, en la que el triunfo de la media luna era evidente. Sentí un gran desasosiego dentro de mí. ¿Sería aquello una despedida final? ¿En verdad no volvería a ver jamás aquella ciudad que me había acogido durante más de cuarenta años? Nunca había temido a la muerte, y a medida que el tiempo pasaba a través de mí, menos. Algo hay en ese fluido misterioso que nos arrastra y nos envejece, pero que también de alguna manera nos enseña a morir.

Pronto estuvimos en mar abierto, y a partir de aquel momento, aproveché todo el tiempo para escribir este largo relato de mi vida. Confiaba en poder terminarlo antes de llegar a Valencia, porque no estaba muy seguro de si mi corazón iba a resistir el embate de verme otra vez pisando mi país: Sefarad.

No quería pensar en que me iba acercando, podían suceder muchos imprevistos: corsarios, berberiscos, naves venecianas haciendo la guerra por su cuenta, tempestades, naufragios. Sabía bien lo que era el mar, y no sentía por él más que respeto.

Todos los días salía a tomar un rato el aire en cubierta. La galera avanzaba con toda la potencia de sus treinta y seis remos por banda, ayudados por la vela cuando el viento, como estaba sucediendo, era favorable. Era difícil que ningún otro navío nos diese alcance, y en efecto, a partir de nuestro encuentro en Malta con las dos carabelas castellanas, en raros momentos pudimos utilizar la vela, porque con facilidad dejábamos atrás a los otros navíos.

Sentía algo muy extraño que iba creciendo dentro de mí a la par que fluían enlazados los recuerdos que componían mis memorias. Volvía a ser el que una vez fui, a sentir lo que sufrí, lo que amé, lo que disfruté. Volví a ver a todos mis bienhechores, a mis amigos. Lloré de felicidad al encontrarlos en mi memoria, porque aunque los conservaba dentro de mi alma, no sabía que vivían en ella, ni era consciente de que eran una parte de mí tan importante.

Por otro lado, tenía verdadero miedo a llegar. No sabía si sabría estar a la altura de los acontecimientos. A fin de cuentas, aquella era la disparatada idea de un Sultán magnífico que nunca se equivocaba, porque nadie se atrevía a decirle lo que en realidad pensaba.

Quizás tendría que haber sido más sensato, y hacerle ver que otros mucho más preparados podrían haber llevado el mensaje mejor que yo, cien veces mejor. ¿Por qué un viejo judío? A mí mismo, a medida que nos íbamos acercando, también me parecía un desatino.

Una mañana el capitán vino a buscarme. Me hallaba escribiendo en mi cámara de popa. Dijo que quería mostrarme algo, y le acompañé. Tal vez sería una bandada de marsopas, o como hacía apenas unos días, cuando nos vimos rodeados de innumerables tortugas que casi nos impedían avanzar.

Pero no, era sólo una leve línea oscura sobre el horizonte, una bruma lejanísima: Sefarad.

Tuve que girar la cabeza para que no me viese sollozar. Un sentimiento profundo que nacía en un lugar de mi conciencia en el que jamás había podido penetrar, subía a borbotones a mi garganta. Sefarad. Shalom Sefarad.

VIII

YUSTE

Es difícil expresar todo lo que sentí en mi viaje. Una escolta nos acompañó en largas etapas a Madrid, y desde allí, otra de refresco, hasta Yuste. La gente se asomaba a las ventanas a ver pasar la comitiva, alarmada al ver el estandarte imperial y otro que para ellos resultaría desconocido.

Yo hice el viaje a caballo. Al principio, al verme tan anciano, quisieron disponer una carroza, pero me negué. Toda mi vida había cabalgado, me gustaba hacerlo y no quería apoltronarme, por lo que desistieron y me proporcionaron un caballo a mi gusto, que en verdad me hizo el recorrido cómodo.

Tal vez la edad lo enfría todo. No era capaz de sentir odio por aquellos que nos cruzábamos en los pueblos, ni tan siquiera por los soldados que me servían de escolta. Sabía que todavía seguían los autos de fe, que los conversos, es decir, los judíos, seguían pagando con su sangre la codicia de unos cuantos, pero no era el pueblo. Cada vez más, las gentes se habían dado cuenta de la verdadera pretensión de la Inquisición: esquilmar los bienes, las propiedades, con la coartada de la fe. Para entonces me parecía algo tan evidente que sentía vergüenza ajena al pensar en ello.

Los verdaderos culpables eran los que se amparaban en sus hábitos y vestimentas para esconder dentro de ellos los demonios de la intolerancia, de la ambición, de la codicia. Los que fomentaban aquella barbaridad tanto allí como en otros lugares de Europa, incluso de las Indias, pues por aquellas tierras se estaba extendiendo el mismo mal.

Sin embargo, no quería pensar en todo eso. Permanecía dentro de mí la extraña sensación que había sentido al ver la costa recortada desde lejos. Era el mismo sabor agridulce que tantas veces había sentido al suspirar, cuando el peso de los recuerdos se hacía ya tan insoportable que terminaba por doblar el ánimo y vencerlo, aunque la voluntad quisiera imponerse.

Finalmente, un día caluroso, fatigado el cuerpo, me encontré frente a la puerta del monasterio, y palacio al tiempo, que aquel Emperador se había hecho construir para morir alejado de todos y de todo, harto de pelear y batallar por algo que sabía perdido desde el principio. No me sorprendió la sencillez del edificio. No hace falta mucho para morir.

Unos sencillos estandartes, sin más pompa, esperaban a la puerta. Una compañía de soldados se mantenía de guardia a una distancia prudencial.

Un fraile, que se me presentó como el prior del monasterio, de la Orden de los Jerónimos, me hizo pasar. Cruzamos un claustro recién construido. Me acompañó a una celda para que descansara y pudiera asearme y mudarme si lo deseaba. Me dijo que el Emperador sabía de mi llegada y que me recibiría por la tarde, después de la siesta. En verdad hacía tanto calor que le supliqué me proporcionara unas jofainas con agua fresca, porque necesitaba humedecer mi piel.

Cuando me hube aseado, me tendí en el frugal lecho que para mí habían preparado. Sonreí. Creí volver a hallarme en La Moreruela, volver a mi juventud. Imaginé que de pronto, por aquella puerta por la que había que agachar la cabeza para pasar, entraría Manasseh Ayish. Tuve que apretar fuerte los puños. Aquello estaba terminando, y tal vez en el momento de la verdad me costara abandonar todo lo que había alcanzado, pero no podía quejarme.

Afuera en la pineda, las chicharras no descansaban ni un instante, cumpliendo su trabajo, marcando el hilo de las horas. Así pasó la tarde.

Comenzaba a refrescar cuando vinieron a decirme que en breve plazo iba a ser recibido por el Emperador. Estaba preparado. Me había puesto una de las túnicas recamadas, de honor, la capa de servidor del Sultán, el fajín que me señalaba como diplomático. Cogí la carta lacrada y esperé.

El secretario del Emperador apareció en el quicio de la puerta. Me advirtió que su señor se hallaba enfermo, que sólo disponía de un breve lapso de tiempo, y que hablase alto para que me oyera. Lo seguí por las escaleras, cruzamos de nuevo el claustro. Carlos V se hallaba sentado en una sencilla jamuga en un costado de la capilla, una especie de cámara que permitía entrar el sol de la tarde, que tenía a sus espaldas.

Me quedé en pie frente a él, apenas a diez pasos. Me miró como estudiándome. Uno de sus ojos lagrimeaba ligeramente. La enfermedad había hecho presa final en aquel hombre. Estimé que no le quedaban ni dos semanas de vida.

—¿Quién sois?

Su voz quebrada rompió el silencio que hasta las mismas chicharras habían hecho. Respondí sin dudarlo. Él sabía bien quién era yo, pero tal vez no se esperara oír lo que contesté.

—Un judío, mi señor, David Meziel, judío nacido en Toledo. Hoy Embajador del sultán Suleyman, *El Legislador*, *El Magnífico*, Señor de la Sublime Puerta, Califa de La Meca. Pero debo añadiros, mi señor, que por encima de todos esos títulos, el mío y el que más me honra es el de médico sefardí.

El Emperador levantó la cabeza. Aquello comenzaba a interesarle. No esperaba tal respuesta, y pareció revivir, acomodándose algo en su jamuga.

—Mis Embajadores me pidieron que os recibiese —contestó el Emperador—, porque según tengo entendido, traéis un mensaje del sultán Suleyman. Leedlo si os place, que mis ojos ya no son capaces de tal hazaña, pues los he ido gastando inútilmente en tratados y decretos a lo largo de mi vida, y en tal trance me veo que he llegado al punto de no ver ya ni lo que como. Aún de lejos me defiendo mejor y veo que, aunque como yo, sois hombre de edad, la real diferencia es que vos la lleváis con fortaleza y dignidad, y yo apenas puedo ir de la silla al lecho, y poco más.

»Leed, pues, Embajador, que gran interés tengo en saber qué desea de mí el poderoso Sultán de Istambul. Tomad asiento si lo deseáis. Vos sois médico y con ese título siempre se han sentado a mi vera para reconocerme, y yo, el Emperador, lo soy ahora de la enfermedad, príncipe de las llagas y señor de las pústulas. Aquí me tenéis, esperando la muerte, caquéctico, quebrado, gotoso y achacoso. No hay títulos que valgan, sino todo lo más, un hombre que se apresta a morir y otro que con buena voluntad viene a visitarlo.

Comprendí que hablaba en serio. Alcancé una jamuga junto a la pared y la trasladé apenas a un paso de la suya. El Emperador me vio hacer e intentó una leve sonrisa, que era más una mueca que otra cosa.

—Bien —prosiguió Carlos—, ahora ya no somos más que dos ancianos que se cuentas sus cuitas. Leedme de una vez esa misiva, que como están las cosas, tal vez no os dé tiempo a que la escuche entera.

Me admiró ver su estado de ánimo. Aquel hombre no se dejaba vencer por su enfermedad, y aunque cierto de su inminente destino, seguía bromeando. Eso me hizo coger confianza. Busqué mis antiparras y me dispuse a hacerlo, mientras los últimos rayos de sol se escondían tras unos montes cercanos.

«En el nombre de Dios, El Clementísimo, el Misericordioso. Yo, Suleyman, llamado *El Legislador*, Señor de la Sublime Puerta, Sultán del Imperio otomano, Califa de La Meca.

A Carlos Habsburgo, Emperador del Sacro Imperio Romano, Rey de España y Alemania.

Querido primo, os saludo. Habéis sido para mí el más duro y difícil contrincante. Vuestra presencia ha hecho que la pugna mantenida a lo largo de tantos y tantos años haya dejado en tablas todo lo que hemos intentando de una y otra parte. Habéis sido para mí el mejor enemigo. Quiero que sepáis que aunque nos separan muchas cosas, hay algo que nos une: la ambición. Así, desde una distancia casi inconmensurable, nos hemos forjado el uno al otro. Vos no seríais quien sois sin Suleyman, ni yo sin Carlos. No me cuesta imaginar lo que unidos podíamos haber hecho. Pero eso son ya sólo entelequias.

Siento en verdad vuestro estado. A la presente, os halláis frente a uno de los mejores médicos del mundo islámico y sefardí. Os encarezco que le prestéis atención, pues tal vez pueda hacer algo por vos y si no, al menos os contestará con sinceridad lo que le demandéis, lo que no es poco en los tiempos que corren.

Quiero que sepáis que me hubiese gustado haberos conocido, haber podido departir hablando directamente, sin intermediarios, sin Embajadores, sin condiciones. Vos sois La Cruz, y yo, la Media Luna. Hemos vivido como si el mundo fuese una enorme moneda: vos en la cruz y yo en la cara. Siempre agobiados, siempre con los problemas financieros para recaudar más, para poder gastarlo en golpearnos más y más fuerte, cuando a lo mejor, todo hubiese resultado innecesario, porque como sabéis mejor que yo, vos os hayáis en Yuste esperando acabar de una vez, y yo pronto seguiré el mismo camino.

Querido primo. No hemos conseguido apenas nada de lo que nos propusimos, ni vos, ni yo. Hemos sacrificado nuestra vida a una larga e inútil batalla que para nosotros está terminando y que para los que nos siguen apenas ha hecho más que comenzar.

Hemos sido enemigos naturales. Así nos le enseñaron, y creo que jamás nos paramos un instante a comprobar que tal aserto era verdad. Hemos sufrido más por lo cercano que por todo lo que suponía nuestra gran diferencia. Vos lo sabéis bien: los comuneros, la guerra civil, el egoísmo de los nobles, las luchas de religión (dentro de la católica y la cristiana). Habéis tenido Pavía, Roma, Mühlberg. En verdad, lo habéis tenido difícil.

Yo también. Ha sido laborioso, duro, a veces cruel. Después de todo, sólo he conseguido que muchos me odien, que algunos me envidien y que pocos, muy pocos, sientan algo por mí.

No estáis, por tanto, sólo en vuestras cuitas. Quería que lo supieseis antes de que lo irremediable se interponga entre nuestras propias voluntades.

Os aprecio, Carlos Habsburgo. Habéis sido leal para conmigo. Siempre de frente. En Argel, en Túnez, en la Goleta, en Epiro, en Malta, en todo el Mediterráneo. He tenido, por el contrario, amigos que me han atacado por la espalda.

No os entretengo más. Hubiese deseado estrechar vuestro brazo, que hubiésemos podido brindar juntos, resolver nuestros contenciosos sin derramar más que vino en una mesa.

Me despido de vos. Os deseo la paz y la serenidad. Con ese solo bagaje hubiésemos puesto el mundo al revés.

Quedad con Dios, Carlos. Tal vez junto a Él nos encontremos.

Suleyman *El Legislador*. Sultán del Imperio.»

El Emperador se quedó mirándome fijamente, estupefacto. No esperaba aquello. Pero creo que el mensaje que había recibido era inequívoco y expresaba muchas de las añoranzas y deseos que él también había tenido a lo largo de su vida.

Veía claro que no sabía qué decir. Así permanecimos un largo espacio de tiempo, mientras observaba cómo temblaban sus manos y sus ojos permanecían húmedos, pensando tal vez en todo lo que pudo haber sido y nunca fue.

—Mi buen amigo —se dirigió a mí coloquialmente, como solían hacer los Reyes con los que no eran de su clase—, habéis hecho por mí algo que pocos hombres han accedido a hacer. Mayor valor le doy por el hecho de que seáis judío, pues en verdad que en este Reino no lo han tenido fácil. Creo que en eso, como en tantas otras cosas, también hemos errado. Pedidme lo que queráis, que no tengo otro deseo que concedéroslo, porque habéis aportado algo muy valioso para mí en estos momentos en que sólo me puede servir el espíritu. ¿De qué me valen relojes, armaduras, espadas, tapices, joyas y muebles? ¿De qué mis posesiones? ¿De qué mis títulos? Sólo las palabras como las que habéis tenido la caridad de traerme desde el otro lado del mundo, a riesgo de vuestra salud y vuestra vida, son como un último bálsamo para mí.

»¿Qué deseáis Meziel? No defraudéis mi animo sin que yo pueda hacer algo por vos.

Yo tampoco había esperado aquello. También a mí me cogió de sorpresa, pero supe lo que mi corazón deseaba, y así se lo hice saber a aquel moribundo que anhelaba poder complacerme.

—Si, Majestad —me sorprendía mi fluido castellano—, os lo agradezco infinito. Quisiera que me proporcionaseis un salvoconducto para poder visitar la casa que una vez fue mi hogar, cuando aún Vuestra Majestad no había nacido. Quisiera tocar sus piedras, andar por los caminos por los que un día corrí siendo un chiquillo, cuando creí que el mundo era igual para todos. Quiero ver Toledo de nuevo antes de morir. Eso es lo único que deseo y si me lo concedéis, me haréis feliz y os estaré eternamente agradecido.

—Así será —creí notar que el timbre de voz del Emperador era más firme—. Os ruego que tiréis de esa campanilla para que pueda asistirnos mi secretario y el Notario Mayor del Reino. Dad vuestro deseo por cumplido.

»Decid también a Suleyman que ahora he entendido por qué le llaman *El Magnífico*. Ha sido capaz de hacer lo que yo sólo he podido elucubrar. Decidle que coincido con él en mucho y que también dentro de mí siento que nos haya separado lo accesorio, cuando con un ligero esfuerzo, hubiésemos estado de acuerdo en lo fundamental: que él es musulmán y yo, cristiano. Pero a fe que ahora que estoy a un paso de la muerte veo que Dios tiene que ser misericordioso para el que cumple de buena fe lo que le han enseñado.

»Id, pues, con Dios, que también sobre los judíos comienzo a opinar lo mismo, y creo que en eso también me he dejado engañar.

Incliné mi cabeza en señal de agradecimiento y salí despacio de la cámara. Allí quedaba Carlos Habsburgo pensativo, mientras su secretario personal, acompañado de un engolado personaje que debía ser su notario, entraba para recoger los deseos de su amo.

Me sentí liberado. Mi misión había terminado, y podría volver a pisar Toledo. Aquello me oprimía el corazón por la emoción que sentía, pero debo reconocer que hacía muchos, muchos años, que no era tan feliz.

IX

SHALOM SEFARAD

Tardamos escasamente cuatro días en llegar a Toledo. Una continua sensación de irrealidad iba creciendo dentro de mí al comprobar que mi gran deseo iba a cumplirse, como si en realidad aquella ilusión que durante gran parte de la vida me había acompañado, hubiese llegado a transformase en algo tangible.

Hubo un momento en que pensé que era mejor dar la vuelta, no hurgar en la realidad, porque sabía por amarga experiencia que eso podía llegar a ser peligroso.

Cuando crucé Toledo acompañado por mi escolta, las gentes murmuraron sobre aquel extraño asunto. ¿Quién era yo? ¿Por qué me acompañaba el estandarte imperial? Ya en el concejo, rogué al capitán que me permitiera ir solo hasta la que había sido mi casa. Aceptó. En cualquier caso, tenía orden de obedecer mis más mínimos deseos.

Cabalgué hasta cerca del límite de la ciudad, crucé la antigua judería. Allí desmonté y seguí caminando, llevando mi montura del ronzal.

La maleza lo había invadido todo, pero allí, enhiesta y firme, estaba la que había sido una vez mi casa. Me sorprendió su pequeño tamaño, siempre la había imaginado y soñado mucho mayor. El tejado se había hundido en parte, pero seguía siendo un hogar.

Mi corazón palpitaba como cuando era un chiquillo y oía volver a mi padre del juzgado. Habían pasado sesenta y seis años desde entonces. Aquel enorme espacio de tiempo se me antojaba nada. Volví a oler los aromas familiares, el espliego, el tomillo. Si cerraba los ojos podía imaginar a mi madre asomada a la puerta, gritando mi nombre para que volviera a comer a casa. Era una insoportable felicidad que nunca creí pudiera sucederme.

Até mi caballo a un árbol junto a la casa. Antes de entrar en ella quería comprobar algo. Fui hacia el viejo roble. Una gran zarza lo envolvía, arañándome conseguí penetrar. Metí el brazo en el hueco y tanteé con los dedos algo duro y frío. Era la espada, la extraje con precaución, llena de herrumbre, excepto la empuñadura. Parte del orín en la oxidada hoja era todavía sangre seca.

Me senté en una raíz que sobresalía del suelo y coloqué la espada apoyada en una piedra. Jamás había utilizado un arma, más que aquel aciago día. No quería irme de este mundo sin hacer algo. Aquel era el momento. Tomé una piedra de regular tamaño, la levanté con ambas manos y la dejé caer con todas mis fuerzas sobre la hoja de la espada, que se quebró con un leve chasquido.

Cogí ambos pedazos y con ellos caminé hasta encontrar el arroyo que seguía formando una pequeña laguna cenagosa. Los lancé allí para que terminaran de oxidarse y volvieran a convertirse en fango oscuro y rojizo con el paso de los años.

Entonces respiré. Una vez en toda mi vida había tomado la justicia por mi mano, y no me arrepentía de ello, pero deseaba olvidar aquella muerte, y la espada oculta en el árbol, como un espectro, me había perseguido siempre.

Volví hacia la casa. Sentía la extraña impresión de que alguien había utilizado recientemente aquel lugar. El sendero seguía marcado con poca intensidad, pero allí estaba.

Entré empujando la chirriante puerta. Se hallaba desvencijada. Me encontraba en tal estado de tensión que creí que iba a sufrir un ataque. Sonreí al pensar que hubiese sido un extraño fin para una vida como la mía.

Aquel había sido mi hogar. Salvo por un hueco que coincidía sobre las escaleras, hubiera jurado que la casa seguía habitada. Algo en ella parecía vivo. Subí por la escalera y me senté exactamente en el lugar donde una vez había visto cómo mis padres ayudaban al caballero. Podía volver a imaginar todo. Y también, por el contrario, a pensar que mi vida no había sido más que un sueño.

Entonces alguien entró abriendo la puerta lentamente. Era un anciano decrépito. Sonreí al pensar en lo que yo era, pero aquel hombre tenía increíblemente mucha más edad que yo. Se apoyaba en un bastón, caminaba con torpeza y vestía pobremente, apenas unos harapos le cubrían.

—¿Quién anda ahí? ¿No sabéis que esta casa está embrujada? —dijo en castellano—.

Entonces, sólo entonces, con una emoción indescriptible supe que aquel anciano no era otro que Salomón Benassar.

Cuando grité su nombre, pareció hacer un rictus con su rostro, y comprendí que aquel hombre se hallaba prácticamente ciego.

Se sentó golpeado por la emoción, y bajé todo lo aprisa que pude para estrechar a aquel hombre que tal vez creía haber topado con un fantasma.

Al cabo de un buen rato, cuando pudimos calmarnos, me preguntó cómo había podido volver hasta allí. Le conté de manera resumida lo que había sucedido, y le pareció una especie de milagro.

Fue entonces él quien me explicó lo que seguía haciendo en Toledo, y una vez más comprendí que aunque ambos fuésemos ancianos, él con noventa y cuatro años y yo con casi ochenta, aquel hombre seguía siendo mi maestro.

Salomón se propuso retornar a Toledo. Tenía mucho que hacer allí. Cuando pudo dejar a los viejos de los que se había encargado en un lugar adecuado, decidió volver a Castilla siguiendo el Tajo, corriente arriba. Pensó que tendría enormes dificultades, pero que por aquel camino, algún día, si la suerte le acompañaba, llegaría hasta Toledo.

Así fue. Tardó casi un año en volver. Estuvo varias veces en serio peligro. Cayó al río y perdió todo lo que llevaba, y casi la vida. La corriente le arrastró río abajo. Pero no se arredró. Comenzó de nuevo, y al final un día, casi sin saberlo, vio que se hallaba en las afueras de Toledo.

Repitió su comedia. Se hizo el loco, el tonto, el cobarde. Consiguió el papel. Al cabo de poco tiempo, el corregidor prohibió que los niños le tirasen piedras. De tanto en tanto le buscaban, le hacían llamar por los montes cercanos, lo llevaban a la Plaza Mayor, al mercado.

Aquél era «el judío». Desdentado, sucio, haraposo, loco, golpeado. Era la muestra. Todos habían sido iguales. Gracias al cielo, a los reyes Fernando e Isabel, a la Santa Inquisición, el país se había librado de aquella lacra. Todos hacían comentarios, se reían de él, lo insultaban, le llamaban «marrano», «sucio judío», «asesino de niños». Luego parecían calmarse y lo dejaban irse. Aparentaba vagar por los bosques y dormía cerca del antiguo cementerio judío. Allí casi todas las lápidas estaban rotas a pedradas, desvalijadas, ultrajados los huesos para lanzarlos a los perros.

Pero Salomón sabía lo que quería. Tenía paciencia y sabiduría. Era consciente de que aquél era el único camino.

Cuando se ganó la confianza de los vecinos, que sabían que nada malo podía hacerles y que de tanto en tanto les proporcionaba un buen rato de chanzas y burlas, Salomón comenzó a sacar de las *genizahs* lo que andaba buscando, y lo transportaba a una pequeña caverna maloliente, escondida, que sólo él conocía en los montes cercanos.

Allí guardó preciosos ejemplares del Talmud copiados a mano, *mezuzahs* enrollados en un estuche, candelabros, incluso el Arca de madera y marfil tallado, el Aron ha-kodesh repleta de rollos de la Torá.

No podía permitir que los cristianos encontraran todo aquello que tanto esfuerzo les había costado sacar de la sinagoga y esconderlo para que, de nuevo, hicieran una pira y quemaran los restos de la cultura sefardí.

Halló una *genizah* repleta de libros, sagrados y profanos. Libros de poesía, de Ciencia, de Medicina. Manuscritos, códices, pinturas y dibujos. Incluso un extraño pergamino que mostraba unos puntos concretos junto al Mar Muerto. Todo lo transportó una noche tras otra con suma precaución, hasta que lo pudo poner a buen recaudo. Pero sabía que había más *genizahs,* y no quería dejar ninguna sin investigar. Le parecía un crimen. De tanto en tanto se dejaba ver. Los niños le perseguían y le tiraban piedras a pesar del corregidor, pero él sabía que se trataba de su papel, y lo asumía con alegría.

Por otra parte, unos viejos le proporcionaban algo de alimento sin mayor apariencia, pues a fin de cuentas se trataba de cristianos, y no hubiese estado bien visto tan extraordinaria acción.

Salomón vivió así muchos años. El tiempo lo emparejaba todo y se fue llevando por delante a muchos que él había visto cometiendo atrocidades contra su pueblo. Cuando otro de aquellos moría, en su interior, daba gracias a Yahvé por su justicia.

A fuerza de andar por los montes, comenzó a hacer migas con los gitanos, que como él, andaban perseguidos y hostigados bajo cualquier pretexto. Fueron los gitanos los que se brindaron a sacar poco a poco todo lo que iba encontrando. Lo harían por unas pequeñas cantidades. Iban, también ellos, saliendo de España como podían, pues a la vista de lo que aquellos castellanos habían hecho con los judíos y con los moros, poca compasión podían esperar.

Salomón los puso a prueba, pero luego se dio cuenta de que eran tan honrados como el que más, y que eran los cristianos viejos, los propietarios de casas y terrenos, muchos de ellos malcomprados a los judíos expulsados, o más tarde a los conversos que lo habían perdido todo, algunos incluso hasta la vida, los que propalaban infundios para obligar a las autoridades a que los amenazaran, y así, librarse de ellos.

Aquellos gitanos pasaban escondidos los objetos, los libros que Salomón les daba, y los hacían llegar hasta Amsterdam. Al cabo de algún tiempo, alguno volvía trayendo un recibo en clave, en hebreo, e incluso en arameo, por lo que Salomón sabía que todo aquello había llegado a su destino.

Aquella larga chanza había mantenido el vigor físico y mental de Salomón Benassar. Era como una pequeña venganza personal que aún seguía y que le impedía envejecer. Me contaba que de noche, como apenas podía dormir, sonreía pensando en cuál iba a ser el siguiente. Estaba como un niño.

Admiré a aquel hombre. Jamás se había rendido. Era, tal vez, el hombre más valiente que había conocido. Él me había hablado una vez del lugar más seguro, entre los dientes del propio lobo.

Intenté convencerle de que viniese conmigo. Se negó. Allí estaba su misión, y la seguiría mientras tuviese un hálito de vida. Lo abracé y lo besé. Era como el símbolo de mi vida, y él también lo sabía, porque me dijo que pensaba tanto en mí que decidió mudarse a mi casa, donde todo el mundo seguía hablando del soldado asesinado, y nadie quería ocuparla, además de hallarse en un lugar un tanto aislado.

Nos despedimos, sabiendo emocionados, que aquella era la última vez que nuestros caminos coincidirían, pero me rogó que no nos pusiéramos tristes, porque ambos en la vida habíamos hecho lo que teníamos que hacer.

Salí de Toledo apesadumbrado, pero paradójicamente satisfecho de haber vuelto y de haber tenido la extraordinaria suerte de haber dado con Salomón Benassar.

Luego, durante unos días, fuimos cabalgando hacia el este en viaje a Valencia, donde me esperaba la galera del Sultán y la escolta real.

Una noche acampamos en algún lugar de la serranía de Cuenca. Había refrescado algo, y no sentía el menor deseo de acostarme. Le dije al capitán de mi escolta que iba a dar un paseo monte arriba y que no se preocupase por mí, que en un rato volvería al campamento. Asintió, e impelido por algo extraño que me empujaba desde mi interior, subí monte arriba sin notar ningún cansancio.

Las estrellas brillaban en el firmamento, como sólo las había visto en El Cairo. El aire, limpio y seco, las mantenía como cercanas luciérnagas.

Cuando me hallé prácticamente en la parte superior, miré hacia arriba y vi que titileaban y que al hacerlo, parecían decir, o al menos yo creía escucharlas:

—¡Shalom! ¡Shalom! ¡Shalom!…

Entonces sin saber por qué, sin poder evitarlo, sin querer tampoco hacerlo, levanté la cabeza y con todas mis fuerzas grité:

—¡Sefarad! ¡Sefarad! ¡Sefarad!

Y volví a gritarlo una y otra vez, porque era como un increíble diálogo entre el cielo y yo, donde el cielo repetía:

—¡Shalom! ¡Shalom! ¡Shalom!…

DRAMATIS PERSONAE

(por orden de aparición en la narración)

David Meziel: (Toledo, 1478 - Estambul, 1560). Judío sefardí.
Protagonista y narrador de la historia.

Luis de Ponce: (Toledo, 1438 - Valladolid, 1494). Cristiano antiguo.
Juez de los tribunales de Castilla en Toledo.

Abravanel Meziel: (Toledo, 1452 - Toledo, 1492). Judío sefardí.
Secretario del juzgado de Toledo. Padre de David Meziel.

Sara Ben Judah: (Torrijos, 1458 - Toledo, 1492). Judía sefardí. Madre
de David Meziel.

Raquel Meziel: (Toledo, 1476 - Toledo, 1492). Hermana de David
Meziel.

Sara Meziel: (Torrijos, 1477 - Toledo, 1492). Hermana de David
Meziel.

Salomón Benassar: (Aranjuez, 1466 - Toledo, 1558). Judío sefardí.
Maestro de David. Filósofo. Falso converso como fray Esteban
de Santa María.

Diego de Sandoval y Fajardo: (Córdoba, 1460 - Toledo, 1492). Noble.
Enviado de la reina Isabel para llevar el Decreto de Expulsión a
Toledo. Primo hermano de Dña. Beatriz Galindo *La Latina.*

José de Priego: (Granada, 1465 - Toledo, 1492). Cristiano. Soldado de
la reina Isabel. Asesino de Sara y Raquel Meziel.

Jacob Benassar: (Aranjuez, 1452 - Madrid, 1488). Hermano de
Salomón.

Abraham Benassar: (Aranjuez, 1458 - Madrid, 1488). Hermano de
Salomón.

Sara Benassar: (Madrid, 1474 - Damasco, 1452). Hija de Jacob
Benassar.

Ezequiel Benassar: (Madrid, 1472 - Argel, 1538). Hijo de Jacob
Benassar.

Fray Agustín de Utiel: (Utiel, 1452 - Valladolid, 1499). Fraile dominico.
Confesor de la Suprema.

Pedro Matiste: (Ávila, 1458 - Tordesillas, 1502). Cristiano viejo.
Carbonero.

Efrain Ashkenazi: (Cracovia, 1460 - Praga, 1545). Judío. Converso y fraile de la Orden del Císter; 1480 - 1492 como Tomás de Bohemia.

Fray Gregorio de Luna/Manasseh Ayish: (Lisboa, 1446 - Valladolid, 1522). Judío sefardí. Falso converso y prior de La Moreruela, monasterio de la Orden del Císter.

Abraham Baruch: (Valladolid, 1420 - 1470). Judío sefardí. Comerciante. Tío de Manasseh Ayish. Banquero de Alvaro de Luna.

Jacob Cohen: (Salamanca, 1440 - Valladolid, 1520). Judío sefardí. Comerciante. Amigo de Manasseh Ayish.

León Mirsky: (Cracovia, 1425 - Praga, 1485). Judío polaco. Tío de Efrain Ashkenazi.

Fray Benedicto de Corintia: (Kärnten, 1422 - Wroclaw, 1492). Ecónomo del monasterio cisterciense de Wroclaw. Tutor en la Orden de Efrain Ashkenazi.

Anna Hradec: (Hradec, 1470 - 1499). Cristiana católica romana. Amante de Efrain Ashkenazi.

Mosen Anselmo de Tarazona: (Tarazona, 1430 - Zaragoza, 1496). Deán de La Seo.

Pedro de Arbués: (Arbúes, 1435 - Zaragoza, 1485). Inquisidor General de Aragón. Beatificado como San Pedro de Arbués.

Sancho Paternoy: (Zaragoza, 1450 - 1487). Judío converso. Asesino de Pedro de Arbúes.

Fray Gomes de Silva: (Lisboa, 1428 - La Moreruela, 1496). Cocinero del monasterio.

Tomás de Torquemada: (Valladolid, 1420 - Ávila, 1498). Inquisidor General de Castilla. Instigador de la expulsión de los judíos. Descendiente de conversos.

Gaspar de Gricio: (Salamanca, 1477 - 1530). Noble. Hermano de doña Beatriz Galindo.

Beatriz Galindo: (Salamanca, 1475 - 1534). *La Latina*. Noble. Profesora de latín de Isabel I de Castilla.

Diego Rodríguez de Lucero: (Córdoba, 1438 - 1505). Inquisidor. Obispo de Córdoba.

Ben Arroyo: (1436 - 1495). Rabino del País Vasco.

Ben Gaón: (1442 - 1520). Rabino del País Vasco.

Isaac Ben Yudah Ababanel: (1430 - 1512). Judío sefardí.

León Hebreo: (1462 - 1522). Hijo de Isaac Ben Yudah.

Fernando El Católico: (Aragón, 1452 - Madrigalejo, 1516). Rey de Sicilia y más tarde de Aragón. Casado con doña Isabel de Castilla. Hijo de Juan de Aragón y último de los Trastamara.

Isabel I de Castilla: (Valladolid, 1451 - Medina del Campo, 1504). Reina de Castilla. Hija de Juan de Castilla. Desposada con Fernando de Aragón. Firmó el Decreto de Expulsión de los judíos sefardíes en 1492. Instruyó el Consejo de la Suprema y General Inquisición en 1483.

Hernando de Zafra: (Zafra - Valladolid). Secretario de la reina Isabel. Administrador de Granada. Dirigió el Consejo de Castilla.

Abraham Senior: Judío sefardí. Gran rabino de Castilla. Tesorero mayor de la Corona. Converso con el nombre de Coronel.

Don Gaón: Judío sefardí. Contador mayor de Castilla.

Enrique IV El Impotente: (Valladolid, 1425 - Madrid, 1474). Rey de Castilla. (1454 - 1474). Hijo de Juan II y María de Aragón. Padre de doña Juana *La Beltraneja (1462 - 1530).*

Eleazar Ben Simeón: (Orense, 1440 - Valladolid, 1493). Judío sefardí. Rabino de la sinagoga de Orense.

Cipriano Hernán: (Ciprian de Viñas, 1444 - 1520). Cura de la parroquia de San Ciprian de Viñas.

Jacob Benarroch: (Maqueda, 1465 - Lisboa, 1500). Judío sefardí. Prestamista en Orense.

Judah Hebreo: (1427 - 1493). Judío sefardí. Rabino de Orense.

Haim Cohen: (1432 - 1498). Judío sefardí. Rabino de Allariz.

Mosés Abulafia: (1440 - 1502). Judío sefardí. Rabino de Sobrado.

Isaac Arragel: (1429 - 1510). Judío sefardí. Rabino de Bembibre.

Raquel y Susana Arragel: Judías sefardíes. Hermanas del rabino de Bembibre.

Manuel de Portugal o «El afortunado»: (1469 - 1521). Rey de Portugal.

Joel Ben Gaón: (Sevilla, 1460 - El Cairo, 1504). Judío sefardí. Comerciante y mecenas. Tutor de David Meziel.

Rabi Abraham: Judío sefardí. Secretario del Consejo de Rabinos.

Cardenal Cisneros: (Torrelaguna, 1436 - Roa, 1517). Gonzalo, después Francisco Jiménez. Confesor de la reina Isabel. Presidió la Junta de Referencia a la muerte de Isabel I de Castilla. Fundó la Universidad Complutense. Dirigió la campaña de evangelización de los moros.

Boabdil: (Granada, 1482 - Fez). Abu Abdallah. Último Rey nazarí. *El rey chico.*

Muley Hacen: 1461 - 1492. Ali Aba-l Hasan. Rey de Granada.

Fray Hernando de Talavera: (Talavera, 1428 - Granada, 1507). Fraile jerónimo. Confesor de la reina Isabel. Arzobispo de Granada. Fue tolerante con los judíos y los moros, y perseguido por la Inquisición por dicha causa.

Yusuf Ben Amar: (Argel, 1568 - Frente al Cabo San Vicente, 1499). Hijo de berberisco y circasiana. Cocinero y filósofo.

Abraham Revadel: (Sevilla, 1435 - Lisboa, 1498). Judío sefardí. Médico y cirujano. Primer maestro de David Meziel.

Yudah Revadel: (Sevilla, 1456 - Tablada, 1483). Judío sefardí. Comerciante. Hijo de Abraham Revadel.

Pedro González de Mendoza: (Guadalajara, 1428 - 1495). Quinto hijo del Marqués de Santillana. Conocido como Cardenal Mendoza. Consejero del Reino. Negoció el Tratado de Tordesillas.

Muhammad Al Kebir: (Homs, 1465 - Lisboa, 1550). Sirio. Esclavo de un judío portugués.

Fray Agustín de Atienza: (Alcalá, 1459 - Valladolid, 1524). Fraile dominico. Confesor de Tomás de Torquemada.

Infanta Isabel: Hija de los Reyes Católicos. Llegó a Lisboa para desposarse con el rey Manuel de Portugal.

Manuel I El Afortunado: (Alcochete, 1469 - Lisboa, 1521). Rey de Portugal. Contrajo matrimonio con Isabel (1495) y María (1500), hijas de los Reyes Católicos, y posteriormente con Leonor (hija de doña Juana *La Loca*]. Expulsó a los judíos y a los moros.

Ruy Da Silva: (Coimbra, 1461 - Argel, 1548). Patrón de *La Capitana*, carabela armada por Ben Gaón.

Abdallah Al Abdul Ibn Al-Abbas: (Fez el Bali, 1435 - 1502). Médico y cirujano. Maestro en Álgebra y Botánica. Segundo maestro de David Meziel.

Isaac Ababanel: (Córdoba, 1455 - Fez el Bali, 1528). Judío sefardí. Comerciante. Jefe de la Aljama de Fez.

Ruth Ababanel: (Córdoba, 1486 - Fez el Bali, 1578). Judía sefardí. Hija de Isaac Ababanel.

Jacob Beniel: (Priego, 1450 - Tánger, 1490). Judío sefardí. Rabino de la sinagoga de Córdoba. Erudito.

Ibn Al Jindak: (El Cairo, 1452 - 1540). Armenio circasiano. Médico y cirujano. Filósofo. Mentor de David Meziel.

Mosés Ibn Bakhari: (El Cairo, 1420 - 1482). Judío efraimita. Médico. Profesor de Medicina en Al-Azhar.

José Abenamir: (Valencia, 1458 - Túnez, 1530). Morisco. Converso al cristianismo. Comerciante y filósofo.

Muley Hacen (Abu-L-Hassan-Ali): (Mondújar, 1485 - Granada). Rey de Granada.

Abdallah Ibn Humeya: (Granada, 1430 - 1503). Musulmán. Cadí en la Corte de Muley Hacen. Filósofo y erudito.

Muhammad Al Mundhir: (Granada, 1436 - Tánger, 1503). Musulmán. Médico y cirujano de la Corte de Muley Hacen.

Muley Al-Bayya: (Málaga, 1445 - Granada, 1501). Musulmán. Poeta.

Salomón Ben Halevi: (Maqueda, 1440 - Makthar, Túnez, 1503). Judío sefardí. Financiero y especulador. Converso como Pedro de Maqueda.

Abraham Ben Arroyo: Judío sefardí. Contador del reino de Castilla.

David Abulafia: Judío sefardí. Administrador de los ejércitos reales en la toma de Granada.

León Yudah: (Toledo, 1441 - Valladolid, 1498). Judío sefardí. Prestamista.

León Hebreo: (Lisboa, 1465 - Italia, 1521). Judío sefardí. Su verdadero nombre era Yehudá Abravanel. Filósofo, médico y poeta. Autor de *Diálogos de amor*.

Rabí Abraham: Judío sefardí. Médico del cardenal Mendoza.

Raquel Halevi: (Valladolid, 1476 - Estambul, 1500). Judía sefardí. Hija de Salomón Ben Halevi. Conversa como doña Margarita de Maqueda.

Tristán de Medina: Cristiano viejo. Juriconsulto. Redactor de las *Instrucciones de la Inquisición*.

Juan de Acuña: (1426 - 1501). Cristiano viejo. Letrado. Familiar de la Inquisición.

Diego Rodríguez: (1432 - 1520). Cristiano viejo. Ex soldado. Familiar de la Inquisición.

Ali Al Zaydani: (Damasco, 1450 - Alejandría, 1512). Musulmán. Médico y cirujano. Profesor de la Casa de la Ciencia en El Cairo.

Samuel Yehudá: (Toledo, 1445 - Alejandría, 1504). Judío sefardí. Astrólogo de Juan II y de Enrique IV. Médico de Isabel de Castilla. Filósofo.

Juana La Beltraneja: Hija de Enrique IV. Heredera del trono de Castilla.

Alfonso de Carrillo: (1410 - 1482). Cristiano viejo. Consejero del Reino de Castilla. Arzobispo de Toledo. Cardenal consejero del Reino.

Alonso de Espina: Franciscano. Confesor de Enrique IV. Autor de *Fortalitium fidei contra judeos*. Hombre tendencioso y racista, sus escritos colaboraron en la creación de la Inquisición.

Abraham Jaffa: (1428 - Kwam, 1578). Judío. Jefe de la comunidad esenia de Kwam el Hamman en el Desierto Líbico (Egipto).

Simeón Ben Israel: (Kairouan, 1465 - El Cairo, 1529). Judío. Médico.

Juan Sánchez de Zúñiga: (Pamplona, 1554 - Sevilla, 1509). Cristiano descendiente de conversos. Familiar de la Inquisición.

Mosés Bezidour: (Tarifa, 1470 - Sicilia, 1505). Piloto de los navíos de Ben Gaón.

Raquel Israel: (Córdoba, 1475 - Estambul, 1560). Judía sefardí. Sobrina de Ben Gaón.

Levi Cohen: (Córdoba, 1436 - El Cairo, 1503). Judío sefardí. Prestamista. Tío político de Ben Gaón.

José Neptalí: (Sevilla, 1551 - El Cairo, 1540). Judío sefardí. Secretario contador y administrador de Joel Ben Gaón.

Joseph Israel: (Sevilla, 1444 - 1507). Judío sefardí. Sastre. Visionario y médium.

León Abulafia: (Córdoba, 1430 - Estambul, 1517). Rabino.

Samuel Cohen: (Córdoba, 1442 - Roma, 1512). Judío sefardí. Erudito y escritor.

Ibn Haldún: (Túnez, 1430 - El Cairo, 1518). Musulmán. Médico y rabino.

Fátima Ben Amar: (El Cairo, 1479 - Estambul, 1536). Musulmana. Esposa de David Meziel.

Malik Al Salib: (El Cairo, 1450 - 1517). Sultán de Egipto. Dinastía mameluca de los Buryes.

Salih Sarif Tayyib: (El Cairo, 1459 - 1506). Musulmán. Cadí.

Ahmed Abi Bakú: (El Cairo, 1460 - 1515). Sultán mameluco.

Selim I: (Amasia, 1467 - Constantinopla, 1520). Musulmán sunni. Califa. Sultán otomano. Hijo de Bayezid II. Conquistó Egipto en 1517. Padre de Suleyman *El Magnífico.*

Ali Nuwas: (Desierto Líbico, 1468 - Damasco, 1530). Guerrero de Al Jindak. Mercenario.

Jacob Chafia: (Zaragoza, 1460 - Damasco, 1529). Judío sefardí. Sabio, astrólogo, erudito. Falso converso como Jaime de Tudela.

Al Mutahir: (Alejandría, 1452 - Estambul, 1512). Visir del Sultán mameluco de El Cairo.

Salomón Ben Asaya: (Maqueda, 1458 - Damasco, 1516). Judío sefardí. Médico personal del sultán Selim I.

Suleyman El Legislador, El Magnífico: (Szigetuar, 1494 - Hungría, 1566). Hijo de Selim I. Sultán del Imperio Otomano.

Carlos Habsburgo: (Gante, 1500 - Yuste, 1558). Carlos V. Hijo de doña Juana *La Loca* y Felipe *El Hermoso.*

CRONOLOGÍA

1478	Nace en Toledo David Meziel.
1492	Decreto de expulsión de los judíos. Huida de Toledo.
1493	Refugiado en el Monasterio de la Moreruela.
1494/1501	Estudia Medicina en Lisboa.
1501/1505	En Fez con Al-Abdul, célebre médico musulmán.
1505/1506	Viaje a Túnez. Llega a Alejandría.
1507/1516	El Cairo. Médico del Sultán Mameluco.
1516/1520	Médico personal de Selim I, Sultán otomano.
1520/1555	Médico personal de Suleyman *El Magnífico*.
1558	Viaje a España. Muerte del emperador Carlos.

ÍNDICE

ACABOSE DE IMPRIMIR ESTE LIBRO EN LOS TALLERES
GRÁFICOS DE TALLER DE LIBROS, POR ENCARGO DE
EDITORIAL ALMUZARA, EL 9 DE NOVIEMBRE DE 2006.
TAL DÍA DEL AÑO 1441 UNA REAL CÉDULA LE CONCEDE EL
TÍTULO DE CIUDAD A ANTEQUERA [MÁLAGA], PLAZA QUE
SERÍA DURANTE TODA LA CONQUISTA CRISTIANA CENTRO
FRONTERIZO DE CHOQUE Y PUNTO DE PARTIDA PARA LAS
FEROCES BATALLAS QUE HABRÍAN DE SUCEDER.